Thomas Müller

Schafe für die Wölfe

Roman

Zum Buch

Schafe beißen nicht?

Ein Inuk, der nach Europa reist, um sich an einem Investmentberater zu rächen. Ein Rentnerpaar, dem ein hochriskantes Finanzprodukt untergejubelt wird. Zwei junge Menschen, die sich fragen: Kann man Kinder in die Welt setzten, während der Rechtsstaat kollabiert – und mit ihm das ganze Weltwirtschaftssystem?

Was 2007 beginnt und zunächst nach Einzelschicksalen aussieht, rast zehn Jahre später auf einen Gerichtsprozess zu, auf den die ganze Welt blickt. Die Wölfe im perfiden Spiel um Finanzbetrug sind Politiker, Lobbyisten, Banker, Insolvenzverwalter, Investmentberater und Mafiosi. Doch wer hätte gedacht, dass die Schafe zurückbeißen?

Thomas Müller entfesselt ein Szenario voller Spannung und Tiefgang – ein Wirtschaftsroman auf Basis von wahren Begebenheiten und eigener Erfahrungen.

Der Autor

Thomas Müller, Dipl. Ing., Jahrgang 1955, hat Flugzeug- und Raketenbau studiert. Nach dem Studium wurde er selbstständiger IT-Unternehmer. Als Kläger in einem zermürbenden Prozess gegen eine europäische Bank sammelte er zwölf Jahre lang Beweislagen und Akten, um sich der Macht der Finanzindustrie zu erwehren. Dabei hatte er die Idee, die Zusammenhänge und die katastrophalen Auswirkungen, die die Interessen von Staat und Geldindustrie auf unbescholtene Bürger entfalten, in eine spannende Geschichte zu kleiden.

Thomas Müller lebt mit seiner Frau an der Côte d'Azur in Südfrankreich.

SCHAFE FÜR DIE

WÖLFE

ROMAN

THOMAS MÜLLER

Deutsche Erstauflage
Dieser Titel ist auch als E-Book erschienen.

Erschienen	Frühjahr 2022
Copyright © by	Thomas Müller
Lektorat	Dr. Peter Schäfer, Gütersloh
Artdirection/Cover	Rauschgold Coverdesign, Bonn
Marketing	Mainwunder, Dreieich
Druck	Bookpress, Polen
ISBN	978-3-9859-5280-9

Titelbild unter Verwendung von unsplash.com: @guillaume-bolduc,
@matthew-henry und freepik.com: @vectorium.

Für all jene, die sich zur Wehr setzen.

Zur Warnung für solche, die Unheil anrichten.

Event in Savissivik
August 2007

Diese Geschichte begann, als fliegende Orcas auf Grönland gesichtet wurden, etwa zur selben Zeit, als die Erde den Menschen bewies, dass sie wärmer werden sollte. Hochauflösende und gestochen scharfe Satellitenbilder lieferten dazu die Beweise. Nur religiöse Erwecker und Populisten wurden niemals müde, dass zu leugnen, was es war: ein Klimawandel.

Die Bilder aus dem All zeigten umso mehr den Eingriff des Menschen in die Natur und wie egoistisch er sich ihrer bediente. Der Zeitpunkt stand bevor, an dem nichts mehr so sein würde, wie es war. Schmelzende Polkappen und tauende Gletscher hätten Warnung sein müssen, stattdessen lieferte der banale Gewöhnungseffekt das Argument zur Glättung der Sorgenfalten: Als Einzelner ließe sich eh nichts ausrichten.

Auch Grönland, *gerade* Grönland blieb von all dem nicht verschont. Wissenschaftler hatten veröffentlicht, dass die größte Insel der Erde täglich tausende Tonnen Süßwasser verlor. Aus ihren Kindertagen kannten die Alten aus den Dörfern noch die Bilder, in denen Gletscher und Eisberge ein unendliches Meer bildeten, ein Panorama in strahlendem Weiß.

Die Inuit in den Dörfern spürten intuitiv diese tiefgreifende Veränderung ihres Alltags durch ihre eigene Sensorik: Sich ändernde Eiskristallstrukturen, variierende Schneedichte, seltsam einfallendes Licht und ein sich verlierender Klang des Eises – all das waren unheilverkündende Anzeichen für sie. Viele von ihnen ahnten also, dass nichts für die Ewigkeit war. Doch was hätten sie tun können? Wie sollten sie das Räderwerk der Veränderung anhalten? Sie wussten es nicht. Also knöpften sie ihre Rentierparkas zu, stiegen auf ihre Hundeschlitten und fuhren zur Jagd.

Mit ihrer Schicksalsergebenheit standen sie im Übrigen in nichts den meisten anderen Menschen nach.

Das Dörfchen Savissivik, im Westen der gleichnamigen Insel gelegen, schlummerte an der Baffin Bay vor der Nordwestküste Grönlands vor sich hin. Die Siedlung des Distrikts Qaanaaq zählt nur ein paar Dutzend Einwohner. Das Leben hing sonst von den Rhythmen der Jahreszeiten ab, doch auf einmal wurde die Gemeinschaft unerwartet aus dem Schlaf gerüttelt. Bevor das passierte, lebten die Dörfler einen ganz normalen Tag in weißer Kulisse, gehüllt in ein bläuliches Licht.

Die Einwohner liebten die Beschaulichkeit. Auf diese war jeder Einzelne der 66 Einwohner stolz. Man verfügte über alles, was man zum enthaltsamen Leben im Eis benötigte.

Savissivik erfreute sich einer lebendigen und vitalen Dorfgemeinschaft. Traditionen waren im Alltag fest verwurzelt, der Bau eines Qajaqs gab ein gutes Beispiel dafür ab. Industrien, große Häfen oder Fischzuchtfarmen suchte man vergebens. Tagaus, tagein wurde das Leben von Eis und Schnee und den unberechenbaren Winden begleitet. Trotz oder gerade wegen dieser Gleichförmigkeit, ein Inuk konnte sich keinen schöneren Platz auf Erden vorstellen. Jedoch ohne die Gemeinde als vitales Zentrum wäre das Dasein in der Abgeschiedenheit schwer vorstellbar gewesen, denn ein Einzelner hatte hier draußen nicht die geringste Überlebenschance. Das hieß nicht, dass man sich selbst genug war und Fremde von außerhalb nicht duldete. Eigenbrötelei hatte hier keine Chance, dazu waren die Bewohner von Savissivik zu offenherzig und gastfreundlich. Aber ihre Neugierde überstrahlte noch die Beschaulichkeit ihrer Lebensverhältnisse.

Ein Inuk erlernte die Robbenjagd von seinem Vater, der das Handwerk wiederum von seinem Vater gelernt hatte. Die alte Generation übergab das Leben an die neue Generation.

Atuqtuaq war nicht der einzige Robbenfänger, doch er konnte sich rühmen, der Erfolgreichste zu sein, weshalb er hohes Ansehen genoss. Aber auch aus einem anderen Grund wurde er sehr geachtet, denn er machte seinem Namen alle Ehre: Atuqtuaq bedeutet in der Sprache der Inuit *Der, der singt*. Mit den Liedern der Ahnen, der Waljäger, gab er die alten Legenden an die Jungen weiter. Wenn Atuqtuaq im Gemeindehaus die Lieder anstimmte, waren Groß und Klein mucksmäuschenstill. Zu gerne lauschten sie den Geschichten ihres Volkes.

Es waren Geschichten von Tapferkeit und Übermut, vom Triumph über den Wal und von der Liebe zur weißen, glitzernden Natur, die sie alle in ihren Herzen trugen. Jedes Mal wiederholte es sich aufs Neue: Atuqtuaq sang leise und eindringlich von der Jagd, von Hungerzeiten oder von kosmischen Himmelsphänomenen, dabei schlug er rhythmisch die Rahmentrommel und schon umspannte alle im Saal ein vertrautes Gefühl wie ein großer flauschiger Mantel. Sie spürten unmittelbar die Kraft ihrer Väter und durchlebten deren Erinnerungen, verschmolzen mit der Vergangenheit ihrer Familiengemeinschaft und der Tradition ihres Volkes. So klang Einheit. So fühlte sich Verbundenheit an.

Unter den Inuit gibt es keine Hierarchie, jeder hat dasselbe Recht und denselben Zugang zu Land, Meer, Ressourcen wie zur Gemeinschaft. Streitigkeiten regelt man auf traditionellem Weg: Man verlangt von den Streithähnen durchs Dorf zu marschieren und sich dem Hohn und Spott der anderen auszusetzen, denn nur durch das Zerrbild des Spotts, sagen sie, würde das Gallige im Streit gelöst. Nur durch die Fratze des Zwistes würde die Besonnenheit oder das Lachen zurückkehren. Das gelang erstaunlich gut, und nicht wenige der Dorfbewohner hätten Stein und Bein geschworen, dass der Erfolg der Methode hundertprozentig sei, zumal am Ende eines Streits immer ein fröhliches Versöhnungsfest stand. Und wer würde sich einer solchen Feierlichkeit berauben? Jedenfalls rückte die Dorfgemeinschaft nicht auseinander, bloß weil Streit vom Zaun gebrochen wurde. Im Gegenteil, solche dörflichen Bindungskräfte sind mühelos imstande, kleine und mittelgroße Probleme des Lebens zu lösen.

Die Inuit lernten große, schwer lösbare Probleme erst kennen, als sie mit der Kultur der modernen Welt zusammentrafen. Was soll man hierzu sagen? An große Probleme, die langfristig wirken, weil es für sie keine schnelle Lösung gibt, gewöhnt man sich eben. Oder anders ausgedrückt: Man lebt mit diesen Problemen. Das 21. Jahrhundert verwehrte den Inuit, das Leben ihrer Väter zu leben. Keiner führte noch ein wirkliches Nomadenleben.

Das Jahr war noch jung, als eine Schar Kinder ins Dorf gerannt kam.

»Ein fliegender Orca! Da oben! Glaub mir, ich habe ihn gesehen!«, alarmierte einer der Jungen die Dorfbewohner.

»Er kommt direkt auf uns zu«, rief das Mädchen hinter ihm und zeigte mit einer Hand zum wolkenlosen Himmel. »Er will uns fressen. Schnell, ihr müsst ihn fangen!«

Ein junger Kerl, der gerade das Hundegeschirr einfettete, drehte sich um. »Fliegende Orcas? Meinst du solche, die nur kleine Inuks fressen?« Er lachte und zeigte die Straße hinunter. »Lauf nur, lauft zu Atuqtuaq. Er soll mit seiner Harpune das Monster vom Himmel holen.« Er sah zu, wie die Rasselbande weiterlief.

Während die Fantasie der Kinder verschiedene Bilder des Schreckens, aber auch solche des Mutes malte, kam der Schatten, den der *fliegende Orca* auf dem Schnee warf, immer näher. Der ungewohnt laute Krach, der dem Luftungetüm vorauseilte, lockte jetzt auch die anderen Dorfbewohner an.

Aus der Nähe betrachtet war die Ähnlichkeit mit einem Schwertwal allerdings nur Illusion. Viel Schnee wurde aufgewirbelt, als der rumorende Hubschrauber des Typs Bell 206 Long Ranger unweit der ersten Häuser des Dorfes landete. Allmählich verebbte das Knattergeräusch, das von ihm ausging.

Der Dorfälteste erledigte seine Arbeit im Gemeindebüro, als er durch das Fenster einen flüchtigen Blick auf den Hubschrauber warf. Schon wieder, dachte er und schüttelte bedächtig den Kopf. Wie selbstverständlich nahm er an, dass es Beamte aus Qaasuitsup wären, um aufs Neue unsinnige Fragen zu stellen, deren Antworten sie zur Erhebung von weiteren unsinnigen Statistiken benötigten, um noch tiefer in die Subventionstöpfe des Mutterlandes Dänemark greifen zu können.

Sein zweiter Blick ließ ihn verblüffen. Da kletterte eine Frau aus dem Hubschrauber, eingehüllt in einen modischen pinkfarbenen Daunenmantel und mit Moon-Boots an ihren Füßen, aus denen ebenfalls pinkes Langhaarfell herauszuwachsen schien. Der Alte reagierte sofort, es handelte sich augenscheinlich nicht um Beamte, sondern um Besuch. Auf dem Weg zum Landeplatz zog er sich im Laufen seinen Rentierparka über. Bald sah er die Frau aus der Nähe, und unwillkürlich musste er an Flamingos denken, diese elegant fragilen Vögel, die er von dem Kalenderblatt, das seit Jahren unverändert in der Schneemobilwerkstatt hing, kannte. Der Alte wusste nicht, wieso, aber er bewunderte die Flamingos. Sie waren so ganz anders als die Tiere, die hier im hohen Norden lebten. Vielleicht war genau das der Grund.

Ganz offensichtlich hatte die Flamingo-Dame das Sagen in der Gruppe, denn sie wandte sich mit einer Frage zuerst an einen der Dörfler. Als sie keine Antwort bekam, ging sie zum Nächsten. Sie wurde verdutzt angesehen, und sie blickte ebenfalls verdutzt um sich.

Die pinke Lady hob charmant die Augenbrauen, als der Alte auf sie zukam. »Lassen Sie uns reingehen«, sagte er und zeigte mit der Hand den Weg.

Im warmen Gemeindehaus, nachdem man sich gegenseitig begrüßt hatte, versorgte er alle zunächst mit heißem Tee und getrockneten Robbenfleisch-Chips.

»Wie können wir Ihnen helfen?«, begann der Alte freundlich das Gespräch. Es war offensichtlich, dass die Frau im Daunenmantel die beschwerliche Reise nicht auf sich genommen hatte, nur um Chips zu knabbern.

»Vielen Dank für Ihren freundlichen Empfang«, antwortete die Frau, die nun in einer schwarzen Bluse steckte, die ihrer schlanken Figur schmeichelte. Sie stellte sich vor und fuhr fort, »ich komme aus Reykjavik, wo ich eine Event-Agentur betreibe. Auf ihr wunderbar entlegenes Savissivik bin ich gestoßen, weil es hier das gibt, wonach ich gesucht habe. Zu meinen Kunden zählen Banken, Pharmakonzerne und andere Global Player, die zur Motivation ihres Managements immer neuere, immer ausgefallenere Arrangements wünschen, um so ihre Teams bei der Stange zu halten.«

Die Dorfbewohner hörten mit gespitzten Ohren zu, nur der Alte saß der Frau unbeweglich gegenüber und beobachtete sie eher zurückhaltend. »Gletscher-Skifahren in Neuseeland ist ja megaout, aber das wissen Sie sicher. Und die, die immer noch ihre Manager in ein Kloster zur Kontemplation schicken, haben sowas von keiner Ahnung von … na ja, von dem, was erfolgreiche Menschen wirklich begeistert. Vergessen Sie Sex, Drugs and Rock 'n' Roll in Las Vegas oder Casinotouren in Singapur und Macau – das führt zu nichts. Amüsement im Jahr 2007 findet in Savissivik statt!«

Die Lady in Pink redete so, als säße sie in einer ihrer Konferenzen in Reykjavik. Doch hier, in der eisigen Landschaft von Savissivik, zündete ihre feurige Art zu reden nicht so recht. Ihre Zuhörer verstanden nicht, wovon sie sprach. Sie saßen unbeweglich und erwartungsvoll um sie herum, und das Gerede vermittelte ihnen das Gefühl, sie sollten am Ende des Vortrages aufstehen und ihr applaudieren.

Der Alte ließ einige Sekunden verstreichen und studierte das bemalte Gesicht der Flamingo-Dame, deren Augenbrauen dünne Striche waren. Sie blickte ihn erwartungsvoll an.

»Was ... genau ... führt Sie nun zu uns?«, fragte er mit derselben stoischen Ruhe wie zuvor.

»Es geht um etwas, von dem Sie viel haben. Um Platz, um Raum. Nun ja, für ein spezielles Event möchten wir eine freie Eisfläche von etwa zehn Hektar für fünf Tage mieten. Dazu benötigen wir weitere Flächen, um einige Luxus-Wohncontainer aufzustellen. Natürlich sind Zuleitungen für Wasser, Wärme und Elektrizität ebenfalls erforderlich.«

Die Event-Chefin skizzierte ihre Wünsche im Detail, betonte, dass alles umweltverträglich sein sollte, und nannte zum Schluss einen kolossalen All-In-Preis, der den Alten veranlasste, zu glauben, dass diese arme Frau nicht mehr alle Sinne beisammenhaben musste, so viel Geld für ein paar Tage für eine Eisfläche auszugeben. Während die Dame sich die Hände an der Teetasse wärmte, berieten sich die Dörfler.

Man akzeptierte und beschloss den Handel per Handschlag.

Der Alte begleitete die Entourage zum Hubschrauber zurück und rief den Besuchern »Guten Flug« hinterher, als sie vom Halbdunkel des Helikopters verschluckt wurden. Schnee und Eiskristalle wirbelten auf, als der *fliegende Orca* wieder aufstieg, um in seine Heimat Reykjavik zurückzukehren.

Monate später flogen sechs Long Ranger Savissivik an, am Haken je einen Monster-Container. Die Luxus-Wohncontainer wurden im Halbkreis aufgestellt und an die Versorgungsleitungen angeschlossen. Schnell machte man sie bezugsfertig.

Am Tag darauf kehrten die Isländer zurück, und jetzt hingen nagelneue Mercedes-AMG-Fahrzeuge der Klasse SL und SLK an den Hubschraubern. Die Spike-Reifen nahmen sich gefährlich aus. Fleißige Mitarbeiter schoben die Eis- und Schneelandschaft zu einer Rundstrecke frei, auf der das Adrenalin der Besserverdienenden buchstäblich auf Touren kommen sollte.

Ein »Event mit Kick« sollte es werden, so die Event-Chefin. Tatsächlich kam der Plan bei ihrer Klientel gut an. Wer so hart arbeitete, durfte das Kind in sich wiederentdecken und mit fünfhundert PS auf einer Eisfläche hin und her schleudern.

Die Lady in Pink selbst bevorzugte eher ein gepflegtes SPA-Programm mit Tantra- und Reflexmassage und heißen, heilenden Steinen auf dem Rücken. Dem Fisch muss eben der Wurm schmecken.

Das Fünf-Tage-Event stand unmittelbar bevor, als die Long Ranger zum dritten Mal ihren Touchdown durchführten.

Nun kamen die Teilnehmer: Zartblässliche Jünglinge entstiegen den Helis und wirkten deplatziert in dieser Landschaft. Einige der Dörfler schlossen bereits Wetten ab, dass diese Anzugträger, die sich vor dem eisigen Wind zu schützen versuchten, keine zehn Minuten in der Eis- und Schneewelt Savissiviks überleben würden. Doch es gab auch Wikinger unter ihnen, solche, die schon einige Events auf dem Buckel hatten und wussten, dass für angemessenen Komfort gesorgt würde.

Der Hubschrauber spuckte eine Ladung Investmentbanker nach der anderen in die raue Welt aus Schnee und Kälte aus. Der Name der Bank hätte vermuten lassen – ja, man hätte sich dessen sicher sein können –, dass die Witterung in Savissivik für die etwas verloren herumstehenden Herrschaften kein Problem gewesen wäre. Die Bank, um die es sich handelte, hieß Banki Island HF.

Eis, Schnee und zehn Grad unter null gab es selbstverständlich auch auf Island, aber ein Event zur Stärkung des Teamgeistes in diesem gottverlassenen Winkel Grönlands erschien den meisten total verrückt ... und fesselnd zugleich. Manager aus allen Zweigstellen, die jetzt *Branches* hießen, machten es sich in den üppigen Wohncontainern bequem. Es war schon sonderbar, dass sich die Branches nicht mischten – die Teams aus London, Dublin, Guernsey, Genf, Zürich und aus Mittland quartierten sich geschlossen in jeweils ihrem Container ein.

Am nächsten Morgen verfolgten die Banker mit aufgerissenen Augen die Spielzeuge, als die Testfahrer sie über die Eisplatte hetzten, Drifte absolvierten und kreiselten. Fasziniert verfolgten sie das Spektakel und grölten, wenn ein SLK vor ihnen in die Kurve driftete und sie mit einer

Schneedusche eindeckte.

Bankvorstände wussten, dass es sich bei ihren Investmentbankern um eine bizarre Spezies handelte, die täglich mit immensen Summen Geld umging, damit spekulierte, ebenso immense Profit machte, aber auch Millionen verbrennen konnte. In einer solchen Welt die Bodenhaftung zu behalten ist eine fast unlösbare Aufgabe.

Ein Insider formulierte es einmal so: Investmentbanker sind Auserwählte einer verschworenen Gemeinschaft, die quasi militärisch organisiert ist und in welcher der Gehorsam und die Loyalität nur dem ranghöheren Offizier – dem Leader – gehört. Doch diese Menschen verteidigen nicht ihr Land, sie schützen keine Bevölkerung, sondern ihr oberstes Ziel besteht darin, Geld zu machen, noch mehr Geld zu machen, und dann noch viel mehr Geld.

Investmentbanker agieren abseits jeder sozialen Verantwortung. Diese Spezies lebt in einer Zwei-Klassen-Welt, in der es nur Gewinner und Verlierer gibt. Die Gewinner hassen das Verlieren, und mehr als das hassen sie die Verlierer. Sie brennen innerlich und sind immer auf der Hatz nach dem größeren Deal und dem noch größeren Bonus.

Zwei Tage durften die Manager sich auf dem Eis austoben und ihre Fahrkünste erproben. An den Abenden brieten sie Stockfisch über dem offenen Feuer aus Öltonnen. Dazu gab es das Gebräu des alten Jim Beam mit Eis, das aus dem nächstbesten Hügel herausgehackt wurde.

Selbst aus dem Eishacken wurde ein Wettbewerb kreiert, bei dem die Container-Teams gegeneinander antraten. Jedes Team meinte es besser und schneller zu können.

Über solch einem Event herrscht meist ein Alpha-Tier. Ohne einen Leithammel bleibt das Team führungslos; es braucht eine Autorität, die die Kommandos gibt und zu der das Team aufschaut.

Viggo Lasse Paulsen war der unumstrittene Chef der *Branches* aus Mittland, ein alter Haudegen, einer, der es zwar nicht bis nach ganz oben geschafft hatte, dafür aber nicht mehr im Trading Room mit den anderen sitzen musste, sondern über sein eigenes Büro plus Sekretärin verfügte – und herrschte.

Viggo Lasse war Däne, kein Isländer, und er legte großen Wert auf diesen Unterschied. Was kümmerte es ihn, wenn ihn seine Kollegen als dünkelhaft, selbstgefällig und launisch beurteilten? Für seine Vorgesetzten war nur eins wichtig: Hauptsache, sie konnten Viggo Lasse als Raubtier nutzen. Als einen, der ein Team gerissen und ohne Skrupel auf Kurs zu halten verstand.

Er war eine Ikone bei den Investmentbankern. Groß und breitschultrig, volles dunkles Haar, Mitte vierzig und mit einnehmend teuflischem Charme ausgestattet, mit dem er selbst dem Dalai-Lama Aktienpakete vom weltgrößten Rüstungskonzern hätte verkaufen können. Andererseits galt er auch als Draufgänger, was Frauen und andere Genüsse anging. Hier in der Eiswüste, umgeben von vielen verunsicherten Jungbankern, hatte er seine Bühne, was ihn dazu prädestinierte, den anderen zu zeigen, wie man derartige Events auszukosten hatte. Da machte ihm keiner etwas vor.

Immer dann, wenn einer der Novizen den im Jim Beam getränkten Stockfisch in die unberührte Schneelandschaft kotzen musste, schraubte Paulsen den nächsten Verschluss von der Whiskyflasche. Er klopfte dem Jüngling väterlich auf die Rücken, nahm sich seiner brüderlich an und erklärte ihm seine eigene Weisheit: »Nach dem Kotzen sofort wieder einen Whisky trinken, um noch mehr Unwohlsein zu vermeiden!« Alle Novizen folgten kritiklos seiner Order, und das wiederum schmeichelte seiner Autorität. Viggo Lasse genoss es, der König des Camps zu sein. Er wusste nicht immer, wie die Kerle hießen, die ihm anerkennend zunickten und zuprosteten, und es interessierte ihn auch nicht.

Der dritte Tag wurde zum großen Track Day. Das Üben war vorbei, nun fuhr man echte Rennen gegeneinander. Nun spielte man nach Punkten und um den Pokal.

Paulsen konnte es kaum erwarten. Er puschte unentwegt sein Mittland-Track-Team nach vorn. Unbewusst setzte er sich selbst damit unter Druck, beim Rennen eine megacoole Performance abzuliefern.

Um sich, so glaubte er ernsthaft, bestens darauf vorzubereiten, hatte er am Vorabend neben Jim Beam weitere vierzigprozentigen Bekanntschaften gefrönt. Er kippte beharrlich, bis es nicht mehr ging. Schlag Mitternacht verpasste ihm sein Gehirn einen Blackout, er wankte nicht einmal, sondern sackte in den Knien ein. Ohne Halt landete er, den Hintern voraus, auf dem gefrorenen Boden, wo er regungslos sitzen blieb.

Die Kollegen, nicht minder alkoholisch benebelt, bekamen das zunächst gar nicht mit. Am Ende der Party versuchten sie aber, Viggo Lasse auf die Füße zu stellen. »Verdammt«, hörte man ihn lallen, »mein Arsch ist festgefroren.« In der Tat, das Eis hatte ihn im festen Griff. Um ihn loszueisen, schickte ein Jungbanker nach einem Mechaniker, der Paulsen mit einem Lötbrenner sprichwörtlich Feuer unterm Hintern machte, bis dieser wieder auf beiden Beinen stand. Wankend, ohne ein Wort zu sagen, trottete er davon und verschwand dann in seinen Container.

Jetzt war Wettkampftag. Viggo Lasse präsentierte sich zwar mit angesengtem Gesäß, aber wie immer als jovialer Schreihals und Dampfplauderer. Er war bereit. Bereit zu siegen.

Drei Stunden, bevor sich in der Containerkolonie der erste Banker mit Brummschädel rührte, hatten sich Atuqtuaq und sein Sohn Atiqtalik, dessen Name *Bruder des Eisbären* bedeutete, längst zu ihrem Robbenloch aufgemacht, das sie am Vortag freigeschlagen hatten. In aller Herrgottsfrühe war der Zehnjährige aus seinem Bett geklettert und aufgeregt in seine Funktionsunterwäsche geschlüpft und hatte darüber Hose, Outdoor-Fleece, Stiefel und zuletzt die Rentierfelljacke angezogen.

Ein paar Minuten später hockte er erwartungsfroh auf der Kante der hölzernen Bank und kaute aufgeregt ein Stück Maktaaq, Walhaut mit reichlich Vitamin C. Atiqtalik strahlte seinen Vater an, als dieser sich endlich zum Frühstück zu ihm setzte. Heute durfte er das erste Mal seinen Vater auf die Jagd begleiten.

»Was fangen wir heute?«, plapperte der Junge drauflos, dessen Gesicht sich nicht nur vor Aufregung rötete, sondern auch der Fellkleidung wegen.

Atuqtuaq lächelte, streifte seinem Sohn liebevoll die Kapuze ab und zog ihm den Reißverschluss der Jacke auf. »Warte ... heute ist Mittwoch, richtig? Mittwoch ist Kegelrobbentag.« Der Junge schaute verdutzt, doch als er seinen Vater grinsen sah, musste er lachen.

Sie erreichten bald das Loch vom Vortag, es war wieder zugefroren. Atiqtalik schaute zu seinem Vater, der den Eispick nahm und das Loch freiränderte, dann mit einem leichten Schlag die Platte herausbrach und sie unter das Eis schob. Atuqtuaq ließ ein kleines Netz mit Fischresten ins Wasser. Der Fischgeruch würde die Robben anlocken. Vater und Sohn saßen nun um das Eisloch.

Nun begann das Warten. Atuqtuaq nutzte die Zeit, um seinem Sohn vom Mythos um die große Mutter Sedna zu erzählen. Während des Erzählens schweiften seine Gedanken ab zu seiner Frau, Atiqtaliks Mutter, die im Kindbett gestorben war. Sein Herz verdunkelte sich jedes Mal, wenn er an sie dachte. Schmerz und Verlust jemals zu überwinden, daran glaubte er nicht. Doch wenn sie uns jetzt so sehen könnte, dachte er und legte den Arm um seinen Sohn, sie wäre glücklich.

Das Rennen würde bald starten. Viggo Lasse Paulsen glitt etwas umständlich in den Sportsitz eines 360 PS starken, silberfarbenen Mercedes SLK. Ein Hard-Top schützte ihn vor der Außenwelt, und alle nur erdenklichen elektronischen Helferchen erwarteten seine Befehle.»Mir ist einigermaßen ... diffus zumute«, ließ er den Mechaniker wissen, der ihm den Hosenträgergurt anlegen wollte. Dieser reagierte mit verächtlichem Blick auf dessen jammernde Bemerkung.

Instinktiv hatte Viggo auf das Frühstück verzichtet, denn allein der Geruch von Rührei, schwarzem Heilbutt und rohem Walrossfleisch, eingewickelt in Kelp, der braunen Seealge, hätte ihn würgen lassen. Das wusste er. Jetzt litt Viggo nicht direkt an Übelkeit, ihm war eher blümerant. Mit blutunterlaufenden Augen und angesengtem Hintern zwängte er sich in den engen Recaro-Sitz. Der Mechaniker klickte endlich den Gurt fest und hob den Daumen. Er war jetzt startklar.

Die Kopfschmerzen und das Brennen am Gesäß beschloss Paulsen sportlich zu nehmen. Ein Blick aus dem Seitenfenster genügte, um festzustellen, dass es kein Zurück für ihn gab. Das Team Mittland stand um den SLK herum, feuerte ihn an, grölte und feixte. Wenn er jetzt wieder aussteigen würde, wäre das ein Gesichtsverlust erster Klasse. Für alle Zeiten wäre er erledigt. Also hatte er keine Wahl. Augen zu und durch, dachte er.

Die Flagge fiel, und Viggo Lasse Paulsen trat das Gaspedal bis zum Anschlag durch. Der SLK quittierte den Befehl mit durchdrehenden Hinterrädern. Dann aber packten die Spikes zu, und der Wagen schoss dermaßen brutal nach vorn, dass es seinen Fahrer mit einem Ruck tief in den Sitz presste. Dass derartige physikalische Kräfte ihn angreifen konnten, damit hatte Viggo Lasse nicht gerechnet. Sein angesengter Hintern spielte jetzt keine Rolle mehr. Wie ein Geschoß flog er davon, gleichzeitig trat die Hinterachse nach beiden Seiten aus. Er mühte sich ab, den schlingernden Mercedes wieder einzufangen, was ihm nach zweihundert Metern nur mittelprächtig gelang.

Es galt, fünfmal den Kurs zu umrunden, dann wurde im Ziel die Zeit gestoppt. Die erste Runde war kompliziert, da seine Sinne zu Beginn nicht auf normalem Niveau arbeiteten. Doch so langsam kam er in die Gänge.

Die zweite Runde war besser. »Na, geht doch«, nuschelte er, »und jetzt Attacke.« Er war zurück, Viggo, der Haudegen, der Adrenalinjunkie. Die Spikereifen fraßen sich knirschend in den Schnee, und Paulsen sah sich schon auf dem Siegerpodest stehen. Er driftete zum Ende der zweite Runde um die kleinen Hütchen, die, wenn man sie berührte, Strafpunkte einbrachten.

Paulsen kam immer besser mit dem SLK zurecht, und in der dritten Runde fühlte er sich wie Michael Schumacher, sicher und, ohne Frage, Herr der Maschine. Er trat das Gaspedal voll durch, sodass der Wagen an allen vier Rädern maximal beschleunigte. Das war gewaltig, es fühlte sich an, als säße er in einer Rakete, sein Blutdruck schoss nach oben und reines Dopamin befüllte seine Arterien.

Das Ende der langen Geraden kam abrupt. Kurz vor dem sich anschließenden Kurvenverlauf hatte das Auto immer noch die volle Geschwindigkeit. Zack! Plötzlich ging nichts mehr. Paulsen konnte die Arme nicht zum Einlenken des Wagens in die Kurve bewegen, sie gehorchten ihm nicht mehr, sie blockierten, sie streikten. Sein Blick war starr nach vorn gerichtet, doch er sah nichts mehr. Ein plötzlicher Flashback verhinderte jede Körperbewegung, ein Schlüsselreiz hatte ihn in eine Starre versetzt. Die Mengen Alkohol plus Putschmittel, die er immer noch intus hatte, beschleunigten biochemische Reaktionen, mit denen sein Gehirn es jetzt zu tun bekam. Er saß in der Hölle fest.

Freie Bewegungen waren illusorisch. Nicht der kleinste Muskel löste sich aus der Verkrampfung. Arme und Beine waren starr wie Holztüren. Der SLK schoss gnadenlos geradeaus, wo er hätte einbiegen sollen. Paulsen kam von der Rennspur ab und raste mit Höchstgeschwindigkeit und immer noch durchgetretenem Gaspedal über die nicht präparierte Eisfläche auf einen gleißend weißen Horizont zu.

Wie ein tonnenschwerer Betonklotz blockierte Viggos Fuß weiterhin das Gaspedal. Was vor ihm war, sah er kaum. Irgendwo in ihm meldete sich eine Stimme, ein verzweifelter Impuls, der viel zu schwach war, um zu ihm durchzudringen – eine aussichtslose Warnung, wie ein Schrei unter Wasser.

Der Mercedes schoss weiter geradeaus. Eine schräge Eisplatte stellte sich in den Weg, und der Sportwagen krachte darüber hinweg, hob ab und flog einige Meter durch die Luft. Achsen und Räder des Wagens bogen sich nach unten.

Der Aufprall auf dem Eisparkett löste Viggo Lasse aus seiner Starre. In Nanosekunden versuchte er zu erfassen, was da vor sich ging.

Atuqtuaq beobachtete das Netz mit den Fischstücken, und währenddessen erzählte er dem Sohn die alten Geschichten des roten Bären und des Raben, der seinem Volk der Inuit das Licht brachte. Schon oft hatten beide so zusammengehockt, wobei Atiqtalik im Arm seines Vaters andachtsvoll den Sagen und der Tradition ihres Volkes lauschte.

Atuqtuaq wollte gerade die Geschichte über Drug, den großen Eisbären, beginnen, als er hinter sich ein lautes Geräusch wahrnahm, das er nicht recht einordnen konnte. Er drehte sich herum, sah, wie ein silbernes Auto durch die Luft flog, mit einem lauten Krachen auf der Eisdecke landete, sich wieder auf die Räder stellte und danach ungebremst weiter raste. Die Richtung, die das Autos nahm, führte seitlich an ihnen vorbei. Vater und Sohn standen auf. Atuqtuaq nahm sein Kind schützend zur Seite. Beide beobachteten das Geschehen.

Viggo Lasse Paulsen, aus der Starre erwacht, war jetzt in der Lage, seinen rechten Fuß vom Gaspedal zu nehmen. Mit aller Kraft trat er instinktiv auf die Bremse. Genau das, hatten die Instruktoren in den Tagen zuvor gesagt, sollte man auf keinen Fall tun, da die Spikes sofort eine üble Reaktion zeigen würden, die gemeingefährliche bis bedrohliche Ausmaße annehmen konnte. Eine Vollbremsung mit Spikes war bei weitem die dämlichste Idee. Dennoch drückte er das Bremspedal bis zum Anschlag durch.

Viggos Albtraum vergrößerte sich. Das Lenkrad fest umklammert, den linken Fuß auf dem Bremspedal, riss das Auto nach rechts aus. Die Spikes griffen in das Eis, die beschleunigte Masse des Wagens zog augenblicklich nach, dann überschlug sich das Fahrzeug und änderte die Richtung. Jetzt raste der SLK auf dem Dach liegend und leicht rotierend weiter.

Das Auto kam direkt auf sie zu. Atuqtuaq erkannte blitzartig die Gefahr und setzte zum Sprung an, um seinen Sohn aus der Schusslinie des Mercedes zu stoßen. Doch er stolperte über den Eispickel, den er selbst fest ins Eis geschlagen hatte, und fiel flach auf das Eis, ohne seinen Sohn überhaupt erreicht zu haben. Im Gegenteil, er rutschte nun von ihm weg.

Mit immer noch hoher Geschwindigkeit und einem aufgerissenen Kotflügel raste der Wagen auf Atiqtalik zu. Ein kleines, scharfkantiges Blech erfasste den Jungen und durchstach den Ärmel seines Rentierfell-Parkas, ohne ihn zu verletzen. Doch er wurde mitgerissen und vom kreiselnden Wagen herumgeschleudert.

Atuqtuaqs Sohn hing fest, ohne Chance, sich zu befreien. Verzweifelt richtete der Vater sich auf und sah, wie das Ungetüm seinen Sohn mit sich riss. Panik stieg in ihm auf. Er musste helfen, aber wie? Zum Wagen, verflucht, ich muss zu diesem Wagen und ihn stoppen, dachte er und hoffte inständig, der Mercedes verlöre Kraft und bliebe stehen. Er lief los. Der Junge schrie nicht, weil er wohl zu überrascht und starr vor Angst war. Wie ein seelenloser Raubvogel zerrte das metallene Ungetüm Atiqtalik davon.

Dann hörte der Wagen auf zu rotieren. Der Junge löste sich vom Wagen und wurde fortgeschleudert, noch weiter weg von seinem Vater. Mit einem dumpfen Aufprall landete der kleine Atiqtalik auf der Eisfläche, doch sein Vater sah ihn nicht mehr, weil das Auto, das seinem Sohn folgte und immer noch auf dem Dach lag, ihm die Sicht versperrte.

Atuqtuaq hörte jetzt seinen Sohn panisch schreien, was ihn verrückt vor Angst werden ließ. Er rannte schneller, diesem verteufelten rutschenden Wrack hinterher. Er musste seinem Sohn zu Hilfe kommen. Das Auto schien nun – nur wenig gebremst – seinen Sohn über das Eis zu schieben, genau auf ihr Robbenloch zu.

Plötzlich riss Atiqtaliks Schrei abrupt ab. Atuqtuaq rannte schneller und sah, wie das offene Loch im Eis unter dem silbernen Wagen zum Vorschein kam, bevor der Wagen seinen Weg fortsetzte und weiter über das Eis schlitterte.

Wo war sein Sohn? Wurde er immer noch vom Auto weggeschleift? Oder hatte das Auto den Jungen in das Robbenloch gedrückt?

Der Wagen knallte nach fünf Metern mit aller Wucht gegen eine höhere Eisbarriere, die ihn wie eine Flipperkugel zurückwarf, sodass sich der Wagen noch einmal überschlug, bevor er wieder auf den Rädern stand. Das Wrack raste zurück auf das Eisloch zu.

Atuqtuaq war jetzt am Loch angelangt. Kurzer Blick ins Wasser. Nichts zu sehen. Hoffnung durchfuhr ihn. Er spurtete weiter zum Wagen und umrundete das blecherne Monstrum, das mit Tempo in gerader Linie zurück auf das Loch zu rutschte. Ein Mann saß darin, mit aufgerissenen Augen und blutüberströmtem Kopf. Doch wo war Atiqtalik? Der Mann war jetzt unwichtig, sein Sohn brauchte seine Hilfe. Er schaute vor und unter dem Wagen nach. Nichts.

Atuqtuaq rannte wieder zum Eisloch. Eigentlich hätte da am Rand eine dünne Eisschicht sein müssen. Das Loch wirkte wie frisch freigeschlagen. Oder als sei etwas – oder jemand – hindurchgeschlüpft. Bitte, lass es nicht wahr sein, flehte er. War sein Atiqtalik, der *Bruder des Eisbären*, da unten? Atmete seine Lunge nun eiskaltes Wasser? War das Letzte, was er erlebt hatte, die Angst vor diesem fürchterlichen Auto?

Er sprang zurück, denn der Wagen hatte wieder das Eisloch erreicht. In seiner Rückwärtsbewegung fiel Atuqtuaq ein zweites Mal über den vermaledeiten Eispickel und schlug mit dem Rücken flach auf dem Eis auf, was ihm urplötzlich den Atem raubte. Währenddessen rutschte der silberne Mercedes geradewegs auf ihn zu. Er hätte ihn zermalmt, wenn nicht ein Vorderreifen genau im Loch stecken geblieben wäre. Das Monster hatte damit all seine Energie aufgebraucht und stand endgültig unbeweglich da, wie eingefroren.

Stille. Atuqtuaq lag mit aufgerissenen Augen auf dem Rücken. Ein paar Sekunden dauerte es, bis er wieder klar zu denken begann. Schmerzen in der Lunge machten das Aufstehen mühevoll. Alles drehte sich in seinem Kopf. Wo war Atiqtalik? Der Junge war nirgends zu sehen. Kein Laut war zu hören. So gut es ging, rannte er wieder los, umrundete den Wagen und blickte in das Loch, soweit er es noch konnte. Er rief laut nach seinem Sohn. Es kam keine Antwort.

Atuqtuaq suchte die unmittelbare Eisfläche ab, fand seinen Sohn aber nicht, noch nicht einmal eine Spur. Dann bemerkte er die Gestalt, die sich aus dem Autogerippe zu befreien suchte, aber die interessierte ihn nicht.

Atuqtuaq hatte keine Hilfe anzubieten, zuerst kam die Suche nach seinem Sohn. Er lief in jede Richtung, bis die Angst unerträglich wurde.

»Atiqtalik … Atiqtalik … wo bist du?«, rief er immer verzweifelter, und das Eis trug seine Worte überallhin. »Wo bist du? Lass mich dir helfen, sag, wo du bist.« Er bekam keine Antwort. Dann kam ihm das Robbenloch wieder in den Sinn.

»Bitte nicht das Loch, bitte nicht!«, rief er verzweifelt. Atuqtuaq lief wieder zum Loch, packte den Eispickel und begann fieberhaft, das Loch zu vergrößern. Den schreienden Mann, der im Wageninneren festsaß, beachtete Atuqtuaq nicht. Er war ihm egal, er würde ihm nicht helfen können herauszufinden, ob sein Sohn unter dem Eis war. Etwas in ihm wusste, dass er dieser Gestalt nicht helfen musste.

»Große Mutter Sedna, lass Atiqtalik leben! Es ist zu früh, dass du ihn zu dir nimmst«, flehte Atuqtuaq in seiner Verzweiflung. Wie eine Schar Rabenvögel kreisten die Gedanken in seinem Kopf, bis sie einen homogenen schwarzen Schatten bildeten, unter dem jede Hoffnung verschwand. Tränenbäche flossen sein Gesicht herab, und er hämmerte mit dem Eispickel immer weiter auf das Eis ein.

Sein Junge war in dem Loch ertrunken, das er mit eigenen Händen geschlagen hatte. Die Eisdecke war flach und meilenweit einsehbar. Es gab kein Baum, keinen Hügel und kein Gebäude, hinter dem sein Sohn hätte sein können. Es blieb einzig das Robbenloch.

Atuqtuaq wusste nicht, wie lange er die Öffnung im Eis bearbeitete. Er hämmerte und hämmerte. Fast unbemerkt kroch der Mann aus dem Wrack und lief, ohne ein Zeichen von sich zu geben, davon. Atuqtuaq hätte ihn festhalten und der Polizei übergeben können, doch er schaute nur voller Entsetzen in das Loch und gab dem Reifen, der in das Wasser ragte, wütende Schläge.

Seine Panik hatte sich in unerträgliche Gewissheit verwandelt. Verzweiflung, Trauer und Schmerz versammelten sich in seinem Inneren. Nie mehr würde er seinen Sohn wiedersehen. Atiqtalik war verschwunden, ohne Abschied, ohne letzte Umarmung und ohne ein Grab.

Die Nacht war angebrochen, und die Leute aus dem Dorf hatten sich aufgemacht, um Vater und Sohn zu suchen. Es war nicht schwer, den Vater zu finden, der auf den Knien vor dem Robbenloch hockte und seine Klagen aus sich herausschrie.

Mäusejagd
September 2007

Es war Mitte September, und an der Côte d'Azur merkte man kaum, dass die Tage kürzer wurden. Ein Wolkenband hatte sich aufgelöst und die Sonne schien jetzt schon so intensiv, dass Linda und Billy Barlotte beschlossen hatten, unter den Sonnenschirm zu flüchten, um sich ihrem Frühstück zu widmen. Die Butter auf ihren Toasts wäre im Handumdrehen geschmolzen.

Für kleine Lammwürstchen und Bohnen in Tomatensauce war heute ohnehin keine Zeit. Es galt, sich in feines Tuch zu kleiden, denn sie hatten Karten für das Sommerkonzert im Château de la Trois Croix in der Nähe von Le Plan-de-la-Tour reserviert.

Auf dem Château an der Côte d'Azur fand das jährliche Musikfestival statt. Klassische Musik wie auch moderne Klassik standen auf dem Programm. Das Ehepaar hatte schon in dem Jahr zuvor das Festival besucht und war begeistert von der Atmosphäre und der Qualität der Musiker gewesen. Als Event war es ein Mix aus Kulturgenuss und Weinprobe, beides besaß Zugkraft: Meist waren die Damen mehr am kulturellen Rahmen interessiert, die Herren hielten sich dahingehend mit ihrer Begeisterung zurück und warteten ungeduldig bis zur Pause, um endlich einen gekühlten Roséwein oder einen dekantierten Roten zu verkösten.

Für das Weingut bedeuteten diese Musiktage eher eine Werbeaktion, bei der nicht sonderlich viel verkauft wurde. Man zahlte in der Regel drauf, wenn nicht ein Sponsor sich bereit erklärte, mit einer Summe auszuhelfen. In diesem Jahr hatte das Château de la Trois Croix großes Glück, denn es war ein Sponsor aufgetaucht, der nicht nur die Kosten der Musiker und der Catering-Firma übernahm, sondern darüber hinaus auch für den Wein aufkam. Der Name des Sponsors: Bank Moneta aus Mittland.

Gleich das erste Musikstück war ein Highlight. Das Orchester der Stadt Toulon spielte Sergei Rachmaninows Klavierkonzert Nummer eins. Linda zeigte sich völlig hingerissen von der Aufführung, und Billy gab sich tiefenentspannt, als er seine Frau stürmisch applaudieren sah.

»Nehmen wir ein Gläschen«, schlug Billy vor, als sie nach dem Konzert über die Terrasse schlenderten, die ein mediterranes Panorama bot, das ebenso faszinierend wie die Musik war.

Nach einem Schluck Rosé nickte Billy anerkennend, da näherte sich ein großer breitschultriger Mann und fragte, ob er sich zu ihnen setzen könne. Billy wies mit der Hand auf den freien Stuhl. Der Mann sprach mit fremdem Akzent und Linda fiel auf, dass er überhaupt nicht auf das Konzert einging. Er redete über das Château, die besondere Lage desselben und über den Wein.

»Darling«, unterbrach Linda höflich den Fremden, »ich will mit dem Pianisten sprechen. Du kommst hier alleine klar, nicht wahr?« Ohne die Antwort ihres Mannes abzuwarten, erhob sich Linda und verschwand in Richtung des Musiksaales.

Billy war nicht überrascht, dass Linda sich auf höfliche Art davonstahl. Tatsächlich wirkte der Fremde wie ein Ehemann auf der Flucht vor seiner Frau und auf der Suche nach Gesellschaft zum Weintrinken. Gespräche über Wein langweilten Linda. Billy dachte, er könne jetzt schlecht auch noch Reißaus nehmen, also blieb er sitzen.

»Viggo Lasse Paulsen, angenehm«, stellte sich der Fremde vor, indem er sich noch einmal erhob und breit lächelnd die Hand ausstreckte. Billy bemerkte, wie sich sein Gegenüber überaus vorsichtig wieder setzte. Der Arme, dachte Billy mitfühlend, Hämorrhoiden … unangenehm!

»Wohnen Sie hier in dieser bezaubernden Gegend?«, fragte Paulsen.

»Ja, in der Tat«, gab Billy zurück.

»Sie Glückspilz! Es ist wirklich herrlich hier. Eine besondere Location. Der Blick aufs Meer. Sonne pur! Verbringen Sie Ihren Urlaub hier?«

»Urlaub? Nein, Gott bewahre. Meine Frau und ich leben in der Nähe von Nizza. Ganzjährig, Sie verstehen.«

»Respekt! Das würde ich auch gerne, übers ganze Jahr im Süden leben. Aber, man muss es sich auch leisten können! Ich bin neugierig: Darf ich fragen, wo Sie ursprünglich herkommen?«

»England. Liverpool.«

»Ah, aus der Stadt der Beatles. Haben Sie einen der Pilzköpfe gekannt?«

»Nein, ich nicht, aber meine Frau. Was ich kenne, ist das Liverpooler Wetter, das einer der Gründe war, an die Côte d'Azur zu ziehen. Mit einer bescheidenen Rente kommen wir gut über die Runden.«

Beiläufig griff Paulsen in die Innentasche seines Jacketts und beförderte eine Visitenkarte heraus, die er Billy mit kumpelhaftem Lächeln überreichte. Billy las.

»Ach herrje, Banker sind Sie?« Billys Miene wurde säuerlich und sein Tonfall schroff.

Daraufhin traf ihn ein leicht verletzter Blick Paulsens, sodass sich sofort ein schlechtes Gewissen in Billy breitmachte.

»Tut mir leid, Mr. Paulsen, das war nicht so gemeint. Aber, was macht eine Bank aus ...«, er blickte nochmals auf die Karte, »... aus Mittland hier am Mittelmeer? Ich heiße übrigens Billy Barlotte.«

»Überaus erfreut, Ihre Bekanntschaft zu machen, Mr. Barlotte.«

Bingo! Volltreffer, dachte sich Paulsen. Wie einfach es doch unter einem strahlend blauen Himmel und mit einem Weinglas in der Hand ist, seine Fallstricke auszulegen.

»Ich bin eigentlich nur zum Vergnügen hier, Mr. Barlotte, doch wenn mir jemand sympathisch ist, bin ich bereit, das Angenehme mit dem Beruflichen zu verbinden.«

Paulsen wandte seinen Blick kurz gen Himmel und schloss die Augen. »Was für ein Himmel, die Sonne hat hier so viel Kraft!«, entfuhr es seinem selig wirkenden Gesicht.

Als er seine Augen öffnete, hatte er Billy fest im Blick. »Es gibt da ein neues Produkt«, ließ er Billy wissen, »wir haben Filialen in ganz Europa und sind auch in New York und in Singapur aufgestellt. Doch unsere Kernkompetenz ist und bleibt Europa. Hier kennen wir uns aus. Wie gesagt, ein ganz neues Produkt. Es verbindet die Möglichkeit einer, wie wir es nennen, Zusatzrente«, dies sagte er betont langsam, »mit dem starken Sicherheitsbedürfnis unserer Kunden.«

Es war kein Wunder, sondern von ihm beabsichtigt, dass dieses geschliffene Statement elegant und völlig unverfänglich klang. Gelernt war eben gelernt. Dann schwieg Viggo Lasse Paulsen, denn er wollte die Reaktion seines Gesprächspartners testen.

»Was für Sicherheitsbedürfnisse meinen Sie denn?«, fragte Billy.

Paulsen stutzte. Das war etwas Unerwartetes für ihn. Er hätte eine Frage nach der Zusatzrente erwartet. Er musste also umdisponieren.

»Sehen Sie, wenn ich interessante Menschen wie Sie und Ihre Gattin kennenlerne und gefragt werde, was ich beruflich mache, ist es mir immer etwas peinlich zu sagen, dass ich Investmentbanker bin. Das liegt daran, dass die meisten Menschen nicht so genau wissen, was das ist. Ich verstehe das. Aber mein Beruf ist es, aus den Millionen von Möglichkeiten von Investments jene zu finden und zu prüfen, die mein Kunde wünscht. Und seit sechs Jahren arbeite ich immer mehr mit Kunden aus der Nachkriegsgeneration, mit denjenigen also, die ihren verdienten dritten Lebensabschnitt sorgenfrei genießen wollen.« Viggo deutete mit der offenen Handfläche auf Billy, welcher daraufhin nickte.

»Das heißt«, setzte Paulsen seinen Vortrag fort, »dass ich bei solchen Kunden«, wieder deutete er auf Billy, »dafür Sorge trage, dass sie am Monatsende mehr als nur ihre Rente in der Tasche haben. Dafür steht unsere Bank.«

Billy schien über seine Worte nachzudenken. Jetzt bloß nicht schweigen, dachte Paulsen. Nicht dass er auf blöde Gedanken kommt! Er musste die Gedanken seines Gegenübers steuern und hierfür wieder ins Plaudern kommen.

»Sie haben ihr Arbeitsleben gemeistert«, sagte Paulsen, »haben gespart und wollen nun in aller Ruhe und ohne Stress ihre Füße auf den Tisch legen können und sich die Sonne auf den Bauch scheinen lassen. Ist es nicht so? Es sei Ihnen gegönnt, und das völlig zu Recht. Ohne jeden Abstrich. Doch Sicherheit spielt dabei eine große Rolle. Manche zahlen noch eine kleine Hypothek für das Haus ab, was ihre Rente schmälert. Bei anderen ist das Haus bezahlt, aber sie hätten nichts dagegen, über etwas mehr Bares im Monat zu verfügen. Sicher gibt es Maßnahmen, dies alles zu bewerkstelligen, ohne großen Aufwand sogar. Aber so etwas muss abgesichert sein. Was machen Sie, wenn der Wechselkurs von Euro zum Britischen Pfund ungünstig absinkt? Ihre Rente wird in England in

Pfund ausbezahlt, und Sie müssen sie in Euro umtauschen, das heißt, Sie bekommen dann weniger, als Sie kalkuliert haben, richtig?« Paulsen schob die Augenbrauen nach oben und forderte Billy damit auf, ihm zuzustimmen. Er war erfreut zu sehen, dass Billy ins Grübeln kam.

Billy räusperte sich. »Und Sie ... oder Ihre Bank haben jetzt eine Möglichkeit gefunden, hier Abhilfe zu schaffen? Das ist sicher enorm kompliziert, oder? Wir, also meine Frau und ich, haben wenig Erfahrung mit Investments, um ehrlich zu sein überhaupt keine Erfahrung. Aber jeden Monat etwas mehr Geld in der Tasche, wer würde das ausschlagen? Aus meinem langen Leben weiß ich aber, dass es nichts umsonst gibt. Also, Mr. Paulsen, wo ist der Haken?«

»Mr. Barlotte ... oder darf ich Billy sagen?«

»Ja ... warum nicht?«

»Danke Billy, nennen Sie mich Viggo. Cheers!«

Paulsen trank den Rest seines Roséweins und orderte zwei neue Gläser.

»Billy, ich halte Sie für einen klugen Menschen. Natürlich dürfen Sie fragen, wo der Haken ist. Die Sache ist die, dass ich Ihnen das lieber in aller Ruhe erklären würde. Es ist so ein schöner Tag heute, und ihre Frau ist sicher gleich zurück. Frauen langweilen solche Gespräche zutiefst. Ich mache Ihnen einen Vorschlag! Treffen wir uns doch morgen in Cannes, im Hotel Gray d'Albion, unmittelbar an der Croisette. Ich lade Sie und Ihre Frau zum Lunch ein. Dabei können wir uns etwas näher mit diesem Thema beschäftigen. Was halten Sie davon?«

»Okay Mr. Paul..., ich meine Viggo. Aber völlig unverbindlich, nur des Interesses halber. Sagen wir 12.30 Uhr?«

Das lief ja wie geschmiert, dachte Paulsen. Ihm ging selten jemand vom Haken, wenn er zum Lunch einlud. Er hatte die Falle mit extra dickem Speck aufgestellt. Der Speck duftete vorzüglich und verführerisch, und schwups, war die Maus in der Falle. Der Meistermäusefänger wünschte Billy Barlotte noch schnell einen angenehmen Nachmittag und machte sich auf die Suche nach einer neuen Maus. Um die nächste Maus wollte er sich aber lieber im Stehen kümmern. Sein Hintern hatte sich von Grönland noch nicht ganz erholt.

Das Mauseloch
September 2007

Der klapprige Renault Clio erzeugte neue Geräusche, die Billy noch nicht kannte. Auf der Fahrt in die Innenstadt von Cannes kreiste das Wort »Zusatzrente« in seinem Kopf und in dessen Windschatten die Idee, dass es Zeit für ein neues Auto wäre. Einen Range Rover vielleicht? Hoffentlich schaffte es der Clio bis zum Hotel Gray d'Albion.

Linda hatte am Abend zuvor augenscheinlich keine Lust an diesem Paulsen gezeigt und als Bedingung ausgehandelt, dass Billy sie zum Shopping in die Rue d'Antibes begleiten musste. So sehr er sich bemühte, seiner Frau den Grundgedanken dessen zu vermitteln, was er von Viggo Lasse Paulsen verstanden hatte, er stieß gegen eine Mauer. Als Linda »Bank« und »Investment« hörte, schrumpfte ihr Interesse auf Grassamengröße. Billy hätte sich die ganze Mühe sparen können. Dann erwähnte er die Einladung zum Lunch in Cannes und sah, wie sich bei ihr die Gedanken sortierten. Bestimmt tauchten dabei Begriffe wie Promenade de la Croisette, Galerie Lafayette, das Restaurant Carlton Plage und die Namen diverser Schuhgeschäfte auf. Dann ließ sie ihn noch eine Weile zappeln und spielte die Unwillige, bis Billy von ihr das Okay inklusive eines charmanten Siegerlächelns bekam.

Ein untadeliger Tag mit Palmen, Meer und strahlender Sonne schien ihnen bevorzustehen. Die Barlottes standen vor dem Eingang des Hotels Gray D'Albion auf der Croisette, der berühmten Prachtstraße in Cannes. In Sichtweite war der Strand, der zum Hotel gehörte. Plötzlich bewegte sich die Drehtür hinter ihnen, und Viggo Lasse Paulsen wurde von ihr förmlich herausgespuckt.

»Da seid ihr ja!«, sagte er mit ausgebreiteten Armen. Eine Begrüßung wie unter alten Freunden, obwohl man sich genau genommen erst wenige Stunden kannte. Billy stieß diese bräsige Vertraulichkeit unangenehm auf. Es gab nichts Familiäres zwischen ihnen. Solch künstlich zur Schau gestellte Intimität zeugte von maßloser Selbstüberschätzung, urteilte er, oder es fehlte gänzlich an Etikette. Er würde jedenfalls standhaft Distanz wahren.

Viggo begrüßte Linda mit Bussi links, Bussi rechts. Ihre Irritation gab sie mit hochgezogenen Augenbrauen an Billy weiter. Aha, stellte Billy fest, es stimmt also. Auch er hatte an dem Dänen ein Gemisch von indezentem Rasierwasser und einer Alkoholfahne registriert. Monsieur Paulsen hatte es sich also schon gut gehen lassen.

Nach der Begrüßung umkurvte der Banker das Ehepaar, drängelte sich zwischen die beiden, legte seine Riesenarme wie ein Tintenfisch um ihre Schultern und schob beide mit sanftem, aber bestimmtem Druck zur Drehtür. Die intime Geste, mit der Paulsen die Barlottes kameradschaftlich umfasste und sie zum reservierten Tisch lotste, war dazu gedacht, ein Gefühl der Zusammengehörigkeit zwischen ihnen hervorzurufen und Vertrauen schaffen.

Die beiden schienen etwas überrumpelt von der plumpen Vertraulichkeit. Paulsen kam es gar nicht in den Sinn, er könne es mit der Vertraulichkeit übertreiben. Er durfte auf keinen Fall sein Ziel aus den Augen verlieren. Die Mäuse sollten in die Falle gehen. Wenn das Paar schon erschienen war, waren die Erfolgsaussichten gut.

Man nahm Platz. Als Gastgeber war Paulsen so frei und schenkte einen 2004er Chardonnay von Meursault ein. Dann hob er sein Glas.

»Willkommen«, verkündete er mit strahlendem Lächeln, »schön, dass ihr es habt einrichten können!« Zwei pikierte Gesichter saßen ihm gegenüber. Er musste wohl die Vertraulichkeitsmasche etwas runterfahren.

Zunächst kam das übliche Geplauder, bei dem Viggo versuchte, etwas reservierter aufzutreten. Als das Essen serviert wurde, dankte er innerlich für die Unterbrechung. Er ließ es sich zwar nicht anmerken, aber Interesse an Menschen vorzuheucheln, die einem völlig egal waren, war kein Selbstläufer. Selbst für ihn nicht.

Paulsen bemerkte zufrieden, dass Linda den Speisen mehr Aufmerksamkeit schenken würde als einem Gespräch über Investments. Na bestens, dachte er, der Anblick des hauchzarten Omeletts, dünn wie ein

Crêpe, bestrichen mit Honig-Senf-Sahne, belegt mit geräuchertem Lachs, nimmt sie ganz gefangen, bemerkt er zufrieden. Zudem passt der Wein perfekt dazu.

Linda kostete das Omeletteröllchen.

»Sehr delikat«, urteilte sie. Viggo nickte scheinheilig. Das war der Plan. Das Kulinarische sollte für seine beiden Mäuse die reinste Offenbarung sein. Man wurde lockerer.

Billy neigte leicht seinen Oberkörper in Viggos Richtung. »Ich wollte noch einmal darauf zurückkommen, was Sie gestern erwähnt haben. Wir waren bei den Sicherheiten stehen geblieben.«

Dass Billy so gezielt zur Sache kam, konnte nur heißen, dass ihm der Speck aus der Mausefalle geschmeckt hatte. Viggo, du gerissener Hund, dachte er, sie gehen dir auf den Leim. Sein Plan würde aufgehen, da war er sich jetzt sicher. Doch plötzlich traf ihn ein Schlagschatten aus der Tiefe seines Bewusstseins, gesendet von seinem sechsten Sinn, der ihn ermahnte, dass es womöglich so glatt nicht ablaufen würde. Billy hatte sich wohl am Abend zuvor noch einmal überlegt, auf welche Fragen er unbedingt eine klare Antwort haben wollte, um eine eventuelle Entscheidung treffen zu können. Viggo Lasse verstand instinktiv, wie wichtig es war, dass er nun das Richtige sagte.

»Gewiss, die Sicherheiten«, fing er an zu dozieren. »Es sind verschiedene Arten von Sicherheiten möglich. Aber, Billy, im Kern geht es doch darum, wie wir eine Geldanlage mit bestmöglicher Stabilität herstellen können. Geld, das investiert wird, ist irgendwo immer einem Risiko ausgesetzt, doch dieses Risiko zu minimieren und es fast schon auszuschalten, darum geht es doch.« Billy zog einen Mundwinkel nach oben und kniff die Augen leicht zusammen. Er schien nicht bekommen zu haben, was er brauchte. Billys Blick wanderte zu Linda, die sich aus der Diskussion abgemeldet hatte und nur noch Augen für das Lachsomelette hatte.

»Was bedeutet das alles konkret?«, fragte Billy. »Wie schalten Sie das Risiko aus? Was ist das für ein neues Produkt, und was ist so neu daran?«

»Die Frage nach der Risikobegrenzung«, sagte Paulsen betont leise, nachdem er Messer und Gabel auf den noch gefüllten Teller gelegt und sich vorgebeugt hatte, »ist verbunden mit der Frage: Wer trägt das Risiko? Wenn wir als Bank nicht unmittelbar an dieser Investition beteiligt sind, dann arbeiten wir nach Gebührenordnung, sozusagen nach Tarif, etwa so, als wenn Sie beide die Metro nehmen und je nach Strecke eine Gebühr bezahlen müssen. Wir kümmern uns nur darum, die Risiken unserer Kunden zu minimieren oder sie mit dinglichen Sicherheiten auszuschalten.«

Billy nickte. »Ich glaube, ich kann Ihnen folgen, aber was meinen Sie mit dinglichen Sicherheiten?«

»Ich habe ein Beispiel für Sie«, setzte Paulsen an, »ein sehr guter Kunde von mir hat eine große Villa, gleich hier in der Gegend. Das Haus ist abbezahlt, und er bezieht darüber hinaus eine Rente, die ihm aber keine großen Sprünge erlaubt. Ich habe mir seine Lage angesehen. Dann sagte ich, wir können das so machen: Die Bank gibt dir auf dein Haus einen Kredit, und das Haus dient als dingliche Sicherheit. Das ist unkompliziert. Wir helfen dir dann, das Geld profitabel und risikoarm zu investieren, sodass Gewinne wieder an dich zurückfließen. Wir, die Bank, verpflichten uns, was man quasi eine Garantie nennen könnte, dass die ausgesuchten Investments Spitzengewinne einbringen, um den Kredit, die Zinsen und die Zusatzrente zu bezahlen. Wenn alles gut läuft, landen jeden Monat zwischen 1000 und 1500 Euro auf deinem Konto.«

Paulsen machte eine kurze Trinkpause und lächelte Billy kumpelhaft ein. »Zuerst hatte mein Kunde Bauchschmerzen wegen des Hauses als Sicherheit, aber dann hatte er verstanden, dass er ja eine Quasi-Bankgarantie bekommt und sein Haus nie im Risiko stehen würde, weil die Bank ja zusichert, dass alle Kosten über das Investment bezahlt werden. Die Bank verdient an den Gebühren und auch am einmaligen Bonus bei dem Investment. Aber über die ganze Laufzeit des Kredits verdient mein Kunde jeden Monat ein kleines Sümmchen, und durch die Garantie geht er kein Risiko ein. Das nenne ich eine wirkliche Win-Win-Situation. Fantastisch, nicht wahr? Wie finden Sie das, Billy?«

»Ich ... verstehe nicht genau, woher das Geld kommt. Wieso kann eine Investmentbank überhaupt einen Hypothekenkredit vergeben?«

Jetzt begann die Viggo-Lasse-Paulsen-Show. Er taxierte Billy mit konzentriertem Blick, mit zusammengekniffenen Augen hob seine rechte Hand. Bedeutungsschwer rieb er seine Fingerspitzen gegeneinander. Dabei grinste er wie ein antiquierter Varieté-Magier. Paulsen neigte seinen Oberkörper Billy entgegen, als hätte er eine ganz exklusive Botschaft für ihn.

»Billy, wir *kreieren* das Geld!« Paulsen sprach diese Worte ganz leise aus und ließ seine rechte Hand oben, halb geöffnet, als enthalte sie eine seltene Köstlichkeit. Es zuckte um seinen Mund, als koste er den Geschmack des Geldes an Zunge und Gaumen.

»Mit der Garantie geben wir gewissermaßen die Sicherheiten wieder an euch zurück. Aber zuvor haben wir mit einem simplen Kredit das Geld für euer Investment aufgebracht. Genial, oder?«

In Billys Kopf stellte sich das Bild einer Sanduhr ein, in der der ganze Sand von der oberen in die untere Kammer gerieselt war. Doch bei genauerem Hinsehen stellte sich heraus, dass der Sand in Wahrheit Geld war. Wer eine solche Sanduhr hatte, ließ das Geld für sich arbeiten.

Doch ohne Hilfe ging das nicht. Jemand musste kommen und alle Geldscheine wieder in die obere Kammer zurückschaufeln. Alle Scheine? Nein, nicht alle, denn Billy bekam seine versprochene Zusatzrente ausbezahlt. Schon begannen die Scheine wieder nach unten zu rieseln. Doch erstaunlich war, dass am Ende des nächsten Durchlaufs die vollständige Summe wie am Anfang da war, ohne Einbuße. Das Geld war wieder vollständig, es hatte sich vermehrt. Es gab keinen Verlust. Was investiert wurde, war nur ein Quantum Zeit.

Unter dem Tisch rieb sich Viggo die Hände. Er konnte sehen, wie es hinter Billy Barlottes Stirn arbeitete. »Mal angenommen, meine Frau und ich würden uns für dieses Modell interessieren«, sagte Billy, »dann sollten wir schon wissen, worauf genau wir uns einlassen und was wir tatsächlich davon haben.«

»Wie gesagt, 1000 bis 1500 Euro im Monat sind über zwanzig Jahre machbar. Die Zinsen liegen zurzeit bei etwa 4,21 Prozent. Wir erlauben uns eine Gebühr von 1,3 Prozent, und das Investment bringt heute zwischen 8,5 und möglichen 12,0 Prozent. Da bleibt ganz schön was hängen für euch. Bei dem Marktwert eures Hauses schätze ich, dass das Handgeld bei 1200 Euro liegen kann.«

Billys Augenbrauen hüpften nach oben, die Zahlen bewirkten ungewollten Speichelfluss. Linda nippte an Ihrem Chardonnay und ließ ihren Blick leicht gelangweilt durch den Raum schweifen.

»Wie ist das, wenn alles vorbei ist, nach zwanzig Jahren? Müssen wir dann noch etwas zurückzahlen?«, wollte Billy wissen.

Viggo Paulsen nahm die Frage innerlich triumphierend zur Kenntnis.

»Um Himmels willen, Billy, nein! Bisher ist dieser Fall noch nie eingetreten, weil – das hatte ich ganz vergessen zu erwähnen – wir zwei Sicherheitsstufen im System eingebaut haben: Einmal ist die Rendite des Investments ja größer als die Kosten, sprich: Es gibt Gewinne. Wenn Zinsen, Gebühren und die Zusatzrente aus den Gewinnen bezahlt sind, bleibt ja noch ein schöner Betrag übrig, den wir dann ansparen, um den Kredit zurückzuzahlen. Die zweite Sicherheit greift am Ende der Laufzeit: Dann nämlich liegen in eurem Portfolio ja noch die ganzen Wertpapiere, die nach Marktwert verkauft werden können. Der Verkaufserlös gehört selbstverständlich euch, es ist ja euer Depot.«

Paulsen zeigte am Ende seiner Ausführungen mit ausgestreckten Handflächen auf Billy, als gäbe es keinen Zweifel an einem profitablen Ende.

»Sollte über die Laufzeit des Vertrags«, fügte Paulsen hinzu, »die Tilgung des Kredites nicht ganz geklappt haben, nehmen wir den ausstehenden Rest von den Verkaufserlösen. Was übrig bleibt, meist mehr als Dreiviertel, wird euch überwiesen. Das ist euer Geld. Zugleich wäre dies auch der Schlusspunkt.«

Wie berauscht fühlte sich Paulsen. Jetzt war er sich zu hundert Prozent sicher, dass er vor neuen Kunden saß. Billys Fragen legten nahe, dass sich bei ihm ein Bild verfestigt hatte, nach welchem das Risiko ausgeschaltet sei. Er brauchte ihm nur die exakten monatlichen Auszahlungen zu nennen und ihm erklären, dass sich die Haussicherheit durch die Garantie aufheben würde. Genau das war seine Absicht. Das war die Punktlandung. Exakt dort wollte er Billy haben.

Schließlich kam das Dessert. Linda war gespannt. Billy schien das Echo von Viggo Paulsens Worten im Kopf herumzuspuken, er wirkte etwas abwesend und schien ihre Vorfreude aufs Dessert nicht zu teilen.

Viggo Lasse schlug das Dessert aus und orderte einen doppelten Espresso. Kurz darauf senkte der Ober den Nachspeisenteller mit der routinierten Gleichmäßigkeit eines Fahrstuhls vor Lindas Gesicht und platzierte ihn so, dass sie die volle Sinnlichkeit und Schönheit dieses Ganges mit einem Blick erfassen konnte.

Eine goldbraun gebackene Kugel war von einem roten Fruchtspiegel umgeben. Das Rot war außergewöhnlich, so intensiv wie die Laguna Roja in den bolivianischen Anden.

»Vielleicht Cranberrys?«, fragte sie in die Runde.

Paulsen zuckte vergnügt mit den Schultern. »Zeit, es herauszufinden.«

Linda nahm die kleine Gabel und brach die Kugel auf, einen Krapfen aus Brandteig, innen weich und außen knusprig. Ein Duft von Zitronenmelisse, Karamell und Ingwer stieg empor. Die Füllung zerging Linda auf der Zunge: weiße Schokoladenmousse und leichter Mascarpone. Die Melisse, das Karamell und der Ingwer waren ausbalanciert darin eingebettet.

Ein kleines Pfefferminzblatt thronte oben auf dem Krapfen und sollte farblich einen Kontrapunkt bilden. Die ganze Komposition war perfekt und geschmacklich ein Leckerbissen. Linda schmolz förmlich dahin. Was die beiden Männer sich zu erzählen hatten, drang überhaupt nicht mehr zu ihr durch. Sie badete in einem Meer aus Hochgenuss. Das Aroma in ihrem Mund hielt, bis der Kaffee serviert wurde.

Viggo Lasse Paulsen schaute auf die Uhr und spielte den Erschrockenen. »Was, ist es schon sooo spät? Die Zeit rennt davon wie ein Dieb! Also, Billy und Linda, ich bin noch bis nächste Woche hier in Cannes, und wenn es euch recht ist, können wir uns probehalber einen Antrag und die nötigen Dokumente ansehen. Das wäre jetzt mein Vorschlag.«

Paulsen startete nun Stufe zwei. Billy gab ihm etwas zögerlich seine Nummer. Viggo verabschiedete sich, Bussi hier, Bussi dort, gab seinen stattlichen Händedruck zum Besten – und weg war er.

Die Barlottes wechselten zur sonnigen Terrasse des Hotels und genossen noch ein Glas offenen Rosé. Während der Rückfahrt war Billy außergewöhnlich still und wollte Linda nicht so recht erklären, was genau ihn so stark beschäftigte.

Die nächsten zwei Tage notierte sich Billy Fragen und malte ein Diagramm vom Konzept des Investments, so wie er es verstanden hatte. Es war an der Zeit, Linda das Konstrukt zu erklären. Sie hatte nicht viele Fragen, weil sie in diesen Dingen weder zu Hause war, noch es sein wollte. Billy sollte entscheiden, ob das was für sie war. »Aber«, gab sie immerhin zu bedenken, »wenn etwas schiefgeht, was machen wir dann?«

»Ach Darling, dann machen wir das, was wir immer gemacht haben: Wir beide suchen und finden eine Lösung. Viel kann eigentlich nicht passieren, weil unser Haus zweimal abgesichert ist«, erklärte er ihr. »Du wolltest doch immer dein eigenes Musikzimmer, oder? Mit dem, was uns die Bank bietet, gehen wir das an.«

Die Barlottes sahen sich schon im neuen Studio musizieren und machten neue Zukunftspläne. Man traf sich eine Woche später mit Viggo Paulsen. Dieser erklärte fragmentär anhand eines Mustervertrages, was die Hauptpunkte ausmachte und wie sie im Ganzen ineinandergriffen.

»Gibt es eine Kopie der vereinbarten Garantie? Diese möchte ich vor Vertragsabschluss sehen.« Billy wollte alles schwarz auf weiß haben.

»Natürlich Billy, ich schicke Ihnen die Kopie per E-Mail, ich habe leider gerade kein Exemplar zur Hand.«

Billy wartete mehrere Tage auf die E-Mail, sodass er mehrmals bei Paulsen anrief.

»Wie, Sie haben noch keine Mail bekommen? Ich habe doch bereits vorgestern veranlasst, dass ... Billy, es tut mir sehr leid, ich hake da noch einmal nach, okay?«

Die Kopie der Garantie kam nicht, weder am nächsten Tag noch danach. Billy war angefressen, denn er konnte es auf den Tod nicht ausstehen, wenn Zusagen nicht eingehalten wurden. Er musste feststellen, dass es nicht einfach war, Paulsen zu erreichen, und wenn er ihn am Apparat hatte, besänftigte ihn Paulsens süßliche und unschuldige Stimme ein ums andere Mal. Viggo beteuerte, dass er selbst unzufrieden mit der Verzögerung war. Irgendjemand war schuld daran, dass nichts passierte, und er, Viggo Lasse Paulsen, würde ihm helfen, herauszufinden, was da schieflief. Ausreden, nichts als Ausreden.

Eines Tages erreichte Billy eine Mail, in der es hieß, dass eine Kopie der Garantie beim Notar läge und er autorisiert sei, diese dort einzusehen und zu prüfen. Die Garantie war also endlich da. Es folgten einige unruhige Nächte, weil der Punkt, an dem er sich entscheiden musste, gekommen war. »Es bleiben zwar noch offene Fragen«, sprach er zu seinem Spiegelbild, als er sich am nächsten Morgen rasierte, »aber wir sind nicht mehr die Jüngsten, und wenn wir ein Stück vom Kuchen abhaben wollen, dann sollten wir es jetzt tun. Also Billy, jetzt pack den Stier bei den Hörnern.«

Paulsen flog in der Woche darauf wieder nach Mittland zurück. In seiner Tasche hatte er zwölf neue Verträge, die als Nächstes geprüft werden mussten. Sodann sollte ein Gutachter die Häuser bewerten. Danach signalisierte die Bank dem Notar grünes Licht, um die Sicherheiten offiziell auf die Bank übertragen zu lassen. Für Viggo waren es zwei sehr erfolgreiche Wochen. Dafür hatte es sich gelohnt, diese, wie er meinte, blödsinnige Fidelei und das alberne Getröte auf dem Château de la Trois Croix ertragen zu müssen.

Es kam Post aus Mittland, als Linda das Küchenfenster in einem Lavendelton strich. Sie rief ihren Mann und wedelte dabei mit dem Brief aufgeregt hin und her. Billy riss den Umschlag auf. Linda stand hibbelig gespannt vor ihm, beide Hände in Latexhandschuhen versteckt, den Pinsel mit Farbe in der rechten Hand.

»Nun mach schon«, trieb sie in nervös an.

»Ja, ich mach ja schon.« Billy las vor: »Sehr geehrte Eheleute ... und so weiter ... haben wir den Vertrag angenommen ... der Notar ist verständigt ... und so weiter ... Bitte kontaktieren Sie den Notar zwecks Beurkundung ... Hochachtungsvoll!«

Billys Augen strahlten. Lindas Arme flogen in die Höhe, und sie jubilierte. Dann packte sie der Übermut, und sie tupfte Billy einen Klecks Lavendelfarbe auf die Nase.

Die notarielle Beurkundung verlief problemlos, bis Billy nach der Garantie fragte.

»Ich verstehe nicht ganz. Welche Garantie meinen Sie, Mr. Barlotte? Wir beglaubigen hier eigentlich keine Garantien.« Der Notar schien verwirrt.

Unruhe stieg in Billy auf. Sie standen jetzt unter Druck, was nicht gewesen wäre, wenn die Bank ihre Zusagen eingehalten hätte.

»Herr Paulsen«, sagte Billy, »hatte uns eine Garantie zugesagt, in der sich die Bank Moneta dafür verbürgte, dass aus den Gewinnen Zinsen, Kredittilgungen und auch eine monatliche Ausschüttung gezahlt würde.«

»Ach so, diese Garantie meinen Sie. Ja, Mr. Barlotte, Mrs. Barlotte, das ist Sache der Bank, die bekommen Sie direkt von dort. Wie gesagt, so etwas beurkunden wir nicht.«

Billy würde sich also die Garantie nachträglich von der Bank holen müssen. Schließlich unterschrieben sie den Hypothekenvertrag – auch ohne die Garantie je zu Gesicht bekommen zu haben.

Am Abend, die Sonne versank im Meer, saß Billy auf der Terrasse und wunderte sich, dass er nicht euphorisch und in guter Stimmung war. Es wird schon alles gut gehen, sagte er sich und wollte so seine unterschwelligen Zweifel tilgen.

Still im Sessel sitzend, beobachtete er in der Hauswand eine kleine Maus, die herauslugte. Sie hatte sich mitten in der Feldsteinmauer ein Zuhause eingerichtet. Er sah der Maus weiter dabei zu, wie sie aus der Mauer kletterte und ohne jede Unsicherheit die senkrechte Steinwand hinablief und über den kleinen Weg unter den großen Oleanderbüschen verschwand.

Billy war eigentlich kein Grübler, keiner, der sich die Hosen vollmachte. Die Maus und ich, dachte er, sind demselben Risiko ausgesetzt. Es kann sein, dass wir am Morgen aus dem Haus gehen und am Abend schon kein Zuhause mehr haben.

Ach, hör schon auf zu grübeln, mahnte er sich schließlich. Positiv denken! Keine Schwarzmalerei! Wir sitzen ja noch immer in unserem Haus, in unserem Mauseloch.

Linda und Billy versuchten Wochen danach, die zugesagte Garantie zu erhalten. Viggo Lasse Paulsen war nicht mehr zu sprechen, und wenn er sich gnädig zeigte, ihre Mails zu beantworten, dann war die Antwort sehr knappgehalten. Er vertröstete sie immer wieder auf einen späteren Zeitpunkt.

Investmententscheidung
September 2007

Billy schwitze an den Händen, und seine Haut juckte, als wäre sie von Mückenstichen übersät. Seine Atemwege verengten sich, sodass er immer flacher atmete und nicht richtig Luft holen konnte. In seinen Bewegungen wurde er hektisch.

Seine Nervosität rührte daher, dass das Equity-Release-Investment der Bank Moneta sich immer mehr nach Last als nach Erlösung anfühlte. Nach einigen unruhigen Abenden auf der Terrasse glaubte er zu verstehen, worauf sie beide sich da eingelassen hatten. Doch sicher war er sich nicht.

Sie hatten ihr Haus mit einem Hypothekenkredit bis unter die Dachrinne belastet, ohne dass die Kreditsumme auf ihr Konto überwiesen war. Nichts hielten sie in den Händen. Die Bank bestimmte über ihr Geld und später über die Investments.

Billy sah immer klarer, dass Linda und er diejenigen wären, die die volle Haftung zu tragen hätten, wenn etwas schiefginge. Die Bank würde ihnen nicht helfen. Deren einziges Ziel galt den Investments, und ihr Haus war nur eine Notwendigkeit, um das frische Geld dafür zu schaffen. Sie waren die Dummen, sollte es einmal krachen.

Billy hielt seine Überlegungen gegenüber Linda zurück, er wollte sie mit seinen schwarzen Gedanken nicht anstecken. Schließlich war bisher noch nichts passiert, und vielleicht – hoffentlich – machte er sich nur unnötig Sorgen.

Immer wieder blätterte er in der Broschüre der Bank Moneta. *Let the property work for you*, stand dort in großen Lettern. Der Besitz solle für einen arbeiten. Doch von den schlaflosen Nächten stand dort nichts.

Lotta Bernadottir war jung und höflich, eine charmante Isländerin. Sie war die neue Ansprechpartnerin bei Bank Moneta für die Barlottes.

Erst seit Kurzem war sie Teil des Teams von Viggo Lasse Paulsen, dem großen Zampano. Sein Ruf als gewiefter Strippenzieher eilte Paulsen weit voraus. Doch schon beim Kennenlernen hatte sie ihn durchschaut. Bernadottir kam vom Land, da erkannte man einen Prahlhans und Aufschneider schon von Weitem. Es gab für sie keinen Zweifel, dass er ein Wichtigtuer, ein Hallodri war. Der egomanische Zug um seinen Mund, wenn er sein Vertreterlächeln aufsetzte, verriet ihn.

Ihre Professionalität aber verlangte es, dass sie ihm eine Chance einräumte oder sich zumindest auf ihn einlassen sollte, was ihr jedoch allzu illusorisch schien. Ihn und sein blödes Gehabe würde sie auf den Tod nicht ausstehen können, das wusste Lotta von der ersten Sekunde an.

Doch auf die Arbeit mit den Kunden freute sie sich. Es mochte ein Vorteil für die Barlottes sein, dass Lotta erst kürzlich zur Bank Moneta gestoßen war und sich im internen Gefüge noch zurechtfinden musste. Linda und Billy Barlotte waren die ersten Kunden, deren Betreuung sie übernehmen sollte. Zuerst verschaffte sie sich einen Überblick über deren Akte. Der Kredit war bewilligt, alle Unterschriften vorhanden und die Kreditsumme war zur Auszahlung bereit. Das Geld musste jetzt investiert werden, was ihr Job war.

Lotta schlug dem Ehepaar drei Investments vor: zwei Aktienpakete und eine Anleihe.

Billy war sich im Klaren, dass nun der Moment der Wahrheit gekommen war. Wenn ihr Geld jetzt fest angelegt würde, wären damit auch alle Risiken festgeschrieben. Konzentriert hörte er zu und lernte, was ein Investment ausmachte.

Die zwei Aktienpakete kamen von namhaften Unternehmen: von Eriksson und Hennes & Mauritz. Lotta Bernadottir zeigte die Entwicklungen der Aktien in den letzten fünf Jahren, und Billy sah, dass sich der Kurs zwar nicht wie der Gipfel des Mount Ventoux abbildete, aber stetig bergauf ging. Darauf kam es ja an. Dann die Anleihe: Seine Beraterin klärte Billy darüber auf, dass es bei einem Bond so sei, dass er, Billy, einem Dritten, nämlich dem Herausgeber der Anleihe, sein Geld quasi als Kredit anbiete.

»Ihr Vorteil ist«, so Lotta, »dass Sie somit erstens eine feste jährliche Einnahme haben. Zweitens wird nach Ablauf des Bonds der gesamte geliehene Betrag an Sie zurückgezahlt.« Billy verstand.

Da hier kein Markt eingreifen würde und es keinen täglichen Handel gäbe, sei auch die Gewinnspanne niedriger als bei Aktien. Sicherheit kostet eben.

»Aber wenn man die Anleihen während der Laufzeit des Bonds verkaufen möchte«, informierte Lotta ihn, »gibt es dafür natürlich einen Markt mit Angebot und Nachfrage.«

Lotta Bernadottir schlug eine Anleihe der Banki Island HF vor, die den Barlottes jedes Jahr 9,8 Prozent Zinsen einbringen würde.

Lotta Bernadottir sah, wie Billy sich hastig an den Hemdkragen griff, als sei er ihm zu eng.

»So wie Sie das erläutern«, sagte Billy, »sind Anleihen risikoarmer, was mir sehr zusagt. Mit Aktien wird dagegen viel spekuliert, richtig? Aber nichts ist ohne Risiko, also wie hoch ist das Risiko?«

»Das sehen Sie sehr richtig, Mr. Barlotte. Also, Folgendes: Das Risiko richtet sich nach Qualität des Emittenten der Anleihen, so nennt man die Unternehmen oder die Staaten, die Anleihen, wie sagen dazu Bonds, herausgeben. Das Einzige, was Verlust brächte, ist dabei das Ausfallrisiko. Das ist dann der Fall, wenn das Unternehmen oder der Staat insolvent wird.« Sie sah Billys verdutzest Gesicht und machte eine Pause.

»Staaten können insolvent werden?« Billy war verblüfft.

»Aber ja, das kann passieren, wenn auch sehr selten«, erläutere sie. »Wenn Sie einen Bond von, sagen wir, der Regierung der USA kaufen, ist das Ausfallrisiko gleich null. Alles läuft wie vereinbart. Die USA sind bei Ablauf ihres Bonds fidel, lebensfähig und solvent und zahlen ihnen den Bond zurück. Also überhaupt kein Risiko. Haben Sie dagegen Bonds von Staaten wie Burundi, Tschad, oder Venezuela gekauft, weil diese Länder ihnen viel höhere Zinsen geben, dann nehmen Sie selbstverständlich ein höheres Risiko in Kauf.«

Billy nickte.

»Das Risiko besteht darin, dass der Emittent während der Laufzeit zahlungsunfähig wird. Ständig prüfen Rating-Agenturen die Bücher sämtlicher Staaten, Banken, Versicherungen und Unternehmen und vergeben sogenannte Gütesiegel, die Ratings: AAA ist Champions League, AA ist Bundesliga und so weiter bis C oder D, wovon wir tunlichst die Finger lassen sollten. Mit absteigendem Rating steigen die angebotenen Zinsen. Was ich Ihnen empfehlen kann, ist eine Anleihe mit Bundesliga-Niveau: ein Banki-Island-HF-Bond, Laufzeit bis 2010 und mit AA-Status, nahezu risikolos.«

Damit beendete Lotta ihren Vortrag. Ihr wurde etwas mulmig zumute bei dem, was sie den Barlottes auf Anordnung ihrer Vorgesetzten anbieten musste. Sie wartete darauf, ob Rückfragen kämen. Billy las die auf einem Blatt zusammengestellten Kernpunkte und fand das wieder, was ihm seine Beraterin vorgetragen hatte.

Das Papier zitterte leicht in Billys Hand. War ihm nicht wohl bei der Sache? Ob ihm sauer aufstieß, dass die Banki Island HF die Muttergesellschaft der Bank Moneta war? An seiner Stelle wäre es Lotta Bernadottir durchaus so gegangen.

»Sagen Sie, Lotta, ist es nicht ein Interessenskonflikt, wenn Sie die Anleihen ihres eigenen Mutterkonzerns anbieten? Ich meine, geht so etwas überhaupt? Gibt es da nicht Vorschriften?«

Billy Barlotte taxierte sie mit leicht geröteten Augen. Nun war es raus. Er hatte das Problem erkannt.

Lotta erblasste leicht. »Ganz ehrlich, Mr. Barlotte, unser Investment-Boss verbürgt sich dafür, dass die Anleihe top ist. Ich selbst bin erst ein paar Wochen in dieser Bank, aber von meinen vorigen Jobs kenne ich Ihre Bedenken. Es gibt, soviel ich weiß, EU-Richtlinien, aber die müssten ganz sicher hier im Haus geprüft und berücksichtigt worden sein. Das ist gesetzlich so vorgeschrieben. Ich gehe also davon aus, dass die Anleihe allen Vorschriften entspricht. Weitere Vorteile für Sie: Die Laufzeit von zwei Jahren ist sehr kurz und überschaubar, Sie erhalten ein Spitzenrating, und 9,8 Prozent Rendite sind zugesagt. Die Anzahl ist aber limitiert. Lange warten sollte man nicht.«

Lotta Bernadottir bekam deutlich feuchte Hände, und ihre Kopfhaut juckte. Den Hinweis auf einen Interessenskonflikt hatte bisher noch keiner der Kunden gesehen. Ihr Bauchgefühl sagte ihr, dass Billy Barlotte mit seinem Verdacht nicht Unrecht hatte und sie sich besser rückversichern sollte. Aber wer als Novize unbequeme Fragen stellt, überlebt die Probezeit nicht. Je mehr sie Billy beruhigte, desto nervöser wurde sie selbst.

»Mr. Barlotte, wir sollten das Portfolio bestücken, das heißt: Wir sollten das Geld in Investments umsetzen. Es soll doch für Sie und ihre Frau arbeiten, und am Ende des Monats wollen wir ja ihnen ihre erste Zusatzrente auszahlen. Dafür muss aber das Geld arbeiten.« Lotta Bernadottir drängte sanft, weil sie sah, dass Billy unentschlossen war und einen Rückzieher machen könnte.

»Na dann«, meinte Billy und holte tief Luft, »bitte veranlassen Sie es so, wie Sie es vorgeschlagen haben. Hoffen wir, dass alles gut geht.«

»Gratuliere, Sie sind jetzt richtige Equity-Release-Kunden«, sagte Lotta und lächelte bemüht.

Die Sorgen der Regierung
September 2008

An den Innenfenstern im obersten Stockwerk der Rue de la Republic Nr. 272 in der Hauptstadt von Mittland spiegelten sich die vielen laufenden Fernsehnachrichten, die die Flachbildschirme im Amtszimmer des Premierministers ausstrahlten. Der Welt wurde berichtet, dass die Investmentbank Lehman Brothers in New York Insolvenz angemeldet hatte.

Fassungslos musste der Premierminister mit ansehen, wie Menschen mit passgenauen teuren Anzügen, in denen meist die jüngeren Investmentbanker steckten, plan- und ziellos mit dem Rücken zum Firmengebäude standen. Zynisch wirkte die Leuchtschrift auf grünem Grund, die den Gestrandeten ins Gesicht log:»Unsere Firma gehört Ihnen«. Keiner wusste, was er als Nächstes tun sollte. Die Kameras fingen Bilder älterer Trader ein, zu erkennen an weißen Leinenhemden und breiten Hosenträgern. Fast ausschließlich waren es männliche Akteure, die hektisch und wie begossene Pudel zwischen den vielen Großbildschirmen umherirrten, auf denen sie ihren eigenen Kündigungsgrund lesen konnten. Manche saßen in sich ruhend und gefasst, als würden sie auf die Signalsirene warten, die ihnen die Gewissheit brächte, dass dies nur eine Übung sei und man sich danach wieder zurück an die Arbeit begeben könnte. Doch sie alle, die hier versammelt waren, hatte die schlechte Nachricht an ihrem Arbeitsplatz erreicht: Lehman Brothers war aus dem Handel genommen, die Aktie wurde ausgesetzt, die Börsenkontore weltweit waren für Lehman geschlossen. Schluss. Ende. Aus.

»Gott, steh uns bei!« Dem Premierminister – den man, wenn man über ihn sprach, nur PM nannte – stand das Entsetzen ins Gesicht geschrieben, als er auf den Flachbildschirmen mit ansehen musste, wie Banker aus der gläsernen Architektur des Hauptgebäudes der Lehman Brothers Holding Inc. an der *Avenue of the Americas* in New York ins Freie strömten. Wie sie Pappkartons an ihre Oberkörper drückten, als ob es ihr letztes Hab und Gut sei, die sterblichen Überreste ihrer Arbeit. Die Flut von Menschen, die aus dem Inneren des Lehman-Gebäudes schier endlos durch die gläserne Drehtür direkt auf den Bürgersteig drängte, machte ihn fassungslos. Je mehr er sah, wie Banker entlang der Häuserschlucht in den Himmel starrten und von dort Erlösung erhofften, desto mehr fühlte sich der Premier in einen Schraubstock geklemmt, der sich zudrehte. Bilder von Menschen als Strandgut der Finanzindustrie. Was jetzt?

Von einer Sekunde auf die andere brach ein ganz neues Leben auf sie ein wie auf Adam und Eva, dachte PM, die Vertreibung aus dem Paradies. Der Absturz von Lehman Brothers Holding, der viertgrößten Investmentbank in den USA, könnte wenig später der Zündfunke an der Lunte einer weltweiten Finanzkrise sein, in der mehr als hunderte Billionen US-Dollar in Flammen aufgingen.

Aber jetzt, hier in seinem Office, war die Zukunft logischerweise ungewiss. Wie ein Alien kroch ihm die Vision vom Weltenzerfall und völligem Ruin eiskalt über den Rücken, auch weil sein gottgläubiges Gewissen ihm eine Mitschuld zur Last legte. Griffen solche Schreckensgespenster nach ihm, schlug sein katholisches Gewissen die Chance nicht aus und ritt sofort Attacke gegen ihn als politischen Regenten.

Sein Glaube, sein Schutzschild, offenbarte sich zuweilen als sein Lindenblatt, wenn man ihn fragte, was denn so christlich an dem System sei, in dem Schwarzgeld gewaschen und Steuern hinterzogen werden. Er wäre doch der Architekt des Systems, er müsse die Antwort wissen. Er hasste es, sich in der Defensive wiederzufinden, wenn die Leute so taten, als ob er sich persönlich bereichern würde. Dabei war sein ganzes Streben darauf ausgerichtet, dem Land Wohlstand zu bringen. Er war sich verdammt sicher, dass die Medien und die Opposition das Unheil der Bankpleite gegen ihn nutzen würden.

Die Nachricht vom Fall der Lehman Brothers Bank bestätigte seine Befürchtung, die sich, gestützt auf seine Erfahrung, seit geraumer Zeit in seinem Kopf eingenistet hatte. Der unselige Zeitpunkt war gekommen, ein Entfliehen schien unmöglich. Zudem war er weitgehend unvorbereitet.

Ob die Katastrophe ihn und seine Regierung schnell oder langsam – und mit welcher Wucht – treffen würde, darauf hatte er keine Antwort. Noch nicht. Was er jedoch wusste, war, dass es ab heute eine veränderte Welt sein würde, in der nichts mehr so war wie zuvor.

Sein Mund wurde trocken. Er schloss die Augenlider, um eine kleine Weile dieses Armageddon nicht mehr sehen zu müssen. Er spürte physisch, wie ihn sein Amt mit all seiner Verantwortung in den Sessel presste. Das war keine Hilflosigkeit und schon gar nicht Resignation, die ihm die Kälte durch die Kleider trieb, es war etwas, was er bisher nicht kannte: Angst.

Der PM zwang sich zur Analyse: Mittland war durch ihn einer der begehrtesten Finanzplätze der Welt geworden, und man schickte sich gerade an, bei Fondsderivaten ein Gigant zu werden. Ohne Frage, es war sein Verdienst, dass viele internationale Banken Mittland vertrauten und sich hier angesiedelt hatten.

Dass man den Kampf um das weltweite Kapital gegen Asien und die Karibik nur gewinnen konnte, wenn man der Finanzindustrie gewissen Vorrang und Privilegien einräumen konnte, begriff doch jedes Kind. Er bestand auf einem kameradschaftlichen und obendrein lukrativen Zusammenspiel mit Finanzdienstleistern und seinen Aufsichtsbehörden. Wie es sich gehörte, traf man sich zum Kaffee, besprach die ausbaldowerten Steuerstrukturen, die ein neuer Fonds verlangte, und war sich in überaus kurzer Zeit einig, Genehmigung und Stempel der Finanzaufsicht inbegriffen. Das alles stand jetzt auf dem Spiel.

Das fliegt uns um die Ohren, so die orakelnden Gedanken des PM, der vor sich hinbrütete. Keiner wusste besser als er, dass Mittland seinen großzügigen Wohlstand eben der internationalen Finanzindustrie zu verdanken hatte, die jetzt einem Dammbruch erlegen war.

Plötzlich ging die Tür auf und der Justizminister nahm sich heraus, unangekündigt einzutreten. Normalerweise hätte er sich vom PM für diesen Fauxpas einen satten Rüffel eingefangen.

»Was ist das nur für eine Scheiße?«, krakelte der Justizminister mit hochrotem Kopf. »Wir werden einfach absaufen, du wirst sehen.« Gehetzt lief er vor dem Schreibtisch seines Chefs hin und her. »Man wird uns aufspießen!«

Der PM spürte in sich den Impuls, den Justizminister, den er in Gedanken nur JM nannte, aus dem Büro zu jagen. So flegelhaft hatte sich noch niemand in seinem Büro, in seinem Heiligtum verhalten. Niemand platze in sein Büro. Normalerweise hätte das dem JM schon die gelbrote Karte eingebracht. Doch heute war alles anders. Heute war nichts normal. Der PM musterte seinen Parteifreund. »Diese Scheiße, wie du sie nennst«, begann der PM und bedeute ihm mit einer Geste, er möge sofort Platz nehmen, »hat zerstörerische Folgen. Wenn die Pressemeute erst einmal loslegt, zwingen sie uns zu erklären, warum unser Land Heimat für fast alle – sie werden es genau so formulieren, glaub mir – Spekulanten der Welt geworden ist und warum wir es haben so weit kommen lassen. Mit anderen Worten: Wir gehören zu den Schuldigen!«

Der JM schien nicht daran zu denken, sich hinzusetzen. »Das ist völliger Blödsinn, und du weißt das! Wir sind doch nicht schuld an der Pleite dieser dämlichen US-Investmentbank«, erwiderte der JM mit sich überschlagender Stimme. Er knetete beide Händen, und seine Ellbogen zuckten spitz zur Seite.

»Wir, mein Lieber«, flehte der JM, »sind das *Opfer* dieser Katastrophe, verstehst du?«

Der PM war selbst nicht Herr der Lage, aber die schrille Stimme des JM setzte noch eins drauf. Der Kerl sollte sich unbedingt abregen.

»Die Frage ist«, sagte der PM, »was die Pressefuzzies aus uns machen werden. Wie kann man Opfer sein, wenn alle Welt uns eine Steueroase nennt? Versuche klar zu denken, und krieg dich endlich ein! Jetzt hat es eben die Finanzbranche erwischt. Wir müssen trotzdem einen kühlen Kopf bewahren. Und jetzt setz dich endlich hin. Oder ich setze dich hin!«

Das Wort »Steueroase« machte ihn jedes Mal wütend, weil jedermann dadurch assoziierte, dass es in Mittland nur so von aalglatten Anzugträgern und schwitzenden schleimigen Beamten wimmeln würde, die nach Bakschisch rochen und das Schwarz- und Schmiergeld ins Land ließen, um es ordentlich sauber zu putzen – für den PM ein unzutreffendes und völlig falsches Bild.

Er bevorzugte den Titel »Finanzplatz«. Natürlich hofierten die Landesbehörden die großen Beratungsfirmen, die wiederum viele Global Player als Kunden zu ihnen brachten. Man handelte in entspannter Atmosphäre die Deals mit den Aufsichtsbehörden aus. Das war weit entfernt von schmierigen Advokaten und Bakschisch-Schnüfflern, das war in die Zukunft gerichtete Finanzdienstleistung. Sachverstand auf höchstem Niveau war hierbei gefragt.

Dem Finanzplatz Mittland war es immer gut gegangen, doch nun schien mit einem Schlag der Wohlstand gefährdet. Die toxischen US-Derivate waren die Rattenflöhe, die die Pest ins Land brachten.

Der PM und sein Minister für Justiz saßen vor den Fernsehern und stierten wortlos auf das Unfassbare. Sie sahen, wie sich augenblicklich alles auflöste, ja, wie Lehman Brothers zersplitterte und jedes damit verbundene Produkt mitriss. Ein Tsunami rollte auf ihren Staat zu, wo man sich bisher in relativer Sicherheit geglaubt hatte.

Das Gespenst des Staatsbankrotts warf die ersten Schatten an die Wand. Zwar sah man den Tsunami noch nicht, doch der PM und der JM spürten das Damokles-Schwert über ihren Köpfen. Man hatte es selbst nicht mehr in der Hand. Hier ging es ums Überleben.

Es klopfte. Aus dem Vorzimmer des PM trat Frau Piper herein, um, wie sonst üblich, zwei Gläser Ruinart-Champagner, der Lieblingssorte des PM, zu servieren.

»Bitte, Frau Piper, nehmen sie das wieder mit. Im Moment ist kein Anlass für so etwas«, zischte ein unwirscher Premier der sichtlich überraschten Chefsekretärin zu, die seine Bemerkung mit einer hochgezogenen Augenbraue quittierte. Die langjährige Büroleiterin hatte noch nie erlebt, dass er den Champagner verweigerte. Doch sie zog sich professionell schweigend zurück.

»Du weißt hoffentlich, was das bedeutet!« Der Justizminister stand erneut vor dem Schreibtisch des Premiers und fuchtelte mit ausgestreckter Hand in Richtung Fernseher, wobei die goldenen Manschettenknöpfe mit seiner Rolex zusammenstießen und unruhige Klickgeräusche erzeugten.

Der PM nickte kurz und bedachte ihn mit einem scharfen Blick durch seine kantige Brille mit schwarzem Rand. Da griff der JM zum Handy.

»Wen?«, fragte der PM.

»Saulton, Gerry Saulton. Ich will endlich wissen, was da los ist«, gab der Justizminister zurück. Der PM schüttelte den Kopf. Saulton war der Kollege des JM in den USA.

»Warte damit. Die Amerikaner haben jetzt anderes zu tun, als uns in Europa Auskunft zu geben. Die sind erst mal damit beschäftigt, ihre eigenen Schäden zu eruieren. Lass uns die Zeit nutzen, darüber nachdenken, welche weiteren Bomben außerdem explodieren könnten, wann das zu erwarten ist und vor allem wen sie treffen werden. Was ist mit uns? Wie viele Bomben liegen bei uns im Keller?« Der JM ließ sein Handy wieder in die Innentasche des Jacketts gleiten.

Der PM zwang sich abermals zur Ruhe. Er war ein Leader, und jedwede Schwäche war ihm verboten. Niemand sollte ihn verzweifelt oder gar in Panik ausbrechend erleben.

Wegen der laut gestellten Fernseher ließ sich der Klingelton des Amtsapparats kaum vernehmen, jedoch leuchtete eine kleine Kontrollleuchte des Telefons auf. Der PM nahm ab.

»Jetzt nicht«, raunzte der PM ohne abzuwarten.

»Es ist der Präsident vom IWF. Frederic Emu-Barke«, gab Frau Piper zu bedenken. Fünf Sekunden Stille.

»Stellen Sie durch«, sagte der PM und wartete. Er schaltete auf Lautsprecher, sodass der JM mithören konnte.

»Du bist informiert?« Emu-Barke klang etwas fiebrig. Die zwischen ihm und dem PM sonst so üblichen vertraulichen Begrüßungsformeln und die Erkundigungen nach der Familie, nach Freundinnen und sportlicher Ertüchtigung, entfielen ersatzlos. Dem PM war demnach sofort klar, dass der Internationale Währungsfonds schon seine ersten Krisensitzungen hinter sich hatte.

»Ja, wir sehen hier alles live und in Farbe. Hast du Informationen, was Washington dagegen tun will?«, fragte der PM. Emu-Barke hustete und trank daraufhin hörbar einen Schluck Wasser.

»Kann sein, dass die es erst einmal alles laufen lassen. Das Ding ist so groß, da stürzen einige andere hinterher. Europa kommt nicht ungeschoren davon, so die Meinung vieler unserer Experten. Das betrifft die gesamte Finanzwelt. Ich fürchte, dass es zu Chaos kommen kann. Das gilt es auf jeden Fall zu vermieden. Hier bei uns herrscht im Moment keine Panik, aber riechen kann man sie schon. Wie ein Gegensteuern aussieht, lässt sich nicht sagen, dafür ist es zu früh. Was könnt ihr tun? Was denkt ihr?«

Das war es also, was Emu-Barke wissen wollte! Der Staat Mittland und seine Regierung sollten beruhigend auf das Chaos einwirken. Was glauben die in Washington eigentlich? Dass Mittland Lollis verteilen und alle Aufgewühlten in den Schlaf singen würde?

Der Ton des Premiers wurde bestimmter. »Im Moment ist Abwarten die beste Option. Die ganze Finanzwelt brennt, und wir sollen den Brand mal eben löschen? Bei diesen Dimensionen geht das nicht. Was tut die Wall Street? Was das US-Finance-Department? Hat Saulton schon reagiert? Hör zu, Freddy, wie ich das sehe hast du keinen Schimmer, was da gerade abgeht und was die geeigneten Gegenmaßnahmen wären. Wir warten ab und reagieren zeitnah, aber nicht jetzt.«

Stille. Von Emu-Barke kam kein Mucks.

»Bist du noch dran, Freddy?«

»Ja, ich überlege. Lass uns heute Abend telefonierten«, gab Emu-Barke zurück und legte auf. Ein Zeichen dafür, dass er verstanden hatte, dass im Moment keine Hilfe aus Mittland zu erwarten war. Der PM drückte ihn weg, hob aber wieder ab und hatte Frau Piper sofort in der Leitung.

»Frau Piper, rufen Sie Franck Scherm von der Zentralbank und Erwin Demain von der Bankenaufsicht her. Bitten Sie die Herren in mein Büro. Sagen wir für 16.30 Uhr.« Er drückte den Knopf ein zweites Mal, um die Leitung stumm zu schalten. Dann ließ er den Knopf wieder los. »Eine Sache noch: Holen Sie Lucien Fabeau vom ISE dazu. Zuvor soll er den ganzen Mist um Lehman untersuchen, soweit es möglich ist. Wir brauchen vernünftige Vorschläge, wie auf diese Katastrophe zu reagieren ist.«

Der Premier lehnte sich zurück und schaute seinen Justizminister an. »Lässt du mich bitte allein? Ich muss mir einige Gedanken machen.«

»Gut, wir sehen uns gleich beim Meeting«, sagte der JM lustlos und trottete aus dem Büro. Die Bildschirme der Fernsehapparate spulten stetig neue Szenarien und Reportagen ab. Mehrere Experten beschworen bereits das Ende der Finanzwelt. Es ist doch immer wieder erstaunlich, wie schnell diese selbst ernannten Quacksalber vor die Kamera springen, dachte er. Die Stunde der Experten war die Stunde der Nebelstocher!

Der PM versank in seinem Sessel und versuchte, sich die Dimension der Lehman-Brothers-Pleite vor Augen zu führen.

Er drückte wieder den Piper-Knopf auf seiner Telefonanlage. »Frau Piper, bitte, bringen sie mir einen Kaffee.«

Kaffee, dachte er, muss jetzt helfen. Es fröstelte ihn angesichts dieser Lawine, die heute in New York in Bewegung geraten war. Natürlich erahnte er die Dimension, die dieser Bankrott in Gang gesetzt hatte. Er war schließlich nicht nur Premierminister, sondern zugleich Gouverneur des Internationalen Währungsfonds, und als solcher verfügte er über interne Kenntnisse, über signifikante Kennzahlen, über Statistiken der vergangenen Jahre, die die Anzeichen einer möglichen Bankenkrise schon im letzten Januar hatten erkennen lassen. Diese Zahlen sagten ihm, dass nach der Dotcom-Krise und der Lockerung der Finanzregulierung die Banken sich mit Immobilienderivaten vollgesogen hatten.

»Es war ein Fehler von Bill Clinton«, murmelte der PM vor sich hin, »durch den Gramm-Leach-Bliley Act die Trennung von Geschäfts- und Investmentbanken aufzuheben! Hatte er denn nicht kapiert, dass er damit der freien Spekulation Tür und Tor geöffnet hat?« Gut, Mittland hatte am Anfang stark davon profitiert, doch hat das Ganze nicht auch zur heutigen Misere geführt?

Der PM schloss die Augen, um seine Konzentration zu bündeln. Es war keine Vision, sondern vielmehr sein unverkennbarer Pragmatismus, der ihn erkennen ließ, dass die Lehman-Pleite nicht die Ursache war. Lehman Brothers war ein Trigger, ein Auslöser, ein Riss in der Staudammwand, der den dahinter gefangenen Kräften in keiner Weise standhielt. Die Flutwelle ergoss sich seit heute Morgen und würde sie treffen. So viel stand fest. Und das machte ihm Angst.

Der Druck in seiner Brust wurde stärker. Nach ein paar Minuten schwächte er sich ab, um einem weichen, sanften Stich Platz zu machen. Dieses Signal war ihm wohlbekannt. Wie ein alter Vertrauter gab es ihm zu verstehen: Streng dich an, sei souverän, zeig keine Angst, zeig bloß keine Angst!

Seine Lippen formten die unausgesprochenen Worte »souverän« und »keine Angst«. Er wiederholte und wiederholte sie wie ein tibetisches Mantra. Die Klammer in seiner Brust löste sich, ein weiterer Stich blieb aus und der PM dankte im Stillen seinem Gott, der ihm das Zeichen gab, die Kräfte zu bündeln, um den Feind zu attackieren. Er kontemplierte, um zu siegen. Er war eben beides: Christ und Alpha-Mann, für ihn schlossen sich diese Dinge nicht aus.

Er fragte sich selbst: Was kann ich tun? Was soll ich tun? Halb versunken in seinem Designer-Chefsessel folgte er kausalen Gedankenketten. Dabei wuchs die Einsicht, dass auf solch brutale Ereignisse im Grunde genommen brutale Gegenmaßnahmen folgen müssten. Wenn die Banken wie Dominosteine fielen, wenn die Medien immer höhere Verlustsummen druckten, würde die Öffentlichkeit nach einem Schuldigen verlangen. Für die breite Masse wäre das nicht die Lehman Bank. Die war zu weit weg, und die meisten wussten nichts über sie. Man würde nur ein wenig Zeit gewinnen, wenn man sie als Schuldigen präsentierte, mehr aber auch nicht. Der PM rechnete mit ein paar Tagen Schonfrist. Internet, Fernsehen und Zeitungen schrieben längst ihre eigenen Artikel, gepaart mit den unvermeidlichen Verschwörungstheorien.

Die Bevölkerung würde diese Erklärungsversuche wahrscheinlich zuerst glauben, dann – angeblich – verstehen und schließlich gezielt Maßnahmen fordern. Man würde den Menschen die Globalisierung und die Liberalisierung der Märkte als eine der Ursachen einreden und sie würden auch das glauben. Dann kämen diejenigen, die kritisieren, dass der Regierungen jede Art der Kontrolle über den Finanzmarkt fehlte. Ein fatales Versäumnis. Der Schuldige würde der sein, der die Hedgefonds-Heuschrecken frei gewähren ließ. Das Fazit des PM: Der Schwarze Peter landet bei uns, der Regierung, bei mir. Wir haben in den Augen der Öffentlichkeit versagt, denn wir hätten die Soziale Marktwirtschaft an die Turbokapitalisten verkauft. Tief im Sessel kauernd erkannte der PM das realistische Szenario.

Was hätte Machiavelli geraten? Das fragte er sich nun wie viele Male zuvor. Sein Machiavelli half ihm stets in schwierigen Situationen. *Il Principe* las er immer wieder und kannte die Stelle auswendig, in der die Frage aufgeworfen wurde, was ein Fürst anstreben solle, gefürchtet oder geliebt zu werden?

Der PM kannte Machiavellis Antwort, nämlich dass beide Eigenschaften vollkommen wären, sich jedoch schwer vereinbaren ließen und demzufolge der Fürst vor einer Wahl stünde, die von Erfolg gekrönt wäre, wenn er mehr gefürchtet als geliebt würde.

Was bedeutete das alles für den PM? Liebe kann man nicht steuern, Liebe liegt in der Hand des Liebenden, Angst hingegen lässt sich steuern. Am Ende war der, der mit starker Hand sein Volk führte und sich die Angst der Menschen zunutze machte, im Vorteil. So verstand er seinen Machiavelli.

Der PM war fest entschlossen, dieser starke Mann zu sein, der geliebt und wenn nötig gefürchtet wurde, und der geschickt genug war, sich nicht hassen zu lassen. Er hatte die Macht und die Position jener starke Herrscher zu sein. Diese Vorstellung bescherte ihm ein wohliges Gefühl, dennoch fühlte er auch ein wenig Beklommenheit, denn der Sturm, der ihm bevorstand, war ohne Vergleich.

Nach Lehman Brothers werden weitere Banken Insolvenz anmelden, sofern sie nicht vom jeweiligen Staat gerettet würden, vermutete der PM. Er wendete diesen Gedanken auf wegbrechende Banken in Mittland an. Solche Insolvenzen hätten die unangenehme Konsequenz, dass die Insolvenzverfahren im eigenen Land unter der Kontrolle der Justiz statt-fänden, was in dem Fall nicht nur schlecht für die betroffenen Banken wäre, sondern in höchstem Maße auch die Regierung träfe. Die Wirtschaft des Landes bekäme es mit üblen Folgen zu tun, was höchstwahrscheinlich Einbußen im Finanz- und Wirtschaftsbereich nach sich ziehen würde. Die nächsten Liquidationen stünden dann schon vor der Tür. Der Ruf des Landes wäre für Jahre ruiniert.

Derart viele Insolvenzverfahren würden dem Finanzplatz Mittland den Todesstoß versetzen. Kein Investor, keine Bank und keine Versicherung würde mehr Vertrauen in Mittland setzen. Die Risikobewertungen kämen zu dem Ergebnis, dass man von der Justiz in Mittland, sollte man zukünftig einem solchen Szenario nahekommen, keine praktische Hilfe erwarten könne. Was macht eine Global-Player-Bank in diesem Fall? Sie sucht sich eine neue Heimat für ihre Vermögen und ihre Produkte. Ein Exodus wäre die Folge, Mittland würde auf diese Art ausgeblutet. In der Karibik und in Fernost, PM konnte es schon bildlich sehen, würde man sich die Hände reiben und die Korken knallen lassen. Des einen Leid ist des anderen Freud.

Der PM kämpfte mit dem Christen in sich. Die Maßnahmen, die man gegen einen solchen Finanz-Tsunami ergreifen müsste, wären in keiner Weise sozialverträglich und weit entfernt von der christlichen Natur. Er musste sich entscheiden.

Er hob den Kopf, drehte ihn in Richtung des Fensters, wo sein Blick an dem schlichten Bilderrahmen verweilte, den er stets mit innerem Stolz betrachtete, weil es ein Beweis des Verständnisses und der Verehrung seiner Person und seiner Vision durch die Europäer selbst war. Hinter Glas trug der Rahmen die Urkunde des Karls-Preises, der ihm von der Stadt Aachen vor zwei Jahren verliehen worden war. Der PM setzte sich aufrecht, was bedeutete, dass das Gedankenspiel nun beendet war. Es war Zeit, das Heft des Handelns in die Hand zu nehmen!

Er erhob sich, stützte sich mit beiden Händen auf seinen Schreibtisch wie ein Sumo-Ringer, holte Luft, verbot dem sanften Stich ein weiteres Aufkommen und blickte mit unbeweglichem Kopf auf die Flachbildschirme und die laufenden Nachrichten.

Es steht hier nicht mehr und nicht weniger als das Überleben des Staates als Finanzplatz auf dem Spiel, dachte er. Das rechtfertigt Maßnahmen, auch wenn sie nicht kompatibel mit geltendem Recht sind. Harte Zeiten erfordern harte Maßnahmen. Gnade uns Gott!

Think-Tank-Action
September 2008

D ie zweite, dritte und vierte Etage im Gebäude Nummer 18 in der Rue du la Savoire in der Hauptstadt von Mittland waren mit dem *Institut pour la Strategie et l'Execution* belegt, was bei denen, die damit zu tun hatten, nur ISE hieß. Hier wurden raffinierte Pläne und taktische Maßnahmen für die Regierung ausgetüftelt, bis sie als maßgeschneiderte Lösungsangebote den Ministern vorgelegt werden konnten.

Wenn die Führung des Landes sich nach innen und außen in vielerlei Hinsicht erklärte, brachte dies kontinuierlich ein potenzielles Risiko mit sich. Die ministeriellen Kommentare kamen nicht immer sattelfest daher, man vergaloppierte sich beispielsweise, wenn man die US-Präsidentschaft mit einer partiellen Mondfinsternis verglich oder die Bombenattentate im eigenen Land als Annexionsversuch feindlicher Mächte deklarierte.

Kontroversen sind am besten im Keim zu ersticken, denken Politiker, aber schon steckt man in einem Dilemma: So etwas muss schnell und gezielt geschehen. Schnelle Reaktionen sind selten strategisch über-legt und bewirken meist das Gegenteil. Man findet eben nicht rasch zur Normalität zurück, sondern die unbedachten und abwegigen Statements, die das Feuer löschen sollen, schlagen große Wellen, unter denen Minister und Regierung begraben werden können. Mittlands Politiker waren nicht ungeschult, sie wussten, wie man sich rhetorisch vor Mikrofon und Kamera nichtssagend äußert. Diejenigen, die dafür zu sorgen hatten, dass alles glatt lief, schwitzten ihre Hemden durch, wenn ihre Führungsspitze zu internationalen Gipfeltreffen reiste, zu persönlichen Austauschgesprächen auf großer Bühne, wo es unerlässlich war zu wissen, was man seinem Gegenüber anvertrauen konnte. Eitelkeit und Dünkel durchlöchern jede Diplomatie, wussten die Strategen, besonders weil diese beiden Eigenschaften in einem kleinen Land wie Mittland ausgeprägter waren als anderswo. Eine Risikominimierung erschien daher absolut unverzichtbar. Und diese Aufgabe fiel dem Institut pour la Stratègie et l'Execution, kurz ISE, zu.

Anfang der 90er Jahre hatte die Regierung des PM das ISE installiert. Zu Beginn hatte es nur mäßig zu tun, was daran lag, dass die meisten Entscheidungsträger der Regierung mit diesem Institut noch nichts anzufangen wussten.

Es waren Zeiten, da agierten Politiker gerne aus dem Bauch heraus, ohne dass sie für ihre Dusseligkeit und deren Folgen von der Öffentlichkeit bestraft wurden. Es galt damals die Devise, in Europa nicht allzu sehr aufzufallen. Doch dann traf die Globalisierung Mittland, und mit ihr stiegen die Anforderungen auf internationaler Bühne. Aus dem Bauch heraus ließ sich da gar nichts mehr lösen.

Das war die Stunde des ISE und von Lucien Fabeau. Klein im Wuchs und bissig wie ein Terrier, fiel ihm die Aufgabe zu, das Institut aufzubauen und es zu leiten. Fabeau schien sehr gut in die Schubladen jener Amtsträger zu passen, in deren Bereich es fiel, diesen Posten zu besetzen. Sie schrieben sich selbst eine ausgezeichnete Menschenkenntnis und eine treffsichere Einschätzung in Charakterfragen zu, wodurch sie dachten, Fabeau per se in der Hand zu haben. In Wirklichkeit nahm ihr eigenes Ego oder irgendeine interne Kungelei Einfluss auf derartige Entscheidungen. Doch im Fall Lucien Fabeau hatten sie eine bemerkenswert positive Treffsicherheit an den Tag gelegt.

Fabeau wusste um seine Außenwirkung und nutzte sie. Die eigene angesammelte Lebenserfahrung sagte ihm, dass Menschen, die in Schubladen dachten, berechenbar und gut zu steuern sind. Er nahm es gelassen hin, wenn der Blick eines ihm unbekannten Gegenübers ihn von Kopf bis Fuß abtastete und sich dabei eine Schublade öffnete. Das war kein Problem für Fabeau, für die andere Seite schon. Denn er war es, der den anderen durchschaute, nicht umgekehrt.

Er war ein vorausdenkender Mensch, wenn auch nur ein mäßig begabter Stratege, und doch war es absolut richtig gewesen, ihm die Leitung des ISE zu übertragen. Der letzte Gesundheitscheck zeigte nichts Auffälliges, er trieb Sport und trank nur gelegentlich Alkohol. Gegenüber Medikamenten pflegte er ein tiefes Misstrauen. Er ging, wenn sich Kopfschmerzen ankündigten, an die frische Luft.

In Fabeaus Büro, einem Eckbüro mit beneidenswertem Blick auf den Palast, klingelte das Telefon. Seine Sekretärin, Frau Haargenau, hatte die frisch gebrühte Tasse Earl Grey serviert, die Fabeau soeben zum Munde führte und dabei das feine Aroma des Tees einsog. Ein kleines Ritual, das er sich täglich gestattete. Er glaubte, mit dem Wohlgeschmack des Tees eine spirituelle, fernöstliche Energie in sich aufzunehmen, um damit seinen Geist zu stärken.

Das Klingeln störte seinen Moment der Kontemplation. Lucien beugte sich vor das Display. Auf der Anzeige sah Fabeau die Nummer des Vorzimmers des PM. Er setzte die Tasse ab, ohne einen Schluck genommen zu haben, nahm den Hörer und wurde auf der Stelle charmant.

»Hallo Charlotte, wunderbar, dass Sie anrufen. Gerade habe ich meinen Vormittagstee vor mir und ...« Frau Piper unterbrach ihn sofort, obwohl sie beide ihr kleines, vertraulich zelebriertes Glockenspiel per Telefon stets genossen. Sie und Fabeau kannten und mochten sich seit Jahren, aber für Vertraulichkeit schien heute keine Zeit zu sein. Sie kam sofort auf den Punkt.

»Lucien, hatten Sie Gelegenheit, den Fernseher einzuschalten? Sie müssen das doch gesehen haben.«

»Nein, ich bin ja eben erst ins Büro gekommen. Worum geht es?«

»Genaues weiß ich nicht. Der Premierminister und Justizminister waren im Office und haben nur auf den Fernseher gestarrt. Als ich den Champagner brachte, hat mich der PM gebeten, ihn wieder mit nach draußen zu nehmen. Alle drei Fernseher waren eingeschaltet. Es war die Rede davon, dass Lehman Brothers in New York Insolvenz angemeldet hat. Rund um den Globus stecken wohl eine Menge Banken in Schwierigkeiten, so heißt es, weil sie die Derivate – ich meine dieses Wort gehört zu haben – der Lehmans gekauft haben. Was auch immer das ist, so ein Derivat. Jedenfalls sollen diese Derivate alle nichts mehr wert sein. Der PM war ernsthaft und ruhig. Bedrohlich ruhig, wenn Sie mich fragen.«

»Lehman Brothers soll pleite sein? Sie machen Witze. Das wäre eine Katastrophe! Das hieße, dass diese Investments am Markt unter Junk-Bonds liegen und null Werthaltigkeit mehr haben. Das haben sie gehört?

Wenn das stimmt, dann herrscht weltweit Panik unter den Investoren. Dann sind Unmengen Geld verbrannt worden. Ich kann nur hoffen, dass Sie sich verhört haben, Charlotte.«

Lucien war nun trotz seines achtsamen Tee-Moments völlig durcheinander. Die Tasse Tee, die er immer noch in der anderen Hand hielt, setzte er wieder ab und tippte auf seiner Tastatur »Lehmann Brothers« ein. Der Bildschirm des Desktops zeigt ihm die Schlagzeilen des Tages. Die Katastrophe war nicht mehr zu leugnen.

»Tatsache, Charlotte, Sie haben recht.«

»Was passiert denn jetzt? Ich meine, was bedeutet das für uns?«

»Lassen Sie uns zu Gott beten, dass in unseren eigenen Tresoren nicht allzu viel von den Junk-Bond-Investments liegt. Auch falls wir selbst als Staat keine oder nur wenige solche Pakete in unseren eigenen Banken haben, haben die anderen Investmentbanken im Land doch die Regale voll mit diesen Produkten. Das ist Sprengstoff, wenn Sie mich fragen. Das bringt alle Bilanzen ins Wackeln, und wenn dann derartige Verluste entstehen, die das Eigenkapital der Bank unter acht Prozent drücken, haben wir eine Schwemme an Insolvenzen im ganzen Land, was das Bild eines sicheren Finanzplatzes ganz und gar zerstört. Wir würden um Jahrzehnte zurückgeworfen.« Lucien machte eine kleine Pause.

»Sind Sie sicher, dass wir, also unsere eigenen Banken, keines dieser Produkte gekauft haben oder besitzen? Sie waren doch erst vor drei Wochen bei der Zentralbank. Eine Krise solchen Ausmaßes kommt doch nicht ohne Vorwarnung, so aus dem Nichts, ohne dass irgendjemand vom Fach davon weiß. Hat denn niemand bei der Zentralbank auf Lehman Brothers und deren Untergang hingewiesen?« Charlotte Pipers angsterfüllte Stimme bekam einen leicht schrillen Ton. Sie bekam es offensichtlich ebenfalls mit der Angst zu tun.

Fabeaus Sensoren nahmen die aufsteigende Verzweiflung wahr. Er schaltete augenblicklich in den Beruhigungsmodus. »Nicht so schnell, Charlotte. Das, was ich eben gesagt habe, war alles eine spontane Einschätzung. Alles in Konjunktiv. Ich weiß noch zu wenig, um die Sache zu überblicken. Wir dürfen keine voreiligen Schlüsse ziehen und müssen Ruhe bewahren.«

Charlotte Piper war eine der wenigen Arbeitskollegen, zu der er ein freundschaftliches Verhältnis pflegte. Er schätzte ihre Klugheit und die

Art, wie sie miteinander plauderten oder im Gebäude aufeinandertrafen. Wenn er sie so besorgt wie gerade erlebte, konnte er nicht anders, als ihr gut zuzureden.

»Möglicherweise«, fuhr er fort, »ist das alles nur halb so schlimm. Schließlich wissen wir nicht, was die amerikanischen Behörden oder die US-Regierung dazu sagen und was sie in Gang setzen werden. Außerdem haben wir hier in unserem Land doch schon so einiges gemeistert. Auch diesmal wird die Welt nicht untergehen. Vielleicht können diese Ereignisse nützlich für uns sein, möglicherweise lernen wir was daraus. Machen Sie sich nicht verrückt, Charlotte, alles wird gut. Haben Sie sonst noch etwas für mich?«

»Ach ja, Sie sollen heute am Krisen-Meeting in PMs Office teilnehmen. Die Herren von der Zentralbank und der Finanzaufsicht sind dabei. Beginn ist um 16.30 Uhr«.

»Danke Charlotte, sagen Sie dem PM, ich komme pünktlich.«

Fabeau legte auf und griff gleich zur Fernbedienung. Da sah er die alarmierenden Bilder. Nahezu alle Sender widmeten sich der Krise.

Er brauchte etwa fünf Minuten, bis er das Wichtigste an Informationen vor sich hatte. Er war kein Banker, doch ihm wurde unmissverständlich klar, dass diese Pleite weitere Insolvenzen initiieren würde. Er hatte noch genau 83 Minuten bis zum Meeting. Er wusste, was der PM von ihm verlangte. Er drücke den blauen Knopf auf dem Telefon.

»Victoria, bitte rufen Sie sofort Marchand, De Susa und Frau Dupont zu mir. Pronto! Sie sollen sich beeilen. Ich brauche alle Daten und Fakten, die uns Auskunft geben, was unsere eigenen Banken an Derivaten, Bonds und sonstigen Investments eingelagert haben. Insbesondere die von Lehman Brothers. Eine Liste von ansässigen Banken, die im Zusammenhang mit Lehman Brothers stehen, will ich ebenfalls haben. Wir haben nur etwa fünfzig Minuten. Das alles ganz schnell bitte!«

Victoria Haargenau reagierte gewohnt präzise und verteilte die Order an die Adressaten binnen einer Minute. Es brauchte keine sieben Minuten, bis Lucien Fabeau im Vorzimmer die Ankunft seiner drei Musketiere vernahm. Die Tür schwang auf. Ethan Marchand und Lou-Anne Dupont rannten förmlich in das Büro, Achilles De Susa blieb, den Blick auf sein Blackberry-Smartphone geheftet, an der Türe stehen.

Die 28-jährige Lou-Anne Dupont, die ihren Abschluss in Volkswirtschaft und strategischem Management an der Elite-Uni HEC in Paris gemacht hatte, drängte sich an Ethan Marchand vorbei. Marchand wirkte mit seinen 62 Jahren, seinem schütteren und melierten Haar wie die Antithese zur jungen Dame.

Beide passten perfekt in die Philosophie des Instituts wie Zierfische in einem Aquarium. Dupont nahm die Rolle der engagierten, aber niemals sicherwirkenden Streberin ein, bei der man bereit war, zu unterstellen, sie wäre in der Lage, den Lack von der männlichen Vormachtstellung im Institut abzukratzen.

Mit Ethan Marchand präsentierte sich das Idealbild eines alterfahrenen Dieners des Staates, der gelernt hatte, nicht aus der Deckung zu kommen, wenn sich junge Kollegen blutige Nasen holten.

Beide betonten ihre Wesensart mit ihrer Kleidung: Lou-Anne Dupont trat gegen männliche Konkurrenz an und war daher überzeugt, durch maskuline, blaue Hosenanzüge Waffengleichheit herstellen zu können. In Lucien Fabeaus Augen ging diese Gleichung aber nicht auf. Blauer Anzug und weiße Bluse wirkten eher als Standarduniform auf ihn, trotz der obligatorische Perlenkette um ihren Hals, die nicht fehlen durfte. Marchand – auch hier ganz Gegenpol – sah sich in der Tradition eines englischen Landadligen: silbertannengrünes Tweedsacko, karamellfarbige Cordhose und ein hellblaues Van-Lack-Leinenhemd mit Button-Down-Kragen. Als sein Markenzeichen trug Ethan immer die eidottergelbe Leinenweste von Boss, die sich zusehends über seinem Bauchansatz zu spannen begann.

»Pronto, Herrschaften, pronto! Ihnen ist das Thema des Tages bekannt?«

Dupont lief nickend auf Fabeaus Schreibtisch zu und setze sich auf einen der beiden Stühle. Marchand schob sich hinterher.

»Die Lehman-Pleite. Alle berichten davon«, preschte Dupont vor. Marchand ließ sie gewähren.

Fabeau presste sich in die hintere Position seines Bürosessels.

»Wenn das alles stimmt, was da berichtet wird, ist das eine üble Sache, die ... «, orakelte Dupont eifrig weiter.

Fabeau hob die Hand, und Dupont hielt umgehend inne. Er blickte zur Tür und wedelte mit der rechten Hand.

»De Susa, müssen Sie erst eine Fahrkarte abstempeln, bevor Sie Platz nehmen? Kommen Sie, setzen Sie sich zu uns. Rapido!«, sagte er.

Fabeau konnte es sich nie erklären, wieso stets ein Gefühlscocktail aus Bewunderung und Furcht in ihm hochsteig, wenn De Susa mit am Tisch saß. Für ihn war dieser Nerd nicht einsehbar, schlimmer noch, er war nicht lenkbar. Es war Fabeau klar, dass sie beide ganz bestimmt nicht dieselben Werte vertraten. Aber als Analytiker in seinem Team war Achilles De Susa ein ungeschliffener Diamant, ein Genie und der Jackpot fürs Institut, dessen er sich rühmen konnte.

Fabeau genoss die Gewissheit, dass er keinen Widerstand zu erwarten hatte, wenn er De Susas Ergebnisse als seine eigenen gegenüber den Ministern und dem PM verkaufte. An Ruhm und Einfluss hatte dieser Nerd kein Interesse, wie es schien. Der war zufrieden, sobald er viele verbundene Computer mit möglichst maximaler Bestückung, digitalen Netzwerken und Supraleitungen vor sich hatte.

Trotzdem hatte Fabeau Ehrfurcht vor seinem dritten Musketier. Es gab keine Garantie dafür, dass De Susa nicht doch einmal aus seiner IT-Wolke in Richtung Erdboden fiel – und dann, das war sicher wie das Amen in der Kirche, würde er im Wettstreit mit dem Gehirn des Nerds haushoch verlieren. Deshalb war Fabeau auf der Hut vor diesem De Susa.

De Susa schnappte sich einen Reservestuhl, der an der Wand stand, und näherte sich gemächlich den anderen. Als hätte er das Ringen um den Sitzplatz im Vorfeld erkannt, erweiterte er die Sitzreihe und nahm dort Platz, wo er es sich aussuchen konnte.

Mit Schadenfreude registrierte Fabeau jetzt den verblüfften Gesichtsausdruck der strebsamen Dupont und die gespielte Gleichgültigkeit von Marchand. De Susa war genau das, was Fabeau immer gesucht hatte: Ein Mann mit messerscharfem Verstand, unkonventionellen Lösungsvorschlägen und ohne besondere Karriereambitionen.

Das Einzige, was er zur Bedingung bei der Einstellung gemacht hatte, war, dass er einen ClearBell-HB7-Computer mit allem Drum und Dran bekam. Fabeau hatte keine Ahnung, was dieses Ding so besonders machte und warum De Susa so scharf darauf war, aber er bewilligte die Hardware und die Programme ohne zu zögern. Das erwies sich als unglaublicher Glücksgriff, denn De Susa beherrschte den HB7 virtuos und lieferte Daten und Informationen in sensationeller Weise.

Wenn De Susa so vor ihm saß, schrumpfte Fabeaus Selbstbewusstsein, was ansonsten nie vorkam. Dies mochte zum Teil auch daran liegen, dass man sich persönlich bisher kaum nähergekommen war. Fabeau kannte aber De Susas Spitznamen, den er nie anbrachte, aber recht passend fand: Chili. De Susa schien jedenfalls kein Problem mit dem Namen zu haben. Einem Querkopf wie De Susa stand das gut, fand Fabeau. Doch war ihm auch zu Ohren gekommen, der Spitzname sei eine Kreation der Damenwelt. Wie auch immer.

Achilles De Susa gliederte sich in die Runde ein und unterdrückte ein Gähnen. Gerne hätte er das, was jetzt kam, *vorgespult*. Aber es ging wohl nie ohne Profilierungstheater. Damit meinte er nicht nur Lou-Anne Dupont, sondern vor allem seinen Chef Lucien Fabeau. Worum es auch ging, Fabeau konnte nichts verlautbaren, ohne dabei mehr oder minder direkt seiner Selbstdarstellung zu frönen.

Achilles stammte aus Argentinien, aus dem Land seines Vaters Javier De Susa. Mutter Marlene kam aus Mittland, aus dem kleinen Dorf Beaufort. Chili wuchs in Paraná in der Provinz Entre Rios auf, wo sein Vater als Ingenieur in einem Unternehmen mit dem schönen Namen »Pur Sang«, beschäftigt war. In der kleinen Manufaktur erlebten die schönsten Autos der Welt die Wiedergeburt, wahre *Vollblüter*: den Bugatti T35 und T51. Es waren Recreations, hundertprozentige Nachbauten, die sich vom Original in absolut keinem Detail unterschieden – herrliche Maschinen, nein, fahrende Skulpturen.

Wenn Vater Javier mit einem T35 nach Hause kam, stand der kleine Achilles bereits vor dem Haus, sprang auf den Beifahrersitz des schmalen Rennwagens. Da raste der Vater mit ihm durch die Provinz. Es gab keine Außenspiegel, weder Knautschzone noch Sicherheitsgurte, dafür aber 180 PS bei nur 750 Kilogramm Gesamtgewicht. Zwei kleine Brooklandscheibchen sollten nach Werksangabe Fahrer und Beifahrer vor dem Fahrtwind schützen. Eine kühne Behauptung.

Achilles sollte sich immer an das Ende solcher Fahrten erinnern. Der Motor wurde abgestellt, die Hebel für Vorzündung und Benzindruck wieder in die Ruheposition geschoben, und sein Vater stieg aus dem T35 aus.

Pur Sang hatte den Nachbau der Bugatti Rennwagen zur Kunst erhoben und baute alle mechanischen Teile exakt so nach, wie sie zwischen 1924 und 1935 im Hauptwerk in Molsheim im Elsass verbaut worden waren. Pur Sangs Akkuratesse galt somit auch für das Verbauen von kleinen

Unzulänglichkeiten aus der damaligen Zeit. So wurde zum Beispiel bewusst zugelassen, dass dem Fahrer während der Fahrt regelmäßig Schmieröl auf Socke und Hosenbein tropfte, was auf eine konstruktive Schwäche des Ölventils unter dem Armaturenbrett zurückging. Für Vater Javier war die Öldusche an Socke und Hose nicht der Rede wert, sie gehörte zu jeder Fahrt dazu.

Mutter Marlene war alles andere als begeistert von den Ölsocken, darüber wurde jedes Mal gestritten. Das südamerikanische Temperament des Vaters und das eher sachliche Wesen der Mutter waren anfänglich bestens verzahnt wie ein Bugatti Getriebe, welches im Laufe der Zeit nicht mehr harmonisch arbeitete. Die Ehe ging schließlich an der Sollbruchstelle entzwei.

Als Achilles acht Jahre alt war, trennten sich die Eltern. Die Mutter reiste mit ihrem Sohn zurück in ihre Heimat, in eine Region, die Achilles zuvor nie betreten hatte. Für ihn war alles seltsam in diesem Land. Man sprach gleich drei Sprachen, nur nicht die, die er sprach. Das, was er von den Einheimischen zu hören bekam, hörte sich grauslich an, und das Wetter stand dem in nichts nach.

Die Sonne schien diesen Flecken Erde zu meiden. Das war ein winziges Land, ohne das Gefühl von Weite und ohne den ewigen Horizont von Paraná. Die Städte waren mickrig, und das Essen war derb und schmeckte oft so, wie sich die Namen anhörten. Nie würde er das erste Gericht vergessen, das man ihm vorsetze: Judd mat Gaardebounen. Es war ihm unmöglich, das zu anzurühren: Schweinehals mit Saubohnen! Caramba, das konnten die Chicos auf den Zuckerrohrplantagen in Paraguay essen, doch nicht er! Keine Chance, so etwas isst man nicht. Mit knurrendem Magen verbrachte er die erste Nacht außerhalb Argentiniens mit Träumereien von Asados, guten, saftigen Rindersteaks, von Empanadas mit Mais und Hühnchen und von Flan Caramel.

Heute galt Achilles De Susa in Mittland als integriert. Sein akademischer Mentor Prof. Engelhaft hatte dem ISE den Tipp gegeben, sich die Mitarbeit von Achilles De Susa bereits vor dessen Studienabschluss zu sichern. Jetzt saß er hier im ISE und wurde als Nerd gehandelt, aber als einer mit Manieren und Stil.

Vorerst nährte Chili dieses Klischee sogar und beobachtete die anderen aus dieser Position heraus, um festzustellen, wie das innere Gefüge des

ISE funktionierte und wie er beim ISE ankam. Ihm war natürlich klar, dass er kein reiner Nerd war und dass er *auch anders* konnte. Doch so schnell wollte er seine Karten nicht auf den Tisch legen. Sich anzupassen, das hatte er als Kind gelernt. Das bedeutete auch, dass man nicht immer zeigen musste, was man kann.

De Susa hatte sich endlich hingesetzt.

»Was wissen wir?«, fragte Fabeau, ohne eine Antwort abzuwarten. »Lehman Brothers Holding ist insolvent. Die Büros werden geräumt, der Handel ist eingestellt, die Aktie ausgesetzt. Junk-Bond-Status! Bingo! Bruchlandung! Diese Tatsache allein wäre kein Desaster. Aber Lehman Brothers hat giftiges Zeug verkauft, und die *Toxic Papers* liegen jetzt in der ganzen Welt verstreut in den Banken als Aktiva. Nur für die, die keine Insider sind: Aktiva ist das, was auf der einen Seite der Bilanz steht und sich Vermögen nennt. Ich fürchte, in den mittländischen Banktresoren befindet sich eine große Menge davon.« Fabeau schaute in die Runde. Er sah keine Regung auf den Gesichtern seiner Musketiere. Dupont nestelte an ihrer Tasche.

»Herrschaften! Kommen Sie, was haben Sie für mich?«, drängte Fabeau und klopfte mit der flachen Hand auf die Tischplatte. »Avanti! Nicht so zaghaft. Welche Infos konnten Sie bis jetzt auftreiben?«

Lou-Anne Dupont legte Fabeau ein kleines Bündel Papier auf den Tisch. »Ich habe die hauseigenen Derivate durchgesehen, also die, die unter unserer Flagge eingelagert sind. Bei der InterCommerz Bank liegen Lehman-Derivate von über 400 Millionen Euro. Die Zentralbank hält augenblicklich fast 2,5 Milliarden Euro, was daherkommt, dass die Zentralbank solche Papiere als Sicherheiten für Kredite akzeptiert hatte. Die HFDL kommt auf ungefähr 675 Millionen, und es gibt weitere Kandidaten, die wir noch nicht so schnell ausmachen konnten.«

»Ich habe mich mal umgehört, besser gesagt umgesehen«, übernahm Marchand, »auf internationaler Ebene rechnen wir mit mehr Derivaten, als wir zuerst angenommen haben. Man glaubt es kaum, aber fast alle, von UBS bis Barclays über Deutsche Bank bis Credit Agricolè haben sich bei Lehman eingedeckt. Genaue Zahlen waren nicht zu bekommen, da die Mitarbeiter der Banken alle im Chaos versinken und wie geladene Elektronenteilchen herumschwirren. Da ist keine solide Information zu bekommen. Pensionsfonds und Hedgefonds lassen überhaupt nichts raus. Aber nach meiner Schätzung könnten gut und gerne Lehman-Produkte im Gegenwert von vierzehn Milliarden Euro innerhalb unserer Landesgrenzen deponiert sein.«

Marchand zog am Ende die Schultern ein wenig hoch, seine buschigen Augenbrauen bewegten sich ebenfalls in diese Richtung. Damit war klar, dass mehr Information von ihm nicht zu bekommen war. Fabeau nervten Marchands Verlegenheitssignale. So konnte er nicht PM unter die Augen treten. Er brauchte mehr Input.

»Okay«, meinte Fabeau und nickte eine Weile vor sich hin, »das ist auch über dem Limit meiner spontanen Schätzung. Es sieht schlechter aus, als ich zunächst dachte. Wie kommen wir aus dieser Scheiße wieder heraus? Ihre Vorschläge bitte! Am besten jetzt. Was meinen Sie, soll die Regierung angesichts der exorbitanten Geldverbrennung tun?« Fabeaus Blick wanderte zu De Susa. Was würde sein Genie nun sagen?

Der Angesprochene schien aber auf irgendeinen Punkt hinter Lucien Fabeau zu starren. Das war nicht ungewöhnlich bei diesem Nerd. Er hatte Chili einmal rüde zusammengestaucht, weil er den Eindruck gehabt hatte, der Kerl würde während der Besprechungen nur mit seinem bescheu-erten Blackberry kommunizieren. Doch De Susa hatte ganz überraschend reagiert und alle Details, die Fabeau vorher ausgebreitet hatte, perfekt wiederholt. Er hatte sogar sehr brauchbare Lösungsvorschläge parat gehabt. Daher war Fabeau vorsichtig, ihm war klar, dass Chili lediglich in den kreativen Think-Tank-Modus geschaltet hatte und gedanklich bereits einer Spur nachging. Ganz sicher würde Fabeau jetzt kein zweites Mal den Fehler begehen, ihn vor anderen zu maßregeln, um anschließend in ein offenes Messer zu rennen. Es beruhigte ihn, dass De Susa bereits in die richtige Richtung arbeitete.

Nach mehreren Sekunden blickte er von seinem Blackberry auf und blickte Fabeau direkt in die Augen. Fabeau deutete mit der offenen Hand in De Susas Richtung.

»Wir sind ganz Ohr, also, was sollten wir tun?«, fragte Fabeau. Die beiden anderen Musketiere schauten Chili ebenfalls erwartungsvoll an.

»Nichts«, sagte De Susa.

Stille. Fabeau kniff die Augen zusammen, Lou-Anne riss sie auf und Marchand blieb unbeweglich.

»Wie, nichts? Geht das etwas konkreter?« Fabeau fragte sich, ob De Susa den Ernst der Lage überhaupt begriffen hatte. Und was sollte der apathische Ton, mit dem er dieses Wort aussprach? Fabeau wurde jetzt nervös, er dachte an PM.

»Nichts! Wir werden nichts tun«, erklärte De Susa. »Was geschieht, wenn wir auf diesen Crash öffentlich reagieren? Wir senden ein Signal an Medien, an Investoren und Bevölkerung aus, dass man uns umgehend als klares Eingeständnis, wir würden der Situation machtlos gegenüberstehen, auslegt. Stichwort: Kapitulation! Sofort nehmen uns die Medien in die Zange. Investoren sehen ihre Privilegien und ihren Schutz davonsegeln. Ein Statement der Regierung zum jetzigen Zeitpunkt ist ein Festlegen auf eine Momentaufnahme, die uns später aber immer vorgehalten würde. Das Vertrauen in unsere Handlungsfähigkeit könnten wir dann abschreiben. Was immer wir verlautbaren würden, man würde es nicht glauben. Die Folge wäre, dass noch mehr Kapital unseren Finanzplatz verlassen würde. Wir – und nur wir – sollten uns jetzt nur für die Auswirkungen der Pleite auf Mittland fokussieren. Die Medien beschäftigen sich nur damit, dass die Lehmann-Produkte wertlos sind. Sie haben Blut geleckt, und nun ist die Meute derart auf die Story und die Titelseiten fixiert, dass die Auswirkungen am Rand des Geschehens für sie nicht interessant genug sind.«

Chili räusperte sich, und Fabeau ahnte, worauf er hinauswollte. »Sie meinen, Mittland steht überhaupt nicht in der Kritik?«

»Richtig, jedenfalls noch nicht. Jetzt herrscht noch Chaos. Die nächsten zwei bis vier Tage wird es in jeder Schlagzeile nur um Lehman gehen. Wir sollten also unseren Vorsprung nutzen. Ich verwette mein Blackberry darauf, dass die Medien Sondersendungen machen und Extrablätter herausbringen. Wir werden Banker und Ex-Banker sehen, die üblichen Koryphäen. Politiker, vor allem Oppositionspolitiker, werden die Krisenstimmung nutzen, um die Regierung anzuschwärzen. Die Stimmen vom Untergang des Kapitalismus werden wir auch zu hören bekommen. Das Übliche halt.«

Chili legte seinen Blackberry vor sich auf den Tisch, während Fabeau ihn wie gebannt anstarrte, dabei das Gesagte zu verarbeiten schien.

»Und während sich die ganze Welt um Lehman Brother kümmert«, setzte Chili seinen Vortrag fort, »machen wir es so: Zuerst muss es ein Meeting mit der Zentralbank geben, um festzustellen, wie hoch die Realverluste sind. Dann fordern wir alle Beteiligten zum konsequenten Stillschweigen auf, sodass die Involvierung aller nicht zu früh öffentlich wird. Somit haben wir Zeit für den Versuch, die Sache intern zu regeln. Außerdem sollten wir Kontakt zu den anderen Steueroasen ... Verzeihung ... ich meinte natürlich zu den anderen Finanzplätzen auf der Welt aufnehmen und dort eine strategische Kooperation anbieten mit dem Ziel, möglichst keine mediale und öffentlich präsente Berichterstattung über Details in der Sache zuzulassen. Das macht es den Journalisten schwerer, an die Quellen zu kommen. Zu guter Letzt müssen wir unsere Regierung darauf vorbereiten, welche Maßnahmen wir zur Schadensbegrenzung ergreifen müssen und was medial vertretbar vermittelt werden kann.«

Es klackte in Fabeaus Gehirn, während Chili seine Strategie entfaltete. Er musste darauf achten, dass ihm nicht die Kinnlade herunterfiel. Die Idee, dass alle von der Krise Betroffenen nach außen hin Stillschweigen bewahren und erst einmal intern klärten, was als Nächstes zu tun sei, war brillant!

»Wir brauchen jetzt etwa 24 Stunden«, fuhr De Susa fort, »um alles vorzubereiten. Bis dahin sollte keiner der Minister oder Staatssekretäre vor die Kamera treten. Selbst wenn wir ›Kein Kommentar‹ sagen würden, würde das heißen, dass wir maßlos überfordert sind. Ich hätte einen Vorschlag.« De Susa blickte wartend zu Fabeau, der sich verlegen räusperte, und weil ihm irgendwie die Stimme versagte, nickte er Chili einfach nur zu.

»Ethan könnte den ersten Entwurf der Strategie schreiben, Lou-Anne sollte weitere Informationen einholen über die anderen ... Finanzplätze, aus der Schweiz, Lichtenstein, Guernsey, Monaco und so weiter. Vergessen wir nicht Asien und die Karibik. Wir brauchen alle Kontaktdaten, um die entsprechenden Leute dort direkt anzusprechen. Und Sie, Chef, müssen jetzt den PM davon überzeugen, dass er nichts nach außen dringen lässt.«

Es klackte wieder in Fabeaus Gehirn. Dann fielen alle Puzzleteile an die richtigen Plätze. Darüber hinaus ging ihm mit dem letzten Klacken auf, wie gewaltig sein eigenes Urteilsvermögen versagt hatte. Der Nerd stieß ihn mit der Nase darauf, dass er selbst nur emotional auf die Katastrophe reagiert hatte, bei Weitem nicht rational genug.

Das Wort »Geldverbrennung« hatte bei ihm Bilder von Scheiterhaufen aus brennenden Euro-Bündeln ausgelöst, damit war er gelähmt. Er hatte sich selbst zugebaut. Als ihm das aufging, hasste er sich dafür, in die Panikfalle getappt zu sein. Sofort gewann sein Pragmatismus die Oberhand zurück, indem er dachte: Falle hin oder her, wichtig sind am Ende Ergebnisse, und die bekomme ich von meiner Trumpfkarte an meinem Tisch. Diese Art von skalpellartigen Analysen waren der Grund, warum er Chili unbedingt haben wollte, trotz seiner nicht ganz kompatiblen Berufsauffassung. Dass der Kerl schnell und kalt wie flüssiger Stickstoff ist, hatte er schon lange erkannt.

Fabeau war Leiter seines Teams. Er musste das Beste aus seinem Team rausholen. Und er – und kein anderer – hatte De Susa in das Team geholt. Dessen Lösungsvorschlag war also auch sein Verdienst. Andere hätten diesen weltabgewandten Sonderling schon längst in die Wüste geschickt. De Susa war ein Crack, aber kein Aufsteiger, keine Führungskraft, so einer konnte, durfte ihm aber nicht gefährlich werden!

»Gut, Leute! Das sind doch brauchbare Vorschläge! So machen wir es, Marchand, geben Sie Gas und bereiten Sie die Strategiepapiere vor, nutzen Sie die Abteilung V für den Schreibkram. Frau Dupont, besorgen Sie alle nötigen Kontakte aus Monaco, der Schweiz und so weiter und so fort! Mein Meeting im Ministerium d'Etat dauert sicher mindestens 30 Minuten, vielleicht auch eine Stunde. Wir treffen uns um 18.30 Uhr hier wieder.«

Die Musketiere erhoben sich und strebten zur Tür.

»Ach, eine Frage noch«, Fabeau zeigte auf De Susa, »und was genau machen Sie jetzt?«

Achille De Susa drehte sich um und präsentierte Fabeau seinen gelangweilten Gesichtsausdruck, der deutlich machte, dass er die Frage schon als beantwortet ansah. Fabeau schloss sich dieser Interpretation letztlich an, nuschelte »Ja, ja, ist schon gut«, und dirigierte De Susa mit einem Handwedeln aus seinem Office.

Die »Jammer«
September 2008

Aus der Dunkelheit fiel das Laternenlicht nur spärlich auf den Boulevard und tauchte so die Straße in zwielichtige Stimmung. Die Punkte der Lichtkegel reihten sich aneinander wie die Pressnietenköpfe der ein paar hundert Meter entfernten großen Stahlträgerbrücke.

An einer der Laternen vor dem Eingang des Hauses 76 sah man eines dieser modernen Fahrräder, eine Mischung aus High-Tech-Rennrad und bequemem City-Bike, ein Haller Cross 8.5 Steppenwolf mit Zahnriemen statt Kette. Der Besitzer hat gut daran getan, dieses Schmuckstück mit einem dicken Schloss aus gehärtetem Stahl zu sichern und das Vorderrad mit ins Haus zu nehmen. Einheitlich mattschwarz lackiert, ohne jegliche Chromteile, verblieb dieser Invalide in Wartestellung. Er warte auf seine spätere Freiheit und natürlich auch auf sein Vorderrad. Im ersten Stock des Hauses brannte noch Licht.

Es war der 15. September 2008. Jeder gute Journalist nahm es genau mit dem Datum. Ereignisse konnten sich jederzeit überschlagen, und seit fünf Tagen überschlugen sich die Ereignisse.

»Ich fasse es nicht! Dieser Vollidiot!« Das Schimpfen der jungen Frau ging durch den dunklen Redaktionsraum von Jam Express.

Es war 22 Uhr, und eine einzige eingeschaltete LED-Schreibtischlampe beleuchtete einen Stapel aus Akten und Tageszeitungen. Ein aufgeklappter Laptop warf blaues Licht auf ein Gesicht, dessen Augenbrauen sich wütend zusammenzogen.

»Dem Kerl klebe ich die Finger zusammen!«, fluchte Jil Berg. Sie sah ihren Verdacht bestätigt, was ihren Kollegen, der für den Sportteil zuständig war, anging. Sie kannte seine Angewohnheit, den Hauptschalter der Stromversorgung auszuschalten, wenn er die Redaktion verließ. Ihm war nicht beizubringen, dass er damit jedes Mal die Stromversorgung des WLAN-Routers kappte. Ohne WLAN kein Internet! Ohne Internet keine Onlinerecherche! Ohne Onlinerecherche kein Vorankommen für Jil Berg, die nicht ungern irgendwann heute noch nach Hause fahren und sich ins Bett schmeißen würde!

Jil schaltete den Strom wieder an und nahm einen kleinen gelben Klebezettel. Sie schrieb in Großbuchstaben:»MANN VOM SPORT KILLT WLAN BEIM NACHHAUSEGEHEN, FINGER WEG VOM STROM, SONST FINGER AB!«

Dadurch reagierte sie sich etwas ab. Sie fügte schnell noch das Datum hinzu und heftete die Notiz an die Glastür des Office, die als eine Art In-House-Pranger diente. Man erhoffte sich durch solche Posts, die Abläufe zu verbessern. Beruhigend war, dass dies in der Regel tatsächlich funktionierte.

Jils Laptop verband sich nun mit dem Internet. Die Journalistin saß regungslos wie aus Holz geschnitzt vor dem Computer. Die Tagesberichte über die Lehman-Pleite hatten sie im Griff.

RTL hatte sich bemüht, eine Zusammenfassung der Insolvenz auf die Beine zu stellen, ohne die sonst üblichen Interviews der politischen Kaste als Begleitwerk. Hoch konzentriert folgte sie dem Video und stellte fest, dass gerade die Persönlichkeiten, die zu den Hintergründen Stellung hätten nehmen können, allesamt unpässlich waren. Sie standen für Interviews schlicht nicht zur Verfügung. Nach dem Abspann des Reports wollte Jil sofort mit der Recherche loslegen. Sie war sich nicht sicher, wohin das führte, doch Fakten sammeln musste sie so oder so.

Jil Berg machte ungern Umwege. Sie war eher der direkte Typ. Zielsicher hatte sie die Tore der Universität Paul Verlaine im französischen Metz hinter sich geschlossen, wo sie ihr Studium der Publizistik und Medienwissenschaften mit blitzsauberem Abschluss absolviert hatte, um im Redaktionsraum des Jam Express in Mittland zu landen.

Vor ihrem ersten Tag als *Jammer* – so nannten sich die Redakteure selbst: mit englischem »J« – hatte sie Bammel gehabt, weil sie fest damit gerechnet hatte, man würde sie ständig anstarren und mit ihr derbe Späße treiben, die Frischlinge üblicherweise über sich ergehen lassen mussten.

Um dem zu entgehen, hatte sie sich bemüht, farblos und unauffällig zu wirken: kein Lippenstift, kein Mascara, das mittelblonde Haar trug sie meist nur gewuschelt. So spielte sie anfangs die langweilige Erscheinung, die graue Maus.

Es brauchte ein paar Tage, dann ging ihr auf, dass sie sich dies alles hätte sparen können, denn niemand starrte sie an oder machte Späße auf ihre Kosten. Zu ihrer großen Überraschung herrschte geschäftige Hektik im Redaktionsraum wie auf einem nächtlichen Gemüsegroßmarkt. Es war laut, chaotisch und doch irgendwie effizient. Ihre Camouflage legte sie schnell ab.

Lehman Brothers war insolvent. Der Bildschirm war im Nu voller Nachrichten, Berichten und Hintergrundinformationen. Mittlerweile wusste Jil, worum es sich bei Lehman Brothers handelte. Die Story, die ihr vorschwebte, hatte aber noch kein Gesicht. Sie musste erst recherchieren und aus den vorhandenen Kommentaren und Informationen einen Bericht für die morgige Ausgabe erstellen. Möglicherweise könnte es weitere Folgeberichte geben.

Das alles kostete jedoch Zeit. Sofort hörte sie im Geiste das Lieblingsmotto ihren Redaktionschefs: »Zeit ist unsere Währung, Schnelligkeit ist unser Erfolg.« Einen zusammenfassenden Bericht für die morgige Ausgabe könnte sie schnell schreiben, aber es behagte ihr nicht, wie eine Sardine im Schwarm zu schwimmen und nur das zu schreiben, was andernorts ebenfalls zu lesen war.

Ohne einschlägige Insider-Quelle, ohne den Kommentar eines Betroffenen oder Verantwortlichen würde sie das Merkmal des Investigativen verlieren. Sie wollte nicht nur recherchieren, sondern auch komplexe Vorgänge verständlich machen, Zusammenhänge herstellen und wunde Punkte aufdecken. Dafür genügte ein Interview mit einem Wirtschaftsprofessor bei Weitem nicht.

Jil ging noch einmal die wichtigsten Pressemeldungen der großen Nachrichtenagenturen durch. Bei Unklarheiten suchte sie im Internet nach einer Antwort auf Ungereimtheiten.

Nach zwei Stunden überblickte sie das Spielfeld der Lehman Brothers. Diese illiquide Investmentbank, so viel stand fest, hatte enormen Einfluss gehabt, und es sah so aus, dass die Bank immer öfter zu direkter

Einflussnahme übergegangen war, denn die wahren Währungen des Finanzmarktes waren nicht Dollar, Yen oder Euro, sondern Macht und Kontrolle. Die Produkte, die Lehman Brothers an andere Banken verkauft hatte, so ein Resultat ihrer Recherche, zeichneten sich besonders durch Undurchsichtigkeit aus. Irgendein Schlaukopf hatte die Idee, Millionen von Hypothekenkreditverträgen, die absolut nichts mit Investment zu tun hatten, so zu bündeln und zu Paketen zusammenzufassen, dass sie dann letztlich doch als Investmentderivat in den Handel gelangen konnten. Erst im geschnürten Paket war es möglich, das Bündel von Hypothekenkrediten in ein spekulatives Investment zu verwandeln.

Jil verstand, dass dies nur möglich wurde, weil brave Bürger monatlich ihre Zinsen bezahlten. Das war der Honig für die Profiteure; zugleich eine ungewohnte Situation für professionelle Investoren: Hypothekenzinsen stellten plötzlich Rendite dar, bezahlt von Millionen von Bürgern, nicht von einer Börse oder einem anderen Markt. Sicher gab es hier und da Ausfälle, aber das Gesamtrisiko wirkte mikroskopisch klein.

»Mein lieber Scholli«, raunte Jil Berg vor Erstaunen, »ich kann gar nicht glauben, dass so etwas legal sein kann. Ich wette, dass keiner der Hausbesitzer weiß, dass seine Hypothek ein Spekulationsinvestment ist!«

Doch es kam noch schlimmer. In einem zweiten Schritt teilte man die Investments in passende Gebinde auf, sodass sie sich besser verkaufen ließen. Die so geschaffenen Kreditpakete wechselten darüber hinaus die Währungen, damit weitere Profite erzielt wurden. Natürlich, man handelte sich dabei ein sattes Währungsrisiko ein, aber das war ein überschaubares Übel.

Jil hatte schon verstanden, dass erst nachdem der Hausbesitzer den Kredit abgeschlossen hatte, die Spekulation einsetzte. Durch die Membran aus Schmiermittel schimmerte es durch: Gier und Macht. Sie fragte sich also, wieso ein stinknormaler Hauskredit plötzlich zum Investment aufsteigen konnte und welche Risiken für die Investmentbanker damit verbunden waren. Die Lehman-Produkte wurden offensichtlich nicht als riskant eingestuft. Das schien der Grund dafür zu sein, dass eine so große Anzahl von Hauskredit-Derivaten in den Markt gebracht und über die Welt verteilt wurden.

Um das Risiko zu betrachten, dachte Jil, muss man zum Anfang zurückgehen. Wenn auf einen Schlag Millionen von Hausbesitzern nicht mehr ihre Kreditraten zahlen würden, kollabierte doch dieses Investment, oder? Aber die Profis in den Risikoabteilungen der Investmentbanken rechneten gar nicht mit einem Einsturz, eben weil die Rendite durch Menschen und nicht durch eine Börse gezahlt wurde.

In ihren stochastischen Berechnungstabellen – das ist ein guter Witz, dachte Jil, Stochastik: Die Kunst des Vermutens – sahen die Banker nur das, was sie sehen wollten, und beruhigten sich selbst, dass, wenn der ein oder andere Kredit ausfiele, dies überhaupt keine Auswirkung auf das Gesamtrisiko haben würde. Jil verstand nicht, wie man als Investment-Profi so danebenliegen konnte.

Und nun ist es doch passiert, dachte sie erstaunt! Hunderttausende Hausbesitzer sind nicht in der Lage, Zinszahlungen zu leisten. Das Investment *ist* kollabiert, der Crash *ist* da. Jil sah den Zusammenhang, wie sich das Investment-Rad gedreht hatte und wie fahrlässig man damit umgegangen war.

Jil dachte weiter. Wenn in den Banken, die solche Lehman-Derivate gekauft haben, Menschen arbeiten, die privat eine Hypothek auf ihr Haus aufgenommen haben, wussten diese Menschen, ob ihr Immobilienkredit Teil eines solchen Pakets war? Denkbar war auch, dass der private Hauskredit eines Investmentmanagers in solch einem Paket steckte, das er selbst von Lehman-Brothers gekauft hatte. Angenommen, er zahlt seine monatlichen Hypothekenzinsen nicht, dann hat das einen direkten Einfluss auf die Rendite seines Derivates und auf ihn selbst. Bizarr, sehr bizarr.

Jil nahm Papier und Stift und skizzierte die Verbindungen, so wie sie diese bisher verstanden hatte. Es wurde ihr immer klarer, was alles dahintersteckte. Jeder Hypothekenkredit rekrutierte die Immobilien selbst als Sicherheit, als Pfand, und dieses Pfand hatte einen Marktwert. Der Investmentmanager, dachte sie, kauft damit seinen eigenen Hauskredit wieder ein. Eine skurrile Situation, weil er dann zugleich beides war: Täter und Opfer. Seine Bank hätte sein Haus als Spekulationsobjekt ohne sein Wissen eingesetzt, was er aber mit dem Ankauf des Derivats selbst in die Wege geleitet hat. Würde das Investment bankrottgehen, aus welchem Grund auch immer, so müsste unser Manager sich selbst das Haus wegnehmen. Das war völlig absurd.

Jil sah darin eine Spiralwirkung, die das System selbst erdacht hatte und die irgendwann zur Explosion führen musste. Der Crash ist da, wiederholte Jil, hoffen wir, dass der imaginäre Investmentbanker begreift, dass er durch sein Dazutun sich selbst privat abgeschossen hat.

Ihr stieg Trüffelgeruch einer großen Geschichte in die Nase. Eine steigende, prickelnde Anspannung besetzte ihre Haut. Das war die Chance, auf die sie gewartet hatte. Da waren so viele Aspekte und Fragen, die den Aufwand rechtfertigten. Sie entschied sich für einen kurzen Artikel für den nächsten Morgen, den sie gleich jetzt schreiben wollte. Doch sie würde auch die nächsten Tage recherchieren müssen.

Der Artikel stand. Sie las ihn noch einmal durch und nickte zufrieden. Ihre Wunschüberschrift, die auch so bleiben würde, wenn der Ressortleiter sie nicht änderte, war: »Lehman-Insolvenz verursacht Schockwellen in der Finanzwelt«. Sie speicherte den Artikel im Intranet, den die Kollegen bald lesen und korrigieren würden.

Es war Zeit, für heute Schluss zu machen. Jil war gerade im Begriff, ihren Laptop zuzuklappen, als sie plötzlich eine Stimme hörte. Hatte da jemand ihren Namen gerufen? Sie war ganz irritiert, weil sie mehrere Stunden allein gewesen und völlig übernächtigt war. Redete jemand mit ihr?

Sie blickte sich um. Da war niemand. Sie atmete schwer aus. Sie musste unbedingt ins Bett.

»Jil Berg, hören Sie?« Da war sie wieder, die Stimme. Sie kam aus ihrem Laptop. Jil bog den Bildschirm etwas weiter nach hinten. Genau in der Mitte blinkte ein Button, ein kleiner oranger Kreis, den man vermutlich anklicken sollte.

Sie fragte sich kurz, ob das ein Virus sein könnte. Doch sie hatte alle nötigen Sicherheitsprogramme installiert.

»Bitte klicken Sie auf den orangenen Button, Frau Berg. Es handelt sich weder um einen Virus noch um einen Hackerangriff. Ich werde Ihnen gleich alles erklären.«

Jil schreckte auf und drückte sich vom Schreibtisch ab, als wäre der elektrisch aufgeladen. Was sollte denn das jetzt? Halluzinierte sie? Wollte ihr jemand ihre Story klauen? Ihrem Artikel konnte eigentlich nichts passieren, denn sie hatte ihn ins Intranet geladen.

Sie rollte mit ihrem Stuhl wieder heran und betrachtete den orangen Punkt. Ihre Neugierde gewann die Oberhand. Sie rückte den Cursor auf den orangenen Button und klickte ihn an. Da löste sich der Kreis in viele kleine Punkte auf, und ein ganz neues Bild ersetzte ihn.

Ein Mensch ... ein Mann ... jedenfalls eine Figur, das ließ sich erst nicht so genau bestimmen. Das Bild war zu unscharf. Sie konnte erkennen, dass jemand an einem Tisch saß, vielleicht in einem Büro. Das Bild schien sich erst aufbauen zu müssen, und trotz der vielen Details, die jetzt Stück für Stück an der Gestalt erkennbar wurden, wirkte der Mann nicht künstlich auf sie. War das nur ein computergeneriertes Bild oder ein Video? Das Bild stellte sich schärfer. Jil sah einen ansehnlichen jungen Mann mit blitzblauen Augen und schwarzem Haar, das glatt und glänzend am Kopf anlag. Er steckte in einem tadellos weißen Hemd, saß mit gefalteten Händen da und zeigte ein einladendes Lächeln. Als er ihr zuwinkte, wurde ihr endgültig klar, dass das kein Video sein konnte. Künstliche Intelligenz, dachte sie, oder ein von einem Menschen gesteuerter Avatar. Sie war sprachlos.

»Guten Abend Frau Berg, danke für ihr Vertrauen!«

Jil erschrak. Dieses Etwas hatte sie zuvor schon mit ihrem Namen angesprochen. Woher wusste ...? Sie hatte keinen blassen Schimmer, was hier ablief.

Der virtuelle Knirps blickte ihr auch geradewegs in die Augen. »Machen Sie sich keine Sorgen. Weder ihnen noch ihrem Laptop geschieht etwas. Im Gegenteil. Ich unterstütze Sie bei Ihrer Arbeit.« Die Mundbewegungen waren tadellos, aber sein Blick hatte etwas Künstliches. Die angenehme Stimme hingegen hätte als die eines wirklichen Menschen durchgehen können.

»Ach ja«, kam es von der Figur, deren Augenbrauen sich hochzogen, »Sie haben sicher Fragen zu meiner Person«, fuhr die eloquente Stimme fort. »Halten wir die Kommunikation zwischen uns unkompliziert, als säßen sie mit ihrer Freundin im Café und plauderten. Ihr Laptop besitzt ein Mikrofon, über das ich Sie hören kann. Versuchen Sie es mal. Das ist eine Zwei-Wege-Verbindung.« Jil schaute verdutzt in den Bildschirm hinein.

Sie brachte kein Wort heraus. Sie konnte sich keinen Reim darauf machen, wie dieses Programm auf ihren Laptop gekommen war. Wer oder was verbarg sich hinter diesem virtuellen Eindringling?

»Frau Berg, können Sie mich hören und verstehen?«

Jil beugte sich vorsichtig etwas vor. »Äh, ja. Wer sind Sie?« Sie kam sich ganz schön lächerlich vor. Gut, dass keiner außer ihr in der Redaktion war.

»Prima, dass Sie endlich etwas sagen. Ich befürchtete schon, unser Kommunikationsprogramm hätte sich quasi in der Tür geirrt«, lächelte sie ihr *Besucher* an. »Mein Name ist Ramon34. Ich bin ihr persönlicher Berater. Das COMRA hat mich ihnen zugeteilt, und meine Aufgabe ist es, Sie rund um die Uhr zu unterstützen. Denn glauben Sie mir, Frau Berg, Ihre Mission ist auch unsere Mission.«

Jill brauchte eine halbe Minute, um das Gesagte zu verarbeiten. Ramon34? COMRA? Gemeinsame Mission?

»Ja, also, Ramon34, äh ... ich verstehe leider überhaupt nichts. Vielleicht sollte ich mit meinem Laptop einfach zur Polizei gehen.«

»Meine Empfehlung wäre, bevor Sie sich der Polizei anvertrauen, dass Sie von mir eine Erklärung bekommen. Ist das für Sie okay, Frau Berg? Also, COMRA steht für *Committee of Moral Requests and Aspects*. Es handelt sich um eine Organisation, die sich für ethische Belange in einer globalen Welt einsetzt. Soweit es geht, sind wir öffentlich nicht präsent und entziehen uns damit jeder Einflussnahme, etwa der von Lobbyisten. Unsere Unterstützung steht nur Menschen zur Verfügung, deren Arbeit und Verhalten auf eine Verbesserung und Stärkung des ethischen Aspektes in der anhaltenden Globalisierung gerichtet sind. Mit anderen Worten: Es geht um eine Globalisierung mit menschlichem Antlitz. Wir arbeiten mit der UNO, OPEC, EU, aber auch Greenpeace oder Ärzte ohne Grenzen zusammen. Auch Personen, die keiner Organisation angehören, unterstützen wir. Menschen wie Sie, Frau Berg.«

Jil schaute skeptisch, »sämtliche Organisationen?«

»Nein, natürlich nicht alle,« erwiderte Ramon34, »bei einigen ist es leider zwecklos, etwa die FIFA. Wir haben uns bemüht, aber es war kein Durchkommen. Glauben Sie mir, wir haben es versucht.«

»Stopp, stopp ... eine Sekunde! Moment!«, rief Jil dazwischen. »Seid Ihr so etwas wie Freimaurer oder Illuminaten, eine Geheimorganisationen, nur dass Ihr heute in fremde Computer eindringt, um den Menschen ethische Aufträge zu geben?«

»Weder das eine noch das andere, Frau Berg. Ja, wir operieren abseits der Öffentlichkeit. Das müssen wir, damit es uns überhaupt geben kann, und es dient als Schutz. Haben Sie keine Angst, wir haben Ihren Laptop nicht gehackt. Wo denken Sie hin? Das wäre illegal. Sie haben von uns einen simplen Kommunikationskanal bekommen, ein modernes Babyphon. Nichts anderes. Weder Ihr Konto noch Ihre E-Mail können und wollen wir einsehen. Privat bleibt privat. Zu den ethischen Aufträgen, wie Sie es nennen, muss ich sagen: Jein! Es geht um Ethik, genauer gesagt um Moral. Aber lassen wir die akademischen Spitzfindigkeiten. Wir vergeben nicht wirklich sogenannte ethische Aufträge oder moralische Missionen. Wir unterstützen solche Menschen, die längst sich selbst einen solchen Auftrag gegeben haben, Frau Berg. In Ihrem Fall heißt das: Sie haben sich selbst auf Mission geschickt, doch allein werden Sie nur mühsam ans Ziel kommen. Hier steht Ihnen das COMRA zur Seite.«

Jil starrte auf ihren virtuellen Gesprächspartner und bemühte sich, ihm so gut es geht, zu folgen.

»Sie versuchen doch gerade zu ergründen«, fuhr ihr selbst ernannter Helfer fort, »auf welche Art Investmentbanker dem Gefüge und Zusammenleben von Gesellschaften schaden und wer deren Helfershelfer sind. Sie brauchen das COMRA, Frau Berg, ob Sie es glauben oder nicht.«

»Woher weißt du, dass ...« Jil dachte jetzt nicht daran, diesen Wicht weiterhin zu siezen.

»... dass Sie an Lehman Brothers dran sind?«, unterbrach sie Ramon34. »Weil wir selbst an denen dran sind. Wir lasen ihren Artikeln im Netz, ja auch den, den Sie gerade erst gespeichert haben. Ihre Analysen könnten besser sein, aber Sie denken in die richtige Richtung. Das brachte uns auf Ihre Spur, verehrte Frau Berg.«

»Ich weiß nicht, was ich sagen soll«, gab Jil zurück.

»Das müssen Sie auch nicht. Sie müssen zunächst einmal bloß verdauen, dass Sie ab jetzt einen Verbündeten haben. Sie gehen doch davon aus, dass dieses Thema Sie die nächsten Monate, wenn nicht sogar Jahre beschäftigen wird. Darin werden Sie von uns in vollem Umfang unterstützt. Die gute Nachricht: Unser Service ist kostenfrei. Wir wollen nichts von Ihnen. Wir bieten Ihnen lediglich unsere Unterstützung an.« Ein bemüht vergnügter Ausdruck auf dem verblüffend menschlich wirkenden Gesicht nahm ihr ein Stück ihres Misstrauens.

Jil schaute verdutzt auf den Laptop-Bildschirm. Sie hatte nur die Hälfte von dem verstanden, was dieser Ramon34 in feinstem Hochdeutsch von sich gegeben hatte. Bis auf die Mimik war ihr Ansprechpartner perfekt.

»Sind Sie ein Mensch?«, fragte Jil, »ich meine, Sie sind doch bestimmt ein wirklicher Mensch, der sich hinter den Bildern, die ich sehe, versteckt, oder? Sie sind doch nicht etwa ein KI-Kreatur, die nach einem ausgeklügelten Algorithmus selbstständig handelt?«

»Sehen Sie in mir einen Menschen, Frau Berg. Das erleichtert unsere Zusammenarbeit. Bei COMRA arbeiten auch Menschen für Menschen. Wir nutzen die Technik, auch KI, als verlängerten Arm. Es geht um Identität, um Bewusstsein, es geht um Vernunft und Anstand, um Neu und Alt. Und glauben Sie mir, wenn eines Tages eine Maschine Bewusstsein haben wird, werden wir uns auch für die Rechte der Maschine einsetzen. Was ein Bewusstsein hat, verdient unser Engagement. Aber ich schweife ab«, lächelte Ramon34 sie wie ein Schuljunge an.

»Frau Berg, entschuldigen Sie, aber ich bin verpflichtet, Ihnen offiziell einige unserer Statuten mitzuteilen. Das sieht mein Angestelltenvertrag so vor.«

Ramon34 betete den Rahmen der Kooperationsstatuten herunter, wie und wann COMRA-Unterstützung möglich war, dass kein Geld gezahlt werden musste, welche Rechte jede Partei hatte und dass jeder für sich haftete. »... das COMRA weist den Klienten darauf hin, dass der Rechtsweg im Ganzen ausgeschlossen ist. Und jetzt, liebe Frau Berg, will ich Sie nicht länger stören. Nur noch eine Sache: Wenn Sie meine Dienste benötigen oder wenn ich für Sie etwas herausfinden und recherchieren soll, bitte nur den Button anklicken, den Sie schon kennen. Doch bitte klicken nur *Sie* den Button an. Ich werde da sein. Versprochen. Frau Berg, ich danke Ihnen für das Gespräch.«

Das Bildschirmfenster löste sich in Millionen kleine Pixel auf, die einen Wirbel bildeten, der in der rechten oberen Ecke verschwand. An dieser Stelle erschien wieder der orangene Button. Im selben Moment musste Jil an einen Dschinn denken, der in einer Flasche verschwand. Nur dass dieser Dschinn sich in einem orangenen Button verbarg.

Jil saß unbeweglich auf ihrem Stuhl. Ihr Atem ging flach. Ungläubig starrte sie auf den jetzt schwarzen Bildschirm. Konnte das alles wahr sein? Was für ein Tag, dachte sie sich. Und was für eine Nacht, schob sie hinterher, als sie merkte, dass sich die Morgensonne durch die Dämmerung ankündigte.

Sie traute sich nicht, den Laptop anzufassen, also stand sie auf, nahm ihre Tasche, das Vorderrad und ihre Wendejacke und wollte so schnell wie möglich nach Hause. Auf dem Bürgersteig schloss sie ihren Steppenwolf frei, setzte das Vorderrad ein und zog die Flügelmuttern fest. Der frische Wind tat gut.

COMRA, dachte sie, wie verrückt ist das denn? Ein Komitee zur Beratung in Sachen Moral und angewandte Ethik. Das ist doch mal was Originelles! Völlig verrückt!

Als Jil ihre Haustür aufschloss, war sie ruhiger und entspannter, auch weil sie während der Fahrt beschlossen hatte, sich erst am anderen Morgen nochmals mit diesem virtuellen Dschinn zu befassen. Mit dem Rest Château Rubino im Glas, dem unspektakulären Landwein vom Vorabend, trat sie auf ihren Balkon hinaus, auf ihr drei Quadratmeter großes privates Refugium, den Rückzugsort, wenn es etwas zu grübeln gab oder wenn sie ihrem Leben eine Entscheidung abringen wollte. Jetzt stand sie auf dem Balkon, genoss ein wenig ihre Erschöpfung und lauschte den Geräuschen der wach werdenden Stadt. Sie hatte das Bedürfnis, die reale Welt zu spüren und sich zu vergewissern, dass sie nicht träumte.

Jil besaß kein Bett, aber eine Hängematte. Sie legte sich hinein, schenkte sich ein paar Stunden Schlaf, in die sich kein Dschinn einzumischen hatte.

Ein großer Vorteil bei Jam Express war, dass es keine Kernarbeitszeit gab. Die Jammer kamen und gingen, wie es ihre Reportagen verlangten. Doch es gab einen Jour fixe für die Redaktionssitzungen: jeden Montag um zehn Uhr vormittags. Dann wurden die Themen an die einzelnen Redakteure verteilt.

Doch die zeitliche Flexibilität bedeutete selten ein entspanntes Arbeiten. So frei war das Arbeiten bei Jam Express dann doch wieder nicht. Die Notwendigkeit, gut recherchierte und interessant zu lesende Geschichten zu liefern, machte ordentlich Druck.

Jam Express finanzierte sich über Reklame, wie es bei den Onlinemagazinen üblich war. Um elf Uhr sah man Jil Berg durch die gläserne Bürotür, auf der mehrere Zettel klebten, den Flur heraufkommen. Sie ging direkt zu Matteo, dem Mann vom Sport. Auf ihrem Weg zur Redaktion hatte sie der gestrige Besuch von Ramon34 beschäftigt.

Sie wollte etwas ausprobieren, um sich selbst zu beweisen, dass sie ihren Sinnen noch trauen konnte. Dazu brauchte sie den etwas einfältigen Mann vom Sport.

»Hallo Matteo, du kennst dich doch mit Computern aus? Es gibt Probleme mit einem Programm, das ich gestern runtergeladen habe.« Matteo schaute zwar von seiner Zeitung auf. Es war eindeutig, dass er unschlüssig war, ob er helfen oder sich lieber dem Studium der Morgenlektüre widmen sollte.

»Dir auch einen guten Morgen, meine Liebe! Das hat doch aber sicher noch Zeit, bis ich ... zu Ende studiert habe, oder? Du kannst dir nicht vorstellen, was hier los ist, seit unsere Nationalmannschaft gegen die favorisierten Schweizer von Ottmar Hitzfeld gewonnen hat.«

Na klar, Matteo hatte Jils Klebezettel am Glaspranger gelesen und war eingeschnappt. Doch Jil lächelte ihn weiter honigsüß an und spekulierte auf ihre weibliche Ausstrahlung. Ihr hilfloser Blick hatte schließlich Erfolg.

»Gut, gut, wenn es so eilig ist«, seufzte Matteo. »Übrigens, Jil, schalte ich den Strom nur der Umwelt zuliebe aus und meine das nie persönlich.«

»Ach so, dann dürfen deine Finger vorerst dranbleiben«, entgegnete Jill.

»Ach was«, lachte Matteo, »das ist aber nett!«

Als sie an Jils Platz ankamen, zog Matteo die Augenbrauen zusammen. »Da hast du's! Dein Computer läuft noch, der lief also die ganze Nacht. Tja, warum schalte ich wohl so gern den Strom ab?«

Jil rollte mit den Augen. Aber sie war in einer Notlage und musste die Faust in der Tasche machen. Matteo drückte eine Taste, und es erschien das Desktop-Bild. Alles sah ganz normal aus, jedoch in der rechten oberen Ecke hing der orangene Button

»Hier«, sagte Jil, »das war gestern bei mir drauf, und ich habe es nicht geschafft, das Programm aufzurufen. Kannst du mal versuchen, das Programm zu laden?«

»Über welches Programm reden wir hier?«

»Rechercheprogramm. Ich brauche das für den nächsten Artikel.«

Matteo schien das als Antwort zu genügen. Er steuerte den Cursor auf den orangenen Button und klickte ihn an. Der Button löste sich auf, doch nichts weiter geschah. Fast nichts. Der orangene Button erschien wieder in der Ecke.

»Tja, ein volles Loch mit nichts drin«, murmelte Matteo kryptisch. Er klickte auf den Programmordner, um zu sehen, ob dort das Programm gelistet war. Es wurde angezeigt unter dem Namen *Conscience*, Gewissen. Matteo prüfte das Programm auf sein Datenvolumen. Da stieß er vor Erstaunen einen lauten Pfiff aus.

»Die Software hat fast zweihundert Megabyte!«, sagte er. »Meine Güte, das ist reichlich. Aber, meine Liebe, ich habe keine Ahnung, warum das Programm nicht reagiert. Physisch ist es jedenfalls auf der Festplatte. Aber ich weiß nicht, wieso es sich nicht starten lässt. Sprich doch mal mit der IT. Wir Männer vom Sport sind nämlich, na ja, man sagt uns nach, dass wir ...«

»... andere Schwerpunkte haben?«, ergänzte Jil den Satz.

»Genau ... und welche Schwerpunkte wären das, na?«, fragte Matteo mit einem anzüglichen Grinsen.

Jil wurde es nun zu bunt. Sie hatte das Gefühl, von seinen Augen verspeist zu werden. »Vielen Dank, Matteo, ich wende mich an die IT. Danke für den Tipp.«

»Kein Problem«, sagte Matteo und erhob sich lässig und schlurfte zurück zu seiner Zeitung.

Kein Sternenwirbel, kein verschwommenes Office und erst recht kein Ramon34 in ethischer Mission, resümierte Jil. Der orangene Button war da, doch verweigerte er Matteo den Zugriff. Wenn ich jetzt den Button drücke, dachte sie, und dieser Ramon34 taucht wieder auf, dann ist er wirklich mein persönlicher Dschinn, mein Flaschengeist. Einfach irre! Traute sie sich, es drauf ankommen zu lassen?

Sie klickte auf den Button, der daraufhin sofort verschwand. Doch nun baute sich tatsächlich Ramon34 und seine Büroumgebung wieder auf.

»Guten Morgen, Frau Berg! Schön Sie wiederezu...«

»Leise, Ramon, leise«, unterbrach ihn Jil im Flüsterton, damit ihre Kollegen nicht glaubten, sie führe Selbstgespräche.

»Ah, verstehe, Sie wollen Gewissheit haben. Sie testen mich, richtig?«

»Äh, ja«, sagte Jil.

»Das kann ich gut nachvollziehen. Nun wissen Sie, dass Sie nicht geträumt haben. Bitte rufen Sie mich aber das nächste Mal erst, wenn Sie Unterstützung bei Ihrer Enthüllungs- und Aufklärungsarbeit benötigen. Schön, dass Sie sich gemeldet haben. Bis bald, ja?«

Jil nickte leicht. Ramon34 wurde wieder zu einem Wirbel und verschwand in der rechten oberen Ecke.

Jetzt einen Kaffee, unbedingt einen Kaffee, dachte sie sich.

Tauer in Savissivik
September 2008

nuit kennen keine vorgeschriebene Trauerzeit. Die Verarbeitung dauerte so lange, wie sie bei jedem Einzelnen dauerte.

Als Atuqtuaq damals am Robbenloch gekauert und elendig geweint hatte, waren ihm die anderen, die ihm helfen wollten, wie Eindringlinge vorgekommen. Es war sein Schmerz. Da gab es nichts zu teilen. Dass man ihn behutsam in sein Haus brachte, den Ofen in Gang setze und ihn versorgte, daran fehlte ihm später jede Erinnerung.

Keiner sprach ein Wort, weil Worte Verführer der Vernunft sind, immer darauf aus, die Wogen zu glätten und Leid zu mindern. Schmerzen mussten durchlebt werden, wollte man nicht an ihnen zerbrechen.

Am Ende dieses unheilvollen Tages saß Atuqtuaq regungslos am Küchentisch, ein Foto Atiqtaliks in beiden Händen. Sein Blut pumpte wütend durch seine Adern, und wie Harpunen schossen zwei Worte aus seinem Mund: »Warum? Wieso?«

Es gab keine Erlösung, keine Antworten. Zwei Monate vergingen, da hatte er alle Hoffnung fahren lassen, seinen Sohn lebend wiederzusehen. Er verschanzte sich in seinem Haus, verdunkelte es und verließ es nicht mehr. Im schwachen Schein einer einzigen Lampe stellte er alle Bilder des kleinen *Bruders des Eisbären* auf den Küchentisch, umarmte sie zärtlich und ließ seinen Kopf langsam auf seine Brust sinken. Durch seine geschlossenen Lider fanden Tränen ihren Weg.

Die anderen im Dorf wussten, dass die Trauer Atuqtuaqs seine Sache war, doch sie wollten ihn mit seinem Schmerz nicht allein lassen. Das ganze Dorf war für ihn da. Morgens und abends stellten sie ihm gekochte

Mahlzeiten auf die Türschwelle, sie versorgten ihn mit Tee und Bier. Die Gemeinde wechselte sich ab, um stets jemanden in der Nähe seines Hauses zu postieren, um da zu sein, wenn man da sein musste. Es gab spontane Treffen vor Atuqtuaqs Haustür, bei denen aus dem alten Buch der Sagen vorgelesen wurde, Geschichten über das höchste Wesen Sila, den Mondgott und die Meermutter Sedna.

Es war ein Kommen und Gehen vor Atuqtuaqs Haus, alle wollten dem Trauernden beistehen. Hinter seinem verschlossenen Fenster lauschte Atuqtuaq den Erzählungen, die oft ebenfalls vom Schmerz und Verlust handelten. Er hörte, wie sie von ihrem eigenen Umgang mit erlittenen Verlusten berichteten und welch felsigen Wege zurück ins Leben führten. Das tröstete ihn nur wenig, sein Schmerz schien dadurch nicht nachzulassen. Doch die ungebetenen Geschichten und Gesängen banden Atuqtuaq fest in die Gemeinschaft ein, damit er nicht verloren ging.

Nach mehreren Monaten klopfte der Dorfälteste an Atuqtuaqs Tür. Ihm wurde geöffnet, und er trat ein. Atuqtuaq bat ihn, an dem Küchentisch Platz zu nehmen, der immer noch übersät war mit Bildern des Jungen.

»Die Polizei aus Qaasuitsup will ihren Bericht abschließen«, begann der Alte, »sie wollen wissen, ob sich inzwischen etwas Neues ergeben hat.«

»Etwas Neues …«, wiederholte Atuqtuaq kraftlos und niedergedrückt.

Der Alte bemerkte die Lebensmüdigkeit im Gesicht seines Gegenübers. Was er ihm jetzt mitzuteilen hatte, war eine schwere Bürde und darüber hinaus nicht ungefährlich. Atuqtuaq erfuhr, dass der Alte in seiner Sache in die Bezirkshauptstadt gereist war, um anwaltlichen Rat einzuholen.

»Der Anwalt«, der Alte räusperte sich und fuhr fort, »gab ein skurriles Bild der Sache wieder. Du müsstest damit rechnen, dass eine Klärung der Schuldfrage in diesem Fall sehr schwierig wird, weil jeder die Schuld bei dem anderen sieht. Die isländische Bank sieht sich nicht in der Verantwortung, weil es die Tat eines Einzelnen gewesen ist. Der Einzelne weist die Schuld von sich, weil das Auto den Unfall verursacht habe und er, so seine Version, selbst fast ums Leben gekommen wäre. Der Autohersteller erkennt keine Schuld an, weil es weder eine Genehmigung noch eine Betriebserlaubnis für das Auto gegeben hat, die es erlaubt hätte, mit dem Fahrzeug auf dieser freigeschobenen, illegalen Rennstrecke zu fahren. Als Hersteller hafte man nicht für das gesetzeswidrige oder nachlässige Verhalten anderer. Man würde sich darüber hinaus rechtliche Schritte vorbehalten. Der Veranstalter des Events wird ebenfalls jede Schuld von sich weisen, weil rechtsverbindliche Verträge geschlossen wurden, in denen die Bezirksregierung ihr umfangreiches schriftliches Okay für dieses Event gegeben hätte und somit die Haftung bei der Regierung zu finden sei. Das geht so weit« meinte der Alte besorgt, »bis am Ende wir selbst als die Schuldigen dastehen.«

Atuqtuaq saß unbeweglich am Tisch und starrte auf die Bilder seines Sohnes, beide Hände zu Fäusten geballt.

Der Alte hatte sich bemüht, die Worte so wiederzugeben, wie er sie gehört hatte. Nur so konnte er sich von ihnen distanzieren. Der nächste Schritt gefiel ihm nicht, aber es war leider noch nicht alles, was zu berichten war.

»Der Anwalt meinte, hier sei die Schuld wie ein Eimer glühender Kohlen. Jeder täte seine Unschuldsbeteuerung hinein und gäbe ihn an den anderen weiter. So liefe der Eimer ständig im Kreis, bis er voll mit Unschuld wäre und das Kohlenfeuer zum Schluss erloschen sei. Am Ende wäre niemand schuld, und damit gäbe es keine Gerechtigkeit. Aber so wäre es nun mal. Hinzu käme, dass die Bank auch in Kopenhagen vertreten sei und ganz gewiss eine ganze Etage voller Juristen aufböte, er hingegen sei nur ein Einzelkämpfer in eigener Sache. Der Anwalt« schloss der Alte seinen Bericht ab, »könne aber versuchen, außergerichtlich mit der Bank zu sprechen, um dort etwas herauszuholen. Aber ... es sähe nicht gut aus.«

Es brach dem Alten schier das Herz, diesen grundtiefen Schmerz und die unendliche Traurigkeit in Atuqtuaqs Augen zu sehen. Es verließ ihn der Mut, Atuqtuaq zu erklären, dass er letztlich keine Chance hätte, Gerechtigkeit einzufordern. Sein Leid würde nur elendig vergrößert, und wenn erst einmal die Aussichtslosigkeit, den Schuldigen zu finden, feststünde, weiß der Himmel, was sich der Robbenfänger dann antun würde.

Doch Atuqtuaq schien das Zögern im Gesicht des Ältesten zu bemerken, drängte ihn, weiterzusprechen. Der Alte atmete tief ein und leise seufzend wieder aus.

»Ich habe mich noch ein zweites Mal mit dem Anwalt in Kopenhagen getroffen. Er ist zu den Verantwortlichen der Bank gegangen, um die Lage dort zu erkunden.«

Der Alte richtete den Blick auf den Boden, bevor er weitersprach. Der

Schmerz, der Atuqtuaq nun überrollen würde, schnürte ihm die Kehle zu.

»Die Bank meinte, es sei bedauerlich, was passiert sei, aber weitaus Schlimmeres sei doch nicht geschehen. Man könne doch nichts dafür, dass der Junge in das Robbenloch gezogen wurde. Es sei ein Unfall, ein tragischer Unfall, und man hätte es lieber gesehen, wenn der Vater sich besser um sein Kind gekümmert hätte. Schließlich gäbe es doch so etwas wie Sorgfaltspflicht. Es sei bedauerlich, ja, das sei es, aber als Bank müsse man die Verpflichtung gegenüber seinen Aktionären wahrnehmen und das hieße, dass für sie der Fall abgeschlossen sei.«

Das war es, was der Bankvorstand gesagt hatte. Atuqtuaq starrte den Alten mit überquellenden Tränen in den Augen an. Lange sahen sie sich wortlos an. Diese mitleidlose Stellungnahme traf Atuqtuaq wie ein Pfeil ins Herz. Für den Alten war es kaum zu ertragen, mit anzusehen, wie diese himmelschreiende Ungerechtigkeit Atuqtuaq körperlich angriff.

»Sorgfaltspflicht«, wiederholte Atuqtuaq mit erstickter Stimme und schüttelte unverständig den Kopf, wobei sich pralle Tränen lösten, »... ein tragischer Unfall ... Verpflichtung gegenüber Aktionären!« Er sah jetzt dem Alten direkt ins Gesicht.

Unverständnis. Ein Alptraum. Die Kälte in diesen Worten übertraf die Kälte allen Schnees und jeder Eisformation auf Grönland. Die Worte brannten sich in seine Haut.

Er schloss die nassen Augen und sah vor seinem inneren Auge, wie die Banker Empathie heuchelten, wie sie die Verantwortung zerstückelten, bis nichts mehr von ihr übrig blieb. Er sah, wie es sie nicht kümmerte, Menschen in ihr Leid zu stürzen, um sich dann davonzumachen. In seinem Kopf hörte er sie lachen. Eine Fratze zeigte sich, die Bedauern und Empfindung vortäuschte und dabei hintergründig grinste und zu sagen schien: Jetzt stell dich nicht so an! Du hättest eben besser aufpassen müssen!

Der Alte schwieg. Es war alles gesagt. Irgendwann stand er auf und bewegte sich wortlos auf die Haustür zu, öffnete sie, trat hinaus und ließ die Tür leise zurück ins Schloss fallen.

Im September, ein Jahr nach Atiqtaliks Tod, betrat Atuqtuaq zum ersten Mal wieder die Gemeindehalle. Er dankte jedem Einzelnen für die

Fürsorge und Anteilnahme. Als Dank für das Mitgefühl aller, für die Speisen und Geschichten, mit denen er beschenkt worden war, hatte er alle in die Halle geladen. Sie aßen und tranken, und Atuqtuaq sang erstmals wieder die beliebten Aya-Yait-Lieder, an deren Strophenende jeder ein »aya-ya« mitsingen konnte, ja, sogar musste.

Dann war es Zeit, dem Dorf mitzuteilen, dass er eine Entscheidung gefasst hatte. Es stehe für ihn fest, dass er für eine gewisse Zeit das Dorf verlassen müsse. Da es kein Grab für seinen Sohn gäbe, keine Ruhestätte, an der er ihm gedenken könne, müsse er einen Platz finden, an dem sich sein Lebensmut und seine Lebensgeister wieder aufrichten ließen. An diesem Ort, so ließ Atuqtuaq sie wissen, wollte er mit der großen Meeresmutter Sedna sprechen und sie bitten, sie möge seinen Sohn unter ihr langes Haar nehmen.

Die Gemeinde verstand, sie scharte sich um ihn. Einerseits waren sie froh und glücklich, Atuqtuaq wieder in ihrer Mitte zu haben, doch fühlten sie gleichzeitig, dass sie ihn gehen lassen mussten. Der Älteste aber schaute auf Atuqtuaqs Gürtel, an dem das lange Robbenmesser angebunden war. Er glaubte nicht an die Geschichte mit der Ruhestätte irgendwo da draußen. Er meinte zu wissen, was Atuqtuaq vorhatte, ging auf ihn zu, steckte ihm alles Geld, das er hatte, in die Tasche, schaute ihm in die Augen und drückte ihn mit beiden Händen fest an den Armen. So standen sie sich lange wortlos gegenüber, und Atuqtuaq erkannte, dass der Alte ihn durchschaut hatte.

Kisensitzung
September 2008

Das Office des PM war verwaist. Trotzdem liefen die Fernseher weiter. Die große Story war längst keine Neuigkeit mehr, und jetzt stellten die TV-Sender und Studios jedes erdenkliche Material zusammen, das sich senden ließ. Jeder selbst ernannte Experte wurde aus dem Bett geklingelt und im Kameralicht interviewt. Wirklich Neues gab es nicht zu berichten. Einige der Journalisten wagten sich weit aus dem Fenster, indem sie behaupteten, die Lehman-Explosion zeige so manches vorhersehbare Element mitsamt den jetzt eingetretenen Folgen, man hätte alles voraussehen müssen. Das ISE feierte solche Spekulationen, denn genau solche Statements verschafften dem Institut die Zeit für seine Abwehrarbeit, um Land und Wirtschaft auf den Aufprall vorzubereiten, um eine Schutzschicht aufzubauen.

Frau Piper deckte den kleinen ovalen Tisch, stellte Softgetränke in die Mitte und zwei Kannen Kaffee auf den Beistelltisch. Fünf Personen sollten gleich eintreffen, und genauso viele Schreibblocks und Kugelschreiber legte sie bereit. Sie trat zwei Schritte zurück, scannte mit ihrem Blick den Tisch und war zufrieden mit dem Ergebnis. Charlotte Piper koordinierte seit über fünf Jahren das Vorzimmer des PM. Vorausschauend, korrekt und stets darauf bedacht, jede Order zur Zufriedenheit auszuführen, glich sie einem diskreten Diener bei Hofe. Doch einen Job wie diesen erhält man nicht einfach so, man wird dazu berufen. Ebenso schwer wie Fachkompetenz wogen für diese Stellung charakterliche Qualitäten, die Charlotte Piper alle samt und sonders besaß.

Ihr Bild zur Lage formte sie sich selbst aus den vielen Diktaten und

Abschriften, den kleinen Informationen, die an ihr Ohr drängten, wenn sie den Kaffee oder andere Getränke servierte. Zudem bekam Frau Piper unfreiwillig Vertrauliches mit. Der Türschließmechanismus zu PMs Office sollte schon lange repariert werden, weil er zunächst die Türe brav im Schloss hielt, sie aber nach einer kurzen Weile von selbst einen Spalt breit freigab. Dennoch wäre es ihr nie in den Sinn gekommen, ein Sterbenswörtchen über das Gehörte verlauten zu lassen.

Doch seit heute Morgen, seit die Fernseher ununterbrochen die Hiobsbotschaften vermeldeten und ständig Anrufe aus Washington, London, Paris, Berlin, aber auch aus Indien und China eintrafen, wollte sich bei ihr kein rechtes Bild der Lage einstellen. Sie bekam es langsam, aber sicher mit der Angst zu tun.

Es war zwanzig nach vier am Nachmittag, zehn Minuten vor dem Meeting. Charlotte Piper eilte hinüber zu den beiden großen Fenstern, öffnete sie, flutete die Räume mit Sauerstoff und hoffte auf dessen erfrischende und gesunde Wirkung. Nach einer Weile schloss sie die Fenster, prüfte noch einmal den Konferenztisch, ebenso die Accessoires, befand alles für untadelig und verließ das Office.

»Ist er da?« Als Erster erschien der Justizminister, fahrig und nervös, die Akten fest unter den Arm geklemmt, mit offenem Jackett und flatternder Krawatte.

»Nein, aber er ist auf dem Weg. Nehmen Sie doch hier Platz.« Beide wussten, dass es dem PM gar nicht recht war, dass jemand sein Office betrat, wenn er selbst nicht anwesend war. Er konnte da sehr grobschlächtig werden. Es war eine Marotte, so, als ob er seine Burg verteidigen müsse, ein instinktiver Reflex. Der JM setzte sich, kramte geschäftig in seinen Papieren, sortierte sie, war aber nicht imstande, sich ernsthaft darauf zu konzentrieren.

Da trat der PM ins Vorzimmer. Indem er dem aufschauenden JM stumm mit der linken Hand auf die Schulter klopfte, war klar, dass dieser sein Reich betreten werden durfte. Beide verschwanden hinter der listigen Bürotür, die kurz einschnappte, etwa zwei oder drei Minuten so verharrte, dann aber wieder mit einem *Snapp* einen offenen Spalt erzeugte.

Nur wenig später standen der Präsident der Zentralbank und der Chef der Aufsichtsbehörde wie auch Lucien Fabeau vom ISE im Vorzimmer und schauten auf Frau Piper, die sie mit einer freundlichen Geste wortlos aufforderte, sich in das Office des PM zu begeben. Alle drei Herren marschierten hinein, der letzte schloss ahnungslos die Tür. Frau Piper stand auf und drückte das Türschloss entschieden in die Arretierung. Sie fand, dass es nicht die richtige Zeit für gespitzte Ohren war.

Die fünf Gentlemen hatten sich um den ovalen Tisch versammelt, inklusive ihrer Akten und Skripte. Die Lage war ernst, das war jedem klar. Unklar aber war, wohin die Reise ging und welcher riskanten Manöver es bedurfte, den Schaden am Finanzplatz gering zu halten. Dass man nicht unbeschadet würde bleiben können, war Konsens. Die Besetzung dieser Runde sprach für sich, und man hätte meinen können, dass das Thema Lehman Brothers auch den Wirtschaftsminister, WM genannt, beträfe, doch eine Einladung zu diesem Meeting an ihn hielt man für verfrüht. Der WM galt als angesehener Politiker und kompetentes Regierungsmitglied, bloß für die heutige Runde gehörte er schlicht der falschen Partei an. Der PM wollte erst seine eigene Fraktion um sich haben. Mit dem Koalitionspartner ließe sich später noch reden.

»Wir alle«, eröffnete der PM bewusst ganz ohne jedes Vorgeplänkel die Sitzung, »kennen die Hiobsbotschaft von heute Morgen aus New York. Die Lage ist verdammt ernst. Emu-Barke vom IWF ist extrem nervös, so sehr, dass er uns fragt, wie wir es angehen, wie wir diesem Desaster begegnen wollen. Die dort drüben haben keinen blassen Schimmer, was zu tun ist, wenn ihr mich fragt. Entsprechend habe ich geantwortet, sie mögen uns später anrufen, wenn wir mit unseren Beratungen fertig sind.«

Der PM ließ einen Moment vergehen und schaute jeden am Tisch ernst an, bevor er wieder ansetzte. »Der Vorfall ist nun einmal in der Welt, und es wäre dumm, so zu tun, als ginge uns das alles nichts an. Dieser Tsunami wird auch uns treffen, macht euch keine Illusionen. Er wird kommen. Aber bis dahin bleibt uns Zeit, uns zu schützen. Ich verlange einen möglichst verlustfreien Auftritt der Regierung nach innen und nach außen. Unser Signal an die Finanzindustrie muss sein, dass wir Herr der Lage sind, dass wir die Sache im Griff haben. Die mittländische Regierung schützt ihre Wirtschaft.«

Während der PM sich zurücklehnte, ließ er die gefalteten Hände auf dem Tisch ruhen, wobei er jeden in der Runde der Reihe nach taxierte. Er hoffte, Zuversicht verbreitet zu haben, sah aber in mutlose, furchtsam vor sich dreinblickende Gesichter. Stille.

»Mein Gott, so einfach ist das nicht«, brach es plötzlich aus Franck Scherm, dem Präsidenten der Zentralbank heraus, »die Märkte, und ich meine weltweit alle Märkte, sind davon betroffen. Schaut Euch die erdrutschartigen Reaktionen an den Börsen an. Wer käme denn auf die blödsinnige Idee, wir, das kleine Mittland, könnte das Fiasko aufhalten? Wir sind doch gar nicht in der Lage, einen globalen Schutzschirm gegen diese Lawine aufzuspannen? Typisch IWF! Andere sollen den Karren aus dem Dreck ziehen. Der Brand ist doch flächendeckend, verflucht noch mal. Ich darf gar nicht an die Währungen und Wechselkurse denken ... «

»Franck, beruhige dich. Bitte. Wie wäre es, wenn wir das Ganze zuerst strukturieren?«, fiel ihm der PM ins Wort, doch diese Worte schienen Scherm nicht zu besänftigen. Der PM sah die glitzernden Schweißperlen auf Scherms Stirn und Augen, die verrieten, dass ihm eine Höllenangst in die Knochen gefahren war.

»Bevor wir die Fassung verlieren«, fuhr der PM fort, »müssen wir erstens herausfinden, womit genau wir es zu tun haben. Wie groß ist die Pleite? Mit welcher Dimension sollten wir rechnen? Und noch was: Keine Regierung kann sich hiervon ausnehmen, dafür sind alle globalen Finanzmärkte viel zu eng miteinander verzahnt, somit sind alle aufeinander mehr oder weniger angewiesen.«

Der JM ergriff seinerseits das Wort und sagte in ruhigem Tonfall: »Richtig, alle sind davon betroffen. Es wäre zu wünschen, dass alle gemeinsam *ein* Krisenmanagement befolgen. Aber das sehe ich nicht, und es kostet auch viel zu viel Zeit, um es aufzustellen. Status quo heute ist: Wir wissen nicht, was andere Staaten vorhaben, ob sie sich selbst der Nächste sind, ob sie wild und wahllos in der Gegend herumschießen oder zur Kooperation neigen. Allerdings steht fest: Man wird uns auf kurz oder lang kontaktieren und fragen, wozu wir bereit sind. Um dann antworten zu können, ist es zwingend, dass wir herauszufinden, um was genau es sich handelt und wie hoch der Schaden ist, den diese Pleite hinterlassen wird. Wir müssen die Spätfolgen abschätzen. Erst dann brauchen wir eine Abwehrstruktur. Erst dann, nicht vorher.«

Der PM beugte sich kopfnickend zurück an den Tisch. Vor allem jene Minister, die ängstlich wirkten, bedachte er mit einem ruhigen und aufbauenden Blick.

»Exakt! Zwei Dinge sind wichtig: Wir schätzen erst mal die Folgen für uns in Mittland ab, und wir unterlassen jede Schuldzuweisung nach außen, die vor allem uns selbst schaden würde. Fabeau, wie ist Ihre Einschätzung unserer Handlungsoptionen? Gibt es in Ihrem Team schon konkrete Vorstellungen?«

Vier Augenpaare wanderten simultan zu dem ovalen Scheitelpunkt des Tisches und fokussierten Lucien Fabeau. Dieser blickte für einen Moment fahrig zurück. Trotz des erzwungenen ruhigen Tons in der Runde knisterte die Luft vor lauter Verzweiflung. So fühlte sich unterdrückte Panik an, die kurz davor war, sich zu entladen. Einzig der PM schien keine Furcht zu kennen, doch sicher konnte man sich da nicht sein.

»Zuerst«, räusperte sich Fabeau, »möchte ich mich für die Einladung zu diesem Treffen und Ihr Vertrauen in mich, Herr Premierminister, bedanken. In der Tat, wir vom ISE haben bereits eine intensive Sitzung hinter uns gebracht.«

Lucien Fabeau war klar, dass er nicht alles auf den Tisch bringen sollte, was sie im ISE besprochen hatten. Es kam nun auf die richtige Zusammensetzung von Informationen an. Er nahm es als Vorteil, dass der WM nicht anwesend war und dass alle hier Versammelten einer Partei angehörten. Darin, dass man ihn, den Parteilosen, dem WM vorgezogen hatte, an dem exklusiven Kreis teilzunehmen, erkannte er, wie zugespitzt die Lage war. Er musste behutsam vorgehen.

»Wir haben uns gefragt, ob in unseren eigenen Tresoren dieselben Derivate von Lehman Brothers liegen und wenn ja, wie hoch die Gesamtsumme ist. Gleichzeitig haben wir dasselbe bei den in unserem Land ansässigen Investmentbanken, Fondsgesellschaften und Versicherungen eruiert. Pensionskassen inbegriffen. Hier die vorläufigen Ergebnisse.«

Fabeau verteilte die Listen mit den Zahlen und Charts. Er erläuterte der Runde die Darstellung, so wie er es von Lou-Anne Dupont und Ethan Marchand gehört hatte.

»So viel erst einmal spontan zu den Zahlen, die uns helfen zu bestimmen, welche Auswirkung die Pleite auf uns haben kann. Wie es aussieht, sind wir leider erheblich betroffen, *aber*«, rief Fabeau plötzlich deutlich lauter aus, »unser Job im ISE ist es zu analysieren und die richtigen Schlüsse zu ziehen. So arbeitet ein Think-Tank. Sie alle wären sicher hocherfreut, wenn ich Ihnen jetzt sagen würde, hier ist *der* Plan, *so* wird es gemacht. Aber bleiben wir realistisch. Ich präsentiere ihnen einen ersten Ansatz unserer Strategie, wie unser Land und dessen Führung diese Krise meistern kann. Mein Team und ich selbst, wir halten diese Strategie für sehr wirkungsvoll, aber nur, wenn sich alle strikt an die Vorgaben halten. Ein finales Ziel ist in diesem Stadium nicht zu nennen, weil wir nur die ersten Daten und Zahlen haben, mit denen wir arbeiten können. Die Frage bleibt, ob Mittland selbst aktiv sein oder abwarten will. Wir im ISE haben uns für *aktiv* entschieden. Das sollten sie auch. «

Innerlich triumphierend blickte er in Hoffnung schöpfende Gesichter. Sogar der PM blickte ihn gefesselt an. Ich habe sie alle am Haken, dachte Fabeau. Nun musste er liefern. Mit Stimmung allein würde er niemanden beeindrucken.

Ohne Scheu, und es kam ihm bei der Präsentation selbst so vor, als sei es so gewesen, breitete er die Strategie von De Susa als sein eigenes Konzept aus. Er dachte nicht einmal daran, Achilles zu erwähnen. Er genoss es, zu erleben, wie die anderen sich bei seinen Ausführungen entspannten und ihm immer wieder zunickten.

»Die Hauptsache«, sagte er zum Schluss seiner Ausführungen und zerteilte dabei mit seiner Handkante energisch die Luft wie ein Samurai-Krieger, »ist, dass wir nicht den Fehler machen, uns zu früh öffentlich zu äußern und damit in die Rechtfertigungsfalle zu tappen. Das gilt auch für alle anderen Finanzplätze, mit denen wir uns schnellstens absprechen müssten. Das Prinzip heißt: Abschottung gegenüber den Medien. Hier brauchen wir Konsens. In diesem Moment werden von uns alle Finanzplätze weltweit kontaktiert. Parallel erarbeiten wir, wie wir Investoren beggnen und welche Vorgehensweise bei der Bevölkerung die Beste sein wird. Die globalen Märkte und die EU werden von uns nicht vergessen. Bis zum nächsten Treffen denke ich mit weiteren Strategiekonzepten aufwarten zu können. Das wär's so weit, Herr Premierminister.«

Der PM trank einen Schluck Kaffee, sah hin und wieder zu den anderen, um ihre Reaktion aufzufangen, und als Lucien Fabeau seinen Vortrag beendete, nickte er zufrieden und hielt die Hände wieder gefaltet. Es gefiel ihm, was er da hörte, denn er selbst hatte ja zu rationalem Handeln aufgefordert.

Fabeau hatte offenbar genau in seine Richtung gedacht. Hut ab!

»Vielen Dank, Fabeau! Gute Arbeit, Chapeau! Also, wie gehen wir vor? Erstens: Wir warten nach außen hin ab und stellen uns nach innen auf. Zweitens lassen wir nichts zur Presse durchsickern, heißt Interviewstopp, keine Pressemitteilungen. Drittens: Wir beraten uns intern mit den anderen Finanzplätzen. Dabei werden wir genau darauf achten, wie die anderen Staaten sich verhalten. Dem IWF sind zunächst die Hände gebunden, denn er hat weder ein Mandat noch die Autorität einzugreifen. Es liegt demnach an den Regierungen selbst, Lösungen zu finden und Gegenmaßnahmen einzuleiten.«

Erwin Demain von der Bankenaufsicht, dessen Gesichtsfarbe kalkweiß war und der sich alle paar Minuten über seine Glatze fuhr, nutze die Pause, die PM einlegte. »Mir lässt die Höhe der vakanten Summen dieser verfluchten Derivate, die jetzt platzen, keine Ruhe. Vieles davon ist durch unsere Hände gegangen, von uns geprüft worden und wir haben sie sogar als Sicherheiten für Kredite anerkannt. Das alles löst sich jetzt in Luft auf. Es ist noch nicht so lange her, da haben wir einen Zentralbankkredit über zwei Milliarden Euro für eine isländische Bank abgesegnet und im Austausch dafür Lehman-Derivate als Sicherheit bekommen. Franck, du erinnerst dich doch? Der fliegt uns jetzt um die Ohren, oder?«

Die Augen des PM vergrößerten sich. Zwei Milliarden ... seine Zentralbank hat so viel Geld ausgeliehen und die Sicherheiten dafür sind jetzt nichts wert? »Franck, was ist mit dem Kredit unserer Zentralbank an diese isländische Bank? Gibt es hierüber Details oder Erkenntnisse? Franck?« Der Premier schaute hinüber zu Scherm, und sein Blick schärfte sich, was dieser aufmerksam registrierte und sogleich in die Defensive rutschte.

»Soweit ich informiert bin, wurde der Kredit an die Banki Island HF im letzten Sommer gewährt, und die Sicherheiten waren ... glaubhaft, sonst hätte die Aufsicht sie nicht abgenickt. Es ging um zweieinhalb Milliarden Euro. Aber bitte, wir sollten jetzt nicht hysterisch werden. Es ist doch gar nicht gesagt, dass es sich bei den Sicherheiten um Lehman-Derivate handelt. Aber in einem Punkt liegt ihr alle falsch«, warf Scherm plötzlich ein und war sichtlich froh, kontern zu können. »Es handelt sich *nicht* um eine isländische Bank, es ist eine mittländische Bank, eine unserer Banken, eröffnet und betrieben unter mittländischem Recht. Die Bank, die ihr meint, ist der Mutterkonzern mit Sitz in Reykjavik. Die Mutter ist also isländisch, aber die Tochter, Bank Moneta S.A., ist eine waschechte Mittländerin.«

Diese neue Information verunsicherte den PM. Ob es gut oder schlecht wäre, wenn es sich um eine mittländische Bank handelt, wollte er gerade fragen, da kam ihm Scherm zuvor. »Und das mit den Sicherheiten werde ich untersuchen lassen. Dann haben wir Klarheit.«

Wieder öffnete der PM den Mund, doch Franck Scherm schnitt ihm abermals hastig das Wort ab. »Aber davon einmal abgesehen, sollten wir mit der Europäischen Zentralbank über die Währungsstabilität sprechen. Wenn alle Märkte in USA, Asien und in Europa im gleichen Verhältnis betroffen sind, dürfte es nur minimale Währungsschwankungen geben. Sollte das aber wider Erwarten eskalieren, muss der Präsident der Europäischen Zentralbank Maßnahmen einleiten, die wir vorher wissen sollten.«

Warum unterbrach Scherm ihn andauernd? Wollte er von dieser Bank Moneta ablenken, oder war es ihm einfach unmöglich, halbwegs Ruhe zu bewahren? Der PM tippte auf Letzteres.

»Gewiss«, meinte der PM, »aber die Europäische Zentralbank ist jetzt nicht das Thema. Die Frage ist: Wie schützen wir uns selbst, wie sieht der Schutz unserer Wirtschaft aus? Wie behält Mittland das Vertrauen der Finanzindustrie? Wir werden Support anbieten müssen. Das ist das Thema, meine Herren.«

»Ich würde gerne etwas vorschlagen.« Lucien Fabeau spürte heranrollende Spannungen, die seiner Meinung nach viel zu viel geistige Energie verzehren würden, die man besser in andere Gedanken investieren sollte.

»Wir haben ja schon angefangen«, fuhr er fort, »alle Fakten zu ermitteln und zusammenzustellen. Damit fahren wir in den nächsten Stunden fort. Daraus erhalten wir einen Ist-Stand, eine Basis an Zahlen und Bewertungen, auf deren Grundlage wir neue Strategien entwickeln werden. Wenn es von Ihrer Seite Vorgaben und Basiswerte gibt, die es unbedingt zu berücksichtigen gilt, dann bitte ich um schnelle Übermittlung der Werte zu uns ins ISE. Es wäre hilfreich, wenn diese Daten schon strukturiert wären, derart, dass wir als Regierung uns erst einmal nur um unseren Staat kümmern können, später dann um die europäische Ebene, zuletzt um die USA und

Asien. Es wäre weiterhin von Vorteil zu wissen«, Fabeau wusste, dass es jetzt heikel wurde, »inwieweit unsere Justiz mit an einem solchen Schutz arbeiten kann. Dasselbe gilt für das Parlament. Derartige Vorgaben sind existenziell. Und noch ein sehr wichtiger Punkt, der Ihnen allen aber klar sein sollte: Es darf absolut keine Information nach außen dringen. Scheuen Sie die Kameras! Nicht einmal ein ›Kein Kommentar‹ sollten die Journalisten von ihnen hören. Halten Sie alles unter Verschluss. Nur so können wir eine Abwehr effektiv aufstellen.«

»Meine Herren, Sie haben es gehört«, sagte der PM. »Bitte überlegen Sie mit Ihren Stäben in Ihren Ministerien, wie Sie derartige Vorgaben und generelle Punkte erarbeiten können. Ein Zeitraum von 24 Stunden erscheint mir angemessen.« Der PM schaute in die Runde und empfing Zustimmung durch Kopfnicken.

»Okay, dann bitte an die Arbeit«, schloss der PM die Sitzung. »Und keinen Laut nach außen. Verstanden?«

Alle quittierten die Frage des PM mit einem Kopfnicken und erhoben sich. Die Schreibblöcke blieben unberührt zurück.

»Fabeau«, rief der PM und machte eine Geste, er solle noch bleiben, »auf ein Wort.«

Der Premier wandte sich vom Konferenztisch ab und schritt hinüber zu seinem Schreibtisch. Fabeau folgte ihm und nahm vor dem Präsidial- schreibtisch Platz.

»Kaffee?«, fragte der PM.

»Danke, nein.«

Der PM versank in seinem Lederstuhl, wirkte plötzlich sehr ausgelaugt, und es dauerte einige Momente, bis er ins Reden kam.

»Ich habe mir schon einige Gedanken gemacht, was auf uns zukommen mag, Fabeau. Alles, was ich bisher in Betracht gezogen habe, ist – das bleibt unter uns – niederschmetternd. Die Sache steht mehr auf Krieg als auf Frieden. Es wird uns große Anstrengungen kosten, überhaupt eine Abwehr aufzubauen, trotz Ihrer sicher guten Ideen. Wir selbst steuern das Boot nicht, wir schöpfen nur mit Eimern das Wasser heraus. Auch in New York gibt es niemanden, der die Krise steuert. Glauben Sie mir, Fabeau, ich bin zu lange dabei, um nicht zu wissen, wann es gefährlich wird. Natürlich überblicke ich die letzten sechs bis sieben Jahre, in denen sich die heutige Katastrophe aufgebaut hat, aber keiner hätte gedacht, dass die Explosion so druckvoll sein würde und dass die Sache eine Eigendynamik erzeugt, die jenseits aller Kontrolle läge. Ich denke, wir sollten, nein, wir müssen jetzt nur an uns denken. Wir müssen ganz klar wissen, wie die nächsten Schritte aussehen, um die Sache bei uns zu stoppen. Ich weiß, es wirkt nicht kameradschaftlich, wenn wir sogar am Ende davon profitieren sollten, wenn andere Finanzplätze verlieren oder sogar verschwinden. Aber so ist es nun einmal. Das ist der Lauf der Dinge. Fabeau, ich fordere von Ihnen zusätzlich einen Plan B, einen Plan, der primär uns über Wasser hält, wenn die Krise sich verschlimmert. Und noch eins: Alles, was Sie in Ihrem Institut ausknobeln, kommt zuallererst auf meinen Schreibtisch. Ist das bei Ihnen angekommen?«

Fabeau nickte und überlegte, was er antworten sollte. Aber bevor er den Mund zu öffnen imstande war, leuchtete die kleine rote Lampe des Telefons auf dem Schreibtisch des PM auf. Der nahm ab, hörte kurz Frau Pipers Nachricht, bestätigte, dass sie durchstellen solle, hielt mit der linken Hand die Sprechmuschel zu und nickte Fabeau väterlich zu. Damit war er entlassen. Er hörte beim Hinausgehen, dass der IWF in der Leitung war, der Dauergast des PM für die nächsten Tage.

Fabeau blieb beim Hinausgehen bei Charlotte Piper stehen.

»Charlotte, bitte bleiben Sie zuversichtlich. Kein Gewitter währt ewig. Wir vom ISE knien uns mächtig hinein in die Erarbeitung von Strategien. Es bleibt uns nur der Weg nach vorn. Ich bin immer für Sie erreichbar, wenn Sie Fragen haben.«

Er warf ihr ein bemüht charmantes Lächeln zu, ohne wirklich eine Antwort abzuwarten, und schloss die Tür hinter sich. Dann hetzte er zum Ausgang. Nun spürte er, wie sehr er unter Stress stand.

Überstunden im Think-Tank
September 2008

Krieg statt Frieden«, »wir steuern nicht das Boot, sondern schöpfen nur das Wasser heraus« – Lucien Fabeau schüttelte immerzu den Kopf. Typisch für den PM, dachte er, hier Drama, dort Schlitzohrigkeit. Eine Nummer kleiner ging bei ihm wirklich nicht. Er hatte das Gefühl, gerade zum geheimen Retter der Nation ernannt worden zu sein. Allerdings fühlte er sich kaum geehrt, eher wie das Ventil, durch das die Regierung und der PM Druck ablassen wollten.

Er murmelte seine Gedanken vor sich hin, als ihn die mächtige alte Holztür des Ministeriums d'Etat ins Freie schob. Auf dem gepflasterten Vorplatz umzingelten ihn sofort die anderen Gebäude, die baulich aus demselben Jahrhundert stammten. Jedes Mal, wenn er hier stand, zog sich sein Inneres zusammen. Dieser Ort wirkte einschüchternd auf ihn. Hier fühlte er sich beobachtet. Und verfolgt.

Fabeau schlug den Kragen seines Barbour-Dufflecoats hoch, denn der Wind pfiff merklich durch das Gebäude-Ensemble. Über den Place de Fontaineclaire kam er in die Rue du la Savoire, stand vor seinem Bürogebäude und schaute gedankenverloren über den Place Guy II zu Luigi's L'Ostarie, dem italienischen Restaurant, wo er mittags zu speisen pflegte. Unvermittelt verspürte er Hunger. Er hatte Lust auf Tagliatelle al Prosciutto mit Creme-Steinpilz-Sauce oder herrliche Spinat-Käse-Malfatti aus der Pfanne.

Er musste nur auf seine Handyuhr schauen – und der Pastatraum war geplatzt. Er drehte sich um, öffnete die Eingangstür, verblieb weitere zwei Minuten im Aufzug, der ihn unmittelbar vor den Empfangsraum seines Instituts brachte. Im Vorzimmer saß Frau Haargenau, die sich fleißig mit ihrem Computer beschäftigte und aufblickte, als sich die Tür öffnete. Lucien grüßte und bekam dafür ein freundliches Lächeln zurück.

»Victoria, gleich kommen die Musketiere zum Rapport. Ich habe knapp ein Viertelstündchen. Ein frischer Earl Grey wäre fantastisch. Ach, könnten Sie mir etwas zu Essen besorgen, ein Sandwich oder etwas anderes? Das Ministerium d'Etat zeigte sich wieder einmal ausgesprochen knickrig, die haben noch nicht einmal ein paar Kekse auf den Tisch gestellt. Als ob der Luxus von ein oder zwei trockenen Keksen unseren Haushalt in die Knie zwingen würde. Ich habe sehnsüchtig zu Luigi geschaut, aber ich bin ein Getriebener meiner Zeit.« Lucien Fabeau zeigte ein gespielt leidendes Gesicht und zog spielerisch die Schultern hoch, um seine Hilflosigkeit zu unterstreichen.

»Wie wäre es mit einem Club-Sandwich mit Thunfisch und Kapern? Dauert fünf Minuten.«

»Victoria, Sie sind meine Rettung!«, gestand Fabeau. Sie und er waren ein perfektes Team, eine gut geölte Maschine. Lucien deutete eine kleine Verbeugung als Lob an und huschte in sein Office, schon mit dem Geschmack von seidigem Thunfisch und Salat auf der Zunge.

Exakt um 18.30 Uhr hörte er Tumult im Vorzimmer, was nur den Einmarsch seiner Musketiere bedeuten konnte. Er sammelte alle verdächtigen Beweise des Snacks auf und lud Teller und Besteck in seine Schreibtischschublade. Nichts sollte mehr auf seine kleine Zwischenmahlzeit hinwiesen. Nur der Earl Grey dampfte in der Tasse. Die Tür öffnete sich, und Dupont, Marchand und sogar de Susa quollen mit Gruß und Geste herein, nahmen Platz und ließen dem Meister den Vortritt der ersten Rede.

»Ladies and Gentlemen, ich hoffe, Sie präsentieren mir jetzt einen Zuber voller neuer Informationen.« Lucien Fabeau lehnte sich in seinem Stuhl zurück, die Hände hinter dem Kopf verschränkt.

Er liebte es, wenn sich bei Lou-Anne Dupont die Augenpartien bei einem traditionellen Wort wie Zuber zusammenzogen. Wie immer ging ihre Irritation in ein Rollen der Augen über. Wie berechenbar sie in dieser Hinsicht doch war!

Marchand hingegen schaute ihn nur emotionslos an, ganz wie ein Froschlurch. De Susa, da brauchte Fabeau gar nicht erst hinzusehen, hing an seinem Blackberry.

Gut, dachte sich Fabeau, zuerst die drei, dann ich. »Was haben Sie für mich?«

»Ich habe höchstselbst mit Vaduz, Monaco und Zürich gesprochen«, begann Dupont, und Fabeau staunte darüber, das Wort »höchstselbst« aus ihrem Mund zu hören. Karikierte ihn das Mädel etwa? Heute war ihm das alles zu viel!

»Guernsey und Jersey, Zypern und Gibraltar sind von unserem Büro angerufen worden. Die Finanzplätze in Übersee, die Cayman Islands, Singapur, Hongkong, die Turks- und Caicosinseln, die Britischen Jungferninseln und andere sind für uns durch die Zeitverschiebung im Moment schwer erreichbar. Was wir bisher in Erfahrung gebracht haben, ist, dass alle von dieser Katastrophe betroffen sind. Denen – Entschuldigung – geht der Arsch auf Grundeis.«

Marchands Kopf ruckte plötzlich zu Dupont, was Fabeau amüsiert zur Kenntnis nahm. Ist doch gut, wenn die Kleine mal aus sich herauskommt, dachte er sich, solange sie so etwas nicht einer großen Konferenz sagt.

»Stimmt was nicht?«, fragte Dupont.

Marchand setzte wieder seinen Froschlurchblick auf. Fabeau musste schmunzeln.

»Du warst stehen geblieben bei ...«, kam es von De Susa. Vermutlich führte er den Satz absichtlich nicht zu Ende, damit Lou-Anne Dupont ihre geistreiche Formulierung wiederholte.

»Denen«, mischte sich Fabeau ein, »geht der Arsch also auf Grundeis. Gut. Das hätten wir schon mal geklärt. Und weiter?«

»Fehlanzeige, als wir nach Zahlen und Verlusten fragten«, sagte Dupont, »doch man ist grundsätzlich gern zur Zusammenarbeit bereit, was immer das auch heißen mag. Ich gehe aber davon aus, dass unseren Freunden die Alternativen ausgehen oder sie keine haben. Besser mit Europa koope-rieren, als einsam zu sterben. Unsere Zahlen habe ich dann natürlich auch nicht genannt. Es scheint so, dass in den angesprochenen Ländern kein klarer Plan vorherrscht, was zu tun ist. Alle wirken kopflos und stellen konfuse Fragen. Meiner Meinung nach ist das gefährlich, wenn jeder nur auf den anderen wartet.«

»Das ist auch gefährlich«, bestätigte Marchand knapp.

»Ich will noch eine Sache zu bedenken geben«, warf Dupont ein. »Was wir bisher über die Summen der toxischen Papiere weltweiten in

Erfahrung brachten, ist alles Spekulation. Es lässt sich schwer einschätzen, ob tatsächlich alle Lehman-Investments verbrannt und wertlos oder nur vakant sind. Aber es steht fest, dass wir über eine Gesamtsumme reden, mit der wir es noch nie zu tun hatten.« Lou-Anne rutschte auf ihrem Stuhl tiefer und wartete wie eine brave Schülerin auf das Lob des Lehrers.

Fabeau nickte Dupont gnädig zustimmend zu. Marchand kam als Nächster an die Reihe. Er kramte einige Papiere hervor und setzte zu seinem Referat an, als ihn Fabeau durch ein Handzeichen stoppte.

»Warten Sie, eigentlich sind Sie ja hier, um sich anzuhören, wie mein Treffen war«, sagte Fabeau, »da will ich sie nicht länger auf die Folter spannen. Ich habe den PM, den JM und Scherm von der Zentralbank und Demain vor der Bankenaufsicht zur Geheimhaltung verpflichtet.« Luciens bemühte sich um einen selbstsicheren Gesichtsausdruck, sodass keinen Zweifel an seiner Durchsetzungsfähigkeit aufkommen konnte.

»Die Häuptlinge«, fuhr Fabeau »haben, salopp gesagt, die Hosen voll. Außer dem PM. Sie wundern sich vielleicht über meine Ausdrucksweise, aber ich will offen zu Ihnen sein. Wir sind hier in einer besonderen Situation, daher sollten wir vier jetzt zusammenrücken und absolut ehrlich zueinander sein. Wie wir nach außen auftreten, ist eine andere Kiste, aber wenn wir uns treffen, will ich, dass wir ehrlich zueinander sind und kein Blatt vor den Mund nehmen. Wenn wir unter uns sind, sagen wir, dass jemandem der Arsch auf Grundeis geht. So wie Dupont es gesagt hat. Und ich sage Ihnen, dass der JM, Scherm und Demain die Hosen voll haben. Diese Umstände sind Teil der Situation. Und die Situation ist die Grundlage für unsere Analysen. Wenn Sie also wichtige Feststellung machen, dann raus damit, klar?«

Marchand wirkte nachdenklich. De Susa grinste ihn amüsiert an.

»Ist klar, worauf ich hinauswill?«, fragte Fabeau.

»Ja«, sagte De Susa. »Sie sind unser Häuptling, und wir halten zusammen. Derbe Sprüche schweißen uns noch mehr zusammen. Nach außen hin achten wir auf unsere Worte, aber wenn wir unter uns sind, ist Ehrlichkeit angesagt, damit wir das Beste aus unseren Ideen rausholen können. Nach außen sind wir diplomatisch und nach innen familiär.«

»Das ist sachlich zutreffend, nur einen Tick zu kühl formuliert, De Susa, aber danke für die Umschreibung.«

»Sie sagten, dass der PM nicht die Hosen voll hat? Woher haben Sie diesen Eindruck, wenn ich fragen darf?«, fragte Marchand.

»Der PM war der Einzige, der ein gewisses Maß an Selbstbeherrschung an den Tag legte. Zweifelsohne der richtige Mann für die jetzige Situation. Doch hinter der unverbrüchlich scheinenden Fassade, lassen Sie es mich ehrlich sagen und behalten Sie es für sich, kämpft er mit seinen Emotionen. Unter vier Augen sagte er mir nach dem Treffen, dass er sich in einem Kriegszustand wähnt. Das waren seine Worte. Er meinte, dass unser Boot nicht auf Kurs ist, dass wir noch nicht einmal den Kurs bestimmen, und dass wir nur damit beschäftigt sind, das Wasser aus unserem Boot herauszuschöpfen, damit wir nicht absaufen. Aber auf der anderen Seite: In Krisen wie dieser zeigt sich die wahre Kämpfernatur, da läuft er zu Hochform auf.«

»Danke für Ihr Vertrauen«, kam es überraschend von De Susa.

Fabeau nickte Chili knapp zu. »Wie gesagt: Wir vier sind von nun an die Taskforce, die dieses Land aus dem Dreck zieht. Lassen Sie uns also ein gutes Team sein, schon allein um unserer Nation willen!« Fabeau hoffte inständig, dass nicht durchsickerte, wie desolat er sich selbst fühlte, und dass niemand merkte, dass auch ihm auch der Arsch auf Grundeis ging.

»Was wurde noch gesagt?«, fragte Dupont.

»Scherm hatte Angst um die Währung«, berichtete Fabeau. »Da war die Rede von einem Milliardenkredit der Zentralbank an eine Bank in Mittland, deren Muttergesellschaft in Island sitzt. Dupont, ich brauche alle Information über diesen Islandkredit. Und zwar schnell! Zwar wollen wir jetzt die anderen Staaten beobachten und uns mit den anderen Finanzplätzen absprechen, doch primär geht es darum, das eigene Haus zu retten. Der PM geht davon aus, dass die anderen Länder dies genauso handhaben. Das, liebe Kollegen, ist die Basis unseres Handelns.«

Ethan Marchand nickte wie ein Parlamentarier kurz vor der Pensionierung. Sein Referat ließ er zurück in seine Aktentasche gleiten, da Fabeau die Richtung geändert hatte. Das Gute kommt zum Schluss, dachte Fabeau.

Achilles de Susa tippte auf seinem Blackberry herum. An sich nichts Neues.

»Was sagen Sie, De Susa? Da wir uns vor ein paar Stunden einig waren, was Sie beizutragen hätten, wollen Sie uns doch hier erfreuen an dem, was Sie für die nächsten Schritte halten. Wir hängen an Ihren Lippen.«

Wie immer drehten Dupont und Marchand simultan ihre Köpfe zu Chili. »Die Bevölkerung«, ergriff Achilles das Wort, »ist das kleinste Problem. Mit jeder weiteren Null, die an die Verlustsummen angehängt und die durch Medien oder sonst wen veröffentlicht wird, empfindet der normale Bürger, dass es ihn nichts angeht, weil die Summen so abstrakt für ihn sind und seine Vorstellungskraft für solch hohe Zahlen nicht ausreicht. Für ihn ist das alles unwirklich und weit weg von der Realität. Er fühlt sich nicht direkt angesprochen, da er in seinem Leben mit solchen Summen nie zu tun haben wird. Die Krise rückt für ihn ins Unwirkliche, ins virtuelle Nichts. Er wird sich eher einen Asteroideneinschlag vorstellen können, denn dieser würde ihn persönlich betreffen. Die Milliardenverluste bringen ihn keineswegs um, es sind ja nicht seine Verluste.«

Marchand hatte die Finger beider Hände gespreizt und die Fingerkuppen gegeneinander gelegt. Sein Kinn stützte sich auf die Zeigefinger. Er zeigte keine Regung, als flössen ihm die Worte in ein Ohr hinein und zum anderen Ohr wieder hinaus, ohne mit seinem Gehirn in Verbindung gekommen zu sein. Er wirkte wie eine starre Schildkröte bei Niedrigtemperatur.

Im Blick Duponts, der kleinen *Anführerin*, deren Kopf noch immer De Susa zugewandt war, zeigte sich erst Verblüffung, die dann in wachsende Ehrfurcht überging. Achilles De Susa hatte ihre volle Zustimmung, aber auch ein Stück weit ihre Kapitulation.

Lucien Fabeau beobachtete Lou-Anne und Ethan mit vergnüglichem Spott. Andererseits verstand er die beiden, weil auch in ihm eine Portion Neid aufkam, wenn Achilles de Susa so mühelos präzise seine Analysen auf den Tisch legte. Er selbst würde so etwas nicht zustande bringen, das wusste er.

De Susa fuhr fort: »Dennoch wäre es ratsam, die Bürgerschaft zu beruhigen. Das erreicht die Regierung am einfachsten, wenn sie öffentlich bekannt gibt, dass alle Spareinlagen bis zur gesetzlichen Höhe sicher und durch den Staat garantiert sind. Danach wird Ruhe sein, und der Bürger wird die nächsten sechs Monate den Fall Lehman Brothers in TV und Presse völlig entspannt verfolgen, als wären es die Olympischen Spiele: alles ohne seine persönliche Beteiligung. Die Investoren sind da schon eher ein Problem. Das sind Profis mit Etagen voller Anwälte. Stresspotenzial pur. Das wird heikel, sogar sehr heikel. Diese Juristen werden sich nicht so einfach mit unverbindlichen Aussagen ködern lassen. Sie werden auf handfesten Garantien, rechtlichen Schutzräumen, Verlustübernahmen bestehen. Sie werden fordern, was wir nicht liefern können. Angenommen, wir wären in der Lage, ihnen so etwas zu geben, da verwette ich mein Blackberry darauf, dass dies zur Presse durchsickert. Das wiederum brächte unangenehme Fragen zurück, zum Beispiel, warum wir den Bürgern und Kleinsparern nicht dieselben Garantien und rechtliche Hilfe geben wie den professionellen Investoren. Es gäbe aus diesem Dilemma kein Entrinnen. Die Frage ist: Wie stellen wir uns auf?«

Wie zu erwarten war, reagierte Lou-Anne Dupont als Erste. Sie hob die Hand wie eine Schülerin, was bei Marchand Anlass zu leichter Erheiterung bot.

»Alle Auswege offenhalten, Präventionen in jede Richtung betreiben, die Schäden minimieren, die Presse nutzen, Zeit gewinnen.« Lou-Anne versuchte es im De-Susa-Stil. Als sie wieder ansetzen wollte, kam De Susa ihr zuvor.

»Das ist die Richtung, aber«, Achilles hob die Hand, »die Betonung in meiner Frage liegt auf *uns*. Alles, was wir im ISE erarbeiten, geht ausschließlich nur an *unseren Kunden*: die Regierung von Mittland. Wenn wir von *wir* sprechen, sollten wir uns als Regierung sehen. Suchen wir Lösungen, schlüpfen wir in die Rolle des *Wir*. Nur dann ist die Lösung glaubhaft, authentisch und von Nutzen. Die Krise von außen zu betrachten, ist nicht mehr aktuell, wir stehen mitten im Kreis, im Mittelpunkt des Fadenkreuzes. Wenn wir das beherzigen, kommen wir einer praktischen und hoffentlich hilfreichen Lösung sehr bald nahe.«

Achilles De Susa hielt einen Moment inne und schien noch etwas hinzufügen zu wollen, als Fabeaus Oberkörper aus den Tiefen des Sessels nach vorn schnellte.

»Mensch, De Susa! Ticken Sie noch richtig? Wir sollen uns vorstellen, wir seien die Regierung? Das wäre ein Albtraum. Aber gut, versuchen wir es, vielleicht bringt es uns weiter. Lässt sich eine Liste, eine Skizze, so etwas wie ein Plan aufsetzen, der *uns* unsere strategische Vorgehensweise klar aufzeigt?« Fabeau drängte darauf, unbedingt etwas Konkretes in die Hand zu bekommen, weil er wusste, dass er etwas Schriftliches im Ministerium d'Etat abzuliefern hatte.

»Die Strategie von heute Mittag habe ich hier zusammengefasst.« Ethan Marchand erwachte und platzierte seinen Beitrag. »Schwerpunkte waren die Beruhigung der Bevölkerung, Maßnahmen für Investoren und zuletzt die Europäische Union.«

»Damit wir nicht von den Anwälten der Investoren abgeschlachtet werden«, übernahm De Susa, »schlage ich vor, dass *wir* – die Regierung – untersuchen, wie wir es anstellen sollen, dass unsere Kunden – *die Banken und Versicherungen und Fonds et cetera* – den Finanzplatz zukünftig nicht als Kriegsschauplatz in Erinnerung behalten. Sorgen wir für das Gegenteil, sorgen wir dafür, dass sie sich stets daran erinnern, wie Mittland sich ihrer Sorgen und Nöte angenommen und sich mit großem Engagement darum gekümmert hat, Schaden von ihnen fernzuhalten. Wenn wir das auf die Beine stellen könnten, würden wir die Krise zu unserem Vorteil nutzen. Der Horror der Investoren ist die Tatsache, dass sie ein Worst-Case-Szenario erleiden oder, weitaus gefährlicher, dass sich daraus justiziable Streitereien vor Gericht ergeben, in deren Zug ihr eingesetztes Kapital für den Zeitraum des Gerichtsprozesses vom Staat eingefroren werden kann. Jeder Investor weiß, was das bedeutet: Verluste. Das ist pures Gift, das bringt ihren Kapitalkreislauf zum Erliegen. Die Konsequenz wäre für die Investoren tödlich: Eine Zwangsräumung ihrer Marktpositionen, weil das Rad am Weltmarkt sich auch ohne sie weiterdreht. Es wartet nicht auf sie. Die Frage, die auf uns zukommt, ist: Was bieten wir – als *Regierung* – den Investoren an, damit solche Ängste nicht erst aufkommen? Welche Mittel stehen dem Staat zur Verfügung? Und jetzt wird es delikat: Ist es legitim, außerhalb des gesetzlichen Rahmens solche Angebote auszusprechen?«

Marchand stutzte beim Wort »delikat« kurz auf, doch Dupont wartete gespannt auf das nächste Lösungsbild. Fabeau wusste genau, wovon De Susa da redete. Achilles' neutraler, aber entschlossener Gesichtsausdruck betonte, dass einem Staat, der in derart großer Bedrängnis war, an einer Lösung außerhalb der Gesetze gelegen war. Die Regierung würde, nein, sie *müsste* jedes Mittel rechtfertigen, wenn es dem Ziel diente.

»Wir«, fuhr De Susa fort, »damit meine ich wieder uns hier im Büro, wären einen großen Schritt weiter, wenn wir wüssten, inwieweit die Judikative sich flexibel zeigt. Ich meine, was ist ihre Unabhängigkeit wert? Für schnöde Investoren wird sie garantiert nichts riskieren. Aber wenn der eigene Staat in Gefahr ist, wenn von der EU-Kommission Druck ausgeübt wird, wie verhält es sich dann? Wir alle könnten viel besser schlafen, wenn die Richter in dieser Katastrophe die Sache mit unseren

Augen sehen und entsprechend vorgehen würden. Dann nämlich würde sich das ganze Geschehen weg von der Regierung hin zur Justiz verlagern. Eine echte Entspannung würde erreicht, auch weil die Mühlen der Justiz bekanntlich langsam mahlen.«

De Susa skizzierte seine Gedanken wie einen Pfad durch ein Hochmoor, wo nicht nur dunkler Torf, sondern Moorleichen ein Zuhause hatten. Nun schien er auf Betriebstemperatur zu kommen, es sprudelte nur so aus ihm heraus, Ansatz für Ansatz, Lösung für Lösung.

Fabeau hätte am liebsten Applaus geklatscht, aber das verbot ihm seine Stellung als Vorgesetzter. Er sah, wie Ethan Marchand die verbalen Lösungen des Kollegen mit einem wortlosen, aber anerkennenden ›Wow‹ kommentierte. Lou-Anne war offensichtlich noch nicht so weit, dies alles in ihr eigenes Gesamtbild einzufügen. Sie war damit beschäftigt, den Vortrag fein säuberlich in ihre Kladde einzutragen, so wie sie es an der Universität gelernt hatte.

In Gedanken klopfte sich Fabeau noch einmal auf die Schulter dafür, dass er das Supertalent Achilles De Susa eingestellt hatte. Wenn Fabeau es schaffte, als Urheber dieser Analysen dazustehen, würde er sich im Ministerium d'Etat unentbehrlich machen.

»Unklug wäre es«, fuhr De Susa fort, »wenn wir – jetzt sind *wir* wieder die Regierung – den Investoren direkt unsere Schutzmöglichkeiten vorstellen. Bevorzugen wir doch etwas Subtileres. Wir überlassen den Medien diesen Teil, indem sie aus verschiedenen Quellen den Nektar der Andeutung trinken, ihn interpretieren und dann drucken.« Achilles sammelte jetzt die Enden seiner Überlegungen und bündelte sie, um daraus die nächste Stufe des Schutzwalls zu errichten.

Vater und Sohn
September 2008

Der Lear Jet 45, mattschwarz wie ein Brikett, sah aus wie eine überschnelle Saatkrähe, wenn man ihn von unten sah. In fünfzehntausend Fuß Höhe war es Zeit, die Landung vorzubereiten. Die linke Hand des Co-Piloten lag auf dem kleinen Hebel, mit dem man die Routineprozedur zum Touchdown auslöst. Spezielle Kontrolleinheiten meldeten, die Daten der Sensoren seien erfasst und die Computereinheiten hätten diejenigen Parameter und Koordinaten berechnet, die es braucht, um die rabenschwarze Maschine sicher auf die Landebahn zu bringen.

Die Lotsen im Tower des Airports *Queen Beatrix International* auf der Insel Aruba auf den kleinen Antillen in der Karibik erteilten soeben Landeerlaubnis, weil sie die Maschine schon seit drei Minuten auf den Radarschirm beobachtet und sie mit den anderen anfliegenden Privatjets und Linienflugzeugen koordiniert hatten. Beide Triebwerke begannen mit der Drosselung des Jets auf Landegeschwindigkeit. Das Zwölf-Millionen-Dollar-Flugzeug bot Platz für neun Passagiere, transportierte aber häufig nur eine oder zwei Personen, meist den Besitzer der Maschine.

Menschen, die in ihrem eigenen Jet herumfliegen, stehen gemeinhin an der Spitze ihres Business. Ölbarone, Vorstände von Global Playern, aber auch Filmstars nutzen ihren eigenen Privatjet. Die Kennung »TF-B-1504« verriet, dass der Jet auf Island registriert war. Jetzt kam er von Santiago de Leon de Caracas, Venezuela.

Etwas gelangweilt schaute Bjarni Gunnarson aus dem Fenster. Da vibrierte und klingelte das iPhone in seiner Hand. Er wischte über das Display, gab den persönlichen Code ein und nahm das Gespräch an. Die Übertragung war ausgezeichnet. Konzentriert hörte Bjarni zu, was der Teilnehmer am anderen Ende der Leitung zu berichten hatte. Haukur Jonsson redete so schnell, dass Bjarni nicht alles mitbekam. Im Stakkato wiederholte der Banker, dass Lehman Brothers Holdings kurz vor der Pleite stünde und die Insolvenzanträge sich mittlerweile auf dem Weg zu den Behörden befänden und dass dies jetzt schnelle Maßnahmen, die eigene Bank betreffend, erforderlich machen würde. Er schlug vor, sich zu treffen und eben solche Maßnahmen zu besprechen.

Jonsson war CEO der Banki Island HF, der Bank, die zur Hälfte Bjarni und seinem Vater gehörte. Damals dachten sie, es wäre eine blendende Idee, sich die Bank zuzulegen, weil es um einiges besser war, Kredite an sich selbst zu genehmigen, als bei anderen Banken als Schuldner geführt zu werden. Dass es eine gute Idee war, hatte sich vor ein paar Tagen herausgestellt. Da hatte er, dank einer winzigen Lücke im Regelwerk der Aufsichtsbehörden, seine eigenen Subunternehmen mit einem 153-Millionen-Euro-Kredit der Banki Island HF versorgt – mit dem Ziel, das eigene undurchsichtige Gebilde der Firmensammlung von Vater und Sohn zu stabilisieren, weil sie schwankten.

Der Coup mit den 153 Millionen war noch nicht einmal ein Trick, keine verdeckte Operation, sondern eine einfache Anweisung an den Kreditausschuss, ihm diese Summe als Darlehen zu genehmigen, die er dann zu einer seiner Offshore-Firmen leitete, um von dort direkt die Verbindlichkeiten bei einer deutschen Bank – über die er einen Zwischenkredit zum Ankauf eines neuen Pharmaunternehmens erhalten hatte – abzulösen.

Vor drei Tagen hatten sie diesen Coup gelandet, und die ganze Aktion hatte insgesamt nur vier Stunden gedauert. Jetzt klang Haukur Jonsson überstürzt und verstört, als zappele er wie ein Schiffbrüchiger im Ozean, ohne Aussicht auf Hilfe und ohne Rettungsring. Derartige Transfers, ließ Haukur verlautbaren, werde es ab heute nicht mehr geben, man müsse mit dem Allerschlimmsten rechnen. Bjarni kam die Lehman-Pleite zu diesem Zeitpunkt extrem ungelegen.

Mehr als ein Dutzend seiner Offshore-Firmen waren eng verzahnt und voneinander abhängig, sodass ein Versiegen des Geldflusses sich auf die anderen Aktivitäten bis hin zum Stillstand auswirken konnte. Die Methode war, Schulden bei seiner Banki Island HF aufzunehmen, dieses

Geld in die Karibik zu transferieren, dort auf die Offshore-Firmen zu verteilen und die Offshore-Gesellschaften selbst wieder als Sicherheiten bei einem neuen Kredit einzusetzen.

Es war ein Hütchenspiel. Derjenige, der am Ende das Geld gab, dessen Hütchen war immer leer. Bjarnis Geschäftsmodell beruhte darauf, dass den Auszahlungen neuer Darlehen karibische Sicherheiten ohne jede Substanz gegenüberstanden, weil das wirkliche Geld ja bereits eine neue Reise angetreten hatte. Das Pfand für das Bankhaus auf Island war demnach nur ein Stück Papier, ohne jeden Wert. Da es seine eigene Bank war, hatte er keine Kopfschmerzen. Vater und Sohn stiegen als gewiefte Hütchenspieler zu den größten Schuldnern ihrer Banki Island HF auf. Bjarnis Vater sagte immer, das ist eine geniale Mechanik der Geldbeschaffung, ohne den eigenen Kopf in die Schlinge zu stecken.

»Okay, ich rufe Sie später zurück.« Bjarni Gunnarson beendete das Gespräch, stand auf und ging zur Kabine, öffnete die Tür und fragte den Co-Piloten, wie viel Treibstoff noch verfügbar wäre, ob sie es wohl bis nach Miami schaffen könnten. Der Co nickte, dass er die Frage verstanden habe. Nach einem kurzen Check der Instrumente hob er den Daumen als positive Antwort. Bjarni Gunnarsons Handbewegung war unmissverständlich: durchstarten Richtung Miami.

Bjarni schnallte sich wieder an. Das war sein kürzester Aufenthalt im Offshore-Paradies Aruba.

Bjarni Gunnarson war der Sohn von Gunnar Larsson. Beide aus Island stammend, beide als Investoren unterwegs, die sich gesunde, manchmal leicht marode Unternehmen einverleibten und diese Ankäufe mittels geliehenen Geldes finanzierten. Beide hatten seit den 1990ern eine stattliche Anzahl viel verschachtelter Offshore-Gesellschaften unter ihre Herrschaft gebracht. Von Pharma bis Food, von Bierbrauereien bis Immobilien, das Duo hatte in jeder Branche seine Finger drin und spielte auf diesem Klavier virtuos.

Bjarni bekam heute noch strahlende Augen, wenn er sich an sein erstes Geschäft erinnerte, an dem er beteiligt gewesen war: Die Banki Island HF hatte die Ankäufe gleich mehrerer Brauereien in St. Petersburg finanziert, die man als Paket an die holländische Heinemann Bier weiterverkauft hatte. Der Deal brachte rund vierhundert Millionen Euro in die Kasse, die zu einem Drittel weiter auf ein Privatkonto Bjarni Gunnarsons irgendwo in der steuerfreien Welt transferiert wurde.

Mit der Landung des Geldes auf seinem Konto lernte Bjarni ein neues Gefühl kennen, das Gefühl, Bewunderung entgegengebracht zu bekommen, was sich bei ihm in einem schüchternen Lächeln niederschlug. In der Regel hielt dieses Lächeln nicht lange und wurde ersetzt durch die Miene von Bjarni, *the Iceman.* Er mochte es sehr, wenn man ihn so nannte. Mit Vergnügen trug er diesen Beinamen, denn Jeff Costello war der Leinwandheld seiner Teenagerjahre gewesen, damals gespielt von Alan Delon. Bjarni hatte stets der eiskalte Engel sein wollen, aus dem Schatten kommend und unerreichbar cool.

Er war besser als sein Vater, erfolgreicher und, wie manche sagten, intelligenter. Es war auch das Bild, wie er sich selbst sah – und das postwendend zerplatzte, wenn sein Vater ins Spiel kam. Er fühlte sich stets chancenlos und unbehaglich bei einem Vater-Sohn-Vergleich, was ihn deprimierte. Er konnte es nicht leugnen, dass Gunnar Larsson ihm sein jetziges Leben ermöglicht hatte und dass es keinen besseren Krisenmanager als Daddy gab.

Drehte Bjarni die Medaille herum, stand darauf Gunnar Larsson, das größte Schlitzohr aller Zeiten. Als Sohn war er immer auf der Hut, denn die Minenfelder, die sein Vater mit großer Sorgfalt und anscheinend spielerisch zu verlegen wusste, waren auch für ihn brandgefährlich. Dem Senior war das Wort Risiko unbekannt.

Vater Gunnar hatte den Heinemann-Deal in St. Petersburg mithilfe der russischen Mafia angezettelt. Als Co-Partner hatte er Dimitri Schailikow, den zweiten Mann der Tombowskaja-Mafia in St. Petersburg, mit ins Boot genommen. Für Bjarni war es unergründlich, wie sich sein Vater auf so einen Typen hatte einlassen können. Auf ihn hatte sein Vater keine Sekunde beunruhigt gewirkt, ganz so, als hätte er immer das Heft in der Hand, als hätte er jederzeit einen Joker aus dem Ärmel ziehen können. Zum Schluss war es eng geworden, da Schailikow nicht mehr so recht zu glauben schien, dass er von Larsson die vereinbarte Summe bekommen würde. Zwei Wochen waren Vater und Sohn von einer Gruppe grimmiger Typen, die sich nicht näher vorstellen wollten, beschattet worden.

Ein Treffen zwischen seinem Vater und Schailikow hatte sich Bjarni tief ins Gedächtnis eingebrannt. Bjarni fand es bemerkenswert, wie deutlich die Szene vor sein inneres Auge trat, während sein Körper sanft vom gelegentlichen Schaukeln der Maschine erfasst wurde.

»Dimitri, mein Freund!« Gunnar hatte Schailikow mit gespielter Warmherzigkeit begrüßt, als dieser in seiner Wohnung am Vladimirskiy Prospekt in St. Petersburg vorbeigekommen war, um zu plaudern und zugleich seinem Partner auf den Zahn zu fühlen.

Die beiden massigen Kerle, die Schailikow wie zwei Schatten folgten, blieben an der Türe stehen. Der Bentley Continental, Außenfarbe Gold mit magnolienfarbener Innenausstattung, wartete draußen mit laufendem Motor.

»Was kann ich dir anbieten?«, fragte Gunnar Larsson. »Kaffee, Tee oder etwas Stärkeres?«

Der Mafioso setzte sich unaufgefordert. Wortlos wischte er mit der linken Hand durch die Luft, was bedeuten sollte, dass ein Getränk im Moment unerwünscht sei.

»Vier Wochen sind vorbei, und du sagst nicht, wann ich mein Geld mit Zinsen plus Bonus bekomme, alter Freund.« Schailikow versuchte es mit Einschüchterung. »Island ist nicht weit«, fuhr Schailikow fort, »habe meinen Neffen nach Island geschickt. Wassili kümmert sich um deine Familie. Gunnar, Freund, ... du weißt doch wie es läuft. Ohne Versicherung, geht gar nichts.« Ruhig blickte Schailikow sein Gegenüber an. Sein trauriger, süffisanter Gesichtsausdruck war dabei herzzerreißend.

»Du glaubst, dass du Grund hast, mir zu misstrauen?« Larsson blickte dem Mafioso direkt in die Augen, und sein Gesicht zeigte nicht die kleinste Anspannung.

Im Vergleich zum eleganten Stil und souveränen Auftreten Gunnar Larssons nahm sich Dimitris Masche plump und fadenscheinig aus. Er reichte höchstens für eine Seifenoper. »Misstrauen ist die Saat der Verzweiflung, mein Freund«, sagte Gunnar, »und dass du meine Gastfreundschaft ausschlägst, trifft mich tief. Aber zum Geschäft. Du willst wissen, wo wir stehen, nicht wahr?«

Beim Wort »Gastfreundschaft« schien Schailikow in der Tat nachdenklich zu werden, doch er kommentierte Gunnars leisen Vorwurf nicht. Er musterte Larsson von oben bis unten, wie er in seinem hellgrauen Seidenanzug, rosa Leinenhemd, ohne Krawatte und mit braunen Wildleder-Slippers selbstgenügsam auf dem Sofa saß. Ob Schailikow in diesem Augenblick wohl mit dem Gedanken spielte, seine Schattenkrieger auf Gunnar Larsson zu hetzen? Die Überheblichkeit Gunnars schien ihn zu provozieren, doch noch mehr schien sie ihn zu lähmen. Dimitri Schailikow nickte, und beide Hände öffneten sich und deuteten in Gunnars Richtung. Erzähle mir mehr, sagte seine Geste.

»Also gut, Dimitri! Als dein Geschäftspartner bin ich erfreut, dir mitteilen zu können, dass ich gestern in Amsterdam mit dem Vorstand von Heinemann Bier den Vertrag zum Kauf der St. Petersburger Brauerei unterzeichnet habe. Die Due Diligence ist abgeschlossen, und alles ist genehmigt. Der Deal ist gelaufen. Wir brauchen nur noch bis zum Notartermin in vier Tagen zu warten, dann sollte die Kaufsumme auf dem Notaranderkonto sein, und wir können uns bedienen. Ist das nach deinem Geschmack, mein Freund?«

Damit keine Missverständnisse aufkamen, zog Gunnar die Schublade eines kleinen geschmackvollen, aus Mahagoni gefertigten Pembroke Tisches auf, der neben dem Sofa stand, und entnahm ihm ein Schriftstück. Es war eine Kopie des noch zu beglaubigenden Vorvertrages mit Heinemann, den er Schailikow mit einer Geste reichte, die bedeuten sollte: Hier, für dich! Dimitri schien das Meiste zu überlesen, bis er auf die Kaufsumme stieß, die ihm sofort ins Auge sprang. Da zeichnete sich Zufriedenheit auf seinem Gesicht ab.

»Gunnar, es war unhöflich, deine Gastfreundschaft auszuschlagen. Entschuldige! Stoßen wir doch auf den Vertrag an. Wodka, bitte!« Entzückt lachte Schailikow auf. Er schien sein Geld bereits riechen zu können.

Doch der pekuniäre Anteil stellte für Schailikow nur einen Teil seines Profites dar. Mehr als die Geldscheine wog die Tatsache, dass dieses Geschäft ihm das lang erhoffte Prestige und Ansehen in seinen Kreisen einbrachte. Es wies ihn als soliden und seriösen Geschäftsmann aus, als einen Mann, der solche Geschäfte zu drehen imstande war. Gunnar hatte Bjarni zuvor unter vier Augen beigebracht, dass Schailikow das Ziel anstrebte, den Nährboden der Mafia zu verlassen und sich zum Ehrenmann zu mausern. Immer wieder hatte Bjarni sich gefragt, was seinen Vater so selbstsicher machte, welchen Joker er gegen Schailikow in der Hand gehabt hatte. Er hatte einen Joker, da war er sicher, auch weil sein Vater Schailikow öfters sprachlich abwertete, indem er ihn als Kretin oder als Parvenü bezeichnete. Eines war klar: Dieser Joker musste gefährlicher als Dimitri Schailikow gewesen sein. Bjarni hätte seinen Vater danach fragen können, doch er hatte es vorgezogen, es nicht zu tun. Es genügt ihm, zu erkennen, dass man seinem Vater nie trauen durfte.

Dass Vater Gunnar mit der Tombowskaja-Mafia zukünftig wieder auf Sichtweite kommen könnte, schloss Bjarni seit diesem großen Deal nicht aus.

Der schwarze Jet saugte Luft in die Turbinen, was die unmittelbare Reaktion auf die Bewegung des Schalthebels im Cockpit war, den der Pilot nach vorne drückte. Die Nase des Jets, noch immer im Landemodus wie ein Speer zur Erde gerichtet, hob sich schnell, sodass man das Gefühl hatte, man stünde im Aufzug eines alten amerikanischen Wolkenkratzers, wo die Schwerkraft den Körper in die Knie drückt. Die Erde verschwand im Nu aus den kleinen Cockpitfenstern und wurde ersetzt durch das Blau des Himmels. Die Flugroute von Aruba nach Miami bescherte einen kleinen Bogen über die Inseln Puerto Rico und die Bahamas, die Bjarni keines Blickes würdigte.

Zurück auf seinem Sitz hinter dem Cockpit, kramte er das iPhone wieder hervor und wählte die Kurzwahl drei. Es meldete sich sein Vater.

»Hallo Sohnemann«, meldete sich Gunnar Larsson. Bjarni hasste diese Ansprache und wusste, dass sein Vater sie absichtlich benutzte, um ihn gleich zu Beginn auf den ihm zugedachten Platz zu verweisen.

»Lehman soll insolvent sein oder ist schon pleite«, Bjarni hoffte eine Reaktion auf der anderen Seite der Leitung zu hören.

»Harry Lehman? Bist du sicher? Den kannte ich, der hat mit mir in jungen Jahren Golf gespielt. Miserabler Spieler. Spielte nur mit Eisen. Der ist pleite? Na so was. Aber was kümmert es uns?«

Bjarni war sich sicher, dass Gunnar Larsson genau wusste, wovon er sprach. Er spielte nur den Ahnungslosen. Spiele waren sein Ding. Sicher hatte er den ganzen Morgen schon die Nachrichten verfolgt und viele Telefonate geführt, um an das maximale Quantum an Informationen zu kommen.

»Schon gut, war nur Spaß«, lachte sein Vater. »Ich weiß schon seit heute früh, dass die Lehman-Brüder Insolvenz angemeldet haben. Das steht jetzt fest. Chapter 11 ist vollzogen. Das Management ist raus. Jerry und Marc sind ebenfalls raus. Ich hoffe, die kommen nicht auf den dummen Gedanken, plaudern zu wollen. Sie haben an uns mehr als gut verdient.«

Jerry Weinheimer und Marc Charolambakis waren Augen, Ohren und Finger von Vater und Sohn im Herzen der New Yorker Lehman-Brothers-Zentrale – bis heute.

»Du weißt seit heute früh davon und hältst es nicht für nötig, mich anzurufen?« Bjarni begann zu schwitzen. Er musste sich sehr zusammenreißen, um das Gespräch fortzuführen. Er atmete mehrmals tief durch.

»Jaja, ich wollte dich gerade anrufen, da ... ach, vergiss es«, sagte Gunnar, »ich habe schon mit Haukur Jonsson gesprochen. Er meinte sinngemäß, man müsse bei der Bank den Müll raustragen. Haukur war kurz vor einer Panikattacke. Er drängt darauf, uns beide sofort zu treffen. Du weißt schon, warum. Wo bist du jetzt?«

»Im Flieger. Auf dem Weg zu dir.«

Larsson ließ einige Sekunden verstreichen. »Verstehe, Haukur war also schon vor mir in der Leitung. Das kann doch nur heißen, dass dieser Schwachkopf die Nerven verliert. Jetzt komm erst mal her! Ich bin im *Oceane Golf Club* auf den *Paradise Island* auf den Bahamas. Auf Loch elf. Lass mich noch zu Ende spielen.« Larsson gab sich geschäftsmäßig.

»Aruba habe ich sofort gestrichen. Ich fliege jetzt durch nach Miami. Bin in circa drei Stunden dort und könnte so gegen sechs Uhr im InterContinental am Chopin Plaza sein. Ich warte da auf dich«, gab Bjarni durch.

»Alles klar, sehen uns um sechs im InterContinental.«

Die meisten seiner Geschäfte und deren Abläufe, Fristen oder Versäumnisse, Vertragsklauseln und so weiter hatte Bjarni Gunnarson im Kopf. Jetzt saß er allein in achtzehntausend Fuß Höhe, hatte drei Stunden Zeit und nutzte sie, um sich die Lage im Einzelnen klarzumachen. Er überschlug, was die Lehman-Pleite für ihn bedeutete und was aller Wahrscheinlichkeit nach darauffolgen würde.

Das war Bjarnis Art: grübeln, analysieren, die angeschlagenen Positionen prüfen und sich die Frage nach dem Worst-Case-Szenario stellen. Dann würde er nach Antworten suchen, die besten Wege aus der Katastrophe skizzieren, um dann sukzessive ein Gebilde, eine Struktur zu entwerfen, die Tragfähigkeit aufweisen musste. Das Wichtigste aber war, jenen Mechanismus und die dazu nötigen Mittel zu erkennen, die seine laufenden Geschäfte beschützten. Wenn sich eine nicht zu kontrollierende

Macht entfesselte, wie es jetzt bei Lehman anzunehmen war, führte jeder Fehler ins Verderben.

»Lehman, Lehman, Lehman«, nuschelte er vor sich hin, »Lehman ist nicht die Bombe, ja, nicht einmal die Zündschnur. Lehman ist das Streichholz.«

Bjarni wischte mit dem Handrücken das leicht beschlagene Fenster frei. Er musterte den grenzenlosen, reinen Himmel, dessen Anblick ihn stets mit Frieden erfüllte.

Das InterContinental Hotel in Miami strahlte wie ein Juwel im Sonnenschein. Bjarni Gunnarson betrat das Foyer durch die große Drehtür. Der Chef-Concierge Herb Mallorey erkannt ihn sofort und eilte auf ihn zu.

»Good afternoon, Mr. Gunnarson, schön, Sie wieder hier bei uns begrüßen zu dürfen. Ihr Vater erwartet Sie bereits. Die Lincoln-Suite, wie immer. Gleich hier entlang, bitte.« Mallorey beugte sich elegant nach vorn und drehte sich gleichzeitig wie ein majestätischer Baukran. Sein Arm vollführte eine elegante Bewegung als Standardgeste. Er schritt voran, vollendet wie ein englischer Butler. Alles wirkte unerhört professionell. Bjarni nickte und ließ sich führen.

Mallorey klopfte an die Türe der Suite. Nach einer angemessenen Weile des Wartens öffnete er die Tür und bat Bjarni, mit einem höflichen Kopfnicken einzutreten.

»Einen angenehmen Aufenthalt!«, wünschte Mallorey. Bjarni nickte ebenfalls und betrat das Zimmer.

Weltklasse, ging es ihm durch den Kopf. Wieder einmal bewunderte er Malloreys makellose unaufdringliche Eleganz der alten Schule. Man kam sich selbst direkt wichtiger und royaler vor, wenn Mallorey voranging und einem die Suite wies. Sein Vater saß vor dem großen Flachbildschirm und verfolgte den Golfkanal.

»Hallo Vater.«

Gunnar Larsson drehte sich um, lächelte aufrichtig, stand auf und schloss den Sohn eher kameradschaftlich als liebevoll in seine Arme. Von Kindheit an waren Bjarni körperliche Kontakte zwischen Männern, auch zwischen Vater und Sohn, unangenehm. Er kannte alle tiefenpsychologischen Erklärungen dafür und fand, dass sie zutrafen. In der Umklammerung seines Vaters, der einen Kopf kleiner war, stand er steif wie ein Maiskolben in der Erwartung auf das, was kommen musste.

»Sohnemann, da bist du ja. Wie geht es dir?« Vater Gunnar löste die Umarmung und trat einen Schritt zurück. Beide blieben eine halbe Minute so stehen, auch um die Stimmung des anderen einzuschätzen. Gunnar führte Sohnemann zum Tisch, wo Getränke und ein silbernes Tablett mit Sandwiches standen. »Entschuldige, wenn ich gleich zu Anfang meine Ehrlichkeit nicht zügeln kann, aber du siehst schlecht aus. Hast du Sorgen? Hier, iss ein Sandwich, ich habe schon im Clubhaus gegessen.«

»Vater, ich bin nicht hier, um Sandwiches zu essen. Es gilt, Entscheidungen zu treffen, sonst stehen wir morgen ohne alles da. Ich habe die Situation auf dem Flug analysiert und ...«

»Söhnchen«, unterbracht ihn Vater Gunnar, und Bjarni kochte bereits vor Wut, denn dieser Mann brachte ihn noch zur Weißglut mit seinem *Söhnchen* und *Sohnemann*. »Wir sehen uns so selten, und da sollten wir doch einige Minuten aufs Private verwenden, meinst du nicht? Du könntest mich zum Beispiel fragen, wie das Golfspiel war. Und hier kommt die Nachricht des Tages: Dein Vater hat einen Eagle gespielt! Einen Eagle, Sohnemann!!! Auf Loch zwölf, Dog-Leg links, mit dem Driver einen Shortcut über das Wäldchen, der Ball zog mit einem kleinen Fade nach rechts, landete auf der Mitte des Fairways und mit Eisen neun ...«

»Unsere Lage ist so etwas von beschissen, und du kommst mir mit Geschichten übers Golfen? Ich werde erst entspannt sein, wenn wir diese Katastrophe tatsächlich hinter uns haben.«

»Okay, von mir aus. Aber an deiner Wortwahl solltest du noch arbeiten. Dann kommt der Eagle etwas später, gut. Da du darauf bestehst, kommen wir zum Punkt. Du hast, da bin ich mir sicher, deine Hausaufgaben gemacht, richtig?«

»Ja, und ich bin zu dem Schluss gekommen, dass wir folgende Punkte abarbeiten sollten, um ...«

Vater Gunnar hob die Hand und stoppte so den Redefluss seines Sohnes, der prompt schwieg. »Sohnemann, hör mir kurz zu, denn es erspart uns lange Vorreden. Während du mit der schwarzen Perle hierhergeflogen bist, war ich nicht untätig. Ein paar Anrufe hier und dort waren schon nötig. Wir haben folgenden Status quo: Ich habe, erstens, von unserem Banki-Island-HF-Konto BTOB 350 Million Euro auf die Turks- und Caicosinseln transferiert. Zweitens ist von unser beider Konten eine Überweisung über weitere 450 Millionen nach Singapur erfolgt, du weißt schon, wohin, und …«, plötzlich fing Vater Gunnar Larsson an zu lachen und freute sich wie ein persischer Dieb über seinen eigenen Winkelzug, »drittens, habe ich Haukur Jonsson angewiesen, den Rest unserer Konten in Cash abzuheben und sie, zusammen mit den Firmenbeteiligungen, Liegenschaftsbriefen und allem anderen, in das Schließfach ›Isabella‹ im Keller der Banki Island HF zu legen.« Vater Larsson stand in der Raummitte wie in einer Zirkusmanege mit ausgebreiteten Armen und wartete auf den Applaus.

Bjarni glaubte, der Schlag würde ihn treffen. »Du hast was?«

Er war völlig entsetzt, stand auf, lief fünf Meter in den Raum, die Hand an der Stirn, und kam wieder zurück.

»Bist du komplett irre? Die Bank könnte schon morgen dicht machen, und du stopfst das Bargeld und alle unsere Beteiligungen in dieses idiotische Schließfach! Ich glaube es einfach nicht, dass du das gemacht hast. Du musst total verrückt sein!« Bjarni lief seine Strecke nochmals auf und ab.

Gunnar Larsson saß entspannt mit einem Single Malt Whisky in der Hand, den er sich schon vorher behutsam eingegossen hatte, und freute sich über die offensichtliche Kopflosigkeit seines Söhnchens.

»Genug! Setzen! Setz dich sofort.« Larsson legte den Schalter von ›Schalk‹ auf ›Boss‹ um und wurde etwas lauter und bestimmter, was eine anerzogene Reaktion beim Söhnchen hervorrief, nämlich gewarnt zu sein und ab jetzt besser Folge zu leisten. Bjarni setzte sich und versuchte, seine Erregung irgendwie unter Kontrolle zu bekommen.

»Reg dich wieder ab, Sohn. Was hast du gegen Bankschließfächer? Das ist der beste Ort, den es gibt. Unsere Schließfächer Isabella, Camilla und Tatjana sind sicher, glaube mir. Gut, lass uns mal theoretisch davon ausgehen, dass die Banki Island HF morgen Insolvenz anmeldet. Was passiert? Als Erstes wird ein Insolvenzverwalter vom Gericht bestellt. Seine erste Maßnahme wird sein, alle Konten einzufrieren und alle Auslandskonten auf Krona umzustellen. Somit hat niemand mehr Zugriff auf seine eigenen Konten, richtig?«

Diese rhetorische Frage brauchte Bjarni nicht zu beantworten, denn ihm war klar, wie eine Liquidation ablief. Aber Vater Larsson war jetzt in seinem Element und dozierte den Plan, den er sich zurechtgelegt hatte.

»Dann wird der Insolvenzverwalter in den Büchern nach Forderungen der Bank fahnden, zwangsläufig auf unsere labilen Kreditsicherheiten stoßen und diese einfordern. So weit, so gut. Wozu der Insolvenzverwalter allerdings kein Recht hat, weil es das Gesetz nicht vorsieht, ist, dass er die Schließfächer pfänden kann. Dazu besteht keine rechtliche Handhabe. Schließfächer mietet man, und somit ist die Bank nur Vermieter und kann allerhöchstens ausstehende Mietkosten fordern, aber auf keinen Fall den deponierten Inhalt. Mehr noch, uns steht jederzeit freier Zugang zu unseren Schließfächern zu, damit wir sie entleeren und mit allem, was sich darin befindet, ungehindert aus der Bank marschieren können.«

Bjarni stand mit offenem Mund da. So eine Unverfrorenheit hatte er noch nicht erlebt. Das ist nicht nur schlitzohrig, das ist genial. Und das Beste: Es ist legal! Sein Vater hat die Bank ausgeraubt und die Beute im Keller derselben Bank versteckt, wobei er der Einzige ist, der den Kellerschlüssel hat. Ihm, Bjarni, wäre so etwas nie eingefallen. Nie im Leben. Mit offenem Mund schaute er seinen Vater an.

Dieser Satansbraten hat alles schon in die Wege geleitet, bevor ich ihn anrief, dachte er. Jetzt ist mir auch klar, warum er hier so lässig herumsitzt und mich mit seiner Golf-Eagle-Story nervt. Er war durchtrieben, aber zugegebenermaßen genial.

Bjarni nahm sich ein Glas, goss es halb voll mit Whisky und trank in einem Zug alles aus. Seine Muskeln reagierten mit Entspannung. Sein Blick wurde weicher. Das war eine sensationelle Nachricht.

»Nicht schlecht, wirklich nicht schlecht. Wie hast du Haukur dazu gebracht, dass er die Überweisungen am Vorstand vorbei ausgeführt hat? Er braucht doch die zweite Unterschrift dafür.«

»Das muss man sportlich sehen. Ich habe mit Haukur telefoniert und ihn gefragt, ob er ein gutes Gedächtnis hat. Natürlich tat er erst, als wüsste er nicht, wovon ich spreche. Ich habe ihn dann an seine Charity-Party erinnert, wo er, nur in Boxershorts und mit zwei unbekleideten Vollbusen Helenas in seiner Nähe, sich zwei Linien Koks reinzog. Das lässt sich deutlich auf dem Video, das ich verwahre, erkennen, glaub mir. Danach war Haukur nicht mehr sehr redselig, aber anschließend brachte er das mit den Überweisungen in Ordnung. Ich denke, die paar Millionen Euro warten jetzt auf uns bei ICB International Limited auf den Turks- und Caicosinseln.«

»Und was ist, wenn das als Insolvenzverschleppung oder als illegaler

Transfer der Insolvenzmasse durch die Behörden untersucht wird? Dann zwingt man uns zur Aussage. Der Staatsanwalt wird nicht lockerlassen, der will uns so oder so bluten sehen.«

»Keine Sorge, da Haukur Jonsson die zweite Unterschrift, sagen wir, *besorgt* hat, ist der Transfer erst einmal legal und nicht anfechtbar. Die Überweisung ist doch durch die Kreditsicherheiten gedeckt. Bingo! Die werden sie dann einlösen. Meinetwegen, bitte schön. Viel Spaß damit. Es wird auf jeden Fall extrem umständlich und schwer für die Staatsanwaltschaft, uns hieraus einen Strick zu drehen. Außerdem dauert das Ganze sehr lange, und die Zeit nutzen wir.« Vater Gunnar legte die Füße auf den Tisch im Stil eines Südstaaten-Ölmagnaten und kramte eine Upmann Magnum 50 Zigarre aus seiner Innentasche, zündete sie fachgerecht an und genoss die ersten drei Züge.

»Okay«, gab Bjarni zurück, »machen wir es so: Wir beide fliegen so schnell es geht nach Reykjavik. Dann organisieren wir ein Treffen mit Haukur. Während du dich mit ihm herzerwärmend berätst, gehe ich zu den Schließfächern und räume sie aus, inklusive Cash, aller Dokumente und Verträge.« Bjarni sah die Aktion klar vor sich, so müsste es klappen. Vater Gunnar zog noch mal an der Havanna und schwang die Füße vom Tisch.

»Also, lass uns gehen«, sagte Gunnar. »Ist der schwarze Vogel aufgetankt?«

»Ja, Väterchen, vollgetankt, so voll wie Haukurs Nase.« Bjarni Gunnarson grinste, als sein Vater sich herumdrehte und so etwas wie Respekt einforderte, zumindest ließ sich sein Mienenspiel so deuten.

Der Fluch des St. Pierre
September 2008

Runar Thor Chelnikov hatte das Pech schon kurz nach seiner Geburt ereilt. Nachdem er das helle isländische Licht in Hafnarfjördur, einer kleinen Hafenstadt südlich von Reykjavik, 1954 erblickt hatte, wurde bei ihm Mutismus festgestellt. Von Stunde null an war er stumm. Runar selbst erkannte in seiner Wortlosigkeit keinen Makel, und so kümmerte ihn sein Mutismus nicht, denn er kannte ja nichts anderes. Er erschloss sich die Welt auch ohne Worte, was dazu führte, dass Runar andere Möglichkeiten nutzte, um von ihr zu lernen.

Aus Runar wurde ein Fischer, wie aus fast allen Männern, deren Väter Seemänner waren, und als Fischer brauchte er seine Arme und Beine, geredet wurde aus Tradition eher wenig auf einem Kutter. Den Spitznamen *der Russe* hing man ihm an, weil er der Liaison seiner Mutter mit dem Kapitän der Swir, einem Schmuggelkahn aus dem Hafen Sosnovy Bor bei St. Petersburg, entstammte. Der Kapitän hieß Chelnikov. Für die monetäre Unterstützung seines wortlosen Kindes legte der Skipper zur Bedingung fest, dass sein Sohn seinen Namen tragen sollte.

Runar heuerte auf dem Fischkutter *Sansibar* an, der ihm zur zweiten Heimat wurde. In der Dämmerung des Tages fuhr die *Sansibar* hinaus zu den Fischgründen und schipperte am späten Nachmittag mit vollen Speichern zurück in den Hafen.

Für Runar war die Arbeit auf der See in Ordnung. Jede Funktion und jeden Handgriff beherrschte er wortlos. Unvorhergesehenes passierte selten. Alles war Routine, jeder Ablauf vertraut. Die vollen Schleppnetze holten sie am Steert ein, dem spitzen Ende des Schleppnetzes, wo sich der Fang sammelte. Einmal das Halteseil aufgeknotet, löschte sich der Fang in ein Bassin, wo Fische, Krebse und Aale übereinandergeschichtet zappelten. Alles krümmte sich und schlängelte energiegeladen durcheinander. Jeder der Meeresbewohner kämpfte, um aus der Gefangenschaft wieder ins Meer zu gelangen.

Der Moment, in dem das Netz an Bord geholt wurde und die glitschige Ladung den Bottich füllte, stellte für Runar den Höhepunkt des Tages dar. Kabeljau, Plattfische und Brassen zappelten durcheinander, als rebellierten sie gegen die aussichtslose Gefangenschaft. Dieses Schauspiel faszinierte ihn jedes Mal aufs Neue. Wie viel Willensstärke Fische und Krebse hatten und mit welcher Energie sie sich gegen ihren Arrest wehrten! Er fragte sich, ob sie genauso energisch kämpfen würden, wenn sie um die Auswegfreiheit, die Freiheit jemals wiederzuerlangen, wüssten. Gleichwohl galt dies nicht für den ganzen Fang. Den Beifang – das waren die zu kleinen Fische oder jene Arten, die nicht zum täglich ausgerufenen Fangziel zählten – schaufelte man wieder über Bord zurück in die Freiheit.

Eine von Runars Aufgaben war es, gerade diesen Beifang auszusortieren, ihn dann über die Reling zu befördern. Übrig blieben Makrelen, Franzosendorsche, Kabeljau, Blauer Wittling, Aale und Petersfische.

Bereits 36 Jahre war Runar Fischer auf diesem Trawler. Es gab nichts zu beklagen. Arbeit und Heuer waren anständig, und der Kapitän schätzte Runar. Das äußerte sich einige Male darin, dass beide, wie im Film *Titanic*, am Bug standen und – anderes als im Film – sich ein Pfeifchen gönnten.

Am 24. November 2006, als der Kutter um vier Uhr morgens auslief, fühlte sich Runar ungewohnt unwohl. Da war ein Gefühl, das ihm fremd war und sich nicht greifen ließ, eine unheilvolle Witterung. Beim Verlassen des Hafens saß er auf der Taurolle hinter der Kajüte und grübelte.

Es glückte ihm nicht, sich dieser Vorahnung zu entledigen. Eine vage Befürchtung spukte ihm im Kopf herum und setzte sich zu Bildern zusammen: Feuer, Zerstörung und auch helles Licht, plötzlich gefolgt von bibelschwarzem Dunkel. Merkwürdig war, dass seine Haut wie Säure brannte. Er schwitzte an Stirn und Händen. Es war das erste Mal in all den Jahren, dass sich bei ihm Unlust regte und Widerstand aufbaute gegen das, was er wortlos, Tag für Tag, seit über drei Jahrzehnten auf diesem Kutter verrichtete.

Den Hafen durch schäumende Wellen auf der offenen See außer Sicht, stand Runar zögerlich auf und begab sich zum Bug des Schiffes. Es folgte ihm seine alte Begleiterin, die tägliche Routine, die jetzt wieder das Kommando übernahm. Sie machte Schluss mit den Grübeleien. Sofort spürte er ihre faktische Verlässlichkeit, ihre lebenserhaltende, beruhigende Sicherheit. Routine wickelte Runar in einen Kokon aus Unverwundbarkeit ein, was sich wie ein ständiger Sieg über den ärgsten Feind an Bord anfühlte: die Unachtsamkeit. Wer auf einem Trawler leichtfertig Fehler beging, spielte mit dem Tod.

Es war gegen Mittag, als die elektrische Winsch das Netz einholte, das einen beachtlichen Fang trug. Runar stand bereit, den Beifang, alles das, was wieder zurück in die See gehörte, auszusortieren. Diesmal waren sie auf Seelachs und Haddock aus. Als der gewünschte Fang im Bauch des Trawlers verschwunden war, packte sich Runar die große Schaufel aus Aluminium, um das Aussortierte über Board zu schippen. Er lud kleine Krebse, Quallen und zwei mittlere Petersfische auf die Schippe. Mit gewohntem Schwung holte er aus, als ihm ein Stich, wie von einem Filetiermesser, ins linke Schulterblatt fuhr.

Sofort flammten die Bilder der Vorahnung auf. Der Schmerz fuhr fast lotrecht durch die Schulter in den Rücken, von da weiter über den rechten Arm bis in die Hand, die gerade die Schaufel mit den Meerestieren nach oben hievte.

Der Beifang zielte jetzt nicht mehr direkt auf die offene See, sondern schwang, wie auf einer Kirmesschaukel, dem offenen Himmel zu. Dann verlor der Schwung an Energie, und die Schaufel stoppte in der Luft, genau über Runars Gesicht. Stillstand. Wie in Zeitlupe sah er den unfreiwilligen Tanz von Krebsen, Quallen und Fischen, die in der Luft zu stehen schienen, als hätte man sie eingefroren.

Den Bruchteil einer Sekunde sah es so aus, als ob die Gravitation ihre Macht über Krebs und Fische verloren hätte. Dann zog die Erde sie wieder an sich, und es rutschen die Fische über das Schaufelblatt genau auf Chelnikov Kopf zu. Erschrocken riss er Augen und Mund auf, aus dem tonlose Schreie kamen, und sein Körper kippte mitsamt der Schaufel rücklings, bis er auf dem Deck aufschlug. Es regneten Brown-Shrimps, kleine Nesselquallen und Sandaale auf ihn nieder, und ein stattlicher Petersfisch flog direkt auf ihn zu. Runar nahm ihn nicht wahr, da sein Gehirn damit beschäftigt war, den Sturz aufs Deck schmerzlos abzufedern.

Ein Petersfisch, oder St. Pierre oder Heringskönig genannt, hat zwei markante Stellen, an denen man ihn immer erkennt: An beiden Seiten seines flachen Körpers gibt es einen schwarzen Punkt von der Größe eines Kronkorkens. Gefährlich ist aber sein Stachelkamm, den er wie ein Cherokee auf dem Kopf trägt: harte, flexible und vor allem mörderisch spitze, bis zu 15 Zentimeter lange Stacheln. Der St. Pierre drehte in der Luft eine Pirouette, neigte sich mit seinen Stacheln nach unten und zielte genau auf Runar Thor Chelnikov, der auf dem Deck lag, den Kopf zwischen Kajütenwand und der Bordkiste eingeklemmt.

Er versuchte, den Kopf hochzureißen, um aus dem Fallwinkel des Stachelkönigs zu kommen, aber der Punkt des Fisches wurde schnell immer größer, bis er eine halbe Armlänge über Runars Gesicht war. Kunstvoll drehte der St. Pierre seine letzte Luftrolle, als sei er ein olympischer Turmspringer und erreichte den eingeklemmten Kopf des Fischers in Fallgeschwindigkeit.

Der längste Stachel der Rückenflosse bohrte sich in Runars linkes Auge und drang zwei Zentimeter tief ein, bis er auf Knochen stieß. Die Wucht des Fisches, die durch den freien Fall stetig gewachsen war, bog die feststeckende Stachelrute nach links und schnitt einen Schlitz in Runars Auge, aus dem im Nu eine Flüssigkeit austrat. Chelnikovs Sehfähigkeit auf diesem Auge erlosch auf der Stelle. Der Schmerz war so tief und grenzenlos, dass er zunächst die Blindheit seines Auges zweitrangig werden ließ.

Runar schrie lautlos aus vollem Halse. Der Körper des Fisches klatschte gegen die Bordkiste, wurde von ihr zurückgeschleudert und der St. Pierre hüpfte wieder in die Richtung, aus der er gekommen war. Damit zog sich der Stachel von selbst aus Runars linkem Auge heraus und hinterließ eine klaffende, bleibende Risswunde und bestialische Höllenqualen.

Runar befreite sich aus seiner Falle, stand auf und versuchte, so gut es ging, in die Kajüte zu kommen. Links hatte er keine Sehkraft mehr, dass andere Auge quoll über vor Tränenflüssigkeit. Automatisch steuerte er auf die Kajüte zu und kramte nach dem Erste-Hilfe-Kasten. Als er ihn fand, entnahm er ein Päckchen Mullbinden, riss die Verpackung herunter und faltete die Binden zu einer vielschichtigen Lage übereinander. Das Mullpaket legte er sich auf das verletzte Auge. Kapitän Magnus beendete just seinen gewohnten Rundgang, als er durch die Schiebetür in die Kajüte eintrat. Er sah Runar mit Pflaster und Schere hantieren.

»Heilige Makrele, Runar, wie siehst du denn aus! Bist du am Enterhaken hängen geblieben?«, Kapitän Magnus lief auf Runar zu.

Runar drehte sich um, nahm indes visuell gar nichts wahr. Die Stimme gehörte dem Kapitän, so viel war klar. Beim Bemühen um eine erklärende Bewegung erwischte ihn ein zweites Mal der schmerzhafte Stich, jetzt in seinem Arm.

Kapitän Magnus war es gewohnt, mit Runar einseitig zu kommunizieren, und ohne jedes Nachfragen ergriff er die Initiative. Magnus schob seinen Fischer auf den Stuhl neben der Brücke, drückte ihm den Kopf in den Nacken und beide Hände nach unten, was Runar mit einem schmerzverzerrten Gesicht quittierte.

Wenn ein stummer Seemann vor Schmerzen schreit, sieht das grotesk und unwirklich für Menschen aus, die das Privileg des Sprechens von Geburt an besitzen. Runars Leid war für Kapitän Magnus unmittelbar fühlbar, fast erlebbar, als er in die stumme, schmerzverzerrte Maske des Seemanns blickte. Chelnikov schrie in sich hinein.

Der Kapitän lüftete vorsichtig die Mullbinde, und bei dem, was er sah, wurde ihm übel. Ins linke Auge war Blut eingedrungen und füllte bereits das untere Drittel des Auges. Er sah den Riss erst nicht, weil aus dem Auge ein ständiger Fluss von Kammerwasser sickerte, aber als er leicht und mit Bedacht die Flüssigkeit mit einer neuen Mullbinde aufnahm, konnte er den tiefen Einstichkanal erkennen.

Er erkannte, dass er hier nichts zur besseren medizinischen Versorgung würde beitragen können, aber es war Eile geboten. Die *Sansibar* schipperte mitten auf der Nordsee. Fünfeinhalb Stunden würden es bis zum Hafen von Hafnarfjördur sein. Aber Hafnarfjördur hatte keine Klinik, nur den alten Doktor, der zu jeder Tageszeit nach Gin roch.

»Hör zu, Runar. Ich verbinde dir jetzt das Auge. Dann legst du dich hin, und wir fahren sofort nach Reykjavik in die Klinik. Über Funk gebe ich Meldung, dass die Spezialisten vorbereitet sind, wenn wir eintreffen. Halte durch, mein Junge.«

Magnus tat das Richtige. Er gab Runar den Fahrplan vor, an dem er sich festhalten konnte. Er schnitt zwei lange Pflasterstreifen von der Rolle und klebte damit das Mullbindenpolster auf dem Auge fest, dann löste er drei Schmerztabletten in Wasser auf, flößte sie Runar ein und stellte ihm eine Flasche Aquavit auf den Tisch.

Die Motoren des Trawlers heulten auf, nachdem alle Netze zurück an Bord waren. Runar saß unbeweglich eine halbe Stunde auf dem Stuhl und spürte, wie der Schmerz auf ein eben noch erträgliches Maß nachließ. Der Aquavit vertiefte die Wirkung. An den Sturz selbst erinnerte er sich nicht, sah aber den fliegenden St. Pierre mit dem korkengroßen schwarzen Punkt vor sich. Schlagartig dachte er wieder an seine Vorahnung.

»Das war ein Zeichen«, sagte er stimmlos zu sich. »Ich soll Schluss machen mit der Fischerei. Soll nicht mehr auf Planken stehen. Sonst liege ich am Ende noch selbst im Netz.« Seine düsteren Gedanken wurden während der Fahrt zunehmend von einem Mix aus Medikamenten und Aquavit gedrosselt. Runar ruhte, bis der Kutter in den Hafen von Reykjavik einlief und Magnus ihn sofort weckte, weil am Kai der Krankenwagen bereitstand.

Zwei Jahre später: Runars linkes Auge blieb erloschen. Der St. Pierre hatte die Netzhaut irreparabel durchtrennt und den Sehnerv angeschnitten. Für das Auge hatte es keine Rettung gegeben. Nach drei Wochen hatte Chelnikov das Krankenhaus wieder verlassen. Auf die *Sansibar* kehrte er nie wieder zurück.

Dem gestandenen Seemann ohne Worte und mit nur einem sehenden Auge bleib nichts anderes übrig, als von nun an seine Wurzeln in den festen Boden Islands zu schlagen. Als Landratte musste er neue Wege gehen. Er kratzte die gesparte Heuer zusammen und kaufte sich die alte Kaschemme am Hafen, die zwar *Zum Kupferkessel* hieß, aber von allen nur *Spucknapf* genannt wurde. Für Renovierungsarbeiten und eine solide Küchenausstattung legte er Geld obendrauf.

Als frisch gebackener Besitzer und Wirt einer kleinen Gastwirtschaft in Hafnarfjördur fühlte er sich wohl in der Nachbarschaft von Krabbenkuttern, alten Hafenbarkassen, einigen Hausbooten und den vielen Jollen und Segelschiffen. Hin und wieder überfiel ihn der Katzenjammer, dann öffnete er das Fenster und atmete tief die raue, salzige Hafenluft ein, die ihm die Geschichten vom Meer neu erzählte. Was wäre er ohne das Meer, die Schiffe und die Wellen?

Die Kaschemme durfte sich fortan *Fluch des St. Pierre* nennen, und das St. Pierre erarbeitete sich einen tadellosen Ruf. Die gebratenen Schollen mit Speck und Zwiebeln, genau wie die geräucherte Aalsuppe mit Dill, Petersilienwurzel und Kümmel galten quer über die Insel als Spezialität. Dass das St. Pierre im Laufe der Zeit an Bedeutung gewann, lag zu einem guten Teil an dem großen, barocken Spiegel im Korridor neben dem Tresen, der schnell als *Magic Alice* Berühmtheit erlangte.

Island zählte nicht zu den Flecken auf der Erde, die von Sonnentagen verwöhnt wurden. Im Winter, wo es mittags schon dunkel war, bot Magic Alice den überwiegend männlichen Erwachsenen der Insel eine Abwechslung durch einen die Herzfrequenz steigernden Zeitvertreib, bei dem es den meisten sicher egal war, ob die Sonne schien oder nicht. Jedenfalls war Magic Alice hoch im Kurs bei seinen Benutzern.

Der normale Gast, der die Aalsuppe löffelte, hätte beobachten können, wenn auch nicht verstanden, dass Männer Runars Lokal betraten, auf den Schanktresen zugingen, »Magic Alice« murmelten und am Tresen vorbei im Korridor verschwanden. Diese Männer hielten vor dem barocken Rahmen inne, drückten einen verborgenen Knopf, dem ein Klick folgte, und die Spiegeltüre öffnete sich und gab den Eingang zu einem breiten Raum frei. Der große, runde Tisch in der Mitte ließ keine zwei Meinungen darüber zu, in welcher Funktion er hier stand. Poker! Hier trafen sich die Herren der oberen Schichten zum verbotenen Glücksspiel, zum prickelnden Amüsement und zum verbotenen Kitzel, weil es ja illegal war. Die, die den Raum häufig nutzten, sorgten sich nicht um Polizei oder Staatsanwaltschaft. Beide Chefs dieser Behörden waren regelmäßige Gäste der Poker-Runden, und nach außen hatten sie die Zusammenkünfte deklariert als privater Studienkreis zur Erforschung alter Hand-, See- und Landkarten.

Von Engeln und Gauchos
September 2008

In den Straßen der Innenstadt herrschte scheußliches Wetter. Regen kam von allen Seiten, sogar von unten, denn der unbändige Wind jagte die Tropfen in alle Richtungen. Besser man setzte heute keinen Fuß vor die Türe. Der frühe Morgen hatte Hoffnung auf etwas Sonnenschein geweckt, aber pünktlich zur Mittagspause fielen dicke Tropfen aus den grauen Wolkenbänken. Jeder kannte die lokale Redensart, dass Wind und Regen allen Unrat aus der Stadt fegen würde. Womöglich hätte sich die Mehrheit der Investmentbanker, die die hohen Banktürme bevölkerten, gewünscht, dass dieses Unwetter in der Tat ihren Unrat aus der Stadt spülen würde, damit ihre Westen neu und weiß erstrahlen konnten.

Der Regen ließ hier und da ein wenig nach, aber schon ein Blick zum Himmel ließ erahnen, dass die Bitten nach ein paar wärmenden Sonnenstrahlen unerfüllt bleiben würden.

Was soll's, dachte sich Jil Berg, die aus der Haustüre von Jam Express trat. Sie klemmte sich das Vorderrad ihres Steppenwolfes kurz zwischen die Knie, um die Hände freizuhaben, schloss ihre Jacke und zog die Kapuze fest.

Der Mann vom Sport bekam also keinen Zugang zu Ramon34! Ein eindeutiger Hinweis dafür, dass sie und diesen virtuellen Geist irgendetwas verband. War Ramon34 wirklich von einer geheimen Organisation abkommandiert worden, um ihr bei der Arbeit zu helfen? Seit sechzehn Stunden hatte sie nichts mehr gegessen, ihr Magen knurrte. Schluss mit dem Grübeln, sagte sie sich, sonst werde ich noch irre!

Sie fuhr vorsichtig durch den Regen zum Lunch Room Saigon, einem Restaurant mit moderner vietnamesischer Küche, in dem der

Chefkoch Tuyen immer neue geschmackliche Offenbarungen auf den Teller zauberte.

Tuyen und Jil kannten sich seit der Eröffnung des Restaurants vor drei Jahren. Ein Zufall hatte sie zu ihm gebracht. Damals hatte sie sich das iPhone der ersten Generation im Smartphone-Laden nebenan gekauft und nach einem ruhigen Plätzchen gesucht, um ihre Neuerwerbung in Ruhe zu studieren. Ohne hinzuschauen, stolperte sie in die nächste offene Tür, ohne zu ahnen, dass es ein Restaurant war und erst vor einer Stunde die Pforten geöffnet hatte.

Nur ihr iPhone im Blick, setzte sie sich an irgendeinen Tisch. »Geiles Teil«, raunte sie leise und staunte nicht schlecht über die neuste Technik, die installierten Apps und das edle Design. Der hauptsächliche Kaufgrund aber war die Multi-Touch-Funktion, das Dirigieren der Funktionen mit dem Finger auf dem Display.

Gigantisch, einfach nur gigantisch, dachte sie damals, als ein Schatten auf den kleinen Bildschirm des iPhones fiel. Sie schaute auf und sah einen angenehm freundlichen Asiaten, der sie gut gelaunt anschaute. Das war der Moment, als Jil Berg realisierte, dass sie die Einzige im Restaurant war.

»Ich heiße Sie herzlich willkommen im Lunch Room Saigon«, sagte der Asiate und nahm perfekt Haltung an, »mein Name ist Nguyen Tuyen Hing, und Sie sind mein allererster Gast. Bitte nehmen Sie meine Einladung an und speisen Sie auf Kosten des Hauses.«

Sie schaute in schwarze, sanftmütige Augen, und umgehend sank Jils Aufmerksamkeit für ihr neues iPhone. Anfang dreißig mochte er sein, schätzte sie, und dass er für einen Asiaten erstaunlich groß gewachsen war. Sein smarter Aufzug konnte nur bedeuten, dass der Chef de Cuisine höchstpersönlich vor ihr stand.

»Oh, danke sehr ... Tuyen, richtig? Ich gratuliere zum geschmackvollen Restaurant ...« Erst jetzt schaute Jil sich um und fand, dass sie gar nicht gelogen hatte. »Was können Sie empfehlen?«

Tuyen legte los, ihr die unterschiedlichen Speisen zu erklären. Er dozierte über deren Herkunft und die Wichtigkeit der Reihenfolge, in der man sie zu sich nehmen sollte. Dagegen hatte das iPhone keine Chance mehr, und ihr Interesse daran versickerte wie ein Regentropfen in der Atacama-Wüste.

Jil fühlte sich von Tuyen auf eigenartige Weise angezogen. Die ruhige, höfliche Art und das Wissen, aber vor allem seine schiere Begeisterung für das, was er tat, faszinierten sie sofort. Im Laufe ihrer Freundschaft lernte sie, dass er die ausgesuchten Lebensmittel mit Vorsicht und Achtung behandelte, wie ein Chirurg, der eine Organ-Transplantation vornahm. Jeder Vorgang, so schien es, wenn man ihm beim Zubereiten der Speisen zusah, folgte einer unsichtbaren Vorschrift, einem Ritual, einer Abfolge von unbedingt einzuhaltenden Handgriffen. Das alles hatte einen Hauch des Mystischen.

Tuyen, das erfuhr sie erst später, hieß übersetzt »Engel«. Der Restaurantbetreiber und Koch schloss ihr die Türe zur neuen vietnamesischen Küche auf. Jil fand an diesem Tag nicht nur ihr Lieblingsrestaurant, sondern in Tuyen einen zuverlässigen Zuhörer und Freund. Einen Engel als Freund zu haben, war sicher nicht verkehrt.

Mit der Zeit erreichte Jil im Lunch Room Saigon einen regelrechten Inventarstatus. Das bedeutete, dass Tuyen ihr schon lange erlaubte, ihr Bike in den Lagerräumen im Hinterhof abzustellen und von dort durch die Küche das Restaurant zu betreten.

»Du hast kein Glück heute.« Tuyen schaute über seine Schulter zu Jil, an der immer noch der Regen abtropfte. Er hielt zwei Teller in beiden Händen, der eine mit mariniertem Hähnchen mit frischem Lauch und gebackenem Sesam-Tofu, der andere beladen mit Wok-Gemüse, Pilzen und Krebsfleisch. »Aber trotzdem schön dich zu sehen«.

»Mir ist saukalt, und dieser Regen verhagelt mir die Laune«, gab sie zurück. Tuyen sah sie mit einem spitzbübischen Gesicht an.

»Brillante Wortwahl«, sagte er genüsslich. Tuyen mochte Kraftausdrücke und Wortspiele.

Jil stutze kurz, aber dann grinste sie. »Regen verhagelt Laune! Ja, ja, ich weiß, ich bin gut, bin schließlich vom Fach.«

»Geh rein und setz dich. Du bekommst etwas, was genau zu diesem Sauwetter passt. Ab, hinsetzen und warten.« Tuyen segelte mit den beiden Tellern durch die Tür, Jil folgte ihm ins Restaurant und ließ sich an einem freien Ecktisch nieder. Fast alle Tische waren belegt. Nach ein paar Minuten brachte Tuyen die übliche Unterlage, die nur aus einem großen, sattgrünen Blatt des Bananenbaumes bestand, legte ihr einen Löffel und die obligatorischen Essstäbchen aus Teakholz auf das Bananengrün. Umweltschonende Esskultur nannte er das. Jil schaute auf ihr neustes iPhone 4. SMS und Mails wurden gelistet. Aber Jil hatte keine Lust, sich jetzt damit zu befassen.

»Ist hier noch ein Platz frei?« Jil vernahm eine Stimme, während sie ihr iPhone in den Schlummerschlaf versetzte. Sie schaute vom Display auf. Vor ihr stand ein gutaussehender junger Mann, der eine Jacke trug, die man auch als Umhang hätte bezeichnen können. Jedenfalls war die Jacke kurz zuvor vom Regen geprüft worden. Anscheinend war sie wasserdicht, denn die Tropfen perlten in einem fort auf den Fußboden.

»Ja, bitte, ich erwarte heute keine Gesellschaft mehr. Frei ist jeder Stuhl, außer dem, auf dem ich sitze.« Jil sah sich den Mann an, der kurz mit dem Kopf nickte, wobei von seinem vollen schwarzen Haar kleine Tropfen spritzten.

Etwas umständlich, wie Jil meinte, zog sich der Fremde Jacke oder Umhang aus und hängte sie über die Stuhllehne. Erst dann setzte er sich. Im selben Moment stand Tuyen neben Jil und servierte ihr eine große Schüssel Pho-Ga-Suppe, die herrlich nach Zwiebeln, Basilikum, braunem Zucker, Koriander, Lauch, Minze und Limetten roch. Pho-Suppen wecken die Lebensgeister, die sich bei einem solchen Wetter lieber verkriechen. Es duftete fantastisch.

»Huhn oder Rind?« Die Frage des Mannes mit dem schwarzen Haar richtete sich an Tuyen. Der hatte sich im Moment aufgerichtet, und seine Augen strahlten bei der Frage. »Ein Kenner der vietnamesischen Küche«, sagte er erfreut, »Huhn, Pho-Ga ist immer mit Huhn, Pho-Bo immer mit Rind.«

»Für mich bitte eine Pho-Ga-Suppe«, entschied sich der Schwarzhaarige und sah Tuyen ins Gesicht, der darauf kurz nickte und zurück in die Küche eilte.

Was ist denn das für einer, dachte Jil, die ihn wohl etwas zu offensichtlich betrachtete. Sie hatte das Gefühl, dass dieser Mann eigentlich gar nicht gesehen werden will, dass er unsichtbar bleiben wollte. Er schaute sich nicht im Restaurant um, nahm offenbar nicht das coole Interieur wahr, war nicht interessiert an den anderen Gästen und schaute nicht in ihre Richtung. Doch scheu oder gehemmt wirkte dieser Mann auch nicht. Der kurze Auftritt, die Kleidung, die Haltung, das alles sprach für reichlich

Selbstbewusstsein. Vielleicht will er ja nur seine Suppe essen, überlegte Jil. Aber neugierig war sie schon auf ihn.

»Interessantes Kleidungsstück.« Der Versuch war nicht originell, aber durchaus geeignet, um ins Gespräch zu kommen. Der Schwarzhaarige schaute kurz auf und blickte ihr ins Gesicht. Sein Blick war intensiv, und es war offensichtlich, dass er abwägte, ob er sich auf ein Gespräch einlassen sollte.

Dann betrachtete er seine tropfende Jacke, um gleich darauf wieder ihr in die Augen zu schauen. Jil revidierte ihr Urteil. Plötzlich tauschte das Intensive in seinem Blick den Platz mit einem lässigen, überaus charmanten Augenaufschlag. Die Entscheidung zu einem Gespräch war gefallen.

»Oil Tin Cruiser«, sagte er und wartete eine Weile. »Aber bitte, fang doch an. Die Suppe ist am besten, wenn sie heiß ist.« Seine rechte Hand fuhr hoch, wie um ihr die Erlaubnis zum Essen zu erteilen. Klugscheißer, dachte sie.

»Erzähle mir mehr über Oil Tin Cruiser. Meinst du deine Jacke damit?« Jil wollte ihn nicht an die Stille verlieren. Ihr Blick enthielt eine Portion Herausforderung, spitzbübisch lächelte sie zu ihm herüber.

Während sie den Löffel in die Suppenschale senkte, richtete sie ihre Aufmerksamkeit auf den Jackenmann, sodass sie vergaß, wie scharf Tuyen seine Suppen würzte. Man tat gut daran, zuerst nur kleine Mengen der Pho-Ga zu kosten, damit sich Gaumen, Zunge und Speiseröhre auf die Explosion von Schärfe und Aromen einstellen konnten. Jil schob einen ganzen Löffel in den Mund, und plötzlich glaubte sie, ein kleines Silvesterfeuerwerk im Mund zu haben. Etwas Drachenfeuer-Curry klebte in der Speiseröhre fest, und Jil bekam einen Hustenanfall, bei dem sie leider ihre Serviette nicht schnell genug zum Mund führen konnte.

»Entschuldigung, die Suppe«, keuchte sie wenig später, »wenn ich dir etwas auf deine Jacke gehustet habe, tut es mir leid. Aber, wie es aussieht, wird sie auch mit asiatischen Suppen fertig.«

Der Versuch, die Situation ins Komische zu schieben, schien zu glücken. Der Schwarzhaarige lächelte, und mit einer Handbewegung deutete er an, dass alles halb so schlimm sei. Jil sah zu ihm hin, spürte, dass der Mann sich im Grunde liebend gerne aus jeder Konversation heraushalten würde, doch ihr Blick forderte ihn auf und schien zu sagen: Rede!

Er verstand offenbar Jils Wunsch. »Oil Tin Cruiser ist eine Bekleidung, die heutzutage die Gauchos in Argentinien um Rosario und Santa Fe de la Cruz tragen, weil sie die Rinderherden durch etliche Flüsse treiben. Eine wasserdichte Jacke ist unerlässlich ... außerdem ist sie ein probates Mittel gegen Schlangen.« Den letzten Satz sagte er wohl mit Absicht ganz beiläufig, als ob er nichts zu bedeuten hätte.

»Wieso gegen Schlangen? Gibt es in Argentinien Schlangen, die Gauchos auf ihren Pferden anspringen, oder haben argentinische Pferde so kurze Beine? Lass mich rechnen. Auch ohne Pferd müsste die argentinische Schlange über einem Meter hochspringen, um an die Jacke zu kommen. Das ist doch alles Quatsch!« Im selben Moment wusste Jil, dass sie zu schnell geantwortet hatte.

Der Mensch vor ihr bot nicht den Eindruck, dass er mit der Brotkruste aus dem Urwald gelockt worden war. Die wachen Augen, die minimalen Bewegungen der Hände und des Körpers, die pfeilgerade Haltung und der herausfordernde Blick, der ihrem standhielt. Im Allgemeinen hatte Jil es mit männlichen Wesen zu tun, die sie nicht interessierten, weil sie keine Ecken und Kanten hatten oder sich in Macho-Gehabe ergaben, dass einem schlecht werden konnte. Aber dieser schwarzhaarige Gaucho war anders. Das registrierte sie sofort. Angenehm anders. Und er konnte mit Worten umgehen.

»Richtig, Gauchos reiten tagsüber auf Pferden und werden dabei begreiflicherweise nicht von Schlangen angegriffen. Die Reptilien um Rosario oder Santa Fe oder Parana sind Jararacas, bis zu einem Meter sechzig lang, giftig, angriffslustig und unberechenbar. Da selbst in den Weiten Argentiniens die Nahrungsketten für Wildtiere immer kürzer werden, trauen sich Jararacas in die Nähe von Städten oder in die Nähe von Menschen, die Rinderherden von A nach B treiben. Gauchos übernachten draußen am offenen Feuer. Das klingt romantisch, aber glaub mir, es ist weit davon entfernt. Wenn man einmal einen solchen Treck mitgemacht hat, weiß man das. Es ist verdammt harte Arbeit. Wie dem auch sei, diese Mistviecher von Schlangen suchen die Wärme. Gauchos haben gegen Schlangenbisse einen Beinschutz, der doppelwandig ist und eine mittlere Lage aus absorbierendem Stoff besitzt, der, sollte die Schlange zubeißen, das Gift zwischen die beiden Lederlagen lenkt und es auf diese Weise aufgesogen wird. Eine Oil Tin Cruiser Jacke ist mit Oil

Finish Wax bearbeitet. Das ist ein wasserabweisendes Wachs auf Paraffin-Basis. Jararacas reagieren auf den Geruch des Wachses extrem allergisch und suchen lieber das Weite.«

Zufrieden blickte er Jil tief in die Augen. »Jararacas können«, fuhr er fort, »ziemlichen Schaden anrichten. Ihre Bisse sind äußerst schmerzhaft, das Gift verdünnt das Blut, das dann sogar aus alten Wunden herausfließt. Es bilden sich schwarze Blasen mit üblem Geruch...«

»Danke! Danke, vielen Dank«, unterbrach sie ihn. »Wie du selbst siehst, esse ich gerade meine Suppe. Willst Du mir den Appetit verderben? Anderes Thema: Wieso kennst du dich mit Argentinien so gut aus? Warst du mal dort?« Jil trieb das Gespräch weiter voran.

»Ich bin dort geboren und aufgewachsen. Als Kind kam ich nach Europa, nach Mittland. Für mich ein nicht ganz unproblematischer Tausch von Heimaten. Aber lass uns höflich sein und uns vorstellen. Ich bin Achilles.« Der Schwarzhaarige reichte Jil seine große rechte Hand über den Tisch.

»Achilles, wow!« Jil funkelte ihn fasziniert an. »Der Auftritt ist dir geglückt. Wer kennt nicht Achilles, den Sohn des Peleus, den Belagerer von Troja und Bezwinger von Hektor? Ein Halbgott sogar!« Der Schwarzhaarige schaute sie überrascht an. Fünf Sekunden Stille.

»Hab in der Schule Homers Elias lesen müssen ... sogar gern gelesen.« Jil hob das Kinn, was ihr etwas Süffisantes verlieh. Sie nahm seine Hand und stellte sich vor. »Berg, Jil Berg.« Und gleich bereute sie, dass sie sich wie James Bond anhören musste.

»Du arbeitest doch nicht beim MI6 in London? Wer kennt sie nicht, die Geheimagentin Berg, Jil Berg? Mit der Lizenz zum ... Erröten?« Achilles schmunzelte schelmisch.

»Hey, ich bin bestimmt nicht rot geworden!«, entgegnete Jil, und die Stimmen der beiden vermischten sich zu einem heiteren Lachen.

Tuyen kam mit der zweiten Suppenschale, platzierte zuvor das sattgrüne Bananenblatt als Unterlage und legte Löffel und Essstäbchen seitwärts. Die Suppenschale folgte als Letztes. Mit einem »Bon Appetite« entschwand Tuyen wieder in sein Reich der exotisch duftenden Küche. Die zweite dampfende Suppenschale erneuerte das köstliche Aroma in der Luft. Jil und Achilles löffelten ihre Suppen.

»Was machst du hier in deiner problematischen Zweitheimat«, wollte Jil wissen. Sie war neugierig, mehr über diesen außergewöhnlichen

Gentleman zu erfahren. Sie hatte keine Scheu, denn sie empfand die Stimmung als wohltuend intim.

Da Achilles den Löffel im Mund hatte, nutzte Jil die Zeit, auf eine unbeantwortete Frage einzugehen.

»Ich bin nicht beim MI6, noch nicht ...«, sagte sie mit schelmischem Lächeln. »Nein, ohne Quatsch, so einen aufregenden Beruf habe ich nicht, und die Gefahr, bei Ausübung meines Jobs umgebracht zu werden, ist extrem gering. Ich bin Journalistin beim Jam Express hier in der Stadt.«

Bingo, dachte sich Chili, als er »Jam Express« hörte! Er fand Jil Berg attraktiv, klug und gewitzt. Und nun konnte er durch sie herausfinden, wie Außenstehende auf das Problem blickten, an dessen Lösung er im Institut arbeitete.

»Jam Express kenne ich«, sagte Achilles, »die Internetzeitung. Das ist doch aber fast MI6! Wenn man an das Tagesgeschehen denkt, gibt es sicher genug Stoff für unzählige Investigationen, oder?«

Er musste herausfinden, wie gut sich die *Agentin* Berg mit der Lehman-Pleite auskannte. Doch er durfte nicht zu viel über seine Arbeit verraten. Beim ISE hatte er eine Verschwiegenheitsklausel unterzeichnet, und die hinderte ihn daran, öffentlich auszuplaudern, was er so alles auf dem Schreibtisch liegen hatte. Trotzdem wäre es aufschlussreich, dachte er, einmal eine Meinung von außen zu bekommen.

»Du meinst die Lehman-Brothers-Pleite. In der Tat, das sind Schlagzeilen für die kommenden Wochen. Oder sogar Monate. Eine der nächsten Schlagzeilen könnte lauten: Wer wird der Nächste sein? Ich denke, Lehman wird nicht die letzte Bank sein, die fällt. Dafür haben diese Banker zu viel giftiges Zeug unter die Leute gebracht. Interessiert dich denn die Lehman-Pleite?«

»Ja«, sagte Achilles, »erzähl mir ruhig mehr davon!«, forderte er sie auf, während er die Pho-Ga löffelte.

»Wenn nur Investmentbanken und Investoren, ich meine die institutionellen Investoren dieser Welt, sich die toxischen Papiere untereinander verkauft hätten, würde es sich intern regeln lassen. Aber Lehman Brothers hat den Hals nicht vollgekriegt und sein Produkt auf den globalen Markt geworfen. Selbst die kleinste Sparkasse hier um die Ecke, in Ettelbrück oder Niederwampach, hat nach diesen giftigen Paketen geschnappt, doch weder Ettelbrück noch Niederwampach hatten das nötige Investment-Know-how für solche Art von Investmentkategorie. Deren Kundschaft sind Handwerker, Kleinbetriebe und Menschen mit einem Girokonto. Also haben sie guten Glaubens – na ja, wer's glaubt, wird selig – das gefährliche Zeug an die Kleinsparer, an Fleischer, Bäcker und Angestellte verkauft. Die großen Unternehmen gehen nicht über den Jordan, wenn sie die Lehman-Papiere abschreiben. Das ist zwar unschön, aber keinesfalls lebensbedrohlich für sie. Es ist ja nicht ihr Geld! Den Kleinsparer aber trifft es brutal, wenn sein Erspartes durch Lehman verbrannt wird. Der steht vor dem Nichts. Das kann ganze Regionen erfassen.« Jil merkte, dass sie sich in Rage geredet hatte und trat auf die Bremse.

»Und womit verdienst du dein Geld, das du an deinen Vermieter weiterleitest?«

Achilles steckte noch in Jils Ausführungen und fand die kurze, aber prägnante Beschreibung mit den möglichen Folgen beachtenswert klar und auf den Punkt gebracht. Er hatte bemerkt, dass Jil zwar emotional dabei war, dass ein kleiner Robin Hood als Retter der Armen hervorlugte, aber im Ganzen war sie sachlich geblieben. Das gefiel ihm, es gefiel ihm außerordentlich.

»Ich habe einen Job an einem hiesigen Institut, bin dort angestellt als Profiler. Bevor du falsche Schlüsse ziehst: Ich arbeite nicht für die Polizei, auch nicht für den Geheimdienst und schon gar nicht für deinen Verein MI6. Ich arbeite in einem Büro, in einem Team, das Vorfälle und Zusammenhänge für Gesellschaft und Staat, sogar für Staaten unter-einander verständlich macht und mögliche Zukunftsszenarien darauf aufstellt. Mit anderen Worten, wir sind die, die die Kristallkugel haben und wissen, welche Lottozahlen nächstes Wochenende gezogen werden.«

Mehr als das wollte er nicht preisgeben. Es war allgemein genug, um nicht zu wissen, worum es ging. Achilles sah auf die Uhr. Seine Mittagspause hatte er schon um eine Viertelstunde überzogen. Er wäre gerne geblieben, wenn nicht Lucien Fabeau für heute Fakten hätte haben wollen, sobald er vom PM zurückgekehrt war.

»Okay, Miss 007«, sagte er lächelnd, »sorry … Jil, ich muss wieder zurück zum Profilieren. Es könnte für mich von Vorteil sein, dich bei Gelegenheit anzurufen, um mal deinen klaren Blick auf die Dinge zu erfahren. Und vielleicht brauchst du mal die Einschätzung eines Profilers, wer weiß?«

Achilles nahm einen Kugelschreiber und schrieb seinen Namen mit Telefonnummer auf das Bananenblatt.

»Oha«, entfuhr es der erstaunten Jil, als sie den Namen las. »Sieh an, Achilles De Susa! Was für ein exotischer Name. Mit dem hättest du aber keine Chance beim MI6. Zu auffällig.«

Beide lachten. Wuchs da ein Band zwischen ihm und Jil Berg? Unverhofft war eine Ebene erreicht, die nicht erklärt werden musste. Er hatte das Gefühl, eine verwandte Seele gefunden zu haben.

Jil nahm ihr iPhone und speicherte Achilles' Daten in die entsprechende Liste, kramte in ihrer Tasche und beförderte eine Visitenkarte der Jil Berg, Jam Express, zutage. Sie gab Achilles die Karte, deutete auf die Rückseite, auf der eine Handynummer notiert war, und hielt ihr iPhone hoch.

»Okay«, Achilles stand auf, griff nach seiner Gaucho-Jacke und klemmte sie sich unter den Arm, legte ausreichend Geld auf den Tisch. »Hör zu, Jil, es könnte sein, dass ich schon recht kurzfristig deine Meinung hören möchte. Es hat mich gefreut, mit dir zu plaudern, es war im höchsten Maße angenehm.« Er hob kurz die rechte Hand zu einem angedeuteten Gruß und bewegte sich zur Tür, zog sich die Jacke an, trat hinaus, bog ab und war im Regen verschwunden.

Jil saß eine Weile still an ihrem Platz. Sie wollte das wohlige Gefühl halten, das sich in ihr ausgebreitet hatte. Die Atmosphäre war aufgeladen, und sie spürte das. Für sie war es sonderbar angenehm. Tuyen stand neben ihr, doch sie bemerkte ihn nicht. Er stellte einen Teller mit marinierten Krebsen, Mangos und frittierten Chayote auf einem Bett aus Mesclun-Salat und Wurzelgemüse vor sie hin.

»Ihr hattet ja richtig viel Spaß.« Tuyen versuchte wohl, das Stimmungs-barometer abzulesen. »Der Typ war noch nie hier. Aber er hat Interesse an der vietnamesischen Küche. Das habe ich sofort gemerkt. Wie war die Suppe?«

»Beides ausgezeichnet: super Suppe, super Typ. Das wolltest du doch wissen, oder?« Jil lächelte Tuyen an, der sich ertappt zeigte. »Mach dir keine Sorgen, Tuyen. Da ist nichts aus den Fugen geraten. Ich bin noch vollständig ich selbst.«

Tuyen wiegte den Kopf, um leichte Zweifel anmelden. Letztendlich grinste er und wünschte Jil noch einen guten Appetit. Erst passiert monatelang nichts, dachte sie sich, dann plötzlich habe ich einen Engel, einen Dschinn und jetzt einen Gaucho. Der Engel versorgt mich mit Nahrung, der Dschinn ist mir zu Willen, und der Gaucho fragt nach meiner Meinung. Ich war selten so gefragt, dachte sie lächelnd, nahm die Essstäbchen und kostete den Mango-Krebs.

Billys Bauchgefühl
September/Oktober 2008

Nach dem Frühstück brachte der Postbote einen Brief aus Mittland, einen Kontoauszug, auf dem die Investments für Linda und Billy Barlotte fein säuberlich verzeichnet waren. Nur wenige Tage später, sie wollten es gar nicht glauben, wurde tatsächlich die erste Zusatzrente auf ihr Konto überweisen. Alles schien glatt zu laufen. In bester Laune nahm Linda das neue Musikzimmer in Angriff. Billys mulmiges Gefühl der ersten Tage verschwand eher zögerlich. Mit jedem Abend, den beide auf der Terrasse verbrachten, fiel jedoch ein weiteres Stückchen dieser, wie Linda es nannte, Investmentgeschichte aus ihrem Blick. Es war schließlich angenehmer, in Unbekümmertheit zu leben, als sich ständig zu ängstigen.

»Jetzt ernten wir, was wir vor über fünfzig Jahren aufgebaut haben«, überlegte Billy, nachdem er die Kanne Tee und den geschnittenen Früchtekuchen aus der Küche mitgebracht hatte. »Weißt du noch, Liverpool?«

»Ach ja, Liverpool.« Linda warf ihm einen weichen Blick zu, gefolgt von einem träumerischen Seufzer.

»Weißt du, was komisch ist, Billy? Ich muss in letzter Zeit sehr häufig an meine Eltern denken. Der schweizerische Calvinist und eine stolze Schottin.«

Billy lud sich ein Stück Kuchen auf den Teller. »Oh ja, besonders deine Mutter ... die nie müde wurde, von deiner Geburt zu erzählen, Kriegsende, 8. Mai 1945, und dass, wenn überhaupt in diesem Datum eine Symbolkraft läge, dann die, dass sich das Leben durch Kriege nicht aufhalten ließe.«

Linda lächelte versonnen.

»Vater war so stolz auf seinen Laden, den Rickenbaker's Guitar Shop.«

»Ja, Darling, Beat und Abigail! Ein bescheidenes, ehrliches und gutes

Leben«, brummte Billy.

»Und dann fällt mir immer John ein, der junge John Winston, der trieb sich monatelang im Laden herum, nur um jede Gitarre auszuprobieren.«

»Wer?« Billy griff nach einem Stück Früchtekuchen.

»Na, John Winston Lennon. Den kennt doch die ganze Welt. Billy, du wirst doch nicht vergesslich?«

»Ach ja, jetzt erinnere ich mich. Wo denkst du hin? Als ob ich John Lennon nicht kennen würde! Dein Vater hat mir erzählt, John hätte ihm leidgetan, weil er damals nicht das Geld für eine echte Rickenbaker Gitarre aufbringen konnte. Er mochte den Jungen. Dein Vater und sein gutes Herz! Letztlich hat er ihm eine Gitarre geschenkt. Versprach John nicht, seine nächste Band nach deinem Vater zu benennen?«

»Ja, er hat's versprochen und gehalten«, grinste Linda, »und er hat für mich ganz allein ein Lied komponiert und es mir in unserem Laden vorgespielt. Du weißt ja, Vater hatte mich immer mit meinen beiden Namen, Linda Julia, gerufen und John tat das auch ...«

»Jaja, weiß ich doch. Ich kenne die alten Geschichten«, stöhnte Billy, der genau wusste, was nun kam. Linda stimmte die kleine Ballade *Julia* von den Beatles an.

Beide erinnerten sich gern an den Cavern Club in der Mathew Street Nr. 10 in Liverpool, wo sie sich zum ersten Mal begegnet sind. Die Kinks, Yardbirds, Rolling Stones, The Who und John Lee Hooker waren dort aufgetreten.

Linda und ihre Freundin Cilla hatten eines Abends auf der Treppe zum Kellergewölbe des Clubs gesessen. Plötzlich hörten sie Schreie und Krawall. Die Band Bluesology hörte mitten in *Everyday I have the Blues* auf zu spielen, weil der halbe Saal in eine Schlägerei verwickelt war.

Reg Dwight, der Keyboarder, ein Musterschüler mit Nickelbrille, flüchtete die Treppe hoch an ihnen vorbei und rempelte den ihm entgegenkommenden jungen Mann, der sich gerade ein Bier geholt hatte. Sie und Cilla bekamen eine unfreiwillige Bierdusche ab.

»Du Volltrottel, pass doch auf«, rief der junge Mann dem Flüchtenden hinterher. Ganz Gentlemen kümmerte er sich anschließend um Trockentücher und spendierte später den Ladys einen Drink, um ihnen über den Schreck hinwegzuhelfen. Cilla Black, der spätere Star der Merseybeat Szene, fragte in einem Brief ein paar Jahre später, ob Linda sich noch an den Flüchtigen mit der Nickelbrille im Cavern erinnern konnte. Der Type würde sich jetzt Elton John nennen.

In diesem Club wurde Linda auch auf Billy Barlotte aufmerksam. Sie begegnete dem schmächtigen jungen Mann, der oft ein kariertes Hemd mit lila Krawatte trug, auch außerhalb des Clubs. Weil sie sich bereits vom Sehen kannten, war es nicht schwer, miteinander ins Gespräch zu kommen. Sie fand Billy amüsant, und Linda musste feststellen, dass der junge Mann sehr gescheit von seiner und der Zukunft im Allgemeinen sprach.

Dass er Billy Barlotte hieß und ehrgeizig war, wusste sie inzwischen, aber, ob er gut küssen konnte, wusste sie noch nicht. Linda fädelte es raffiniert ein. Er sollte sie nach Hause begleiten, bat sie ihn, und sie wählte den Weg, wo die alte Steineiche bei Vollmond einen Riesenschatten auf die Hauswand warf. Genau dort täuschte sie vor, ihr Schuhabsatz hätte sich eingeklemmt. Billy kam ihr nahe, um zu helfen, und zwar so nahe, dass sie anschließend wusste, wie gut er küssen konnte. An der Stelle nahm ihr gemeinsames Leben seinen Anlauf.

Linda arbeitete in Vaters Musikladen, und nach dessen Tod übernahm sie das Management. Billy stieg zum Manager des FC Everton auf, dem Erzrivalen des FC Liverpool. Ihre Zukunft schien sich klar abzuzeichnen und unkompliziert zu werden. Mehr wollten beide nicht. Lieber mit den Füßen im Wasser als mit dem Kopf in den Wolken, war Billys Devise. In den über fünfzig Jahren waren sie niemandem etwas schuldig geblieben.

»Ach ja, Liverpool«, schwärmte Linda.

Zwei Spatzen zankten sich um die Kuchenkrümel, die ihnen Billy gedankenverloren hinwarf. Ihn beunruhigte ein seltsames Gefühl im Bauch, das ihn wie eine seismografische Welle immer und immer durchlief und nicht abflauen wollte.

Ihrer beider Lebensträume hatten sich doch schon erfüllt! Sie genossen ihren Lebensabend im schönen Südfrankreich. Warum schlichen sich ausgerechnet jetzt Tücke und Argwohn ein? Was hatten sie falsch gemacht? Hatten sie die Warnsignale übersehen, oder wollten sie sie nicht wahrhaben? Dieses komische Gefühl wollte nicht weichen.

Zweifelsohne hatte er bemerkt, dass es stetig stiller wurde zwischen ihnen und der Bank Moneta aus Mittland. Für Billy kamen als Ursache eigentlich nur zwei Erklärungen infrage: Entweder ging alles seinen unkomplizierten Gang, so wie es sein sollte, oder etwas lief gehörig schief und die Bank verschwieg ihnen die Wahrheit.

Das komische Gefühl machte sich nicht explosionsartig bemerkbar, es grummelte und jammerte eher leise vor sich hin. Doch es verschwand nicht, es wurde zum ständigen Begleiter. Beim morgendlichen Aufstehen war es unmittelbar präsent – bis zum Zubettgehen. Okay dachte Billy schließlich, morgen rufe ich die Bank an. Billy wollte Klarheit und hoffte, dass er sich täuschte.

Als er am nächsten Morgen den Hörer in die Hand nahm, wurde er von Lindas Rufen aufgehalten. Er solle sofort kommen, hörte er. Linda stierte auf ihren Computer. Das Unheil kam per Mail. Billy stand hinter ihr. Beim Lesen der Nachricht wuchs das jammernde Grummeln in Billys Bauch zu einem inneren Schrei heran. Der Anruf bei der Bank Moneta hatte sich damit erübrigt!

Muffensausen auf Island
Oktober 2008

Jim, Jack und Jo entstiegen dem schwarzen Volvo, der sie am späten Abend von Reykjavik zum Hafen nach Hafnarfjördur brachte. Es war eine frostige Nacht, hundekalt, aber nicht feucht, was keinen störte, wenn er Isländer war. Kälte gehörte zum Alltag. Man schmunzelte über die Touristen in ihren Thermoklamotten und Yeti Schneestiefeln. Bei Dunkelheit standen sie überall, um sich die Aurora Borealis, das Polarlicht, anzuschauen. Es gab immer jemanden, der nicht wusste, dass dieses Naturspektakel keine Götterdämmerung war, sondern dass diese langen, grün fluoreszierenden Bänder am Nachthimmel durch den Aufprall elektrisch geladener Teilchen aus dem Sonnenwind auf das Erdmagnetfeld sichtbar wurden. Man fühlte sich an das magische Auge eines Nachkriegsradios erinnert.

Jim, Jack und Jo – so viel stand fest – waren gewiss nicht der Aurora Borealis wegen hier. Der Volvo hielt vor dem Fluch des St. Pierre. Die drei stiegen aus, stampften ein wenig mit den Füßen, drehten sich dann um und betraten Runars Kaschemme. Um diese Zeit füllte sich die Wirtschaft nur noch spärlich mit Gästen. Verstreut hockten in kleinen Gruppen die Trawlerfischer in ihren wasserdichten, nach Fisch und Seetang riechenden Latzhosen und Troyern. Ein Pärchen tuschelte am Ecktisch, und im Schein der Kupferlampe schlürfte der alte Kristjansson einsam seine Aalsuppe mit Dill.

Jim, Jack und Jo huschten am Tresen vorbei, nachdem sie vorher den Russen, wie sie Runar immer noch nannten, wortlos mit Handzeichen begrüßt hatten. Seit einiger Zeit trug er eine leuchtend rote Augenklappe mit einem schwarzen russischen Wappenadler. Er nickte ihnen stumm zu.

Jo formte stimmlos die Worte »Magic Alice«, worauf er ein zweites Nicken als Antwort erhielt. Dann verschwanden sie im Korridor.

Mit vernehmbarem Klick öffnete sich der Spiegel, und die drei Herren betraten den gemeinen Raum. Sie warfen ihre Mäntel über einen Stuhl, weil es dafür keine Haken an der Wand gab. Die drei machten nicht den Eindruck, als warteten sie auf eine weitere Person. Auch machten sie keine Anstalten, mit einem Pokerspiel zu beginnen.

Ihr Meeting fand in diesem Raum statt, weil das St. Pierre der ideale Ort für alle war, die ein geheimes Treffen nötig hatten. Das hatte sich herumgesprochen. Bei Magic Alice gaben sich Bosse aus Politik und Wirtschaft, aber auch Logen, Geheimdienste, Freimaurer und gelegentlich auch die Mafia die Klinke in die Hand.

»Okay, ich hoffe, ihr habt etwas Handfestes«, sagte Jim wirsch, nachdem sich alle drei an den runden Pokertisch gesetzt hatten, den jetzt ein unschuldiges, weißes Tischtuch bedeckte, wie um seine illegale Natur zu verhüllen. Der Spiegel öffnete sich erneut, und Runar betrat wortlos die Szene, stellte jedem der drei eine Kanne Tee, eine Tasse und ein kleines Glas hin.

Auf dem Tablett wartete eine Flasche, die er jetzt ergriff und auf den Tisch zu dem Teeensemble stellte. »Brennivin« stand darauf, in Island »Svarti Daudi« genannt. Das Erscheinen des Schnapses hob normalerweise die Stimmung der drei. Doch heute entsprach der Name des Schnapses, der »schwarzer Tod« bedeutet, allzu zu sehr ihrer Stimmung.

Jim räusperte sich. »Wie in einem Taubenschlag flatterten heute miese und apokalyptische Nachrichten in mein Office, bis mir übel wurde.« Er machte eine kleine Pause und setzte neu an. »Ich kann es nicht mehr hören. Der Untergang des Abendlandes ... die Lehman-Pleite ... die größte Scheiße aller Zeiten. Als wenn der Eyjafjallajökull morgen ausbricht und die Insel zu versinken droht. Jeder rafft sein Hab und Gut zusammen und haut ab. Scheiße, noch mal! Der gottverdammte Lehman-Vulkan spuckt direkt in unseren Finanzmarkt.«

Jim sah Jack die Teetasse beiseiteschieben und die Schnapsflasche ergreifen. Er merkte, dass Jack versuchte, sich unter Kontrolle zu halten, seine Bewegungen waren leicht zittrig und fahrig. Das geht gründlich in die Hose, dachte er, weil er um Jacks schlechte nervliche Konstitution wusste.

»Sehen wir den Tatsachen ins Auge«, gab Jack etwas angestrengt von sich, »die Investoren ziehen ihre Cash-Mittel ab, und damit reiten sie uns noch tiefer in die Scheiße. Sollten sie womöglich alle Festgeldkonten bei uns auflösen und das Vermögen nach Singapur oder sonst wo hin transferieren, sind wir am Arsch. Herrgott nochmal, wir sind dann so was von tot, das kann ich euch sagen.«

»Verdammt, verdammt«, wehklagte Jo.

Jim goss sich Tee ein, trank ihn aber nicht. Er blickte die anderen nur übellaunig an. Seine eigene Ratlosigkeit setzte ihm ohnehin schon zu. Da brauchte er nicht noch Jacks Hiobsbotschaften! Er griff sich eines der Gläser, die Jack für alle randvoll mit schwarzem Tod eingeschenkt hatte, zog es zum Mund und kippte die ganze Ladung die Kehle hinab.

Er war aufgewühlt und überreizt – und ja, er wusste, dass er entspannter sein sollte, aber Himmel, Arsch und Zwirn, er brachte es nicht zustande. Es klappte einfach nicht. Er war der Premierminister dieses Landes, der Regierungschef, der Parteichef und so weiter und so fort. Viel zu viele Titel hatte er, wie seine Frau meinte. Den Vorwurf, dass die über alles präsente Verantwortung und der absolute Einsatz für den Staat zulasten ihrer Familie ging, musste er sich von ihr ständig anhören.

Jim war vier Jahre älter als Runar der Russe, und obwohl er erst eine halbe Legislaturperiode lang Premierminister war, hat ihn das Amt schon gefühlte zehn Jahre älter werden lassen. Heute war er fest davon überzeugt: Er steht vor seiner größten Herausforderung.

»Verdammt, verdammt, verdammt«, jammerte Jo von Neuem, bevor er seinen Schnaps herunterkippte.

Jim konnte förmlich in bunten Bildern sehen, wie ein unabwendbarer Strom brennender Lava sich von den Finanzmärkten bis nach Island ausbreitete.

Er hatte um das Treffen ersucht, um sich mit den beiden anderen zu beraten, um auszuloten, wie man der Katastrophe Herr werden konnte. Er brauchte Rat, hoffte dringend auf Beistand, baute darauf, praktikable Lösungsvorschläge zu erhalten, die er selbst in seinem Kopf, wo nur noch ein panisches Durcheinander zu sein schien, nicht zustande brachte.

Es war nicht das erste Treffen der drei im Fluch des St. Pierre. Es wäre nicht gelogen, wenn man behauptete, dass es schon so etwas wie eine Tradition für sie war. Da jeder von ihnen den höchsten Posten in seiner politischen Zunft bekleidete und weil sie ungestört reden wollten, hatten sie den Einfall mit den Decknamen Jim, Jack und Jo, die natürlich nicht in ihren Pässen standen. Es galt vor allem, die Presse fernzuhalten. Dafür hielt der Russe die beste Location vor. Um jede Vorsicht walten zu lassen, sprachen sie sich untereinander mit eben diesen Aliasnamen an.

Jack hielt die Hände auf dem weißen Tuch gefaltet. Sein rechter Zeigefinger erhob sich langsam, um Aufmerksamkeit einzufordern. Er gab sich sichtlich Mühe, Ruhe auszustrahlen.

»Ich weiß, Jim, die Lage ist desaströs und darüber hinaus brandgefährlich. Ein Ende ist noch nicht in Sicht.« Jack, Präsident der Zentralbank von Island, kannte die Investoren nur allzu gut. »Wir wissen ja, dass alle Hedgefonds-Gesellschaften – deren Vorstände uns gut bekannt sind – ihr Cash-Geld auf unserer Insel gebunkert haben. Bis heute hatten wir nie Bauchschmerzen, dass das Geld der Heuschrecken aus japanischen Null-Prozent-Krediten stammt. Wir hatten überhaupt kein Problem damit, es bei uns festverzinslich für fünf Prozent anzulegen. Uns hat es nicht interessiert, dass sich damit ihr Kapital risikolos selbst vermehrt wie ein Bakterienstamm in der Petrischale. Und warum? Weil wir schließlich auch davon profitiert haben – und das nicht zu schlecht! Doch eine Krise haben wir dadurch nicht ausgelöst. Das möchte ich hier deutlich machen!«

Jim hörte Jacks Anklage und dachte sofort, dass hier Schuldige gefunden werden sollten, die als Sündenböcke herhalten mussten. Er zweifelte daran, dass sich so ihre Nerven beruhigen ließen.

»Verdammt, verdammt«, Jo, der an der Spitze der Finanzaufsicht stand, rührte sich. »Was wäre, wenn wir deren Festgeldkonten komplett einfrieren oder konfiszieren? Ein Grund lässt sich immer finden. Dann hätten wir zunächst einmal den Abfluss von Kapital von der Insel gestoppt. Sicher nur für ein paar Tage, aber ...«

Jim ließ Jo erst gar nicht ausreden. »Das ist kompletter Blödsinn! Würdest du bitte dein Gehirn einschalten, oder das, was davon übrig ist? Im selben Moment, in dem wir eine solche Aktion durchführen, hagelt es Vorwürfe über kommunistische Maßnahmen und zentraldirigistische Politik. Kein anderer Staat würde mit uns weiter Geschäfte machen wollen. Wenn du es vorziehst, mit Kim Jong Il und den Castros auf Kuba in eine Reihe gestellt zu werden, bitte, nur zu!«

Jim begriff nicht, wie man auf einen derart dämlichen Vorschlag kommen konnte! »Schon vergessen, dass der Staat Island durch seine zugesagte Unterstützung einen wesentlichen Teil zu den heutigen Schuldenbergen beigetragen hat? Wir hätten ja keine Mithilfe anbieten brauchen, dann wären wir jetzt fein raus. Wir hätten nicht auf die schlechteren Ratings von Moodys und Standard & Poor's scheißen sollen, dann würden wir noch leben oder hätten Perspektiven. So stecken wir mittendrin im Schlamassel – und zwar bis zum Hals.«

Wonach Jim suchte, war eine praktische Lösung. »Okay, wenn Jacks Zahlen stimmen«, fuhr er fort, »haben unsere drei Banken so um das Dreizehnfache unseres Bruttoinlandsprodukts an Schulden.«

Jo pfiff seine Fassungslosigkeit durch die Zähne. Sie mussten unbedingt einem klaren Lösungsvorschlag näherkommen. Jim fuhr fort: »Folgendes Szenario: Ziehen die Investoren ihre Billionen Euro und Dollar ab, stecken die Banki Island HF, Kaupkredit und Glitfinanz in der Bredouille, und zwar mit dem Nahziel Insolvenz, weil die Schulden die Einlagen längst überstiegen haben. So schreibt es das Gesetz vor. Leute, das kann kein Mensch aufhalten, das explodiert, und die isländische Wirtschaft gleich mit. Doch meine Frage betrifft nicht die Banken. Ich frage mich: Wie retten wir den Staat? Wir brauchen gleich mehrere Ansätze für Wähler und Volk, für die Wirtschaft, EU-Partner und Investoren und für die Politik.«

Jim skizzierte den Status quo, wobei geruchloser, leicht schimmernder Schweiß seine Stirn und seinen Handrücken überzog.

Nach dem dritten Schnaps erhellte sich Jacks Gesichtsausdruck.

»Es gibt eine Möglichkeit«, rief Jack aus, »wir verstaatlichen die drei Banken. Begründung: um die Spareinlagen der Bevölkerung zu sichern und keine Gefährdung der Kreditlage des Mittelstandes zuzulassen. Wir schlagen zwei Fliegen mit einer Klappe. Das Volk ist beruhigt und Handel und Mittelstand ebenso. Nach diesem Schritt folgt der zweite Schritt: Wir trennen Gutes von Schlechtem, das heißt wir trennen die toxischen Derivate mitsamt ihren Schulden von nicht betroffenen Investments. Dafür erhalten wir Applaus von den EU-Kontrolleuren und sicher auch von allen Investoren, weil wir ihnen eine verlustfreie Zukunft durch einen sauberen Schnitt anbieten. Dazu eröffnen wir eine *Bad Bank*, in der wir alle diese ansteckenden und notleidenden Investments einsperren, damit sie dort in Ruhe und Frieden sterben können. Sozusagen ein Investmenthospiz. Somit hätte die Regierung gezeigt, dass sie handlungsfähig ist, dass sie sich der Krise kreativ entgegenstellt und dass das Vertrauen der Bürger in sie gerechtfertigt ist. Mehr noch, wir hätten die Kontrolle über die Banker zurück.«

Jack trug seine Idee euphorisch, aber auch angenehm rational vor, was die düstere Stimmung am Tisch erheblich verbesserte. Es brauchte eine Minute, bis die anderen zwei am Tisch diesem Vorschlag gefolgt waren. Als Jim das Gehörte verarbeitet hatte, schaute er erfreut und sichtlich erleichtert auf und nickte anerkennend in Jacks Richtung. Jo wirkte unschlüssig und überfordert.

Jack legte nach: »Unsere Währung Krona wird ganz sicher abrutschen, das können wir später irgendwie wieder auffangen. Mit einem Problem müssen wir aber rechnen: Von anderen Zentralbanken bekommen wir schwerlich neue Kredite – und wenn, dann nur zu exorbitanten Zinsen. Unsere eigenen Staatsanleihen müssen wir bei Fälligkeit unbedingt bezahlen. Das zieht eine höhere Verschuldung des Haushaltes nach sich, was sich direkt negativ auf die Inflationsrate auswirkt und mehr Arbeitslosigkeit beschert. Aber, Freunde, dieser Mechanismus arbeitet sehr, sehr langsam. Genau das ist unser Vorteil. Ich schätze, wir haben vier bis sechs, möglicherweise mehr Wochen Zeit, um zu reagieren. Und wer weiß? Vielleicht finden wir neue Stellschrauben.«

»Okay, Jack«, unterbrach ihn Jim, »sagen wir – rein hypothetisch gesprochen – wir verstaatlichen die Banken, wie du es vorschlägst. Ist dann nicht sofortiges Handeln nötig? Denn eine Verstaatlichung der Banken benötigt eine Mehrheit im Parlament. Glücklicherweise haben wir die Majorität.«

»Moment mal«, brachte Jo sich ein, »das ist nicht unbedingt notwendig. Da es Sicherheitsfragen des Staates betrifft, ist es der Regierung … nach Paragraf … ach, ist ja auch egal, welcher Paragraf das jetzt ist … jedenfalls haben wir eine Notverordnung, nach der wir zu solchen Schritten legitimiert sind.«

Jim staunte. Das hätte er von Jo nicht erwartet. Aber Jo hatte recht. Die Regierung hatte Werkzeuge in der Hand, um solche Maßnahmen durchzusetzen.

»Per Notverordnung, ja«, sagte Jim, »das müsste machbar sein. Aber nur, wenn wir den Vorschlag ratzfatz, das heißt in spätestens zwei bis drei Tagen, in die Tat umsetzen. Euch ist klar, dass wir die Schuld und die Verantwortung allein bei den Banken abladen müssen, sonst hat die ganze Sache keinen Erfolg. Kein Parlamentsbeschluss angesichts der nationalen Katastrophe. Der Opposition empfehlen wir, einen Blick auf die möglichen Folgen zu werfen. Verweigerung wäre Unsinn, denn die Opposition stünde nachher als die Kraft da, die nichts gegen Chaos und Anarchie unternommen hat. Außerdem sitzen die Banken auf dem Ersparten unserer Wähler und Bürger. Glaubt ihr, die Bevölkerung bleibt brav zu Hause und wartet, bis ihr Geld weg ist? Ich sehe das so: Wenn die Regierung zeigt, dass sie die Kontrolle übernimmt, wird sich das Volk hinter sie stellen und die Opposition und die EU höchstwahrscheinlich mit ihm. Wir lösen damit zwar nicht das Problem, schieben es aber auf eine andere Ebene, nämlich zu den Banken. Wir vermindern auf diese Weise unser eigenes Risiko. Ich denke, es gibt keine Alternative, die Zeit sitzt uns im Nacken.«

»Das ist Kommunismus pur!«, triumphierte Jo. Sofort erntete er die finsteren Blicke der beiden anderen.

»Ich kümmere mich darum«, sagte Jim, »dass unser Regierungspartner unserem Vorschlag zustimmt. Du, Jack, redest mit den Präsidenten der anderen Zentralbanken, der EU und den Rating-Agenturen. Mach denen verständlich, dass wir die Kontrolle haben. Du, Jo, kontaktierst die Investoren und die Börsen. Beruhige sie. Jede Panik gilt es zu vermeiden. Aber«, Jim wurde eine Nuance lauter und hob den Finger, um anzudeuten, dass das, was jetzt kam, imminent wichtig sei, »kein Wort über eine *Bad Bank*, keine Andeutung oder Äußerung in diese Richtung, haben wir uns verstanden?«

Die beiden anderen nickten gehorsam.

Jim, Jack und Jo blieben noch länger im Spiegelraum des St. Pierre und vertieften den Vorschlag, prüften ihn auf Risiken und Fallgruben, dachten nach, was der politische Gegner aufzubieten imstande wäre.

Jo meinte, wenn es nötig sei, müsse man die richtigen Informationen den Medien zustecken, um die anderen Parteien bloßzustellen. Die Schlagzeilen sähe er schon vor sich: Opposition zieht parteipolitische Vorteile aus der nationalen Katastrophe.

Das meiste Kopfzerbrechen brachte der Punkt der Liquidität. Die Glaubwürdigkeit und das besondere Vertrauen in den isländischen Markt durften nicht beschädigt werden. Minimale Verluste brächten das Ganze ins Wanken. Es waren immerhin die Stützpfeiler der Wirtschaft und zugleich die Seismografen zwischen Erfolg und Chaos.

»Wir schaffen das. Island mag klein sein, aber es ist stark. Wir werden aus dem Schlamassel gestärkt hervorgehen«, schälte sich das Mantra der drei an diesem Abend heraus. Nach zwei weiteren Flaschen des schwarzen Todes war der Glaube einer felsenfesten Überzeugung gewichen.

Zwei Tage später trat Jim vor die Presse und verkündete die staatliche Übernahme der drittgrößten isländischen Bank Glitfinanz. Einen Tag danach sprach er abermals in die Mikrofone und verkündete, dass der Staat die zweitgrößte Bank Banki Island HF verstaatlichen würde. Das Ende der Serie war nach weiteren zwei Tagen erreicht, als Jim die Übernahme der größten Bank Kaupkredit präsentierte.

In Hafnarfjördur tippte Runar mit dem Finger auf die Schlagzeile von der Bankübernahme und sah zum alten Kristjansson hinüber, der am Tresen stand. Der nickte und äußerte sich skeptisch. »Ich war mein Leben lang Bootsbauer, ich meine, man wechselt nicht so leichtfertig seinen Beruf. Aber die Herrn Politiker wissen es natürlich besser und wollen jetzt Banker sein. Gebe Thor ihnen die Gnade und das Geschick, dass sie auch wie Banker handeln und nicht wie Politiker.«

In öffentlichen Reden stellten Jim, Jack und Jo die drei Banken als die einzigen Schuldigen dar, was nur bedingt von den Bürgern geglaubt wurde, denn in so manchem Kommentar in den Medien wurde nach der Verantwortung der Aufsichtsbehörden oder der Zentralbank gefragt.

Die drei konnten sich keineswegs in Sicherheit vor der Pressemeute glauben, was allein die schiere Anzahl der TV-Übertragungswagen bewies und die vielen Mikrofone, die ihnen immer und bei jeder Gelegenheit hingehalten wurden. Journalisten aus dem In- und Ausland verfolgten heiße Spuren, deckten neue Sachverhalte auf, setzten aber auch so manches Gerücht in Umlauf. Dabei spielte es keine so große Rolle, ob die Berichte auf Fakten beruhten, ob sie die Fakten korrekt herleiteten oder ob sie einfach nur erfunden waren. Die Medien fraßen sich durch Island wie der Wurm durch den Apfel, und die Katastrophe fuhr in einen schwarzen Tunnel, in dem kein Licht die Richtung wies.

Wie man eine Bank entleert
Anfang Oktober 2008

Die offizielle Vita von Gunnar Larsson vereinte alles in sich, was sich Otto Normalverbraucher unter der Redewendung »vom Tellerwäscher zum Millionär« vorzustellen vermag. Er wurde berühmt, reich, legendär. Seine Karriere verlief steil wie die Eiger Nordwand.

Was macht eine Biografie letztlich legendär? Wenn sie den Hauch von Gefahr, das Aufblitzen von Verwegenheit und eine gehörige Portion an Chuzpe in sich trägt. Erfolg ist wundervoll, Reichtum kann atemberaubend sein, aber wer als legendär gilt, kann ganz sicher darauf zählen, die Bewunderung und die Wertschätzung anderer Erfolgsverwöhnter und Reicher zu bekommen. Gratis, versteht sich.

Gunnar Larsson stand kurz vor seinem siebzigsten Lebensjahr, als er sich in seinen angestammten Sitz in der *Black Witch* fallen ließ. Er billigte Bjarni zu, dass er anfing, mit Akten und Listen zu hantieren, weil er wusste, dass Sohnemann seine Angst vor dem Scheitern ihrer Mission in sinnlosem Aktivismus zu ersaufen suchte.

Larsson schaute aus dem Fenster, sein Blick wurde trüb, und die Gedanken trugen ihn zurück, weit zurück, zu seinem Anfang, als er mit den Amerikanern auf ihrer Militärbasis in Grönland erste erfolgreiche Geschäfte abschloss. Er lächelte bitter bei der Erinnerung an damals, als sie ihn den *Corporate Viking* nannten, als er für Feste, Autos und Unmengen Alkohol sein Vermögen in den Sand setzte, ja, sogar wegen Steuerhinterziehung für 18 Monate ins Gefängnis musste.

Im Knast vollzog er eine Wandlung. Fortan würde er nie mehr einen Cent freiwillig abgeben und die Autoritäten, die Mächtigen und Politiker sollten ihm – aus freien Stücken oder unfreiwillig – dabei helfen. Der darauffolgende kometenhafte Aufstieg zum Milliardär und Bankbesitzer verschaffte ihm noch heute ein quirliges Lustgefühl.

Es störte ihn nicht, wenn die Leute hinter vorgehaltener Hand über ihn und seine aalglatte Art, über seine raffinierten, weil glaubhaften Worte und vor allem über seine Rücksichtslosigkeit sich den Mund fusselig redeten. Im Gegenteil. Er verbuchte es als kostenlose Werbung, wenn sie sich das Maul über seine Virtuosität und Skrupellosigkeit in der Wahl der Mittel und seine lebensgefährliche Verbrüderung mit dem Mafioso Dimitri Schailikow zerrissen.

Doch es nagte an ihm, dass der Staat die Finger nach seiner Bank ausstreckte. Das war ein ernstzunehmendes Problem. Aber er hatte schon Schlimmeres gemeistert. Larsson wusste genau, wie das Räderwerk von Behörden, auch das der Staatsanwaltschaft funktionierte, und wo sich die Schwachstellen offenbarten. Kein Grund, die Nerven zu verlieren. Er würde das regeln.

Bjarni Gunnarson und Gunnar Larsson, beide in hochfeines Tuch des Italieners Nino Cerruti gehüllt und mit rahmen-genähten Schuhen aus Pferdeleder der Marke Alden an den Füßen, saßen sich in ihrem Lear Jet einander gegenüber – die Startbahn des Miami International Airports unter der Maschine.

Die Crew wartete auf die Startfreigabe, die nach kurzem Warten erteilt wurde. Die schwarze Maschine rollte zur Startbahn C, wo ein Ruck die Beschleunigung ankündigte und ein merkliches Vibrieren, anders als bei einer Linienmaschine, das kleine Flugzeug durchschüttelte. Vater und Sohn waren diese nervige Ruckelei gewohnt. Sie beachteten die Naturkräfte nicht, die an dem Jet zerrten. Beide schauten jetzt etwas phlegmatisch aus den kleinen Fenstern, doch innerlich bereiteten sie sich darauf vor, ihren Plan, den sie ausgeheckt hatten, zu verfeinern, sobald die Reiseflughöhe erreicht wäre. Die Triebwerke gaben vollen Schub, der Vogel schnellte vor, erzeugte immer mehr Auftrieb an den Tragflächen, bis diese Kraft größer war als das Gesamtgewicht des Vogels, inklusive der Passagiere. Ab da hieß es: Flug.

»Wen? Was? Wohin?« Gunnar Larsson entspannte sich in seinem bequemen Sitz, schob die Knie auseinander, um sie als Fundamente für seine Ellenbogen zu nutzen. Seine Hände schlossen sich ineinander, und er beugte seinen Oberkörper vor. Seine Haltung hätte man für einen Versuch der Einflüsterung und Geheimniskrämerei halten können, doch Gunnar wollte nur nicht gegen den Krach, den der Jet in dieser Phase auslöste, anschreien. Beide Flügel des Cerruti Sakkos pendelten hin und her. In der Mitte schaukelte seine Krawatte aus Karatschi Seide von einer Seite zur anderen.

Sein Sohn antwortete nicht auf die rhetorische Frage. Klar wusste der Sohnemann, dass ihm nun ein Vortrag bevorstand.

»Wen brauchen wir, um was flüssig zu machen, um es wohin zu bringen? Unsere Offshore-Firmen sind außerhalb der Reichweite der Bankenaufsichten in der EU. Die Firmenbeteiligungen laufen auf andere Namen und sind damit relativ sicher. Bleibt nur das Cash-Geld und die Wertpapiere in der Banki Island HF.«

Gunnar befand sich noch in seinen mentalen Stretchübungen. Er war jetzt nicht so locker aufgelegt wie im Hotel in Miami, er hatte ja seinen Spaß mit Söhnchen getrieben und war durch dessen Reaktion belohnt worden. Jetzt aber galt es, die bevorstehende Schließung der Banki Island HF zu analysieren, bevor das Rollgitter endgültig heruntergelassen und mit einem dicken Vorhängeschloss versehen wurde. Das Ziel: zuvor alle Familienschätze aus der Bank bergen.

Bjarni schien nicht so sehr von Zuversicht erfüllt zu sein.

»Was ist mit den Verbindlichkeiten, unseren Schulden«, fragte sein Sohn, »was mit den Krediten, die wir aufgenommen haben? Was ist mit allem anderen, was uns belasten könnte? Das Amtsgericht und der Insolvenzverwalter werden diese Posten zuerst in die Hand nehmen, dann uns auffordern, unsere Schulden zurückzuzahlen. Oder sie verkaufen die Sicherheiten. Eins von beiden.«

Gunnar Larsson trank das bereitgestellte Glas schottischen Bunnahabhain Malts aus, seines Lieblingswhiskys, seines steten Versorgungsgetränks an Bord der Black Witch. Er stellte das leere Glas auf die schmale Ablage und schaute Bjarni direkt in die Augen.

»Sagen wir einmal«, er zeigte auf das leere Glas, »das ist ein Zeitgefäß, und wir hätten dort in unserem Leben immer wieder unsere Zeit eingefüllt. Das Gefäß selbst sagt uns, dass es keine unendliche Zeit für uns gibt, denn es passt nur endlich viel hinein – und nur das, was drin ist, können wir nutzen, sonst nichts. Jeder würde es für unklug halten, wenn wir unsere begrenzte Zeit nicht genau für das verwenden, was wir haben wollen. Verbindlichkeiten und Schulden, wer will das schon haben? Verwenden wir unsere Zeit nur auf die Sicherung unseres Vermögens, Sohnemann. Ist die Banki Island HF erst einmal in Liquidation – was sie zurzeit hoffentlich noch nicht ist, sonst hätte man uns schon informiert –, dann übernimmt die Justiz das Zepter und bestellt einen Wirtschaftsprüfer als Insolvenzverwalter, der sicher von den großen Vier kommt: von McKinsey, PwC, KPMG oder Ernst and Young.

Obwohl wir einige von denen auf unserer Pay-Roll haben, kann doch alles anders kommen. Denk an *Kaufmann in Venedig*: Shylock, der Jude, treibt seine Verbindlichkeiten – ein Pfund Fleisch von Antonio, dem Kaufmann – starrsinnig ein, und was bringt es ihm? Zum Schluss ist er derjenige, der alles verliert.«

Der Sohnemann saß da, hörte zu und verzog keine Miene. Gunnar hasste diese Leidenschaftslosigkeit. Er kannte den Spitznamen seines Sohnes, Iceman, und fand ihn lächerlich. Obwohl er zutreffend war. »Du hast es nicht so mit Shakespeare, nicht wahr? Du stehst mehr auf Ocean 11, mit diesem George Clooney, der raffiniert und cool das Casino ausnimmt. Schicke Anzüge, coole Sprüche. Elf Typen, die ganz Las Vegas und Umgebung den Strom absaugen und jeden Tresor sprengen. Junge, das ist Kino, Unterhaltung, nicht die Welt da draußen. Aber die Anzüge sind erste Sahne, muss ich zugeben.«

»Es wäre nett, wenn du aufhören würdest, mir zu unterstellen, was ich mag und was ich will.«

Bjarni wich angefressen seinem Blick aus und schaute aus dem Fenster. Dann sah er Gunnar wieder in die Augen.

»Kommen wir zum Punkt«, übernahm jetzt Bjarni das Wort, »wir haben 34 Konten bei der Banki Island HF, auf denen zusammen etwa 3,2 Milliarden Euro liegen. Etwa 1,2 Milliarden sind zweckgebunden als Sicherheiten für andere Kredite. Die können wir abschreiben, da kommen wir nicht dran. Bliebe der Rest von zwei Milliarden Euro. 250 Millionen liegen in Form von Staatsanleihen im Schließfach Camilla. Die Immobilienanteile Dubai, Montreal, Schweiz und die zwei Bohrinseln, zusammen 800 Millionen, liegen in Tatjana. Du sagst, an die Schließfächer kommen wir immer ran? Okay. Wie viel hat Haukur für uns eingesammelt?« Bjarni wusste immer alle Zahlen und Konten aus dem Kopf.

»Um die 150 Millionen. Die sind jetzt in Isabella.« Larsson nickte und lauschte seinem Sohn.

»Dann verbleiben 800 Millionen. Es wäre clever, wenn wir nicht alles abräumen, um nicht gleich aufzufallen. Lass uns nur diejenigen Wertpapiere und das Bargeld herausnehmen, die keine Verbindung zu unseren anderen Konten außerhalb der EU haben. Ich würde schätzen, dass wir etwa 675 Millionen ohne Probleme rausziehen können. Der Rest ist Schwund.«

Gunnar Larsson bedachte seinen Sohn mit einem überraschten und dann anerkennenden Blick. Bjarnis Miene hellte sich sichtlich auf. Er ging auf wie eine Lotusblume und schien diesen Moment wie ein Kind zu genießen. Was er natürlich auch war, wenn er seinem Vater gegenübersaß.

»Das ist der Plan«, legte Bjarni nach, »du triffst dich mit Haukur, legst ihm die Liste der Konten vor, über die alle Transfers laufen sollen. Erinnere ihn an das Video, das wird ihn anspornen und hält ihn in der Spur. Er muss die Überweisungen unverzüglich auf den Weg bringen, selbstverständlich nur mit seiner Unterschrift. Ich bin zur selben Zeit im Untergeschoss bei den Schließfächern und räume sie aus, bis nur noch blanker Flachstahl zu sehen ist. Ich warte im Auto auf dich – vergiss die Kopien von Haukurs Überweisung nicht – und dann fliegen wir sofort los. Wenn alles gut läuft, hätten wir dann über sechzig Prozent unseres Vermögens in Sicherheit. Wenn wir die Schulden und die Zinsen der nächsten fünf Jahre dazurechnen, die wir durch die Pleite mit einem Schlag los wären, kommen wir auf über hundert Prozent Profit! Das lässt sich doch sehen. Ein Bombengeschäft!«

Gunnar Larsson fand den Plan griffig und nickte seinem Sohn abermals zufrieden zu. Bjarni strahlte übers Gesicht, als hätte man ihm einen Orden an die Brust gesteckt.

»Bravo, Söhnchen«, sagte Gunner, wodurch sich die Miene Bjarnis sofort wieder trübte, »stimmt genau, wir sind die, die aus der Pleite noch etwas Zählbares mitnehmen.«

Larsson drückte einen kleinen schwarzen Knopf, und eine brünette Flugbegleiterin erschien erneut mit einem bernsteinfarbenen Malt Whisky.

»Danke, Jenny«, lächelte er sie an.

»Jenny? Jenny heißt eigentlich Carmen«, sagte Bjarni, worauf die

Stewardess abwinkte, als sei alles kein Problem. Nachdem Carmen nachgefüllt hatte, beugte sich Gunnar zu seinem Sohn herüber. »Für mich heißen sie alle Jenny, glaube mir, ich habe noch nie eine Beschwerde gehört. Man muss eben wissen, wer man ist. Wenn man das weiß, hat man auch eine Ahnung davon, was man sich erlauben kann.«

Die Landung in Reykjavik verlief problemlos. Das Wetter war scheußlich, was Vater und Sohn keiner Würdigung wert war, denn als Isländer kannten sie es nicht anders. Der Mercedes stand schon mit laufendem Motor bereit. Sie fuhren los, um ihr Husarenstück in die Tat umzusetzen.

Gunnar holte sein Handy aus der Innentasche seines Cerruti Jacketts, rief Haukur Jonsson an, den Noch-CEO der Banki Island HF.

»Wo bleiben Sie denn, Herrgott nochmal«, fragte Haukur Jonsson beklommen und verzweifelt. »Seit Stunden warte ich auf Sie. Wann treffen Sie ein? Hier brennt die Luft!«

Larsson säuselte dem verstörten Mann beruhigende Worte ins Ohr, die ihm das Gefühl geben sollten, er wäre nicht allein in dieser schweren Stunde.

»Dem geht der Arsch auf Grundeis«, flüsterte der Vater seinem Sohn zu, während er seine linke Hand als Schallschutz über das Handy stülpte. Gunnar Larsson nahm das Gespräch wieder auf, narkotisierte Jonsson mit zuversichtlichem Reden, wie eine Mutter, die ihr Kind tröstend beruhigt und dabei auf die Wunde pustet.

»Haukur, mein Lieber, es besteht überhaupt kein Grund, sich solche Sorgen zu machen, glaube mir. Wir haben schon Maßnahmen getroffen, die uns alle aus diesem Schlamassel heraushelfen. Schau dich doch mal um, siehst du vielleicht schon Kriminalbeamte oder den Gerichtsvollzieher? Klebt da ein Kuckuck auf der Eingangstür? Nein! Siehst du, wir verzögern die ganze Sache, wir ziehen sie in die Länge, machen uns das Schneckentempo des Behördenapparates zunutze. Unsere Kontaktpersonen im Ministerium sind schon dran, keine Panik, mein Lieber, und runter mit dem Blutdruck. Wir sind quasi schon vor der Haustür der Bank. Etwas zu essen wäre angebracht, wie wäre es mit ein paar Schnittchen mit diesem leckeren Lachs von Claire Island mit Dill und etwas Rührei als Willkommensgruß? Du machst das schon, bis gleich, mein Freund.«

Larsson ließ Haukur erst gar nicht zu Wort kommen und träufelte ihn voll mit Sicherheit und Hoffnung. Es war eine Situation wie im Dschungelbuch, wenn die Schlange Ka ihre Opfer hypnotisierte: »Hör auf mich, glaube mir, Augen zu, vertraue mir!«

Das Gespräch war zu Ende. Larsson drehte den Kopf und schaute in ein fassungsloses Gesicht. Ein argwöhnischer Blick traf ihn.

»Was ist?«, fragte er Bjarni unschuldig.

»Kontaktperson im Ministerium ...?«

»Ach so, das meinst du. Kleiner Trick. Haukur soll glauben, wir hätten ein paar besondere Strippen, an denen wir jetzt ziehen. Er muss jetzt vor allem in den nächsten vier Stunden funktionieren; was wir nicht gebrauchen können ist Zähneklappern. So bleibt er zunächst still. Also, Söhnchen, los geht's.«

Der Benz hielt vor der Bank. Haukur kam herausgestürzt. Er hatte völlig die Fassung verloren, ein Mann, der kurz vor dem Kontrollverlust stand. Schweißperlen überzogen sein Gesicht. Er wischte sie während des Laufens mit einem weißen Taschentuch ab. An den Hosenbeinen sah man dunkle Wischstreifen, ein unmissverständliches Zeichen, dass er kurz zuvor seine schwitzenden Handflächen dort getrocknet hatte. Wie hypnotisiert stand er vor dem Mercedes und wartete darauf, dass sich die Türen öffneten.

»Dem Himmel sei Dank, endlich sind Sie da! Kennen Sie die neuste Entwicklung?«

Gunnar Larsson und Bjarni Gunnarson schüttelten nur den Kopf, während sie ausstiegen und in die Bank gingen. Haukur lief neben Gunnar Larsson her und streifte seine feuchten Hände am Jackett ab. »Ich habe soeben aus sicherer Quelle erfahren, dass die anderen zwei Großbanken übernommen werden sollen. Die Glitfinanz HF und die Kaufkredit HF stehen am Rande des Bankrotts. Das zuständige Amtsgericht soll bereits eine Zahlungseinstellung für die Banki Island HF ausgestellt haben. Wir sollen dasselbe Schicksal erleiden wie die anderen. Das ganze isländische System scheint zu kollabieren.«

Haukur Jonssons Stimme kollabierte ebenso, und er lief angstvoll schlotternd um Vater und Sohn herum wie ein Bote mit schlechten Nachrichten am Kaiserhof in China. »Verstehen Sie denn nicht? Uns droht dasselbe Schicksal! Das ist das Aus!«

Gunnar blieb plötzlich stehen und schaute Haukur an. »Von wem werden wir übernommen?«

Haukur brauchte einen Moment, um seine Kopflosigkeit in den Griff zu bekommen. »Von der Regierung«, antwortete Haukur angespannt, »vom Finanzministerium. Ich habe es gerade erst gehört.«

»Ahh jaaa«, entfuhr es lang gedehnt Larssons Mund. »Komm, Haukur, wir gehen erst einmal in dein Office«, meinte Larsson, »alles Weitere können wir dort besprechen«.

Gunnar Larsson drehte sich zu Bjarni um, zeigte ein schelmisch breites Grinsen und deutete mit dem Kopf in Richtung der Schließfächer. Dann schob er Haukur vor sich her und mit der freien Hand hinter dem Rücken gab er Bjarni das Signal, er solle sich, wie geplant, auf den Weg machen. Bjarni zweigte ab, verschwand im Souterrain und Gunnar und Haukur stiegen in den Lift, der sie hinauf zur Chefetage brachte.

Tatsächlich warteten Lachsschnittchen mit Rührei auf die Besucher. Gunnar Larssons Magen gab ein Grummeln von sich. Haukur schien keinen Appetit zu haben, was Gunnar in keiner Weise verwunderte. Ungläubig sah der CEO dabei zu, wie Larsson sich unbekümmert den Teller volllud und genüsslich zu speisen anfing. Nervös mit den Augen blinzelnd, setzte er sich, immer noch schwitzend, zum Vorstandsvorsitzenden.

»Okay«, sagte Larsson gedehnt amerikanisch, wobei das Rührei in seinem Mund sichtbar wurde. Gunnar spielte den Kümmerer, streichelte Haukur am Oberarm, nahm ihn in den Arm, drohte ihm, bemutterte ihn und verführte ihn.

Er kam auf die Liste mit den Konten zu sprechen, sah, dass Haukur vor Schreck zusammenfuhr und mit Kopfschütteln Verweigerung anzeige. Aber nach dreißig Minuten hatte er den guten Haukur weichgekocht und die Überweisungen und alle Transfers waren in der Pipeline, ohne Frage, ausschließlich nur mit Haukurs Unterschrift.

Als Gegenleistung würde er das Video zurückerhalten. Selbstverständlich würde Gunnar keine Kopie für sich behalten. Haukur erhielt dazu das Versprechen Larssons, in Zukunft nie mehr auch nur ein Wort darüber zu verlieren. Der erste Teil des Husarenstücks war erledigt. Abgehakt.

Gunnars Handy schnurrte, die SMS kam von Söhnchen, der ihm einen grinsenden Smiley geschickt hatte. Teil zwei war also ebenfalls erledigt. Das war's. Larsson eilte zum Lift, Haukur folgte ihm im Abstand eines geschulten Kammerdieners. Am Lift bedankte sich der Vorstandsvorsitzende bei Haukur Jonsson und überreichte ihm einen Scheck, den er in der Black Witch schon ausgestellt hatte.

»Für deine Treue und unerschütterliche Loyalität, auf die wir immer zählen konnten. Das ist das Ende unserer Zusammenarbeit«, sagte Gunnar, stieg in den Lift und war weg.

Zurück blieb ein Haukur, verdutzt und nichts richtig begreifend, stand er da und wusste nicht, was er jetzt tun sollte. Nach einer Minute kam er zu sich. Er schaute auf seine Hände, die immer noch den Scheck festhielten, und sein Blick fiel auf die Summe. Er war jetzt Multimillionär. Fünf Millionen Silberlinge für ihn, aber im Gegensatz zu Judas Iskariot waren seine Silberlinge nicht aus Metall, sondern aus Papier von einer Bank in einem karibischen Land, in dem nur die Sonne schien.

Vater und Sohn saßen auf den Rücksitzen des Mercedes, und keiner sagte ein Wort, bis das Auto in die Einfahrt des Flughafens einbog, in jenes privilegierte Tor zu den Privatjets.

»Wie hast du es verpackt?«, wollte Gunnar wissen.

»Die Immobilienanteile habe ich in vier verschiedenen Akten abgeheftet. Die Staatsanleihen liegen in einem Karton, unten, obendrauf sind Prospekte und Schriftstücke des Pharmakonzerns. Das Bargeld bleibt im Wagen, bis wir durch die kleine Kontrolle sind. Du weißt, dass der Sohn von Tante Sigrun, der Arni, hier der Leiter der Kontrolle ist? Arni wird den Wagen durchlassen, damit wir bis zum Jet fahren können. Das wird kein Problem sein.«

Bjarni schaute kühl nach vorn, als ob er diesen Stunt schon tausendmal gemacht hätte.

Alles spulte sich nach Plan ab. Die Aluminiumkisten mit den angeblichen Akten, das Bargeld und ein paar persönliche Sachen kamen problemlos – dank Vetter Arni – durch die Kontrolle und wurden in den Jet verladen. Vater und Sohn kletterten die kleine Treppe hoch, betraten den Innenraum der Witch, wo ... Jenny schon die bernsteinfarbenen Malts bereitgestellt hatte.

Vater und Sohn warteten auf den Start. Die Startfreigabe kam zügig, und der schwarze Vogel rollte auf die Startbahn, beschleunigte und hob ab Richtung Pazifik, in die Arme namenloser, sicherer Bankschließfächer.

Den ersten schottischen Bunnahabhain kippte Gunnar auf Ex. Damit spülte er die Reste von unterschwelliger Anspannung und Skepsis hinunter. Noch während der Alkohol seine Kehle hinabglitt, ging ihm auf, dass er soeben ein Sakrileg begangen hatte. Einen Bunnahabhain einfach so in sich hineinzuschütten war ein verachtungswürdiger Frevel! Er war erschrocken und schämte er sich nach innen.

Es schien, als hätte Sohnemann überhaupt nichts mitbekommen, denn der war wieder mit seinen Papieren beschäftigt. Jenny war zuvorkommend, und ein weiteres Glas stand gefüllt für den zweiten Genuss auf dem schmalen Bord.

Gunnar Larsson lachte plötzlich auf, nicht überschwänglich, aber auch nicht ohne Kraft. Er war zufrieden. Bjarni schaute hoch und setzte zu einem schmalen, brüchigen Lächeln an.

»Was für Idioten«, prustete Gunnar, »diese Volltrottel von Staatsbeamten! Die übernehmen tatsächlich Glitfinanz HF und Kaupkredit HF! Der Staat macht jetzt Investmentbanking. Ich bin fassungslos! Die haben doch nicht die geringste Ahnung vom Investment-Business! Das sind Beamte, Sesselfurzer, die jetzt vor dem Trading Room stehen und den Schlüssel suchen. Ich garantiere dir, Söhnchen, noch ein oder zwei Tage, und die übernehmen auch noch die Banki Island HF. So viel Glück wie wir kann keiner haben.« Larsson setze das Glas Malt Whisky an die Lippen und nippte. Bjarni durchdachte das Szenario und kam zum selben Ergebnis.

»Ja«, mutmaßte sein Sohn, »ein paar Staatsbeamte führen jetzt isländische Großbanken mit Anschluss an die Wall Street. Wer wird da glauben, dass die uns zusetzen können, denn sie schaffen sich in diesem Moment ihre eigenen zukünftigen Probleme, und die werden sie rund um die Uhr auf Trab halten. Wie kommt man denn nur auf die schwachsinnige Idee, bankrotte Banken zu übernehmen?« Bjarni schüttelte ungläubig den Kopf. Sein Vater nippte abermals am Bunnahabhain und hielt anschließend das Glas in beiden Händen.

»Nein, nein, ich kann das verstehen«, dozierte Gunnar weltmännisch, »ja, wirklich, ich verstehe das«, sagte er und beugte sich nach vorn, um die Exklusivität seiner Erkenntnis zu betonen. Das Whiskyglas klemmte zwischen beiden Handflächen, und er drehte es langsam im Kreis. »Politisch muss der Staat Stärke zeigen. Es geht der Regierung um Außenwirkung. Sie denkt, sie zeigt Stärke, indem sie die Banken übernimmt und so die Kontrolle übernimmt. Das soll das Signal an die Bevölkerung sein. Doch eine solche Blendung hält nie lange vor. Finanziell ist es ein Desaster, international ist es eine undurchsichtige Sache, und gesellschaftlich stehen die nächsten Wahlen vor der Tür, die der Premierminister gerne gewinnen will. Die werden noch früh genug merken, dass ihre hemdsärmelige Aktion ein Schuss in den Ofen ist, Söhnchen. Wer soll uns da noch gefährlich werden?« Beide schnitten gespielt überraschte Grimassen, als ob sie ihr Glück kaum fassen könnten.

Die Black Witch durchschnitt den Himmel, teilte die Luftmassen und leitete sie zu beiden Flügeln, wo sie in Auftrieb umgewandelt wurden. Sie transportierte Vater und Sohn, beide in hervorragender Stimmung, beide in der papierdünnen Gewissheit, über den Berg zu sein.

Gunnar Larsson war sich sicher, dass sie das *Katz und Maus*-Spiel für sich entschieden hatten. Doch bei Katz und Maus ist nur eines wichtig zu wissen: Wer ist die Katze?

Gründlich verspekuliert
Oktober 2008

Auf Island zog eine üble Tat die andere nach sich. Seit Beginn der Welt vermehren sich üble Taten auf diese Weise.

Im selben Moment, in dem Gunnar Larsson im Jet weissagte, dass es auch ihre Bank erwischen würde, stand Jim ein weiteres Mal vor einem Bündel aus Mikrofonen und verkündete jetzt mit staatsmännischer Miene die Übernahme der Banki Island HF. Mehr wollte er dazu nicht mitteilen, denn früh am Morgen hatte er schon die meisten Medienberichte gelesen. Der überwiegende Teil der Presse bezweifelte die ehrlichen Absichten der Regierung, weil sie fanden, dass die ganze Sache zum Himmel stinke.

Jim, Jack und Jo schwante, dass der schöne Plan Schlagseite erlitten hatte und dass ihr Meistercoup nicht wie geschmiert durchlaufen könnte. Der Plan funktionierte gewiss auf ihrem Terrain, dem politischem Parkett, aber die reale Praxis bereitete den Dreien nach und nach Kopfzerbrechen.

Die Eröffnung einer Bad Bank war ein Kinderspiel, aber das internationale Investmentbusiness glitt ihnen wie Sand durch die Finger, weil sich jetzt Staatsbeamte im ultraschnellen Wertpapierhandel ausprobieren mussten. Wer von denen kannte sich mit Derivaten aus, wer war bewandert im Devisenhandel? Hinter dem Spiegel von Magic Alice hatten sie zudem aus dem Blick verloren, dass eine staatliche Übernahme nicht gut bei den Ratingagenturen ankommen würde. Die Lage verschlimmerte sich zusehends. Doch eines der dringlichsten Probleme war, dass die Banki Island HF im Ausland über selbstständige Filialen verfügte, die gar nicht Teil der Verstaatlichung sein konnten, weil sie nicht unter isländischem Recht standen. Das alles waren fatale Aussichten für das Trio.

Einen Tag nach der Übernahme der Banki Island HF kappte die Bank die Kreditlinie von über 52 Millionen Euro bei ihrer Tochter Bank Moneta in Mittland. Das löste deren Insolvenz aus. Der nächste Dominostein fiel.

Unmittelbar nach dem Bekanntwerden der Pleite bekamen die mittländischen Behörden aufgrund ihrer Ahnungslosigkeit kalte Füße. Sie verhielten sich äußerst vorsichtig und gingen mehr schleppend als kooperativ vor, wie jemand, der misstrauisch vor einer Pilzsuppe sitzt. Keiner wusste so recht, was zu tun war, weil es das ungeschriebene Gesetz zu geben schien, dass eine mittländische Bank nicht pleitegehen konnte. Es kann nicht sein, was nicht sein darf.

Selbst der PM, als ihm davon berichtet wurde, dachte: Zum Henker mit Murphys Gesetz! Erst hat man kein Glück, dann kommt auch noch Pech hinzu! Ihm bliebe nichts erspart. Per Telefon blaffte er Erwin Demain von der Aufsicht an, der einmal mehr den Blitzableiter abgeben musste. Aber Demain wurde vorgewarnt und schlug vor, dass sich das ISE um die Sache kümmern sollte.

So erreichte die Nachricht Lucien Fabeau, der in seinem Ledersessel hockte. Mir bleibt nichts erspart, dachte auch er. Ein paar Minuten grübelte er, wie scharf die Bombe war, auf der sie saßen.

Die Tür schwang auf, und Frau Haargenau ließ Achilles De Susa herein und fragte, ob Lou-Anne Dupont ebenfalls eintreten könne. Hinter Viktoria lugte die kleine Lou-Anne hervor. Sieh an, dachte Fabeau, die Streberin will Punkte sammeln. Angesichts der problematischen Lage schadete es ja nicht, wenn Mademoiselle Dupont ihren Beitrag leistete.

»Bitte«, sagte er und deute auf die Stühle. Beide nahmen Patz, während Viktoria sich zurückzog.

»Okay, De Susa, Dupont, wie halten wir den Deckel auf diesem Pott voller Jauche, damit er uns nicht um die Ohren fliegt? Ich brauche Vorschläge. Pronto, wenn's keine Umstände macht!«

Dupont schaute verlegen auf den Boden. De Susa hielt Fabeaus Blick stand. Er schien sich nicht zu genieren, keine Antwort zu haben.

Dann erwachte Lou-Anne aus ihrer Verlegenheit: »Man könne doch den Fahrplan, den Sie bei der Lehman-Brothers-Krise aufgestellt hatten, nutzen. Wenigstens einige Teile davon, zum Beispiel das Stillschweigen gegenüber der Presse.

»Ja, aber das reicht in diesem Fall nicht aus«, entgegnete Achilles, »erstens müssen wir in diesem Fall keine Bürger und Wähler beruhigen, denn denen geht diese Pleite am Arsch vorbei! Entschuldigung, aber so ist es nun mal. Zweitens brauchen wir keinen unserer Investoren oder die EU oder ausländische Staaten zu besänftigen, denn für die ist die Pleite der Bank Moneta SA so gut wie nicht existent. Die Frage wird sein, welcher Dreck bleibt an uns, an der Regierung, an Mittland, kleben?«

Fabeau erfreute sich am Dialog der beiden und gedachte ein wenig die Peitsche zu schwingen. »De Susa, kommen Sie, das können Sie besser. Für so lapidare Einschätzungen wurden Sie nicht eingestellt. Überraschen Sie mich und sagen Sie mir, hinter welcher Mauer der böse Feind lauert und wie wir ihn erledigen.«

Fabeau wollte seinen wichtigsten Musketier ein wenig foppen, tat so, als ob man beim ISE keinem Druck ausgesetzt war. Es war ein zugegebenermaßen fader Versuch, das musste Fabeau eingestehen, denn Achilles ließ sich nichts vormachen. Er hatte längst schon das Ausmaß der Angelegenheit erfasst.

»Wann wird eine Pleite wie diese für eine Regierung gefährlich?«, fragte Achilles die beiden anderen. Er wartete nicht auf eine Antwort, denn Lou-Anne und Fabeau machten dahingehend keine Anstalten. Sie warteten auf die Fortsetzung. »Für einen Staat wie Mittland, der von Banken und Versicherungen lebt, ist es überlebenswichtig, dass keine Störung zwischen dem Land und seinen Kunden aufkommt. Eine Pleite, wie wir sie jetzt erleben, wird zur ausgewachsenen Krise, wenn sie jedem offenbart, dass es Sonderabsprachen gibt, in denen die Kunden – die Finanzdienstleister – am Gesetz vorbei bevorzugt werden, etwa durch unsere Steuerbehörden. Nimmt das Insolvenzverfahren diesen Schutz weg, stehen die Banken völlig nackt da. Wie wollen die Banken in dieser Lage ihre Sonderbehandlung durch die Steuerbehörden glaubhaft erklären? Der Staat wird sich dazu nie äußern und nie etwas zugeben. Was ein solches Signal für den Finanzplatz bedeutet, ist klar. Es gäbe zukünftig keinen Grund mehr, warum sich Banken und Versicherungen hier bei uns ansiedeln sollten. Ohne den Schutz wandern sie aus in die Schweiz, nach Liechtenstein oder Monaco. Was hält sie also hier? Die charakteristische Behandlung durch hiesige Behörden, das offene Ohr, das wir stets für unsere Kunden haben. Das hält sie hier. Sollte diese Bevorzugung durch die Aufarbeitung der Pleite sichtbar werden, dann, liebe Lou-Anne, müssten wir die Bürger und Wähler beruhigen, denn dann werden sie begreifen, dass nicht alle vor dem Gesetz gleich sind.«

Lucien Fabeau wurde heiß in seinem Sessel, denn er kannte freilich das Geben und Nehmen von Regierung und Finanzindustrie nebst deren Absprachen. Aber so klar, wie De Susa die Abhängigkeit darstellte, hatte er das noch nie gesehen. Als er darüber nachdachte, begriff er, dass, wenn durch die Bank Moneta der Klüngel auffliegt, es zu einer unkontrollierten Situation kommen würde, in deren Windschatten zweifelsohne die Forderung nach gründlicher Untersuchung weiterer Fälle von Vetternwirtschaft bei anderen Banken und Versicherungen aufkäme.

»Sagen wir es wäre so, es gäbe hier zwei unterschiedliche Level, was wäre das Mittel der Wahl, um diese Situation *nicht* explodieren zu lassen?«

Fabeau blickte Lou-Anne und Achilles gespannt an.

»Zunächst keinen Staub aufwirbeln«, begann De Susa. »Keine Presse, keine Verlautbarung. In Situationen, in denen es unvermeidbar ist, dass man Informationen weitergibt, schlage ich vor, diese nur im Amtsblatt zu veröffentlichen. Den Ball extrem flach halten. Es wäre wichtig herauszufinden, ob die Regierung auf die Jurisdiktion, sagen wir, *einwirken* kann. Die Justiz ist ohne Frage unabhängig und nicht weisungsgebunden, aber sie ist auch nicht blind in Bezug auf unser wirtschaftliches Schicksal. Ob sie Verständnis oder sogar Einsicht zeigt, wäre hilfreich zu wissen, denn die Lösung hängt von der Einschätzung der Justiz ab. Der erste Richterspruch in der Sache Bank Moneta stellt die Weichen für den zukünftigen Ablauf der Insolvenzprozedur. Korrekturen oder ein Zurück sind ab da nicht mehr möglich.«

Achilles hielt es nicht mehr auf seinem Stuhl. Er stand auf, ging mal hierhin, mal dorthin, als folgte er seinen Gedanken. Fabeau erinnerte das mehr an das große Aquarium im Zoo mit sich kreuz und quer bewegenden Fischschwärmen. Abrupt drehte sich Achilles zu ihm, stützte Hände und Arme auf seine Stuhllehne und fixierte einen Punkt oberhalb Fabeaus Kopf.

»Aber stellen sich die Weichen so, dass der Schutz von Investoren trotz aller Anwendung der Gesetze bestehen bleibt, gewinnt der Standort Mittland für Banken und Versicherungen sogar noch einen viel größeren Wert und höhere Anziehungskraft, denn ihnen wird gezeigt, dass in

Mittland Bankenschutz offenbar über dem Gesetz steht. Wieder einmal gewinnt man aus der Krise einen Vorteil. Doch ...« Plötzlich unterbrach sich Achilles und blickte zwischen Fabeau und Dupont hin und her. »... doch als ein normaler Bürger, der ich bin, kommt mir ... mit Verlaub ... das Kotzen bei meinem eigenen Vorschlag, denn für mich handelt es sich hier eindeutig um Korruption!«

De Susas Kopf lief rot an. Noch nie hatte Fabeau ihn so gesehen. So verhielt man sich, wenn das Gewissen Alarm schlägt. Plötzlich wurde Fabeau bewusst, wie jung De Susa war. Er war hochbegabt, zweifelsohne ein Genie, aber wie alle jungen Leute hatte er Ideale, an denen er zerbrechen konnte. Im Moment war das Schlimmste für De Susa, dass Fabeau von ihm verlangte, er selbst solle diese Ideale verletzen. All dessen war sich Fabeau in diesem Augenblick bewusst.

Armer Teufel, dachte er, aber für ihn lag der Fokus darauf, die Regierung lösungsorientiert und so pragmatisch wie nur irgend möglich zu beraten. Das ISE forderte nicht zu Korruption auf. Es gab Rat. Wenn aufgrund des Rates jemand korrupt wurde, ging das nicht auf das ISE zurück. Wenn De Susa diese Trennung im Kopf nicht vollzöge, würde er sich das Leben schwer machen.

»Na, na, na, De Susa, seit wann haben Sie eine so derbe Ausdrucksweise? Das klingt nicht nach Nouvelle Cuisine, eher nach Graupensuppe. Ich verstehe Sie ja, aber was sollen wir machen? Wir sind das ISE und nicht die Friedensbewegung. Wir ketten uns nicht an Eisenbahngleise. Unser Job ist es, denen da oben Strategien an die Hand zu geben. Das sind alles Lösungsmöglichkeiten. Wir entscheiden nichts. Wir gehören nicht zu den Handelnden. Wir haben niemanden in dieses Schlamassel hineinmanövriert. Unsere Aufgabe ist, mögliche Auswege aufzuzeigen. Es wäre schön, wenn Sie ein bisschen auf die Bremse treten und sachlicher mit der Angelegenheit umgehen würden!«

Fabeau war, das musste er sich selbst gegenüber eingestehen, angefressen, denn er fühlte sich persönlich attackiert. De Susa hatte die Sache so dargestellt, als würde das ISE Beihilfe zur Korruption leisten!

Fabeau schlug mit der flachen Hand auf seinen Tisch. »Fakt ist: Die Bank ist pleite. Fakt ist auch: Ja, es gibt Spezialabkommen zwischen Staat und Finanzunternehmen. Einzelheiten kenne ich nicht. Fakt ist weiterhin, dass, wenn die Banken aus unserem schönen Land verschwinden, der ganze Staat bankrottgeht. Ich finde es letztlich auch zum Kotzen – um mich Ihrer Worte, Herr De Susa, zu bedienen –, aber wir suchen hier nach Lösungen. Kurzum: Wie bekommen wir diesen Knoten auseinander?« Lucien Fabeau wollte keine weitere moralische Beklommenheit oder sogar Frustration zulassen.

»Das Regulativ ist nun mal die Justiz«, sagte De Susa. Er wurde etwas sachlicher, klang aber immer noch gereizt. »Finden Sie heraus«, Achilles sah ihm direkt in die Augen, als dürfe er ihm Dienstanweisungen geben, »wie weit der Justizapparat bereit ist, sich auf die Regierung zuzubewegen. Wenn die Richter ... *erkennen*, wie sehr der Staat seine Banken braucht, sehe ich gute Chancen, dass sich der ganze Insolvenzprozess steuern lässt. Wie man steuert, darüber können wir etwas sagen, sobald wir mehr Input haben.«

Achilles De Susa war anzusehen, dass er in diesem Moment gegen seine eigene innere Überzeugung arbeitete. Er sprach völlig leidenschaftslos. Seine Augenbrauen waren sogar zusammengezogen, als würde er sich ekeln.

Ohne Zweifel rüttelte das, was er in Ausübung seiner Funktion vorschlug, am Fundament des Rechtsstaats. Einfluss zu nehmen auf die Justiz hatte zur Folge, dass man die Freiheit der Richter gefährdete. Fabeau verstand Achilles. Aber es waren eben harte Zeiten. Um den Staat zu retten, musste man ihn ... eben retten. Fabeau hoffte, dass De Susa dies mit der Zeit verstehen würde.

Lou-Anne stand auf und steckte ihre Kladde in ihre Tasche, da sie annahm, das Meeting sei beendet.

»Ihnen ist hoffentlich klar«, sagte Fabeau, »dass wir unsere Ergebnisse heute oder spätestens morgen präsentieren müssen. Dupont, finden Sie heraus – sehr diskret, wenn ich bitten darf – ob die zuständige Richterin die Lage kapiert. Ich würde es ja gerne selbst machen, aber von Frau zu Frau ... Sie verstehen schon. Seien sie bloß vorsichtig, dass das nicht nach Beeinflussung riecht. Deckeln sie alle Bedenken der Richterin mit der übergeordneten *Notwendigkeit zum Schutz des Staates*. Sie können das, da bin ich mir sicher! De Susa, von Ihnen will ich zwei grobe Folgeszenarien: Eines für den Fall, dass die Justiz bockt und eines für den Fall, dass sie mitspielt. Pronto, an die Arbeit!« Er scheuchte seine Musketiere aus dem Office.

Lucien Fabeau sah Achilles hinterher und es schien ihm, dass sein D'Artagnan den Rücken mehr als sonst gebeugt hielt. Von weither erklang in seinem Kopf James Browns *It's a man's world*: *Man made the trains to carry heavy loads.* Genau, dachte Fabeau, ganz genau. Wir tragen jetzt solch schwere Lasten. Wir müssen sie tragen. Ich muss sie tragen. Worte, die mäßig überzeugt klangen.

Die Formation der Wehrhaften
Oktober 2008

Billy stütze seine Hände auf den Tisch und schaute noch immer auf die E-Mail aus Mittland. Linda saß blass vor dem Computer. Dort stand, dass die Bank Moneta SA vom Bezirksgericht unter *Suspension Payment*, also unter absoluter Zahlungssperre stand. Was hieß das für sie beide? Was würde nun passieren? Sie googelte nach: Eine Zahlungssperre durch ein Gericht wird verhängt, wenn ein Insolvenzantrag eingereicht ist mit dem Ziel, alle Konten einzufrieren.

Die Bank Moneta war tot. Mausetot.

»Ich habe es gewusst, verflucht nochmal, … ich habe es gewusst«, stöhnte Billy und fasste mit der Hand an seine Gesäßtasche, in der sein Portemonnaie steckte. Er knallte es auf den Tisch. »Zum Henker«, brüllte er, »hier, nehmt doch unsere letzten Pennys! Der Rest befindet sich sowieso schon auf dieser Scheißbank! Da können wir uns ja gleich umbringen!«

Linda drehte sich plötzlich mit einem Ruck herum, packte ihren Billy fest am Arm und rüttelte ihn. »Hör mir zu, Billy Barlotte! Du sollst mir zuhören. Keiner bringt sich hier um! Keiner springt von einer Brücke oder wirft sich vor einen Zug! Hörst Du?«

Mit beiden Händen umfasste sie Billys Gesicht und blickte ihm tief in die Augen. »Dein Gezeter hilft keinem. Was wir jetzt brauchen, sind Informationen. Wir wissen bis jetzt zu wenig, verstehst du?«

Anrufe bei Lotta Bernadottir oder Viggo Lasse Paulsen liefen völlig ins Leere. Ihre Ansprechpartner waren wie vom Erdboden verschluckt.

Nach einigen Tagen erhielten die Barlottes ein Schreiben der Bankenaufsicht aus Mittland mit der Post. Da stand es schwarz auf weiß: Die

Bank Moneta ist insolvent. Plötzlich standen Linda und Billy vor den Trümmern ihres Lebens. Sie steckten in ihrem eigenen Albtraum fest. Der Schock, der beide fest im Griff hatte, lähmte jede ihrer Bewegungen. Von einem Moment auf den anderen zerplatzte ihre Zukunft. Der Wunsch nach einem sorgenfreien Leben war untergegangen wie die Titanic.

Im Schlafanzug schlurfte Billy am nächsten Morgen in die Küche und füllte heißes Wasser in die Teekanne. Die ganze Nacht konnte er kein Auge zu machen, weil ihm seine Scheißangst, wie er sie nannte, die Luft abschnürte. Er setzte sich an den massiven Holztisch, als Linda zu ihm stieß, ihm den Kopf streichelte, ihm einen Kuss gab und sich ihm gegenübersetzte. Es war offensichtlich, dass auch sie keinen Schlaf gefunden hatte.

»Hätte ich doch bloß diesem Großmaul Paulsen nicht geglaubt!« Billy stierte fassungslos zu Boden. »Hätte ich doch bloß ...«

»Was ist eigentlich mit diesem *Equity Release*, diesem Investmentprodukt, das dir Paulsen im Hotel so gut erklärt hat? Ich will wissen, wie es funktioniert. Schritt für Schritt.«

So gut er es konnte, entwickelte Billy vor ihr die einzelnen Teile des Equity-Release-Produktes. Er erklärte ihr den Hypothekenkredit und wie das Haus als Sicherheit diente. Er sprach über Investments und die Rückzahlung des Kredites aus dem Portfolio. Natürlich auch darüber, dass ein Risiko so gut wie ausgeschlossen war. Angeblich.

»Gut, verstanden«, bestätigte Linda, »dann ist ja alles halb so schlimm.« Billys Kopf fuhr hoch. Entgeistert schaute er zu ihr hinüber.

»Ja, genau«, beantwortete sie seinen staunenden und fragenden Blick, »wenn unsere Investments erst vor sechs Wochen platziert wurden, kann man doch erwarten, dass das Portfolio immer noch denselben Wert hat. Verkaufen wir also alle Investments, können wir damit den Kredit an die Bank zurückzahlen, und wir sind quitt. So kommen wir mit einem blauen Auge aus der Sache heraus.«

Billys Miene hellte sich auf. Daran hatte er noch nicht gedacht. Aber ja, Linda hatte recht, so konnte es gehen.

»Weißt du, Billy, ich erinnere mich gerade an einen Traum, den ich in den letzten Nächten hatte. Im Traum blicke ich auf ein abgeerntetes Feld. Vor mir befindet sich ein zwei Meter langer und anderthalb Meter tiefer Aushub: ein Grab.«

Linda umklammerte ihre Teetasse. Billy konnte sich die Situation, die sie beschrieb, sehr gut vorstellen, und ein Schauer lief ihm über den Rücken.

»Von überall her kamen Menschen zum Grab, aus dem Wald, über den Hügel und vom Dorf. Alles ältere Menschen. Nach und nach wurden es hunderte. Im Grab lag das tote Equity Release. Frag mich jetzt nicht, wie genau es aussah. Ich wusste nur, dass es sich dabei um unser Investment hatte. Mir war klar, dass dieser Tod uns alle an das Grab geführt hatte. Es verband uns. Doch wir trauerten nicht, wir waren wütend und voller Abscheu, denn der Tote hatte uns hintergangen und betrogen. Plötzlich gab es ein lautes Signal, und alle außer mir kehrten dem Grab den Rücken zu und entfernten sich unversöhnt und verbittert mit dem Schwur, diesen Ort niemals mehr zu betreten. Ich blieb am Grab zurück, das gänzlich schmucklos blieb, weil die Menschen nichts mehr besaßen, was sie hätten geben können. Sie waren zu Lebzeiten des Toten von ihm ausgeraubt worden. Jede weitere Grabbeigabe, jede Blume, jede Schaufel Dreck, die man jetzt hineinwerfen würde, würde uns aus dem Grab heraus verhöhnen. Ich sah, wie sich das Grab mit Erdreich füllte und sich letztlich schloss.«

Billy kniff die Augen zusammen und glaubte, dass da noch etwas kommen würde. Doch Linda zuckte nicht mal mit den Schultern, als wäre die Pointe offensichtlich.

»Na ja … und was bedeutet dieser Traum?«, wollte Billy wissen.

»Verstehst du denn nicht? Wir sind nicht die einzigen in dieser Insolvenz. Andere habe das Equity Release auch gekauft. Wir sind viele. Die haben dieses Teufelszeug nicht nur uns verkauft. Paulsen hat seine Visitenkarte doch unter die Leute gebracht. Unter solche Leute, die eine Zusatzrente gebrauchen konnten. Ich sage dir was! *Als Gruppe* stellen wir uns denen in den Weg, die uns das eingebrockt haben. Als Einzelner ist man chancenlos. Was wir brauchen, ist Verstärkung.«

Billy wusste nur zu gut, dass es sinnlos war, mit seiner Frau über ihren Traum zu streiten. Also beschloss er, ihr dabei zu helfen, im Internet nach anderen Opfern der Insolvenz zu suchen, was sich als recht mühsam herausstellte. Doch unverhofft stieß Linda auf einen Artikel einer Internetzeitung, die sich Jam Express nannte. Sofort griff sie zum Telefon.

An diesem Morgen glich der Redaktionsraum des Jam Express einer Aktienbörse in alten Tagen, weil alle durcheinander schrien, dass man sein eigenes Wort nicht mehr verstehen konnte. In dem Chaos hörte Jil Berg ihren Namen und sah, wie eine Kollegin auf ihr Telefon und dann auf sie zeigte. Ein Anruf wurde zu ihr durchgestellt, weil der Anrufer sich über Jils Artikel erkundigen wollte. Jil hob ab.

»Spreche ich mit Frau Jil Berg, die den Artikel über die Lehman Brothers geschrieben hat?« Sympathische Stimme, dachte Jil sofort, und so kraftvoll. Jil tippte auf eine ältere Dame. Mit einer Anruferin hatte sie nun wirklich nicht gerechnet, sie hätte eher einen enttäuschten Kleinsparer oder Hobbyaktionär erwartet. Aber damit tat sie natürlich ihrem eigenen Geschlecht unrecht.

»Ja, ich bin Jil Berg. Mehrere Artikel zu diesem stammen von mir. Und Sie sind ...?« Jil wartete.

»Entschuldigen Sie meine Unhöflichkeit, aber ich musste sichergehen, dass ich tatsächlich mit ihnen spreche. Mein Name ist Linda Barlotte. Mein Mann Billy und ich sind Opfer der Bank Moneta. Vielleicht wissen Sie es noch nicht, aber die Bank Moneta hat das Schicksal ereilt, das Sie vorhergesehen haben: Es werden weitere Bank fallen, haben Sie geschrieben. Nun ist es passiert.«

Jil hörte konzentriert zu und griff automatisch nach ihren Notizenblock. »Meinen Sie die isländische Bank?«

»Nein, ich rede von der Tochter der isländischen Bank, der Bank Moneta aus Mittland.«

»Als ich den Artikel schrieb, war ich mir sicher, dass es so kommen würde, aber dass das so schnell passiert, hätte ich nicht gedacht ... Lassen Sie mich kurz etwas nachsehen, Mrs. Barlotte.«

Jils Finger flogen über die Tastatur, und schon sah sie die Meldungen von der Insolvenz der Bank.

»Mrs. Barlotte, Sie sagten, Sie sind Opfer der Bank? Was genau ist denn passiert?«

Jil fragte zunächst nach den wichtigsten Fakten. Angefangen hatte alles mit einer Begegnung mit einem gewissen Viggo Lasse Paulsen. Dieser hatte sie und ihren Mann mit einer Zusatzrente angelockt und das Paar dazu gebracht, einen Hypothekenkredit auf das eigene Haus aufzunehmen. Nun war das Geld des Paares eingefroren. Im Hintergrund hörte Jill immer wieder eine männliche Stimme reden, wahrscheinlich die von Mr. Barlotte.

»Wissen Sie, Frau Berg, so, wie sich die Bank Moneta von Anfang an verhalten hat, rechnen wir damit, dass man uns das Leben schwer machen wird. Hinzu kommt, dass mein Mann und ich britische Staatsbürger sind, die in Frankreich leben und sich dieser Bank aus Mittland anvertraut haben. Verstehen Sie? Viele Staaten, viele Rechtssysteme. Es wird für uns nicht leicht werden, uns zu wehren.«

»Sie meinen, dass aus dem Liquidationsvorgang in Mittland Ihnen Nachteile erwachsen könnten?«

»Ja, genau das befürchten wir, mein Mann und ich. Ihre Artikel über Lehman Brothers im Zusammenhang mit Mittland bestärken uns in unserer Befürchtung. Aber wir könnten uns gegenseitig helfen. Ich möchte möglichst alle Opfer der Bank Moneta zu einer Gruppe zusammenrufen, denn als Gruppe hätten wir mehr Schlagkraft, wenn es darauf ankommt. Sie könnten doch sicher recherchieren, wer die Opfer sind. Eine Liste wäre sehr hilfreich. Als Gegenleistung arbeiten wir mit Ihnen in dieser Sache eng zusammen. Was sagen Sie?«

Jil schob erstaunt die Augenbrauen hoch. Da bot ihr jemand unter der Voraussetzung, dass eine Hand die andere wäscht, an, als Quelle für ihre Arbeit zu dienen. Donnerwetter! Aber ja, sie war sehr interessiert.

»Gut, Mrs. Barlotte, das machen wir so. Ich recherchiere und melde mich bei Ihnen. Ihre Nummer wird mir angezeigt, ich speichere sie gleich. Sind Sie auch per Mail zu erreichen?«

»Natürlich«, sagte Linda Barlotte und diktierte Jil die Mailadresse.

Schon nach einigen Tagen erhielt Linda eine Liste mit 14 Namen und E-Mail-Adressen. Ein paar Tage später kamen weitere sieben Namen hinzu. Es entstand auf diese Weise eine kleine Interessengruppe.

Plötzlich meldeten sich sogar neue Leidtragende von selbst. Eine Eigendynamik begann zu wirken, und nach nicht einmal vier Wochen wuchs die Gruppe auf 110 Mitglieder. In Windeseile formte sich ein Bündnis aus betrogenen Rentnern, die der Tod des Equity Release unsicher und konfus zurückgelassen hatte und die in der Gruppe so etwas wie Hoffnung suchten.

Zwischenzeitlich erhielten die Barlottes ein Schreiben des ersten Insolvenzverwalters. Der Inhalt schien verwirrend. Sie wurden informiert, dass es die Lage erfordere, ihr Wertpapierdepot neu zu bewerten, so hieß es in dem Brief. Man teile ihnen mit, dass ihre Anleihen der Banki Island HF wertlos geworden wären, weil der Handel dieser Anleihe an den internationalen Börsen ausgesetzt wurde. Es gäbe keinen augenblicklichen Marktwert. Der Ausfall der Anleihen bewirke, dass das vereinbarte Sicherheitsniveau des Kreditvertrages weit unterschritten worden sei. Daher wurden die Barlottes aufgefordert, weitere werthaltige Sicherheiten in das Portfolio einzulegen.

Linda konnte Billy gerade noch festhalten, als er kreidebleich auf seinem Stuhl zusammensackte. »Aber ... aber du hast doch gesagt, das Portfolio rettet uns aus dieser vermaledeiten Lage, es rettet unser Haus«, brabbelte er verzweifelt vor sich hin, »jetzt stehen wir vor dem Nichts.«

Linda las das Entsetzen von seinen Augen ab und erkannte erst jetzt, wie sehr Billy sich an diesen Strohhalm geklammert hatte. Sie brachte es nicht übers Herz, ihren Billy abermals hart anzugehen, um ihm seine Schwarzseherei auszutreiben. Sie selbst war ja auch fassungslos und musste erst einmal durchatmen. Erst seit 93 Tagen waren sie an diese Bank gebunden, die sich jetzt in die Insolvenz duckte und sie ungeschützt der Katastrophe auslieferte.

»Siehst du«, flüsterte Billy, »erinnerst du dich an die Maus in der Feldsteinmauer, von der ich dir erzählt habe? Es ist so eingetreten, wie ich damals gedacht habe. Und nun kämpfen wir um unser Haus, Darling. Doch wir kämpfen obendrein um unser Leben und um Gerechtigkeit.«

Linda zwang Billy, sie anzusehen. Sie hatte sich gefangen, und in ihren Augen blitzte die für sie typische Entschlossenheit wie die Flamme der Rebellion.

»Eins steht fest«, bekniete sie ihren Mann, den sie aus seinem schwarzen Loch wieder herausholen wollte, »das Haus werden wir nicht preisgeben, wir lassen uns nicht verjagen und wir sind noch lange nicht geschlagen. Noch steht alles nur auf Papier, und keiner ist hier und setzt uns auf die Straße. Wir werden uns zu wehren wissen.« Durch einen Schleier alles überdeckender Niedergeschlagenheit traf Billy Lindas unerschrockener Appell frontal.

»Wir sind die Opfer, und wir werden – das schwöre ich dir, Billy Barlotte – nicht die Zeche zahlen! Wir werden für Gerechtigkeit kämpfen. Die kleinen Mäuse wehren sich.«

Der offizielle Antrag auf Insolvenz der Bank Moneta setzte in Mittland den juristischen Apparat in Gang. Jetzt hatten Bürokraten das Sagen.

Lou-Anne Dupont schob beim Verlassen des Büros die Klinke ins Schloss und ließ Richterin Ann-Katrin Tell, die vom Bezirksgericht als Herrin über den Fall Bank Moneta zwei Tage zuvor ernannt worden war, nachdenklich zurück.

Wer am Buschfunk interessiert war, konnte in Erfahrung bringen, dass Richterin Tell sofort nach ihrer Berufung zwischen Frühmesse und der Mittagsandacht im Mariendom, der schmucklosen Kathedrale, eine Kerze aufgestellt hatte. Sie tat es nicht für irgendjemanden oder für eine Sache, sondern nur für sich selbst. Sie wollte auf Nummer sicher gehen. Es gab keinen Präzedenzfall zur Bank Moneta, keine Blaupause, ergo buhlte Richterin Tell um Gottes Beistand.

Ann-Katrin Tell galt als dünnhäutig und würde zum Müßiggang neigen, erfuhr Lou-Anne Dupont. Es schien, wie der Gang zur Kirche demonstrierte, dass, wenn es für sie knifflig wurde, sie gerne auf Altbewährtes zurückgriff, um Risiken auszuschließen.

Lou-Anne hatte durch die Blume gesprochen, aber sehr geschickt durchsickern lassen, dass der Fall Bank Moneta das Zeug zum Karrierekiller hatte. Der Fall hatte längst eine politische und, überaus wichtig, eine wirtschaftliche Komponente dazugewonnen, hatte Dupont die Richterin wissen lassen.

Zufrieden darüber, dass ihre Saat bei der Richterin wahrscheinlich aufgegangen war, machte sich Dupont auf den Weg zurück ins ISE.

Das Erste, was Ann-Katrin Tell in den Sinn kam, als Lou-Anne Dupont die Türe hinter sich schloss, war die Frage, warum das ISE sie kontaktierte. Das war bisher nie vorgekommen. Was hatte das zu bedeuten?

Sie nahm sich Zeit und dachte nach. In der Tat, überlegte sie, der Fall *hat* staatstragende Relevanz und damit wird es kompliziert, sehr kompliziert. Sie überlegte, ob man sie beeinflussen wollte, ob das ISE sie auf irgendeine Spur zu setzen gedachte. »Nein, nein …«, Sie schüttelte den Kopf, »das ist völlig abwegig. Keine Regierung würde das wagen.« Also verwarf sie die Möglichkeit und schloss sie aus. Trotz der Kerze im Mariendom stieg jetzt ein mulmiges Gefühl in ihr auf, denn sie dachte an die Mehrarbeit, die sie leisten müsste, und an die Medien, die sie nicht in Ruhe lassen würden.

Trotz der Herbstsonne war ihr kalt an Händen und Rücken.

»Wird es von mir abhängen«, fragte sie leise, »ob Mittland politisch und wirtschaftlich kollabiert oder nicht? Wahrscheinlich!«, gab sie sich die Antwort und spürte augenblicklich, wie eine Last auf ihre Schultern drückte. Sie hatte die ISE-Saat bereits geschluckt, und die ging sofort auf, weil Richterin Tell durch die Unabhängigkeit der Justiz hindurch ihre eigenen Risiken klar vor Augen hatte.

Oh nein, dachte sie sich, ich werde mir nicht die Finger an diesem Fall verbrennen, ich ganz gewiss nicht! Als allererste Maßnahme griff sie zu den beiden vorbereiteten Schreiben und setzte ihre Unterschrift darunter. Damit ernannte sie Odette Lambo und Fred Abraco zu Liquidatoren im Fall Bank Moneta. Sie glaubte sich damit abgesichert durch die Anwältin Lambo und den Wirtschaftsprofessor Abraco, und sie selbst würde sich als Membran zwischen der Anwendung des Gesetzes und der Wirtschaftspraxis präsentierten. Doch an wem blieb die Verantwortung kleben? Hoffentlich nicht an ihr.

Längst hatten Linda und Billy begriffen, dass aus Mittland keine Hilfe zu erwarten war, im Gegenteil, von dort drohte nichts als Unheil, denn die neu berufene Liquidatorin Odette Lambo schoss bereits ihre ersten Pfeile ab.

Das Telefon zwischen Schulter und Ohr eingeklemmt, in den Händen ihr Laptop, durchwanderte Linda das Wohnzimmer. Sie sprach mit Jil Berg über Odette Lambo. Um sie zu bekämpfen, muss man seine Gegner bis ins Kleinste kennen, war Lindas Überzeugung.

Lulu, der King-Charles-Spaniel der Barlottes, quengelte und wollte in den Garten. Telefonierend entriegelte sie die Türe und erschrak derart, dass Telefon und Laptop fast zu Boden gefallen wären. Im Türrahmen stand ein Mann, der gerade den Finger auf die Klingel drücken wollte. Mittelgroß, massive Erscheinung, mit einem Kopf so kahl und rund wie eine Billardkugel. Graue Augen wie Schiefer. Ein an beiden Enden spitz gezwirbelter, bergwerkschwarzer Schnauzbart teilte sein Gesicht in oben und unten.

»Entschuldigung, tut mir leid«, war von dem Mann zu hören, dessen sonore Stimme durchdringend war wie ein Alphorn. Doch der weiche, elastische Brummie Dialekt verriet Linda, dass der Mann aus Birmingham stammte. »Mein Name ist Stuart Malmedy, und ich bin auf der Suche nach

Linda und Billy Barlotte.«

»Billy«, Linda drehte den Kopf in Richtung Küche, immer noch mit eingeklemmtem Telefon, »hier ist Besuch. Bitte kümmere dich um ihn.« Sie ließ den Mann unverrichteter Dinge stehen und verschwand im Korridor.

»Also Jil, was ist das für eine Person, diese Odette Lambo?«

»Sie hat den Ruf eines harten Hundes und einige Spitznamen: die eisige Axt oder heilige Inquisition. Nicht wenige attestieren ihr krankhafte Empathielosigkeit. Sie scheint, wenn sie Unternehmen schließt, ziemlich rücksichtslos vorzugehen, jedenfalls nach allem, was ich herausgefunden habe. Sie gilt als knallharter Typ. Das bringt der Job so mit sich. Damit ist zu rechnen.«

»Ist das alles?«

»Nein, es gibt mehr. Wer, wie Odette Lambo, aus einer renommierten Familie kommt, spürt oft schon in jungen Jahren den erheblichen Druck, der sich aus den Maßstäben dieser Familien und deren Erwartungen speist. Jedoch ist es ihr nicht geglückt, ihrem Clan aus Ministern und Staatssekretären nachzueifern. Aus ihr wurde kein Wirtschaftsmagnat und keine Parteigröße. Deshalb hat sie, so meine Vermutung, in den Augen der Familie versagt, auch wenn sie letzten Endes eine angesehene und vor allem gefürchtete Anwältin geworden ist. Es kann also sein, dass Minderwertigkeitsgefühle und der Wunsch, sich zu behaupten, eine unschöne Kombination eingegangen sind.«

»Ich kenne solche Familien aus England«, schob Linda ein, »aus denen gehen selten normale, geradegewachsene Persönlichkeiten hervor.«

Billy eilte zur Tür. »Hatten wir einen Termin?«, fragte er den Mann mit dem kugelrunden Kopf.

»Könnte man so sagen.« Die Enden des Schnauzers tanzten auf und ab. Billy bat den Mann herein.

»Stuart Malmedy«, stellte sich der Fremde vor. »Ich wollte mit Ihnen über die Bank Moneta sprechen. Ich möchte Ihrer Gruppe beitreten.«

Linda, die das Telefonat beendet hatte, gesellte sich zu den Männern.

»Darling«, sagte Billy, »das ist Stuart Malmedy, wie wir Opfer der Bank Moneta.«

»Von Hause aus bin ich Archäologe, habe in Wien studiert und promoviert und überall auf der Welt tief in der Erde gebuddelt«, begann Stuart

Malmedy, »und jetzt, in meinem Ruhestand, wollte ich die Welt an der Oberfläche genießen. Es hat zu einem kleinen Häuschen gereicht, in Ramatuelle, hinter St. Tropez. Der liebe Gott hatte es gut mit mir gemeint, bis mich eines Tages ein gewisser Viggo Lasse Paulsen anquatschte und mir das Equity-Release-Investment aufschwatzte. Wie viele andere auch stehe ich nun mit leeren Händen da. Haben Sie auch dieses Schreiben aus Mittland erhalten?«

Stuart zog einen Briefumschlag aus der Innentasche seiner Jacke. »Die Pleite ist nun amtlich! Kein Mensch konnte mir dort sagen, was genau meine Rechte sind, wie ich sie wahrnehmen und wohin ich mich wenden kann. Von dort kommt keine Hilfe, glauben Sie mir. Mir blieb nur das Internet, und da stieß ich auf eine Jil Berg von einer Zeitung. Jedenfalls hat diese Frau Berg einige kritische Artikel geschrieben, was mir gefiel. Ich rief sie kurzerhand an und erhielt den Tipp, mich mit Ihnen in Verbindung zu setzen. Also, hier bin ich.« Er tippte mit den Fingerspitzen beider Hände kurz auf die Tischplatte, als setze er einen Schlusspunkt.

Er hat auch Jil angerufen, dachte Linda, die diesen Umstand nicht als Zufall, sondern als Fügung ansah.

Stuart Malmedy strahlte äußerlich eine Biergartengemütlichkeit aus. Doch das täuschte. Er hatte flinke Augen und schien einen äußerst logisch arbeitenden Verstand zu haben, fand Billy. Stuart Malmedy war es sicher gewohnt zu graben, um etwas zu finden.

»Das war doch kriminell, wie die uns abgezockt haben! Man muss verstehen, in welcher gefährlichen Situation wir nun alle stecken«, erläuterte Malmedy, während er die Teetasse auf den Tisch stellte und sich aus dem Schnauzer die letzten Tropfen wischte. »Eine Investmentbank verkauft ihren Kunden im großen Stil ihre eigenen Anleihen. Durch diese Methode füllt die Bank ihre eigene Kasse wieder auf, denn sie leidet bedrohlich an fehlender Liquidität. Für die Eigentümer der Bank ist die Insolvenz ein Gottesgeschenk. Mit einem Schlag sind sie alle Schulden los sind und können kaum belangt werden. Am Markt sind die Anteile derzeit wertlos, und die Verantwortlichen lachen uns aus.«

»Kriminell, sagen Sie? Ist das denn eindeutig illegal?«, wollte Billy wissen.

»Hier stoßen wir auf ein Problem. Was ist illegal, was kriminell? Wir brauchen klare Nachweise über Straftaten, wenn wir einen Strafprozess ansteuern wollen. Hier stehen wir an einem Punkt, bei dem uns nur ein sehr erfahrener Anwalt helfen kann.«

»Frau Lambo, die Liquidatorin, wird nicht mit sich reden lassen«, meinte Linda, »das hat mir soeben Jil Berg erzählt, die in Mittland Erkundigungen eingeholt hat. Sie sagte, nach ihren Recherchen verfügt Frau Lambo kaum über Fachwissen, wie eine Investmentbank arbeitet und funktioniert. Demnach wird sie alle für sie heiklen Bereiche aussparen.«

»Damit hat sie bereits begonnen.« Stuart zog ein neues Schreiben aus der Innentasche seiner Jacke. »Odette Lambo fordert mich auf, innerhalb von 14 Tagen sämtliche Schulden zu bezahlen. Dieser Brief beweist genau das, was Frau Berg ihnen gesagt hat. Die Lambo treibt die Außenstände ein, robust und ohne einen Blick darauf zu werfen, ob wir als Kunden besondere Rechte besitzen. Diese Frau wischt alles von Tisch, was sie für störend hält. Nach dem Motto: Erst schießen, dann fragen.«

Bis in den späten Abend diskutierten und erörterten die drei ihre Möglichkeiten, sich erfolgreich zu wehren. Daraus entstand ein handfester strategischer Plan, und der verbreitete sich hinterher wie morgendlicher Vogelgesang.

Der Feind meines Feindes ist mein Freud, war die Parole, um den richtigen Anwalt zu finden, und dies gelang außerordentlich gut. Bei den Zivilklagen hatte sich ein Großteil der Opfer für den Anwalt Maxi Fuget aus Lille entschieden, eben weil er nicht aus Paris kam und weil er mit der Professur in Banken- und Finanzrecht an der Universität fachliche Kompetenz besaß.

Mit einer Größe von 1,65 Meter wirkte er sportlich und drahtig wie ein Terrier. Seine Erfahrung stellte einen besonderen Vorteil für die Gruppe dar: Fuget kannte vierzig ähnliche Fälle, er wusste, wie die Bank Moneta aller Wahrscheinlichkeit nach, ihren Betrug aufgebaut hatte. Die Kunst war, dies zu beweisen. Aber allein, gestand Fuget, war diese Mammutarbeit von ihm nicht zu stemmen.

Odette Lambo war ihm ein Begriff, und da schlug er Liv Boncoeur und ihre Tochter Yocco als Erweiterung des Teams vor.

»Nie gehört, Boncoeur« raunzte Billy ins Telefon, als Fuget ihnen den Vorschlag unterbreitete, »wer soll das sein?«

»Liv Boncoeur kennen Sie nicht? In Frankreich ist sie so etwas wie eine Legende. Als Untersuchungsrichterin verdanken ihr so manche Vorstände von Global Playern ihre Gefängnisaufenthalte. Als Mitglied der Grünen/ EFA im EU-Parlament stellte sie sich, wo es nur ging, gegen jede Art von Korruption. Der Präsident der EU-Kommission wurde zu ihrem Liebling. Den hatte sie vor sich hergetrieben als Wolf im Schafspelz. Ihr Ruf ist wie Donnerhall. Sie ist genau die richtige Person, um die kriminellen Machenschaften zu beweisen, Billy. Sie ist diejenige, die vom isländischen Parlament beauftragt wurde, Licht ins Dunkel des Bankzusammenbruchs auf Island zu bringen.«, teilte Maxi Fuget mit, »Sie in unserem Team zu wissen, ist ein Goldnugget für uns. Sie hat unschlagbares Insiderwissen.«

Noch bevor es zu einer persönlichen Begegnung mit Liv Boncoeur kam, befiel einige aus der Gruppe regelrechte Angst, einer solchen Berühmtheit gegenüberzusitzen, solche Wirkung hatte ihre Reputation auf die Franzosen in der Gruppe.

Doch als Liv den Raum betrat, zerplatzten ihre Bedenken in tausend Stücke. Vom ersten Moment an verbanden sie Sympathie mit der kleinen Dame. Ihre Augen waren mit einer eigentümlichen Gravitationskraft ausgestattet, die jedes Detail des Falles anzog.

Die Tatsache, dass sie trotz ihrer fast siebzig Jahre auf den Ruhestand pfiff und nicht aufhörte, Korruption aufzudecken und zur Strecke bringen zu wollen, beeindruckte alle tief.

Ihre Tochter Yocco stellte ihr dafür den Rahmen ihrer Kanzlei zur Verfügung. War es möglich, dass sich eine Aura vererben ließ? Yocco strahlte mit derselben Intensität wie ihre Mutter. Wenn man so will, wirkte sie eine Nuance rationaler. Aber Yocco war der Boss. Wer annahm, hinter den Kulissen gäbe es ein Tauziehen um Kompetenzen zwischen den beiden, sah sich getäuscht. Beide kannten ihren Platz.

Das Kernteam stand soweit fest und wurde engagiert. Das galt für Frankreich. Für Mittland gewann man den Anwalt Jérôme Lacome. Jetzt war man aufgestellt.

Die Gruppe gab sich den Namen *Victims of Moneta*, VOM abgekürzt. Das Murren hier und da gegen die manchmal ineffizienten Auswüchse, die dem Zusammenschluss von Individuen zu einer Gruppe innewohnen und die zu ihrer Natur gehören wie bei Männern der Haarausfall, wurde mit der Zeit leiser. Solange die Mehrheit sich vertreten fühlte und alle in die Aktionen eingebunden waren, trug sie die Hoffnung von einem Tag zum nächsten.

Atuqtuaqs weite Reise
Oktober 2008 bis Juli 2009

Für ihn war es das, was für die Mehrheit der Menschen das Radfahren ist. Atuqtuaq stand ausbalanciert auf den hinteren Kufen seines Hundeschlittens und pflügte durch die kniehohe Schneedecke. Das letzte Aya-Yait-Lied war gesungen, und er hatte sich persönlich von allen Dörflern verabschiedet.

Atuqtuaq trieb seine Hunde an, um auf dem kürzesten Weg zur Inuksuk-Bucht, der Speck-Bucht, zu kommen. Das Ziel war die Passage auf dem Post- und Versorgungsschiff, die er als Inuit kostenfrei nutzen konnte.

Die Route über das Eisauge, wie die Verbindung von Savissivik nach Qaanaaq hieß, endete im kleinen Hafen auf der anderen Seite der Bucht. Bevor Atuqtuaq sich nach Pittufik, einem Militärflughafen der Amerikaner, aufmachte, beschloss er, Woka, seinen alten Freund aus Kindertagen, wiederzusehen, der in Qaanaaq lebte. Atuqtuaq brauchte Rat, denn es sollte eine Odyssee für ihn werden, der so gut wie nie sein Dorf Savissivik verließ.

Woka war da aus anderem Holz geschnitzt. Er wollte schon als Junge wissen, was sich hinter dem Horizont befindet. Ganz so weit hatte er es doch nicht geschafft, als er vor Jahren in Qaanaaq strandete und dort ein Kolonialwarengeschäft eröffnete, mit dem er den Menschen vor Ort allerhand Waren aus der weiten Welt anbieten konnte: Von dicken Cat-Work-Socken über getrocknete Hülsenfrüchte, Ersatzteile für Hunde- und Motorschlitten, über Robbenfleisch in Dosen oder auch getrocknet bis hin zur klassischen Musik, etwa J.S. Bachs Wohltemperiertes Klavier, eingespielt von Glenn Gould.

In der flachen, weißen Umgebung wirbelten kleine Windhosen den gefallenen Schnee auf, und so wurde die Sicht eingeschränkt. Zufällig fiel Atuqtuaqs Blick auf einen dunklen Schatten in der Eiswüste, der sich schnell auf ihn zubewegte. Dessen Bewegungen kamen ihm sehr vertraut vor. Dann sah und hörte er das Schneemobil, auf dem Woka johlend saß und wild winkte. Er stoppte, sprang vom Ski-Doo, lief auf Atuqtuaq zu und umarmte ihn herzlich. Beide hielten sich lange an den Unterarmen fest und drückten sie lange zur Begrüßung.

»Lange her«, brummte Woka gegen den Wind.

»Ja, es ist vier Jahre her. Du bist älter geworden.« Für Atuqtuaq war es immer ein kleines Wunder, dass es nach so langem Wiedersehen nur Bruchteile von Sekunden brauchte, um mit seinem alten Kumpel zu der vertrauten Einheit zu verschmelzen, die sie in ihrer Jugend gewesen waren.

»So alt, wie deine Klamotten sind, kann ich gar nicht werden. Du bist er Einzige, den ich kenne, der immer noch in Rentierfell herumläuft. Aber ich freue mich riesig, dich wiederzusehen, alter Robbenjäger.«

Woka grinste über das ganze Gesicht.

Dann fuhren beide zu Wokas Wohnung, die sich über dem Laden befand und mit drei Zimmern und einem eigenen Bad mit Toilette aufwarten konnte. Atuqtuaq bewunderte die beheizten Rohre des WCs, die in einem Behälter mit Chemikalien mündeten, um das, was dort hineingelangte, mithilfe von Milliarden Bakterien zu klären. Elektrische Heiznetze, die um die Rohre gewickelt waren, schützten vor dem Einfrieren, und die Minikläranlage tat klaglos ihren Dienst. In Qaanaaq galt dies schon als Luxus.

In den ersten drei Tagen erzählten sie sich die alten Geschichten aus der Schule und wie sie dem Alten des Dorfes das Robbenfell unter dem nackten Hintern weggezogen und ihm stattdessen eine gesalzene Walrosszunge untergeschoben haben. Sie stellten sich in die Erinnerung ihrer Kinderzeit, als sei sie ein warmer Wind.

Atuqtuaq vermied jedes Wort über Atiqtalik, der für immer unter dem Eis eingeschlossen ruhte. Er sah Woka an, dass er sich vor ihm anscheinend nicht gut genug verstellen konnte, und war seinem Freund dankbar dafür, dass er geduldig wartete, bis er von selbst über den wahren Grund seines Besuchs sprechen wollte.

Doch Atuqtuaq schaffte es nicht. Jedes Wort blieb stecken, wenn er über seinen Sohn sprechen wollte. Die Momente des Schweigens zwischen ihnen wurden immer länger, und schließlich sprach Woka die Sache an.

»Ich habe den Eindruck, dass du meine Hilfe brauchst. Was kann ich für dich tun?«

Atuqtuaq, der zuerst auf den Boden starrte, dann den Blick hob und aus wässrigen Augen Woka ansah, wurde von einer innerlichen Glutwärme erfasst, die sich in seinem ganzen Leib ausbreitete. Ein Teil seiner Trauer und seines Schmerzes machte endgültig Platz für Wokas mitfühlende Freundschaft.

»Schaffst du es, mir Flugtickets nach Kopenhagen und von dort nach Mittland zu buchen?«

»Absolut kein Problem«, sagte Woka und betrachtete seinen Freund aufmerksam, »aber warum willst du so eine weite Reise machen? Ausgerechnet du willst nach Europa? Ich weiß ehrlich gesagt nicht einmal, wo dieses Mittland genau liegt.«

Atuqtuaq holte einen Zettel hervor, auf dem »Viggo Lasse Paulsen« und darunter »Bank Moneta, Mittland« stand. Er legte ihn auf den Tisch und fragte, ob es Woka möglich sei, die Adressen dieses Mannes und der genannten Bank im Internet zu finden.

»Auch kein Problem«, wiederholte Woka, stand auf und nahm den Zettel hinüber zu seinem Laptop und loggte sich ein. Nach nur zwei oder drei Eingaben hatte er die Adressen, Telefonnummern und weitere Daten zur Person und der Bank vor sich, dann druckte er sie aus und reichte das Blatt an seinen Freund weiter.

»Seit wann kannst du mit dem Internet umgehen?«, fragte Atuqtuaq seinen Freund.

Woka blickte seinen Freund überrascht an. »Das kann eigentlich heutzutage jeder, es sei denn, er kommt aus Savissivik.«

Für Atuqtuaq, der nichts anderes in seinem Leben als Robbenfänger sein konnte, war das Internet ein großer, weißer Fleck, genau so weiß wie die Eis- und Schneelandschaft, in der er sich täglich bewegte. Er war ein einfacher Jäger, und über Robbenfang konnte ihm keiner etwas vormachen. Er bereute es nicht, dass er in der Zeit stehen geblieben war. Ihm genügte ein Leben, in dem er alles, was er für sein Leben brauchte, in der Natur finden konnte.

Das Internet fand er dort nicht. Also brauchte er es nicht. Bis auf den heutigen Tag.

Atuqtuaq kannte die Geschichten von denen, die das Dorf verlassen hatten. Nie käme ihm der Gedanke, denen nacheifern zu wollen. Hier, wo alles weiß war, im Eis, war er zu Hause. Ein Inuk wie er ließ sich nicht verpflanzen in eine städtische Welt ohne seine Tradition.

Das Paradies war unter dem Meer. Für einen Inuk verlief das irdische Leben auf einem einfachen Ring. Der Mensch wird an irgendeiner Stelle des Ringes geboren und durchläuft den Umfang mit der Zeit, um bei seinem Ende wieder an dem Punkt der Geburt anzukommen. Die große Mutter Sedna entschied, wie groß ein Ring war, sie legte die Länge des Weges fest. Atiqtalik, der kleine Eisbär, war tot, er hatte den Kreis verlassen. Atuqtuaq musste dafür sorgen, dass sich Atiqtaliks Kreis schloss. Sein Sohn wartete noch auf Einlass ins Paradies. Wenn Atuqtuaq jetzt seine Pflicht erfüllte, würde Sedna den kleinen Eisbären aufnehmen.

»Willst du mir nicht endlich sagen, warum du diese Reise machst?« Wokas Worte unterbrachen seine Gedanken. Sein mitfühlender, aber auch besorgter Blick ruhte immer noch auf ihm.

Atuqtuaq gab nach und erzählte weinend vom tragischen Tod Atiqtaliks. Unübersehbar kroch ihm dabei der gallige Saft aus Leid, Trauer und Wut unter die Haut. Sein Freund setzte sich zu ihm auf den Boden. Als Woka seine Unterarme ergriff und sie drückte, fühlte es sich an, als hätten sich Atuqtuaqs Knochen zurück in sein Innerstes verzogen. Atuqtuaq sackte zusammen zu einem bemitleidenswerten Häuflein. Wokas Augen sprachen von aufrichtigem Mitempfinden und darüber, dass er den Schmerz seines Freundes zu sich ziehen wollte, um Atuqtuaqs Leid zu lindern.

Die Freunde ließen sich mehrere Tage Zeit, um an Atuqtuaqs Plan zu feilen. Atuqtuaq benötigte Geld sowie einen Koffer und andere Schuhe, denn seine Jagdstiefel aus Robbenfell waren für sein Vorhaben in Mitteleuropa nun wirklich ungeeignet.

»Du bist zu unerfahren für so eine Reise«, sagte Woka. »Ich muss dir einiges beibringen, bevor du fliegst. Ich muss dir zeigen, wie wir per Smartphone und Tablet im Kontakt bleiben können. Und nicht nur das. Dich erwartet eine völlig andere Welt in Europa. Du musst mir versprechen, dass du erst einmal bei mir bleibst, und wenn es ein halbes Jahr oder länger dauert. Nur so wird deine Jagd gelingen. Versprich mir, dass du erst einmal bei mir bleibst!«

Zuerst sträubte sich Atuqtuaq.

»Siehe es mal so«, sagte Woka, »du musst dich an all das so anpassen wie an den Schnee unserer Heimat. Die Umgebung ist anders, doch wenn du dich daran gewöhnen kannst, wirst du es schaffen. Leider weißt du nicht, wie man sich an etwas anderes anpasst als an den Schnee. Daher müssen wir das alles üben.«

Atuqtuaq gab schließlich nach und ließ sich belehren. Bald fand er sogar ein wenig Gefallen daran, sich über Skype zu melden, die Landkarten von Google Maps zu nutzen und im Gehen zu telefonieren. All das machte er für Atiqtalik. Die Freunde übten, wie Woka ihn aus der Ferne lenken und an einen Punkt auf der Karte lotsen konnte, was überlebenswichtig war, wenn Atuqtuaq auf dem Flughafen durch Menschenmassen hindurch zu seinem nächsten Ziel musste.

Im Sommer 2009 war der Tag der Abreise schließlich da. Auf dem nagelneuen, vollgetankten Schneemobil chauffierte Woka seinen Freund nach Pituffik.

Nach Pituffik kam Kangerlussuaq, dann der Søndre Strømfjord Airport, das nächste Ziel war Kopenhagen, und von dort sollte es im Direktflug nach Mittland gehen. Atuqtuaq und Woka hatten verabredet, dass Atuqtuaq sich per Telefon meldete, sobald er in Kopenhagen gelandet war, sodass Woka ihn als Scout durch den Dschungel des Flughafens zum Anschlussflug dirigieren konnte. In Mittland sollte Atuqtuaq in die Rue du Fort Clocher gehen zur Jugendherberge Auberge de Église, wo für ihn ein Zimmer gebucht war. Die Location war deshalb ideal gelegen, weil sie im Zentrum lag und man alle Wege bequem zu Fuß erledigen konnte.

Ohne Zwischenfälle betrat Atuqtuaq gegen 21 Uhr die Herberge und bezog sein Zimmer, wo eine Thermoskanne, Kaffee und ein in Zellophan eingewickelter Teller mit Brot, Butter, einem Stück Emmentaler Käse sowie zwei Scheiben Salami auf ihn warteten.

Zimmer und Bett waren sehr sauber, und er staunte über das Bad mit Dusche. Etwas in dieser Qualität besaß keiner in Savissivik. Auf dem Tisch lag eine Chipkarte für ihn, die ihm die Freiheit gab, zu kommen und zu gehen, wann immer er es wünschte. Das Tablet war von Woka so eingerichtet worden, dass Atuqtuaq mit einem Klick den Videoservice Skype aufrufen konnte, um sich mit ihm zu verbinden. Doch Skype hatte erst einmal zu warten.

Einen Klick weiter erschien die Stadtkarte. Er schaute nach der Adresse von Viggo Lasse Paulsen. Er sah sich auch an, wo die Bank war, zu der Paulsen im Herbst letzten Jahres gewechselt war. Der Investmentbanker arbeitete nicht mehr bei der Moneta Bank. Schnell fertigte Atuqtuaq für sich selbst eine Skizze an.

Woka hatte ihm geraten, er solle sich nach der Ankunft ein Fahrrad mieten, weil er in der Stadt längere Distanzen zurücklegen musste. Er war sehr ungeübt im Radfahren. Zwar gab es in Qaanaaq einen Radverkehr, doch im Schnee und Eis in Savissivik war es unmöglich, Fahrrad zu fahren.

In Mittland war ein solches Gefährt mehr als nützlich. Überall traf man auf Stationen, an denen Mieträder standen, die mit einem vorher gekauften Code aufgeschlossen und benutzt werden konnten. Den Code dafür buchte Woka, bezahlte die Gebühr und schickte ihn per SMS auf Atuqtuaqs Mobiltelefon. So der Plan der beiden Freunde.

Die Vorbereitungen für diesen Tag waren erledigt. Atuqtuaq zog die flache Matratze vom Gestell des Bettrahmens und legte sie auf den Boden. Er war es gewohnt, so zu schlafen.

Früher war der kleine Atiqtalik oft zum ihm in sein Nachtlager gekrochen. Dann hatten sie sich Geschichten von Walrossen und Robben erzählt. Immer wieder wollte sein Sohn hören, wie Atuqtuaq als kleiner Junge alleine Fischen war und sich ein Grauwal dicht unter das Eis geschoben hatte, um genau durch Atuqtuaqs Robbenloch seine Fontäne zu blasen. Atuqtuaq wurde durch den Wasserstrahl meterweit weggeschleudert und musste durchnässt nach Hause laufen.

Sein Sohn hatte diese Geschichte geliebt. Hier in der Herberge erzählte er die Geschichte noch einmal und war sich sicher, dass der Bruder des Eisbären sie hörte. Wehmütig fiel er erst spät in einen friedlosen Schlaf.

Ein zauberhafter Dschinn
Juli 2009

Für kurze Zeit legte sich der Wind. Am wolkenlosen Himmel strahlte die Sonne auf Mittland, als läge sie im Wettstreit mit den vergangenen Tagen, die es jetzt zu übertrumpfen galt.

Jil Berg verließ die Redaktion des Jam Express und radelte mit dem Steppenwolf über die Adolphe Brücke vorbei an der Kathedrale ›unserer Lieben Frau‹ in Richtung Krautmarkt.

Kakaowetter, stellte Jil fest und bog in die Rue de Marche ein mit dem Ziel Chocolate House.

Dort angekommen lehnte sie ihr Rad an einen Pfahl, schloss es ein, passierte die groben, scheußlichen Blumenkübel, bis sie vor den Stuhlreihen stand, die sich im Freien aufreihten wie ein Begrüßungskomitee.

Die Terrasse zählte nicht viele Besucher, so setzte sie sich an einen halb schattigen, halb sonnigen Platz. Das *Chocolate House* genoss einen Spitzenruf. Exzellente Schokolade, sahniger Kakao, Schoko-Tarte mit kandierten Orangenzesten, Opera-Pralinen bis hin zu weißem Trüffeleis waren bereit für die kleinen Sünden des Lebens. Allein die vielen Arten von Kakao hatten etwas Paradiesisches.

Die Geschäftsleitung erlaubte sich einen Scherz für jene Gäste, die kalorienbewusst auf ihre Linie achten wollten. Oben auf der Speisekarte stand in verspielten Lettern: »Schokolade: Gottes Entschuldigung für Brokkoli«. Jil zog es öfter hierhin. Ihr Favorit war heiße, leicht geschäumte Milch mit einem Zimt-Kardamom-Kubus. Die Milch servierte man hier getrennt zur Schokolade, die aus einem festen Würfel bestand, der sich in der heißen Milch auflöste. Auf der Terrasse, voller Vorfreude auf den Zimtduft, stahl sie sich ein paar Minuten Freizeit.

Ihr Handy brummte und vibrierte. Sie wischte mit dem Finger darüber, gab ihren Code ein und schaute auf etwas, was sie in der letzten Zeit völlig vergessen hatte. Es blinkte ein orangener Punkt in der Ecke.

»Hallo Frau Berg, Sie haben sich aber ein nettes Plätzchen ausgesucht.« Ein bestens gelaunter Dschinn füllte das Display aus.

»Frau Berg, können Sie mich verstehen?«

Jil war zu verblüfft, um sich sofort auf das Gespräch einzulassen. Woher wusste Ramon34, dass sie die Sonne genoss?

»Ja, ich kann dich verstehen und sogar sehen«, antwortete Jil gereizt, denn es schien ihr, dass mit dem Anruf plötzlich die Sonne blasser wurde und das Licht wie durch einen Filter zu ihr durchkam.

»Warum so missmutig, Frau Berg? Sie haben mich doch nicht etwa vergessen?«

»Nein, ich frage mich nur, woher du weißt, dass ich draußen bin.«

»Keine Sorge Frau Berg, ich spioniere Sie nicht aus. Bei dem Wetter und um diese Tageszeit sind die meisten Menschen draußen. Außerdem ist das eine Zwei-Wege-Verbindung, und ich sehe, dass mein Gesprächspartner an der frischen Luft ist.«

»Du stellst mir auch ganz sicher nicht nach?«, fragte Jil.

»Seien Sie unbesorgt! Sie werden gleich merken, dass ich Sie aus gutem Grund kontaktiere, denn ich habe ein paar wichtige Informationen für Sie.«

Bedeutungsvoll blinzelte Ramon34 sie vom kleinen Display des Handys an. Jil hatte tatsächlich längere Zeit nicht mehr an diesen digitalen Popanz gedacht, der sich bereitwillig in ihre Dienste stellen wollte. Na gut, dachte sie, reden wir miteinander.

»Was wissen Sie über die Bank Moneta, die Bank, die in die Insolvenz gerutscht ist?« Diese Frage überraschte Jil nicht wirklich, weil es für sie nicht ausgeschlossen war, dass die Bank im Windschatten der Lehman-Katastrophe zu Fall gekommen sein konnte. Allerdings wusste sie durch Linda Barlotte nur, wie übel den Opfern mitgespielt wurde. Über die Bank selbst wusste sie nicht wirklich viel. Sie hoffte wirklich, dass Ramon34 ihr etwas Brauchbares liefern konnte, das sie ohne ihn nicht herausfinden könnte. Sonst müsste sie wirklich mal mit der Polizei über diesen Stalker reden.

»Du bist doch der Schlaumeier und als solcher müsstest du wissen, dass ich über die Bank berichtet habe. Die Insolvenz der Bank hängt unmittelbar mit der Lehman-Pleite zusammen. Was schaust du so?« Sie gab sich bewusst einsilbig.

»Lehman und Bank Moneta haben eigentlich fast gar nichts miteinander zu tun. Schon mal von der *Geysir Krise* oder *Island Krise* gehört? Man hat mir mitgeteilt, Sie haben Kontakt mit einigen Opfern der Bank Moneta. Kennen diese Opfer auch die Gründe des Bankrotts? Lehman Brothers ist jedenfalls nicht der Grund.«

Langsam ging ihr das besserwisserische Getue dieses Dschinns auf die Nerven.

»Jetzt rede doch nicht um den heißen Brei herum! Ich habe keine Lust auf Ratespielchen. Was hat Island mit der Bank Moneta zu tun?«

»Verzeihung, Frau Berg. Ich komme jetzt auf den Punkt. Das Mutterhaus der Bank Moneta, die Banki Island HF, wurde unlängst durch die Regierung Islands verstaatlicht, um, wie man dort der Meinung war, noch Schlimmeres zu verhindern. So die offizielle Darstellung. Durch den Ausfall der isländischen Kreditlinie sank die Liquidität der Moneta unter die vorgeschriebenen acht Prozent Eigenkapital. In dem Fall schreibt das Gesetz vor, die Insolvenz anzumelden. Bingo.« Der Dschinn hielt hier sein Referat an, weil er von Jil eine Reaktion erwartete, und diese kam prompt.

»Offizielle Version? Gibt es denn eine inoffizielle?« Jils investigativen Sinne wurden wach.

»Ja, in der Tat, die gibt es. Mittlands Bank Moneta war ein selbstständiges Unternehmen, mit eigenen Produkten, mit eigenen Kunden und allem Drum und Dran. Als mittländische Bank konnte sie auf das Wohlwollen der hiesigen Aufsichtsbehörde zählen. Das alles ist sicherlich nicht neu für Sie, und daran ist nichts Illegales. Doch Gelegenheit macht Diebe! Die Aufsichtsbehörden waren, nun ja ... allzu großzügig bei der Genehmigung von Moneta-Investment-Derivaten, etwa bei einem namens *Equity Release*. Der Mutterkonzern in Island reagiert schlau und schnell. Sie hätten sonst eine große Chance verpasst. Banki Island HF wurde ja von ihrem eigenen bedrohlichen Cash-Problem bedroht. Was lag näher, als durch das Equity Release-Derivat ihrer Tochter in Mittland die eigenen Anleihen zu verscherbeln, was frisches Geld in die Kassen spülte. Sechs Milliarden Euro allein über das Produkt Ice-Save. Wenn es schnell gehen muss, passieren Fehler, etwa dass sie mit falschen Ratings arbeiteten. Nahm die Aufsichtsbehörde daran Anstoß? Oder erkannten sie, dass die Bank Moneta in Frankreich, Portugal und Spanien keine staatlichen Lizenzen für den Verkauf von Investments besaß? Dass sie die Kunden mit Garantien köderten, die nicht das Papier wert waren? Alles offene Fragen. Zudem kommt, dass man die EU-Richtlinien für Verbraucher- und Anlegerschutz zwar unterschrieben hatte, aber so tat, als gäbe sie es nicht. Noch ist nicht jedes Vergehen bewiesen. Aber die Kläger werden immer lauter.« Ramon34 schaute Jil Berg direkt an und wartete.

Jil starrte immer noch wie gebannt auf das Display, weil sie den Eindruck hatte, dass Ramon34 noch mehr Informationen hatte.

»Mit dem Segen eben dieser Aufsichtsbehörde«, nahm Ramon34 den Faden wieder auf, »verkaufte die Bank Moneta viel zu viele toxische Produkte an Menschen im Rentenalter. Toxisch deshalb, weil es sich um hoch riskante und spekulative Investments handelte, die auf keinen Fall in die Hände normaler Sparer gehören. Auffällig ist, dass diese Bank keines ihrer Derivate an Bürger aus Mittland verkauft hat, sondern nur an Kunden im Ausland. Solche Derivate gelten nicht selten als illegal. Das Handeln der Bank sehe ich als unmoralisch an.«

Jil spürte ein Kribbeln auf der Haut. Das war die heiße Story, auf die sie gewartet hatte. Doch etwas passte nicht zusammen.

»Warum«, fragte sie, »hat sich die Polizei oder die Staatsanwaltschaft nicht eingeschaltet?«

»Oh je, ein weites Feld«, der Dschinn breitete die Arme aus, »dafür gäbe es allerhand Gründe: Wenn eine Behörde – die Bankaufsicht etwa – das Derivat rechtmäßig genehmigt und eine andere Behörde – die Justiz – gegen dasselbe Derivat vorgeht, weil es gegen das Gesetz verstößt, sitzen Polizei und Staatsanwaltschaft zwischen den Stühlen. Regierung und Finanzindustrie sind in Mittland aufeinander angewiesen wie siamesische Zwillinge. Beim Einschreiten der Exekutive würden Absprachen und Gefälligkeiten ans Licht kommen. Weder Banken noch Politik kann das gefallen.«

»Verstehe ich das richtig? Banken, Politiker und auch die Finanzaufsicht vertuschen, dass Bürger anderer Länder übers Ohr gehauen werden?« Der Dschinn nickte.

Das war kein Silvester-Knaller, das war TNT-Sprengstoff.

Sie saß immer noch im warmen Sonnenschein, als die Bedienung kam. Jil bestellte endlich ihre Zimt-Kardamom-Schokolade.

»Das alles aufzuklären ist Sache einer unabhängigen Justiz«, hörte sie Ramon34 sagen. Jil sah, wie er sich das Haar zerzauste. Auch er war also angespannt.

»Frau Berg, hier kommen Sie ins Spiel. Es genügt nicht, darauf zu vertrauen, dass die Justiz unabhängig bleibt und die Sache untersucht. Die vierte Macht im Staat muss parallel dazu für Aufklärung sorgen. Medienleute wie Sie müssen darüber berichten. Denn wir beim COMRA haben so unsere Zweifel: Wie weit lässt sich die Unabhängigkeit biegen, wenn es um die wirtschaftlichen Interessen des Staates geht? Wird die Justiz die Sachlage aufklären, sodass den Betrogenen Gerechtigkeit widerfährt? Oder wird sie sich schützend vor die Banken und die Regierung stellen?«

»Oh Mann, Ramon, die ganze Zeit tischst du mir auf, die Bank Moneta sei in kriminelle Machenschaften verstrickt und der Staat mische dabei mit. Jetzt addierst du auch noch die Justiz dazu. Bist du sicher, dass das keine Verschwörungstheorien sind?«

»Als Journalistin ist es Ihre Aufgabe, der Öffentlichkeit die Zusammenarbeit zwischen Staat und Banken offenzulegen. Ich helfe Ihnen dabei, wie versprochen. Sagen sie den Bürgern ihres Landes, welche Anhängigkeiten zwischen den beiden Protagonisten bestehen und welche Rolle dem Bürger als Kunden zugedacht ist. Stellen Sie Positionsleuchten auf. Wenn es Ihnen gelingt, Licht in das Dunkel des komplexen Geflechts aus Staat und Finanzindustrie zu bringen und für jedermann verständlich aufzuschreiben, werden Ihre Mitmenschen die Moral dahinter schon erkennen. Menschen sind dazu fähig. Ihre Reportagen sollten den Weg aufzeigen, ähnlich wie kleine Markierungsstäbe in den Alpen, die bei geschlossener Schneedecke aus dem Schnee ragen und die Richtung angeben, um ans Ziel zu kommen. Sie, Jil Berg, Sie sind solch ein Marker.«

Ein ernster Dschinn blickte sie an. Jil wurde unheimlich zumute. Sie war sich nicht sicher, ob die Sache nicht etwas zu groß für sie war. Konnte sie wirklich ein gesellschaftlicher Marker sein? Hatte Sie das Rüstzeug, den Menschen die Augen zu öffnen? Könnte sie gegen die Regierung, gegen die Banken und gegebenenfalls gegen die Justiz anschreiben? Aus journalistischer Sicht war die Antwort klar: Sie musste es tun. Sie war der Wahrheit verpflichtet.

Trotzdem wollte sich bei Jil keine Aufbruchsstimmung einstellen. Sie konnte keine Heldenmusik hören, die ihr half, zum Stift zu greifen und mal eben die Welt zu retten.

»Oh Mann, Dschinny, du traust mir ja viel zu«, sagte sie nach einer Weile, »ich bin doch kein moralisches Mutterschiff, das jeden ermahnt und auf den rechten Weg zerrt. Ich bin weder Mutter Theresa, noch bin ich Jesus.«

»Nein, das sind Sie nicht, aber Sie sind eine verdammt gute Journalistin.«

Ramon34 grinste und löste sich in Millionen Pixel auf.

Von kleinen und großen Dingen
Juli 2009

Kleine Dinge bleiben manchmal klein, doch wenn sie sich anschicken zu wachsen, wächst meist auch der Ärger, den sie verursachen, bis nicht selten am Ende Mord und Totschlag, ja sogar Krieg stehen kann. Anfangs war die Pleite der Bank Moneta für die staatlichen Stellen in Mittland ein kleines Ding, unbedeutend, nicht der Rede wert, noch nicht einmal ein Problem, eher ein Problemchen, welchem sie daher auch keine große Aufmerksamkeit schenkten. Aber schon vier Monate nachdem das Bezirksgericht die Insolvenz verkündet hatte, breitete sich doch Ärger aus.

Einer der vom Gericht bestellten Insolvenzverwalter, der angesehene Wirtschaftsprofessor Fred Abraco, warf kurzerhand das Handtuch.

Er galt als Koryphäe auf dem Gebiet der Investmentbanken. In den Medien wurde die Frage gestellt, ob nicht genau dies der Grund für seine Kapitulation gewesen sein mochte. Es sickerte durch, dass die Bank Moneta keine besondere Sorgfalt bei der Einhaltung von Gesetzen an den Tag gelegt und dass der Professor Hinweise auf etliche Verstöße gefunden hatte. Aus dem kleinen Ding wurde plötzlich ein heißes Ding.

»Besser wir halten alles innerhalb der Familie.« Ann-Katrin Tell tippte mit dem Bleistiftende gegen ihre oberen Schneidezähne. Die Richterin schien nervös. Ihr kam Lou-Anne Dupont vom ISE in den Sinn, die exakt dieselbe Formulierung benutzt hatte.

Jetzt galt es entsprechend zu handeln. Sie drückte Enter, die E-Mail jagte durchs Netz und am anderen Ende tauchte die Bestätigung auf, dass der zweiten Posten des Insolvenzverwalters ersatzlos gestrichen war. Im nächsten Schritt übertrug sie ihrer Freundin Odette Lambo die uneingeschränkte Verfügungsgewalt über das gesamte Moneta-Verfahren. »Davon sollte tunlichst nichts an die Öffentlichkeit gelangen. Eine winzige Meldung im Amtsblatt genügt. Das liest sowieso keiner. Außerdem deklariere ich den Fall hiermit zur Verschlusssache. Kein Wörtchen nach draußen! Vom Professor erfährt die Presse auch nichts, da wir von ihm eine Verschwiegenheitserklärung haben.« Richterin Till war zufrieden mit ihrem Schachzug.

Für Odette Lambo war es eine exzellente Nachricht, bei der sich ihr Selbstbewusstsein straff aufrichtete. Ihre alte Angst, sie wäre ihrer Familie nicht würdig, drückte sie oft gnadenlos nieder. Von jetzt an hatte man ihr Respekt zu zollen.

Zurück in ihrem Office gab sie sofort Anweisungen.

»Die Kopien des Professors, schnell, schnell«, verlangte sie. Mit ihrer Sekretärin sortierte sie die darin enthaltenen 14 strafrechtlich relevanten Dokumente aus und schredderte sie bis zur Unkenntlichkeit.

»Das war alles Zeitverschwendung«, rechtfertigte sie ihre Zerstörungswut.

Irgendwann hielt sie in den Händen, wonach sie gesucht hatte: die Liste aller Equity-Release-Kunden, fein säuberlich mit allen Daten und Investmentbeträgen, Zeile für Zeile.

»Wir verschlanken den Prozess«, ordnete sie an, »schreiben Sie alle auf der Liste an. Legen Sie eine Forderungsübersicht bei und erklären Sie, dass die sich ergebende Gesamtschuld innerhalb von zwei Wochen überwiesen sein muss.«

Der Abgang des Wirtschaftsprofessors setzte in Odettes Charakter, den man in Justizkreisen ohnehin schon als eisverkrustet ansah, eine neue Stufe frei. Sollten die Kollegen sie ruhig für unbarmherzig halten, sie war eben Dschingis Khan und wusste, dass das unbedingte Erreichen ihres Zieles jedes Opfer wert war. Also gab sie Vollgas und beschloss, mit der Belegschaft der Bank Moneta die ganz harte Tour zu fahren.

Doch so gern Odette Lambo ihre frisch gewonnene Volldampf-Motivation ohne jeglichen Verzug für den Kreuzzug gegen die Widerständler genutzt hätte, es ging nicht, weil zunächst ein anderes Problem im Weg stand. Die Belegschaft der Bank Moneta hielt bereits Versammlungen ab, formulierte Forderungen, schrie nach Sozialplänen und diskutierte über Kündigungsschutz. Da braute sich etwas zusammen, was in aller Schnelle aus der Welt geschafft werden musste. In diesem kleinen Land stellten Gewerkschaften für Odette Lambo kein großes Problem da, jedoch den Betriebsrat der Bank hatte sie bisher schlichtweg vergessen.

Die Zeit drängt, dachte sie sich. Aktiviere deine Stärken und setze auf Altbewährtes! Wie sagte schon Dirty Harry? »*Make my day!*« Mit diesen inspirierenden Worten stand sie siegesgewiss auf, lud die notwendigen Papiere in ihre Aktentasche und machte sich auf den Weg in die Höhle des Löwen – mit der Gewissheit, dass sie die Löwin ist.

»Ich darf um Ruhe bitten! Ruhe bitte!« Odette Lambo rief warnend ihre Order der Mitarbeiterversammlung zu, noch während sie durch den Raum marschierte. »Bitte beruhigen Sie sich und setzen Sie sich. Ich nehme an, Sie wissen, wer ich bin? Für diejenigen, die es noch nicht mitbekommen haben: Ich bin Odette Lambo, die vom Gericht bestellte Insolvenzverwalterin. Unsere Zeitvorgaben sind eng gesteckt, es wäre gut, wenn Sie mir zuhören würden. Es besteht kein Interesse von Seiten des Gerichts, dass die Abwicklung der Insolvenz unnötig in die Länge gezogen wird. Kann mir die Betriebsratsvorsitzende bestätigen, dass die Belegschaft vollständig ist?«

Eine Frau mit rabenschwarzem Haar, das sich seinen Weg über ihre Schulter bis zum Rücken bahnte wie ein Bündel schwarzer Aale, glänzend und geschmeidig, erhob sich aus der Menge. Maria Johanna Tupolewa stand dem Betriebsrat vor. Sie war für ihre unerschrockene und couragierte Art im Verhandeln von Mitarbeiterangelegenheiten bekannt und geschätzt. Es war schwer vorstellbar, dass sie jemals Angst haben könnte.

Ihr Urgroßvater Andrej Nikolajewitsch Tupolew, der große russische Flugzeugkonstrukteur, dessen Unbeugsamkeit vor jedweder Bürokratie legendär war, hatte seiner Urenkelin eine gehörige Portion Konfliktfähigkeit vererbt. Maria Johanna, die von allen Mary-Jo gerufen wurde, war der genetischen Hinterlassenschaft ihres Urgroßvaters sehr verpflichtet.

»Bis auf die Mitarbeiter aus den Trading Rooms sind alle anwesend. Doch bevor Sie hier große Reden schwingen, gilt es ein paar Fragen zu klären! Besonders die Frage, wo unser Rechtsbeistand ist.«

»Vielen Dank, Frau …« Odette Lambo hatte kein gutes Gehör für ausländischen Namen. Die Dame links, erste Reihe, flüsterte ihr den Familiennamen zu, » … Tupolewa! Da alle vollzählig sind, kann ich ja weitermachen. Ich habe Ihnen zwei Dinge mitzuteilen: Erstens spreche ich hiermit aufgrund der betrieblichen Lage des Unternehmens Ihnen allen die fristlose Kündigung aus. Betriebsbedingt, versteht sich. Und zweitens ist Ihr Rechtsbeistand informiert und schickt Ihnen die Papiere zu. Das war alles. Danke. Ich muss Sie jetzt bitten, Ihren Arbeitsplatz zu räumen und das Gebäude zu verlassen.«

Aus Maria Johanna Tupolewas Augen sprühten Funken von solcher Intensität, dass man mit ihnen ein Flugzeug ihres Urgroßvaters hätte antreiben können. Sie konnte sich nicht rühren, denn diese Dreistigkeit und Frechheit kam völlig unerwartet, ein Schock sogar für jene, die sich auf das Schlimmste eingestellt hatten.

Die Belegschaft verstummte und saß versteinert auf ihren Stühlen, da war Odette Lambo auch schon aus der Tür. Als sie den Gang hinunter Richtung Ausgang lief, um ihren Mantel zu holen, denn sie dachte nicht im Traum daran, sich der Meute weiter zu stellen, wollte sie möglichst zügig weg von hier. Sie registrierte, wie der Geräuschpegel im Besprechungsraum plötzlich mächtig anschwoll. Ihr Plan war aufgegangen. Deren Plan, dachte sie, während sie sich durch die gläserne Drehtür nach außen schob, sofern sie einen haben, wird garantiert nicht aufgehen.

Im Besprechungsraum brach die Hölle los. Alle redeten durcheinander, doch einige wenige saßen auf ihren Plätzen, starrten vor sich hin, wobei vielen von ihnen Tränen herunterliefen. Mary-Jo überwand den Schock und dachte über Reaktionen nach. Sie ging nach vorne und verschaffte sich Aufmerksamkeit.

»Kollegen, bitte, beruhigt euch. Bitte!« Sie schaffte es, dass die Belegschaft sich auf sie konzentrierte. »Bei einer betriebsbedingten Kündigung muss das Unternehmen den Kündigungsgrund nachweisen. Was also ist die betriebliche Situation, auf deren Grundlage man so entscheidet? Hat die Bank die Gründe selbst verschuldet, liegt der Fall ganz anders, als uns diese Insolvenzverwalterin weismachen will. Doch die Aussage, dass unser Anwalt uns die Kündigungen zustellen soll, ist lachhaft, das darf er gar nicht, dazu ist er gar nicht berechtigt. Das ist nur ein Trick. Es gibt für uns gesetzliche Regeln im Falle einer Insolvenz. Wir haben Rechte auf Sozialpläne und Abfindungen. Von wegen, fristlose Kündigungen. So lassen wir nicht mit uns umspringen! Da wir nun wissen, mit wem wir es zu tun haben und mit welch rüden Methoden wir auf den Müll geworfen werden sollen, ist jeder Versuch von uns, auf faire Verhandlungen zu hoffen, sinnlos. Ob es uns gefällt oder nicht: Das hier ist Krieg. Sie wollen ihn, sie bekommen ihn.«

Mary-Jo spürte Zorneshitze in jeder Faser. Die schwarz glänzenden Haare wirbelten herum wie eine Schar Krähen. Sie kochte vor Wut. Wie Abfall hatte die Lambo sie behandelt.

»Ich schlage vor, wir stimmen hier und jetzt ab, ob wir als Belegschaft uns gegen die Kündigung zur Wehr setzen. Wenn es eine Mehrheit gibt, kümmere ich mich sofort um einen Rechtsbeistand. Also, wer ist dafür?« Alle im Raum hoben die Hand. Die Frage, wer dagegen oder sich enthalten wollte, hatte sich damit erübrigt. »Wir nehmen den Kampf an. Wir fordern einen Sozialplan, es muss Abfindungen geben, und unsere Führungszeugnisse dürfen keinen Makel haben.« Maria Tupolewas Wut wandelte sich übergangslos in Kampfeslust.

Odette Lambo hatte sich zu Jacques Philippe gerettet, ins Entenstübchen, natürlich einem der besten Restaurants in der Gegend. Während sie die Wild-Consommé mit Steinpilzen und ultraflachen Polenta-Käse-Rauten, die leicht mit rotem Piment d'Espelette aus der gleichnamigen baskischen Region bestreut waren, genüsslich konsumierte, war ihr sonnenklar, dass es natürlich einen Aufschrei geben und dass der Betriebsrat alle Hebel in Bewegung setzen würde, um die Kündigungen abzuwehren. Und das war für sie in Ordnung. Dennoch würde sie die etwa achtzig Mitarbeiter absaufen lassen.

Ihr Telefonat mit dem Vizevorstand des Gewerkschaftsbundes – man kannte sich vom Golf Club – hatte sie vor ihrem Auftritt erledigt und dabei ihre Forderungen durchgedrückt. So etwas wie einen Sozialplan für die Mitarbeiter lehnte sie grundsätzlich ab. Abfindungen? Kommen nicht infrage, die Bank ist doch pleite. Die ausstehenden Gehälter? Was soll damit sein? Zunächst liegt erstmals alles auf Eis. Sie dachte im Traum nicht daran, den gesetzlichen Ansprüchen, die der Vize zaghaft vorbrachte, irgendeine Chance einzuräumen, denn sie kannte sein

Verhandlungsgeschick, das genauso schlecht war wie sein Handicap. Gegen sie verlor er das Spiel schon am ersten Loch.

Maria Tupolewa war noch immer die Betriebsrätin der Bank Moneta und konnte nicht fassen, dass, so ihre Meinung, die Belegschaft betrogen werden sollte. Es gab schließlich Gesetze, die zum Schutz der Belegschaft verabschiedet worden waren. Ihre Versuche, bei der Branchengewerkschaft Mitstreiter zu finden, lösten sich in Luft auf. An diesem Punkt ahnte Mary-Jo, was sich da hinter den ständig verschlossenen Türen der Behörden und der Gerichte abspielte. Sie zeigte sich kämpferisch und wollte damit die restliche Belegschaft motivieren. Aber wie belebt man eine Leiche? Sie sah die Gesichter der Sekretärinnen, der Kundenbetreuer und der Büroleitungen. Sie sah, wie es sich in ihren Köpfen sammelte, wie sie versuchten zu verstehen, wie ihre Lage war. Hinzu kam, dass weniger als fünf Prozent der Belegschaft einen Pass des Staates Mittland besaßen. Mary-Jo begriff, was die Behörde und vor allem diese Lambo vorhatten.

»Derjenige, der keinen mittländischen Pass hat, ist Ausländer. Trifft das Arbeitnehmergesetz also auf Ausländer zu?«, fragte Mary-Jo, »natürlich trifft es zu, sogar zu hundert Prozent! Wir sollen verwirrt werden, und deswegen schmeißen sie Nebelkerzen. Die glauben tatsächlich, einen Vorteil zu haben, wenn sie uns verunsichern. So wie es aussieht, drücken sie sich davor, auch nur einen Cent freiwillig zu zahlen.«

Maria Tupolewa war außer sich, als sie später hörte, dass die Insolvenzverwalterin schon mit dem Gewerkschaftsbund über ihre Köpfe hinweg einen Deal ausgehandelt hatte. Sie sollten fressen oder sterben! In mühsamen Einzelgesprächen versuchte sie, ihre Kollegen über ihre Rechte aufzuklären und wie sie diese wahrnehmen konnten. Die meisten hatten bereits resigniert, sie sagten, man müsse an die Familie denken, man hätte eine Hypothek auf dem Haus liegen, die monatliche Zahlungen verlange. Man müsse daher Geld verdienen, und man könne es sich nicht leisten, einen jahrelangen Rechtsstreit zu führen. Da wäre sich jeder selbst der Nächste, so leid es auch täte. Damit sank die Chance, die eigenen Rechte zu nutzen und zu verteidigen, rapide.

Der letzte Schritt
September 2009

Wie zwei die Sonne umrundende Planeten, die auf unabänderlichen Bahnen einer magischen Bewegung des Universums folgen, so umkreisen sich Achilles De Susa und Jil Berg.

Der Herbst hatte beschlossen, woran der Sommer zögerlich gescheitert war, nämlich, dass es nun Zeit war.

Dem ersten Treffen bei Tuyen im Lunch Room folgte ein Stelldichein nach dem anderen. Ob es ein Ausflug zur Burg Beaufort war, wo Achilles von seiner Mutter erzählte, die aus dem Dorf unterhalb der Burg stammte, oder ob es auf den Parkbänken vor dem Museum war. Die Bahnen beider kreuzten sich immer öfter, weil ihre Gefühle für den jeweils anderen sich ineinander verhakt hatten.

Das Café Molitor Artisan in der Route Leon wurde ihr Favorit. Leise schoben sie die Latte Macchiatos beiseite zu einer Gasse für ihre Hände, die sich fanden und sich festhielten wie eine intime Brücke zwischen zwei Biografien. Die Verliebtheit tänzelte auf ihrer Haut, reizte und erregte sie, als liefen sechs winzig fragile Käferbeinchen auf ihr herum. Ein Zauber schob sich unter ihre Haut.

Jil wagte sich auf Neuland vor. »Ich fühle mich wohl mit dir«, versuchte sie ihrem Gefühlschaos eine Linie zu geben. Ihr Herz schlug deutlich schneller, als sie das ausgesprochen hatte. Als daraufhin Achilles zärtlich ihre Hand drückte und nickte, fluteten Hormone durch die Körper der beiden Verliebten.

»Mir geht es genauso«, sagte er im Flüsterton. Jil fühlte sich wie im Drogenrausch, weshalb ihr das Hintergrundrauschen in Achilles Stimme entging. Sie sah ihn verliebt an und kam sich weiß Gott nicht kindisch vor. Ihre Augen strahlten, lachten und schäumten über vor Wonne. Sie traute sich.

»Ich liebe dich«, sagte sie. Worte, begleitet mit einer Portion Bangigkeit. Jil beobachtete seine Reaktion, ein verhaltenes Lächeln, doch seine Augen sagten ihr, dass er ihre Liebe erwiderte. Indes, es war kein Jubelschrei.

»Warum so stumm? Glaubst du nicht, du könntest mich lieben?« Ein dünner Schleier legte sich über ihren Blick.

»Neben dir lebe ich auf. Ach, ich weiß nicht ... wie soll ich das sagen?«

»Versuch's.«

»Jil, ich war und bin doch ein Kopfmensch, aber wenn du vor mir stehst, löst sich alles auf, alles wird viel heller und leichter. Ach, vergiss' es, tut mir leid ...«

»Wieso? Nein, nein, das ist schön, ich höre dir zu.« Jil zog ein Fenster zu seinem dunklen Raum einen Spalt weit auf.

»Was ist wahre Liebe?«, fragte er verwirrt, aber auch voller Hoffnung.

»Ja, ja, ... es ist eine biochemische Reaktion, okay, aber darüber hinaus? Wie fühlt es sich an? Woher weiß man es? Was muss ich sagen und tun? Mein Gott, ich weiß es nicht. Mir dreht sich alles im Kopf.«

Jil nahm eine sachte Verzagtheit in seinen Augen wahr. Sie bemerkte, wie er sich ehrlich anstrengte, seinem Gefühl auf den Grund zu gehen. Sie ließ ihm den Moment und wurde überrascht, als er leise sagte, »aber ich glaube, ich liebe dich mehr, als ich es überhaupt irgendwann zustande bringen könnte.«

Jil stand auf, ging zu ihm hinüber, umarmte ihn liebevoll, küsste ihn innig und hockte sich vor ihn hin.

»Deine Eltern, stimmt's?« Achilles sah sie verblüfft an, als hätte sie das Rätsel des Universums gelüftet. Er nickte leicht ungläubig, gleichzeitig fühlte er sich regelrecht unbeholfen. Sie traf den Punkt, der ihn seit seiner Kindheit überschattete, sein Hintergrundrauschen. Jahrelanger Zank zwischen dem schnell aufbrausenden Vater und Mutter Marianne, die nie zurückwich, jagte die gegenseitigen, beißenden Vorwürfe und Verletzungen wie Fledermäuse durch ihr Haus im argentinischen Paraná. Noch heute schleppte er eine Angst vor Konflikten mit sich herum. Um sie in Schach zu halten, trickste er sie aus, indem er sich aufs rationale Denken verlagerte. So wurde aus ihm ein Profiler. Unbehagen stieg in ihm hoch, wenn er über Gefühle sprechen sollte.

»Es ist ganz leicht. Mach nur einen ersten Schritt.« Jils Seele umfasste intuitiv das Ausmaß seiner innersten Verwirrung und zeigte ihm, dass sein Ausweg Liebe war. Angewandte Liebe, ausgesprochen und in Berührungen übersetzt. Es war ihm anzusehen, dass sich bei ihm etwas löste, als er verstand, dass eine alte Frage endlich ihre Antwort bekam. Achilles' Augen bekamen einen warmen Glanz.

Die Vorstellung eines gemeinsamen Lebens entfaltete sich indes beständig und zielstrebig, jedoch so gemächlich, wie Moos über Stein wächst. Manchmal schlendernd, dann wieder stürmend und drängend, durchbrochen von Phasen reinster Trödelei, so eigenwillig verlief ihre Romanze.

Jil hatte einen Schritt zur weiteren Annäherung getan, und folgerichtig setzte sie den zweiten in ihrer ersten gemeinsamen Nacht. Jil hielt die Augen geschlossen und genoss es, dass sich Achilles Hände um ihren Busen und auf ihren Bauch legten und sie streichelten.

Es dämmerte, als sie neben ihm erwachte und wieder seine Erregung spürte und als die Lust in ihr aufkam, ihn von Neuem in sich zu spüren und sich dem Rausch hinzugeben. Ihr Sex machte sie glücklich, und für beide war er erschöpfend. Sie duschten gemeinsam und frühstückten.

»Lass uns ans Meer fahren«, schlug Jil vor.

»Und die Arbeit?«

»Kann warten.«

»Aber ...«

Jil schaute ihn spitzbübisch an. »Auf geht's nach Knokke!«, sagte sie.

Ein paar Stunden später saßen beide auf der Kaimauer im belgischen Seebad. Schiffe verschiedener Größe fuhren vorbei und hinterließen beständig anrollende Wellen, die gegen die Spundbalken klatschten.

Zwischen Krokanteis und Stroopwafeljes traute sich Jil: »Sollten wir nicht langsam zusammenziehen? Wir sind doch ein richtiges Paar, oder?«

Typische Jil-Berg-Frage, das gab sie zu, direkt und suggestiv. Achilles wurde in die Pflicht genommen, Ja zu sagen.

Doch er schaute nur weiter zu den Schiffen hinüber und meinte halb ernst: »Physikalisch gesehen hätten wir wenig Chancen, denn wir sind in vielen Dingen sehr ähnlich, in einigen sogar gleich. Wir kämen nie zusammen, weil in diesem Fall die Kräfte, die auf unsere Körper wirken, uns trennen würden, wir würden uns gegenseitig abstoßen. Andererseits, abstoßend finde ich dich ganz und gar nicht. ›Aufregend‹ wäre ein Wort, das mir jetzt einfallen müsste und das du sicher hören willst. Es scheint mir aber nicht passend. Für mich liegen der Reiz und die Anziehung in der Beschaffenheit des Bandes zwischen dir und mir. Es ist langsam gewachsen, wird stärker und elastischer und scheint belastbar. Eigentlich alles, was man braucht, um keinen Schiffbruch zu erleiden.«

Bla, bla, bla, Profilergelaber! Ließ er sie etwa zappeln?

Sie drehte ihm den Kopf zu und sah ihn grinsen. Na warte, Freundchen, dachte sie sich.

»Der Anfang war glattweg uncharmant«, gab sie spitz zurück, »das mit dem ›abstoßen‹, meine ich. Aber der Rest war ... ganz okay. Elastisches Band ... wow, hast du das in einem Sprüchekatalog gelesen?«

Sie sah ihn weiterhin amüsiert grinsen, er blickte noch immer zu den Schiffen und schleckte am Krokanteis. Innerlich freute sie sich über das, was er gesagt hatte, da sie wusste, dass Gefühlsausbrüche nicht sein Ding waren. Aber ihn gnädig aus dem Schwitzkasten zu nehmen, kam nicht infrage!

»Du hast Schiss, dass der Tag kommen könnte, an dem du vor dir selbst zugeben musst, dass du ebenso gescheitert bist wie deine Eltern, stimmt's? Brauchst du eine Garantie für das ewige Leben unserer Gefühle? Ich sage dir, was ich glaube: Du hast keine Angst vor einer festen Bindung. Ich weiß schließlich, dass du dich nie vor Verantwortung drücken würdest. Ich glaube eher, dass du nicht weißt, ob meine Definition von Beziehung mit der deinen übereinstimmt. Lass es mich bildlich sagen: Es fehlt dir etwas, das dich hundertprozentig davon überzeugt, dass wir beide in dieselbe Richtung rudern.« Jil wollte es jetzt wissen, obwohl ihr klar war, wie sehr sie ihn damit bedrängte. Ihre Analyse war der Versuch, ihn mit seinen Mitteln auf ihr Feld zu ziehen.

»In dieselbe Richtung rudern, ja? Soso.« Chili gab den offenen Hafen mit den Schiffen auf und drehte sich zu ihr. »Wer zitiert hier Kalendersprüche?«

Jil antwortete mit einem neckischen Blick und einer koketten Neigung ihres Kopfes. Genüsslich knabberte sie an der Stroopwafel.

Augenblicklich hatte er Klarheit. Er nahm sie in den Arm, küsste sie auf den Mund voller Waffelkrümel, schleckte dann selbst an seinem Krokanteis und küsste sie noch einmal.

»Und wie schmeckt dir das?«, fragte er.

»Hm, Krokanteis und Stroopwafeljes, eine perfekte Kombination, genau wie wir beide.«

Jil legte sich in Achilles' Arme und wusste, er hatte seine Wahl getroffen. Das Meer, die Schiffe, die Luft, die Sonne und das Stroopwafeljeskrokanteis fällten die Entscheidung.

Je tiefer man gräbt
November 2009

Um 8.45 Uhr nahm Jil Berg den TGV zum Bahnhof Gare du Nord in Paris, wo sie mit ihrem französischen Kollegen Luke Petty verabredet war. Luke war ausnahmsweise pünktlich. Mit seinem tomatenblonden Schopf und dem klapprig-dürren Leib stand er unter den Arkaden des historistischen Hauptgebäudes wie ein zweibeiniger Buzzer.

Luke war der Einzige, den sie kannte, der so gierig an einer Zigarette ziehen konnte. Der Rotschopf studierte argwöhnisch die Passanten durch den Rauch seiner filterlosen Gitanes.

»Wir sollten uns beeilen«, rief Luke ihr fahrig entgegen, als sie noch fünf Meter von ihm entfernt war. Ach, er und seine Paranoia, murmelte sie und wusste, dass es zwecklos war, es anzusprechen.

»Tolle Begrüßung«, rief sie zurück und folgte Lukes Rücken, der sich schon in Bewegung gesetzt hatte. Er hustete durch seine vom Rauch gelb gefärbten Finger und schaute sich in alle Richtungen um, als wäre er auf der Flucht.

Zügig durchquerten sie den Fußgängertunnel unter der Rue de 8 Mai 1945, stiegen die Treppe hoch zum Boulevard de Strasbourg und bogen nach ein paar Metern in eine Einbahnstraße ein, bis das Hotel Wagram auftauchte. Jil lief japsend hinter Luke her. Dann kam ein unerwarteter Schwenk in die Lieferanteneinfahrt des Hotels. Sie durchquerten den schäbigen Hinterhof bis zu einer großen Holztür an dessen Ende.

Luke schnippte seine Kippe weg und öffnete Jil die Tür. »Man kann nie wissen«, sagte er als Antwort auf ihren fragenden Blick. Mit einem Mal standen sie mitten in der Wäscherei des Hotels. Luke lotste Jil durch das Gewimmel von Menschen, die keine Notiz von ihnen nahmen. Er manövrierte sie durch Berge von Schmutzwäsche, vorbei an Wasch- und Mangelstraßen, Trocknerkabinetten und den fahrenden Lieferboxen.

Man hätte annehmen können, er sei dort aufgewachsen, so wegkundig ging er voran bis zum Tor am Ende der Halle, das beide auf der Rue du Faubourg Saint-Denis entließ, nur ein paar Schritte entfernt von Lukes eigentlichem Ziel, dem libanesischem Grill *Mehmooni*.

»Soll das ein Casting für einen Action-Film sein?«, fragte Jil ironisch, als sie sich setzen.

Petty zündete sich die nächste filterlose Gitanes an. »Man kann nie vorsichtig genug sein«, meinte Petty. »Seit uns einige Whistleblower Festplatten mit äußerst aufschlussreichen, explosiven Datenmengen aus vielen Banken, Investmentfonds, Hedgefonds und sogar aus regierungsnahen Instituten übergeben haben, muss ich mit allem rechnen. Oder glaubst du, wenn wir Banken vom Kaliber UBS, HSBC, Goldman Sachs oder Giganten wie *Amazon* in den Hintern treten, dass die sich dafür auch noch bedanken?«

Petty arbeitete für das ICIJ in Washington, dem *Internationalen Netzwerk Investigativer Journalisten*. Weltweit hatten sich hunderte Journalisten zum größten Rechercheverbund aller Zeiten zusammengeschlossen, um alle »Sauereien der Global Player und Finanzmafia«, wie Luke es umschrieb, aufzudecken und öffentlich zu machen. Es war der Grund, warum Jil mit Luke sprechen wollte, weil sie annahm, dass der ICIJ brisantes Material auch über die Bank Moneta besaß.

»Uns wurden 28 000 Dateien zugespielt, alle Mittland betreffend. Euer kleiner Staat mischt im großen Stil bei der Steuervermeidung der Global Player mit. Eine Riesenschweinerei, Jil. Nächste Woche stellen wir unsere Recherche ins Netz, dann fliegt die Bombe hoch. Übrigens: Die Bank Moneta ist einer der Hauptplayer. Kennst du den SIC-Report aus Island?

»Nein, nie gehört.«

Luke skizzierte die Lage auf Island, wo mittlerweile Köpfe gerollt waren. Der Premierminister und die Präsidenten der Zentralbank und der Aufsichtsbehörde wurden geschasst, weil sie mit ihrem Bad-Bank-Plan aufgeflogen waren. Die Nachfolgeregierung forderte eine lückenlose Aufklärung. Als Ergebnis bekam sie den über tausend Seiten starken SIC-Bericht auf den Tisch.

»Alles, wirklich alles wurde untersucht. Wer was tat, wer wann was sagte, wer mit wem und so fort. Dazu gibt es detaillierteste Beweise von Aufsichtsratsprotokollen über schmutzige Manöver, mit denen die Banken die Ratingagenturen ausgetrickst haben. So kam ein Riesennetzwerk von Offshore-Gesellschaften, in dem Geld gewaschen wird, ans Licht.«

Luke nannte den Namen Liv Boncoeur, die als französische Untersuchungsrichterin zusammen mit dem isländischen Staatsanwalt jeden Stein herumgedreht und somit großen Anteil an der Wahrheitsfindung hat. Während Luke ihr davon berichtete, überspielte er ihr parallel den SIC-Report auf ihren Laptop. Er redete, ohne Atem zu holen, wobei die Gitanes, von der sich dünne Rauchfäden aufwärts schlängelten, in seinem Mundwinkel klebte.

»Eure Bank Moneta ist ein Krake.« Luke klopfte rhythmisch den Zeigefinger auf die Resopaltischplatte und fixierte Jil intensiv durch seinen eigenen Qualm, als sei das eine Botschaft.

»Wusstest du, dass die Moneta ein Netz aus 412 eigenen Offshore-Firmen betrieben hat? Das sind nur diejenigen, von denen wir wissen. Alle untereinander mehrfach vernetzt. Ein Dschungel, schwer zu durchschauen! Hier … das wird dir gefallen: Der Vatikan schleuste sein *Restguthaben* seiner 1987 zusammengebrochen, mafiösen Banco Ambrosiano auf die Offshore-Konten der Bank Moneta. Die Pfaffen dachten wohl, auf diese Weise fast eine Milliarde Euro waschen zu können und sie zurück in den Schoß der Kirche fließen zu lassen. Selbst wenn der liebe Gott die Hände im Spiel hat, ist und bleibt das Geldwäsche.

Aber warte ab, wir kommen schon noch dahinter, wie viel Geld auf wie vielen schwarzen Konten gebunkert ist und woher es stammt. Allerdings weitaus interessanter ist die Verbindung zur mittländischen Zentralbank. Du kennst die Muttergesellschaft, die Banki Island HF?

»Ja, übernommen von der isländischen Regierung, soviel ich weiß.«

»Kennst du auch die anderen Banken?«

»Welche andere Banken?«

»Na, die anderen isländischen Banken: Glitfinanz und Kaupkredit.«

»Nie gehört.«

»Okay, hör zu!« Zigarettenasche rieselte auf Lukes Jacke, als er sich konspirativ nach vorn beugte.

»Die drei isländischen Banken kippten bereits 2006 in den Bankrott, faktisch am Ende waren sie dann Mitte 2008, weil der Brunnen der Liquidität ausgetrocknet war. Sie verfügten über kein Cash mehr. Und jetzt kamen sie auf eine Idee, die so idiotisch war, dass sie tatsächlich funktionierte. Die Kaupkredit und Banki Island HF liehen sich untereinander Pakete ihrer eigenen Bonds! Da weder die eine noch die andere Bank Liquidität besaß, waren die Anleihen so gut wie keinen Pfennig wert, obwohl es um Milliarden Euro ging. Die Bonds waren eine Luftnummer. Hör zu, jetzt kommt's. Die Kaupkredit und Banki Island HF marschierten jede für sich zur Zentralbank, die eine zur isländischen Zentralbank, die andere zur Zentralbank in Mittland, und bekamen dort Milliardenkredite. Na, was glaubst du, haben die beiden Banken als Sicherheiten abgegeben?«

»Die wertlosen Anleihen der anderen Bank?« Jil verstand allmählich, worauf Luke hinauswollte.

»Volltreffer! Aber der Hammer: Es fiel nicht auf! Kannst du so etwas verstehen? Zentralbanken akzeptierten tatsächlich die getürkten Anleihen. Im SIC-Report steht das unter *Love Letters*. Dort steht auch, wie der Boss der Europäischen Zentralbank in die Luft gegangen sein soll, als er davon Wind bekam, denn sie hatten die Bank Moneta bereits auf dem Radar, weil mit ihr etwas nicht stimmte. Der Schuldenberg der Bank hat sich heute auf über vier Milliarden Euro aufgetürmt. Frage: Reden wir hier nur über grobe Fehler oder ist es eine gut geschmierte kriminelle Maschine?«

Die Bedienung brachte ihnen Getränke und Essen, was Jil kaum registrierte.

»Wieso fällt das keinem auf? Das muss doch auffallen!« Jil war perplex.

»Weil es keinem auffallen will?!«

»Moment mal. Redest du über Absicht, Vorsatz, Kalkül?«

»Jil, wenn wir es wissen, wissen es auch andere. Doch nichts ist bisher unternommen worden. Wo man auch hinschaut, findet man immer nur Tricksereien«. Unbekümmert schob sich Luke eine ganze Pilz-Pastizzi in den Mund und redete einfach weiter. »Keiner hält sich an Gesetz und Ordnung. Jeder haut jeden übers Ohr. Und Mittland scheint im Zentrum zu stehen. Man verliert den Glauben selbst an Gut und Böse, weil beide immerzu die Rollen tauschen.«

Jil empfand Scham und auch Wut, weil es Journalisten anderer Länder waren, die die schwarzen Löcher in Mittland aufdeckten. Die schreibende

Zunft aus Mittland stand belämmert da, als ob sie entweder zu blöd oder selbst Teil des Skandals sei. Luke gab ihr noch mehr Input, aber sie war eigentlich schon überflutet mit Neuigkeiten.

Auf der Rückfahrt im Zug begann sie, den SIC-Report zu überfliegen. Mit einem Mal setzte sie sich auf.

Was ist das denn, fragte sie sich. Hier steht, dass die Bank Moneta Investmentsummen der Ice-Save- und Equity-Release-Derivate auf Offshore-Konten verschoben hat. Das ist Geldwäsche, legte sie sich fest. Mein Gott, es sind auch Buchungen beigefügt. Den Link zum Bericht, der frei zugänglich im Internet war, musste Jil unbedingt Linda Barlotte schicken.

Sie las weiter und stieß erst einmal auf die Namen Gunnar Larsson und Bjarni Gunnarson.

Luke hatte recht, dachte sich Jil. Die Bank Moneta ist wirklich ein Krake.

Am nächsten Tag ging Jil früh in die Redaktion.

»Jetzt bleibt doch mal stehen, Raphael!« Jil erwischte Raphael de Tilly gerade noch am Ärmel seines tadellos sitzenden Jacketts. Er hatte das Wirtschaftsressort bei Jam Express unter sich und sein äußeres Erscheinungsbild glich denjenigen, über die er berichtete. Raphael blieb stehen und fragte, womit er dienen könne.

»Ich versteh da was nicht. Schau mal!« Jil nahm ein Blatt Papier und fertigte eine Skizze an, während sie sprach. »Wenn ich zu meiner Sparkasse gehe und mich nach einem Kredit erkundige, kommt doch sofort die Frage nach meinen Sicherheiten. Wenn aber eine Investmentbank einen Kredit benötigt, geht sie zur Zentralbank. Die will doch auch solche Sicherheiten haben, oder?« Was sie von Luke erfahren hatte, musste sie verifizieren, sonst konnte sie nichts darüber schreiben. Raphael de Tilly wirkte gelangweilt. »Na klar, was sonst? Die Zentralbank kann kein Geld verleihen ohne Sicherheiten«, gab er wurstig zurück.

»Okay, dann erklär mir, wie die Bank Moneta vier oder fünf Monate, bevor sie pleiteging, von unserer Zentralbank einen Milliardenkredit bekommen hat. Welche Art von Sicherheiten in dieser Höhe besitzt eine Pleitebank als Gegenleistung für einen Milliarden-Euro-Kredit? Wer solche Sicherheiten anbieten kann, der ist de facto doch nicht pleite? Da stimmt doch was nicht. Was hat die Bank Moneta der Zentralbank als Sicherheit angedreht? Hypothekenbriefe von Grundstücken auf dem Mond?«

Jil kannte natürlich die Antwort, aber sie dachte, dass sie Raphaels Ego anstacheln und ihn motivieren müsste, wenn sie alle Informationen bekommen wollte.

Raphael prüfte seine manikürten Fingernägel, während der antwortete. »Vom Mond! Guter Witz. Nein, ganz so wie bei dir und deiner Sparkasse läuft es nicht ab«, sagte de Tilly, »die Art der Sicherheiten, die Zentralbanken akzeptieren, sind zwar im Wesen gleich dem, was du liefern müsstest, aber Banken untereinander dealen mit wesentlich mehr Kategorien als wir Normalbürger, etwa mit Schuldtitel von Drittländern oder Rohstoffzertifikaten bei Rohöl- oder Goldreserven. Oder auch mit Bürgschaften von dritter Seite und so weiter. Doch in einem hast du recht: Wenn die Bank Moneta für einen Milliardenkredit werthaltige Sicherheiten auf den Tisch legen konnte, dann fragt man sich schon, warum sie wenig später pleitegegangen ist. Das Gegenteil müsste sogar der Fall sein: Mit den frischen Milliarden ist die Zahlungsunfähigkeit obsolet, das Gespenst des Bankrotts wäre vertrieben. Zumal das Geld von der Zentralbank in der Bilanz verbucht werden muss. Für mich sähe das so aus, als ob die Zentralbank alle Vorsicht hat fahren lassen, um der Bank Moneta zu helfen. Das wäre jedoch ein schweres Vergehen und illegal. Seriös scheint mir das ganze Theater aber nicht zu sein. Schick mir mal die Daten übers Intranet. Ich werfe ein Blick darauf. Möglicherweise bekomme ich heraus, welche Art Sicherheiten da verplombt wurde.«

Während Raphael de Tilly sich in Nachforschungen erging, informierte Jil sich über Gunnar Larsson und Bjarni Gunnarson.

Viele Mosaiksteinchen fügten sich zu einem Bild. Jil nahm von Neuem den SIC-Bericht zur Hand und schaute genauer hin, wie kunstvoll Vater und Sohn als Besitzer der Bank Island HF mit dem isländischen System versponnen waren. Wie ein Schwarm Kolibris hatten sie nur Eigennutz aus ihrem Unternehmen gesaugt, beispielsweise indem sie sich Millionenkredite gewährten.

Sie waren nimmersatte Raupen, welche die Bank als Wirtstier aussaugten, dachte Jil. Der reinste Parasitismus. Plötzlich musste sie an ihren Biologieunterricht in der Schule denken: Die Buckelfliege und die Feuerameise. Zwei kleine Wesen, die eine Horror-Show inszenieren. Die

Buckelfliege besitzt einen Stachel, mit dem sie die Feuerameise ansticht, um ihre Eier in die Ameise zu legen. Die Ameise bemerkt nichts von dem Kuckucksangriff, doch nach zwei Wochen schlüpfen die Larven im Körper der Ameise. Die Maden kämpfen sich durch den Rumpf bis zum Kopf, fressen das Ameisengehirn und setzen sich an des Gehirnes Stelle. Jetzt geben sie Befehle an die Körperteile der Feuerameise, die diese ausführt.

Larsson und Gunnarson hatten ihre Larven in die Banki Island HF gelegt – mit dem Ziel, das Gehirn der Bank zu fressen, sich als neues Gehirn zu implementieren und die Befehlsgewalt auf sich zu vereinen.

Ihr Handy brummte. Ohne von ihren Zetteln und Ordnern aufzuschauen, tastete sie danach, fand es und bewegte den Finger über den Touchscreen. Ein kurzes »Ja« kam knapp über ihre Lippen.

»Ich bin's, Raphael. Ich habe etwas für dich! Ready to go?«

Sofort schwenkte Jils Aufmerksamkeit um. »Klar«, antwortete sie, »was hast du herausgefunden?«

»Okay, es ist ziemlich skurril. Ich habe so etwas noch nie gesehen. Pass auf! Zwei isländische Banken sind nicht nur klamm, sondern eigentlich zahlungsunfähig.« Raphael berichtete von den Love Letters und bestätigte damit all das, was sie bereits von Luke wusste. In de Tillys Stimme schwang vorsichtige Besorgnis mit, als sei Jil kurz davor, von einem gefährlichen Kraftfeld angezogen zu werden.

»Von wegen Love Letters«, fuhr er fort, »das ist keine Liebe, das ist Beschiss. Ein Riesenbeschiss, wenn du mich fragst. Nicht zuletzt Betrügerei an uns Bürgern, denn der Kredit für die Bank Moneta kam aus Steuergeldern. Mit der Pleite bleibt der Zentralbank nichts anderes übrig, als die Summen zunächst abzuschreiben. Das schmeckt nach Absprache, nach abgekartetem Spiel.« Jil hatte jetzt ihre Bestätigung.

Täglich kamen Neuigkeiten herein. Die Kette an Informationen wollte einfach nicht abreißen. Ein Grund bestand darin, dass sich die Akte Bank Moneta ständig und unerwartet für Nebenaspekte öffnete und sich neue Türen aufschlossen. Jil erinnerte sich an den Anfang ihrer Recherche, als sie lernte, dass wegen der Lehman-Brothers-Pleite die Angst im Staat umging, Investmentbanken könnten den Finanzplatz verlassen und wie sich diese Angst kanalisierte, als der Bankrott der Bank Moneta auf heimischem Boden bekannt wurde. Sie wusste, dass ihre Artikel im Netz für die Verbreitung der Story sorgten und gefährliche Gegenreaktionen entfachten.

Seit Längerem erhielt sie anonyme Drohmails und einschüchternde Anrufe. Ihre Antwort bestand aus noch mehr Information für die Leser, die verstehen sollten, dass den Verantwortlichen im Staat der Fall Moneta schwer im Magen lag und warum es so war. Jil schrieb fleißig einen Artikel nach dem anderen, unter anderem mit Schlagzeilen wie: »Affäre um Bank Moneta wirft immer neue Schatten«, »Auf Bankenskandal folgt Justizskandal« und »Haben wir zu viel Geld? Zentralbankkredit überweist Geld an Bank Moneta in Zeiten von Suspect Periode?«

Den Finger in die Wunde zu legen war eine Sache. Man muss den Gegenwind aber auch aushalten können. Jil wusste das und fühlte sich stark genug, es durchzustehen. Sie stellte einen Kommentar ins Netz, von dem sie hoffte, er würde viele Reaktionen bringen:

Ist Nibelungentreue demokratisch? Kommt die Justiz im Fall Bank Moneta in gefährliches Fahrwasser?

Die Opfer der bankrotten Bank Moneta gehen in die Offensive
Von Jil Berg

Die Vorsitzenden, die Fraktionsführer und die Generalsekretäre aller Parteien unseres Landes bekamen Post. Die Opfer der Pleitebank Bank Moneta zeigten jüngst gegenüber den mittländischen Behörden »die kriminellen Machenschaften« der Bank an, die indes von der Insolvenzverwalterin Odette Lambo bis heute ignoriert werden. Frau Lambo hält es nicht für gegeben, strafrechtliche Untersuchungen durch die Staatsanwaltschaft zu beantragen. Dem JAM Express vorliegende Dokumente von der Opfergruppe VOM (Victims of Moneta) würden eine Untersuchung mehr als rechtfertigen. Die Insolvenzverwalterin wäre verpflichtet, dies zu tun.

Es wäre eine Untersuchung wert, festzustellen, ob die damalige Bank Moneta überhaupt die nötigen Lizenzen für das Wertpapiergeschäft in Europa hatte und ob die Unternehmensführung fit genug dafür war. Bei unseren Recherchen durften wir einen kurzen Blick auf das »Strafregister« – man kann es tatsächlich so nennen – des Chief Operating Officer der Bank werfen. Dieses veranschaulicht, wie oft er mit dem Gesetz in Konflikt geraten ist. Für den Vorstand der Bank schien es nicht von Interesse gewesen zu sein, dass das Führungspersonal Vorstrafen aufweist. Wie kommen die Kunden der Bank damit klar? Schafft das Vertrauen gegenüber Investmentgeschäften? Müsste nicht die Aufsichtsbehörde eingreifen? Fragen über Fragen und keine Antworten.

Eine weitere Untersuchung könnte der Frage nachgehen, warum unsere Zentralbank der Bank Moneta einen Milliardenkredit gewährte, obwohl diese Bank schon von der Europäischen Zentralbank unter Beobachtung stand (Stichwort Suspect Periode). Wenn es dafür keine gravierenden Gründe gibt, müsste der Staatsanwalt wegen Insolvenzverschleppung aktiv werden. Zudem wird hartnäckig verschwiegen, was die Bank Moneta unserer Zentralbank als Sicherheiten vorgelegt hat, um an diese frischen Milliarden Euro zu kommen.

Der Begriff der Love Letters macht die Runde. Die Bank Moneta hatte im Austausch ihrer wertlosen Anleihen ein ebenso wertloses Anleihepaket von der anderen Pleitebank Kaupkredit bekommen, und unsere Zentralbank soll dies als werthaltiges Portfolio und als Sicherheit akzeptiert haben. Jeder, der seinen Dispokredit überzieht, weiß, dass ihm seine Hausbank sofort Stress macht, im schlimmsten Fall sogar das Haus pfändet. Warum sich die Zentralbank im Fall Bank Moneta überhaupt die Mühe machte und Sicherheiten verlangte, obwohl sie doch wissen musste, dass sie nichts wert sind, bleibt eine weitere offene Frage.

Mittlerweile reist die Staatsanwaltschaft aus Island an und durchsucht Gebäude und Büros der Tochter der isländischen Banki Island HF. Auf Island ist die Justiz der Meinung, dass man mit größter Sorgfalt eine strafrechtliche Untersuchung gegen die Mutter Banki Island HF durchführen muss, denn die Anklagepunkte lauten Marktmanipulationen (Stichwort Ratingagenturen) und Bilanzfälschung. In Reykjavik ist man zuversichtlich, dass die Beweise hierzu ausreichen, um die Vorsätzlichkeit dieser Straftaten zu belegen. Wie der Staatsanwalt mitteilte, sieht das Gesetz Strafen von bis zu fünf Jahren Haft vor, bei schweren Fällen sogar von bis zu acht Jahren.

Warum wird der Fall Bank Moneta nicht strafrechtlich untersucht? Nur eine Untersuchung kann klären, ob es kriminell bei der Bank zugegangen ist. Die Bürger würden Klarheit bekommen. Wenn unsere Justiz diese Untersuchungen trotz der Beweise nicht durchführt, kann das doch nur heißen, dass es handfeste Interessen gibt.

Das klassische Cui bono. Wer könnte ein Interesse daran haben, dass es keine Untersuchung gibt? Die Regierung, weil sie ihrem Finanzminister helfen will? Der Finanzminister, weil er der Zentralbank helfen will? Der Justizminister, weil er der Regierung helfen will? Der Generalstaatanwalt, der der verantwortlichen Richterin helfen will? Die Richterin, die der Insolvenzverwalterin helfen will? Fragen über Fragen.

Eines ist sicher, wer auch immer wem helfen will, sie haben alle eines gemeinsam: Sie alle wollen den Opfern der Insolvenz der Bank Moneta nicht helfen. Man weigert sich sogar, sie anzuhören. Die Justiz hat ihren Weg eingeschlagen. Wie es aussieht, könnte es ein falscher Weg sein. Hoffen wir für die Opfer der Bankenkrise, dass unsere Justiz trotz allem in der Lage ist, den Weg zurückzufinden.

Die Response, wie es im Jargon heißt, war überwältigend, und die, die sich bei Jam Express meldeten, wollten unbedingt die Seite der Opfer näher kennenlernen. Etwas später rief Linda Barlotte an.

»Gratulation, ausgezeichneter Kommentar! Und Danke für den SIC-Report. Unglaubliches Material.« Linda breitete Jil ihre neusten Interpretationen aus, was Jil faszinierend fand, denn wann immer Linda eine These präsentierte, fanden sich über kurz oder lang tatsächlich Fakten, die diese These stützen.

In der Redaktion war Hochbetrieb, der Mann vom Sport flippte aus, als sein Favorit die zweihundert Meter Butterfly-Schwimmen bei den Europameisterschaften gewann. Wie ein Rumpelstilzchen sprang er vor seinem Computer auf und ab. Jil sah nicht hin und suchte ihre Sachen zusammen, packte ihren Laptop in die Tasche und schnappte sich ihre Jacke.

Als sie die Redaktion verließ, klingelte ihr Handy. Auf dem Display wurde eine unbekannte Nummer angezeigt. Sie hatte einen leisen Verdacht, wer das sein könnte.

»Spreche ich mit Jil Berg, der Journalistin?«

»Nein, hier ist Blond, Jil Blond, 007, mit der Lizenz zum Schreiben. Wo bist du? Was ist das für eine Rufnummer?«

»Antwort ein: im Institut. Antwort zwei: vom Institut. Was hältst du von einer Pizza bei Concetto? Ich brauche deine Spürnase.«

»Ach, nur meine Nase? Äußerst charmant. Okay ... aber keine Pizza und kein Concetto! Gehen wir ins La Mer, heute ist Fischtag. Das freut doch einen gestandenen Fleisch-Gaucho wie dich, oder?« Jil liebte die Flachserei mit Achilles.

»La Mer, hm, aber nur, wenn sie Bullenhai-Steaks haben, dann geht das in Ordnung. Sagen wir in einer halben Stunde. Sei pünktlich.«

Jil machte sich auf den Weg. Das Gespräch mit Linda Barlotte hallte jedoch nach, denn Linda hatte vermutet, ja, eigentlich war sie sich sogar sicher gewesen, dass jemand in Mittland die schützende Hand über die tote Bank Moneta hielt und damit auch über Odette Lambo. So nahm der Fall eine verhängnisvolle, möglicherweise sogar gefährliche Dimension an.

Der grauschwarze Himmel über ihr kam heute ohne Sterne aus. Auf dem Weg zu ihrem Steppenwolf-Rad dachte sie immer noch an die Bank Moneta und hatte ein merkwürdiges Gefühl.

Sie blieb stehen. All die vielen Fragen und Uneindeutigkeiten waren ihr unter die Haut gekrochen. Es war, als ob die unterste Hautschicht die obere warnen wollte. Warnen wovor? Jil musterte den schwarzen, sternenlosen Himmel, der etwas Bedrohliches an sich hatte. Die Warnung war angekommen. Sollte sie jetzt Angst bekommen? Von wegen, dachte sie, ich bin Journalistin. Also, Angst, schleich dich.

Atuqtuaqs Jagd
November 2009

Schon seit Tagen beobachtete Atuqtuaq sein Ziel. Das Wetter, wie es sich hier zeigte, machte ihm nichts aus. Wenn es regnete, stellte er sich unter. Pfiff der Wind, zog er den Anorak enger zu. Er spähte Paulsen aus. Schon seit Wochen. Mit all seiner Routine. Einmal auf der Jagd, war es unerlässlich, das Ziel und die Gewohnheiten des möglicherweise gefährlichen Geschöpfes genau zu kennen. Er wollte lernen, wie Paulsen zu denken, bevor er ihn fasste.

In gewisser Weise war Atuqtuaq enttäuscht. Selbst Seehunde gaben sich wesentlich mehr Mühe, ihren Häschern zu entkommen, dachte er. So ein langer und stämmiger Mann wie Viggo Lasse Paulsen sticht aus jeder Menge hervor und ist gut sichtbar. Und wenn genug Alkohol im Spiel ist, erkenne ich ihn schon von Weitem an seinem unsicheren Gang. So wie heute. Er macht es mir leicht, dachte Atuqtuaq ein wenig enttäuscht.

An welchen Orten traf man Viggo Lasse Paulsen an, wie lange hielt er sich dort auf, was tat er, wo und wann ergab sich die bestmögliche Gelegenheit? Atuqtuaq folgte ihm wie ein Schatten. Hielt sich Paulsen nicht in der Bank auf, dann verlegte er mit Vorliebe seine Meetings in Bars und Cafés. All diese Orte markierte Atuqtuaq auf dem Stadtplan, und so ergab sich nach und nach eine Roadmap mit Bewegungsprofil. Dass er oft Stunden warten musste, bis sein Ziel ein Etablissement wieder verließ, grämte ihn nicht. Er wartete geduldig an sein Fahrrad gelehnt, summte Melodien und beobachtete dabei das Treiben um sich herum.

Was ist das doch für ein seltsames Land, fand er, als er in der Hauptstraße vor der Bar wartete, in der Viggo Lasse verschwunden war. Unzählige Menschen eilten vorbei, die während des Gehens aßen und tranken. Ihr

Telefon beschäftigt sie mehr als die Personen um sie herum. Kein freundlicher Gruß, keine Plauderei. Jeder läuft und rennt. Wie seltsam. Laufen sie der Zeit hinterher oder vor ihr davon, fragte er sich. Atuqtuaq verstand diese Welt nicht. Aber er hatte gelernt, hier nicht aufzufallen.

Sein Handy gongte. Ein Skypeanruf von Woka.

»Wie geht's, altes Walross?«, meldete sich sein Freund mit einem Grinsen, welches das kleine Display ausfüllte. Was für eine unverhoffte Belohnung, dachte Atuqtuaq, der für einen Moment aus seiner Fokussierung auf Paulsen gerissen wurde. Woka redete ununterbrochen, machte Scherze, lachte – und je länger Atuqtuaq ihm zusah und zuhörte, umso mehr Dankbarkeit fühlte er für einen solchen Freund, der ihn aufmunterte.

»Behalte dein Ziel im Auge und *bonne chasse*, wie man dort sagt«, verabschiedete sich Woka. Gerade zur richtigen Zeit, denn Viggo Lasse stolperte soeben aus der Eingangstüre der Bar. Atuqtuaq heftete sich an seine Fersen. Fast schon Routine.

Atuqtuaq wollte zunächst nicht einleuchten, warum Paulsen sich bei jeder Gelegenheit betrinken musste. Auch fiel es ihm schwer, nachzuvollziehen, warum er sich immer am selben Ort mit einer äußerst lichtscheuen Gestalt traf.

Als er eines Abends den beiden Gestalten besonders nahegekommen war, hatte er beobachtet, wie ein kleines weißes Tütchen auf einem beleuchteten Parkplatz gegen ein Bündel Geldscheine eingetauscht wurde. Da ahnte er, was vor sich ging. Stets verschwand die lichtscheue Gestalt nach der Übergabe im Schatten angrenzender Gebäude.

Auch heute zeigte Paulsen keine Eile und betrachtete in aller Ruhe und auf wackeligen Beinen stehend das Tütchen in seiner Hand. Neugierig beobachtete Atuqtuaq, wie Viggo Lasse Paulsen in aller Seelenruhe die obere Kante des kleinen Päckchens aufschnitt und das Weiße in zwei geraden Linien auf sein Autodach rieseln ließ, sich darüber beugte und das Pulver etappenweise mit der Nase aufschnupfte.

Danach ließ Paulsen sich auf den Fahrersitz seines BMWs fallen, blieb einige Minuten regungslos sitzen, startete den Motor und fuhr auf dem Boulevard d'Avranches in Richtung Innenstadt zurück. Für gewöhnlich ging es jetzt erst richtig los: Ins Jerry D, seinen Lieblingsclub, wo Paulsen die After-Work-Party und Happy Hour feierte. Dann ging es weiter zum

Club Revolution und so weiter. Von einer Station zur nächsten radelte Atuqtuaq ihm hinterher. Irgendwann kam der Punkt, an dem man Viggo der Einlass verwehrte, weil er schon im Zickzack auf den Türsteher zugelaufen kam. Doch keine Spur von Abbruch, die Tour ging weiter durch Bars und Kaschemmen. Atuqtuaq war ihm immer auf den Fersen.

Was für ein verschwendetes, rückgratloses und trauriges Leben, dachte Atuqtuaq, als ein durchtrainierter Türsteher Paulsen aus dem Nachtlokal bugsierte und dieser die Straße hinuntertorkelte und plötzlich anhielt, um sich zu übergeben. Er lallte vor sich hin und wischte sich die Speichelfäden mit dem Ärmel seiner Jacke ab. Langsam und umständlich zog er sein Handy aus der Tasche, sprach irgendetwas hinein und hockte wartend auf einem Mülleimer. Das Taxi fuhr ihn dann, vorbei an dem radelnden Atuqtuaq, nach Hause. Wie immer. Wie gesagt, alles Routine.

Der gute Hubi
Mai 2010

Die Boeing 737 landete pünktlich auf dem Airport des kleinen Staates und rollte mit jammernden Triebwerken an die Slot-Position. Der Wunsch der Crew, der durch die Lautsprecher zu hören war, die Fluggästen mögen einen angenehmen Aufenthalt haben, interessierte keinen der Passagiere mehr. Nachdem die Triebwerke zum Stillstand gekommen waren und die Kabinentüre sich öffnete, entleerte sich der Cityliner, und die Menschen strömten aus seinem Bauch wie Jonas aus dem Wal. Passagiere der vorderen Reihe waren begünstigt und erhielten als Erste den freien Weg aus der Boeing 737.

Odette Lambo betrat als Zweite den heimatlichen Boden. Den langgestreckten Korridor zum Flughafengebäude durchschritt sie zügig, wie es ihre Art war, direkt Richtung Ausgang, weil sie ihr ganzes Gepäck bei sich trug. In London, von wo die Boeing gestartet war, hatte Lambo sich nur aufgehalten, um der Vorladung des High Courts in der Little Georg Street nachzukommen. Sie war dorthin zitiert worden, um eine Aussage zur Rolle der Bank Moneta im Ice-Save-Fall zu machen, was sie an sich schon als impertinent empfand.

Englische Gerichtsverhandlungen mit Richtern, Anklägern und Verteidigern in historischen verstaubten Talaren und albernen Lockenperücken erinnerten sie zu sehr an die Muppet-Show. Man hatte sie vorgewarnt, dass die verbale Kunst der Prozessführung im High Court ganz und gar nichts mit Slapstick zu tun und dass so mancher sein blaues Wunder erlebt hätte.

Odette Lambo erreichte die Ausgangshalle, stellte ihren Hermes Depeche Aktenkoffer aus reinem Kalbleder auf den Boden, nahm ihr

Handy aus der Handtasche und las die Zeit ab. Ihr Chauffeur war bestellt, aber nirgends zu sehen. Als sie vom Telefon aufsah und suchend durch die Halle schaute, trat ein älterer Herr mit hoher Stirn und weißem Haarkranz, unmodischem Anzug und randloser Brille auf sie zu, blieb stehen und schien auf etwas zu warten.

»Ach, sieh mal einer an, der Herr Generalstaatsanwalt«, sagte sie bemüht überrascht und wie immer, wenn sie Hubert Triebert traf, zugleich etwas abfällig. »Ankunft oder Abflug?«

»Weder noch. Ich hole meine Frau ab, sie kommt aus Mailand zurück. Shoppen«, war die Antwort, »und du, woher kommst du?«

»Aus London, von diesen nur allzu britischen Gerichtsverhandlungen. Du kennst das sicher – die Wichtigtuer im High Court. Wenn ich schon deren Perücken sehe, mein Gott, wie im siebzehnten Jahrhundert!«

Eine Schmähung der englischen Justiz kam ihr gerade recht, um ihrem Unmut Luft zu machen. Der fintenreiche Anwalt im High Court hatte es von Beginn an am nötigen Respekt ihr gegenüber mangeln lassen, was sie in große Empörung versetzt hatte. Dieser ausgekochte Schweinehund mit seinem mottenzerfressenen Kopfschmuck, dachte sie unentwegt, hat mich doch glatt aufs Kreuz gelegt, hat mich eiskalt und hinterlistig bloßgestellt. Das schrie nach Rache.

Generalstaatsanwalt Triebert schien Odette Lambo genauestens zu mustern. Bei ihr ging Sprechen und Beobachten gleichzeitig, denn auch sie taxierte den Generalstaatsanwalt, während sie sprach. War das etwa ein gespielter Ausdruck von Mitleid auf seinem Gesicht? Maßte er sich an, sie zu durchschauen, und witterte er ihren tiefen Ärger über die misslungene Reise? Unwichtig, erkannte sie, der will was von mir.

»Ja, unsere britischen Kollegen und ihre Kostüme«, sagte Hubi, »das kenne ich ... aber gut, dass ich dich hier treffe. Hast du eine Minute für mich? Die Sache Bank Moneta ...« Der Generalstaatsanwalt schaute ihr direkt und etwas herausfordernd in die Augen. »Kannst du mich da auf den neusten Stand bringen? Kaffee? Dort drüben? Im Bistro?«

Hubert Triebert war der oberste Staatsanwalt in Mittland und mit 66 Jahren schon über das normale Rentenalter hinaus. Er war sicher nicht Everybody's Darling, galt als streitbar und ebenso angriffslustig, hatte große Erfahrung im Umgang mit Strafsachen, aber er war obendrein bekannt dafür, dass sein beruflicher Eifer und sein Ego ihn in vorschnelle

Vorverurteilungen trieben, die oft in öffentliche Skandale mündeten.

Von seinen Zuträgern und Informanten hatte er im Fall Bank Moneta alle möglichen Berichte erhalten, sodass er grundsätzlich im Bilde war, was den laufenden Prozess anbelangte. Was man sich so auf den Korridoren der Macht zuflüsterte, wusste er selbstverständlich auch. Weitsicht war nicht seine Stärke, und ein gewisser Ruf zum Schulmeisterhaften hing an ihm wie kalter Zigarrenrauch.

Nachdem ihnen Kaffee und Wasser serviert worden waren, blickte Triebert sie durchdringend an.

Beiden war bewusst, dass ihr Verhältnis zueinander, beruflich wie menschlich, ein distanziertes war. Außenstehende hätten es als »bemüht« bezeichnet. Und so schien er sie mit der Vorsicht eines Sprengkommandos zu umkreisen. Ihr ging es nicht anders.

Was konnte Lambo sagen, was konnte sie preisgeben? Das alles hing von dem Ziel ab, das Hubert Triebert vor Augen hatte, denn Odette Lambo wusste ganz genau, dass der gute Hubi nichts, absolut gar nichts ohne Grund tat, schon gar nicht, ihr einen Kaffee zu spendieren. Sie musste ihn erst mal kommen lassen und auf der Hut sein.

»Ich habe gehört, dass es eine Gruppe von ... Betroffenen gibt, die jetzt laut werden und ›Protest‹ brüllen. Ist da was dran?« Hubi fiel mit der Tür ins Haus.

»Ach, die«, wehrte Lambo mit einer abschätzigen Handbewegung ab. »ja, da haben sich sogenannte Opfer zusammengetan und pochen auf Gerechtigkeit. Es wird denen so ergehen wie den anderen auch. Sie werden nichts erreichen.«

Odette Lambo verharmloste die Sache bewusst. In Wahrheit hatte sie Stress mit dieser Gruppe, die sich mit Anwälten bewaffnet hatte und sie vehement attackierte.

»Ist denn an den Vorwürfen etwas dran? Ich hörte, die Betroffenen oder Opfer, wie du sie nennst, plädieren darauf, als Gläubiger der Bank anerkannt zu werden. So wie ich das sehe, könnte das Ärger geben. Das sind ja keine Kleinkunden mit Sparbuch. Ist es nicht so, dass die Bank Moneta diesen Leuten ein Produkt verkauft hat, von dem ich nur so viel verstanden habe, dass es aus zwei Teilen besteht: aus einem Hypothekenkredit und einem Investment? Wer Geld investiert, ist Gläubiger, das weißt du doch hoffentlich. Diesen Kunden einfach so den Gläubigerstatus abzusprechen, ist riskant. Nach allem, was ich höre, bestehst du darauf, dass, wer einen Kredit erhält, schlicht und ergreifend Schuldner ist. Aber …«, Hubi hielt inne und betrachtete intensiv seine Kaffeetasse »wie schätzt du ihre Anwälte ein, machen sie Druck?«

»Dazu kann ich im Moment nichts sagen. Jedenfalls hat die Gruppe vor zwei Tagen Strafanzeige in Paris gestellt am Tribunal de Grand Instanz. Der zuständige Richter ist Remy Van Rooy.«

Hubert Triebert zuckte merklich zusammen, als er den Namen hörte. Der untadelige Ruf des Untersuchungsrichters am Tribunal de Grand Instance de Paris eilte ihm weit voraus. Lambo sah, wie Triebert blass wurde.

»Kennst du diesen Van Rooy persönlich?«, fragte Odette süffisant, obwohl die Frage nicht relevant war. Sie wollte nur Zeit schinden.

»Nein, aber wer kennt ihn nicht, Remy Van Rooy?«

Van Rooy galt als unbestechlich, was so einige Probleme in diesem Fall mit sich bringen konnte, wenn seine Subalterne, Odette Lambo, die es gewohnt war, ihr Ding durchzuziehen, diesem Richter Van Rooy auf die Füße trat. Ganz sicher würde dies der Fall sein je länger die Insolvenz dauerte.

»Dann werden wir uns ja auf eine Strafanzeige in Paris freuen können«, meinte Hubert Triebert säuerlich. »Wäre es nicht sinnvoll, wenn wir die Öffentlichkeit informieren und eine Gegendarstellung anbieten, als Prävention? Wir sollten mit dem Ministerium reden und hören, welche Optionen man dort in Betracht zieht.« Triebert klang leicht verunsichert. Er wusste, dass sein Vorschlag ihr ein Dorn im Auge war.

»Für morgen habe ich schon ein Zeitungsinterview angeordnet. Einen Kommentar zu dieser Gruppe wird es ganz sicher geben, da kannst du Gift drauf nehmen. Natürlich werde ich erklären, dass das Handeln der Justiz nie den legalen Boden verlassen hat oder verlassen wird.« Odette Lambo schaute Hubi direkt in die Augen und sah seine Zweifel.

»Ah, da kommt meine Frau«, sagte Hubert Triebert sichtlich erleichtert. Er verabschiedete sich und ging.

Auf dem Weg zu seiner Gattin war Trieberts Gehirn bereits mit allem versorgt, was es benötigte, um Lösungen und Analysen in Millisekunden zu liefern. Zum einen hielt er es für bedenklich, dass die Lambo diese Gruppe so behandelte, als stünde fest, dass das Urteil nichts anderes als der Scheiterhaufen sein konnte. Doch für regelrecht gefährlich schätzte er ein, dass sie die Rechte der Gruppe nach eigenem Gusto einzukassieren gedachte mit der Begründung, das ließe das Insolvenzgesetz des Landes zu. Sie musste doch wissen, dass das Gesetz zurück auf das Jahr 1886 ging und dringend reformierungsbedürftig war. Triebert sah darin eine Sollbruchstelle. Ein Tante-Emma-Laden oder einen Handwerksbetrieb ließ sich damit abwickeln, aber eine international agierende Investmentbank? Wenn die Lambo sich mit dem Richter Remy van Rooy anlegt, könnte sie eine Lehrstunde erhalten, kam es ihm in den Sinn. Er wünschte es ihr, stünde nicht der Ruf der ganzen Justiz des Landes auf dem Spiel. Doch war ihm auch klar, dass diese Frau, getrieben durch ihren machthungrigen Charakter, sich überhaupt nicht davon abhalten ließe. Als er seine Frau erreichte, nahm er ihr einige der großen, mit edlen Logos beschrifteten Einkaufstaschen ab und antwortete auf ihre Frage, ob er einen Geist gesehen hätte, da er so blass sei, nur lapidar: so etwas Ähnliches.

Odette Lambo stand einen Moment da und schaute Triebert nach. Sie war unsicher, ob sie ihm gegenüber zu viel verraten hatte. Sie hätte das Kaffeetrinken lieber verweigern sollen.

»Ach, scheißegal« vertrieb sie ihre Skepsis, »der gute Hubi macht sein Ding, ich mach meins. Punkt!« Wenn Hubi Zweifel an ihrem Vorgehen hatte, dachte sie weiter, sollte er als Generalstaatsanwalt handeln. Basta! Handelte er nicht, so hat er sich wohl oder übel hinter sie zu stellen und sie zu schützen, um nicht selbst in die Schusslinie zu geraten. So sieht's aus.

Ihr Fahrer rief sie an, das Auto verlöre Bremsflüssigkeit und er sei in der Werkstatt. Im Taxi fing sie an, ihre Strategie für das morgige Interview zu entwerfen.

»Wir wollen doch einmal sehen, wer hier am längeren Hebel sitzt«, zischte sie leise vor sich hin.

»Wie meinen?«, fragte der Taxifahrer.

Sie rollte mit den Augen und blaffte zurück »Das geht Sie nichts an. Schauen Sie lieber auf die Straße.« Ein irritiertes Augenpaar starrte sich aus dem Rückspiegel an.

Die Strafanzeige dieser Gruppe war kein Grund zur Sorge, denn Lambo wähnte die Justiz hinter sich. Unter der schützenden Hand des Staates konnte sie die geeigneten Mittel ihrer Wahl treffen. Was Hubi betraf, dachte sie nicht im Traum daran, sich mit seinen Bedenken auseinanderzusetzen. Er tat ja so, als stünde die Justiz vor dem Anfang ihres Endes. No Sir, das war erst das Ende vom Anfang!

Odette Lambos Armee war bereits in Stellung gebracht. Ihre Spione, ihre Flurflüsterer bei Gericht, ihre ausländischen Anwälte und die Spitzel in der Politik taten ihr Werk. Sie spielte dieses Spiel schon lange, und nur selten musste sie eine Niederlage verbuchen. Am Taxifenster zogen die Häuserfassaden vorbei wie ein Schwarm grauer Tümmler, indes ihre Wahrnehmung sich nach innen kehrte und die immer wiederkehrende Frage nach Anerkennung aufriss. Respekt ist das Mindeste, was ich verlangen kann, forderte sie in Gedanken aus voller Überzeugung.

Sie war fest entschlossen, alle Schwächen ihrer Gegner, aber auch die ihrer Verbündeten, zu ihrem Vorteil zu nutzen. Davon nahm sie niemanden aus, weder Richterin Anne-Katrin Tell noch den lieben Hubi oder die gesamte Regierung. Schon gar nicht diese Widerständler, die sie jetzt vor den Kadi zu zerren versuchten.

Die krakeelenden Rentner setzten auf Verzögerung, das sieht doch jedes Kind. Jedem wollen sie weiß machen, es handle sich um kriminelle Machenschaften bei der Bank Moneta. Selbst Hubi hatten sie nun verunsichert. So ginge das nicht weiter.

»Dieses Pack! Gesocks, alle zusammen!« Der Taxifahrer sah mittlerweile nur gleichgültig geradeaus. Fahrgäste beim Selbstgespräch waren nichts Neues für ihn.

»Ist das so schwer zu kapieren?«, zischelte die Lambo vor sich hin. »Kein Schaden an unserem Land! Das hat Priorität. Kriminelles Handeln, pah! Letztlich eine Sache der Definition. Begreift das keiner außer mir? Auch wenn es Gründe für eine Ermittlung gibt, kann ich das nicht zulassen. Ich weiß doch, wie das läuft. Wenn der Untersuchungsrichter den Fall übernimmt, bin ich raus. So läuft das.« Die gute Odette schimpfte sich warm und zog jedes Argument an Land, um ihren jetzt gefassten Entschluss zu rechtfertigen: Es würde niemals eine strafrechtliche Untersuchung im Fall Moneta geben. Nur über ihre Leiche.

Aus den Schatten der Nacht
Juni 2010

Die Nacht war mondlos, kühl und feucht. Vom entfernten Atlantik blies ein scharfer Wind, der sich in der Schlucht, die der Fluss in Millionen von Jahren in die Landschaft gefräst hatte, verfing. Dort schlug er turbulent umher, bis er auf der anderen Seite über die Häuserwände auf die breiten Alleen fiel und Mensch und Maschinen eine gehörige Portion Standfestigkeit abverlangte. Der Boulevard mit seinen wackeligen Laternen blieb indes davon unberührt. Vor dem Haus Nummer 76 spielte der trollende Wind mit einem Steppenwolf, der sich dank stabiler Kette und einem neuen Schloss gegen ihn wehren konnte.

Jil Berg steckte ihr Handy in die dafür vorgesehene kleine Tasche ihrer Jacke, zog den Reißverschluss bis zum Kinn, versteckte ihr kurzes Haar unter einer Seemannsmütze, die sie vor Jahren in einem damals schon antiken Geschäft für Seemannsbekleidung in der Rue de Renne in Paris gekauft hatte.

»Na dann, auf zum *La Mer*«, verkündigte sie froh, setzte das Vorderrad ein und zog die Flügelmuttern fest.

Es war nicht weit bis zum Restaurant, und sie wettete, Achilles würde schon vor einem Glas Coeur de Palayson sitzen und auf sie warten. Aber so war er, scheußlich überpünktlich. Die Laternen warfen helle Punkte entlang des Boulevards wie eine Perlenkette aus Licht. Jil stieg aufs Rad und dachte noch, wie stockfinster es sein würde, wären da nicht die Laternen.

Irgendetwas war anders. War da etwas? Sie spürte eine Verunsicherung.

Vielleicht zu viel Elektrizität in der Luft. Blödsinn. Für gewöhnlich ist auf meine Sensorik Verlass, beruhigte sie sich. Doch urplötzlich überfiel sie ein komisches Gefühl, unbestimmbar, unverhältnismäßig intensiv. Einer ihrer Sinne mahnte sie, vorsichtig zu sein. Sie schaute sich um, niemand war zu sehen, nichts rührte sich. Es war später Abend, kein Mensch hielt sich bei solch miesem Wetter freiwillig draußen auf.

Ich werde noch paranoid, entschuldigte sie ihre Bangigkeit und schob die Schuld dafür der Bank-Moneta-Story zu, die noch lange nicht zu Ende war. In ihrem letzten Artikel ging es um die Frage, warum Mittland so verbissen eine bankrotte Bank schützte. Das, mutmaßte sie in ihrem Kommentar, könne mit der Zentralbank des Landes zusammenhängen, die der Pleitebank, illegal oder aus Dummheit, einen Milliardenkredit zugeschanzt hatte. Kann sein, dass ich einigen der Mächtigen mordsmäßig auf die Füße getreten bin, denen kann es definitiv nicht gefallen, dass ich öffentlich eine direkte Linie von Zentralbank zur Bank Moneta gezogen habe. Aber es ist die Wahrheit, verdammt und zugenäht! Und machen wir uns doch nichts vor, die Vertuschung des Falles ist schon längst im Gange. Aber ... wieso springt mich jetzt kaltes Unbehagen an?

Jil trat endlich trotz ihres komischen Gefühls in die Pedale und radelte ungewohnt langsam los.

Öfter als sonst warf Jil während der Fahrt einen Blick nach hinten. Die Kontur eines schwarzen, großen Vans hob sich, etwa fünfzig Meter entfernt, von der dunklen Umgebung ab – ohne Scheinwerferlicht, keine Innenbeleuchtung, alles schwarz.

Jil beschleunigte und sah abermals über die Schulter. Sie hätte schwören können, dass der Van jetzt vorwärtsfuhr, denn es sah so aus, als rolle er aus dem Dunkel in den nächsten hellen Lichtkegel. Sie schaute wieder nach vorn, wartete einen Moment ab, dann blickte sie sich wieder um. Sie sah genau hin, um abzuschätzen, ob der Van fuhr oder stand. Eindeutig, der Van bewegte sich vorwärts. Er rollte ohne Licht durch den nächsten dunklen Punkt in einen hellen hinein. Der Abstand zwischen ihm und ihr blieb dabei konstant, was nur bedeuten konnte, dass sich der Van mit derselben Geschwindigkeit fortbewegte. Sie wurde verfolgt.

Scheiße, was soll das, fragte sie sich. In Jils Kopf wurde es heiß. Womöglich sind die gar nicht hinter mir her, versuchte sie sich einzureden. Warum sollte auch ein Van ohne Licht ihretwegen langsam daherschleichen? Ihr Gehirn spielte verrückt.

Eine Szene aus dem Film *Der dritte Mann* mit Orson Wells schoss ihr durch den Kopf, in dem der Verfolgte sich unvermutet umdreht und bewusst auf seine Verfolger zugeht. Das wäre *eine* Lösung. Sie schaute abermals nach hinten und entschied sich dann für die Alternative: Mach keinen Unsinn, mach dass du wegkommst!

Jil schaltete ein paar Gänge rauf und trat so kräftig die Pedale durch, dass ihre Waden schmerzten. Der Steppenwolf nahm Tempo auf und beschleunigte, um auf dem schnellsten Weg die Abzweigung zur Innenstadt zu erreichen. Sie spürte ihre Verfolger im Nacken.

Endlich erreichte sie die Einfahrt zur Alzette Brücke. Plötzlich waren Motorengeräusche hinter ihr. Ein angstvoller Blick nach hinten, sie konnte aufatmen. Ein Taxi fuhr zügig an ihr vorbei.

Die kleinen Härchen auf ihrer Haut blieben aufgestellt, denn im Augenwinkel sah Jil den schwarzen Van, der aufholte und auch jetzt zur Brücke einbog. Panik erfasste sie. Sollte sie abbremsen und kehrtmachen? Immerhin wäre sie um vieles wendiger als der schwere schwarze Kasten, was einen satten Vorsprung ergäbe. Oder wäre es besser, mit Vollspeed über die Brücke zu fahren, weil an deren Ende der Van durch den Kreuzungsverkehr kurzfristig gestoppt würde? Jil entschied sich für Vollspeed, schaltete in den höchsten Gang, ging aus dem Sattel hoch und trat die Pedale, als wenn der Teufel hinter ihr her wäre.

»Komm schon, schneller, schneller, streng dich an«, feuerte sie sich an und hoffte, als Erste die Mitte der Brücke zu erreichen. Die Hoffnung zerplatzte, denn die Verfolger hingen bereits an ihrem Hinterrad. Für einen Moment fuhren sie seitlich auf gleiche Höhe. Zum ersten Mal sah Jil das Monster aus der Nähe. Ein rechteckiger Klotz, mattschwarz, ringsum mit abgedunkelten, undurchsichtigen Fenstern.

Im schummrigen Brückenlicht hätte der Van auch für eine Landekapsel von Außerirdischen gehalten werden können. Keine Chance, etwas oder jemanden im Inneren zu identifizieren. Ob sich zwei oder drei Personen darin befanden oder nur ein Fahrer, war nicht zu erkennen.

Die Kreuzung zum nächsten Boulevard kam näher, war aber noch ein gutes Stück entfernt. Wenn sie Glück hatte, musste der Van an der Ampel halten, um keinen Unfall zu riskieren. Jils Ziel war die Avenue Mangouste, die ein paar hundert Meter gerade über die Ampelkreuzung hinweg rechts vom Boulevard einbog. Die Rotphase der Ampel hielt an. Also Tempo!

Der Van zog wieder gleich auf. Wolf und Van fuhren nebeneinander wie wild auf die rote Ampelkreuzung zu. Im selben Augenblick ahnte Jil intuitiv, dass sie die besseren Karten hatte. Wenn sie die rote Ampel ignorieren und rechts vorbei über den Zebrastreifen des kreuzenden Boulevard Wilson fahren würde, hätte sie eine Chance, die Avenue vor dem Van zu erreichen. Zehn Meter vor der Ampel bremste der Van ab.

»Dumm gelaufen, Arschloch«, brüllte sie triumphierend zum Van hinüber. Sie bog von der Straße zum Zebrastreifen ab und sah ihren Plan aufgehen.

Doch dann kam es anders.

»Verflucht nochmal«, schimpfte sie, denn in dem Moment sprang das Ampelsignal von Rot auf Grün. Den Vorsprung konnte sie vergessen. Wie zu erwarten war, beschleunigten ihre Verfolger schlagartig. Der Van fuhr dicht hinter ihr über die Kreuzung, schob sich in den Boulevard, drückte sich seitwärts immer enger heran, versuchte einen kleinen Wackler, der Schwung bringen sollte, um Jil von der Straße zu drängen, als sich endlich die Avenue Mangouste rechts vom Boulevard für sie öffnete.

Mit riskant hohem Tempo bog Jil in die Avenue ein, die Verfolger waren ihr auf den Fersen. Eine verdammt schmale Straße. Höchstens acht Meter fuhr der schwarze Kasten hinter ihr her. Er schien sich unschlüssig zu sein, wie er Jil am besten erwischen konnte. Plötzlich gab der Van Gas, fuhr schnurstracks an ihr vorbei und war plötzlich eine Wagenlänge vor ihr.

Dann überstürzten sich die Ereignisse. Die seitliche Schiebetüre des Vans flog auf. Eine pechschwarze, vermummte Gestalt mit schwarzer Maske und Helm tauchte auf. Die Gestalt strahlte routinierte Professionalität aus. Die gerade Körperhaltung ließ an einen Soldaten denken.

Der Vermummte drehte jetzt den Kopf in ihre Richtung, beobachtete sie eine Sekunde, um den Abstand zwischen Van und Steppenwolf abzuschätzen. Für Jil ging das alles viel zu schnell, als dass sie sich auch nur einen Gedanken hätte machen können, was nun passieren könnte. Ohne darüber nachzudenken, hielt sie ihr hohes Tempo bei.

Just in dem Moment kippte der schwarze Kämpfer eine zähe Flüssigkeit aus einem großen Bottich auf die Straße. Die Dunkelheit ließ Jil nicht eindeutig erkennen, was vor sich ging. Prozedur, Ablauf und Bewegungen des Schwarzen schienen eingeübt zu sein. Die Flüssigkeit klatschte spritzend auf die Straße und verteilte sich überall. Im Dunkeln der Nacht war nicht auszumachen, was es war. Jil trat nach wie vor mit voller Kraft die

Pedale, starrte aber zugleich verwirrt zum Vermummten im Van.

Mit einem Mal gab der Van Vollgas. Es schien, als habe er seinen Auftrag abgeschlossen. Der Wagen schnellte nach vorn, die Schiebetür schnappte beim Fahren zu, das schwarze Fahrzeug bog in die nächste Querstraße ein und war im Nu verschwunden.

Jil schaute nicht auf die Straße, wo die Flüssigkeit im Dunkeln wie ein schwarzer Spiegel glänzte, sondern blickte dem Van nach, weil sie ihn nicht aus den Augen verlieren wollte. Ihr wild klopfendes Herz und ihr Blutdruck beruhigten sich auch nicht, als das Fahrzeug sich längst in Luft aufgelöst hatte.

Milliarden von elektrischen Impulsen in ihrem Kopf arbeiteten daran, ihr den Sinn der Aktion verständlich zu machen. Sie kamen nicht weit, weil der Versuch einen abrupten Abbruch erfuhr. Keine Zeit für Analyse. Plötzlich, aus heiterem Himmel, rutschte Jil mit dem Steppenwolf unkontrolliert weg, begann zu schlingern und den Halt zu verlieren. Ehe sie überhaupt begriff, was los war, verlor sie komplett die Kontrolle.

Das Hinterrad schnellte nach vorn, weil Jil aus Reflex fatalerweise die Vorderbremse gezogen hatte. Beide Räder schlitterten vorwärts mitten auf der schwarzen Lache, die wie flüssiges Pech aussah. Ihr hohes Tempo blieb unvermindert. Als Nächstes verlor sie jeglichen Halt und fiel auf die Straße, surfte zwei Meter weit hinter dem Steppenwolf her. Ihrem Gefühl nach verringerte sich ihre Geschwindigkeit kaum. Ungebremst schoss sie gefährlich nahe an massiven Blumenkästen aus Beton vorbei, die zum Restaurant La Petite Jardin gehörten.

Wenn ich dagegen knalle, kann man mich anschließend abkratzen, schoss es ihr durch den Kopf. Auf dem Rücken liegend glitt sie nahezu reibungslos auf dem schwarzen, glitschigen Untergrund dem nächsten Betonhindernis entgegen. Die bedrohlich scharfen Kanten kamen direkt auf sie zu. Instinktiv versuchte sie, ihre Beine auf den Blumenkübel auszurichten, doch der Versuch, mit den Händen zu steuern, misslang. Da war kein Halt. Sie bewegte sich wie auf Seife in einer Bobbahn. Die Kante eines Betonkübels kam bedrohlich näher.

Im letzten Moment gelang es ihr, ihren rechten Fuß gegen den Klotz zu stemmen. Dieser Impuls ließ sie wie eine Billardkugel die Richtung ändern und sie rutschte weiter die Straße entlang einem unbekannten Ziel entgegen. Ihr kam es so vor, als könne sie nie mehr zum Stillstand kommen.

Der Steppenwolf war der erste, bei dem sich die Bewegungsenergie aufzehrte, weil urplötzlich das Ende des schwarzen Zeugs erreicht war.

Jil glitt ungebremst hinterher und rutschte mit einem Bein in den Zahnkranz des Tretlagers, schrie vor Schmerz auf und blieb anschließend bewegungslos auf der Straße liegen.

Um sie herum tropfte diese glitschige Flüssigkeit von ihrer Hose, von ihrer Jacke und aus ihrem Haar. Sie saß da, zitternd, verstört und von Angst entstellt in einer schwarzen, unappetitlichen Pfütze. Das schwarze Zeug sah aus wie Motoröl, es stank wie Motoröl und fühlte sich auch an wie Motoröl. Ihr linker Arm schmerzte durch den Aufprall. Außer einem Schock konnte sie keine weiteren Blessuren oder offene Wunden feststellen. Sie hatte großes Glück gehabt.

»Diese Scheißkerle! Die wollten mich umbringen«, schrie sie zähneklappernd. In ihrer Jacke, die fast gänzlich mit Öl überflutet war, sickerte das schwarze Zeug langsam ins Innenfutter, weil beide Ärmel beim Sturz aufgerissen worden waren. Jils Zorn kannte jetzt keine Grenzen.

Sie stand auf und brüllte dem längst verschwundenen Van hinterher: »Verdammte Wichser, ihr glaubt mich einschüchtern zu können? War das alles, was ihr könnt, ihr Arschlöcher?«

Da stand sie in der menschenleeren Straße, angegriffen von unbekannten Mächten, mit vor Motoröl triefenden Klamotten, und hob ihr Fahrrad auf, das auf wundersame Weise völlig intakt war, weil es dank seines geringen Gewichts auf der Oberfläche des Öls über den Asphalt gesegelt war. Die Wut herauszuschreien tat gut, was hieß, dass sich der Schock zunächst nicht überall und auf alle Areale ihres Gehirns ausgewirkt hatte. Sie schob das Rad zur Seite, nahm das Handy und drückte die Schnellwahltaste fünf.

Odette Lambos Dämonen
Juni 2010

Generalstaatsanwalt Triebert, der gute Hubi, nahm die Kopie des neusten Briefes von Odette Lambo zur Hand.

Triebert rührte soeben die zwei Löffel Zucker im Kaffee um, als er mitten in der Bewegung innehielt. »Himmel, Arsch und Wolkenbruch, diese Frau bringt mich noch ins Grab«, fluchte er. Die Lambo, so ging es ihm durch den Kopf, facht gerade ein Buschfeuer an, nur weil sie hartnäckig an ihrem bescheuerten Plan festhält, in der Sache Bank Moneta mit allen Mitteln zu siegen. Seit den Strafanzeigen schien sie auf dem Kriegspfad zu sein. Sie will Vergeltung, Rache. »Die bringt uns alle in Teufels Küche«, raunzte er. Sein Kaffee blieb unberührt stehen.

Nach dem Lesen schloss Hubi die Augen, atmete mehrmals tief durch, um seinem Groll die Zügel anzulegen. »Diese Frau ist mein Quell jeden Missvergnügens!« Er griff zum Telefonhörer und drückte eine Schnellwahltaste.

Odette Lambo musste handeln. Tagelang hatte sie darauf herumgekaut, wie sie die hirnlosen – ihr fiel kein anderer Begriff dafür ein – Garantiezusagen der Bank Moneta an die Equity-Release-Kunden aus der Welt schaffen konnte. Zu ihrem Entsetzen fand sie hierzu die schriftlichen Bestätigungen der Bank in den Akten. Das war Dynamit, welches sofort zu verschwinden hatte, sonst könne sie einpacken.

Die Lösung bestand aus Geben und Nehmen, wobei sie das meiste nahm und nur wenig gab. Diese Widerständler kapieren so oder so nichts, triumphierte sie, als sie durch die gläserne Bürotür ihren Mitarbeitern dabei zuschaute, wie diese *das Angebot* zum Versand in Couverts schoben.

Geboren aus rein strategischen Überlegungen, sah besagtes Angebot oberflächlich hübsch aus, doch inhaltlich diente es einem teuflischen Zweck.

Sie werden es mit ihren Anwälten studieren, sich fürchterlich darüber aufregen und es ablehnen, spekulierte sie voller Freude. Sehr schön, sehr schön, nur zu! Bis das Ganze geklärt ist, habt ihr diese schwachsinnigen Garantien aus den Augen verloren, stand für sie fest.

Ihr Schachzug versetzte sie in Hochstimmung. Sie fühlte sich großartig, ging ihr geniales Manöver noch einmal in Gedanken durch und trällerte nebenbei einen Song der Rolling Stones: »Pleased to meet you, hope you guess my name, woo woo, woo woo.« Ihr *Sympathy-for-the-Devil*-Feeling wurde durch das Klingeln des Telefons gestört.

»Ich bezweifle, dass du die Zahl deiner Anhänger mit dem Angebot erhöht hast«, knurrte Triebert sie an, »zuerst verweigerst du diesen Leuten den Gläubigerstatus, dann drückst du sie gegen die Wand – und sie sollen dich dafür auch noch freisprechen? Tickst du noch sauber? Was hast du dir nur dabei gedacht?« Hubi Triebert schien kein Interesse daran zu haben, sein Missbehagen höflich zu unterdrücken.

Odette Lambo setzte zu einer Antwort an, aber er fuhr ihr über den Mund. »Dir ist schon klar, dass du mich damit reinziehst? Wenn dein ach so schöner Plan nicht aufgeht, wird nicht nur der Minister ein paar nette Fragen an mich richten, sondern die Presse wird sich über mich hermachen. Du hättest das mit mir absprechen müssen!«

»Hallo Hubert, dir auch einen schönen Tag. Kleiner Tipp: Achte auf deinen Blutdruck. Nicht aufregen, woo woo, alles wird gut. Glaubst du, indem du mich hier anblaffst, wird es besser? Sieh es doch mal so: Wir haben den geldgierigen Kunden der Pleitebank eine solide Offerte überreicht. Wenn sie es nicht annehmen wollen, bitte schön, ihre Entscheidung. Kein Mensch wird gezwungen. Es ist einzig und allein ihre Sache. Wir ziehen unseren Vorteil daraus, verstehst du? Durch das Angebot können wir jederzeit vorweisen, dass wir gesprächs- und verhandlungsbereit waren. Den Inhalt kennt dabei doch später kein Schwein mehr, darum wird es letztendlich auch nicht mehr gehen. Nur unsere ausgestreckte Hand und unser Wille zu vernünftigen Lösungen wird erhalten bleiben.«

Hubert Triebert hörte verblüfft zu. Vielleicht ließ er sich überzeugen. »Wenn wir die Opfer als geldgierige Rentner darstellen«, meinte Odette, »und wir ihnen offenherzig und großzügig entgegenkommen, stehen wir zuletzt als die Ehrlichen da, und wir werden die sein, die einen komplexen Fall sauber abgewickelt haben.«

»Also gut«, knurrte Hubi, »man sieht sich.« Er legte auf. Das ging leichter als gedacht, überraschte es Lambo.

Und in der Tat: Das Ultimatum wurde samt und sonders abgelehnt. Die Zeit war reif, um die Medien einzuspannen, die ihren vorgefertigten Report mit der Überschrift »Insolvenzverwalterin bietet Ausweg für die Kunden der Bank Moneta« in Umlauf bringen sollten. Doch ganz so einfach würde es nicht werden.

Das Listige an Odette Lambos Plan war, dass sie den Equity-Release-Kunden den Erlass aller Forderungen für scheinbar ein Viertel des Kreditbetrages anbot. Über sie, die Insolvenzverwalterin, gab es somit endlich eine Chance, ein Ausweg aus der Misere.

In den Augen der Öffentlichkeit hoffte sie damit zu einer Mutter Teresa zu werden, die den Verzicht auf den Großteil der Schuld erklärte. Natürlich war die zur Schau gestellte Großzügigkeit ein Bluff, ein raffinierter Trick.

Sie hatte sich den Plan zurechtgelegt, den sie für exzellent hielt. Um ihren Tag erfolggekrönt ausklingen zu lassen, notierte sie sich, dass sie am nächsten Tag den Journalisten gehörig einheizen wollte. Während sie schrieb, meldet ein kleiner Gong die Ankunft einer neuen E-Mail, denn alle Presseartikel wurden automatisch an sie weitergeleitet. Sie hielt inne. Ein frischer Artikel des Jam Express vom Nachmittag. Sollte sie oder sollte sie nicht die E-Mail öffnen?

Wie hätte sie wissen können, dass Jil Berg mit Hilfe des Wirtschafts-journalisten Raphael ihr gewieftes Angebot bis ins Kleinste auseinander-genommen hatte. Beide waren fassungslos vor so viel Dreistigkeit. Noch bevor Jil sich aufmachte, um ins La Mer zu fahren, ging der Artikel online.

Wenn Sein zum Schein wird

Hat Wahrheit ein Recht auf Anstand?
Von Jil Berg

Im Fall Bank Moneta ist eine neue Runde eingeläutet. Die Insolvenz-verwalterin Odette Lambo hat den Opfern der Pleitebank Moneta einen Vorschlag geschickt, den sie Offerte nannte. Die Sache ist schnell erklärt: Die Opfer sollen ihre Häuser wiederbekommen, wenn sie 25 Prozent der Darlehenssumme auf den Tisch legen und darüber hinaus Bank und Insolvenzverwalterin nicht mehr mit Strafanzeigen und Gerichtsverfahren belästigen. Guter Plan.

Guter Plan? Für Außenstehende sieht das durchaus vernünftig aus. Ein groß-zügiger Verzicht auf 75 Prozent! Aber rechnen wir einmal nach. Angenommen, die Opfer zahlen das Viertel, dann hat die Insolvenzverwalterin 25 Prozent eingenommen. Was ist mit den restlichen 75 Prozent, die in Wertpapiere investiert wurden und jetzt eingefroren auf den Konten der Pleitebank liegen? Die sind bereits konfisziert. Frau Lambo verfügt somit über 25 Prozent und 75 Prozent. Nehmen wir weiter an, Gewinne und Verluste der Portfolios hielten sich die Waage. Summa summarum ergibt das 100 Prozent. Das sieht nicht mehr so großzügig aus.

Jetzt fordert die Insolvenzverwalterin zusätzlich die Zinsen, die, wie wir wissen, das Investment hätte zahlen sollen. Sagen wir fünf Prozent für ein Jahr, das macht in fünf Jahren, die die Insolvenz sicher dauern wird, 25 Prozent. Letztlich erzielt Frau Lambo noch einen Profit mit ihrem Angebot. Und jetzt sieht das alles andere als großzügig aus.

Und wer hat heute die Hand auf dem Geld? Richtig. Die Hoheitsrechte über das Geld hat Frau Lambo. Sie kann über diese Summen verfügen, kann sie deklarieren und beschlagnahmen. Odette Lambo kann gar nicht auf Dreiviertel verzichten, weil sie diese Dreiviertel schon hat! Das angebliche Sein – die Großzügigkeit – ist ein Schein. Wir sollen glauben, die Opfer der Bank Moneta würden fair behandelt. Doch zahlen sie nicht fristgerecht, droht ihnen neben allem Ungemach, welches sie durch eine mittländische Bank erfahren haben, zusätzlich der Verlust ihrer Häuser. Sie gehen alle leer aus und verlieren alles. Es würde nichts schaden, wenn wir, die Bürger, zukünftig genauer hinschauen, was man uns vorlegt.

»Zum Teufel mit dieser Jil Berg!«, donnerte die Lambo, denn das, was sie las, schmeckte nach Kampfansage. »Wie ist sie dahintergekommen, ohne Kontoauszüge, ohne Portfolioübersicht? Selbst Hubi hat noch nicht durchschaut, dass ich bereits drei Viertel des Geldes besitze.«

Odette Lambo saß eine Weile auf ihrem Bürostuhl, ohne zu merken, dass ihre Gedanken Pause machten und versuchten, sich Erholung zu verschaffen. Wollen wir doch mal sehen, wer hier gewinnt und wer verliert. Ich jedenfalls werde nicht verlieren! Mein Wort darauf.

Die Zahl ihrer Gegner nahm zu, was ihre Motivation steigerte, sie alle plattzumachen. So platt, dass man ihre Überreste als Tablett nutzen konnte.

Aus heiterem Himmel verkrampften sich ihre Rückenmuskeln und ihre Kopfhaut fühlte sich an, als ob sie in einem Ameisenhaufen stecken würde.

»Nein, nein, nein, bitte nicht«, wimmerte Odette leise. Sie wusste nur zu genau, was jetzt kam. Diese körperliche Reaktion kündigte ihre bösen Geister an, Botschafter aus der Tiefe, die sich ihrer bemächtigen.

Seit ihrem Abschlussexamen an der Universität lebte sie mit ihren phobischen Schüben, die sich nicht abschütteln ließen. Ihre Teufel schienen ständig zahlreicher zu werden. Aus dem Nichts tauchten diese verfluchten Dämonen auf und griffen nach ihr, bescherten ihr Angstzustände oder traktierten sie, weil sie Spaß daran hatten.

Früher, in ihrer Studentenbude, hatte sie sich nicht anderes zu helfen gewusst, als sich in die Ecke zu kauern, den Kopf zwischen die Beine zu klemmen und auf Erlösung zu warten. Anfangs hatte Odette kein Mittel dagegen gehabt, doch sie wäre nicht *die Lambo*, wenn sie nicht entdeckt hätte, was zu tun war.

Ohne zu zögern stand sie auf, ging zu ihrem Apothekerschrank, nahm ein kleines chinesisches, mit Seidenstoff ausgeschlagenes Kästchen heraus, ging zurück zu ihrem Schreibtisch und öffnete es. Da waren sie, ihre eigenen Mittel der Teufelsaustreibung. Nur das half, nur dieses Medium würde sie sofort von der Angst befreien und die Teufel dahin zurückzuschicken, wo sie hergekommen waren.

Sie ließ einen Teil des feinen, weißen Pulvers, das in mehreren gefalteten Tütchen verstaut war, auf den Tisch rieseln und formte mit ihrer Kreditkarte zwei schnurgerade Linien, nahm das dünne Metallröhrchen aus der Schachtel und zog die weißen Reihen nacheinander durch die Nase ein.

Im Kopf setzte eine kleine Explosion ein. Unbeweglich saß Odette in ihrem Sessel und folgte dem Kampf des wirkenden Elements mit den ungebetenen Plagegeistern in ihrem Kopf. Es dauerte nicht lange, da verblasste die Angst, und ihre Teufel fuhren zur Hölle.

Wohltuende Energie füllte ihre Körperzellen und erzeugte ein Gefühl der Unbesiegbarkeit. Sie saß da, den Rücken fest an die Lehne gepresst und den Kopf im Nacken. Er fühlte sich leer an, das Denken setzte aus, nur Reize und ein wohliges Gefühl fluteten das Gehirn. So verharrte sie einige Minuten. Langsam entspannte sich ihr Rücken, und die Ameisen waren fort.

»Meine weißen Engel, meine himmlischen Helfer, Erzfeinde der Teufel. Mein Gott, tut das gut!« Ihre grauen, eiskalten Augen starrten auf den gläsernen Schreibtisch, der mit Akten überladen war und in dessen Mitte die Akte Bank Moneta.

Sie sann darüber nach, dass dieses Ultimatum eines ist, bei dem der Vogel garantiert stirbt, wenn er es frisst.

Auftrag für Dimitri
Juni 2010

Es war beileibe kein Wetter, um sich außerhalb schützender, wärmender Räume aufzuhalten. Der tobende Wind nahm keine Rücksicht, weder auf Menschen noch auf Häuser oder Schiffe. Wild schlug er um sich und bombardierte die diejenigen, die mutig genug waren, ins Freie zu treten, mit kleinsten Eiskristallen. Heranrollende Wellen des Nordatlantiks brachen sich brutal an der Kaimauer, dass die Gischt haushoch in die Luft spritzte und die eisige Kälte sie in tausend fliegende Splitter verwandelte. Sie fielen schräg vom Himmel, wo sie alsdann der Wind fasste und als kleine Geschosse weiterschleuderte.

Dimitri Schailikow waren Stürme und kräftiger Wind nicht unbekannt, stammte er doch aus einer Region im Norden Russlands, wo ähnliches Wetter zum Repertoire gehörte. Aber was er hier im Hafen von Hafnarfjördur erleiden musste, fand selbst er unzumutbar.

Er schützte sich, so gut es ging, schlug den Kragen des Mantels hoch und senkte den Kopf, um sich aus der Schusslinie dieser kleinen Projektile zu bringen. Mit dem Rücken zu seinem Bentley schaute er auf eine Kaschemme, wie er sie aus der Zeit der alten Sowjetunion kannte. Eine Bruchbude, dachte er und schaute noch einmal auf den Zettel mit der Adresse. Was für eine verdammte Insel!

»Dimitri, alter Freund!«

Dimitri erkannte die Stimme sofort, die er lange nicht mehr vernommen hatte. Gunnar Larsson stand im Zentrum des schmutzig beleuchteten Eingangs der Spelunke, breitete die Arme aus wie ein Schauspieler in einem B-Movie, neigte den Kopf zur linken Seite und trompetete durch die Eiskristalle: »Willkommen auf Island, der Insel aus Eis und Feuer.

Willkommen in meiner Heimat!«

Es folgte eine kurze, aber ja, fast freundschaftliche Umarmung, soweit es die grässlichen Außentemperaturen zuließen. Gunnar öffnete die Tür zum Inneren der Kneipe, und Dimitri nahm wahr, dass es hier nicht unwesentlich heller war als vor der Türe. Beide standen in dicken Mänteln mit Handschuhen und Schal vor Runar Thor Chelnikov, dem Einäugigen und Wortlosen. Gunnar begrüßte Runar per Handschlag, einem speziellen Handschlag, bei dem unauffällig einige gefaltete Geldscheine von Hand zu Hand gingen.

»Runar, bring uns eine Flasche und Dörrfisch! Aber nicht den schwarzen Tod, wir wollen unseren russischen Freund Dimitri doch nicht erschrecken. Wodka, aber den Besten.« Larssons Order wurde mit kurzem Nicken quittiert, Dimitri und Gunnar gingen am Tresen vorbei und in den Korridor, wo Magic Alice auf sie wartete.

»War Runar früher beim KGB?«, wollte Dimitri ernsthaft wissen, »So wie er sahen damals viele aus.«

Larsson lachte. Dann aber schüttelte er den Kopf: »Nein, Runar ist ein waschechter Fischer, der sein ganzes Leben auf einem Kutter verbracht hat. Imposante Erscheinung, was?«

Im Flur suchte Gunnar Larsson den Schalter. Es klickte, der Spiegel schwang auf und beide betraten das Wunderland.

Dimitri war beeindruckt. Er liebte solch konspirativen Charaktere, denn das Geheime erinnerte ihn an seine eigene Vergangenheit. Dimitri ließ sich aber nichts anmerken und tat so, als ob er jede Woche an derartigen Treffen teilnähme.

»Aber dieses Zimmer stammt vom KGB«, sagte er grinsend. Die Mäntel lagen auf dem Stuhl neben dem Spiegel. Runar erschien mit Wodka, zwei kleinen Gläsern und dem Dörrfisch.

Dimitri Schailikow taute auf. Gerne hätte er sofort einen gegen die Kälte getrunken, erinnerte sich aber trotz der langen Zeit an die letzte Begegnung mit Larsson und an seine eigene Unhöflichkeit, die sein Partner sicher nicht vergessen hatte.

»Dimitri, lass uns direkt zur Sache kommen, denn wir beide wissen, wie das Wetter draußen ist und müssen uns darüber nicht austauschen. Doch als Erstes: Es ist schön, dich wiederzusehen.«

Larsson schraubte den Verschluss der Wodkaflasche auf, kippte die Gläser nach Russenart so randvoll, dass die Kapillarwirkung die Oberfläche der Flüssigkeit zu einem kleinen Bogen spannte. Nach einem »Na Sdorovje« kippten beide den Vierzigprozentigen hinunter. Larsson wusste, dass Dimitri einen Zweiten bevorzugte, machte die Gläser erneut voll und prostete ihm zu.

»Ah, Wodka. Tut gut«, urteilte Schailikow zufrieden, wandte sich Gunnar Larsson zu und wartete.

»Okay, kommen wir zum Geschäft«, sagte Larsson. Das Schalkhafte wich aus seinem Gesicht, als gäbe es etwas Heikles zu besprechen.

»Hör zu Dimitri, ich muss ... eine kleine ... Angelegenheit mit dir besprechen. Du könntest mir bei einem Problem helfen. Mein Freund, ich schätze dich als erfolgreichen Geschäftsmann. Das weißt du. Es gibt jetzt ein neues Geschäft, dass ich dir anbieten kann und bei dem deine Marge sich sehen lassen kann. So ähnlich wie der Heinemann-Deal. Du erinnerst dich doch? Doch zuvor brauche ich deine Unterstützung.«

Dimitri sah Larssons Haken inklusive Köder klar und deutlich vor sich. Er kannte die Masche. Doch sein isländischer Freund schien ihn jetzt wirklich zu brauchen und, wie er es verstand, war es dringend.

Er sah den tadellos gekleideten Isländer an, ohne eine Miene zu verziehen. »Hmm«, machte Dimitri und forderte mit einem knappen Nicken Larsson auf, weiterzureden.

»Mein Land« denkt darüber nach, ob es Mitglied in der Europäischen Union werden soll. Island gehört geografisch zu Europa, politisch aber nicht zur EU. Nach dem Finanzspektakel von 2008 hätte das durchaus Vorteile gehabt, aber andererseits sehen wir Isländer zugleich die Nachteile, etwa die Unterwerfung bei den Fischfangquoten. Bis eine Entscheidung auf dem Tisch liegt, darf der ganze Vorgang nicht gestört werden, deshalb sollten mögliche negative Schlagzeilen in Bezug auf Island nicht an die Öffentlichkeit gelangen.«

Was für ein Quatsch, überlegte Dimitri, wen zum Teufel interessierte die EU? Er fragte sich, was Larsson bezweckte. Wollte er ihn einlullen? Er wurde langsam ungeduldig, denn er wusste ja, dass Larson sich wie eine indische Schleichkatze um den heißen Brei herum stahl. Doch er ließ sich seine Unruhe nicht anmerken und sah den Isländer einfach nur stoisch an. Früher oder später käme Larson zum Punkt.

»In einem kleinen Staat auf dem Festland wird das Image unserer Insel durch eine Bankpleite beschädigt, was sich abträglich bis verheerend auf die zukünftigen Verhandlungen zu einem möglichen EU-Beitritt auswirken kann ...«

Dimitri gestattete sich ein kurzes Lächeln, weil die Schleichkatze nun aus dem Sack war. Absichtlich gelangweilt ließ er danach seinen Blick ziellos durch den Raum schweifen, bis er bei der Wodkaflasche hängenblieb. Zwei, drei, vier, fünf wortlose Sekunden vergingen, bis Dimitri sich Larsson wieder zuwandte.

»Gunnar«, maulte Schailikow, »komm endlich zum Punkt.«

Gunnar Larsson tat verdutzt. »Du hast recht, mein alter Freund. Also spanne ich dich nicht länger auf die Folter. Weißt du noch? 2008 hatte die isländische Regierung drei Banken übernommen und zwei davon wieder in andere Hände gegeben. Die dritte Bank haben sie behalten. Diese Bank war die Banki Island HF und sie gehörte davor mir, sie war mein Eigentum.«

Dimitri hob seine Augenbrauen. Diese Information war völlig neu für ihn.

»Vorher«, fuhr Larsson fort, »hat diese Bank für mich, sagen wir, ambitionierte und, nun ja, auch ein wenig gewagte Bankgeschäfte getätigt. Mit der Übernahme hat man mich mattgesetzt, und daher könnten daraus in nicht so ferner Zukunft für mich Schwierigkeiten entstehen. Verstehst du? Die Zeit war zu knapp, um alle Spuren zu beseitigen. Von unseren Love-Letters-Transfers und den geschachtelten Krediten – du weißt ja, wie man das früher gemacht hat – und mit den Fake-Sicherheiten könnten noch einige delikate Unterlagen und Beweise im Gebäude der Bank zu finden sein. Jetzt hat die Justiz die Hände drauf.«

Dimitri räusperte sich. »Du hast also Probleme mit der Justiz in Island?«

»Nein, Dimitri, nein, keine Sorge. Hier bei uns ist alles unter Kontrolle. Bei uns haben wir nicht großartig nachhelfen müssen, um unseren Staatsanwalt von uns fernzuhalten. Der wurde von der Regierung zurückgepfiffen, weil das Kabinett keine öffentliche Erklärung abgeben wollte, warum sich solche illegalen Transaktionen in ihrer Bank finden lassen. Deshalb halten die lieber den Mund. Nein, aber die Banki Island HF hatte eine Tochterbank in Mittland, die Bank Moneta. Die macht mir Sorgen. Diese Bank war gezwungen, Insolvenz anzumelden, und eine Horde von

Rentnern hat jetzt Strafanzeige gestellt, weil sie sich durch die Tochterbank betrogen fühlen und hinter jeder Ecke kriminelles Handeln wittern. Diese Rentner sind sogar nach Paris marschiert und haben auch dort eine Strafanzeige gestellt. Ich bekam letzte Woche Post aus Frankreich. Der Untersuchungsrichter hat mich vorgeladen. Man will mich in die Sache hineinziehen. Verstehst du, Dimitri? Man will mir etwas anhängen. Hier auf Island habe ich alles und jeden im Griff, doch mein Arm ist nicht lang genug für Mittland und Paris. Daher brauche ich dich, mein Freund!«

Für einen Moment triumphierte Dimitri innerlich. In so einer schlechten Lage war Larsson noch nie gewesen. Es war gut möglich, dass Larsson verzweifelt war. Verzweifelte Menschen ließen sich gut kontrollieren. Andererseits überzeugte ihn Larsons Verzweiflung, die er für echt hielt. Er mochte doch diesen schlitzohrigen Gauner und sein großspuriges Auftreten. Mit einem Wort, Dimitri hegte Sympathien für Larson, und seine jetzige Lage auszunutzen, kam ihm nicht richtig vor.

Gunnar ereiferte sich und gab seiner Erzählung mehr Raum. Der Prozess der Insolvenz gehörte gestoppt oder so gesteuert, dass er flach auslaufen sollte, wie die Brandung an der isländischen Küste. Es gäbe keinen anderen Weg, als den Fall zu begraben. Ein für alle Mal, tief in kontinentaler Erde.

Gunnar Larsson kam auch auf die Medien zu sprechen, auf die Schnüffler, die alles umgruben, nur um Andeutungen zu finden, die sich als Fake News verkaufen ließen. Alle Bürger, Medien, Politiker und insbesondere die Gerichte, gehörten dringend überzeugt, sich mit etwas anderem zu beschäftigen als mit der Bank Moneta.

»Gunnar!«, rief Dimitri aus, der nicht mehr an sich halten konnte, »was soll ich für dich tun? Sag es einfach!«

Larsson atmete tief durch, bevor er weitersprach. »Ich will, dass die Prozesse in Mittland und Paris gestoppt werden. Ich will, dass du das übernimmst. Ich stelle mir das so vor: Wie ich höre, sind die mittländische Regierung und Justiz keineswegs erfreut, diesen Fall auf dem Tisch zu haben. Mir ist zu Ohren gekommen, dass dort zusätzliche Leichen im Keller liegen, und das hat, munkelt man, mit ihrer Zentralbank zu tun. Unsere Aktion sollte daher die mittländische Justiz so beeindrucken, dass sie alle Strafanträge ablehnt.«

Gunnar machte eine kurze Pause und füllte erneut die Gläser. Schailikow und Larsson stießen an. Dimitri leerte sein Glas nur langsam, weil er

Larsson im Blick behalten wollte, der den Wodka hastig hinunterkippte.

»Diese Ablehnung«, keuchte Larsson, »muss so aussehen, als ob der Richter keine andere Wahl gehabt hätte. Den Druck zu dieser Entscheidung sollte der Richter vorher spüren, damit er in unserem Sinne entscheidet. Verstehst du? Entweder er lehnt die Strafanzeige ab, oder ... kapierst du, was ich meine, Dimitri?«

»Verstehe, kein Problem. Du hast lange gebraucht es zu erklären, Gunnar. Die Sache ist so gut wie erledigt. Bleibt noch ein Punkt zu klären: Was ist mit der neuen Beteiligung?« Dimitri Schailikow hielt sich erst gar nicht mit Überlegungen auf, wie man diesen Job zu erledigen hatte. Das war Kleinkram, tausendfach erprobt, eine Lappalie. Einschüchterung, Erpressung, Mordandrohung. Kinderkram eben.

»Richtig, ja, die Beteiligung ...« hörte Dimitri Larson leise und zerstreut sagen. Selbst einem Gunnar Larson, legte er sich zurecht, muss klar sein, dass er keinen Finger krümmen würde, wenn die Beteiligung nicht üppig wäre. Dass Larson mit allen Wassern gewaschen war, war ja klar, und so hieß es auf der Hut zu sein.

Larsson schenkte Wodka nach, doch Dimitri leerte das Glas nur halb, weil er ein ständiges Nachfüllen verhindern wollte. Hin und her ging die Feilscherei, bis beide mit Handschlag den Deal besiegelten. Erst dann leerte Dimitri den Rest des Wodkaglases.

Dimitri Schailikow stapfte wieder ins Freie und bemerkte, dass sich die Empfindlichkeit seiner Gesichtshaut abgeschwächt hatte, was er hauptsächlich dem Wodka zuschrieb. Die Eiskristalle, die immer wieder durch die Luft torpedierten, stachen ihm nur leicht und eher piekend ins Gesicht. Er machte keine Anstalten, sie wegzuwischen. Als er auf der Rückbank seines Bentleys saß, schmolzen die Kristalle und liefen wie Tränen die Wangen hinab. Erst als er im Rückspiegel den mitleidsvollen Blick seines Fahrers sah, der wohl dachte, er flenne vor sich hin, beendete er robust die Szene und gab Befehl zum Abfahren.

In der Suite des Hotels in Reykjavik, die sein Freund Gunnar für ihn reserviert und bezahlt hatte, gönnte sich Schailikow einen Schlummertrunk an der Bar. Anschließend nutzte er den Lift bis in das Penthouse, schloss die Insel Suite mit seiner Chipkarte auf, fiel aufs Bett und in einen Schlaf, so unruhig und mit erschreckend wirklichkeitsnahen Träumen, dass er selten in die erholsame REM-Phase glitt. Unter seinen Augenlidern erschienen Bilder aus den Tagen, an denen Dimitri und Boris Jelzin die Nächte durchzechten. Es war sein gescheiteter Versuch, sich ein Stück vom Kuchen der Hinterlassenschaft der untergegangenen Sowjetunion zu reservieren. Nachdem Jelzin abgedankt hatte, war der Traum geplatzt, weil eine andere Sorte Staatsmänner nachrückten, die nichts auf Alkohol gaben. Plötzlich war es ein Mann vom KGB, der das Schicksal auf einen anderen Weg, als den, auf dem Schailikow wanderte, lenkte. Damit war Dimitri raus.

Das Erwachen am nächsten Tag war schmerzhaft und der Tag schien unwirklich. Früher, ja, früher hätte Dimitri weitergesoffen, ohne die Folgen zu beachten, aber das Alter füllte die Gläser nur noch spärlich. Er rekapitulierte den gestrigen Kaschemmenbesuch hinter dem Spiegel. Richtig, er hatte einen Auftrag angenommen. Einen lukrativen Auftrag.

Sein schwerer Körper fiel mit halboffenen Augen zurück aufs Bett. Er versuchte, sich wieder an alles zu erinnern. Der Blick zur Seite fiel auf die fast quadratische große Wand des Badezimmers, auf der mit kleinen Mosaiksteinen in sämtlichen Farben der Welt, von Türkis über Magenta bis Taupe ein riesengroßer Fisch abgebildet war, ein Hering oder etwas in der Art.

Durch den Nebel des Restalkohols bissen ihn die vielen grellen Farben. Das konnte nicht gesund sein. Wie Nadelstiche mitten ins Auge, so fühlten sich die Eindrücke an. Der Anblick des knalligbunten Fisches löste bei Dimitri eine unheilvolle Magenaktivität aus. Er musste doch nicht etwa ins Bad rennen und sich des Dörrfisches von gestern entledigen? Zum Glück ließ die Übelkeit nach. Nach und nach erholte er sich. Zwei Aspirin sollten die Kopfschmerzen aus dem Zimmer jagen, was leidlich gelang.

Eine Stunde später stand er vor dem großen Panoramafenster mit Blick auf den Hafen. Trawler, Eisbrecher und Fähren buhlten in der Enge des Hafenbeckens um die freien Plätze oder lagen stramm vertäut am Kai. Der Blick auf den Hafen ließ Dimitris Gedanken nach St. Petersburg fliegen, zum Rizhskiy Prospect, wo sein Office lag, aus welchem er ebenfalls die großen Schiffe ankommen und abfahren sehen konnte. Beim Gedanken an St. Petersburg seufzte er. Wie wichtig waren doch Heimat oder Familie.

Plötzlich machte es klick in seinem Kopf, und er griff sein Handy und drückte eine Nummer aus der Kurzwahlliste.

»Wassili, wo zum Teufel steckst du? Beweg deinen Hintern hierher! Es gibt etwas zu tun«, brüllte er ins Telefon.

Wassili war sein Neffe, den er vor vier Jahren, mitten im Heinemann-Brauerei-Deal, nach Island geschickt hatte, für den Fall, dass er Gunnar Larssons Familie als eine Art Rückversicherung brauchte oder besser gesagt, als Druckmittel, hätte Larsson ihn bescheißen wollen. Das Geschäft lief aber reibungslos und ohne Komplikationen. Trotzdem hatte Dimitri Wassili auf der Insel gelassen. Zur Sicherheit. Es geschah nicht zum Schaden Wassilis, denn dieser lebte hier wie Gott in Frankreich.

Leider war der Junge nicht die hellste Kerze am Baum. Es konnte nicht daran gelegen haben, dass er den Namen seines Vaters bekam, Wassili Alexejew, eine Berühmtheit der damaligen Sowjetunion. Wassili, der Ältere, gewann 1972 in München und 1976 in Montreal jeweils die Goldmedaille im Superschwergewicht der Gewichtheber und konnte insgesamt stolze achtzig Weltrekorde nachweisen. Eine Legende, ein Volksheld, nach dem Schulen und Straßen benannt wurden und der Dimitris Schwester Natascha heiratete und als dritten Sohn Wassili, den Jüngeren, zeugte.

Dimitri wusste durch Besuche bei seiner Schwester Natascha und ihrem Mann, dass der Kleine immer mit in die Sporthalle durfte, wo er unbeobachtet das Talkum naschte, mit dem Vater Wassili sich die Hände einstaubte, bevor er zu Werke ging. Der Kleine kletterte überall herum. Was Wunder, dass er vom Schwebebalken fiel und sich den Kopf an den Gussfüßen des Barrens aufschlug.

In der warmen Suite mit Blick auf den frostigen Hafen, sein Handy am Ohr, hörte Dimitri die Stimme seines Neffen.

»Yo, was geht?«

»Was geht? Ich sag dir, was geht! Ich bin dein Onkel und dein Boss, also zeige Respekt!« Dimitri stand vor dem großen Fenster und verfolgte mit den Augen eine taumelnde Möwe, aber er nahm die Kulisse nicht wirklich wahr, weil er damit beschäftigt war, diesen verwöhnten Bengel zu verstehen.

»Ja nee, is klar!«, kam es bräsig zurück. Dimitri rollte mit den Augen und gab die Hoffnung auf. Dieser Kindskopf ändert sich wohl nie, dachte er. Er beorderte Wassili ins Hotel.

Nach vierzig Minuten schwang die Türe auf. Wassili war endlich da. »Wo bleibst du so lange, Reykjavik ist ein Dorf und du brauchst eine halbe Ewigkeit, um herzukommen? Setz dich und halt die Klappe!«

Dimitris Hoffnung war, dass sein Neffe ihn mehr als Arbeitgeber denn als Onkel wahrnahm. Er vermied die sonst herzliche Umarmung. Er war sein Boss.

Wassili schmiss sich in den Sessel, schaute sich den Hafen an und plapperte sofort drauflos. »War gestern Nacht abfiedeln im Brokeys, wollte was ablaichen, aber zero Barbies zu sehen, dann war eben alken angesagt, wenn du verstehst!«

Dimitri stand ungläubig vor seinem Neffen, die Augen zu schmalen Linsen gekniffen und mit offenem Mund. Er konnte nur staunen. Er verstand kein Wort von dem, was Wassili da von sich gegeben hatte. »Gibt es dafür eine Übersetzung?« fragte Dimitri schnippisch, »was heißt Idiot in deiner Sprache?«

»Intelligenzallergiker, Alter«, antwortete der Junge völlig unaufgeregt und immer noch auf den Hafen blickend. Dimitri schüttelte fassungslos den Kopf.

Nach einer Viertelstunde hatten sich beide wieder aufeinander eingestellt, der Onkel auf die Jugend Wassilis und Wassili auf die Tatsache, dass dieser Onkel seinen Unterhalt finanzierte.

Dimitri erklärte Wassili behutsam seinen nächsten Job. Wassili zeigte alle Anzeichen eines Schwachkopfes, doch erhielt er einen Auftrag, führte er diesen präzise aus wie eine Atomuhr. Das war der einzige Grund, warum er ihn für sich arbeiten ließ. Dimitri war sich sicher, dass er seinen Auftrag buchstäblich bis ins letzte Detail erledigen würde. Er musste nur so instruiert werden, dass er alles nachvollziehen konnte.

Er erklärte ihm alles zweimal. »Hast du noch Fragen?«

»Nö, alles paletti, Alter! Ich mach mich auf den Weg. Muss wieder runter durchs Krampfadergeschwader, vorbei an der Teerschleuder aus Schabrakistan, die wollte mich eben zutexten. Krass, Alter, morgen 14 Uhr am Airport, alles vierlagig, Alter.«

»Wenn du noch einmal ›Alter‹ sagst ...«

»Geht klar, Alt ... Onkel.«

Dimitri rollte mit den Augen.

Wassili Junior segelte aus der Tür und Dimitri musste die Fenster öffnen, denn er brauchte jetzt dringend eine frische Brise und reinigende Luft. Aber die Sache war nun angeschoben. Er wusste, dass sein Neffe sich trotz seiner geistigen Enge an alle Anweisungen halten würde.

Was für eine Nacht!
Juni 2010

Jil mit ihrer rosafarbenen Jacke wuchs aus der Motoröllache heraus wie eine Seerose.

»Wo bleibst du, ich sitze hier und es riecht überall nach Fisch.«

»Achilles, komm schnell. Hilf mir.« Jils zittrige Stimme schlug Alarm. Schlagartig wurde Achilles ernst. »Die Schweine wollten mich umbringen. Die haben mich verfolgt, ich sollte mir den Hals brechen, diese Drecksäcke!« Aus Jils Augen flossen die Tränen und ihre Stimme versagte. Sie heulte vor Wut. Dann hatte sie sich wieder im Griff. Achilles wartete ungeduldig.

»Jil, wo du bist, ich komme sofort zu dir!«

»Am Sushi-Shop, hinter dem Petit Fleur, keine fünfzig Meter vom *La Mer*. Schnell, komm schnell.«

»Rühr dich nicht vom Fleck. Ich bin sofort da.« Achilles beendete das Gespräch. So hatte er Jil noch nie erlebt. Ein Anschlag? Von wem? Wieso? Ach was, das lässt sich später klären, dachte er, erst musste er zu ihr. Er hatte keine Ahnung, wie Menschen reagierten, wenn sie Opfer eines Anschlags geworden waren, dem sie entkommen sind. Wohl mit Panik, Schock und Höllenängsten, nahm er an.

Jil hatte aber nicht panisch geklungen. Verzweifelt hatte sie sich angehört. Chili riss beim Aufstehen seine Jacke vom Stuhl, verließ das *La Mer* ohne eine Bemerkung und ließ einen Kellner mit offenem Mund zurück.

In der Avenue, im Dunkeln, sah er eine Person unter einer Markise hocken, vor ihr etwas Metallisches, das trotz des Zwielichts schimmerte. Achilles rannte die Straße hinunter, sah Jil zitternd vor einer großen schwarzglänzenden Pfütze sitzen, half ihr auf und umarmte sie und strich ihr über das verölte Haar.

»Alles ist gut«, flüsterte er ihr zu. »Alles ist gut. Dir wird nichts Böses geschehen.«

Sie schaute ihn mit verheulten Augen an, und es legte sich Dankbarkeit in ihren Blick. Ein übermächtiges Gefühl drängte sie an Achilles Brust, um dort ein paar Minuten zur Ruhe zu kommen. Er wartete und gab ihr alle Zeit der Welt, um sich zu fangen, dann ergriff er ihre Arme und fragte leise und unaufdringlich: »Was ist passiert?«

Jil schüttelte den Kopf. »Ich will nach Hause«, sagte sie sehr leise und zeigte auf Chilis Jacke, auf der sie unabsichtlich das Motoröl verteilt hatte.

»Sieh dich an, ich habe deine Gaucho-Jacke völlig versaut.«

»Öl ist ihr Lieblingsgetränk. Los, komm, lass uns gehen. Du brauchst ein Bad und frische Klamotten!«

Achilles nahm Jil in den Arm. Er war sensibel genug zu merken, dass Jil den Weg zu ihrer Wohnung schweigend zurücklegen wollte. Er schob den Steppenwolf lautlos neben sich her, an dem Öl herunter triefte.

Nach dem Bad, bei dem Jil, soweit sie konnte, das Motoröl von Haut und Haar abwusch, hing der penetrante Geruch weiterhin an ihr wie ein dünner Film. Mit angezogenen Beinen hockte sie in ihrem Sessel gegenüber ihrer Hängematte.

Es spulten sich Szenen in ihrem Kopf ab, die sich immer wieder neu zusammensetzten: Der schwarze Van, die Brücke, der schwarze Ninja, die Attacke auf sie, der Sturz und die Öllache. Wie betäubt kauerte sie im Sessel, unbeweglich, mit starrem Blick auf den Fußboden. Um sich herum nahm sie nichts wahr.

Ihre Sinne erwachten, als Kaffeeduft das Zimmer füllte. Einen Moment später hielt sie einen Milchkaffee in der Hand und beobachtete, wie Achilles sich etwas umständlich in die Hängematte setzte. Sie hatte, seit sie in der Wohnung waren, alle seine Versuche, sie in den Arm zu nehmen, blockiert. Sie wusste, dass sie dann wieder heulen würde, und sie wollte nicht heulen, wollte sich nicht wie ein Opfer fühlen. Sie wollte stark sein. Trotzdem war sie dankbar, dass er jetzt bei ihr war.

»Könnte das eine Verwechslung gewesen sein?«, fragte Achilles.

»Könnte, könnte ... was weiß ich?«, antwortete sie schroff, was ihr aber gleich wieder leidtat. »Wenn das ein gezielter Versuch war, mich einzuschüchtern oder, was erschreckender wäre, mich mit Gewalt mundtot zu machen, dann ist deren Plan grandios gescheitert, denn ich lebe noch!«

Jils Kopf ging hoch, und sie sah das perplexe Erstaunen, das sich auf sein Gesicht gelegt hatte. Stimmte etwas nicht? Sie konnte auch offensiv, na und? Angriff ist die beste Verteidigung!

»Wir müssen uns drei Fragen stellen«, sagte Jil. »Erstens: Warum ich? Zweitens: Wer hat etwas davon, mich anzugreifen? Mit anderen Worten: Wer steckt dahinter? Drittens: Was ist der Auslöser für so eine geplante Aktion?«

Der heiße Kaffee wärmte ihre Hände, und Jil wippte auf ihrem Sessel vor und zurück, völlig in ihren Gedanken versunken.

»Zur dritten Frage habe ich eine Theorie«, meinte Achilles leise, »die aber nicht stimmen muss.«

Da hörte Jil auf zu wippen und blickte ihn an. Ihre Gedanken wirbelten durch ihren Kopf, ohne einer Logik zu folgen. Als Achilles äußerte, er habe eine Theorie, was der Auslöser sein könnte, zerfiel das diffuse Gedankenknäul in ihrem Kopf. Urplötzlich meinte sie, klar zu sehen. Mit eisigem, zornigem Blick taxierte sie ihn.

»Na klar! Du weißt etwas! Genau, du kapierst, was hier vorgeht! Willst du mich verarschen? Eine Theorie! Hältst du mich für blöd? Du ... du weißt genau, was hier abgeht! So ist das! Ich habe dir doch von den Drohbriefen erzählt! Von meiner Arbeit habe ich dir auch erzählt! Den ganzen Tag analysierst du das, was die da oben hinter ihren Türen ausbaldowern und in die Tat umsetzten. Wer, wenn nicht ihr in eurem schicken Institut, wisst, was Sache ist? Also, raus damit, spuck's aus, aber lüg mich nicht an!« Sie bekam Fuchsaugen, aus denen Funken schlugen.

Chili musste schlucken. »So ein Quatsch, ich weiß überhaupt nichts«, konterte er, der mit einem solchen Angriff im Leben nicht gerechnet hatte, »ungelogen, ich weiß nicht, warum man dich attackiert hat, noch wer dahintersteckt oder wessen Auftrag es war.«

Er hatte Jil noch nie so erlebt. Diese Attacke auf ihn kam unerwartet und ging ihm sehr unter die Haut. Wie sie, am ganzen Leib zitternd, ihm all diese Vorwürfe entgegengeschmettert hatte, machte ihm deutlich, wie sehr dieser Anschlag sie aus der Bahn geworfen hatte.

Er riss sich zusammen und sprach sanft und mit Bedacht weiter. »Jil, bitte, ich bin nicht dein Feind, schau mich nicht so an! Das kenne ich gar nicht von dir, dass du so kämpferisch werden kannst. Es würde mir definitiv Angst einflößen, wenn du nicht so bezaubernd und reizvoll zugleich aussehen würdest, wenn du den Samurai gibst.«

Die Fuchsaugen bildeten sich zurück, und Jil wagte ein leises Lächeln. Sie rutschte tiefer in den Sessel, legte ihre Beine schief und hielt den Milchkaffee vor ihrem Mund, blies die Hitze fort und trank einen Schluck.

»Sorry, ich bin von der Rolle, aber das alles macht mich so wütend. Die Attacke selbst ist schon schwer zu verdauen, aber was mich stocksauer macht, ist das Warum. Ich mache ja nur meine Arbeit, und diesen Angriff kann man als Steigerung der ganzen Drohmails begreifen. Soll ich etwa aufhören, über mittländische Banken und Insolvenzverfahren zu berichten? Ich werde das Gefühl nicht los, dass das nicht bei einer Attacke bleiben wird. Wenn ich richtig liege, gibt es gute Gründe, mich aus dem Rennen zu nehmen.«

»Bereit für meine Meinung?« Achilles sah Jil offen an, wartete und bekam ihr Kopfnicken. Im selben Moment summte Jils Handy und spielte die James Bond Filmmusik.

Jil erschrak. Eine Telefondrohung, dachte sie sofort. Sie hielt die Luft an. Doch als sie den blinkenden, orangen Punkt sah, entspannte sie sich.

»Entschuldigung, ich muss das Gespräch annehmen.«

Jil stand auf und ging in die Küche.

Ramon34 zeigte sich völlig aufgeregt. »Ach, Frau Berg, geht es Ihnen gut? Ich habe einen Hinweis erhalten, dass man Sie bedroht hat. Hatten Sie einen Unfall?« Ramon34 war seine Sorge um Jil sofort anzusehen. Er fuhr sich immer wieder mit der Hand durchs Haar, bis es völlig strubbelig war. Woher hatte der Zwerg diese Informationen? Achilles und die Attentäter waren die Einzigen, die Bescheid wussten.

»Unfall? Ein Unfall?«, zischte sie giftig zurück, »das war ein Anschlag, verdammt nochmal!«

»Sie denken, es war kein Unfall?« Die Augenbrauen des Dschinns liefen zusammen, er durchdachte die Information.

»Wie nennst du das, wenn ein schwarzer Van zuerst gezielt Jagd auf dich macht und dann vor dir die Straße mit Motoröl eindeckt, weil du dir den Hals brechen sollst? Natürlich war das ein Anschlag! Das war kein Versehen, das war Absicht! Diese Schweine wollten mir eine Lektion erteilen und haben dabei in Kauf genommen, dass ich mir das Genick breche.«

»Wie geht es Ihnen jetzt?« Aus dem Display schaute ein besorgter und eingeschüchterter Dschinn.

»Ich bin okay, den Umständen entsprechend, Danke! Ramon, ich kann jetzt nicht reden, ich bin nicht allein hier.« Jil schaute den Dschinn an und nickte mit dem Kopf in Richtung Wohnzimmer.

»Ich weiß«, gab der Geist augenzwinkernd zurück, »Herr De Susa ist bei Ihnen. Sie sollten jetzt besser nicht allein sein. Ich will nicht weiter stören und melde mich morgen früh ... eine Sache noch: Sie erwähnten einen schwarzen Van, richtig? Nun, vielleicht kann ich Ihnen in diesem Punkt weiterhelfen, denn ich weiß, woher der schwarze Van mit aller Wahrscheinlichkeit stammt: Aus dem Fuhrpark des Geheimdienstes!«

»Wie bitte?« Jil war fassungslos. Die unsichtbare Macht erhielt einen ersten Namen.

»Aber bitte keine voreiligen Schlüsse ziehen, Frau Berg! Einen Beweis gibt es nicht, dass es der Geheimdienst war oder dass er darin verwickelt ist. Andererseits ist es höchst abwegig, dass man denen den Van aus ihrer eigenen Parkgarage geklaut hat, nur um die Spur auf sie zu lenken«, sagte der Dschinn. »Morgen weiß ich sicher mehr. Ruhen Sie sich aus, Frau Berg.«

Der Flaschengeist verschwand und ließ eine aufgewühlte Jil Berg zurück.

Was zur Hölle hat der Geheimdienst mit mir zu tun, und warum sollte ich denen im Weg sein? Jil drehte sich um, ging zu ihrem Sessel, setzte sich und schwieg. Sie konnte das alles überhaupt nicht verstehen. Sie schaute hinüber zu Achilles, der mit eindringlichem Blick in der Hängematte saß.

Als er etwas sagen wollte, kam sie ihm zuvor. »Vergiss es, war kein wichtiger Anruf ... äh, warte mal kurz,« sagte Jil. Sie sprang wieder auf, lief in die Küche und kam mit zwei Flaschen Bier wieder zurück.

»Okay, fang an. Deine Meinung, her damit.« Sie klicken die Flaschenenden gegeneinander, Jil setzte sich und hörte zu.

»Zum Auslöser«, begann Achilles, »also: Du bist jetzt seit langer Zeit am Fall Bank Moneta dran. Deine Artikel über das Thema stehen im Netz. Und die sind nicht ohne. Andere Medien haben sie aufgegriffen und ihrerseits darüber berichtet. Die Öffentlichkeit bekommt einen Blick auf die Hintergründe und auf etwas, was bei vielen in der Regierung erheblichen

Stress auslöst. Ein Beispiel: Deine Bekanntgabe der Verbindung zwischen der Bank Moneta und der Zentralbank. Dir ist schon klar, was das heißt? Wenn das zutrifft, ist es Insolvenzverschleppung. Bingo: fünf Jahre Knast! Aber wer muss hinter Gitter? Wessen Kopf rollt?«

Achilles nahm einen tiefen Schluck aus der Bierflasche. Jil spürte, dass jetzt Achilles, der Profiler, vor ihr saß.

»Anderes Beispiel«, fuhr er fort, »Du hast geschrieben, dass die Lambo äußerst rabiat und rigoros mit den Opfern umspringt, dass sie deren Rechtsanwälte an ihrem Bürotresen abwimmeln lässt und sie wieder nach Hause schickt. Zudem plündert sie die Konten der Opfer, um mit dem Geld wiederum die Zentralbank zu bezahlen, dass die ihren Kredit wiederbekommt. Stimmt das ebenfalls, sprechen wir hier von Geldwäsche, und ich weiß nicht, ob eine Kontoplünderung mit anschließendem Verkauf von Kunden-Portfolios ohne deren Einwilligung den Richtlinien unserer Gesetzgebung entsprechen. Für mich riecht das nach Konfiszierung. Und was ist mit öffentlicher Stellungnahme von Regierung oder Justiz? Fehlanzeige. Von dort wird man nichts zu hören bekommen, weil sie alle Gefahr wittern. Nur Generalstaatsanwalt Hubert Triebert, der seiner Eitelkeit selten widerstehen kann, hat ein öffentliches Statement abgegeben, was ihm zukünftig sicher schwer im Magen liegen könnte. Von der Lambo? Kein Laut. Warum sollte sie auch etwas sagen? Sie fühlt sich beschützt durch eine höhere Stelle oder wichtige Person und weiß, dass ihre inquisitorischen Methoden von dort gebilligt und gedeckt werden. Jedenfalls gibt es bisher kein Dementi.«

Achilles räusperte sich und bedeutete Jil mit einer Geste, dass er nicht fertig war. Er trank noch einen Schluck.

»Jetzt kommst du, die wütende Kämpferin, und stellst einen Bericht nach dem anderen ins Netz und legst den Finger in die Wunden, reißt Löcher auf, durch die wieder neue skandalträchtige News für die Öffentlichkeit sichtbar werden. Was glaubst du, was passiert? Bei denen steigt der Stresspegel in den roten Bereich. Die reagieren panisch, weil ihre jahrelange Kungelei aufzufliegen droht. Darauf sind die nicht vorbereitet. Deswegen solltest du eine Lektion erhalten und die heißt: Stopp! Maul halten! Sonst … « Achilles zeigte mit dem Flaschenhals auf Jil.

Jil hatte ihm verblüfft und bewundernd zugehört. Zum ersten Mal konnte sie sich halbwegs vorstellen, wie er als Profiler arbeitete. Doch seine letzten Worte hatten sie irgendwie aufgewühlt.

»Ja, ja, ja, alles schön und gut! Du vergisst nur, dass diese Schweine mich umbringen wollten. Ich sollte mir den Hals brechen. Warum? Was ist so heiß, dass man die Schergen losschickt, die vor Mord nicht zurückschrecken? Reden wir hier über die Mafia?« Jil schwang ihre Beine vom Sitz des Sessels, beugte sich nach vorn und stützte die Ellenbogen auf ihre Oberschenkel.

Achilles machte weiter. »Es geht nicht ums Warum! Die Frage ist: Wovor? Wovor hat die Regierung oder ein Teil der Regierung so großen Schiss, dass sie die Kavallerie von der Leine lässt? Das macht man in der Regel nur, wenn alle anderen Mittel ausgeschöpft sind. Was ist so brisant, dass man eine Veröffentlichung fürchten muss? Schäden an Einfluss, Image und Geld, für einzelne, für eine Gruppe und für das Land? Mag sein. Indes kann der Kreis der Eingeweihten nicht klein sein, wenn der Geheimdienst eingeschaltet ist.«

Urplötzlich richtete Jil sich auf, und blitzartig waren die Funken in ihren Augen wieder da. »Woher weißt du, dass der Geheimdienst da mitspielt?« Sie schaute Achilles misstrauisch an.

»Ich habe eben kombiniert. Wenn die Regierung sich angegriffen fühlt und unerkannt Gegenmaßnahmen ergreifen will, schickt sie den Geheimdienst. Das alles ... Jil, das alles tut mir sehr leid.« Achilles' Stimme wurde etwas brüchig. Es schien ihm schwerzufallen weiterzusprechen. »Du weißt, dass ich mit Dir über meine Arbeit nicht sprechen darf. Aber wenn ich sehe, was man dir antun will ... was man uns beiden antun will, habe ich den Eindruck, dass die demokratisch gewählten Kräfte untergraben werden durch Manipulation, Heuchelei und Psychopathen. Das System ist dabei, zu einem Monster werden. Aus reinem Selbsterhalt.« Achilles' Kopf sackte nach unten.

Jil musste mit ansehen, wie Chili unter seinen Zweifeln litt. Wie lange schon haderte er mit sich selbst? Plötzlich erkannte sie, dass bei Achilles ein Damm zu bersten begann. Er wirkte mutlos und ohne Hoffnung.

Jil stand auf und kroch zu ihm in die Hängematte. Er brauchte ihre Nähe – wie sie seine brauchte.

»Ich berate die Falschen, Jil. Ich rede mir ein, das Überleben des Staates zu sichern, aber ich helfe einem kleinen Personenkreis, der einen Angriff auf dich angeordnet hat. Dabei kenne ich diese Leute nicht einmal. Von mir erhalten sie sogar Strategien an die Hand, wie sie ungeschoren davonkommen. Es widert mich an.«

»Du zweifelst. Du siehst keinen Sinn mehr in dem, was du tust. Du willst es nicht mehr ertragen. Schlimmer noch: Du siehst nun, dass deine Arbeit indirekt anderen Menschen schadet. Und auch den Prinzipien unseres Rechtsstaates.«

»Nein, das ist es nicht. Es ist kein Zweifel. Nicht an mir. Und nicht an meiner Arbeit. Nicht an meinen Kollegen, ich weiß, wie sie sind. Ich habe die Gewissheit, dass sich gerade unsere Ordnung auflöst, weil niemand da ist, der Stopp ruft. Wenn eine Regel nicht mehr nützlich ist, machen sie einfach eine neue, die nur ihnen nützt, verstehst du? Die anderen rufen nicht Stopp. Ich rufe nicht Stopp. Ich sehe, wie meine Loyalität gegenüber dem ISE wie ein Wasserstrudel über einem Badewannenabfluss abfließt.«

»Und was willst du jetzt tun?«, fragte Jil behutsam.

Er fand wenig Halt und balancierte in der Hängematte nach Stabilität und streckte beide Arme Jil entgegen.

»Seit zwei Tagen ringe ich mit mir, die Kündigung einzureichen«, sagte er dann, hob den Kopf und sah hilfesuchend in Jils Augen. »Ich wollte eigentlich heute im La Mer mit dir darüber reden. Wenn ich nicht kündige, mache ich mich zum Handlanger derer, die nicht erkennen, dass sie an den Fäden anderer hängen. Nennen wir das Kind beim Namen: Der Anschlag auf dich war ein Mordversuch. Das will ich nicht hinnehmen. Ducke ich mich weg, bin ich einer von denen.«

»Wow«, kam es Jil über die Lippen, die sich noch enger an ihn kuschelte. »Ich schätze, du kannst bei deiner Arbeit schlecht verbergen, dass dich die Sache ankotzt, oder? Du bist nicht der Typ, der gegen seine Überzeugung handelt. Man wird es dir ansehen. Wem du ein Dorn im Auge bist, der wird an deinem Stuhl sägen und über dich herfallen. Der Mensch ist eben ein Raubtier. Wenn du aufgibst, ändert sich etwas für dich, aber es ändert gar nichts für sie. Kennst du denn wirklich niemanden im Institut, der so denkt wie du?«

»Ich kenne keinen, aber ja, möglicherweise gibt es welche. Du hast recht, sie werden über mich herfallen. Ich kann dir auch sagen, wer dazu bereit wäre.«

»Chili, du brauchst dich jetzt nicht sofort zu entscheiden, was du als Nächstes tust. Es ist immer gut, ein paar Tage verstreichen zu lassen.

Lass uns in den nächsten Tagen das Thema noch einmal angehen. Auf mich hat man einen Anschlag verübt, du wirst gezwungen, gegen deine Überzeugung zu handeln. Lass uns erst einmal wieder zu Kräften kommen, sonst machen wir Fehler.«

Stille und eine Spur Zuversicht breitete sich aus.

»Danke, dass du dich um mich gekümmert hast«, flüsterte Jil und rieb sich dabei die Augen, »ich habe deine Fürsorge und Nähe gebraucht.«

Achilles schwang sich umständlich aus der Hängematte, stand unentschlossen da, nickte, zog Jil aus der Matte zu sich heran, wobei ein Bouquet aus Shampoo und Motoröl zu seiner Nase aufstieg. Er sollte jetzt besser gehen, auch wenn er lieber bleiben würde.

»Geh nicht, Achilles«, flüsterte Jil. Sie hob ihren Kopf, sah ihn an, umfasste seine Hüfte und zog ihn zu sich heran. Sie küsste ihn auf den Mund und spürte sogleich, wie seine Hände kaum wahrnehmbar über ihren Rücken glitten, wie er sie ganz in seine Arme nahm. Sein Plan, nach Hause zu fahren, war damit vereitelt.

Eine Bekanntschaft mit Folgen
August 2010

Was soll das heißen, ich mache nur das, was ich will? Was glauben Sie denn, wer ich bin? Ich bin doch nicht Rambo«, posaunte Odette Lambo mit gespieltem Missfallen in die Kamera des TV-Senders, der eine Sendung über die isländische Bankenkrise drehte. Sie wollte die Vorwürfe nicht auf sich sitzen lassen. »Alles passiert in Absprache mit der zuständigen Richterin. Mir fällt die äußerst schwierige Aufgabe zu, Gut und Böse zu erkennen und zu trennen. Und glauben Sie mir, ich wittere Gauner auf hundert Meter.«

»Überwiegend sind es Rentner, die in ihrem Berufsleben ordnungsgemäß Steuern gezahlt haben und nun ihr Recht einfordern. Sind das alles gewiefte Zocker ihrer Meinung nach?«, wollte der Moderator wissen.

»Im Gegensatz zu so manchen Medien lasse ich mich nicht blenden, nur weil diese Menschen betagt sind. Diese Leute täuschen nur vor, keine Ahnung vom Investmentgeschäft zu haben. Sie haben die Equity-Release-Investments freiwillig abgeschlossen. Es ist also lächerlich, sich als Opfer zu stilisieren. Wer auf diese Masche reinfällt, dem ist nicht zu helfen. Warum geht man denn zu einer Investmentbank, wenn man nichts vom Investment versteht? Ich zum Beispiel weiß nichts über Kernphysik. Also hüte ich mich davor, Atome zu spalten und überlasse das anderen.«

Ihr schmeckte es immer weniger, wie man sie hier kritisch ausfragte. Unmut stieg in ihr auf, den sie nur mit großer Mühe unterdrücken konnte. Ihr war bewusst, dass die Redakteure nicht klein beigeben und noch tiefer graben würden. Wenn nicht dieses, dann ein anderes Team, vielleicht würden sie auch nach Island fliegen, um weitere Zusammenhänge auszuleuchten.

»Ich sehe in der Akte keinen Anlass zu irgendwelchen Investigationen. Nach allem, was bisher vorliegt, handelte die Bank seriös und rechtmäßig«, sagte sie mit festem Blick in die Kamera.

»Die spanische und französische Justiz sind da nicht ihrer Meinung. Viele Strafanzeigen wurden zugelassen. Zivilgerichte gaben den Opfern recht. Warum sehen Sie die Sache anders?«

»Erlauben Sie mal, Sie sprechen von Opfern, das ist nicht korrekt. Es sind Kläger. Das ist ein Unterschied. Zu Ihrer Frage: Ich bin keine Spanierin und keine Französin. Ich bin Mittländerin, und ich kenne einige dieser ausländischen Fälle, aber bisher liegen keine finalen Urteile vor. Somit ist dieser Punkt nicht relevant«, schoss sie zurück. Das war folgerichtig, jedoch mit heißer Nadel gestrickt, weil über nationalem auch EU-Recht galt. Ihr wurde es hier zu heiß. Sie gab ein Zeichen, dass von ihr keine Antworten mehr zu bekommen waren. Die Aufnahme wurde daher beendet.

Sie hoffte, dass die Zuschauer nicht sahen, wie miserabel sie sich fühlte.

Nachdem die heißen Scheinwerfer abgeschaltet waren und sich knisternd abkühlten, stand sie auf und marschierte schnurstracks auf die zwei Moderatoren zu, um sie anzufahren und ihrem Ärger Luft zu machen.

»Ihr Journalisten habt doch keine Ahnung«, geiferte sie im monotonen Stakkato, »bei uns haben wir unsere Regeln, und in Island, Spanien und Frankreich hat man andere Regeln. Das ist ein großer Unterschied, ihr Schlaumeier! Und ja, es geht um dieselbe Bank. Na und? Das lässt sich nicht ändern. Aber ich lasse mir nicht von euch Presseheinis vorschreiben, was ich zu untersuchen habe und wie ich meinen Job machen soll!«

Odette Lambo krakelte und beschwerte sich fast fünf Minuten lang. Am Ende hatte sie ihre Wut herausgelassen. Ohne jegliche Würdigung drehte sie sich abrupt zum Ausgang um. Ihr Blick fiel dabei auf die Kontrollkamera, die immer noch mitlief und aus den Lautsprecherboxen ertönte der Refrain der Eberly Brothers: »Bye, bye Love, bye, bye, Happiness«.

Sie blieb wie zur Salzsäule erstarrt stehen. Man verhöhnte sie. Man machte sich über sie lustig. Doch trotz dieser Unverschämtheit schluckte sie ihre Wut herunter, sie musste sich im Griff behalten. Den Kopf erhoben ging sie durch die Außentüre des Gebäudes und schmiss sie ins Schloss, dass es schepperte. Diesen TV-Auftritt hatte sie samt und sonders anders geplant. Sie glaubte nicht, dass man sie missverstanden hatte, vielmehr begann sie sich selbst davon zu überzeugen, dass ein Komplott gegen sie im Gange war.

Für sie gab es so oder so keine abweichenden Antworten. Also, wer steckte hinter diesem Komplott? Kam es aus den eigenen Reihen? Ausgeschlossen! Diese Widerständler haben sich ohne Zweifel mit der Presse zusammengetan, reimte sie sich zusammen. Ich weiß selbst, dass es eine Anzahl an Hinweisen auf Straftaten bei der Bank Moneta gibt, dachte sie sich, aber erstens sind das keine Beweise, und zweitens bin ich doch nicht blöd und breite das großspurig vor den Fernsehkameras aus.

Odette Lambo wurde klar, wie idiotisch das ausgesehen haben musste, was sie kurz zuvor in die Kamera gesagt hatte, und dass sie einen zu großen Spielraum für Spekulationen übriggelassen hatte. Aber was sonst hätte sie sagen sollen? Alles andere wäre eindeutig als Rückzug einzustufen gewesen. Sollte sie unklugerweise herausposaunen, dass die Gerichtsverfahren allesamt nicht abgeschlossen waren?

Alle ihre Bälle mussten in der Luft bleiben. Sie kam sich vor wie ein Wagenlenker im alten Rom, der im Höllentempo durch die Arena jagte – in einem einachsigen Streitwagen mit vier Rennpferden davor. Der kleinste Fehler, ein falsches Ziehen an den Zügeln, ein unachtsames, zu frühes Einlenken in den Kurven – und eines der Pferde würde ausbrechen und Wagen und Lenker mit sich reißen. Das wäre das Ende. Sie stand auf diesem verdammten kleinen Wägelchen und musste vier Gäule im Zaum halten. Triumphieren oder untergehen, dazwischen gab es nichts.

Am nächsten Tag strotzte Odette Lambo vor Energie. Im Office nahm sie soeben an ihrem Schreibtisch Platz, als ihr Telefon klingelte.

»Lambo, wer spricht?« Odette war kurz angebunden.

»Philippa Rocetto, ich grüße sie. Haben Sie eine Minute?«

»Aber ja Philippa, gibt es was neues?« Odette Lambo wurde hellhörig.

»Neuigkeiten von den lästigen Klägern«, sagte Rocetto.

»Ich bin ganz Ohr.«

Philippa Rocetto war eine Frau mit einer bemerkenswerten Vergangenheit. Wäre man Zeuge einer ihrer souveränen Auftritte gewesen, man hätte Stein und Bein geschworen, einer integren und erfolgreichen Geschäftsfrau begegnet zu sein. Bei Madame Rocetto handelte es sich um eine jener südländischen Erscheinungen, die Männern Furcht einflößen konnte und zugleich imstande war, deren wilde Begierde zu entfachen. Klein in Wuchs, doch mit großem Busen, schlanker Taille und einem Hüftmaß leicht über der Norm, sendete sie eine unmissverständliche Botschaft: Hier steht ein weibliches Alpha-Tier, das keinen Widerspruch duldet. Ihr schwarzes gewelltes Haar erinnerte an Gina Lollobrigida. Die griechische Linie ihrer Nase mit den leicht breiten Nasenflügeln und markanten Nasenlöchern deutete auf Entschlossenheit, Leidenschaft und Temperament hin, was sich durchaus gleichermaßen auch negativ entladen konnte.

Wenn es dazu kam, tat man gut daran, sich nicht in der Nähe von Philippa Rocetto aufzuhalten. Sie trug bewusst Managerkleidung, die durch ihre Rundungen feminisiert wurde: Einen Hosenanzug mit Blazer in abgetönten Farben, eine weiße Bluse mit spitzem Kragen, wobei deren Ärmelenden aus dem Blazer herauswuchsen. Ihr Statussymbol, die diamantenbesetzte goldene Cartier-Uhr, trug sie über der Manschette, wie einst der legendäre Fiat-Boss Giovanni Agnelli, dem man diesen Trend zuschrieb.

Ihr Make-up war immer perfekt, für zarte Seelen etwas zu aufdringlich, zu kräftig, aber im Gesamtkunstwerk Rocetto fügte es sich bemerkenswert stimmig ein. Wenn Philippa Rocetto aus ihrem tizianroten Porsche Cayenne stieg, umhüllte sie eine äußerst selbstbewusste Aura wie ein Schwarm Zitronenfalter. Respekt war nicht das Wort, das einem einfiel, wenn man sie sah oder ihr vorgestellt wurde. Das Wort, das bei einer Begegnung mit ihr sofort in den Sinn kam, war: Präsenz.

Philippa Rocetto traf man dort, wo die Reichen und Schönen sich tummelten. Ihr Auftreten ließ absolut keinen Zweifel daran aufkommen, dass sie selbstredend ein Teil dieses elitären Clubs war. Ob in St. Tropez oder Monaco, Portefino, St. Moritz oder Méribel, man empfing sie mit offenen Armen.

Mit Tom Cruise und Nathalie Portman hatte sie kleine Verabredungen, Bernie Ecclestone nahm sie mit zu Formel 1 Rennen, Johnny Hallyday und Brigitte Bardot waren bekannt mit ihr, genau wie Nicholas Sarkozy, von dem man munkelte, er hätte mit Philippa mehr als nur ins Glas Champagner geschaut.

Doch das alles war nur Attrappe und diente einem einzigen Zweck. Madame Rocetto war eine gewiefte Kriminelle. Hinter der hübschen aber unechten Fassade lauerte gezielter Investmentbetrug, den sie über ihren eigenen Offshore-Ring steuerte und der ihr Leben in der High Society-Welt finanzierte. Der Preis, den sie dafür zahlen musste, war, dass sie mehrmals hinter Gittern wanderte, was ihrer Strahlkraft keinen Abbruch tat. Im Gegenteil: Ihr Siegerlächeln wurde immer breiter. Zählte man alle Tage zusammen, die Philippa Rocetto im Knast verbracht hatte, kam man locker auf über tausend.

Beide Frauen, Lambo und Rocetto, kannten sich von einem Empfang des Mode-Gurus Salvatore Ferragamo, der in sein neuestes Juwel auf der Croisette in Cannes an der Côte d'Azur zum Schaulaufen gebeten hatte. Beide wussten nichts voneinander und sie waren sich vor dieser Modenschau noch nie begegnet. Sie teilten die Vorliebe für extravagante Mode und exorbitante Schuhe. Ein Faible, das sie unausgesprochen mit vielen Frauen in diesem Showroom teilten.

Bei der After-Show-Party kamen beide bei einem süffigen Glas Moet ins Gespräch. In der gelösten Atmosphäre vergaß Odette Lambo die Strapazen ihres Büroalltags. Der Garçon, mit unvermeidbarem Pferdeschwänzchen, schenkte den beiden Damen Champagner nach. Mit klirrenden Kelchen prosteten sie sich zu.

»Die Arbeit einmal ruhen zu lassen tut gut«, parlierte Odette Lambo spontan, weil beider Stummheit langsam peinlich zu werden drohte.

»Da sagen Sie was«, nahm Rocetto den Faden auf. »Ich kenne Salvatore aus alten Zeiten und habe ihn des Öftern auf seinem Anwesen in Italien besucht. Unvergleichlich, sage ich Ihnen, unvergleichlich. Der Mann hat einfach Stil. Auch sonst sehr umgänglich. Wohnen Sie hier an der Côte?«

»Leider nein, ich lebe nicht hier, habe nur ein kleines Ferienhaus, wissen Sie? Ich bin partout nicht zufällig hier. Muss ein paar Dinge mit einer Bank regeln.«

Lambo äußerte dies knapp und beiläufig, als sei es etwas Lästiges. Dass die erwähnte Last den Namen Bank Moneta trug, die zwei Straßen weiter ein nagelneues, völlig überteuertes Büro nach nur dreißig Tagen hatte schließen müssen, ließ sie unerwähnt.

Sie hätte sich die Augen gerieben, wenn sie in dem Moment geahnt hätte, dass der Gott der kleinen Dinge den Mistralwind nutzte, um die süffisanten Tricks des Schicksals durch die Eingangstür der Ferragamo

Boutique zu wehen. Hier standen sich zwei Kobras gegenüber, zwei Najas, jede Einzelne mit aufgerichtetem Oberkörper. Odette versuchte sich im Small-Talk über Stoffe, über die neuste Kollektion, die höllisch hohen Preise und über Schuhkreationen mit ebenso höllisch hohen Absätzen. Ein Gläschen Champagner? Bitte gern. Lachsmousse Canapé? Danke nein, vielleicht später.

Sie verspürte mal wieder das Bedürfnis, ihr Make-up zu kontrollieren und öffnete ihre kleine Abendhandtasche von Gucci, um den klappbaren Schminkspiegel in die richtige Position zu bringen. Dabei rutschte eine Visitenkarte ins Freie und segelte vor die Füße Rocettas, die die Karte aufhob.

»Ach, Sie arbeiten in einer Bank?« Philippa neigte ihren Kopf zur Seite und zog ihre Augenbrauen hoch.

»Gott bewahrte, nein! Ich arbeite nicht *in* einer Bank, ich wickle diese Bank ab.« Odette Lambo tippte mit dem langen künstlichen Nagel ihres Zeigefingers auf die kleine Karte, direkt auf den Namen der Bank. Ihre Körpersprache verriet, dass die Bank nur ein kleiner Fisch war, mit dem sie sich notgedrungen abgeben musste.

»Insolvenz, verstehen Sie? Die Bank ist nun mal pleite, sie ist Geschichte, und ich muss mich darum kümmern. Die zuständige Richterin hat mich für diese schwere Aufgabe öffentlich bestellt.« Bei ihrer Rede straffte sich automatisch ihre Rückenmuskulatur, so bekam sie mehr Größe, was ihr eine Ausstrahlung von Bismarck'scher Souveränität verlieh.

»Ach, das ist ja ein Zufall. Wie das Leben so spielt. Ich bin auch im Finanzbusiness tätig. Aber ich kümmere mich nicht um bankrotte Gesellschaften, sondern um passgenaue Investmentlösungen für meine Kunden. Könnte für Sie von Interesse sein.«

»Wie meinen Sie das?« Odette Lambo bekam Witterung. Mit einem Mal roch es danach, dass sie sich für etwas Dubioses einsetzen sollte. Die lockere Stimmung machte eine Kurve. Diese Frau, dachte sie mit Vorsicht, schien ihr etwas schmackhaft machen zu wollen. Das war ihr gar nicht recht und kam überhaupt nicht infrage. Ihr Gesichtsausdruck ließ kein Interesse erkennen, eher Skepsis und Ablehnung. Und genau so war es auch gemeint.

Philippa schien zu bemerken, dass Odette in die Kampfstellung gegangen war.

»Sie kümmern sich doch sicher darum«, redete Philippa Rocetto seelenruhig weiter, »die Außenstände dieser Bank einzufordern, n'est-ce pas!? So viel habe ich gelernt, dass es hilfreich ist, wenn man den Schuldnern zu Drittmitteln verhilft, was im Klartext heißt: Umschuldung. In den meisten Fällen verläuft das erstaunlich reibungslos.«

»Sie meinen, Sie bringen so etwas zustande? Sie haben Erfahrung?«

»Mais oui, bien sûr.« Rocetto breitete die Hände und Arme aus wie die Jesus Statue in Rio de Janeiro. Sie sprach diese Worte mit einer unerschütterlichen Überzeugung, die aus den Tiefen des Universums zu kommen schienen.

Als Odette die Worte »Umschuldung« und »Drittmittel« hörte, setzte ein Feuerwerk in ihrem Kopf ein. Ihre Synapsen zeichneten ein mögliches Bild hinter ihre Netzhaut, wie sie mithilfe von Philippa Rocetto den Widerständlern von der VOM-Gruppe, wie sich die Gruppe nannte, den Garaus machen konnte.

»Vorschlag: Wir könnten uns in den nächsten Tagen treffen, und ich zeige Ihnen, welche Art von Entschuldung ich für Sie arrangieren kann.«

Auf Odette Lambos Radar bleib ein Schatten, der nicht verblasste. Ihr Gefühl sagte ihr, dass diese Kobra mehr im Schilde führte als nur ein Umschuldungsgeschäft. Andererseits, wenn sie mithilfe der Rocetto ihre Forderungen bei der VOM Gruppe durchdrücken könnte, stünde sie unmittelbar vor einem Sieg. Warum sich nicht treffen? Zugleich eine Gelegenheit, der guten Philippa auf den Zahn fühlen.

Man traf sich zwei Tage später. Als Lambo die Terrasse des Nikki Beach Restaurants in Monte Carlo betrat, winkte ihr Philippa zu, in der Hand einen Americano Apperitf. Bei einem malerischen Sonnenuntergang hörte sie zu und verstand sukzessive, wie Philippa zu Werke gehen wollte. Am Ende ließen die Vorteile, die sie für sich sah, ihrer Skepsis die Luft raus. Das Beste war, sie konnte bei der ganzen Aktion stets im Hintergrund blieben.

»Da wäre noch ein Punkt ...«, hörte sie Philippa vorsichtig sagen. Aha, dachte sie, jetzt wird es interessant. Sie erfuhr von Philippas Offshore-Gesellschaft PR-INVEST. Der Name sagte ihr sofort etwas, denn diese Offshore-Gesellschaft war Schuldner der Bank Moneta mit einem 5,5 Millionen-Kredit. Nun war die Wahrheit raus. Odette konnte ihr Glück nicht fassen. Nicht nur, dass Rocetto diese Widerständler zur Entschuldung bringen konnte, nein, sie war selbst Debitor der Bank, und damit hatte sie die gute Philippa voll in ihrer Hand. Sie ließ sich ihr Entzücken nach außen nicht anmerken, denn sie war eine mindestens so raffinierte Kobra wie die Rocetto.

Odette Lambo drückte ihren Deal durch: Philippa bekam nur dann ihren Schuldenerlass, wenn sie die Menschen der VOM-Gruppe dazu brachte, ihrem Angebot zuzustimmen.

Beide gingen auseinander mit der gegenseitigen Zusage, den Kontakt in den nächsten Tagen zu vertiefen. Bussi links, Bussi rechts. Dass man sich dabei den Anschein gab, es nicht eilig zu haben, und dass ja nichts dringend sei, obwohl es unter den Nägeln brannte, zeigte die Klasse und die Erfahrung beider Protagonistinnen. Sie beide waren beileibe keine Frischlinge, sondern erfahrene Kobras.

Odette und Philippa strebten konsequent auf den Punkt zu, den jede für sich erreichen wollte. Doch die Zeit meinte es gut mit ihnen, und so ging doch alles schnell und im hohen Tempo. Mal traf man sich in Mittland, mal bei Odette, mal bei Philippa.

Es war ein Tanz der beiden, ein Reigen aus Illusionen, eine Kapitulationspolka, um Wunschbilder zu realisieren. Je länger die Kontakte liefen, umso geschickter wurden die gegenseitigen Abhängigkeiten, beide konnten im Endeffekt ihre Idee von einer genialen Lösung nicht ohne den anderen umsetzen. Jetzt lagen beide Kobras im selben Korb des Schlangenbeschwörers.

Die Aufgabenteilung wurde beschlossen. Odette Lambo würde den Kredit der PR-INVEST in dem Moment als zurückgezahlt ansehen, wenn Philippa die starrsinnigen Menschen der VOM-Gruppe zur Annahme ihres längst verschickten Angebotes gebracht hätte. Hier zählte nur Schriftliches. Philippa müsste mindestens die zehnfache Summe des eigenen Kredites wieder reinholen. Das war die Abmachung.

Als sie tags darauf am späten Abend in ihrem Office an dem großen Fenster stand, platze sie fast vor Stolz auf ihren Geniestreich. Ohne den kleinsten Finger zu rühren, ohne je in Erscheinung zu treten, hatte sie alle Trümpfe in der Hand: Die Rocetto mit ihrem Kredit. Nur abzuwarten brauchte sie, um dann schlussendlich zu zählen, wie viele Unterschriften ihre Freundin mit nach Hause brächte.

Philippa Rocetto verlor keine Zeit.

»Hallo Mrs. Barlotte, sie gehören doch zu der Gruppe der Geschädigten der Bank Moneta, oder? Ich würde mich gerne der Gruppe anschließen, weil ich selbst von der Bank betrogen wurde. Können Sie mir da weiterhelfen?«

Rocetto bot sich an, bei VOM aktiv mitzuwirken. Mit viel Schauspielerei führte sie Linda und Billy Barlotte weit weg von ihrem eigentlichen Ziel. Die Gruppe traf sich regelmäßig, und als sie dazustieß, drängelte sie sich sofort nach vorn, hob die Arme, an denen diverse goldene Schmuckstücke hörbar miteinander musizierten, und bat um Ruhe.

»Möglicherweise gibt es einen Ausweg aus unserer Situation«, verkündete sie mit fester Stimme und souveräner Haltung »... einen Ausweg aus unserem Albtraum. Ich habe meine Kontakte zu Schweizer Banken aktiviert, um an eine Umschuldung zu kommen. Damit wären wir in der Lage, uns bei der Bank Moneta und von dieser Frau Lambo freizukaufen. Ich werde mich dafür verwenden.«

Philippa verkaufte sich grandios. Die verdutzten und hoffnungsschöpfenden Gesichter bestätigten das. Tags darauf traf sie schon die Vorkehrungen in eigener Mission, erste schriftliche Zusagen einzusammeln. Um Nägel mit Köpfen zu machen, spannte sie ihren alten Freund Raymond Petrol ein, den Notar der Bank Moneta in Nizza, jenen Notar, der Linda und Billy in Bezug auf die Bankgarantie hatte auflaufen lassen.

Alle Beurkundung der Umschuldungsverträge sollte über ihn laufen. Rocetto eilte weiter zu den Anwälten, die an der Côte d'Azur andere Opfer vertraten. Dabei versuchte sie in Erfahrung zu bringen, wie viele deren Mandanten sich ihrem Vorschlag der Umschuldung nähern würden, was bedeutete, dass jene *vorher* das Angebot aus Mittland annehmen mussten. Das war das Ziel. Um die Motivation der Anwälte zu erhöhen, spuckte sie ihnen zwischen den Zeilen ihres Schreibens eine mögliche Provisionszahlung auf den Schreibtisch.

Sie wusste es geschickt anzufangen und hatte nach nur vier Tagen mehr als dreißig Adressen, inklusive einer Kurzfassung der jeweiligen Aktenlage. Die gute Philippa knöpfte sich als Erstes Linda und Billy vor.

Dass es überhaupt eine neue Möglichkeit in einer derartigen verfahrenen Lage zu geben schien, schlug in der Gruppe hohe Wellen der Hoffnung. Man kämpfte schon so lange um Recht und Gerechtigkeit, und jetzt bot

Philippa Rocetto einen Ausweg! Doch am wichtigsten war: Die Lösung kam aus ihren eigenen Reihen – so dachten sie zumindest. Leicht wie eine Surferin hatte Philippa sich über die Wellen des Misstrauens geschoben.

Atiqtaliks Erlösung
September 2010

Der Tag des Handelns war gekommen. Geduldig wartete Atuqtuaq gegenüber dem Bankgebäude auf sein Ziel. Er hockte auf dem Leihrad, sang leise Inuit-Lieder, auch das von der großen Mutter Sedna. In der Fremde fühlte er sich auf diese Weise heimatverbunden, und Wärme stieg in ihm auf, wenn er an die unendliche Schneelandschaft in Savissivik dachte, die er hier so sehr vermisste.

Mittland war genau das Gegenteil seiner Welt. Die Menschen liefen durcheinander und schauten sich nicht ins Gesicht. Zeit schien an diesem Ort etwas Kostbares zu sein, denn keiner stand still, alle rannten geschäftig umher. Als er so an sein Fahrrad gelehnt wartete, überkam ihn Heimweh, eine Sehnsucht vor allem nach Stille, nach unendlicher Weite, nach Frieden. Für einen Moment schlichen sich bei ihm Zweifel ein, ob sein Vorhaben es wert wäre, ob er überhaupt Genugtuung erlange würde. Es ging ja nicht um ihn, nicht um Wiedergutmachung oder Entschädigung. Das übergeordnete Ziel war die Seelenruhe Atiqtaliks, seines Sohnes, deshalb war er hier. Diese Pflicht hatte er zu erfüllen.

Da sah er Paulsen, der schon früh am Abend einen eingeschränkten und unkontrollierten Gang hatte. Atuqtuaq konzentrierte sich. Er beobachtete, wie Paulsen in seinen BMW stieg, und nahm die Verfolgung auf.

Er erkannte, in welche Richtung Paulsen fuhr. »Okay, er will zur Mühle«, murmelte Atuqtuaq, »ich bin schneller, ich werde vor ihm dort sein.«

Natürlich kam Paulsen mit dem Auto zügiger voran, doch er musste sich durch die Innenstadt quälen. Das kostete Zeit. Atuqtuaq nahm Abkürzungen, Rad- und Feldwege, so ließ sich Viggo Lasse locker überholen.

Kein BMW auf dem Parkplatz der ehemaligen Pulvermühle, das

Strampeln hatte sich gelohnt. Atuqtuaq kletterte in sein Versteck hinter der sieben Meter hohen Stützmauer, die das Fabrikgelände und den Parkplatz vom Flusslauf trennte. Er sah hinunter zum Wasser, wie es über ein Stauwerk floss, sich dann durch kleine Rohre drückte und sprudelnd in die Tiefe fiel.

Plan zur Mauer verlief ein Absatz, der für Wartungsarbeiten gedacht war. Die Stelle hatte er sich ausgeguckt. Gerade so hoch, dass man ihn nicht vom Parkplatz sehen konnte und breit genug für einen stabilen Stand. Der ideale Platz für seinen Plan. Er war vorbereitet.

Atuqtuaq hörte das Auto auf den Parkplatz rollen. Wie immer stellte Paulsen den BMW an derselben Stelle ab. Der Motor verstarb. Paulsen stieg aus. Durch die Dämmerung riskierte Atuqtuaq einen Blick. Er beobachtete, wie Viggo Lasse unsicher ein paar Schritte auf die Mühle zu taumelte. Aus der entgegengesetzten Richtung, an der dunklen Seite des Gebäudes, huschte eine noch dunklere Silhouette an der Wand entlang. Sieh an, dachte Atuqtuaq, der Lichtscheue kommt. Das Spiel kann losgehen.

Paulsen tauschte, wie gewohnt, Päckchen gegen Geld. Doch dieses Mal kam der Deal nicht sofort zum Abschluss. Ohne Vorwarnung begann Paulsen seinen Lieferanten grob und unbändig anzupöbeln. Der stand darauf still wie eingefroren.

»Zu wenig, du Hund, viel zu wenig«, prustete Viggo undeutlich heraus und kicherte dabei, »willst du mich bescheißen?«

Atuqtuaq lugte vorsichtig über den Mauervorsprung und sah Paulsen in selig alkoholisierter Laune, wie er vor sich hin brabbelte. Dem Lichtscheuen schien das nicht zu gefallen. Er stand unschlüssig da und wartete. Was macht der Idiot da? fragte sich Atuqtuaq, als Viggo Lasse unvermittelt ansetzte, die suspekte Gestalt zu umarmen. Just als beide Arme sich um den Kapuzenparka des Dealers legten, erwachte der Zwielichtige aus seiner Lethargie und schleuderte Paulsens Arme von sich fort.

»Du beschissener Idiot, besoffene Sau, fass mich bloß nicht noch mal an!«, hörte Atuqtuaq ihn schreien, »halt deine dreckigen Finger bei dir und sabber mich nicht voll, du besoffenes Schwein!« Dann holte er blitzschnell aus und schlug Paulsen seine Faust ins Gesicht. Was tat Paulsen? Der schien total verblüfft, machte ein paar Schritte rückwärts und grinste unentwegt.

Gleich geht er zu Boden, wettete Atuqtuaq. Doch Viggo wankte nur, kicherte immerzu und hatte offensichtlich große Mühe, seinem Rückwärtsgang etwas entgegenzusetzen. Sein Oberkörper beugte sich rechtwinklig nach vorn, was ihn leicht abbremste. Doch er ging nicht zu Boden, er hielt sich auf den Beinen. Wie ein krummer Haken stand er auf der Stelle, lachte dümmlich, wobei blutiger Speichel aus seinem Mund auf den Parkplatz tropfte.

Was tat der Dealer? Atuqtuaq spähte zu ihm hinüber und sah dessen schmerzverzerrtes Gesicht und wie er seine Faust betrachtete, von der Paulsens Blut sickerte. Dies schien er nicht so geplant zu haben. Offensichtlich hatte er genug, denn er wischte sich das Blut am Parka ab und verdrückte sich im Schutz des Gebäudeschattens, in dessen Dunkel sich seine Silhouette schließlich auflöste.

Die Szene war noch nicht zu Ende. Viggo Lasse tippelte plötzlich rückwärts, bis er mit dem Rücken an seinen BMW knallte. Aus seiner grotesken Grimasse fiel ein stupides Grinsen, er lachte unnatürlich, teilnahmslos. Dann bemerkte er das Blut, das ihm aus dem Mundwinkel lief, aber es schien, als störte es ihn nicht.

Paulsen ignorierte seinen blutenden Kiefer, drehte sich mit der Plumpheit eines Seeelefanten im Halbkreis und zog dabei das kleine Päckchen aus der Jackentasche. In seinem Zustand war er heillos überfordert, die obere Kante aufzuschneiden. Es war zu deutlich, er konnte nicht stillstehen, er wankte und verwendete große Mühe darauf, seine Hände unter Kontrolle zu bekommen, was aussichtslos war. Mit dem, was er vorhatte, kam er einfach nicht zu Potte.

»Scheiß drauf«, hörte Atuqtuaq ihn genervt lallen, als er das Briefchen zittrig aufriss und sich den weißen Stoff in den blutigen Mund streute. »Geht auch so«, lallte er lakonisch. Paulsen stand nur regungslos da. Seine Pause nach Einnahme der Droge dauerte länger als sonst.

Was war da los? Warum funktionierte es nicht? Selbst im Dämmerlicht konnte Atuqtuaq deutlich sehen, wie von einer Sekunde auf die andere die Farbe aus Paulsens Gesicht verschwand. Er wurde bleich wie ein Tropfstein. Dann schien ihm übel zu werden, denn er krampfte zusammen und hielt sich die Hände an den Bauch. Er schickte sich an, den BMW zu umkreisen.

Atuqtuaq ging vorsichtig in die Hocke. Das Halbdunkel der Nordseite seines Verstecks schirmte ihn vor den Augen Viggo Lasses ab.

Mit beiden Händen stützte sich Paulsen auf die Mauer und hielt sich mühsam fest. Sein Magen widersetzte sich vehement dem geschluckten Kokain. Bittersaure Säfte schossen die Speiseröhre empor. Atuqtuaq hörte ihn genau über sich in den schwarzen Abgrund würgen. Sofort danach kotzte Paulsen die erste Ladung in die Tiefe. Eine zweite Ladung folgte, begleitet von einem schauerlichen Würgen.

Das Kinn weit nach vorn über den Rand der Mauer gestreckt, wollte Paulsen sich der Speichelfäden und der nachkommenden Gallenspucke entledigen, als von unten aus dem schwarzen Abgrund ein blankes, schmales, chromglänzendes Tier mit Zackenrücken auf ihn zu schnellte. Das Robbenmesser schoss nach oben, ging in eine leichte Kreisbewegung über und traf Viggo Lasse Paulsen an der rechten Flanke seines Halses. Sofort füllte sich der Schnitt mit spritzendem Blut.

Paulsen riss die Augen auf. Eine fehlerlose, fließende Bewegung, die nicht an Schwung verlor, so kam das Messer zurück und durchtrennte an Viggos Hals Speise- und Luftröhre. Aus diesem Schnitt entwich ein kräftiger letzter Laut, der sich seltsamerweise nicht nach einem Menschen, sondern eher wie der Ruf eines Moschusochsen anhörte. Danach versuchte Paulsen einzuatmen, japste, röchelte, fauchte und kollabierte letztlich.

Synchron dazu packte eine aus der Tiefe kommende Hand seinen Kopf bei den Haaren, hielt ihn eisern fest, sodass Paulsen keine andere Wahl besaß, als panisch in den Abgrund zu starren. Das gezackte Tier sauste abermals zurück und durchtrennte aufs Neue, jetzt von links nach rechts, die Gurgel und traf die Halsschlagader. Pulsierend spritze das Blut im dünnen, kräftigen Strahlen seitwärts aus Paulsens Hals in den sieben Meter tiefen Abgrund wie aus einem Gartenschlauch. Dann ein letztes schlaffes Japsen und Keuchen. Er röchelte sein Leben aus.

Die letzten Laute, die dem Mörder seines Sohnes entwichen, erinnerten Atuqtuaq an die Paarungsrufe von Karibus. Die Hand am Haarschopf seiner Beute, fest wie in einem Schraubstock, ruckte nach unten und gab dem ganzen Körper einen Impuls, der ihn kopfüber über die Kante der Mauer kippen ließ. Er fiel Meter um Meter in die Tiefe, dorthin, wo das

Wasser durch das Wehr rauschte und wo das bewachsene Ufer, auf dem er letztlich aufschlug, nur mit ein paar Birken und Espen besiedelt war. Viggo Lasse Paulsen fiel auf die Bäume zu und purzelte von Ast zu Ast zu Boden, wobei er einige Vögel aufscheuchte.

Ein dumpfer Knall kündigte vom Aufschlag, nicht laut und krakeelend, sondern stumpf und zurückhaltend. Oben, drei Armlängen unterhalb der Mauer, hockte Atuqtuaq, abwartend, das Robbenmesser in der rechten Hand. Es war überwiegend sauber und blitzte, nur ein dünnes Rinnsal Blut haftete ihm an.

Der Jäger blieb so lange oben, bis er sicher sein konnte, dass unten am Ufer ein Toter lag. Hellwach achtete er auf Geräusche, die ihm die mögliche Anwesenheit anderer verrieten. Solange er nicht sicher war, dass niemand diese Aktion mitbekommen hatte, blieb er versteckt. Er horchte ... nichts rührte sich. Er war allein. Atuqtuaq kletterte hinab, lief rasch zum Leichnam und zog ihn unter den Schutz der Büsche und Bäume, legte Zweig über ihn, um die Leiche zu tarnen.

Am Wasser wusch er sich die Kotze, die auf ihn niedergegangen war, aus Hose und Jacke sowie zum Schluss aus seinen Haaren. Dass Paulsen sich genau über ihm ausgeleert hatte, störte ihn nicht im Geringsten. Wer schon einmal das Innere einer vierhundert Kilo schweren Klappmützenrobbe mit stinkenden Magensäften und vor allem mit aufgeplatztem Gallensack ausgenommen hatte, für den war das, was Paulsen von sich gegeben hatte, nur Kinderkram. Nicht der Rede wert.

Mit wässrigen Haaren und nasser Kleidung kletterte er die Mauer hoch, sprang lautlos auf den Parkplatz, lief zu dem Versteck, wo sein Rad unter einer Plane wartete, und radelte zurück zur Herberge. Im Zimmer angekommen, öffnete er Wokas Koffer und entnahm ihm jene Utensilien, die er für seinen Plan mitgebracht hatte. Atuqtuaq stopfte alles in einen stabilen schwarzen Plastiksack: Die Häute, die Schnüre und das Salz, das er am vorigen Tag gekauft hatte.

Mit einer stoischen Gefasstheit strampelte er zurück zur Pulvermühle. Er dachte nicht, er fühlte nicht, er bedauerte nicht. Er handelte wir ein Automat, zielgesteuert. Nachdem die schwarze Tüte durch die Äste in die Tiefe gefallen war, kletterte er hinterher und konzentrierte sich nur noch auf die Vollendung des Plans. Er summte leise vor sich hin, wie er es immer tat, wenn er an einem Fang arbeitete. Das entspannte ihn. Seine

Hände bewegten sich intuitiv, er brauchte nicht darüber nachzudenken, welche Handgriffe aufeinanderzufolgen hatten. Das, was hier vor ihm auf dem sandigen Boden lag, war das Geschenk und zugleich das Opfer, mit dem er seinen Sohn bei der großen Mutter auslösen konnte.

Er entkleidete den toten Paulsen, räumte alle Kleidungsstücke zusammen und verstaute sie zunächst in der Tüte. Wie er es gewohnt war, nahm er den toten Körper, dessen offene, starrende Augen himmelwärts gerichtet waren, zwischen seine Beine. Das Messer setzte er mit der Spitze genau an das Brustbein an, dort, wo die beiden Rippenflügel ein umgekehrtes V bilden, trieb es hinein und zog es bis zum Becken nach unten durch. Blut floss entlang der Schnittwunde. Die Bauchdecke war durchtrennt, zeigte sich stramm und elastisch genug, um sie mühelos zu öffnen. Mit vier weiteren Schnitten brach Atuqtuaq die Bauchdecke auf, so wie er es bei Walrössern tat. Das Messer in der rechten Hand, suchte seine Linke oberhalb des Magens nach Speise- und Luftröhre, führte die Klinge hinein und durchtrennte beide Röhren. In entgegengesetzter Seite durchschnitt er den Darm. Organ für Organ schnitt er mit dem Messer frei. Magen, Darm, Milz, Leber, Lunge, Nieren, alles holte er aus Viggo Lasse Paulsen heraus. Als Letztes entnahm er das noch warme Herz. Alles schnitt er in Stücke von der Größe einer Streichholzschachtel und verteilte sie unter den Bäumen und Büschen. Das, was sie in Savissivik nicht verwerten konnten, legten sie für Wildtiere aus und um gleichzeitig der großen Mutter einen Teil ihres Fanges zu zurückzugeben. So verfuhr er auch hier.

Die irdische Hülle Paulsens lag jetzt mit offener Bauchdecke auf dem blutgefärbten Sand, in ihm ein beachtlicher Hohlraum. Atuqtuaq reihte die kleinen Pakete aus der Plastiktüte vor sich auf, stellte sie neben Viggo Lasse, schüttete den Inhalt in die Bauchhöhle. Insgesamt fünf Kilo Salz und ein Kilo reines Natron rieb er in jeden Winkel, an jede Stelle des Bauches und achtete darauf, nicht mit dem Mittel an den Schnittkanten der Bauchdecke zu sparen. Dann packte er Viggos Kleidung, rollte alles zusammen und stopfte damit die Bauchhöhle aus und klappte die Bauchlappen anschließend wieder zu. Ein nackter Viggo Lasse Paulsen lag auf dem Rücken, starrte in den Himmel und hatte seine Bankerkleidung im Magen. Atuqtuaq prüfte kurz, ob alles so war, wie es sein sollte. Er war zufrieden.

Im nächsten Schritt widmete er sich der äußeren Konservierung. Ein akzeptierbares, den vorliegenden Umständen angemessenes Ergebnis versprach das Einbalsamieren des leblosen Körpers mit einer Mischung aus Bienenwachs, Erdpech und anderen Harzen. Das war Wokas Spezialmischung. Atuqtuaq rieb die Komposition sorgfältig auf Vorder- und Rückseite des Toten. Er wartete eine Weile, bis das Präparat überall verteilt war, und in die Haut einzuziehen begann. Die Leiche glänzte wie ein Pharao mit schimmernder, lebloser Haut.

»Wachs und Harz halten das Wasser fern, Salz und Natron werden dich pökeln und haltbar machen«, erklärte Atuqtuaq dem leblosen Körper, von dem ein erdiger, holziger Waldgeruch emporstieg. »Nun beenden wir es.«

Die zwei großen Häute der Klappmützenrobbe, die er eigens dafür aus Qaanaaq mitgebracht hatte, bildeten eine fast rechteckige Fläche. Atuqtuaq trat an Paulsen heran, nahm seine beiden Arme und zerrte die Leiche auf die Mitte der Häute. Die beiden Fellenden wurden übereinandergelegt, sodass ein länglichrundes Paket entstand.

Ein zwei Meter langes Reiskorn, dachte Atuqtuaq. Mit Nadel und einer Schnur aus Robbendarm nähte er präzise und routiniert die Leiche ringsum in die Häute der dicken Robben ein. Am Kopf- und Fußende fertigte Atuqtuaq geschickt zwei Schlaufen, so wie es ihm sein Vater beigebracht hatte, wenn sie zwei oder mehrere Robben fingen und diese zusammen hinter dem Motorschlitten banden. Das fingerdicke Seil aus Wokas Laden fädelte er zu guter Letzt durch die Schlaufen.

Mit umsichtiger Beharrlichkeit zog Atuqtuaq das Riesenreiskorn hinter sich her in Richtung Fluss. Nach nicht mehr als zehn Metern schob er die falsche Robbe ins Wasser, um sie leichter manövrieren zu können. Sie schwamm wie ein Kokon, nahm keine Flüssigkeit auf, weil sie innen und außen imprägniert war. Atuqtuaq erreichte ohne Mühe die Position, die er sich vorher ausgesucht hatte.

Genau unter der Brücke, dort wo zu keiner Jahres- und Tageszeit Licht einfiel, verankerte er den Kokon an zwei großen Steinen in der Mitte des Flusses, band das Riesenreiskorn unter Wasser fest und beschwerte es mit glatten Flusssteinen. Rundherum stapelte er weitere Steine, sodass es bald wie das natürliche Flussbett aussah. Selbst ein Angler würde hier nichts vermuten. Der graue Fellkörper mit seinen kleingesprenkelten, hellen Schattierungen passte sich dem quelligen Flussbett so perfekt an, wie ein Spion der Dunkelheit der Nacht. Sofort schmiegten sich Laichkräuter und Quellmoose an ihn und betteten ihn auf natürliche Weise ein.

Ein guter Platz, fand Atuqtuaq, hier kann sich Sedna um ihr Opfer kümmern, und mein Sohn erhält die erbetene Erlösung.

Unter der Brücke, den Rücken an einen der Pfeiler gedrückt, nahm Atuqtuaq ein letztes Mal Kontakt zur großen Göttin auf. Er sprach mit ihr, ohne sie anzubeten, denn die Inuit brauchten sich Mutter Sedna nicht zu unterwerfen, brauchten nicht vor ihr zu niederzuknien. Als Inuit sah er sich als Kind der Meeresmutter, die ihn beschützte.

Nun wusste er seinen Sohn in der Obhut von Sedna. Er stand regungslos am Fluss. Um ihn und in ihm breitete sich ein inhaltsleeres Gefühl aus Einsamkeit und Verlassenheit aus, wie es oft vorkommt, wenn man eine wichtige Mission erfüllt hat. Es war Zeit für den Abschied.

Das restliche Seil, Nadel, Faden und alles Leergut sammelte Atuqtuaq auf, gab es in die schwarze Tüte und grub den blutigen Sand um, bis nichts mehr zu erkennen war. Er kletterte die Mauer aufs Neue hoch, klemmte den Plastiksack auf den Gepäckträger des Rades und radelte zur Herberge zurück.

Die Chipkarte öffnete ihm sein Zimmer. Unter der heißen Dusche wusch er sich gründlich das angetrocknete Paulsenblut und die Reste des Erbrochenen von der Haut, nahm seine Kleidung, die er bei der Vollendung des Plans getragen hatte, steckte sie zu den anderen Sachen in die Plastiktüte und zog frische Kleidungsstücke an. Den schwarzen Beutel sperrte er in den jetzt leeren Koffer. Es war Zeit, sich zu melden. Skype-Time. Woka schaute ihn auf dem kleinen Bildschirm an. Die beiden Freunde sprachen nur kurz miteinander, wie sie es geprobt und verabredet hatten.

»Hast du alle Sehenswürdigkeiten gesehen?«

»Ja, habe ich.«

»Hast du eine Opferkerze in der Kathedrale ›Unserer Lieben Frau‹ angezündet?«

»Ja, habe ich.«

»Dann bist du bereit für die Rückreise?«

»Ja, das bin ich.«

Damit wusste Woka, dass er jetzt die Tickets für Atuqtuaqs Rückreise zu buchen hatte. Eine Stunde später wurden die Buchungsbestätigungen aller Flüge auf das Handy geschickt. Er war bereits eingecheckt. Die Herberge erhielt ihr Geld online. Atuqtuaq spürte erst jetzt, wie sich seine körperliche Anspannung zu lösen begann. Auf der Matratze auf dem Boden ruhte er für einige Minuten und dachte an Atiqtalik, an Savissivik und an die Farbe Weiß, bis er endlich matt und zufrieden einschlief.

Am nächsten Morgen, das Zimmer hatte er aufgeräumt, so wie er es vor einem Jahr vorgefunden hatte, fuhr er mit dem Fahrrad zu einem Altkleidercontainer. Darin verschwand der Koffer. Er radelte weiter und sah einen wartenden Müllwagen vor sich. Die Müllmänner zogen gerade leere Tonnen zurück in den Innenhof eines Häuserblocks. Dicht lenkte er das Rad an das Müllfahrzeug heran, und mit einem Ruck schleuderte er das Robbenmesser in das Innere des Müllwagens. Er trat in die Pedale und passierte die Männer in ihren orangenen Overalls, die nichts mitbekommen hatten.

Die nächste Fahrradstation erhielt das Fahrrad zurück, und mit einem Taxi ging es weiter zum Flughafen. Woka lotste ihn zu dem richtigen Gate. In Kopenhagen bestieg er die Maschine nach Kangerlussuaq auf Grönland und übernachtete dort in einer kleinen Pension. Am nächsten Tag wollte er direkt nach Hause, nach Savissivik fahren.

Auf der Fähre, die über das Eisauge fuhr, rief er Woka an. »Du bist ein wahrer Freund, Woka«, begrüßte er seinen Helfer, »du bist mein bester Freund.«

»Echte Freundschaft wiegt Gold auf«, meinte Woka verlegen.

Atuqtuaq konnte seine Tränen nicht zurückhalten. Woka hörte ihm aufmerksam und gerührt zugleich zu.

»Auch im Namen Atiqtaliks«, die Tränen rannen Atuqtuaq nun in Sturzbächen über das Gesicht, »danke, mein Freund.«

»Lass uns nächsten Sommer zusammen jagen gehen«, sagte Atuqtuaq und stimmte ein Lied an. Am Ende des Liedes waren Atuqtuaqs Tränen fast getrocknet.

Das kleine, geduckte Haus in Savissivik empfing seinen Besitzer unaufgeregt. Atuqtuaq streichelte die Türpfosten, den Tisch aus alten Bootsplanken, setzte sich in den Schaukelstuhl und blickte sich um. Langsam füllte sich seine Seele wieder mit Heimat. Im Ofen zündete er das Feuer an, das die Kälte nach außen drückte.

Schon kam Besuch; es hatte sich herumgesprochen, dass er wieder zu Hause war. Als Zeichen für die willkommene Rückkehr übten sie, wie selbstverständlich, eine ihrer Traditionen aus und strichen ihm über das Haar. Die Dörfler integrierten ihn erneut in ihre Gemeinschaft.

Das bot Anlass zu einem Festessen mit Suaasat, der Festtagssuppe, mit großen grönländischen Lachsfischen und Wildreis. Das ganze Dorf feierte mit.

Der Älteste kam und setzte sich Atuqtuaq gegenüber, umfasste mit beiden Händen seine Unterarme, drückte sie und schüttelte sie leicht. Ihr Kontakt hielt lange, und Atuqtuaq bemerkte zum ersten Mal den milchigen Schleier in den Augen seines Gegenübers, aber er verstand auch, wovon diese Augen sprachen. Genugtuung, davon sprachen sie, und dass Atuqtuaq nach dem Brauchtum des Dorfes ehrenhaft gehandelt habe, dass das Dorf sich geehrt fühle, einen in ihrer Mitte zu wissen, der durch seine Entschlossenheit hohe Wertschätzung erlangt hat.

Das Fest dauerte an, bis sich das Haus leerte. Atuqtuaq räumte einiges hierhin und dorthin. Er verschloss die Tür, und ihm fiel ein schmales Etui aus Karibuleder auf, das am Haken neben der Tür hing. Er kam näher und begriff, dass es nur ein Geschenk des Ältesten sein konnte. Ein prachtvolles Futteral, in dem ein neues Robbenmesser mit gezacktem Rücken, gleich einem Drachen, steckte, und an dem eine Schlaufe aus geflochtener Angelschnur befestigt war, die eine kleine Metalltafel trug, auf der eingestanzt stand: *Bruder des Eisbären, Liebling der großen Mutter.*

Die Bombe tickt
Dezember 2010

Die Stimmung im *Institut pour la Strategie et l'Execution*, dem ISE, in der Rue du la Savoire, war gespannt. Die ungezwungenen Flurgespräche, in denen es meist um Familiäres, Sport oder darum ging, schick essen zu gehen, hörte man immer seltener. Die sonst so erheiternden und treffsicheren Kommentare über Outfit oder Frisur der Kollegen waren verstummt. Kein Spott über die Chefs, keine sarkastische Kritik an der Regierung. Selbst die Wände des Gebäudes wirkten so, als seien sie jemandem gram. Die Türen krächzten lauter als früher, und den Flurlichtern war jedes heitere Lux entschwunden. Das Institut erweckte den Eindruck, als hätte die Diagnose »Verdacht auf Hirntumor« jede Heiterkeit im Keim erstickt.

Die Stimmung passte nur allzu gut zum inneren Verdruss von Achilles De Susa.

Fabeau sah, wie De Susa sich vor seinem Schreibtisch aufbaute. Sein Profiler blickte ihm direkt in die Augen.

»Hören Sie, Fabeau«, sagte er, »ich bin jetzt etwas mehr als vier Jahre beim ISE, und es lässt sich nicht ignorieren, was hier in letzter Zeit vorgeht. Ich hätte gerne die Gründe gewusst, warum überall die Stimmung auf dem Nullpunkt ist.«

Fabeau tat, was er immer tat, wenn Fragen solchen Kalibers auf ihn zukamen. Er stemmte sich mit beiden Armen von seiner Sitzfläche hoch und rutsche tiefer in den Sessel hinein, als wollte er sagen: Hey, ich erübrige mir jetzt Zeit für dich, du bist wichtig und ich nehme dich ernst.

»Setzen, De Susa! Wenn Sie so vor mir stehen, sieht das aus, als würden

Sie mich einschüchtern wollen. Okay, Sie fragen nach Gründen. Na schön, aber ich kann Ihnen nur das sagen, was ich mir selbst zusammenreime. Unsere Arbeit hier ist wichtig und ...«

»Hören Sie mit dem Geschwafel auf, Fabeau!«, unterbrach ihn Achilles, der sich immer noch nicht gesetzt hatte. »Wir beide können doch davon ausgehen, dass ich kein Idiot bin. Noch mal: Was soll die Grabesstimmung hier?«

Fabeau machte ein pikiertes Gesicht. Eigentlich war das kein angemessener Ton, in dem Chili mit ihm sprach. Ach, verflixt, er hatte einem Moment nicht aufgepasst und vergessen, dass sein bester Mann vor ihm stand und außerdem ... .

»Wir haben ein Glaubwürdigkeitsproblem«, platzte es aus Fabeau heraus. Er legte eine Miene auf, als sei er ertappt worden und es würde ihm sauer aufstoßen.

»Glaubwürdigkeitsproblem?«, echote Achilles, und seine Augen wurden schmaler, weil er nicht sofort dahinterkam, worauf sein Boss abzielte.

»Sie erinnern sich sicher an die Anfänge der Finanzkrise 2008 durch Lehman Brothers? Das war der Beginn von Handlungsketten, deren Resultate uns jetzt selbst angreifen. Unsere Regierung hatte versucht, die Krise um das Land herum zu leiten, wie Wasser um einem Klostein. Dabei waren sie nicht sonderlich erfolgreich, nicht so, wie die da oben es sich gewünscht hätten. Hinzu kamen mehrere damals nicht sichtbare Probleme von außen und innen und wieder andersherum, die sich gegenseitig negativ beeinflussten. Von 150 Banken sind in der letzten Zeit 46 abgewandert. Perdu, Arrivederci, Zack und weg. Aber das wissen Sie ja selbst. Jetzt hält man es für eine blendende Idee, dem Standort Mittland ein solides und standfestes Image zu verpassen, das Modernität und Innovation ausstrahlen soll. Man will neue Finanzinstitute anlocken und versuchen, die Abtrünnigen wieder umzustimmen, sie mögen heimkommen zur Mutter. Da wirkt ein Skandal um die Bankenpleite a la Bank Moneta ganz und gar nicht förderlich. Er beschädigt das Image mehr, als es aufzubessern.«

»Sie reden wieder um den heißen Brei herum, Fabeau. Das sind nicht die Gründe, die ich meine. Soweit ich das sehe, greifen wir hier selbst in die Struktur massiv ein, und zwar wie es scheint, mit dem Wissen der Verantwortlichen, aller Voraussicht nach sogar *auf* deren Anordnung.

Wir reden nicht übers Falschparken oder darüber, dass wir den Müll nicht sortiert haben. Es sind gezielte Aktionen des Staatsapparats, der Justiz und des Geheimdienstes, um die es geht. Wieso richten sich die Handlungen gegen die Opfer der Bank? Das sind stinknormale Rentner, Fabeau! Oder hält die Regierung die alle für Terroristen, gegen die illegale Handlungen erlaubt sind? Aber jetzt greift die Obrigkeit zu allem Überfluss die Presse an, die im Begriff ist, diese Art der konspirativen Problembewältigung öffentlich zu machen. Allen vorweg der verfluchte Geheimdienst. Er schüchtert Journalisten ein, indem er sie beschattet und attackiert. Sie sollen die Einschüchterung am eigenen Leibe erfahren, man erteilt eine Lektion. Hier greift jemand durch, der unsere demokratischen Rechte für überflüssig hält.«

Fabeau starrte De Susa fassungslos an. Es ging anscheinend gar nicht so sehr um die Stimmung im Institut, sondern um Ereignisse, von denen Fabeau nichts wusste.

»Halt, halt, halt, De Susa! Was meinen Sie mit Aktionen gegen die Presse? Sie glauben doch nicht im Ernst, dass einer von oben so blöd ist, die Pressefritzen anzugreifen!«

Achilles fixierte Fabeau wie durch ein Zielfernrohr. »Tun Sie nur so oder wissen Sie tatsächlich nichts? Auf eine Journalistin ist ein Anschlag verübt worden. Man hat sie verfolgt, als sie von der Redaktion mit dem Fahrrad nach Hause fuhr. Die Verfolger saßen in einem schwarzen Van. Das und was danach kam, klingt ganz und gar nach Geheimdienst. Maskierte Typen in Kampfanzügen haben sie gejagt, und dann sind sie an ihr vorbeigefahren und haben literweise Motoröl auf die Fahrbahn gekippt. Sie hat gebremst und ist dann in voller Fahrt gestürzt. Dem Himmel sei Dank, dass sie sich nur kleinere Schürfwunden zugezogen hat, sonst hätten wir heute eine Tote, Fabeau. Sie hätte dabei draufgehen können!« Achilles Stimme bekam einen schrillen Tonfall.

»Zehn zu eins«, fuhr De Susa fort, »dass der Geheimdienst mithilfe der Regierung alles abstreitet. Das war nicht das Ende, sondern der Anfang. Man erhöht den Druck, weil jemand will, dass sich nichts ändert. Es geht um Machterhalt. Das, Fabeau, ist das Resultat, an dem ich mitgearbeitet habe, das ich aber nicht verantworten und billigen kann. Und kommen Sie mir jetzt nicht mit ›wir sitzen doch alle in einen Boot‹ oder ›Sie stecken mit drin‹, denn das ist mir scheißegal!«

De Susa war nicht mehr wiederzuerkennen. Vor allem bei Achilles letzten Worten sah Fabeau, wie die Wut in ihm aufstieg. Er sah auch, dass es De Susa völlig egal war, ob sein Chef auf seiner Seite war.

»Ich komme nicht richtig mit, De Susa«, sagte Fabeau und war bemüht, beruhigend und beschwichtigend zu klingen. »Was auch immer Sie zu wissen meinen, mäßigen Sie sich im Ton, ja? Das ist starker Tobak, den Sie hier verbreiten.« Fabeau machte eine Pause, er musste einen klaren Blick bekommen. Der Geheimdienst jagt unsere Journalisten?

»Wie können Sie sich sicher sein, dass diese Geschichte stimmt? Der Geheimdienst greift Mittländer an und will sie umbringen, De Susa, bitte, das ist doch ... aber, wenn das stimmt ... zuzutrauen wäre es ihnen ... dann sollte man diese Bastarde ...«

Lucien Fabeau wagte nicht, zu Ende sprechen. Er spuckte die letzten Worte leise aus wie Fischgräten.

»Ich kenne das Opfer des Anschlags persönlich«, sagte Achilles wieder leise sprechend. Doch er nahm seinen Worten nicht die Schärfe. »Ich konnte mich am Ort des Anschlags davon überzeugen, dass die Geschichte stimmt.«

Fabeau blies Luft durch die Lippen und schaute De Susa verlegen an. »Das tut mir leid mit der Journalistin, De Susa. Ich habe nichts davon gewusst, glauben Sie mir. Was den Geheimdienst angeht, muss ich sagen, dass ich diesen illoyalen Ausgeburten nie über den Weg getraut habe.« Er machte dabei ein Gesicht, als hätte er auf einen Seeigel gebissen.

Lucien Fabeau sprang auf wie eine reife Erbsenschote und ließ sein strategisches Gehabe fallen. Er fühlte intuitiv den richtigen Moment für Aufrichtigkeit. Und in der Tat waren in letzter Zeit zu viele Grenzen überschritten worden. Sie alle hingen mit drin.

Er stützte sich mit den Händen auf der Tischplatte ab und blickte De Susa ernst in die Augen. »Bei der Bank Moneta liegen Sie zwar nicht falsch, dennoch ist es anders, als Sie denken. Hört sich etwas kryptisch an, ich weiß. Zur Sache: Der PM hat zurzeit rundum und überall Probleme, will heißen, er hat alles am Hals, was das Land – salopp gesagt – ruckzuck in die Tonne hauen könnte. Die Wirtschaft ist nun mal zu einseitig auf die Finanzindustrie ausgerichtet. Wenn unsere Wirtschaft hustet, bekommen wir die Grippe. Rund fünfzig Banken haben den Standort quittiert, weil die Vorstände unseren Finanzplatz als wacklig eingestuft haben. Unter den Verbleibenden befinden sich jede Menge kleine Institute mit um die fünfzig Mitarbeitern, die ratzfatz den Abflug machen, wenn sie der Meinung sind, die Verlässlichkeit des Staates sei dahin.«

»Das weiß ich doch schon alles!«, raunte Achilles.

»Ja, Sie wissen es, und ich will Sie auch nicht einlullen, glauben Sie mir, De Susa! Ihre Wut verstehe ich, und ich teile sie sogar. Aber Sie sollten sich trotzdem in die da oben hineinversetzen. Allein um herauszufinden, wo Sie stehen. Sie scheinen mich fragen zu wollen, wie das alles weitergehen kann. Doch die Wut wird ihnen nicht helfen, eine Antwort zu finden. Gerade jetzt müssen wir die Sache in Ruhe analysieren. Der PM und sein Kabinett sehen schon Gevatter Tod an den Grenzen stehen, und das treibt ihnen den Schweiß auf die Stirn. Die haben Schiss, De Susa, und zwar davor, dass ihr lukratives, über Jahre aufgebautes System über ihren Köpfen kollabiert, weil es innen hohl geworden ist. Das ist wie auf einer Krokodilfarm. Der Farmer züchtet die putzigen kleinen Reptilien, alles ist bestens, und er denkt, er hätte die Sache im Griff, bis eines der Viecher morgens gefunden wird, aus dessen Maul das Bein des Farmerkindes herausschaut. Was macht er? Er erschießt das Krokodil, aber er denkt nicht daran, alle Krokodile zu erschießen und die Farm zu schließen. Denn das hieße ja, die Familie stünde ohne Einkommen da. Risiko oder Ruin, das ist die Wahl. Der Betreiber der Krokodilfarm wird Ihnen nicht die Antwort geben, die Sie hören wollen.«

Achilles blickte ihn verständig, aber auch verlegen an. »Ich sage Ihnen was, Fabeau!«, entgegnete De Susa. »Der Betreiber der Krokodilfarm wird im schlimmsten Fall von seinen eigenen Krokodilen gefressen, im besten Fall endet er als einsamer Mann, denn seine Frau und seine anderen Kinder werden das Weite suchen. Mir ist schon klar, dass man den Kopf einer misslungenen Unternehmung nur schwer umstimmen kann. Aber wir reden hier von einem Staat. Es gibt viele Akteure. Warum machen wir das Verhalten der Krokodilfarmer nicht einfach öffentlich? Das ist doch hier die Frage!«

»Kommen Sie, setzen Sie sich!«, sagte Fabeau in einem ruhigen Ton. Er blickte De Susa wartend an. Dieser nahm Platz. Er hatte sich sichtlich abreagiert.

Fabeau atmete tief und geräuschvoll durch. »Das Problem mit der Bank Moneta ist, dass diese verdammte Pleite nicht geräuschlos abgewickelt wird. Es hätte so babyleicht sein können: Die Bank war pleite, und man nimmt den Verlierern der Pleite, den Rentnern, ein bisschen Geld ab und gibt ihnen ihre Häuser wieder. Ende. Punkt. Aus. Aber nein, unsere Administration beginnt die Opfer zu melken, weil die Investoren ihr Geld zurückhaben wollen. Denen muss man ja gefallen. Schon ein paar Jahre dauert die Insolvenz. Die Lambo – haben Sie die schon einmal live erlebt? – ist für mich die klassische Fehlbesetzung. Ein Powerweib, nicht zu stoppen, aber mit Connections ausgestattet, mit denen sie jeden von uns in die Steinzeit zurückbomben könnte. Die macht keine Gefangenen, glauben Sie mir! Bei der machen die Fehler immer nur die anderen, wenn Sie verstehen, was ich meine. Man nennt sie auch den Racheengel. Wenn du sie anpisst, bist du dran. Selbst der PM hat Manschetten vor ihr. Mit dem Fall Moneta hat sie jetzt auch noch die internationale Bühne. Ihr Druck, nicht verlieren zu dürfen, ist enorm hoch. Verstehen Sie, De Susa?«

Achilles hörte ihm aufmerksam zu. »Ja, und ich danke Ihnen für Ihre Offenheit. Aber die Frage, die ich mir stelle, ist, ob wir solche fehlgeleiteten Menschen unterstützen sollten. Wenn Sie mich fragen, dass sollten wir auf gar keinen Fall tun.«

»Darauf komme ich gleich zurück. Lassen Sie mich erst einige Dinge klarstellen. Sie sind mein bester Mann, aber ich habe den Eindruck, dass Sie nicht verstanden haben, dass Sie nichts entscheiden müssen. Sie müssen das große Ganze sehen und einsehen, dass andere, mächtigere Figuren am Ruder sitzen. Es ist klug, diese Akteure zu beobachten. Lassen Sie mich Ihnen mehr über diese Odette Lambo sagen. Sie liebt es, die Strippen zu ziehen und einen gegen den anderen auszuspielen. Hinzu kommt, dass sie als Insolvenzverwalterin jeden Monat einen Batzen Euro einsackt – den Gerüchten nach sechsstellig – und zum Schluss ein paar Prozent von der Liquidationsmasse als Bonus kassiert. Das ist eine riesige Einnahmequelle für die Lambo, ein Goldesel. Mir fällt nicht so viel Geld in den Schoß. Ich bin im Vergleich zu ihr nur ein winziger Beamter. Die Rentner, die sich gegen die Lambo wehren und nicht lockerlassen, haben meine Bewunderung! Sie haben sich organisiert und sind jetzt eine homogene Gruppe. Damit hat die Lambo nicht gerechnet. Plötzlich wird es schwer für sie. Die Kläger stellen Strafanzeigen, greifen sie an und beschuldigen sie der Geldwäsche. Ich kann nicht beurteilen, ob da was dran ist, aber der Vorwurf, scheint mir, ist nicht aus der Luft gegriffen. Ihr bläst jetzt der Wind ins Gesicht, und zum allerersten Mal bekommt der Racheengel Schiss – und zwar deshalb, weil die Opfer Chancen haben zu gewinnen.«

»Worauf wollen Sie eigentlich hinaus, Fabeau? Warum beantworten Sie meine Frage nicht?« Offensichtlich ging Achilles' Geduld zur Neige.

»Ich will darauf hinaus, dass wir keine Lösung finden können, verflucht! Jetzt kommt der PM zu uns und will eine Lösung, weil er alarmiert ist und weil sich langsam seine Hosen füllen. Er will einen Fahrplan von uns, wie wir wieder Ruhe in den Finanzplatz bringen, damit neue Banken kommen. Herrgott, woher sollen wir den herbeizaubern, wenn die Lambo ohne Rücksicht jeden kalt macht? Es war Zeit genug für eine einvernehmliche Regelung! Aber so fliegt uns der ganze Scheiß um die Ohren, die Sache schaukelt sich hoch und höher. Wir sind eben an einem Punkt, an dem wir keine Lösung anbieten können, außer, die verfluchte Lambo zu ersetzen durch jemanden, der weniger auf Machtspielchen abfährt. Tja, dass die Lambo die Bank abwickelt, geht zum Teil auf unser Konto. Und ja, wenn jetzt auch noch unser Geheimdienst Jagd auf Menschen macht, stellt sich in der Tat die Frage, ob wir mitschuldig sind.«

Lucien Fabeau lockerte seine Krawatte und öffnete den Hemdenknopf. Er saß da, als wenn man ihm die Luft rausgelassen hätte. Die Hände ruhten gefaltet auf dem Schreibtisch. Fabeau war klar, wie hilflos er auf De Susa wirken musste.

»Ehrlich gesagt«, fuhr er fort, »weiß ich nicht, was der nächste Schritt für uns ist. Ich würde am liebsten so lange abwarten, bis sich irgendein Holzpfosten da oben – oder von mir aus auch da unten – durchgesetzt hat und endlich wieder klare Verhältnisse herrschen.«

»Sie meinen also«, forschte De Susa nach, »dass wir abwarten sollten, bis die gröbsten Machtkämpfe vorüber sind? Verstehe ich Sie da richtig? Das würde aber bedeuten, dass wir die Regierung weiterhin beraten müssten, ja?«

Fabeau schwieg.

»Lassen Sie mich Ihnen etwas sagen, Fabeau. Ihnen und mir geht es gar nicht unähnlich. Auch Sie finden keine Lösung. Doch Sie warten auf eine Klärung der Machtverhältnisse. Ich will aber nicht warten, bis noch mehr Menschen unter die Räder dieser Lambo, des PM oder des Geheimdienstes geraten. Es spielt für mich eine große Rolle, ob ich mich weiterhin schuldig mache. Also höre ich auf. Keine strategische Beratung für Verbrecher! Und Sie sollten sich auch überlegen, ob Sie nicht das Handtuch schmeißen sollten.«

Achilles erhob sich und sah dem im Unglück der Selbsterkenntnis verharrenden Fabeau in die Augen. »Danke für Ihre Aufrichtigkeit«, sagte De Susa, drehte sich um und verließ das Office.

Nach einer Viertelstunde saß Lucien Fabeau immer noch da, wie ein Häuflein Elend. Er verlor sich in seinen sich überschlagenden Gedanken. Die Türe ging auf, und Frau Haargenau, seine letzte auf Fels gebaute Bastion, kam herein mit frisch aufgebrühtem Earl Grey.

Als sie ihn sah, hatte sie Mühe, das Tablett gerade zu halten. Sie trug die Kanne zum Beistelltisch, zog die Teeei-Zange mit dem Earl Grey heraus und füllte den Tee in die vorgewärmte Tasse. Als sie den Rückzug zur Tür antrat, wurde Fabeau plötzlich auf sie aufmerksam.

»Eine Bitte, Viktoria, verbinden Sie mich mit dem Office des PM. Warten Sie aber eine halbe Stunde damit, die brauche ich für den Tee. Danke, das ist alles.«

Ohne sich umzudrehen, und fast unmerklich nickend, verließ Frau Haargenau Fabeaus Dunstkreis.

Dreißig Minuten später wurde er mit dem Büro des PM verbunden.

»Hallo Lucien, wie geht's?«, flötete Charlotte Piper in den Hörer, »lassen Sie mich raten: Sie haben ihre royale Stunde und sitzen mit dem Earl of Grey zusammen. Stimmt's?«

Doch Fabeau schwieg.

»Was ist los, geht es Ihnen nicht gut?«

»Doch, doch, alles in Ordnung, Charlotte, mir geht nur viel durch den Kopf. Ist der PM da, und kann ich ihn für zwei Minuten sprechen?«

»Lucien, lassen Sie mich kurz nachsehen, ob der PM eine Lücke für Sie hat.« Es klickte in der Leitung, und nach einem weiteren Augenblick meldete sich Charlotte Piper zurück. »Ich stelle durch.«

»Danke, Charlotte!«

Nach wenigen Sekunden hörte er die Stimme des PM. »Fabeau, was kann ich für Sie tun?«

Wenn Lucien Fabeau anrief, musste es wichtig sein, dachte sich der PM.

»Ich brauche eine wichtige Information von Ihnen.« Fabeau klang alarmierend ernst. »Geht der Geheimdienst gegen Journalisten vor?«

Der PM fühlte sich überrumpelt. Es dauerte einige Sekunden, bis die Frage ganz in sein Bewusstsein gedrungen war. Wie konnte es sein, dass ausgerechnet Fabeau eine Linie zwischen Jil Berg und dem Geheimdienst zog? Jil Berg war ein Thema, aber warum soll der Geheimdienst gegen Jil Berg vorgegangen sein? Da fiel dem PM ein, das man ihm von einem Unfall der Journalistin berichtet hatte.

»Ach, Sie meinen diese Journalistin, die über die Moneta berichtet, stimmt's?«, fragte der PM, ohne eine Antwort abzuwarten. »Soweit mir bekannt ist, hatte sie einen Unfall. Bei einem Kleinlaster lief Öl aus, und die Dame stürzte mit dem Fahrrad.«

»Sind Sie sich sicher, dass es kein schwarzer Van war?«

Der PM schwieg. Langsam ordneten sich seine Gedanken. Fabeau wusste anscheinend mehr, als man ihm gesagt hatte. Mit dem ›schwarzen Van‹ meint er die vom Geheimdienst, erkannte PM, und daraus schließt Fabeau, dass es kein gewöhnlicher Unfall, sondern ein gezielter Angriff auf die Journalistin war. Das konnte nicht sein! Durfte nicht sein. Das musste er klären, so viel stand fest.

»Fabeau, was sollen diese seltsamen Nachfragen? Worauf wollen Sie hinaus? Als hätten wir keine größeren Baustellen!«

»Ich will auf Folgendes hinaus: Wenn der Geheimdienst außer Kontrolle gerät oder sogar auf Anordnung Ihrerseits Bürger bedroht, werden unsere Analysetätigkeiten Ihnen nichts nützen. Sie bringen die Öffentlichkeit gegen sich auf. Die Situation wird dadurch schwieriger, als sie es ohnehin schon ist. Solche Debatten sind der reinste Klebstoff, der bis zur nächsten Wahl an Ihnen kleben bleibt.«

»Ganz sachte, Fabeau«, tadelte der PM, »ich will mal darüber hinwegsehen, dass Sie angespannt sind und sich im Ton vergreifen, werter Herr Fabeau. In diesen Zeiten verlieren so manche ihre Nerven. Wir werden den Stier bei den Hörnern packen und dem Geheimdienst auf den Zahn fühlen, versprochen. Aber sagen Sie mal, wie kommen Sie überhaupt darauf, dass der Geheimdienst außer Kontrolle sein soll? Schwarzer Van, sagen Sie? Wo haben Sie das her?«

»Aus einer vertraulichen Quelle«, antwortete Fabeau.

»Soso, eine vertrauliche Quelle, okay! Gut, ich gehe der Sache auf den

Grund, Fabeau. Danke für Ihre ... Information ... und behalten Sie unser Gespräch bitte erst einmal für sich, ja?«

Der PM legte auf, erhob sich in Zeitlupe, blieb hinter seinem Schreibtisch stehen und stierte für einen Moment gegen die Wand. Urplötzlich schlug er mit voller Wucht die flache Hand auf seinen Schreibtisch, so heftig, dass Frau Piper nebenan aufschreckte.

»Scheiße, verdammte noch mal«, schrie der PM, »mir gehen diese Typen vom Geheimdienst sowas von auf den Sack! Die sind doch alle bekloppt!«

Der PM stürmte in das Vorzimmer. »Frau Piper, Marc Hellmann vom Geheimdienst und den Justizminister! Sofort zu mir.« Charlotte Piper nickte und führte die Order umgehend aus.

Der PM verschwand wieder in seinem Reich und setzte sich an den Besprechungstisch. »Es kann doch nicht sein, dass hier jeder macht, was er will«, fluchte er.

Er war schon oft mit dem Geheimdienst zusammengerauscht, weil diese Typen ihren eigenen Kodex lebten und sich nirgendwo einfügen wollten. Er war es leid, immer die Scherben hinter diesen Möchtegern-Rambos aufzusammeln. Es ging ihm so gegen den Strich, wie der Geheimdienst sich verhielt – hinter jedem Stein den Einmarsch der Russen zu wittern und immer so zu tun, als wisse man mehr als alle anderen und als sei man der Einzige, der kapiere, was ablief.

Das kotzte ihn an, dieses Platoongehabe! Mittland war ein kleiner Staat, und der Geheimdienst hatte klare Aufgaben. Die Kerle waren wohl anscheinend nicht ausgelastet genug. Das war aber lange kein Grund, um auf die eigenen Bürger loszugehen. Fabeau hatte recht, das war weder zu erklären noch zu rechtfertigen. Und wenn es wirklich ein Anschlag auf diese Journalistin war, dachte PM, dann ist uns ein Bärendienst erwiesen worden, weil jetzt der Fall Bank Moneta noch mehr Öffentlichkeit hat. Er musste die Geheimdienstler wieder an die Kandare bekommen. Schließlich war der Dienst seinem Staatsministerium untergeordnet.

Es würde auf seine Regierung zurückfallen, und unter deren Anweisungen hatte der Dienst zu arbeiten und zu funktionieren. In diesem Land kannte jeder jeden, und das machte es schwer, den Laden zusammenzuhalten. Der PM wusste natürlich um die kleinen Cliquen, die ausscherten, weil sie im großen Staatsgebilde die Krümel aufsammeln wollten, um Positionen und Macht zu bekommen.

So viele Cliquen es gab, so unterschiedliche Strömungen gab es, was für ihn in Ordnung war, denn sie stritten sich um Krümel, was der Regierung nur recht sein konnte. Gefährlich wurde es erst, wenn, wie beim Geheimdienst, eine straffe Struktur regierte, die eine Eigendynamik bekam und unabhängig von ihm Entscheidungen traf.

Trotz allem war dem PM klar, dass Jil Berg immer weiter bohren würde und dass nicht auszuschließen war, dass es zu neuen schmutzigen Bohrlöchern käme, aus denen die Skandale ans Tageslicht sprudeln würden. Das galt es zu vermeiden. In dem Licht betrachtet war die Aktion des Geheimdienstes gar nicht weit hergeholt. Die meisten der Schreiberlinge hatte man unter Kontrolle, aber manche konnten nicht anders, als all das aufzuwühlen, was ruhen sollte. Ein fortdauerndes Risiko. Was also musste geschehen, damit Frau Jil Berg zur Vernunft kam? Diese Frage hatte er vor Tagen mit dem Innenminister diskutiert, ohne zu ahnen, dass irgendjemand dies zum Geheimdienst durchstecken würde.

Er, der PM, musste die Fäden wieder in die Hand bekommen.

Pariser Untersuchung
Frühjahr 2011

D ie Rue de Italiens lag im Schatten einer vorwärtsstrebenden Sonne des späten Morgens, als ein betagter, aber immer noch schnittiger Citroën SM in die Straße einbog und auf das schmucklose Gebäude im Scheitelpunkt der Kurve zuhielt. Vor dessen Tiefgarage bremste der Oldtimer vorsichtig ab und rollte die Einfahrt hinunter ins Untergeschoß.

Remy Van Rooy drückte im Aufzug den Knopf zum dritten Stockwerk. Wie jeden Tag nahm er das vertraute gleichförmige Sirren von Drahtseilen wahr, die ihn zu seinem Ziel beförderten. Wie jeden Tag dachte er dabei an sphärische Musik, bis er am Ziel war. Nicht aus Aberglauben, eher, um einem täglichen Ritual dieser unbewussten Gepflogenheit nachzukommen, brachte van Rooy beim Verlassen des Aufzugs stets ein »Nun denn ...« heraus. Eine Selbstmotivation, die angesichts des fensterlosen, nur durch Leuchtstoffröhren erhellten Flurs dringend nötig war.

Dem sich im Umlauf befindlichen Klatsch und Tratsch des Flurfunks zu seiner Person, seinem kleinen Büro und seiner Mitarbeiterin Madame Chou, schenkte er keinerlei Beachtung. Im Gegenteil, es amüsierte ihn. Man witzelte, dass er, der große Richter, in einem Office mit den Ausmaßen eines Vogelhäuschens saß. Ein anonymer Mitarbeiter skizzierte den Richter im Vogelhäuschen auf ein Blatt Papier. Dies hing nun schon seit einer Woche an der Wand neben seinem Office.

»Das ist doch gut gemalt«, fand er und freute sich über so viel Kreativität, die er seinen Mitarbeitern gar nicht zugetraut hätte. Seine kleine Bude zeigte Vor- und Nachteile, doch für Remy Van Rooy überwogen die Vorteile. Er würde sie um gar keinen Preis hergeben wollen. Der einzige störende Nachteil aus seiner Sicht war nicht, dass alles mit Akten vollgestellt war, sondern dass sich absolut kein Plätzchen mehr finden ließ, auf dem er eine dieser modernen, schicken Espressomaschinen hätte stellen können.

In seinem Büro angekommen, öffnete Monsieur le Juge wie jeden Morgen erst einmal die Fenster, um den Raum mit Sauerstoff zu fluten, der unentbehrlich war, wenn es darum ging, zu klaren Gedanken und entlarvenden präzisen Schlussfolgerungen zu kommen. Er bildete sich ein, dass auch die Akten zum selben Zweck den Sauerstoff benötigten.

Ein ausgedehntes »Ahhh« ausstoßend, mit erhobenen Armen und auf Zehenspitzen stehend, wippte er vor dem geöffneten Fenster ein wenig auf und ab und sog die frische Luft in seine Lungen. Dann drehte er sich zur Raummitte, rieb sich die Hände und sprach den allmorgendlichen Satz: »Dann wollen wir mal.«

Heute stand der Fall Bank Moneta auf dem Zettel, den Remy Van Rooy nicht unbedingt mochte, da zu viele Indizien, aber zu wenig handfeste Fakten vorlagen. Dass sich das ändern sollte, konnte er zu diesem Zeitpunkt nicht ahnen.

Seine Mitarbeiterin, Madame Chou, betrat das kleine Office. Die resolute Mittfünfzigerin durchquerte das Office wie ein Feldwebel, allerdings im mittelbraunen Gabardinerock und Strickjacke. Vor ihrer Strenge hatte Van Rooy sich anfangs ein wenig gefürchtet, doch mit der Zeit hatte er gelernt, dass es besser für ihn war, sie nicht zu verstimmen. Fachlich gab es an ihr ja nichts auszusetzen. Doch die Beharrlichkeit, mit der sie ihm jeden Morgen frischen Kräutertee aufzwang, war für Van Rooy eindeutig obsessiv. Nach kurzer Besprechung mit ihr schlich er sich aus seinem Büro, weg vom Pfefferminz-, Roibusch- oder Matetee, den Gang hinunter.

»Luc, Bonjour, ich beantrage Asyl bei dir, ich bin auf der Flucht!« Remy Van Rooy steckte den Kopf durch die Türe des Büros seines Freundes und grinste ihn schelmisch an.

»Vor der Chou?«, fragte Luc Baggary lachend. Er war einer der Staatsanwälte dieser Behörde. Spielerisch fügte Baggary hinzu: »Euer Ehren, ich beantrage, dem Asylantrag dieses lausig lügenden Flüchtlings stattzugeben. Komm rein, Flüchtling, und mach die Tür zu. Du flüchtest wieder mal vor der Chou und bist natürlich so ganz ohne jede Absicht bei mir vorbeigekommen, stimmt's? Das hat nicht zufällig etwas mit meiner Espressomaschine zu tun?«

»Die Chou macht mich irre mit ihren Kräutertees. Vorgestern stellte sie mir Artischockentee hin mit dem Hinweis, er sei cholesterinsenkend. So wie es aussieht, bestimme ich nicht mehr selbst über mein Wohlbefinden.« Remy legte die Hand auf die Schulter seines Kumpels, um ihn schon in Richtung der Espressomaschine zu steuern.

»Du hättest die zwei nie zusammenkommen lassen dürfen«, Luc sah Remy ernst an, »die Chou berät deine Frau in Sachen gesunder Ernährung, und du bist das Versuchskaninchen. Neulich habe ich die Chou in der Kantine erlebt, also wirklich, die hat den Chefkoch zur Schnecke gemacht, als der nicht sofort parat hatte, wie viele Omega-3-Fettsäuren in der Truite waren. Ich habe mir das Cordon bleu geschnappt und mich ans andere Ende der Kantine verzogen, damit sie mich nicht in die Mangel nehmen konnte. Wer zu wenig Grünzeug auf dem Teller hat, wird doch sofort niedergemacht. War die jemals verheiratet?«

Luc Baggary war zehn Jahre jünger als Remy und kam aus Nizza, hatte dort eine steile Karriere unter dem berühmten Staatsanwalt Jean-Balthasar de Montfalcon hingelegt. Seit zwei Jahren war er hier in Paris.

Er und Remy teilten die Leidenschaft des Tontaubenschießens. Südlich von Paris war eine kleine Anlage, in der beide Mitglieder waren und sich fast jeden Samstagmorgen trafen, um in Ruhe die fliegenden Scheiben vom Himmel zu holen.

Luc war Spezialist in Raffahle. Bei dieser Disziplin wurden aus der Wurfmaschine direkt zwei Scheiben, groß wie Unterteller, geschleudert. Remy bevorzugte das klassische Skeeting, bei dem eine Scheibe nach der anderen gestartet wurde. Seine Akten bearbeitete er schließlich auch der Reihe nach.

Espressoduft füllte unwiderstehlich und verführerisch den Raum. Schwarz, ohne Zucker, doch mit einer Crema, die die Farbe einer blonden Almkuh haben musste.

»Was machst du gerade?«, wollte Luc wissen.

»Ach, der Fall Bank Moneta. Eine Pleitebank in Mittland hat merkwürdige Investments an Rentner auf französischem Boden verkauft. Die Betroffenen sagen, dass vorsätzlicher Betrug im Spiel sei, und haben Strafanzeige erstattet. Scheint so, dass sie recht haben, aber die Beweislage ist dünn. Ist 'ne Menge Arbeit, Luc. Ich weiß nicht, ob das was wird.«

Remy hielt sich, während er sprach, den Espresso unter die Nase, als wolle er auf keinen Fall auch nur das kleinste Molekül des Aromas verpassen.

»Habe davon gehört. Warte mal ... da habe ich was ... ja, hier, ein Schreiben von letzter Woche aus Island vom dortigen Kollegen *Dingsbumsson* oder wie die da oben alle heißen. Er bat um Amtshilfe. Der wollte wissen, ob wir hier eine Aktenlage diesbezüglich hätten und ob er eine Kopie davon haben könnte, weil sie in Reykjavik gegen eine Banki Island HF strafrechtliche Untersuchungen in Angriff nehmen. Das ist doch die Muttergesellschaft deiner Bank, oder? Hängen gleich beide drin, Mutter und Tochter? Das kann ja lustig werden. Der isländische *Kollegesson* hat mir angeboten, im Gegenzug seine Infos mit mir zu teilen.«

Luc drückte den Knopf, und der Espresso lief in eine typische, kleine dickwandige Tasse. Er nahm zwei Löffel Zucker und trank in einem Zug alles aus.

Van Rooy konnte es nicht glauben, was er da sah. »Um Gottes willen, Luc, was machst du denn da? Das ist doch kein Schnaps. Du musst den Espresso genießen.«

Remy machte ein schmerzverzerrtes Gesicht. Es gab tatsächlich Menschen, die diese aromatische Gottesgabe ohne jeden Genuss und Respekt herunterkippten. Eine leidvolle Erkenntnis.

»Hat der Kollege aus Island durchblicken lassen, was er anbieten kann?« Remy nippte einen zweiten Schluck.

»Nein, nicht direkt, er schreibt nur, dass es *wahrscheinlich* zu Verurteilungen gegen die Bankmanager kommen wird. Das Übliche: Marktmanipulationen, Bilanzfälschung, Geldwäsche, Veruntreuung, eben alles, was die Fischkopf-Mafia im Land der Wikinger so vorzuweisen hat. Hast du etwas, was wir ihm geben könnten?«

»Ist noch zu früh, aber, ich werde sicher einiges bei den Interviews erfahren. Schick dem *Advokatsson* doch eine Mail. Wir schlagen als Erstes eine Telefonkonferenz vor, um uns auszutauschen. Dann sehen wir weiter.«

Remy ging mit der leeren Tasse auf den Automaten zu, stellte sie unter den Kaffeeauslauf und drehte sich zu Luc um, wobei sein Finger suchend über dem Tastenfeld kreiste. Als der über dem Espressoknopf war, nickte Luc. Lächelnd drückte Remy den Knopf, woraufhin die Maschine sich eifrig in Gang setze.

Pünktlich um 15 Uhr klopfte es an die Bürotür des Richters. Herein kamen Maxi Fuget und Stuart Malmedy. Man begrüßte und setzte sich, absolvierte die üblichen Höflichkeiten, kam aber, umgeben vom Duft frischer Pfefferminze, erstaunlich schnell zur Sache. Frau Chou war bereit zum Protokoll.

Remy Van Rooy schlug die Akte auf und erklärte, warum er die Herren geladen hatte, was das Ziel sei, und dass alles protokolliert würde. Dies sei kein Verhör, sondern nur eine Befragung. Die Anwesenden nickten zustimmend. Dann sagte Van Rooy: »Monsieur Malmedy, schildern Sie bitte die Ereignisse.«

Stuart Malmedy war als Equity-Release-Kunde der Bank Moneta bestellt worden. Er berichtete, wie er durch die Vertriebsleute der Bank Moneta angesprochen und, wie er es formulierte, »geködert« wurde. Er sagte aus, wie es zu den Kredit- und Sicherungsverträgen gekommen war.

Remy Van Rooy hatte Gefallen an Stuart Malmedy, an dessen rundem Kopf und wippendem Schnauzbart. Die Chou hingegen beäugte den Glatzköpfigen argwöhnisch.

»Sie kennen den Sicherungsvertrag?«, fragte Malmedy den Richter. Van Rooy nickte.

»Dann ist Ihnen Paragraf 3 bekannt, aus dem hervorgeht, dass die Bank sich das Recht auf alle Investments wieder zurückübertragen lässt. Damit hat sie mir die Hände gebunden, aus mir einen Statisten ohne Entscheidungshoheit gemacht, mich sozusagen entmündigt. Die Salesmanager ließen nichts unversucht, dieses Druckmittel schamlos einzusetzen, wenn es ihnen nötig erschien. Ich frage mich, ob eine solche Back-Door-Operation rechtlich erlaubt ist.«

Van Rooy machte sich schweigend Notizen.

Malmedy führte weiter aus, heute wisse er Bescheid, doch damals hätten die Verkaufsmanager bis eine Stunde vor der eigentlichen Vertragsunterzeichnung weder Muster noch Kopien der Verträge vorgelegt. Damit wäre es ihm nicht möglich gewesen, diese verdeckte Operation zu erkennen. Man habe ihn zweifellos und systematisch zum Kauf der Anleihen der isländischen Muttergesellschaft gedrängt. Ein komisches Gefühl hätte er schon gehabt, aber damals wie heute sei er kein Investment-Profi, so habe er den Bank-Profis vertraut.

»Was blieb mir auch anderes übrig?« Das Argument, sein Geld, wenn es in Bonds der Muttergesellschaft Banki Island investiert würde, verbliebe sicher in derselben Firma, was die Marktrisiken extrem reduzieren würde, empfände er heute als perfide. Heute wisse er es besser, aber damals … . Er habe noch nie in seinem Leben eine Aktie besessen, wüsste gar nicht, wie das alles funktioniere. Deshalb habe er meist den Bankern zugestimmt. Und die bittere Wahrheit sei, dass die Versprechungen nie erfüllt wurden. Gab es eine Aufklärung über Risiken? Nein, natürlich nicht. Schriftliches sei überaus schwer zu bekommen gewesen. Mit einem Wort: Es war Betrug. Kurz vor der Insolvenz habe sein Account Manager ihm gesagt, die Turbulenzen seien nur vorübergehend und außerdem habe die Bank fünfzig Millionen Euro Cash zur Verfügung.

»Darf ich kurz nachfragen?«, unterbrach ihn Van Rooy, »Sie sprachen von Versprechen, die nicht eingehalten wurden. Was waren das für welche?«

»Die Banker haben deutlich gesagt, dass das Equity-Release-Investment selbst die Kreditsumme nie ins Risiko stellt und somit der Kredit am Schluss aus den Erträgen des Investments zurückgezahlt werde. Die Bank Moneta verbürge sich für ihre Tradingabteilung, dass dort die Gewinne generiert werden, mit denen am Ende der gesamte Kredit zurückbezahlt würde, inklusive aller Zinsen. Zusätzlich bliebe an jedem Monatsende ein Betrag übrig, was als Zusatzrente bezeichnet wurde. Diese drei Kriterien waren das Lockmittel. Das habe ich schriftlich«, berichtete Stuart Malmedy.

»Sie haben was?« Remy Van Rooy schnellte aus der erschlafften Haltung eines Mannes, der, als Begleitung seiner Frau, den Schlussakt des Lohengrins über sich ergehen lassen musste, nach vorn und war auf der Stelle hochkonzentriert. »Sie haben diese drei Punkte schriftlich? Von wem? Auf Briefpapier der Bank Moneta? Wann war das?«

Augenblicklich stieg bei allen, außer bei Madame Chou, eine gewisse Erregung auf.

Stuart Malmedy versuchte, sich an etwas zu erinnern, und kniff dabei die Augenbrauen zusammen. Er kramte in seiner Kladde, die er aus der Tasche gezogen hatte.

»Das war … nachdem ich den Vertrag unterzeichnet hatte, ja, genau, im Januar 2008. Zusammen mit anderen Kunden der Bank trafen wir die

Bankmanager im Hotel Belvedere in Cannes. Wir baten um das Treffen, weil wir dringenden Informationsbedarf hinsichtlich des Investments des Equity-Release-Produktes sahen. Ich wollte verstehen und wissen, welche Wertpapiere für mich infrage kamen. Doch es war aus diesen aalglatten Bankern nichts herauszubekommen. Die haben uns nicht einmal eine Broschüre oder etwas Ähnliches gezeigt. Nur Gerede, Ausreden und Vertröstungen. Um ehrlich zu sein, ich war stinksauer und bin nach Hause gefahren. Am anderen Morgen schrieb ich denen eine Mail und stellte ein Ultimatum: Auf der Stelle würde ich den Vertrag wieder aufkündigen, wenn man mir diese drei Punkte nicht schriftlich bestätigen würde. Hier ist deren Antwort.«

Stuart reichte Van Rooy eine Kopie der Mail, die er, während er dies alles berichtete, aus der Kladde gezogen hatte. Der Richter las die Mail, fixierte Stuart mit funkelnden Augen durch seine randlose Brille.

»Bon, Monsieur Malmedy«, flüsterte Van Rooy, »gut! Sehr, sehr gut! Ausgezeichnet!« Dann drehte er seinen Kopf zu Frau Chou, hielt ihr die Mail entgegen, die Chou kopierte das Dokument und reichte beides zurück. »Beweisstück 1223/ 2010«, sagte der Richter, und Madame Chou notierte es.

»Großartig, Monsieur Malmedy, was haben Sie sonst noch Schönes?«

Monsieur Malmedy legte seine umfangreiche Akte auf den Tisch, kramte ein vorbereitetes Dossier hervor und übergab es dem Richter. Dieser nahm sich Zeit, studierte es, um einen Überblick zu erhalten, und sah anschließend hochzufrieden aus. Stuart hatte offensichtlich seine Hausaufgaben gemacht. Das Dossier listete chronologisch alle Vorgänge, Versprechen und Enttäuschungen im Zusammenhang mit der Bank Moneta auf. Dazu enthielt das Dossier weitere Kopien von Dokumenten, die Stuart Malmedy für beweisrelevant hielt.

»Sie waren fleißig, Monsieur Malmedy. Meinen Respekt«, kam es vom Richter, der anerkennend nickte. Dann blickte Van Rooy Maxi Fuget an, der bisher keinen Grund gesehen hatte, einzugreifen. Doch Fuget nutzte den Moment und reichte dem Richter das Angebot von Odette Lambo.

Remy Van Rooy las das Ultimatum und pfiff bei einigen Passagen durch die Zähne. »Da schießt aber einer scharf, Herr Kollege. Ich nehme das zur Kenntnis.«

Bei der Verabschiedung gab man sich die Hand und wünschte einen schönen Tag.

Malmedy und Fuget liefen in der Mitte des Korridors, da hörten sie plötzlich Van Rooy ihnen hinterherrufen. Der Richter winkte sie noch einmal herbei. Maxi Fuget ging kurz zurück.

»Was war los?«, wollte Stuart Malmedy anschließend wissen.

»Richter Van Rooy hat betont, dass er außerordentlich entzückt über die Beweise ist. Nun will er das Verfahren knallhart durchführen«, gab Maxi zurück.

Die zwei hatten beste Laune und setzten sich in ein Café auf der gegenüberliegenden Straßenseite. Durch die großen Fenster konnten sie verfolgen, wie Remy Van Rooy mit einem anderen Mann den Korridor entlanglief. »Das ist der Staatsanwalt«, sagte Maxi, »Luc Baggary, den kenne ich von einem Fall, den ich in Nizza vertreten habe. Die stürzen sich jetzt auf die Beweise.«

Grinsend schlürfte Maxi seinen Cafè Latte Macchiato.

Remy verspürte wieder Lust auf einen Espresso, griff sich die Beweisakte und passte Luc Baggary auf dem Flur ab. Beide verschwanden in Lucs Büro, in dem sie als erstes dem Automaten zwei aromatisch duftende Espressi entlockten.

Beflügelt von den schriftlichen Beweisen, die er von Stuart Malmedy erhalten hatte, ordnete Richter Remy Van Rooy an, dass jeder der Kläger, also jedes Opfer der Bank Moneta, sich bei seiner nächstliegenden Polizeistation zu melden habe und dort durch einen Polizeibeamten befragt werden sollte.

Er erhoffte sich, auf diese Art an viele, hoffentlich gleichlautende Aussagen zu kommen, die in einem Indizienprozess Beweischarakter haben würden. Zudem bestellte er zur Befragung die beschuldigten Bankmanager und den Hauptaktionär Gunnar Larsson aus Island ein. Ferner gedachte er, mit den zwei Notaren von der Côte d'Azur zu sprechen.

Das Aroma der feinen Bohne machte ihm Lust, der Spur des Verbrechens zu folgen.

Es tauchten mehr Beweise auf, weitere Spuren fanden sich und neue Zeugen lieferten Aussagen, die mehr Klarheit brachten – nicht in allen Punkten, doch in solchen, die andere Sachverhalte bestätigten. Um seine

Arbeit in diesem Fall war Remy Van Rooy nicht zu beneiden.

So manche Akte musste rekonstruiert und wieder neu zusammenge-setzt werden, es ging um solche, die sinnbildlich den Eindruck machten, sie seien durch den Reißwolf gelaufen. Der Fall Bank Moneta schob sich im Tempo einer Schneefräse voran, die Kläger und Beklagte durch einen Streifen schneefreien Weges sauber trennte, und wo der meiste Schnee auf der Seite der Beschuldigten zu finden war.

Rocettos Gänsehaut
Frühjahr 2011

Linda und Billy Barlotte hatten gar nichts dagegen, in jedem Menschen das Gute zu sehen. Es lebte sich sogar viel besser und angenehmer, vom Guten auszugehen, anstatt stets nur Böses zu erwarten.

Sie beide, zusammen mit Stuart Malmedy, blickten nunmehr auf eine beachtliche Aktenlage im Fall Bank Moneta zurück, die sie sich erarbeitet hatten. Belege für strafrechtliche Vergehen, Indiziendokumente oder Diagramme, die genau zeigten, wo das Kriminelle seinen Anfang nahm, und wer es nutzte und unterstütze. Sie hatten alles zusammengetragen. Das Ultimatum von Odette Lambo sorgte immer noch für großen Wirbel. Erst alleine, dann mit den Anwälten, studierte man, was sie ›angeboten‹ bekommen hatten.

Als Billy die ersten Zeilen las, dachte er, die Insolvenzverwalterin ließe nach, sie wäre müde und wolle glaubhaft eine Lösung. Stuart wies ihn auf das Ende des Schreibens hin, dort, wo die List zutage trat. Sofort zog sich bei Billy die Hoffnung auf ein konfliktloses Ende zurück wie das Meer bei Ebbe.

Im Bewusstsein, weder Mitgefühl noch Verständnis von Odette Lambo zu bekommen, verharrten sie über Wochen in Misstrauen und Wachsamkeit. Und nun das! Es bot sich eine Chance! Ein Licht in dunkler Nacht. Anfänglich blieb noch Skepsis bei Linda und Billy, doch mit der Zeit löste sie sich beinahe auf, zumal beide das Ende von Argwohn und Zweifel so sehr herbeisehnten. Bei näherer Betrachtung ergab dies alles keine Befreiung, vielmehr schlitterten sie von einer alten Verpflichtung in eine neue. Die Forderungen blieben zweifelsohne dieselben. Man verschob nur die Lasten. Gingen sie einen neuen Kredit ein, um den alten abzulösen, müssten sie ihre Häuser wieder als Sicherheiten einbringen. Wo, bitte schön, war der Vorteil für sie alle? Der intensive Kampf gegen die Bank musste sich doch lohnen!

Das ›Angebot‹ aus Mittland forderte einen Verzicht auf alle Rechte vor Gericht, auch für die Zukunft.

»Das ist und bleibt nichts anderes als die Aufforderung zur Kapitulation«, sagte Billy, der am Frühstückstisch vor einer Schüssel Cornflakes saß, »wir sollen die weiße Fahne hissen.« Man stünde mit leeren Händen dar. Keine Frage, der Druck der letzten Jahre war enorm, und ja, ein möglicher Kredit würde vorerst helfen. Aber würde die Umschuldung sie wirklich entlasten? Sie schwankten und wussten nicht recht, was sie tun sollten.

Philippa Rocetto legte ihre manikürten Hände auf den Glastisch der Barlottes und prüfte die Gesichter der beiden. Sie sah die Unschlüssigkeit in Person. Zuvor hatte Philippa den beiden das Schreiben der Schweizer Bank zur grundsätzlichen Bereitschaft, neue Kredite verhandeln zu wollen, präsentiert. Nun hoffte sie, dass die Strahlkraft dieser Lösung ihre Wirkung tat.

»Also«, Linda tastete sich vor, »das ist keine konkrete Zusage. Damit ist nichts geregelt. Was passiert, wenn auch diese Bank durch illegales Handeln uns mit in den Abgrund reißt?«

Philippa rollte innerlich die Augen. Sie verstand es nicht. Hier lag die Lösung auf dem Tisch, und diese einfältigen Rentner kapierten es nicht. Trotzdem, sie behielt ihr Verkäufergesicht und die Ruhe.

»Nun schaut mal, theoretisch kann jede Bank pleitegehen. Aber die Heimat dieser Bank ist die Schweiz, und die schützt ihre Banken. Das weiß jeder. Ein Ausfall ist mehr als unwahrscheinlich. Auf der anderen Seite: Gibt es sonst eine Bank, die in eurer Lage zur Finanzierung bereit wäre? Als Rentner habt ihr ein Alter, das einen Neukredit bei Lichte besehen unmöglich macht. Im Grundbuch steht die Bank Moneta an erster Stelle. Es gibt keine andere Bank, die eine zweite Rangstellung als Sicherheit akzeptiert. Punkt. Willkommen in der Realität. Nur durch meine persönlichen Kontakte und mein unermüdliches Engagement habe ich den Kreditausschuss der Schweizer Bank dazu gebracht, sich die Lage, in der wir alle stecken, genau anzuschauen. Das ist die einzige Möglichkeit, aus der Sache rauszukommen.«

Billy schaltete sich ein: »Wir finden es verdienstvoll und sind dankbar, dass du dich so einsetzt. Wenn es die kleinste Möglichkeit gibt, diesen Albtraum zu beenden, das musst du uns glauben, schauen wir uns das an. Aber wir sind gebrannte Kinder. Gerechtigkeit ist das, was wir anstreben, was wir fordern, doch bisher hat uns Justitia wohl vergessen. Madame Lambo hetzt uns, will unser letztes Hemd. So viele von uns sind verzweifelt, weil sie ihren Enkeln erklären müssen, dass sie nicht alles darangesetzt haben, um das Erbe zu sichern.« Billys Augen füllten sich mit Tränen.

»Da ist noch eine Sache«, fuhr Billy fort. »Sollten wir uns für diese Umschuldung entscheiden, wird es keine Maklergebühr geben. Ich fände es unerträglich, wenn wir auch noch eine Provision dafür bezahlen sollten, dass man uns betrogen hat.«

Rocetto sah, wie es in beiden arbeitete und wie es sie zugleich quälte. Sie schloss aus alledem, wie groß der physische und mentale Druck sein musste, den die beiden Rentner aushielten.

Das sind aber nicht meine Probleme, rief sie sich zur Ordnung. Keine Sekunde dachte sie daran, ob das, was sie jetzt vorhatte, den Menschen Schaden zufügen könnte, ob die Opfer dadurch, was nicht auszuschließen war, in den Suizid getrieben würden. Damit hatte sie nichts zu tun. Sie verfolgte ihr Ziel, nur ihr Ziel. Suizid hin oder her, jeder musste selbst wissen, wann es so weit wäre. Alte Menschen sterben eben, also was soll's?

Dann kam die Sache weiter ins Rollen, und Philippa Rocetto besuchte Linda und Billy noch einmal. Sie legte einen Mustervertrag für einen neuen Kredit in gewünschter Höhe vor.

Der Vertragspartner entpuppte sich plötzlich als Offshore-Gesellschaft aus Panama, eine Firma mit Namen TuberculeBlue Assets Ltd. Philippa Rocetto setzte die Maschinerie in Gang, um die beiden Ahnungslosen in ihr Netz einzuweben, sie gab hier und dort etwas Speichel dazu, um die Fäden fester und unlösbarer zu verkleben. Sie gab sich Mühe, sehr große Mühe. Dann war es so weit. Endlich entschieden sich die Barlottes, ein offizielles Angebot einzuholen, um sich die giftige Schlinge aus Mittland vom Halse zu schaffen.

Linda rief ihren Bruder Felix zu Hilfe. Entgegen Billys Weigerung forderte die Panama-Bank TuberculeBlue Assets Ltd. eine Installationsgebühr von 54 000 Euro und eine Abschlussgebühr von 16 000 Euro. Bevor überhaupt ein Vertrag gedruckt werden konnte, mussten beide Beträge nachgewiesen werden. Bruder Felix erklärte sich bereit, dieses Geld einzubringen, damit der Vertrag rechtskräftig beglaubigt werden konnte. Ihr Bruder brachte ihnen einen Scheck in gefragter Höhe. Wie abhängige Spielsüchtige wollten Linda und Billy nichts anderes zulassen, als die Unanfechtbarkeit ihres nächsten Schrittes, der sie ganz bestimmt aus der Verlustzone befreien würde. Dass die Freiheit, die sie schon vor sich sahen, sich auflösen konnte wie eine Fata Morgana, verbannten sie aus ihren Köpfen.

Philippa Rocetto nahm theatralisch ihr Handy, nachdem sie den Scheck in ihre Handtasche hatte gleiten lassen, stand auf und verkündete: »Ich rufe jetzt Odette Lambo an.«

Das Handy am Ohr kam das Gespräch schnell zustande. Linda und Billy standen nicht weit entfernt, um jede Reaktion aufzufangen.

»Odette? Hallo, Philippa hier. Haben Sie einem Moment? Danke, mir geht es gut. Es gibt gute Neuigkeiten. Ich bin hier bei den Barlottes, und beide sind bereit, das Angebot anzunehmen. Ja, ich soll für sie eine offizielle Offerte von der Schweizer Bank zum Neukredit einholen. Richtig, zur Umschuldung, genau. Das Angebot dürfte in vier Tagen vorliegen, nochmals zwei Wochen für die Bereitstellung der Kreditsumme, in der Zwischenzeit wird Raymond, also Notar Petrol, die Grundbücher vorbereiten und danach kommt es zur Beurkundung. Goldrichtig, ja, ja, alles ist besprochen. Ich benötige noch heute die Bestätigung der Bank Moneta, dass mit dem Eingang der Rückzahlung keine weiteren Forderungen aus Vergangenheit und Zukunft an die Barlottes gestellt werden und dass die Hypothek freigegeben wird. Kann ich damit heute rechnen? Prima, ich danke. Das genügt erst mal. Ich werde es weitergeben. Au revoir, Odette.«

Philippa hielt Linda und Billy einen erhobenen Daumen hin und lächelte zuckersüß.

»Was hat die Lambo gesagt?«, wollte Linda wissen.

»Sie wird die Zwangsvollstreckung aufheben, sobald ihre Forderung erfüllt ist. Dann wird die Hypothek freigegeben.«

»Ihr wisst ja«, setzte sie hinzu, »dass die schriftliche Bestätigung, dass Ihr alle Gerichtsverfahren umgehend fallen lasst, dazugehört. Das ist der Deal.«

Der Anfang ihrer Mission war geschafft. Philippa, gekleidet in ein Valentino-Kostüm in der Saisonfarbe Mauve, kam auf die Barlottes freudestrahlend zu. Küsschen hier, Küsschen dort, sie drängte sich zwischen beide, legte ihre rechte Hand um Lindas Taille, die linke fand Billys Schulter. So schritt sie mit den Barlottes durch das Wohnzimmer.

»Ach«, sagte Phillipa mit einer gehörigen Portion hintertriebener Unschuld in der Stimme, »ich traue mich gar nicht, das zu fragen, wäre das nicht der richtige Moment, um einen Champagner zu verkosten?«

Linda und Billy schauten sie etwas überrumpelt an. Kein Zweifel: Beide hatten den Tisch, über den sie gezogen wurden, noch nicht einmal bemerkt.

Philippa Rocetto war selig. Das war ihr Moment, und sie liebte diesen Moment, weil ihr Plan aufging und sie sich selbst die verdiente Portion Hochachtung aussprechen konnte. Das war besser als Geld, das war pure Selbstbestätigung: ein wohliges und zugleich prickelndes Gefühl auf der Haut. Die meisten Ganoven flüchten sofort vom Tatort, wenn der Job erledigt ist. Nur die Künstler unter ihnen kosten den Moment aus, weil ihr inneres Gravitationsfeld stillhält, um so nach der Tat am Tatort zu verweilen und den Triumph auszukosten und ihn sogar noch zu steigern.

Als das zweite Glas geleert war, verabschiedete sie sich, den Scheck über 70 000 Euro im Innenfutteral ihrer Gucci-Tasche sicher aufgehoben, und fuhr nach Monaco zu ihrem Offshore-Konto.

Linda und Billy Barlotte fassten sich an den Händen, und Linda weinte vor Erleichterung. Sollte dies das Ende des Schreckens der letzten Jahre sein? War es die Rückkehr des Lebens, die Wiedererlangung der Leichtigkeit? Konnte das der Trost für die vielen bitteren Stunden sein? War das der Mühe wert?

Die kommenden Tage schmeckten nach Zuversicht. Billys angegriffener Gemütszustand besserte sich, und Linda arbeitete im Garten, den sie seit fast zwei Jahren schmerzlich vernachlässigt hatte. Für einige Zeit fühlte sie sich wie in früheren Tagen. Doch am Ende dieser Phase holte sie ein Déjà-vu ein, denn die Ungewissheit kroch ihnen erneut wie ein Alien unter die Haut.

Vereinbarte Fristen bröckelten. Versprechungen wurden nicht eingehalten. Allmählich zog bedrückende Stille bei den Barlottes ein. Wo blieb die schriftliche Zusage? Wieso kam keine Bestätigung? Es wuchsen die diabolischen Zeichen, die sie verdrängen wollten, um sich dafür lieber an die Hoffnung zu klammern.

Linda setzte sich eines Morgens im Morgenmantel zum Frühstück an den Küchentisch, wartete auf ihren Tee, brach ein Stück Knäckebrot ab und grübelte über alles ein weiteres Mal nach. Über ihren Rücken kroch etwas hoch zu ihrem Nacken, das sich anfühlte wie ein Rochenfisch, ein Manta, mit breiten Brustflossen und einem tödlichen Stachel. Ein wachsender Albdruck durchdrang sie, an dessen Ende das Gefühl der Ohnmacht wartete, denn die Erkenntnis rückte unaufhaltsam näher, dass sie beide ein zweites Mal Opfer eines raffinierten Betruges geworden waren. Gewissheit konnte dies nicht sein, doch dieses intensive, grausame Gefühl wurde immer stärker.

Liebe und Sprengkraft
Frühjahr 2011

Wassili der Jüngere hatte genaue Instruktionen erhalten und wusste, dass er auf keinen Fall von ihnen abweichen durfte. Seit Sommer letzten Jahres hatte ihn sein Onkel für den Auftrag an der Küste der Picardie geparkt. So, wie er mit ihm auf Island verfahren war. Wassili störte es überhaupt nicht, hier in Wartestellung zu verharren. Das war er ja schon gewohnt.

Nachdem er von Reykjavik nach Lille geflogen war und dort mit einer billigen Unterkunft hatte vorliebnehmen müssen, hatte er am nächsten Morgen den für ihn reservierten Mietwagen abgeholt und sich auf den Weg nach Calais, in die Rue Marcel Dassault gemacht.

Zwei Stunden später lud er zwei Pakete in den Dacia Duster, die exakt auf die Ladefläche passten. Auf seinem Weg südwärts der Küste entlang in Richtung Boulogne sur Mer sah er die breiten, kilometerlangen Sandstrände, die sich bis zu seinem Ziel, Berck sur Mer, erstreckten.

Dort angekommen, ließ er den Duster stehen und ging erst mal zum Strand, um einen Eindruck zu gewinnen. Jede Welle spülte ununterbrochen neuen Sand an, und auf ihrem Rückzug schwemmte sie doch einen Teil davon zurück ins Meer. Poseidon gibt, Poseidon nimmt. Der Gott des Meeres kann sich einfach nicht entschließen, den Menschen seinen Sand zu überlassen, dachte sich Wassili. Für ihn stand fest, dass Poseidon kein Freund von Schnellschüssen sein konnte, denn auf dieser Entscheidung kaut der Gott des Meeres ja schon einige Millionen Jahre herum, ohne eine endgültige Lösung. Der Strand und die Gegebenheiten waren perfekt für Wassilis Vorhaben. Alles würde bestens funktionieren.

Vom Strand schlenderte er in die kleine Stadt, besah sich die Örtlichkeit und die Menschen. Nur wenige Häuser ragten über das zweite Geschoß hinaus, und die beschauliche Atmosphäre schien auf die Passanten übergegangen zu sein.

Die Menschen, die hier ihre Zeit verbrachten, am Strand wanderten oder auf ihren Balkonen saßen, liebten die Illusion, dass die Uhr an diesem Fleckchen Erde um einiges langsamer lief als anderswo. Wassili mochte die ruhige Wirkung des Ortes.

Es wurde Zeit, seine Übernachtungsmöglichkeit aufzusuchen, das kleine Hotel mit dem für ihn komisch klingenden Namen *Ami Ami*. Die Sonne verschwand schon zur Hälfte am Horizont, als er dort ankam. Wie das beschauliche *Berck sur Mer*, so mochte er auch das Hotel auf Anhieb. Es lag mitten in den Dünen, einen Steinwurf vor Meer und Strand entfernt und zeigte sich selbstbewusst auf einem Plateau, umgeben von Dünengras.

Die jodhaltige Luft fühlte sich zum Abend hin frisch an, und Wassili verspürte plötzlich einen Bärenhunger. Dem Hotel angeschlossen war ein kleines Restaurant, in dem er Platz nahm und einen Blick in die Speisekarte warf. Ihm entging der Slogan, der darauf stand, die Picardie sei die Küste der einfachen Leute, weil er die Sprache nicht beherrschte. Doch als er sich im Restaurant umschaute, fand er dies auch ohne Übersetzung bestätigt.

»Negativ«, murmelte er nach seinem Scheitern, die französische Worte zu entziffern. Er wurde nicht schlau aus der Karte. Nach zehn Minuten hatte er immer noch nicht den blassesten Schimmer, was es hier zu essen gab. Sein Magen knurrte laut. Sei nicht dumm, sagte er sich, nimm die Speise mit dem längsten Namen. Was sollte er auch anderes machen? Er folgte seiner eigenen Logik, wonach proportional zur Länge des Namens der Speise sich die Menge auf dem Teller ausrichtete. Wassilis Stimmung schoss mit einem Mal in die Höhe, als die Bedienung, eine junge Frau, auf ihn zukam, um die Bestellung zu notieren.

»Was darf es sein?« Ihr Französisch hatte einen slawischen Akzent.

Wassili, der nichts verstand, was er gefragt wurde, wollte sich bei dem herrlichen Anblick der hellblauen Augen, des goldblonden Haares und des wuchtigen Busens keine Blöße geben. Er drehte weltmännisch die Speisekarte in ihre Richtung und zeigte auf das Gericht mit dem längsten Namen: Cul de Veau à la mode du vieux presbytiere.

Er erhielt ein lebhaftes Zwinkern zurück, begleitet von einem kennerischen Nicken, was nichts anderes heißen konnte als: gute Wahl.

»Bière«, sagte Wassili, eines der wenigen französischen Wörter, die er aufgeschnappt hatte. Er schickte noch ein »Merci« hinterher und lächelte die junge Frau an.

»Voilà, bon«, sagte sie und drehte sich um. Die verführerische Rückseite versetzte Wassili in Entzückung, und er blickte ihr träumerisch hinterher.

Das Restaurant war einigermaßen besucht, aber nicht voll, die Saison war vorbei. Als die Bedienung Speise und Bier anlieferte, sah sie Wassili neugierig an. »Allemand? Anglais? Dutch?«, fragte sie schüchtern.

»Russkij«, sagte er mit fester Stimme.

Vor Überraschung zog die Blonde die Augenbrauen nach oben und machte einen kleinen Hüpfer auf der Stelle.

»Ich hatte Russisch in der Schule«, sagte sie in gar nicht mal so üblem Russisch, »ich komme aus Krakau, Polen.«

»Wassili«, stellte Wassili sich vor und streckte seine Hand aus. Dabei bemühte er sich, seine Stimme noch einen Ton tiefer vibrieren zu lassen.

»Ich bin Mara«, sagte die junge Polin und erwiderte den Gruß.

Als Mara sich bei ihm erkundigte, ob es schmeckte, nutzte er die Gelegenheit, sie zu fragen, was sie nach Frankreich verschlagen hatte. Der Gastraum leerte sich am späten Abend. Mara setzte sich zu Wassili.

Sie jobbe hier an der Küste, um Geld für ihren Oboenunterricht zu verdienen, erzählte sie. Schon als Kind hätte sie sich in den weichen und verführerischen Klang dieses Holzblasinstrumentes verliebt, und nichts sollte sie davon abhalten, eine Virtuosin auf dem Instrument zu werden. Jeden Abend, wenn sich die Gäste des Restaurants längst auf den Heimweg gemacht hatten, übe sie unter freiem Himmel in den Dünen auf ihrer Oboe, einer *Buffet Crampon*.

Wassili dachte nicht mehr an die ausgezeichneten Kalbsschlegel nach Pfarrhaus-Art und die zwei Bier, als er aus dem Restaurant kam, um sich draußen ein wenig umzusehen.

Der Wechsel der Lokalität war nicht unbedingt der nächtlichen Schönheit der Küste geschuldet, sondern dem an die Oberfläche drängenden Wunsch, der quengelnden Hoffnung, das engelgleiche Wesen mit Namen Mara würde es ebenfalls ins Freie ziehen. Er wartete an der abgedunkelten Hausmauer, die aus felsigem Naturstein beschaffen war. Dort stand Wassili, selbst wie ein Feldstein, unbeweglich und auf den Moment lauernd, wo ein inständig erwartetes Ereignis ihn aus seiner Mimikry herauslösen sollte.

Unter einem Himmel, der ohne Wolken die Farbe des Meers angenommen hatte, lief Mara zur Meerseite auf die Düne zu, nur zwanzig Meter vom Restaurant entfernt, setzte sich auf die Holzbank, stellte den schlanken Koffer auf den Tisch und klappte ihn auf. Mit geübten Handgriffen setze sie die Einzelteile der Oboe zusammen. Ihre große Sorgfalt galt dem Mundstück. Das Holz des Riesenschilfrohrs hatte sie bereits eingeweicht, und Mara begann, Bahn und Ansprache mit der Schabzunge zurecht zu formen, danach mit Bienenwachs abzudichten und es der Oboe einzusetzen.

Ihr Instrument stand bereit zur Verführung der Nacht. Sie blies einige lange und sonore Töne als Testlauf. Dann spielte sie Übungsläufe, um ihre Finger geschmeidig zu bekommen. Die ersten Versuche brachten Töne, die zwickten und sich dünn anfühlten, manche bissen regelrecht die Luft.

Bis sie ihre eigene Technik mit Mundstück und Blatt erlernt hatte, waren Monate vergangen. Nun ließ sich mit Fug und Recht behaupten, sie sei auf dem Weg zu einer passablen Oboistin. Ihre Lippenmuskeln zeigten sich heute relaxt und stramm, als sie mit den Soli aus dem zweiten Satz des Oboenkonzerts H353 von Bohulav Martinů begann. Ruhig und flüssig blies sie es dem phlegmatischen, bleigrauen Himmel entgegen.

Dieses Stück hatte sie hier gelernt, ihre ersten Soli fern vom Zuhause. Sie liebte es, auf der Düne zu sitzen und mit Blick auf den Strand und das weite Meer zu spielen. Unter freiem Himmel war der Klang ihrer Oboe verführerisch und versetzte die Sinne in narkotische Stimmung. Die Töne kamen weder laut oder schrill, noch prahlten sie durch protziges Stakkato. Dann, wenn der Mond sich schlängelnd im Wasser spiegelte, säuselte Maras Oboe nasal über die große Spannweite der Oktaven wie das Hauchen des Schirokkos aus der Sahara. Sie erzeugte Töne, die sich auf und ab bewegten wie die Flügel der Kraniche. Erklingt eine Oboe, regt sich Magie. Ihr Kolorit formt die Dreifaltigkeit der Musik: Beruhigung, Aufmerksamkeit und Neugier verschmelzen zu einem erlesenen Moment, der jedem Menschen unter die Haut geht und ihn zutiefst berührt, selbst unmusikalische Gemüter.

Wassili, der Mauerstein, löste sich aus seiner natürlichen Tarnung, denn eine verführerische Melodie lockte ihn an, wie der Honigduft den Kragenbären. Er fand Mara, wie sie im Lichtkegel saß, die Oboe fest in beiden Händen, mit volumigen Wangen dem Instrument Töne entlockend.

Er bewegte sich gemächlich auf Mara zu. Zwei Lichtstrahler am Dachfirst beschienen die Terrassen bis hin zum Meer, das ununterbrochen von den weißen Schaumkronen gesäumt war. Auf seinem Weg hatte Wassili die Strahler in seinem Rücken, sodass Mara, als sie ihn bemerkte, eine schwarze Gestalt auf sich zukommen sah. Doch sie spielte weiter. Wassili ging ungebeten um sie herum zur anderen Seite des Tisches und setzte sich. Jetzt sah er Mara im vollen Lichtkegel sitzend, mit ihrer Oboe eine Geschichte erzählend. Er ahnte nicht, dass sie sich freute, denn er war ihr erstes öffentliches Publikum.

Der junge Russe saß still und mit einer Nuance von Ergriffenheit auf der Holzbank ihr gegenüber. Verdutzt dämmerte es ihm, dass diese einschmeichelnden Oboentöne, nein, die gesamte sirenenhafte Szene, auf ihn nicht nur faszinierend, sondern darüber hinaus erotisch wirkte. Mara hob und senkte die Oboe je nach leidenschaftlichem Spiel, schwenkte sachte nach links oder rechts und vollzog manchmal kleine Kreise. Die Magie dieser Musik und die Einmaligkeit des Momentes nahmen Wassili vollkommen gefangen. Nicht nur durch die verführerischen Töne wurde die Luft mit knisternder Emotion aufgeladen. Bei ihm stellte sich verstärktes Herzklopfen ein, als mit der Oboe auch Maras volle Brüste zu rotieren begannen, als würden sie durch einen unsichtbaren Taktstock dirigiert.

Das grelle Gegenlicht ließ nur den Schattenriss von Mara, ihren tanzenden Brüsten und ihrer Oboe, zu. Dieses Bild sollte Wassili nie mehr in seinem Leben vergessen. Es war der Moment, in dem sich für ihn der Unterschied zwischen Sex und Liebe offenbarte. Ohne große Worte begriff er, warum zwei Menschen miteinander leben wollen.

Es war der Moment, in dem sein bisher wohlbehütetes One-Man-Dasein zerfiel wie das römische Imperium und an dessen Stelle das natürliche Verlangen zu Mara zum Erblühen kam. Er erlebte sprichwörtlich seine persönliche Marienerscheinung.

Mara setzte die Oboe ab, lächelte ihn an und wartete. Sie wollte von ihm hören, wie es ihm gefallen habe und was er dazu sagen könne. Wassili sagte aber nichts, saß nur da, fühlte sich wie eine kandierte Frucht, gesüßt von

Klang und geleeartig vom Gefühl. Dann stand er entschlossen auf, ging zu Mara hinüber, half ihr hoch und küsste sie, wie er noch nie ein Mädchen zuvor geküsst hatte, mit Ehrlichkeit und Zuneigung und Dankbarkeit.

Mara, die Künstlerin, hatte sicher Applaus erwartet, allenfalls ein scheues »Bravo«, aber sicher nicht eine solche Belohnung. Das merkte Wassili natürlich. Doch er merkte auch, dass ihre Lippen seine Lippen gerne empfingen. Der Kuss musste in ihr dasselbe Prickeln wie bei ihm auslösen, ihre Zungen fanden zueinander, als herrsche hier ein physikalisches Gesetz.

Beide saßen die halbe Nacht auf der harten Holzbank. Mara fragte, Wassili antwortete. Er sprach, wie er es gewohnt war, in seinem Gangjargon und dachte sich nichts dabei. »Alter, ist die Mucke released auf 'ner Fossilscheibe? Voll Krass. Extrem vierlagig. Hab mal so'n Schnürschinken an Shells Bar getroffen, der kam aus Münzmallorca, war Kopfgärtner, hatte aber selber Dreckfedern, der kaufte für'n Ghettoblaster so'ne Mucke.«

Wassili war aufgeregt und redete einfach drauf los. Nach einer höflichen Weile stoppte Mara ihn, indem sie ihm die Hand auf den Mund legte. In der ersten Minute ihrer neuen Zweisamkeit rückte Mara ihren Cowboy sanft zurecht. Mit zarter Berührung bat sie ihn freundlich um sein bestes Russisch, denn wie könne die Larve zum Schmetterling werden, wenn sie nicht die Sprache der Raupe spräche?

So ganz hatte Wassili das nicht gerafft, das mit der Raupe, aber instinktiv wusste er, was Mara verlangte und was zu tun war. Er trat zur Wandlung an und warf den Gangsterslang über Bord. Einfach so, wie selbstverständlich, für Mara.

Sie erzählten sich ihre Geschichten, ihre schüchternen Träume und ihre großen Ziele. Mara vertraute ihm an, dass sie irgendwann in einem berühmten Orchester spielen wolle, dass sie bis dahin Unterricht brauche und üben müsse.

Ob er musikalisch sei, fragte sie ihn, und bekam die Antwort, dass er Musik gern höre, aber selbst nie ein Instrument ausprobiert habe. Was er denn für Talente hätte, wollte Mara wissen.

Die Situation gestaltete sich jetzt etwas heikel für Wassili, er konnte ja nicht damit herausrücken, dass er von seinem Onkel finanziert wurde und dieser das Oberhaupt der St. Petersburger Mafia war. Gott sei Dank fragte sie nur nach seinen Talenten, also gab er zur Antwort, er wüsste nicht so recht, er sei nicht besonders klug oder intelligent, das käme vom Talkum, hätte man ihm gesagt, aber er könne versiert mit Technik umgehen und Dinge ausführen.

Schließlich fragte sie Wassili, wovon er im Leben träume. Träume seien für ihn bisher kein Thema gewesen, aber in St. Petersburg habe er auf einem Flugplatz den Segelfliegern zugeschaut, und seither frage er sich, was es für ein Gefühl sein müsse, so zu fliegen wie ein Vogel.

Beide plapperten wie Jungstörche, neckten sich, sahen sich in die Augen und küssten sich wieder. Für sie hatte die Liebe ihres Lebens in dieser Nacht einen Namen bekommen. Zum Schluss nahm Mara noch einmal die Oboe in die Hand und spielte ein Stück aus den sechs Metamorphosen nach Ovid von Benjamin Britten, bis der letzte Ton im Meer versunken war. Im Gegenlicht, unter den hypnotischen Klängen und fließenden Oktaven, folgte Wassili erhitzt der Silhouette seiner Mara mit Oboe und den wiegenden Brüsten.

Sein Glied war selbst zu einer Art Oboe erigiert, und er hatte beschlossen, in nicht zu ferner Zukunft die zweite Stimme zu übernehmen.

Immer wenn Wassili an die ersten Tage an seinem neuen Einsatzort zurückdachte, fühlte er, dass er es noch viele Jahre so aushalten konnte. Sein Auftrag würde, sobald sein Onkel ihn zu den Waffen rief, eine enorme Sprengkraft entfalten. Also beschloss er, die Zeit der Muße so gut es ging auszukosten.

Koks und Knast
Frühjahr 2011

Zwei Wochen später.

Ihr morgendlicher Auftritt hatte eine deutlich schwungvolle Note. Odette Lambo drückte kraftvoll die Tür ihres Office auf, schritt am Empfangstresen vorbei und begrüßte laut ihre Mitarbeiter: »Guten Morgen, frisch ans Werk!«

Ihre Assistentin Jule Gatterhill sah sie verblüfft an. Eine bestens gelaunte Chefin war für sie ein sehr seltener Anblick. Tja, sollten sich heute die Uhren andersherum drehen?

Ihre Jubelstimmung verdankte Odette dem Telefonat mit der lieben Philippa. Im Fond ihres Dienstwagens hatte Odette das Gespräch angenommen. Die verheißungsvolle Nachricht – der Durchbruch, wie sie glaubte – sorgte bei ihr für Euphorie. Der strategisch geniale Zug, die liebe Philippa für sich einzuspannen, ging also auf. Wäre die Bürotür nicht aus Glas, wäre sie versucht gewesen, sich selbst auf die Schulter zu klopfen.

Sie hatte die Falle aufgestellt, und jetzt wurde die Beute erlegt, ohne dass sie selbst in Erscheinung treten musste. Brillant! Exzellent! Sie wusste natürlich selbst, dass damit zu rechnen war, dass sich diese Renitenten von VOM sich beschweren oder Klage einreichen würden. Ja, ja, aber ihre kleine Rochade machte sie persönlich unangreifbar! Schön im Hintergrund bleiben war die Devise. Bei allen Aktionen, vom U-Turn der Gesinnung der Opfer bis zur Annahme ihres großzügigen Angebotes, sie selbst würde unsichtbar bleiben. Kein Mensch konnte ihr Beeinflussung vorwerfen. Sollte einer so dumm sein und es versuchen, so würden ihm dazu jegliche Beweise fehlen.

Wenn hier jemand den Kopf hinhält, dachte sie sich, dann Philippa

Rocetto, die liebe, naive Philippa, meine anonyme Speerspitze, meine Conquistadora. Odette Lambo fühlte sich blendend, dem Ziel nahe, denn nachdem die ersten Lämpchen ihrer Lichterkette, Linda und Billy Barlotte, hell leuchteten, mussten doch folgerichtig automatisch alle anderen folgen. Hochstimmung vom Kopf bis zu den Füßen.

Das schreit nach Belohnung, dachte sie sich. Da nahm sie das Apotheker-kästchen und häufte das Kokain auf der Anrichte ihrer kleinen Pantry in zwei länglichen Reihen an. Sie bückte sich und zog die weißen Engelchen durch das Röhrchen in ihre Nase.

Im Nu schnellte ihr Kopf hoch in den Nacken, das Kribbeln in der Nase verblasste und die paradiesische Wirkung setzte allmählich ein. Es war ihr, als fahre sie einen Ferrari F40 mit Vollgas über die Autobahn und als röhrte dabei J. J. Cales Song *Cocaine* im Radio. Lambo verharrte im Nebel des weißen Puders und sang den Refrain: *If you want to hang out, you've got to take her out, cocaine.*

Ihre weißen Cherubinen halfen ihr stets zuverlässig bei ihrer persönlichen Vendetta gegen die Widerständler. Sie genoss das Gefühl, ein Genius zu sein, der unter einer schützenden Hand stand. Die Kugel, die mich töten will, muss erst noch gegossen werden, urteilte sie. Und selbst dann bin ich unverwundbar, schob sie hinterher.

Odette war der felsenfesten Überzeugung, dass ihr keine Fehler unter-laufen würden, weil jeder ihrer Pläne perfekt sei. Halsstarrig glaubte sie daran, dass nur wenig ihr etwas anhaben konnten, und wenn, dann würde sie damit auch noch fertig werden.

Odette Lambo ging, nein, sie schwebte federleicht zu ihrem Glastisch hinüber. Dabei summte sie J. J. Cales Melodie und belächelte dabei die unwissende äußere Welt. Vielleicht sollte sie den Rest des Tages im Spa- und Wellness-Tempel von Château d'Urspelt verbringen als Belohnung? Gute Idee, dachte sie, noch schnell die Mails checken, dann gibt es den Bonus.

Sie setzte sich entspannt in ihren Bürosessel, schaltete ihren Computer an und begann ihre Mails zu öffnen. Ungläubig verfing sich ihr Blick im Betreff einer Nachricht vom Gericht in Grasse.

Assistentin Jule Gatterhill öffnete die Tür und erschien mit einer Tasse Kaffee in der Hand. Beim Anblick ihrer Chefin erstarrte sie. Von

Hochstimmung und guter Laune konnte nicht mehr die Rede sein.

»Später?«, fragte sie und deute mit der freien Hand auf die Tasse.

Als Lambo sie völlig ignorierte, verschwand Gatterhill flugs aus dem Büro.

Es herrschte gereizte Stille im Office von Odette Lambo, die plötzlich zu schreien begann. Unter dem Einfluss von Koks benötigte ihr Bewusstsein ein paar Sekunden, um zu verarbeiten, was ihr diese E-Mail mitzuteilen hatte. Weitere Sekunden vergingen, bis sich für Odette Lambo ein Bild zusammengesetzt hatte. Dann ertönte aus ihrem Mund ein lauter, sägender, langer Schrei, der die Glasplatte leicht vibrieren ließ.

»Verrat«, brüllte Odette Lambo, »Verrat und nochmals Verrat!« Stück für Stück wurde sie des Abgrunds, der sich da für sie auftat, ansichtig.

Sie las die Mail ein zweites Mal, und plötzlich reagierte ihr ganzer Körper, als sei Fliegeralarm ausgerufen. Psyche, Wahrnehmung und Herz schlugen durcheinander und suchten gleichzeitig Schutz. Eiskalt wurde ihre Haut, Schweiß sammelte sich im Nacken. Ihre Augen starrten aufgerissen auf den Bildschirm.

Dann kam die Wut. Suchend streifte ihr Blick umher, bis er bei den Schreibutensilien hängenblieb. Odette riss die Bleistifte aus der Schale und brach jeden einzelnen Stift in der Mitte durch.

»Diese Betrügerin«, schrie sie, »was für ein Abschaum!« Die Wut wuchs. Mit einem weiteren Schrei nahm sie mehrere Kugelschreiber in die Hand und zertrümmerte sie auf der gläsernen Tischplatte.

»Man hat mich hintergangen«, kreischte sie. Odette griff den Brieföffner aus Metall und brachte ihn mit einem explodierenden Aufschrei wie ein Eisenbieger auf dem Jahrmarkt ungewollt in die Form einer Aidsschleife. In ihrer Raserei warf sie danach das verbogene Ding vom Glastisch in den Raum.

Unbeweglich stierte sie auf ihr Zerstörungswerk. Nun verwandelte sich ihre Wut in Selbstmitleid.

»Das habe ich nicht verdient. Gebe ich nicht mein Bestes und helfe, wo ich kann? Ist das die Art, mir zu danken? Mein Vertrauen wird immer missbraucht.«

Sie wimmerte und jammerte. »Wer konnte denn so etwas ahnen?«, fragte sie hilflos und sah sich den Tränen nahe, die nicht kommen wollten.

»Mein selbstloses Entgegenkommen dieser Rocetto gegenüber ist in

Betrug umgeschlagen. Ihr habe ich vertraut, dieser Kanaille!«

Lambo erfuhr aus der Mail, dass Philippa Rocetto eine gewöhnliche, aber gewiefte Kriminelle war, die Anlagegelder in ihrem Offshore-Ring veruntreut hatte, um sich damit ihren Lebensstandard zu finanzieren. Fast 1000 Tage hatte sie bereits hinter Gittern verbracht! Als sie im Gerichtsurteil, das der Mail beigefügt war, las, dass ihre Geheimwaffe die Barlottes in ihrem Namen betrogen hatte, dass es weder diese Schweizer Bank, die die Kredite refinanzieren sollte, noch eine TuberculeBlue Assets Ltd. gegeben hatte, war sie an ihrem Tiefpunkt angelangt. Philippa Rocetto, so las sie es schwarz auf weiß, musste erneut für 18 Monate ins Gefängnis. Weil Rocetto vorbestraft gewesen war, griff der Staatsanwalt drastisch durch und beschlagnahmte alles, was er von der Angeklagten bekommen konnte, inklusive der Konten in Monaco. Lindas Bruder Felix Rickenbaker würde sein Geld zurückbekommen, wie schön für ihn! Aber Rocettos Mission war gänzlich gescheitert!

Über ihr Hochgefühl, ihre Conquistadora von der Leine lassen zu können, hatte sie ihre Hausaufgaben vergessen.

»Mist, verdammter«, gestand sie sich ein, »ich hätte Erkundigungen über dieses Subjekt einholen sollen!« Doch sie war geblendet worden von ihrer eigenen Selbstverliebtheit und den Schmeicheleien der Rocetto. Philippas Plan hatte perfekt auf sie gewirkt – und nun das!

»Ich habe eine Verbrecherin zu diesen Leuten geschickt«, flennte sie, die kalten Hände auf das bleiche Gesicht gelegt. »Jetzt wird man sagen, ich, die Insolvenzverwalterin, die von der Justiz bestellte Autoritätsperson, hätte mich auf kriminelle Subjekte eingelassen, um die armen Opfer zu betrügen, einzuschüchtern und zu erpressen.«

Das ganze Ausmaß des Gerichtsurteils aus Grasse konnte Lambo jedoch nicht erfassen. Dazu war sie jetzt einfach nicht in der Lage. Als Häuflein Elend kauerte sie hinter ihrer Glasplatte.

In ihrem Kopf orchestrierten viele Szenarien durcheinander. Nichts ergab Sinn, alles fühlte sich bedrohlich an. Sie hatte sich für unverwundbar gehalten, doch nun hatte eine Ladung Kryptonit sie getroffen. Sie war schwer verwundet, vielleicht sogar in Lebensgefahr. Jedenfalls schien ihr Selbstbild sich aufzulösen, und dies kam für sie dem Tod gleich.

Lambo und der Fuchs
Frühjahr 2011

Eine Stunde später.

Die Rocetto-Explosion ließ Odette Lambo schließlich aus ihrem Office flüchten. Gatterhill lugte vorsichtig aus dem Kopierraum hervor und atmete kräftig aus, als sie ihre Chefin wortlos an ihr vorbei die Treppe herunterrennen sah. Odette Lambo sorgte intuitiv für Abstand.

Es regnete draußen. Sie hielt ein Taxi an und ließ sich über zwei Stunden kreuz und quer herumfahren. Es half ihr, sich wieder in den Griff zu bekommen. Dann setzte das Taxi sie vor der Eingangstür zu ihrem Büro ab, und sie bezahlte den verdutzt dreinblickenden Fahrer. Sie verordnete sich Business as usual.

Tags drauf chauffierte sie Wjatscheslaw zum Flughafen. Zielort: Paris. Sie kam nicht umhin, einer Einladung des Untersuchungsrichters Remy Van Rooy Folge zu leisten, der sie zur Sache Bank Moneta zu befragen gedachte.

Im kleinen, schmalen Office des Richters schaute Van Rooy sie wachsam und fuchshaft zugleich durch seine randlose Brille an. Odette blickte abschätzig zwischen den beiden Schreibtischen hin und her und fragte sich, ob das Geld des französischen Staates wohl nur für solch ein Loch reichen würde.

Hinter dem Richter türmten sich Akten und Mappen. Die kleinen Regale an der Wand hatten ihre liebe Not, mit dem fast überschrittenen Fassungsvermögen klarzukommen. Ihr nur kurzer, aber intensiver Blick zum anderen Schreibtisch traf die Protokollantin, die der Richter ihr als Frau Chou vorgestellt hatte.

Im Bruchteil einer Sekunde erkannte Lambo die Verkörperung einer über die Dienstjahre desillusionierten und herrischen Bürovorsteherin. Der lange, braune Gabardinerock und die taillierte Strickjacke ließen an eine ganz und gar zugeknöpfte Person denken. Ihr war Frau Chou auf Anhieb unsympathisch, und sie wusste instinktiv, dass es umgekehrt auch so war.

Brav spielte Lambo bei dem üblichen Geplänkel mit: »Wie war Ihr Flug?«

»Gut.«

»Hatten Sie Probleme, das Office zu finden?«

»Nicht doch!«

Schließlich kam Remy Van Rooy zur Sache. »Hatten Sie jemals Kontakt zu Gunnar Larsson?«

»Gunnar wer?«

»Larsson.«

»Nein, den Mann kenne ich nicht.«

»Hatten Sie nie Zweifel an der Rechtschaffenheit der Bank Moneta? Haben Sie nie in Betracht gezogen, dass die Bank strafrechtliche Delikte begangen haben könnte? Haben Sie das untersucht?« Richter Van Rooy sah sie herausfordernd an.

»Was meinen Sie mit ›strafrechtlich‹? In den Akten findet sich kein einziger Hinweis auf eine Straftat, die die Rechtschaffenheit der Bank in Zweifel zieht«, sagte Lambo.

Die Antwort war spontan, kam einfach aus ihr heraus, auch weil sie annahm, man diskutiere den Fall von Kollege zu Kollege. Doch da sah sie, dass Richter Van Rooy sich ein fast unmerklich kleines Schmunzeln gönnte. Was auch immer das bedeuten sollte, es war nicht gut für sie, wenn der Untersuchungsrichter zufrieden war. Er hatte somit wohl die Antwort, die er haben wollte. Machte sie Fehler?

»Was wissen Sie über das Equity-Release-Produkt? Ist das für Sie ein Investment?« Der Untersuchungsrichter bohrte nach. Sein intensiver Blick untersuchte ihr Gesicht und ihre unruhigen Hände.

»Darüber habe ich mich nicht nur aus meinen Akten informiert, sondern aus den Broschüren der Bank Moneta, in denen das Produkt erklärt wird. Für mich sind zwei Teile klar getrennt: Der Hypothekenkredit kommt zuerst, wird abgeschlossen und dann findet der zweite Teil statt, das kann auch ein Investment sein. Mehr brauche ich nicht zu wissen. Es ist für mich nicht von Relevanz, wie ein Investment funktioniert.« Bravo. Das war perfekt gekontert, denn mit dieser Aussage ließ sie offen, welcher der beiden Teile für sie maßgebend war. Trotzdem hatte sie das Gefühl, ihr Blutdruck hätte sich leicht erhöht. Ihr wurde heiß.

»Sind die Kläger aus Ihrer Sicht Schuldner oder Gläubiger oder beides?«

»Da kann es nur eine Antwort geben: Natürlich sind sie nur Schuldner.« Was wird das hier, fragte sie sich, was sollen diese zugespitzten Nachforschungen?

Unbehagen kroch an ihr hoch. Die Art, wie dieser Richter ihr die Fragen stellte, war für sie ungewohnt und beängstigte sie, weil sie nicht erkennen konnte, wo das hinführen sollte. Man knallte hier nicht die Fakten auf den Tisch, sondern zelebrierte sie. Dinge, die Odette Lambo für unanfechtbar hielt, wurden in Zweifel gezogen.

Sie musste wachsam bleiben. Sie selbst liebte die frontale Attacke, das Beschuldigen des Gegners, bis er keine Luft mehr bekam, aber das gab es hier nicht. In diesem Raum verstand man etwas von feingliedrigen Manövern, von verschleiertem Taktieren. Typisch Französisch, fand sie.

Die erste Frage wirkte banal und verführte dazu, die Antwort mit breitem Grundwissen zu füttern. Die zweite Frage war präziser, forderte Überlegung, spülte weitere Information heraus. Die dritte Frage war sehr konkret, und die erwartete Antwort sollte sehr gut überlegt sein. So ging es immer weiter. Odette Lambo konnte nie recht erkennen, wo das Ziel der Fragen lag, welches dieser Van Rooy anvisierte. Ihr wurde mehr und mehr unbehaglich, ihre Haut bedeckte sich mit einem dünnen Schweißfilm, es fühlte sich an, als ob sie in einer Falle steckte.

Über zwei Stunden stellte Remy Van Rooy Frage um Frage und schaute zwischendurch in die bereitliegenden Akten, während sie antwortete. Wenn er wieder aufblickte, sah er sie herausfordernd an und machte sich handschriftliche Notizen. Sie konnte sich keinen Reim darauf machen, wofür das alles gut sein sollte.

Odette Lambo demonstrierte in den zwei Stunden, so hoffte sie, Selbstbewusstsein und Unerschütterlichkeit. Sie vertraute darauf, es würde ihr gelingen, durch ihre äußere Haltung und Ausstrahlung den listenreichen Richter zu beeindrucken und ihn ein kleines bisschen für sich einzunehmen.

»Schauen Sie, Euer Ehren«, gab sie sich vertraulich, »diese Menschen haben sich Geld geliehen und müssen es wieder zurückzahlen. Wo kämen wir denn hin, hohes Gericht, wenn wir das durchgehen ließen? Was wäre das für ein Signal für unsere Gesellschaft? Wir lassen die Diebe laufen?«

Stück für Stück gewann sie Souveränität zurück: »Selbstverständlich, Herr Vorsitzender, eine Bank ist ein kompliziertes Konstrukt, da geht schon mal der kleine Dienstweg, das kennen wir doch alle, nicht wahr, aber kriminell? Ich weiß nicht, Eurer Ehren, das scheint mir doch zu starker Tobak zu sein!«

Sie versuchte alles, um die Deutung der kritischen Punkte für sich zu verbuchen. Nach drei Stunden gab sie Remy Van Rooy zum Abschied eine leicht feuchte Hand, wollte noch ansetzen, dass man unter Kollegen ja eventuell Informationen austauschen könne, aber als sie in des Richters Gesicht blickte, war klar, dass das nichts werden würde. Sie verabschiedete sich zügig und eilte aus dem Gebäude, ohne zu vergessen, ihren Besucherausweis gegen ihren Pass wieder einzutauschen.

Odette Lambo saß in der ersten Klasse der Boeing 737, die in Paris Orly gestartet war, und ließ sich mit Moët-Champagner bedienen. Ihre Laune entsprach jetzt nicht Champagner-Level. Dieser kleine gerissene Mistkerl von Richter, dachte sie, diese ausgebuffte Type hat versucht, mich in die Falle zu locken! Linst ständig in seine Akten, tut immer so, als würde er mich dort haben, wo er mich haben will, kritzelt irgendwas in seine blöden Kladden, nur um mich nervös zu machen.

Okay, das hat auch geklappt, aber ich bin doch nicht blöd und plappere alles aus, was ich weiß. Soll der doch erst einmal das Ganze einsammeln, was er kriegen kann, und dann sehen wir weiter. Diese Fuchsaugen ... die schmalen Finger ... der billige Anzug ... dann ständig diese Frau Chou hinter mir! Abhaken, dachte sie sich, Odette, hak es endlich ab, man kann sowieso nichts mehr ändern.

Die schlechte Laune hielt an und hing an ihr wie lästiges Baumharz. Nach der Landung durchschritt sie die Halle der Gepäckausgabe zielstrebig Richtung Ausgang, während ihr Fahrer, der diesmal pünktlich bereitstand, auf sie wartete, ihr die Tür öffnete und sie in die Stadt fuhr. Der Fahrer fragte, wo sie hinwolle, und sie gab ihm das Ziel vor.

Je mehr sie über Paris nachdachte, umso elender wurde ihr zumute. Nach zehn Minuten korrigierte sie ihr Fahrziel, und nach einer weiteren halben Stunde lag sie im Wellness-Tempel und verordnete sich selbst eine Revitalisierung mit indianischer Massage, bei der warme Öle mittels Regentropftechnik und Aponi-Kräuter-Wickeln ihre Stimmung aufhellen sollten. Tatsächlich, nach den Ritual-Saunaaufgüssen, die aus Aromen indischer Melisse und finnischer Birkenrinde bestanden, war sie auf dem Weg zurück zu alter Stärke. Paris war abgehakt.

Bad News
Frühsommer 2011

Insolvenzverwalterin Lambo ließ nicht auf sich sitzen, wie der Franzose Remy Van Rooy mit ihr umsprang. Er ist es doch, legte sie sich ihr Argument zurecht, der mir überall Steine in den Weg legt. Glaubt er im Ernst, er kommt damit durch, wenn er die Häuser dieser Widerständler aus dem Equity Release sicherstellt? Das war doch lächerlich!

Van Rooy hatte zum Schlag ausgeholt. Nachdem er Odette Lambo kennengelernt hatte, hielt er es dringend für gegeben, sämtliche Häuser, die die Bank als Sicherheit hielt, zu beschlagnahmen. Eine Vorsichtsmaßnahme, da er jetzt davon ausging, dass man in Mittland keine Sekunde zögern würde, die Häuser zu verwerten.

Sie musste dagegenhalten. An oberster Stelle legte sie Widerspruch ein. Die Antwort erhielt sie prompt. Richter Van Rooy überreichte dem Untersuchungsgremium in Paris eine plausible Begründung, warum er den Immobilienbesitz der Opfer geschützt hatte. So wie er es sah, verweigerte die mittländische Justiz jede strafrechtliche Untersuchung in der Sache Bank Moneta. Zumindest war dies bisher der Fall. Anzeichen für ein Umdenken sah er nicht. Er zog ebenso in Betracht, dass die vielen zivilrechtlichen Klagen in Mittland auf sensationelle Weise alle zugunsten der Bank entschieden wurden und dass daraus vollstreckbare Forderungen an die Hausbesitzer entstanden waren, die Frau Lambo gerne exekutiert sah.

»Wir«, erklärte Richter Van Rooy seiner oberen Dienstbehörde, »sind hier in Frankreich und nicht in Mittland, es gilt französische Rechtsprechung.«

Er passte auf, dass ihm nicht ein »Gott sei Dank« herausrutschte. »Die Immobilien, um die es hier geht, stehen auf französischem Boden. Eine Vollstreckung kann nur nach unserem Recht geschehen. Aber«, hier hob er Stimme und Hand, um der vollen Aufmerksamkeit des Herrn Vorsitzenden und der jungen Beisitzerin des Gremiums sicher zu sein, »wie Sie wissen, haben mehr als hundert Opfer der Bank Moneta in Paris eine Strafanzeige gegen die Bank eingereicht. Ich habe die Ehre, diesen Fall zu untersuchen. Unabhängig davon, ob es später zum Strafprozess kommt, kann der Bitte aus Mittland um Amtshilfe zur Zwangsvollstreckung nicht stattgegeben werden. Würde das Haus eines der Kläger heute auf französischem Boden zwangsvollstreckt, bevor wir zu einem Urteil in der Strafsache gekommen sind, käme das einer Enteignung gleich. Zudem ginge der Erlös nicht auf die französische Seite, er unterläge nicht unserem Zugriff, sondern der Bank in Mittland. Es würden, bevor ein französisches Gericht überhaupt zusammenkäme, irreversible Tatsachen geschaffen. Nehmen wir an, die Bank hätte, wie aus der Strafanzeige hervorgeht, vorsätzlich die Opfer betrogen. Wenn wir jetzt der Amtshilfe zustimmen, werden die Immobilien unwiederbringlich verkauft. Wird danach Betrug festgestellt, kommt es zur Aufhebung aller Verträge zwischen Bank und Opfer; sie wären null und nichtig. Was ist dann mit den Sicherheiten, den Hypotheken, den Häusern? Sie müssten an die Kläger zurückgegeben werden. Durch eine eventuelle Amtshilfe gäbe es, wie erwähnt, keine Immobilien mehr, die wir rückführen könnten. Es wäre so, als wenn Diebe aus Nachbars Garten einen großen Kürbis stehlen und ihn, während die Polizei ermittelt, aufessen würden. Wenn die Diebe nach dem Diebstahl überführt würden, gäbe es keinen Kürbis mehr, den man an den Nachbarn zurückerstatten könnte. Deshalb der Schutz der Immobilen vor Veräußerung.«

Diese Rede fand die Zustimmung des Herrn Vorsitzenden und der Beisitzerin. Der Präsident schmunzelte wegen des Kürbisses und der anschaulichen Darstellung. Doch war ihm nicht entgangen, dass Van Rooy anklingen ließ, dass, sollte Frankreich die Amtshilfe gewähren, sich hier eine Tür für berechtigte Schadensersatzklagen öffnen würde.

Das Gremium kam zu dem Urteil, dass die Immobilien auf französischem Boden gegen Zugriff aus Mittland gesichert gestellt werden müssen. Der Schutz, um den es ging, war eine beschlossene Kaution in Höhe von fünfzig Millionen Euro. Diese Summe hatte der Staat Mittland zu zahlen, sollte er mit den Zwangsversteigerungen fortfahren. Es war die höchste je geforderte Kaution in Frankreich.

Odette Lambo brauste unbeherrscht auf, als sie die Entscheidung des Gerichtshofs inklusive einer Millionenkaution in den Händen hielt. Sie schäumte vor Wut. Fünfzig Millionen Euro waren eine ausgemachte Frechheit! Knurrig reichte sie das Schreiben samt Forderung an ihre Behörde weiter und bekam umgehend die Antwort, man würde die Kaution auf keinen Fall zahlen. Im zuständigen Ministerium war man aufgebracht und empfand die Sache als schweren diplomatischen Affront.

Odette Lambo fühlte sich von Neuem persönlich angegriffen. Wie es ihre Art war, schlug sie zurück. Sie reichte Berufung gegen das unerträgliche Urteil aus Paris ein. Der höchste französische Gerichtshof, den sie anrief, hatte jetzt die Aufgabe, sich mit ihrer Eingabe zu befassen.

Doch die Richter des ehrwürdigen Hofes hielten Lambos Protest für eine Farce. Zwei Wochen später hielt Odette Lambo die Endstation ihres Bemühens in der Hand: Berufung abgelehnt, neue Rechtsmittel ausgeschlossen.

Sie las den Bescheid bis zum Ende. Plötzlich schrie sie laut auf, kreischte und mit Zornesröte im Gesicht schmetterte sie ihr neuestes Prunkstück, die teure Nilo-Vase von Memphis, die auf ihrem Schreibtisch einen Ehrenplatz eingenommen hatte, gegen die Bürotür. Mit einem lauten Krachen ging die Vase zu Bruch und splitterte in fünfzig Millionen Stücke. Diese französischen Bastarde hatten ihr persönlich eine Strafe in Höhe von 1 850 000 Euro aufgebrummt, weil sie die Zeit des Obersten Gerichtshofes in Anspruch genommen hatte. Sie hatte eine persönliche Bruchlandung hingelegt.

Stuart, Linda und Billy und ein weiterer Aktivposten der Gruppe, Rob McCallum, verfolgten die jüngste Entwicklung mit herzerfrischender, hoffnungsvoller Genugtuung, als sie vom Ende dieses Streites zwischen Odette Lambo und der französischen Justiz in Paris erfuhren.

Das angeschlagene innere Gleichgewicht richtete sich zaghaft wieder auf. Das verhasste Gefühl, der Willkür der Obrigkeit ausgeliefert zu sein, verflachte und geriet allmählich in den Hintergrund, wenn auch ohne gänzlich zu verschwinden. Es war deutlich zu spüren, dass belebende Energie in ihre Tanks zurückgeflutet wurde und dieser kleine Etappensieg neue Kräfte freisetzte.

Jemand war auf ihrer Seite. Das fühlte sich unbeschreiblich an. Sie wurden wahrgenommen. Die früher oft erdrückende Aussichtslosigkeit wich der Erkenntnis, dass sie fähig waren, zu siegen. Ein Haufen alter, runzliger Ruheständler, sechzig, siebzig und achtzig Jahre alt, zog standhaft in den Kampf – ein Geschwader der Gebrechlichen, ein Trupp des alten Fleisches, der maroden Knochen.

Die meisten waren Kinder des Zweiten Weltkriegs mit Erinnerungen an zerbombte Städte, an Mangel und Hunger, aber auch an menschlichen Zusammenhalt. Die Generation, die Europa wiederaufgebaut hatte. Der bescheidene, kleine Wohlstand, hart erarbeitet und versteuert, war nun in Gefahr geraten, weil ihr eigener Wertekompass, der Begriffe wie Anstand, Aufrichtigkeit und Rechtschaffenheit einschloss, nicht in die moderne Finanzwelt passte. In ihren besten Jahren hätten sie anders gekämpft, weil die Verhältnisse damals längst nicht so komplex gewesen waren wie heute. Die Maschinerie des Rechtsstaates präsentierte sich früher anspruchsloser und zurückhaltender. Heute schützte man nicht sie, sondern die Banken. Diese Lektion war qualvoll für sie.

Dennoch verfügten sie über unschätzbare Vorteile: unschlagbare Entschlossenheit und die damit verbundene Standhaftigkeit. Was hatten sie zu verlieren? Ihr Alter war zugleich ihr Schutz gegen jeden materiellen Druck, was skurril anmutete. Die schwerste Last, die sie trugen, war, ihren Nachkommen erklären zu müssen, dass ihr Erbe im Schlund der betrügerischen Bank hing. Die war zwar tot, wurde aber noch künstlich am Leben gehalten, weil eine mitleidslose Insolvenzverwalterin ihre Hände nach ihren Häusern, der Erbmasse, ausstreckte. Es war genau dieser schwer auszuhaltende Druck aus der Vorstellung, das Erbe nicht weitergeben zu können, der sie unmissverständlich wissen ließ, dass es zum Kampf um Gerechtigkeit keine Alternative gibt. Gerechtigkeit, ja, das war ein Ziel, für das es sich zu kämpfen lohnte. Alle Mitglieder der Gruppe waren sich darin einig.

Für die Gruppe!
August 2011

Billy Barlotte musste das Bett hüten. Ein Nervenzusammenbruch, den die Ärzte seines Alters wegen als beunruhigend einstuften, ging dem voraus. Linda saß im Zimmer nebenan, um da zu sein, wenn er sie brauchte.

Ihr Mann schlief jetzt dank der sich entfaltenden Wirkung der Medikamente. Sie schalt sich eine Idiotin und Närrin, war schon Tage wütend auf sich selbst und fasste es nicht, dass sie beide so naiv gewesen und dieser Bitch von Rocetto auf den Leim gegangen waren.

Es hätten bei ihr doch alle Alarmglocken läuten müssen, als Philippa Rocetto im vollen Armani-Ornat auftrat. Allein ihr Outfit schrie förmlich nach Betrug.

Jetzt war natürlich klar, dass diese dreisten, kriminellen Manöver selbst von einem Blinden erkannt worden wären. An ihrer Situation hatte sich jedoch grundsätzlich nichts verschlechtert, denn ihr Anwalt brachte es gottlob noch zustande, dass die sämtlichen Unterschriften unter den dubiosen Verträgen annulliert werden konnten. Die Begründung stand fest: Es handelte sich um offenen Betrug und bei Philippa Rocetto um eine Serienbetrügerin. Jedenfalls ritt Odette Lambo keine weiteren Attacken, und so glaubte Linda, die Verantwortlichen in Mittland hätten das Risiko erkannt und würden sie in nun Ruhe lassen.

Beide waren zwar alt, aber nicht wehrlos. Linda fragte sich hin und wieder, woher sie die Energie dafür nahmen. Menschen zerbrechen an weniger als dem Kampf gegen diese himmelschreienden Ungerechtigkeiten.

Nicht nur ein unbeirrbarer Wille, sondern auch das sich in der Magengrube versammelnde, peinigende Gefühl, der Tyrannei ausgeliefert zu sein, treibt Widerstand an. Zuerst galt es, die Wut zu überwinden, um überhaupt wieder nach vorne schauen zu können. Von der Wut war es nicht weit zum Hass, den sie nicht annahmen, weil er sie nur blind und kopflos zurücklassen würde. Ihre Möglichkeiten sahen sie im aktiven Widerstand, ohne Trotz und Rechthaberei. Diese Chance wollten sie nutzen, und sie stieg und stieg, als Linda und Billy sich mit den anderen Opfern aus Frankreich und Spanien in einer Gruppe zusammenschlossen.

In den ersten Treffen tauschte man sich aus: Welche aktuellen Informationen lagen vor, wie sah es mit handfesten Beweisen aus, was waren ihre Rechte? Bei vielen der Opfer zeigte sich dasselbe Schema: ruppige Behandlung und Einschüchterungsversuche durch die Insolvenzverwalterin Lambo, fehlerhafte und nicht belegbare Rückzahlungsforderungen und Richter, die, anstatt die Beweislage zu untersuchen, Urteile gegen die Opfer mit akademischen Spitzfindigkeiten begründeten. Aus Skype-Konferenzen schöpften sie Mut, sie schlossen sich zusammen in Auflehnung und Konfrontation und versicherten sich, dass man *denen* nicht das Schwarze unter dem Fingernagel lassen würde.

Doch in vielen Gesichtern sammelten sich früher als gedacht Anzeichen von Resignation und der Furcht, dass alles vergebens sein könnte. Das lag sicher an der Ungleichheit der Gegner: Eine kleine Gruppe Rentner gegen einen ganzen Justizapparat. Hatten sie überhaupt eine Chance? Was war mit Fairness und Gerechtigkeit? Würden sie recht bekommen bei einer Justiz, die ihre Urteile fällt, bevor sie die Beweise gründlich und unabhängig bewertet hat? Die Motivation entglitt ihnen. Die überwiegende Zahl der Opfer zog es vor, den Kopf hängen zu lassen. Es hätte keinen Sinn, man würde nie gewinnen, es wäre aussichtslos. Vergesst es! Schluss!

Das war der Linda-Barlotte-Moment. Sie hatte hautnah erlebt, was es hieß, mit den Folgen von Einschüchterung und Betrug zu kämpfen, und sie hat sie überwinden müssen.

Sie setzte vor versammelter Mannschaft zu einer Kampfrede an: »Na los, gebt nur auf! Gebt doch ruhig eure Häuser und eure Rechte in die Hände dieser Lambo! Werdet zu Bürgern ohne Rechte! Dann braucht ihr auch nicht mehr darüber nachzudenken, was ihr euren Kindern und euren Enkeln sagen sollt, wenn die euch fragen, was Ihr unternommen habt, um das Erbe der Familie zu schützen. Los, was sitzt ihr hier herum, geht nach Hause und sagt allen, dass ihr zu feige seid, zu kämpfen, zu deprimiert, um eure verbrieften Rechte einzufordern! Na los, geht! Verschwindet! Besser noch, sterbt einfach, dann drückt ihr euch auch noch um die Antworten und damit auch um die Verantwortung. Warum geht ihr nicht? Wofür kleben eure Hintern immer noch auf diesen Stühlen und wieso glotzt ihr mich an?«

Linda stand vor den resigniert blickenden Gestalten. Sie dachte keine Sekunde daran, nachzulassen. Sie wollte den Mutlosen die Leviten lesen.

»Ich will euch sagen, warum ihr noch hier seid: Weil Ihr noch Hoffnung habt. Zuversicht, dass eure Situation sich doch noch verbessert. Weil ihr es nicht loswerdet, das latente Gefühl unter der Haut, das euch sagt: Eine Gruppe kann mehr erreichen als nur der Einzelne. Weil ihr es wisst und weil ihr euch etwas davon versprecht, dass diese Gruppe für euch kämpfen wird, eure Rechte wahrnimmt und sie vertritt und euch die Chance zu einem Sieg bietet. Deshalb bewegen sich eure Hintern hier nicht weg!«

Sie blicke jetzt in erschrockene und ertappt dreinblickende Gesichter.

»Ihr wollt eine Botschaft, dass es sich zu kämpfen lohnt? Okay, die sollt ihr haben. Ich werde kämpfen – und zwar so lange, bis wir alle unsere Rechte vollständig eingefordert haben und Betrug und Kriminalität der Bank Moneta für jedes Gericht der Welt offen auf dem Tisch liegen! Ich werde diesen Ungerechtigkeiten der letzten Jahre massiv etwas entgegensetzen, juristisch, politisch und öffentlich. Einer Justiz, die Urteile nur zugunsten des Staates fällt und die jede strafrechtliche Untersuchung auf betrügerisches Handeln und vorsätzlichen – jawohl, vorsätzlich nenne ich es – Investmentbetrug unter Missachtung der Gesetze verhindert, muss man entschieden entgegentreten. Wir haben Anwälte, wir haben das Internet und wir haben uns selbst. Erzählt mir nicht, dass eine Gruppe von zweihundert alten Säcken, die nicht verblödet und die intelligent und erfahren genug sind, nicht in der Lage sein soll, einen solchen Streit mit richtig viel Ärger anzuzetteln! Hier und jetzt will ich von euch wissen, wo ihr steht. Diejenigen, die vorhaben, mit mir zu kämpfen, sollen Ihren alten Hintern bewegen und jetzt aufstehen!«

Linda war voller Adrenalin. Während ihrer Rede sprühten kleine Speichelpartikel aus ihrem Mund. Der Eifer hatte sie gepackt, und mittendrin spürte sie zunehmend, dass das Auditorium sich voll auf sie richtete und konzentriert war.

Stuart Malmedy stand sofort auf. Sein runder Kopf stieg aus der Masse empor wie eine Laterne an St. Martin. Er war dafür bekannt, wenig oder zumindest nichts Überflüssiges zu reden.

»Ich stimme Linda zu. In unserem Fall ist Feigheit der Verlust unseres ganzen Vermögens. Das gilt für jeden der Anwesenden. Die Bank hat uns unter betrügerischen Garantien in dieses Equity-Release-Investment gelockt, und die Justiz hält sich nicht an die Regeln. Der einzige Weg, unsere Rechte einzufordern und die Vermögen zu schützen, besteht darin, der Öffentlichkeit, den internationalen Gerichten und anderen Autoritäten unseren Fall so deutlich aufzuzeigen, dass alle, Richter und Minister sowie der kleine Mann auf der Straße, klar verstehen, dass sie morgen die Nächsten sein könnten. Betrug ist und bleibt Betrug! Wenn Gesetze so ausgelegt werden, dass der Kriminelle nicht mehr kriminell ist, dann erlebt man eine politische Justiz, die nicht zu einer Demokratie gehören kann. Unsere Sache verteidigt somit die Demokratie in Europa. Ich gebe ebenfalls nicht auf! Ich bin bereit! Ich kämpfe mit und für die Gruppe!«

Stuart wollte sich just hinsetzen, als sich alle im Raum von ihren Stühlen erhoben. Keiner sagte ein Wort. Linda überschaute wortlos die Runde. Einer begann zu klatschen. Weitere fielen ein, bis der Raum voller klatschender Hände war.

»Ja, lasst uns das machen«, rief jemand.

»Wir geben nicht auf«, rief eine Frau mit violetten Haaren.

»Die sollen uns noch kennenlernen.«

Die Gruppe mutierte zur Einheit. Die Gesichter zeigten sich völlig verändert. Quälende Mutlosigkeit war der Entschlossenheit gewichen. Linda stand etwas außerhalb des Zentrums und sah, wie sich Menschen, die sich vorher gar nicht kannten, gegenseitig anfeuerten und motivierten. In ihren Augen schimmerten Zuversicht und Glaube an die eigene Stärke. Für sie hatte in diesem Moment unumkehrbar etwas begonnen: Ihr Feldzug gegen die Ungerechtigkeit.

Einige Tage später gab die Gruppe eine Pressemitteilung in mehreren Sprachen heraus, die auf die Missstände in Mittland aufmerksam machen sollte.

Ein großer Fernsehsender nahm Kontakt zu ihnen auf, und vier Tage lang interviewte man die Gruppe in ihren Häusern. Am dritten Drehtag platzte eine Bombe. Aus Paris kam eine richterliche Anordnung, die besagte, dass der Untersuchungsrichter Remy Van Rooy alle in Frankreich befindlichen Häuser der Opfer beschlagnahmt hatte, um sie vor dem Zugriff Odette Lambos zu schützten, die alle Mittel einsetzte, die Immobilien in ihre Hände zu bekommen. Damit stand fest, dass es in diesem Leben zu einer Freundschaft zwischen dem französischen Richter und Odette Lambo nicht kommen würde.

»Wow«, pfiff der TV-Redakteur durch seine Zahnlücke, »jetzt kommt Druck in den Kessel. Da fällt es selbst mir schwer, neutral zu bleiben. Als Journalist bin ich neutral. Aber als Bürger Mittlands habe ich eine Meinung. Wenn schon die französische Justiz gegen Mittland ins Feld zieht, dann würde ich darauf wetten, dass da etwas faul sein muss.«

Linda, Billy und Stuart hatten kein Problem damit, den Journalisten mit ihrer Meinung zu konfrontieren. Sollten ruhig alle hören, dass sie in den Machenschaften von Justiz und Regierung in Mittland mafiöse Strukturen sahen.

Der TV-Report wurde ausgestrahlt und war, das musste man ihm lassen, neutral. Alle kamen zu Wort: der Staatsanwalt in Island, Experten der Finanzindustrie, andere Fachjournalisten, die Aufsichtsbehörde, die Opfer und auch Odette Lambo.

Die Reportage endete mit dem Fazit, dass es laut Aktenlage zu Verurteilungen kommen müsse.

»Fraglich ist«, meinte der TV-Redakteur am Ende des Beitrags, »ob die Insolvenzverwalterin Odette Lambo den Beschluss von Richter Van Rooy hinnimmt. Dass sie sich durchsetzt, liegt im Interesse des Staates Mittland, der darauf angewiesen ist, weiterhin ein attraktiver Finanzplatz zu sein.«

Teufelstanz
Spätherbst 2011

Tatsächlich gab Odette Lambo nicht auf, doch sie musste sich erst einmal sammeln. Alles war so schön eingefädelt, die entsprechenden Personen wurden nicht nur eingenordet, sondern ihnen wurde gezeigt, wo es langging. Nur der Franzose hatte ihr einen Strich durch die Rechnung gemacht. Sie dachte voller Abscheu an sein hinterlistiges, süffisantes Fuchsgesichtslächeln. Sie fiel in ein Loch, nicht lange und nicht tief, aber immerhin doch so tief, dass sie eine Zeitlang von der Bildfläche verschwand.

Davonlaufen oder gar desertieren war keine Option. So tauchte sie wieder auf, mit im Gepäck eine in ihrem Gemüt festgehackte Portion Reizbarkeit. Ihre Haut schien um Lagen dünner geworden zu sein. Wjatscheslaw, ihr Fahrer, warf einen kurzen Blick in den Rückspiegel und verlangsamte automatisch die Fahrt. Er wusste, was kam.

Das dunkle Loch schickte die Krämpfe, ihr Rücken versteifte sich. Symptome, die sie nur zu gut kannte. Da waren sie wieder, die Ameisen auf ihrer Kopfhaut. Das konnte nur heißen, dass ihre Geister einen neuen Angriff starteten, die Teufel setzen zur Attacke gegen sie an. Jetzt, wo sie auf dem Weg ins Gericht war, schien sie hilflos dem Überfall dieser Satansbraten ausgeliefert.

Wjatscheslaw sollte den Wagen anhalten. Sie stieg aus und flüchtete alleine in den kleinen Park in der Hoffnung, die Teufel würden sich in natürlicher Umgebung mit Bäumen, grünem Rasen und Teich unwohl fühlen und verschwinden. Schicksalsergeben hockte sie auf der Parkbank. Ihre Schulterblätter zog sie zusammen, beide Handflächen umklammerten die vorderste Kante der Sitzfläche. Odette beugte den Oberkörper gekrümmt nach vorn, als wolle sie sich klein machen und Schutz suchen.

Dort kauerte sie wie festgeklebt, fühlte stärker werdende Rücken-schmerzen, bedrohlicher als sonst, und ahnte, dass ihre Geister es auf etwas anderes abgesehen hatten. Ihr Blick wurde zusehends verschwommen, die Wahrnehmung milchig. Was passiert mit mir, fragte sie sich. Plötzlich setzte die Angst zum Sprung an.

»Ich will das nicht, verschwindet!«, lamentierte sie und wippte auf der Kante der Parkbank, »lasst mich in Ruhe!«

»Aber, aber«, gaben die Teufel zurück, »Du fürchtest dich doch vor nichts.«

»Doch, vor Dummheit«, erwiderte sie trotzig.

»Dann müsstest du ja den ganzen Tag zittern, ha, ha«, lachten die Teufel. Sie spielten mit ihr. »Wir wollen doch nur dein Bestes. Nur dein Allerbestes. Bist du bereit?«

»Wofür?« Odette bekam noch mehr Angst.

»Die Macht zu übernehmen, du Dummerchen. Wo ist die Macht jetzt? In den Händen der Falschen. Warum sollten Einfaltspinsel und Egomanen sie innehaben? Wäre es nicht wunderbar, wenn alle Macht in deinen Händen läge?«

Das Gerede der Teufel wirkte verführerisch, und es klang wie eine Herausforderung. Sie hörte die Worte, aber verstand nicht den dahinter verborgenen Gedanken. So ausgefranst dieser Gedanke auch war, er erzeugte einen initialen Funken.

»Was sollen diese Fragen? Was habt ihr vor? Warum ich?« Odette Lambo sprach jetzt laut und wippte dabei ununterbrochen vor und zurück. Ihre Augen hielt sie geschlossen und hoffte, die Qual würde ein Ende nehmen.

»Wir halten nach einer Person Ausschau, die dieser Macht entgegen-strebt, aber zum Schluss nicht zum Alleinherrscher mutiert. Wir wollen doch auch mitregieren und unser ganzes Können dazutun.« Jetzt grinsten die Teufel und feixten.

Hinter Odettes geschlossenen Lidern zuckten ihre Augen ruckartig hin und her. Die Macht ausüben, die Herrschaft in einer Hand konzentrieren – was sollte das alles? Das waren doch nicht ihre Gedanken … oder doch?

Überfordert und mit verhangenem Blick kauerte sie auf der Parkbank. Sie fühlte sich elend. Ihr Kopf ging langsam hoch, und ihr Sehvermögen schärfte sich wieder. Sie schaute an der großen, vor ihr stehenden Eiche hoch und sah Blätter von den Ästen fallen. Etwas war sonderbar an dem, wie das Laub zu Boden rieselte. Es schwebte in exakt parallelen, geraden Linien herab, so gleichförmig wie die Reihen der chinesischen Schrift. Noch seltsamer war, dass alle Blätter den gleichen Abstand zueinander hatten und sich mit nur ein und derselben Geschwindigkeit abwärtsbewegten, wie Tropfen aus einem Wasserhahn: tropf – tropf – tropf – tropf. Für eine kurze Weile faszinierte sie diese anmutige Symmetrie, der Tanz des Laubes.

Noch während Blätter beschaulich zu Boden fielen, spürte sie Wärme und Tatkraft zurückkehren, als wären es alte Freunde. Ihre Trance schien vorbei, und die Teufel hatten sie verlassen und anscheinend das Weite gesucht. Ihr Rücken entspannte sich, alles um sie herum schien wieder real: Parkbank, Bäume, Teich, Wege.

Aus dem Augenwinkel nahm sie einen Spaziergänger am Teich wahr. Das Nächste, was sie vernahm, war ein Plätschern und sie sah Reflexionen auf dem Wasser. Kleine, sich ausdehnende Wellen. Natürlich, dachte sie, er hat einen Stein ins Wasser geworfen. Ihr war als vernähme sie eine Stimme: »Niemand badet zweimal im selben Fluss.« War es noch Trance oder die Wirklichkeit?

Um sie herum war niemand. Sie war allein. Die Fluss-Metapher hallte in ihrem Kopf nach. Was sollte das Rätsel bedeuten? Dass man nicht zweimal denselben Fehler machen sollte? Genau, Odette, ganz genau! Durch diesen Geistesblitz puschte sie sich zurück ins Licht. Da war sie wieder, die kampferprobte und angriffslustige Odette Lambo, die heilige Inquisition der Insolvenzen. Mit einem Mal fühlte sie sich wieder völlig klar, gestärkt und wach. Es war, als ob ihr flüssiges Metall durch die Adern fließen würde. Ein Gefühl, als pumpe sich ihr Kampfgeist mit glühender Energie voll. Hatte sie nicht ihre Teufel besiegt und das ohne den Einsatz ihrer weißen Kokainengel? Waren nicht alle diese rätselhaften Botschaften für sie persönlich bestimmt? War sie gar eine Auserwählte? Der Gedanke traf ihr Zentrum. Dass sie ihre Macht bündeln sollte, um konzentrierte Herrschaft auszuüben, fühlte sich nicht unangenehm an. Überhaupt nicht unangenehm. Und das mit dem Fluss, dachte sie, na ja, wer ist so verrückt und badet heute noch in einem Fluss?

Vier Stunden später war ihr Office wieder Schauplatz von Begegnungen. Diesmal waren die Begegnungen gewollt und inszeniert. Sie hatte

Journalisten einbestellt und versuchte, diesen überzeugend ihre Erfolge in der Sache Bank Moneta aufzudrängen.

Bei den mittländischen Medien verglich so mancher hinter vorgehaltener Hand den Beruf des Journalisten mit einer gefährdeten Tierart. Wenn man zu viel nervte oder gar bissig würde, war man vom Aussterben bedroht. Odette Lambo war sich nie sicher, dass ihre Versionen letztlich auch die der Journalisten waren. Es musste also nachgeholfen werden. Sie tischte den Reportern ihre Lesart des Angebots auf. Es verstand sich von selbst, dass sie gegenüber den Reportern diesen spitzfindigen Richter aus Paris, der sie ausgetrickst hatte, verschwieg. Wie einen seltenen Diamanten präsentierte sie ihre baufällige Großzügigkeit des Angebotes an die VOM-Gruppe. Das Mindeste, was sie von den Schreiberlingen erwartete, war Fügsamkeit.

Nach einer knappen Stunde bugsierte sie die Journalisten aus der Tür. Kaffee und Kekse wurden selbstverständlich nicht offeriert. Ihr Büro war schließlich keine Kantine.

Diese ahnungslosen Tölpel, freute sie sich, wie bereitwillig sie sich doch in meinen Plan einspannen lassen! Sie glauben, den Blick hinter die Kulissen getan zu haben, und was halten sie in ihren Händen? Nichts! Außerdem wissen sie genau, was sie riskieren, wenn sie Blödsinn schreiben. Unangenehme Fragen kosten den Job.

Odette Lambo verweilte vor ihrem großen Bürofenster und schaute zufrieden in die Dämmerung. Wie ein Tinnitus wimmerte immerzu der teuflische Machtgedanke als kleines Echo in ihrem Hirn. Sie gab sich ihm hin.

Pressefreiheit? Wahrheit? Wer will denn schon die Wahrheit hören? Fakt ist, dass wenn wir nicht hart durchgreifen, es aus ist mit unserem Lebensstandard. Dann stehen eine Menge Leute ohne Job auf der Straße, weil sich die Finanzindustrie dann davonschleicht. Ist der Staat angeschlagen und weich, flieht das Geld! *Das* ist die Wahrheit, aber keiner will sie hören. Wir sind es doch, die den Dreck wegräumen und die dafür sorgen, dass alles funktioniert. Und wie sieht der Dank aus?

Ihre Wangen röteten sich, voller Eifer schwadronierte sie sich heiß und fand sich ungemein überzeugend. So mochte sie sich, kämpferisch, entschlossen und unwiderlegbar. Ihre Lippen bewegten sich, ohne Worte zu formen. Ausstrahlung und Wirkung auf andere bekam man nicht, wenn man Zweifel mit sich herumträgt, wenn man seinem Gegner fair begegnet oder linear nach Gesetzeslage vorgeht. Hin und wieder ist man gezwungen, die Landstraße oder den Feldweg zu nehmen, um ans Ziel zu kommen. Kollateralschäden kommen überall vor und müssen billigend in Kauf genommen werden.

Man hatte ihr zugetragen, dass fast dreißig Mitglieder der Gruppe mittlerweile verstorben waren. Diese Gruppierung dezimierte sich also auf natürlichem Weg, dachte sie. Ein glücklicher Umstand!

Unter der LED-Deckenbeleuchtung projizierte sich ihr Spiegelbild in Originalgröße auf das Glasfenster.

Sie hielt sich für völlig unschuldig am Tod dieser Widerständler. Es wäre ja absurd, ihre Denkart als unmoralisch zu verurteilen. Der einzige Gedanke, der ihr kam, als sie vom Tod der dreißig Opfer der Bank Moneta gehört hatte, war, dass ihr das in die Hand spielte, dass sich ihr Problem verkleinerte. Waren nicht auch Selbstmorde denkbar? Sei's drum! Alte Menschen sterben eben. Sie kaute sich ihre mitleidslosen Argumente so oft vor, bis sie jedem menschlichen Bemühen um Verständnis und jeder zweiflerischen Regung ihres Unterbewusstseins das Rückgrat gebrochen hatte.

Odette Lambo musste daran denken, wie oft man sie als empathielos diffamiert hatte.

»E-m-p-a-t-h-i-e«, langgezogen und leise sprach sie dieses Wort aus, geradezu verächtlich.

Sie fühlte sich plötzlich von ihrem Spiegelbild im Fenster angestarrt. Sie drehte sich leicht. Was war das? Ihr kam es so vor, als ob ihr Spiegelbild den Kopf schüttelte, als ob es sagen wollte, es stimme nicht mit ihr überein.

»Was denn?«, fauchte sie ihr glasiges Abbild an. »Du kapierst das nicht. Ich bin eine Amtsperson! Ich habe einen staatlichen Auftrag zu erfüllen. Aber die Zuständigkeit liegt nicht bei mir! Ich bin nicht verantwortlich für irgendwelchen Sozialkitsch. Erst recht habe ich keinen Anteil am Tod dieser … Menschen! Ich muss Schulden eintreiben, da geht es nicht um Gefühle oder darum, wer welches seelische Problemchen danach davonträgt. Geht das in deinen Schädel, du dumme, mitleidige Kuh?«

Sie entlud sich auf ihren schattenlosen Zwilling, der sie jetzt mit hochgezogenen Brauen erschrocken musterte. »Ja, ich weiß, was sie über mich sagen. Ich sei aus herzlosem Granit. Und? Was ist schlecht daran, eine klare Vorstellung von dem zu haben, was man tut, und es dann auch tatsächlich macht? Das nenne ich Konsequenz, meine Liebe. Wenn andere es vorziehen, bei Wischiwaschi zu bleiben, bitte schön. Sollen sie. Ich jedenfalls gedenke meinen Job zu machen. Ohne diesen ganzen Empathiescheiß.«

Bei ihrem Ebenbild auf der Glasscheibe schlug das Erstaunen in Entsetzen und Zähneklappern um. Odette hatte genug von dem Spektakel, zog die Vorhänge zu und dachte dabei, dass jeder zum Schluss die Rechnung präsentiert bekommt. Nur dachte sie dabei nicht an sich. Sie wandte sich dem Innenraum zu. Abwechselnd sausten ihr die Teufel, die ihr die Macht angeboten hatten, und ihr entsetztes Spiegelbild im Kopf herum. War sie wirklich aus Granit?

Odette versuchte, sich, zu retten. »Damals ... die Haute Couture Boutique«, erinnerte sie sich und schnipste mit dem Finger, »dort habe ich gründlich aufgeräumt. Nur das scheußliche Aquarium ohne Fische wollte keiner haben. Ein Ding, trostlos wie eine Wüste ohne Sand.« Kurzerhand hatte sie es mit nach Hause genommen und mit einer Handvoll Fischen herrichten lassen, wie sie es ausdrückte.

Tage später stand das Aquarium mit einer Unterwasserwelt mit türkis schimmernden Labyrinth-Skalaren, ockergepunkteten Panzerwelsen, einer großen Anzahl von Barben und Salmlern in Blau und Gelb. Über vierzig Aquariumbewohner tummelten sich im Aquarium.

Doch der Star war ein pechschwarzer Malawi, ein Raubfisch, der an ein russisches U-Boot erinnerte. Unschön war, dass der Schwarze die anderen Fische auffraß. Odette musste feststellen, dass der Malawi in nur fünf Tagen seine ganze Nachbarschaft verspeist hatte. An die kleinen Beutefische verschwendete sie keinen Gedanken. Was ihr enorm imponierte, war die zielgenaue Konsequenz, mit der sich der rußig, schwarze Killer durchgesetzt hatte.

Sie gab ihm den Namen Caligula. Der Räuber hatte etwas von einer schwarzen Macht, und sie erkannte, dass sie viel mit ihm gemeinsam hatte: Sie jagten Opfer, setzen unerbittlich ihre Mittel ein und es zählte nur der Sieg. Odette begriff jetzt im Nachhinein, dass Caligula seine Macht effektiv bündelte und sie ohne Kompromisse einsetzte. War es nicht genau das, was die Teufel ihr zugeflüstert hatten? Hier sah sie das Ergebnis, das allem Anschein nach im gleichen Maße für sie galt. Der Sieg gehörte dem schwarzen Raubtier.

Sie erinnerte sich an die warme Verbundenheit mit dem Killerfisch, ein Gefühl, wie menschliche Zuneigung. Caligula habe ich ins Herz geschlossen, dachte sie und lächelte befriedigt. »Eins steht fest«, sagte sie, während sie den Raum verließ, »wir werden die Sieger sein.«

In der trunkenen Stimmung wurde ihr leise bewusst, dass sie mit Caligula über die Beutegier hinaus noch etwas anderes verband: Beide waren sie am Ende einsam und mutterseelenallein. Doch sie verwarf diesen Gedanken wieder.

Steilvorlage und Lagebesprechung
April 2012

Was für eine Steilvorlage für die Presse, dachte sich Jil, als sie Hubert Trieberts Zeilen las. Ihr wurde zugetragen, der Generalstaatsanwalt sei zuvor außer sich vor Wut gewesen. »Die Lambo«, soll er gekläfft haben, »prescht vor wie eine Horde tosender Mongolen. Sie lässt mich hinterherhetzen, ob ich will oder nicht. Das grenzt an Nötigung.« Jil konnte sich die Szene bestens vorstellen und sah Triebert mit hochrotem Kopf und Schaum vorm Mund vor sich.

Odette Lambo trieb in der Tat ihren Generalstaatsanwalt unerbittlich vor sich her, fand Jil. Sie hatte ihn regelrecht ausmanövriert. Triebert hätte die Lambo, das wusste Jil genau, liebend gerne öffentlich gemaßregelt, stattdessen blieb ihm keine Wahl, als seine Subalterne jetzt sogar in Schutz zu nehmen. Sein offizielles Statement zu der jüngst herausgegeben Pressemitteilung der VOM-Gruppe las sich jedenfalls so. Dem Anschein nach spielte auch sein unbändiges Ego eine Rolle.

Sie las das Statement von Triebert erneut und fand, dass es in den Hauptpunkten nicht zu dem passte, was sie bisher herausgefunden hatte. So schrieb Triebert, dass es sehr wohl eine Wertpapierlizenz für die Bank Moneta für Frankreich und Spanien gegeben habe. Jil war verblüfft, denn ihr lagen Schreiben der nationalen Banken aus eben den Ländern vor, die das Gegenteil aussagten. Sie sah genauer hin und erkannte, dass das Zugeständnis vom Generalstaatsanwalt nur ab Sommer 2006 galt. Wer also mit der Bank Moneta in Frankreich vor Sommer 2006 Investments platziert hatte – und das waren nicht wenige –, hatte ein Problem, denn dies war, soeben bestätigt durch Hubert Triebert, illegal.

Jil fiel außerdem auf, dass er sich für jemanden in seiner Position äußerst schwammig ausdrückte, wenn er schrieb, die spanische Lizenz sei *beantragt* gewesen, was so viel heißen musste, dass es in Spanien die besagte Lizenz eben nicht gab.

Wie kann ein Mensch nur so blöd sein, so etwas zu veröffentlichen, fragte sich Jil. Triebert sollte doch wissen, dass es ihm selbst schadet. Oder ist er sich tatsächlich sicher? Warum behauptet er weiter, dass es aus Paris keine Geldstrafe von 1 875 000 Euro gegen die Bank Moneta, also gegen Odette Lambo, gegeben hat? Das steht doch schwarz auf weiß im Urteil des Obersten Gerichts.

Handelt es sich um Verblendung oder ist etwas anderes im Spiel? Außerdem spricht er von »einer kleinen Zahl von Kreditnehmern der Bank, die sich mit allen Mitteln aus ihrer Verpflichtung zur Rückzahlung stehlen wollen«. Kleine Zahl? Was ist »eine kleine Zahl« für Triebert? Als Jil alle Kläger aus Zivilklagen und Strafanzeigen zusammenzählte, kam sie auf 155 Personen, das war eine stattliche Zahl. Das eine kleine Zahl zu nennen, ist sehr verwegen.

Ich kann mir nicht helfen, dachte Jil, das ganze Schreiben zielt darauf ab, über die Insolvenzverwalterin die schützende Hand zu halten. Dabei musste Triebert doch wissen, auf welch dünnem Eis er stand.

Zurück an ihrem Schreibtisch, begann sie einen neuen Artikel zu schreiben, der diese Fragen an die Leser weitergab. Der Mann vom Sport schlurfte mit einer Kaffeetasse in der Hand vorbei, zeigte fragend auf die Tasse und Jil nickte, denn ein schwarzer, kräftiger Kaffee war jetzt genau die Droge, nach der ihr Körper verlangte. Die nächsten anderthalb Stunden reservierte Jil für die Überprüfung von Details, für die Suche nach möglichen Motiven und Zusammenhängen. Doch richtig schlau aus alldem wurde sie nicht. Was steckt dahinter, was ist der Plan, fragte sich Jil, oder gibt es den etwas nicht? Der Nebel wollte sich nicht lichten. Sie wollte es begreifen, wollte zum Kern durchdringen, um den wahren Grund zu entdecken.

Sie versuchte es mit einer Skizze. Wer hängt mit wem zusammen, wer hat welchen Vorteil von welcher Verbindung? Der Mann vom Sport kam zurück und brachte pflichtbewusst den versprochenen Kaffee. Mit einem kümmerlichen Rest von Hoffnung machte er einen seiner *Versuche*, stellte die Tasse neben Jils Laptop ab und setzte dabei seinen schmachtenden Hast-du-heute-Abend-schon-was-vor-Blick auf. Er sah die Skizze und kommentierte unüberlegt: »Moderne Kunst? Würde ich kaufen!«

Jil hob den Kopf, und ihr Blick schickte ihn ins Abseits mit der Verwarnung, dass beim nächsten Mal die rote Karte fällig wäre. Matteo trat den Rückzug an.

Sie las ihren Artikel noch einmal durch und fand ihn schließlich doch gelungen.

Sitzen wir alle im selben Boot?
Von Jil Berg

Was ist los mit unserem Land?

Wir glauben doch, dass uns die gewählten Politiker bestens vertreten. Engagiert, anständig, ehrlich. Das ist jedenfalls zu wünschen. Der Generalstaatsanwalt Hubert Triebert hat sich gestern offiziell in den Fall Bank Moneta eingeschaltet. Er hielt es für angebracht, sich durch eine Pressemitteilung Luft zu verschaffen. In seinem Brief erläutert Herr Triebert, wie er die Sache sieht. Demnach seien die betrogenen Opfer der Bank, so kann man es formulieren, ein kleines Häuflein renitenter Leute, die unter allen Umständen ihre Investmenteinlagen wieder zurückhaben wollen.

Man sollte sich erinnern, dass es in dieser Sache laufende Verfahren in Frankreich und in Spanien gibt und, wie bei uns auch, dass sich die Gerichte damit beschäftigen. Sich öffentlich festzulegen, die Kläger seien nichts als renitente Individuen, die Geld aus der Sache herausschlagen wollen, wie Herr Triebert meint, könnte man als eine Vorverurteilung bewerten. Die Bürger erwarten von ihrem Staatsanwalt Neutralität und Sachlichkeit. Lassen wir dies hier so stehen. Jeder denkt sich seinen Teil.

Klar und deutlich äußert sich Hubert Triebert zu dem Vorwurf, die Bank Moneta hätte überhaupt keine Banklizenz für Investmentgeschäfte in Frankreich und Spanien. Hubert Triebert schreibt, dies wäre Unfug und selbstverständlich gäbe es solche Lizenzen. Nur sagt er nicht, wo diese physisch hinterlegt sind und wo man sie einsehen kann. Der Redaktion von Jam Express liegen Schreiben der Banque de France vom 3. Februar 2009 und 9. März 2009 sowie der Banco de España vom 7. Oktober 2011 vor, die schwarz auf weiß bestätigen, dass es für die Bank Moneta niemals Wertpapierlizenzen in diesen Ländern gab. Die Banken bestätigten dies nach der Insolvenz. Wäre es denkbar, dass die Staatsanwaltschaft diese

Briefe nicht kennt? Ein weiteres Schreiben vom 12. August 2003 ging an die Bankenaufsicht Mittlands: Der Antrag der Bank Moneta, das Bankgeschäft in Frankreich zu etablieren. Unter Bezug auf Artikel 37 und 34 Absatz 1 des Gesetzes vom 5. April 1993 steht in diesem Schreiben, man wolle »in Frankreich nur Hypothekenkredite oder andere Kredite anbieten, und zwar nur für schon existierende Kunden«. Damit schließt die Bank ein Equity-Release-Investment in Frankreich selbst aus. Warum haben dann über hundert französische Kläger Strafanzeige wegen dieses Equity-Release erstattet? Es sind jene, über die sich Hubert Triebert mokiert, sie seien renitent. Das eine passt so gar nicht in das andere. Auch dies lassen wir einmal hier so stehen, und jeder denkt sich seinen Teil.

Das ganze Statement des Herrn Generalstaatsanwalts lässt die Interpretation zu, er schütze seine Insolvenzverwalterin Odette Lambo, die bekannt dafür ist, gerne hart und kompromisslos durchzugreifen. Man wird den Eindruck nicht los, dass sich einige schwer vergaloppiert haben, und − getrieben durch Ansehen und Amt − nun keinen Weg zurückfinden. Die nächste Stufe, wenn zwei sich verlaufen haben, ist logischerweise, sich gegenseitig zu helfen. So etwas sollten wir Bürger aber nicht so stehen lassen.

Fehler passieren, Fehler werden von Menschen gemacht. Das stellt gar kein Problem dar. Die Menschheit hat sich aus Fehlern entwickelt. Doch eigene Fehler zum Anlass zu nehmen, die Opfer zu verurteilen, bevor Urteile überhaupt gesprochen sind, ist nie und nimmer akzeptabel. Wenn eine Amtsperson während der laufenden Prozesse solche Statements in den Medien lanciert, wäre eine alternative Interpretation, dass unabhängige Gerichte beeinflusst werden sollen. Lassen wir dies auf gar keinen Fall so stehen.

Das war ohne Frage ein Seitenhieb auf Hubert Triebert, für den sie wahrscheinlich Konsequenzen zu erwarten hatte. Aber andererseits empfand Jil die Vorverurteilung als Akt gegen den Grundsatz *in dubio pro reo*, im Zweifel für den Angeklagten. Eine Amtsperson durfte ihrer Meinung nach keine Vorverurteilung öffentlich aussprechen. Erst recht kein Generalstaatsanwalt.

Sie griff zum Handy und drückte die Kurzwahl fünf.

»Wo bist du?«, fragte der Teilnehmer am anderen Ende.

»In der Redaktion, wo sonst? Zu Hause rumzusitzen und mich zu verkriechen ist keine Lösung. Ich dachte, die Arbeit würde mir helfen. Sie lenkt mich ab. Hör zu, du musst mir etwas erklären, trotz deiner bescheuerten Verschwiegenheitsklausel. Ich brauche dich.« Jil wartete.

»Wie wäre es heute Abend bei Tuyen?«, fragte er.

Jil machte sich auf dem Weg zum Treffpunkt in den Lunch Room Saigon. Diesmal ging sie auf Nummer sicher und bestellte sich ein Taxi zur Rue Vauban, außerdem regnete es. Die letzten Meter huschte sie über den Platz. Das Restaurant war schon in Sichtweite, da klingelte ihr Handy und Jil dachte, Achilles rufe an. Aber der orange Punkt leuchtete. Ein Anruf vom Dschinn. Schnell suchte sie unter der Markise Schutz.

»Hallo Frau Berg, ich hoffe, Sie sind wieder auf dem Posten und haben diesen schrecklichen Angriff auf Sie gut überstanden. Da blieb Ihnen nichts anderes übrig, als sich in die Arbeit zu stürzen, habe ich recht?« Der Dschinn saß quietschfidel, frisch gekämmt und im kurzärmligen weißen Hemd in seiner virtuellen Umgebung.

»Ja, Ramon, alles paletti. Kann jetzt aber nicht reden, ich bin verabredet.« Eine Idee blitzte in ihr auf. »Was ist, wenn ich eine dritte Person an unserem Gespräch teilnehmen lassen möchte? Ist das möglich? Hast du nicht mal gesagt, dass das ginge?«

»Wenn Sie es ausdrücklich wünschen, selbstverständlich, kein Problem. Sie können sogar wählen, ob diese Person mich nur hören oder nur sehen, ob ich mit ihr sprechen und Fragen beantworten soll. Es ist alles Ihre Entscheidung.« Ramon34 saß still da wie ein Musterschüler.

»Das volle Programm: sehen, hören, sprechen, kommunizieren. Ist das machbar?«

»Gut. Ich nehme an, die Person, um die es geht, heißt Achilles De Susa?« Ramon34 lächelte verschmitzt.

»Es war jetzt nicht so schwer, eins und eins zusammenzuzählen, oder?« Jil spürte mittlerweile eine vertraute Nähe zu diesem virtuellen Wesen. »Hör zu, Ramon, ich gehe zu Achilles, und du kommst später ins Spiel. Bis gleich!«

Jil lief zum Lunch Room Saigon, öffnete die normale Eingangstür und atmete Düfte aus Koriander, Thai-Basilikum und frischem Dill ein. Tuyen jonglierte mit einem vollen Wok über den Köpfen der anderen Gäste, aus dem Mangoldblätter und ein großer Fischschwanz ragten. Als der Fisch serviert war, kam Tuyen Jil entgegen.

»Das ist die falsche Tür. Journalisten müssen durch die Hintertür. Du kannst hier nicht machen, was du willst!« Tuyen nahm lachend Jil in den Arm und drückte sie an sich.

»Ich habe gehört«, flüsterte Tuyen ihr ins Ohr, »dass jemand dich überfallen hat. Ich bin froh, dich gesund und munter zu sehen.« Gemeldet habe er sich nicht, weil er gedacht habe, sie wolle das nicht. Jils Herz erwärmte die scheue, schüchterne Art von Tuyens Zuneigung. Ihr kleiner asiatischer Freund war unbestritten etwas ganz Besonderes. Für diese Artigkeit bekam er einen Kuss auf die Wange.

»Das nächste Mal nehme ich wieder den Lieferanteneingang, aber mein Steppenwolf musste heute zu Hause bleiben. Ich glaube, der sitzt vor dem Fernseher und schaut Tierfilme. Ist Achilles schon da?«, fragte Jil.

Tuyen zeigte auf den Tisch in der Ecke. Dort saß Achilles, dessen Gaucho-Jacke wie ein kleines Zelt über seinem Stuhl hing. Jil ging hinüber. Er lächelte, als er sie sah, stand auf, schloss sie liebevoll in seine Arme und küsste sie innig zur Begrüßung. Die Umarmung gab ihr Sicherheit, der Kuss Vertrauen. Jil zog ihre Jacke aus, legte ihre Tasche ab und setze sich, ohne dass ein Wort von ihm kam.

»Wieder alles okay?«, fragte er dann doch leise, und Jil wusste genau, was er meinte. Sie nickte.

Tuyen eilte herbei mit einem Teller voller Köstlichkeiten: gedämpfter Kokos-Kürbis, Shrimpsspießchen am Zuckerrohr, Glücksröllchen mit Kailan, Lauch und scharfes Huhn sowie verschiedene Soßen und ein vietnamesisches Baguette, das Tuyen Banh mi nannte. Er setzte ihnen leere Teller auf die vertrauten Bananenblätter. Für jeden gab es ein Bier. Schnell rauschte Tuyen zurück in sein Küchenreich.

»Alles okay, danke der Nachfrage«, sagte Jil.

Sie versuchte zu verbergen, dass sie die ständige Fragerei nach ihrem Befinden nervte, gleichwohl berührte es sie tief, dass man sich ihretwegen Sorgen machte. Doch der fremdländische Duft der Leckerbissen löste ihre Knurrigkeit im Nu auf.

»Ich habe hin und her überlegt und bin entschlossen, mich zu wehren«, fuhr sie mit entschiedener Miene fort, »es wäre schön, wenn ich deine Hilfe bekommen könnte, denn eine Unterstützung habe ich schon ...«

»Ich habe heute gekündigt«, unterbrach sie Achilles und schaute ihr direkt in die Augen.

Jil war etwas perplex, obwohl sie wusste, dass der Zeitpunkt kommen würde.

»Bist du dir sicher, dass das die einzige Möglichkeit ist?«

»Ja, die Gründe kennst du. Sogar Fabeau bekam zum Schluss Gewissensbisse. Er wusste nichts von dem Anschlag auf dich. Ich habe es ihm gesagt. Das hat ihn ganz schön aus der Fassung gebracht.«

Jil reichte ihm über den Tisch ihre Hände. Er hielt sie fest und las in ihrem Gesicht, dass sie ganz auf seiner Seite war.

»Ich habe es Fabeau zunächst mündlich mitgeteilt. Zeit, um dir zu helfen, ist nun kein Problem. Also – ich melde mich zum Dienst.«

Aha, dachte sich Jil, er will also über die Kündigung nicht reden.

»Was wolltest du gerade eigentlich sagen?«, fragte Achilles. »Du meintest, dass jemand anders dir bereits hilft.«

Jil holte tief Luft. »Tja ...«, sagte sie, »jetzt wird es ... etwas vertrackt. Können wir es so machen, dass du erst einmal einfach nur zuhörst und dich darauf einlässt?«

Achilles nippte an seinem Bier und lehnte sich zurück.

»Vor zwei, nein, zweieinhalb Jahren wurde ich von einer geheimen Organisation kontaktiert. Hört sich skurril an, aber es war so. Kurz nach der Lehman-Pleite, als ich anfing, über die Bank Moneta zu berichten. Die Organisation hat eine ethische Ausrichtung, sie unterstützt Menschen, deren Arbeit oder Engagement eine hohe moralische Relevanz haben.«

Achilles' Gesichtsausdruck blieb zunächst regungslos, doch langsam schoben sich seine Augenbrauen nach oben. »Soll das heißen, dass Du seit Jahren für eine … Geheimorganisation arbeitest?«, fragte er.

»Nein, es ist eher umgekehrt«, lachte sie. »Ich bekomme Unterstützung von denen. Das COMRA, das *Committee of Moral Requests and Aspects,* versorgt mich mit wichtigen Informationen und Hinweisen, damit ich die undurchschaubaren Machenschaften auf dem Finanzmarkt aufdecken kann. Die arbeiten also für mich.«

»Also, das ist ja mal was anderes«, sagte Achilles amüsiert, und schaute kurz nach oben zur Decke. Dann sah er Jill wieder in die Augen. »Ich dachte, ich wäre der einzige Geheimniskrämer von uns beiden. Ist dir klar, dass wir uns vor zweieinhalb Jahren kennengelernt haben? So lange schon hältst du das also geheim?«

»Ja, aber ich habe dich nie angelogen. Ich habe dir gesagt, dass ich nicht beim MI6 bin. Das stimmt ja auch.« Jil bemühte sich um ein unschuldiges Lächeln.

Achilles schmunzelte. »Aber vielleicht ist dieses COMRA noch schlimmer? Was weißt du über Deine ethischen Helfer?«

»Mein Ansprechpartner, Ramon34, ist etwas schräg, weil er viel ... verblüffend viel über mich und mein Umfeld weiß, doch ich habe mich vergewissern können, dass ich ihm vertrauen kann. Er kontaktiert mich auf dem Laptop und übers Handy und benutzt einen Avatar, um anonym zu bleiben.«

Achilles blickte sie plötzlich düster an. »Die wissen also, wer du bist, und du weißt nicht einmal, wie dieser Ramon34 wirklich aussieht? Ist dir klar, dass diese Leute die Attentäter sein könnten?«

»Ganz ruhig, Chili, der Kontakt mit Ramon hat mir geholfen, noch mehr aufzudecken, verstehst du? Die Regierung und der Geheimdienst würden mir wohl kaum helfen, die Leichen im Keller der Bank Moneta, der Zentralbank, der Banki Island HF und der Lambo zu finden.«

Achilles sah sie unschlüssig an.

»Sei nicht so misstrauisch. Ich verstehe dich ja, aber es ist am besten, du machst dir selbst ein Bild.«

Achilles zuckte mit den Schultern.

Ihr Handy lag auf dem Tisch, und sie drehte es um. Da war der blinkende, orangene Punkt. Sie tippte darauf, und prompte baute sich das Bild auf. Ramon34 saß adrett und proper an seinem Platz.

»Buenas dias, Señor De Susa. Frau Berg hat darum gebeten, Sie in unserer Konversation einzubeziehen. Für mich ist das kein Problem. Ich hoffe, Sie können mich hören und sehen? Wenn nicht, müsste ich ein wenig nachjustieren.« Ramon34, plapperte drauflos und zeigte sich wie immer höflich und freundlich. Jil stellte fest, dass er eigens für Achilles sein Outfit gewechselt hatte und nun mit hellblauem Hemd und leicht glänzender Gelfrisur dasaß. Er sah aus wie ein Nerd. Sehr clever, dachte sie.

Achilles' Augenbrauen zogen sich etwas zusammen, der reinste Ausdruck konzentrierten Erstaunens. Als wolle er durch die Leiterbahnen der Platine zum Chip vordringen und nachschauen, ob Ramon34 auch tatsächlich von dort sendet. Dann schaute er hinüber zu Jil. Die Brauen bogen sich jetzt hoch über seine weit geöffneten Augen. Er schien wirklich überrascht.

»Ein neues Internet-Video-Programm, stimmt's?«

»Ich hatte mir schon gedacht, dass dich mein kleiner Freund hier vom Hocker haut«, übernahm Jil, »darf ich vorstellen, das ist mein Dschinn, Ramon34. Ramon, das hier ist mein Freund Achilles De Susa.«

Ramon34 winkte überschwänglich, und Achilles deutete knapp einen Wink an.

Jil nickte. Sie genoss sichtlich die Situation. »Gentlemen, mein Ziel ist die ganze Aufdeckung des Skandals rund um die Bank Moneta. Ich weiß aus eigener Erfahrung, dass die Sache gefährlich ist. Die nächsten Schritte müssen gründlich überlegt sein, denn mein Gefühl sagt mir, dass es nicht bei der einen Attacke bleibt. Der Druck steigt bei der anderen Seite, was üblicherweise Vertuschungsreflexe entfesselt. Insoweit sind sie berechenbar, die Leute mit dem Dreck am Stecken. Sie sind überall, bis hoch in die Spitze. Das Ganze stinkt gewaltig zum Himmel.«

Achilles schien nicht ganz bei der Sache zu sein. Er war noch nicht ganz fertig mit dem adrett wirkenden Wicht in Jils Handy.

»Erde an Achilles, bitte melden!« sagte Jil. Plötzlich ertönte Musik. Beide Köpfe wandten sich synchron dem kleinen Display zu. Dort saß der Dschinn, verzückt, mit geschlossenen Augen und sang die Ballade *Space Oddity,* so hingebungsvoll, wie es David Bowie zur Ehre gereicht hätte: »*Ground Control to Major Tom!*«

»*Schon gut*«, *lachte Achilles.* »*Ich bin ganz Ohr.*«

Blick ins Zentrum der Macht
Mai 2012

S ie wollen wissen, was ich glaube, was passieren wird? Gute Frage!
Ehrlich gesagt, ich weiß es nicht. Ein Feuerwerk werden sie nicht abbrennen.« Maxi Fuget saß etwas unbequem in einem kleinen Bistrosessel und schaute durch das große Schaufenster auf die Rue de Commerce den Fußgängern nach, während er sprach. Ihm gegenüber hatten Linda und Billy Barlotte Platz genommen, daneben Stuart Malmedy. Sie alle hatten sich zu nachtschlafender Zeit nach Brüssel aufgemacht. Bis zum großen Moment war noch Zeit.

Der Grund der nächtlichen Reise war eine Mail von Stuart Malmedy an EU-Kommissar Daniel Barriere.

»Das Schlimmste, was passieren kann, ist, dass sie Nein sagen«, hatte Stuart gesagt, als er vor Wochen um ein Gespräch mit dem EU-Kommissar gebeten hatte. Seine Mail sollte die hohen Beamten informieren, dass Mittland sich in der Sache Bank Moneta nicht an die EU-Spielregeln hielt und dass es Beweise dafür gab. Man würde ihnen als Bürger der Union verbriefte Rechte vorenthalten, und darüber gelte es zu reden. Zur Überraschung aller wurden sie eingeladen.

EU-Kommissar Barriere bat um ein Treffen, um sie anzuhören, um einen Blick auf deren Seite der Geschichte zu werfen! Ein erstes internationales Interesse an den Opfern.

Billy schien den Termin nicht wirklich als Chance wahrzunehmen. »Ich glaube nicht, dass diese Sesselfurzer plötzlich von ihren Stühlen aufspringen und uns ihre Hilfe anbieten.«

Linda sah strafend ihren Gatten an. Billy hob nur unschuldig die Schultern, verzog den rechten Mundwinkel und hob verlegen die Brauen nach oben. Zwei Cappuccino, ein Espresso und ein Malve-Tee wurden serviert. Mini-Eclairs und handliche Madeleines platzierte der junge Kellner unaufgefordert in die Mitte des Tisches. Alle vier nahmen einen Schluck ihres Getränkes und schauten in Gedanken versunken vor sich hin. Ein Moment, in dem sich zuversichtliche Erwartungen mit realistischen Zweifeln mischten.

»Egal wie es ausgeht«, warf Stuart ein, »ob man uns wieder nach Hause schickt oder ob wir auf Wohlwollen treffen – was ich nicht glaube –, wir haben unseren Fall in die EU-Kommission gebracht. Das zählt. Was meinen sie, Maxi?«

Maxi Fuget setzte die Espressotasse ab, tupfte sich mit der Papierserviette die Mundwinkel ab und betrachtete die drei Kämpfer, die wie die Hühner auf der Stange aufgereiht vor ihm saßen. Sein Blick war warmherzig, wie der eines gütigen Vaters.

»Rechnen wir damit, dass das Meeting in kleiner Runde abgehalten wird. Vielleicht treffen wir nur EU-Kommissar Barriere und seinen Assistenten. Wir tragen vor, was wir vorzutragen haben, und werden sehen, wie groß das Interesse ist. Ich persönlich glaube ja nicht, dass es unsere eigenen Sorgen und Klagen sind, die die Kommission interessiert. Ich bin eher überzeugt, dass denen der Fall Bank Moneta zur rechten Zeit kommt, und zwar für irgendeine andere Sache im Hintergrund. Schon möglich, dass sie den Fall für nützlich halten und ihn konsequenterweise für sich selbst nutzen wollen.«

Dieser Gedanke war ziemlich einleuchtend, und sie spekulierten noch mehr darüber, was hinter alldem stecken mochte. Die Unterhaltung wärmte sie für ihren EU-Auftritt auf. Keiner erwartete ein großes Brimborium. Allein diesen Termin bekommen zu haben, war schon ein Erfolg, konnte man doch anschließend mit breiter Brust bekannt geben, dass sich die Europäische Union ihrer Sorgen und Nöte angenommen hatte. Im Staat Mittland, so hofften sie, würde das so manchen Verantwortlichen nervös machen.

Das große, funktionale Gebäude in der Rue de SPA 2 empfing die Delegation des VOM mit gelassener Routine. Man fragte nach ihren Pässen, und sie trugen ihre Namen und persönlichen Daten in Formulare ein. Jeder bekam das obligatorische Besucherschildchen ausgehändigt, das sich als Pfand für den einbehaltenden Pass verstand. Ihre Wartezeit im Foyer war vertretbar. Eine Assistentin holte sie ab und führte die Delegation durch das Labyrinth aus Gängen und Aufzügen, Hinterhöfen und Fluren. Am Ziel empfing sie eine smarte Französin mit schottischem Namen, Madame Caroline Mac Laughlin. Als Stuart Malmedy an der Reihe war, sich vorzustellen, sah man ein aufrichtiges Lächeln bei Frau Mac Laughlin, die sich offenbar an das Gespräch mit ihm gut erinnerte.

Kommissar Barriere könne leider nicht teilnehmen, sagte sie. Termine, man müsse verstehen. Das war ein kleiner Dämpfer für ihre gestiegenen Erwartungen. Anstelle des Kommissars würde sein Stellvertreter Mr. Jean-Melchior Vegas sich ihrer annehmen und sicher gleich eintreffen.

Das eher ungemütlich wirkende Büroambiente und die freudlosen, tristen Flure und Gänge des Gebäudes erhellten sich merklich durch die freundliche und fast vertraut wirkende Art der charmanten Caroline Mac Laughlin. Sie öffnete die Tür und bat die vier einzutreten. Zuerst glaubte Linda, sie sei im falschen Raum, doch das Kopfnicken von Madame Caroline bestätigte, dass alles seine Richtigkeit hatte.

Im Raum warteten bereits zwölf Personen mitsamt den vor ihnen liegenden Akten und Dossiers. Sie schauten nur kurz auf, nickten wortlos zur Begrüßung, um danach sofort wieder miteinander zu diskutieren. Manche waren konzentriert über ihre Dokumente gebeugt und schienen in ihrer Lektüre zu versinken. Die Atmosphäre war eigenartig defensiv, eine gewisse Gleichgültigkeit war bei den Ankömmlingen spürbar. Doch von Feindseligkeit war keine Spur.

Linda, Billy und Stuart fühlten sich im Nu als Fremdkörper, als Menschen, die nicht zum eingeweihten Zirkel gehörten. Der Raum quoll über vor Professionalität. Man begrüßte sich nicht gegenseitig. Maxi Fuget flüsterte Linda zu, das sei wohl dem Mangel an Zeit geschuldet, dem diese schwer arbeitenden Spezialisten unterlagen.

Stuart und Linda schauten sich an und staunten nicht schlecht über diesen Ausschuss. Das Staunen währte nur kurz, denn Jean-Melchior Vegas, ein schlanker und recht sportlich wirkender Mann, kam zur Türe herein und sauste dynamisch mit raumgreifenden Schritten seinem Ziel entgegen. Dabei umkurvte er elegant die sitzenden Akteure und nahm am Kopfende der Runde Platz, genau dort, wo sonst Könige oder Präsidenten zu sitzen pflegen. Mr. Vegas beanspruchte die übergeordnete Position mit einer ausgeprägten Selbstverständlichkeit, die keinen Zweifel ließ, dass dies sein Platz sei, seiner Stellung angemessen. Er ergriff als Erster das Wort.

»Ladys und Gentlemen, danke für ihr Erscheinen. Ich darf die Delegation ...«, Vegas schlug seine Ledermappe auf und blätterte die erste Seite um, »... ›Victims of Moneta, VOM‹ hier in unseren heiligen Hallen begrüßen. Es geht um den Fall ...«, wieder schaute er auf seine Notizen, »... Bank Moneta in Liquidation, Mittland. Ich bitte um kurze Vorstellung der einzelnen Anwesenden.«

Die Ansprache war ein bestechendes Beispiel für Effektivität. Sie war kurz und knapp, präzise und auf den Punkt gebracht. So sah also die Arbeit der EU aus. Das Meeting hielt man in Englisch ab, was niemanden verwunderte. Stuart vermochte in dieser Runde keine zwei Personen derselben Nationalität auszumachen: Esten, Schweden, Bulgaren, Engländer, Österreicher, Polen, Irländer, Italiener et cetera. Perplex staunten sie über die geballte Kompetenz, die sich hier versammelt hatte: ein Head of Finance Affairs, ein Head of Office of Money Laundering, ein Head of legal Department und viele andere Heads waren zusammengekommen.

Die vier Angereisten saßen einer hochkarätigen Fraktion von Spezialisten gegenüber, von denen jeder ein Interesse an der Bank Moneta und den Vorwürfen der Gruppe zu haben schien. Die Delegation VOM war ehrfürchtig, beeindruckt und, das ließ sich nicht leugnen, gehörig eingeschüchtert. Dieses Aufgebot war schlechterdings nicht das, was sie erwartet hatten.

Die zwei Stunden, die das Meeting dauerte, waren geprägt durch detailliertes Fragen, durch Erläuterungen, Einblicke und Detailinformation, durch Konsens und Dissens. Die vier Geladenen trugen am Anfang vor, auf welche Art und Weise die Bank gegen EU-Gesetze verstoßen hatte. Die hochkarätigen Beamten hörten aufmerksam zu.

Jean-Melchior Vegas dirigierte das Meeting klug, erfahren und souverän. »Danke soweit ... gibt es weitere Fragen zu diesem Punkt? ... Nein? ... dann rücken wir vor zum nächsten Punkt.«

Maxi Fuget wies immer wieder auf die Rechtsgrundlage und auf die Dimension der Vergehen hin. Namentlich nannte er den groben Verstoß gegen die MiFID-Vorgaben, jene EU-Finanzmarktrichtlinien, die durch jedes Parlament jedes einzelnen EU-Mitgliedlandes in der EU bestätigt waren. Deren Einhaltung musste die EU überwachen.

»Sehen Sie«, erläuterte Fuget dem Gremium, »Sie waren es, die diese

Regeln aufgestellt haben. In den meisten Ländern gibt es damit überhaupt keine Probleme. In Mittland, im Fall Bank Moneta, sehen wir genau das Gegenteil. Dort sind Ihre MiFID-Regularien offiziell am 1. November 2007 in Kraft getreten, doch in der Praxis wird demonstrativ geschludert, weil man letztlich von Ihren Richtlinien nichts wissen will. Sie stören das enge Geflecht von Regierung und Finanzindustrie. Lassen Sie mich es etwas drastischer sagen: Dort kümmert man sich einen feuchten Kehricht um Ihre Regeln. So sieht es aus.«

Mr. Vegas saß, als er die Ausdrucksweise des Anwalts vernahm, regungslos vertikal wie ein Obelisk in seinem Sessel. Nicht die kleinste Mimik verriet, was er von solch derber Sprache hielt. Dass er nicht den Mund spitzte oder mit den Augen rollte, konnte darauf hindeuten, dass er Sympathie für die Angelegenheit der vier Besucher hegte.

Stuart legte die vier vorbereiteten Dokumentationen auf den Tisch, in denen alles stand, was sie anzuklagen hatten. Jedes Dossier listete 21 Einzelvergehen auf. Die vier Exemplare wurden inquisitorisch von den zwölf Experten beäugt.

Linda beobachtete, wie die Schriftstücke genau dann von einem Experten zum anderen wanderten, wenn in der laufenden Diskussion spezielle Schlüsselbegriffe fielen. Der Head of Money Laundering forderte das Dossier, als über Geldwäsche gesprochen wurde. Diskutierte man die MiFID-Verstöße, bekam es der Head of Market Regulation. Und so ging es immer weiter.

Für Linda, Billy und Stuart war nicht auszumachen, ob diese Art von Arbeit den Alltag für diese Spitzenbeamten abbildete. Auf jeden Fall verbuchte es die VOM-Delegation als Erfolg, dass die Hüter der europäischen Gesetze sich bis zum Schluss nicht langweilten.

Es fehlte im Übrigen nicht an den üblichen Aussagen, dass die Geladenen sich nicht allzu viel von dieser Sitzung versprechen sollten. Die EU-Kommission habe in der Regel nicht die Mittel und nicht die Rechte, Nationen etwas vorzuschreiben. Trotz allem werde man jedem einzelnen Vorwurf nachgehen und prüfen, was Zeit in Anspruch nähme. Man käme wieder auf sie zu.

Zurück auf der Rue de Spa, ihre Ausweise wieder im Besitz, verweilten die vier auf dem Bürgersteig, deutlich erkennbar, dass sie nach wie vor unter dem Einfluss des Geschehens standen. Wortlos, doch mit innerem Jubel, verharrten sie wie angewurzelt, als wäre eine spirituelle Erleuchtung über sie gekommen. Es war kein göttliches Wesen, das sie berührte, nein, der Grund war viel trivialer: Der unmittelbare Kontakt mit der realen Welt einer professionellen EU-Administration, die tagtäglich versucht, 27 Nationen unter einen Hut zu bringen, übte einen starken Eindruck auf sie aus. Die EU für göttlich zu halten, ginge zu weit, aber immerhin wurde dieser Union der Friedensnobelpreis verliehen.

Schließlich setzten sie sich in Bewegung und gingen wortkarg die große Rue de la Roi entlang. Maxi Fuget, der sicher die meiste Erfahrung mit solchen Treffen hatte, brach die Stille.

»Mir knurrt der Magen. Ich habe Hunger. Wie steht es mit Ihnen?«

Im Il Roma fanden sie Platz. Billy bestellte gegrillte Zucchini und Aubergine mit gehobeltem Parmesan und kaltgepresstem Olivenöl. Linda und Stuart entschieden sich für Minestrone al la Vigevano. Maxi Fuget wählte knusprige Bruschetta mit Artischockencreme.

Sie warteten auf ihr Essen und wurden umhüllt von den Oregano- und Basilikumdüften der Nachbartische. Das volle Lokal vibrierte vor Leben, Kellner sausten durcheinander, Gäste lachten und hatten beste Laune und im Hintergrund trällerte Adriano Celentano sein *Azzuro* und *Chi non lavora non fa l'amore*. Keine Frage, hier quoll das Leben über.

»Ich bin noch ganz vom Meeting eingenommen.« Linda mochte nicht mehr an sich halten. »Maxi, ich glaube, Sie hatten recht. Der Fall Bank Moneta war es nicht allein, der diese zwölf Experten an einen Tisch gebracht hat. Ich wette, dass es andere Gründe gibt, warum sich die Runde über Mittlands Justiz und Regierung den Kopf zerbricht. Habt ihr gesehen, wie jeder Einzelne nach unseren Dokumentationen griff? Und der Vorsitzende, wie hieß er noch ...«

»Vegas, Jean-Melchior Vegas. Scheint ein anständiger Typ zu sein. Fabelhafter Anzug ... beste Ware, garantiert von Huntsman oder Anderson & Sheppard aus der Savile Road in London. Aristokratische Erscheinung, ganz Gentlemen«, ließ Billy mit vollem Mund verlauten. Ein Krümel Parmesan klebte an seiner Oberlippe.

»Ja, ja, Billy, schon gut ... also dieser Vegas war schon eindrucksvoll, muss ich zugeben. Aber, habt ihr den Head of Money Laundering beobachtet, wie er das Dossier an sich gerissen hat? Dem lief das Wasser im

Mund zusammen.«

»Die Tatsache, dass diese Experten sich Zeit für uns genommen haben, bedeutet, dass jeder ein spezielles Interesse an der Bank hat, was auch immer er dabei suchen mag«, meinte Stuart. »Unser Fall hilft ihnen weiter in ihrer eigenen Sache. Dabei spielt es überhaupt keine Rolle, ob wir durchschauen, welche Ziele sie genau verfolgen. Mit unserer heutigen Vorstellung wissen die Damen und Herren, dass ihnen dieser Fall nützlich sein könnte. Soeben erhielten sie detaillierte Kenntnis und, was entscheidend sein wird, Kopien der Beweise. Da wir aber nicht wissen, was sich im Hinterzimmer abspielt, kennen wir ihr Ziel nicht. Es bleibt schwer abzuschätzen, wie weit wir mit unserer Sache kommen werden.« Stuart machte trotzdem ein unzufriedenes Gesicht.

»Was auch immer die Experten mit den Informationen anfangen, das wachsame Auge der EU ruht nun auf Mittland«, orakelte Billy und hob beide Arme wie ein Priester, der die Gemeinde segnet.

Linda nickte ihrem Mann zustimmend zu.

»Vielleicht haben es nicht alle mitbekommen«, schaltete sich Maxi Fuget ein, »aber im Nachgang zum Meeting habe ich kurz mit Mr. Vegas zusammengestanden und die nächsten Schritte lose vereinbart. Wir sind übereingekommen, ein zweites Treffen zu arrangieren.«

»Das ist doch gar nicht schlecht«, meinte Billy, »dieser Vegas scheint wirklich ein interessanter Typ zu sein. Äußerlich wirkte er auf mich konservativ und oldschool, auch wegen des maßgeschneiderten Anzugs. Doch er scheint eine liberale Einstellung zu haben.«

»Vegas ist ein Polit-Profi mit enorm viel Erfahrung in diesem Haifischbecken. Er hat so manche Schlachten in Gremien und Ausschüssen für sich entscheiden. Ich kann mir vorstellen, dass er ganze Kampagnen den Bach runtergehen lässt, wenn es den strategischen Zielen seines Ressorts nützlich ist. Doch ich weiß leider nicht, wie er in den Fall Bank Moneta passt.«

Während ihnen das Essen serviert wurde, sprach Fuget weiter, indem er seine Stimme leicht erhob. »Für mich steht fest, dass die Einladung der EU-Kommission und die Zeit, die sie uns gewährt hat, auf geteiltem Fundament steht. Einerseits verlangen die europäischen Bürger nicht nur saubere Arbeit von ihren Beamten, sondern auch Bürgergerechtigkeit, doch andererseits ist es wahrscheinlich, dass man ausloten wollte, wie man den Fall intern selbst nutzen kann. Stuarts Dossier hat, und das haben Sie sicher selbst gesehen, große Begehrlichkeiten bei den zwölf Kommissionsjüngern geweckt. Auf jeden Fall hat man unseren Haken geschluckt. Die Akte Bank Moneta ist nun im Kreislauf der Bürokratie. Damit können Sie alle erst einmal sehr zufrieden sein. Es lässt sich nur nicht vorhersehen, was als Nächstes passiert.«

Mit zufriedenen Gesichtern erhoben alle ihr Glas.

Wale, Haie und anderes Getier
Mai 2012

Es war ein etwas trüber Tag, zwar ohne Regen, aber auch mit wenig Sonne. Jil Berg saß an ihrem Schreibtisch, eingedeckt mit Material zur Bank Moneta, über Island und seine Banken, über Zentralbanken und deren Mechanismen.

Doch Jils Recherche konzentrierte sich im Augenblick nicht auf die Finanzwelt. Ihr Internetbrowser zeigte Rezepte für *Quiche Lorraine* und *Pintarde a la Cidre* an. Nach ihrem letzten Zusammentreffen im Lunch Room Saigon hatte Jil der unerklärbare hausmütterliche Drang ereilt, Achilles zu sich nach Hause einzuladen und für ihn zu kochen.

Was für eine Schnapsidee, dachte sie sich nun. Die häufigste Handbewegung, die sie in ihrer Küche durchführte, war das Aufklappen des gelieferten Pizzakartons. Der Impuls zum romantischen Dinner zu zweit entsprang gewiss nicht ihrem Talent fürs Kochen. Sie, oder vielmehr etwas in ihr, wollte den Stier bei den Hörnern packen.

In Gedanken sah sie sich mit Achilles beim Dinner: Bei knisternder Atmosphäre mit dunklem schwerem Wein in stilvollen Gläsern, mit Kerzen und gedimmtem Licht, harmonischer Tischdekoration, weißem Porzellan und im Hintergrund die Samtstimme von Barry White.

Mehrere Male hatte sie sich gefragt, wie sich tatsächlich das Tier bei den Hörnern packen ließ. Sie hatte das Internet gefragt. Resultat: Quiche Lorraine und bretonisches Perlhuhn. In dem Moment, als Achilles freudig zugesagt hatte, war ihr aufgegangen, dass sie sich selbst in eine Falle manövriert hatte.

Aber was soll's? Sie würde es schon meistern, einen großen Eierkuchen zu backen. Und einen Vogel mit Cidre zu übergießen konnte doch so schwer nicht sein!

Sie kramte in ihren Notizen und las, was Achilles, Ramon34 und sie bei Tuyen alles diskutiert hatten. Es war erstaunlich, wie cool und entspannt Achilles mit dem virtuellen Geist umgegangen war, als sei es völlig normal, sich mit einem Avatar zu unterhalten. Die Welt der Algorithmen war eben seine Welt.

Ihr Gespräch zu dritt war viel besser als gedacht gelaufen. Jil hatte Achilles Engagement registriert, wie er akribisch versucht hat auszuloten, inwieweit der Geheimdienst involviert war und welche möglichen Motive der Anschlag auf Jil gehabt haben könnte.

Ein Geheimdienst, so Ramon34, würde nur in seltenen Fällen aus sich selbst heraus handeln, wie etwa bei einem Putsch. Der Normalfall war, dass er Weisungen erhielt und diese ausführte. Die Frage war also: Wer hatte dem Geheimdienst die Order erteilt, Jil zu attackieren? Antworten darauf blieben aus.

Im Ausschlussverfahren kam zutage, dass es sich eigentlich nur um Regierungsstellen handeln könnte. Weder die Bankenaufsicht noch die Justiz oder die Opposition verfügten über die Möglichkeit, den Geheimdienst in Bewegung zu setzen, ohne dass es politisch Wellen schlug. Welche Regierungsstelle würde so weit gehen, einen Anschlag anzuordnen?

Ratlos hockten sie über dieser Frage. Jil schmunzelte, als sie sich daran erinnerte, wie Ramon34 ganz unerwartet »Der Walfischfall« schrie und sich die Handfläche vor die Stirn schlug.

»Pssst, nicht so laut«, meinte Jil. Es war das erste Mal, dass sie ihn hat schreien hören. Auf dem kleinen Display war ein Ramon34 zu sehen, der selbst über seine Emotionalität erschrak und versuchte, wieder adrett daherzukommen.

»Walfischfall?«, fragte Achilles.

»Ja«, erwiderte Ramon34, »der Fall ist fast 200 Jahre her.« Im Jahr 1818 weigerte sich ein Kerzenmacher im Staat New York, die amtliche Fischölsteuer für drei Fässer Walfischöl zu bezahlen, weil ein Wal kein Fisch sei, sondern ein Säugetier. Zu der Zeit galt allgemein alles, was aus dem Meer kam, als Fisch. Es kam zum Prozess. Samuel Mitchell war der angesehenste Wissenschaftler seiner Zeit in den USA, und dieser legte dem Gericht völlig schlüssig und für jedermann nachvollziehbar dar, dass Wale zweifellos nicht zu den Fischen zu zählen sind, weil sie Säugetiere seien. Sein Gegenspieler, der gerissene Staatsanwalt William Samson, zerpflückte Mitchells Säugetier-Beweise mit dem Argument, dass die Wissenschaft absolut kein Recht hätte, Gottes Geschöpfe in aberwitzige, absurde Sektionen einzuteilen. Es wäre grotesk, Wale und Menschen ein und derselben Rubrik zuzuordnen. Die Geschworenen benötigten nur 15 Minuten für das Urteil. Der Kerzenmacher und der Wissenschaftler Samuel Mitchell verloren den Prozess. Ab dem Moment galten im Staat New York Wale als Fische und nicht als Säugetiere.

»Warum«, fragte Ramon34 zum Schluss, »haben die Geschworenen dieses Urteil so gefällt? Entschied Gott, wer Säuger und wer Fisch war? Traute man 1818 der Wissenschaft nicht? Nein. Die wahrscheinlichste Antwort ist, dass der Staat New York einen Präzedenzfall brauchte. Denn wäre der Wal als Säugetier bestätigt worden, hätte der Staat New York auf Einnahmen von Millionen von Dollar aus der Fischölsteuer verzichten müssen. Der Staat hat durch seine Justiz sein ureigenes Interesse geschützt, zum Schaden des Bürgers, den eben dieser Staat natürlich hätte vertreten müssen. Ähnliches passiert gerade in Mittland.«

»Für mich ergibt das vollkommen Sinn. Ich habe schon seit Längerem die Befürchtung, dass die Regierung ...«, Achilles sprach plötzlich leiser, » ... dass die Regierung oder Teile davon aus reinem Selbsterhalt gegen die eigene Bevölkerung losgeht.« Bei seinen letzten Worten warf er Jil einen intensiven Blick zu. Sie beide dachten in dem Moment an dasselbe: An den Anschlag auf Jil.

Man sah, wie Ramon34 heftig den Kopf schüttelte. »Herr De Susa, das ist sicher nicht alles, was in Regierungskreisen passiert. Es gibt sicher auch Minister, die sich vorstellen können, dass die Bank Moneta verurteilt wird. In dem Fall gehen dem Staat Milliarden Euro durch die Lappen. Aber darauf will ich nicht hinaus. Aus staatlicher Sicht verhindert die indirekte Einflussnahme auf die Justiz offizielle Untersuchungen, die eine eventuelle Beteiligung des Staates an Straftaten zutage fördern könnte. Stichwort Zentralbank! Man schützt sich selbst durch offizielle Gerichtsurteile. Der Walfisch ist in unserem Fall die Zentralbank. Man will die Regierung um jeden Preis schützen.«

»Ja«, sagte Achilles, »Mittland hütet die Zentralbank wie seinen Augapfel, die, wie es aussieht, in das Ganze verstrickt ist. Doch der PM und die Minister kleben alle schon zu lange an der Macht, um sich dafür zu interessieren, ob Bürger zu Schaden kommen oder ob unsere Gesetze missbraucht werden – und um im Bild zu bleiben: Politiker sind Walhaie, 15 Meter lang und über zehn Tonnen schwer. Ab einer bestimmten Größe haben diese Kolosse keine wirklichen Feinde mehr. Zum Beispiel der Premierminister: Über zwei Jahrzehnte am Ruder, ist er nun ein ausgewachsener Walhai, der genau weiß: Wenn es darauf ankommt, kann ich machen, was ich will.«

Jil war fasziniert, wie beide so spielerisch die Vergleiche von Politikern und Fischen zusammenbrachten. Und mit Meeressäugern.

»Eine weitere Parallele zwischen Walhai und langgedientem Politiker ist«, übernahm Ramon34, »dass der größte Fisch der Meere, der Walhai, von den kleinsten Lebewesen im Meer abhängig ist, vom Plankton. Das heißt: Kein Plankton, kein Walhai! Kein Bürger, keine Politiker! Kein Volk, kein König! Ein möglicher Grund, sich vor dem Aufbegehren, dem Protest und dem Widerstand der Opfer der Bank Moneta zu fürchten. Eine latente archaische Angst sitzt denen in den Knochen, und langsam kriecht sie ihnen in den Nacken.«

Jil hatte gebannt zugehört, wie die beiden analytischen Köpfe sich gegenseitig den Ball zuspielten, ihn laufen ließen und dann wieder zur anderen Seite kickten. Am Ende war für beide klar, dass die Täter im inneren Kreis der Regierung zu suchen sind und unter dem Schutz der Regierung stehen mussten.

Ausgerechnet jetzt, als Jil sich eigentlich mit der Zubereitung einer Quiche Lorraine beschäftigen wollte, kam ihr die Analogie zwischen Politikern und Walhaien wieder in den Sinn. Da fiel ihr ein guter Titel für den nächsten Artikel ein: »Der Walhai und die Finanzwelt – wer frisst wen?«

Abstieg mit Aufstieg
Mai 2012

Der PM und seine Mannschaft schienen angeschlagen. Wer ständig durch raue See fährt, trägt unweigerlich Blessuren und Narben davon. So auch bei Mittlands Regierenden.

Stolz hätten sie die Kerben und Abnutzungen getragen, wären sie nicht aus Unehrenhaftem erwachsen, denn ihr Agieren und Konspirieren entzog sich, wie es Tradition geworden war, der Öffentlichkeit. Vor allem die Deals mit der Finanzindustrie, mit denen der PM die Weichen zu einer blendenden Zukunft zu stellen gedacht hatte, fanden in Hinterzimmern statt. Ein Magic Alice wäre in Mittland hochwillkommen gewesen.

Mit jedem geschlossenen Vertrag schnürten sich neue Abhängigkeiten um das Knäuel alter Abhängigkeiten, sodass letztlich die Beweglichkeit des Staates der eines Containerschiffs oder eines Öltankers auf hoher See glich. Und immer lief etwas schief. Wie Container gingen Informationen über Board. Bei den großen Deals suchten sich einige Informationen die falschen Kanäle, und das Vertrauen in Mitarbeiter wurde herb enttäuscht. Gier spielte dabei eine große Rolle.

»Wenn man sich zurücklehnt, um das Ganze zu erfassen, lässt sich sagen, dass wir ganz schön was geschafft haben.« Der PM suchte im Gesicht des JM, seines Freundes, Zustimmung. Doch davon war beim JM nichts zu spüren.

»Weißt du, je länger wir unseren Job machen, desto achtsamer müssten wir sein«, philosophierte der JM, »doch, wenn du dich tatsächlich zurücklehnst und das Ganze betrachtest, kann dir die Präpotenz und die trügerische Aufgeblasenheit von manchen in unseren Reihen nicht verborgen bleiben. Ein Machogehabe, dass einem schlecht werden kann. Ich kenne einige, die sich für unantastbar halten, sogar für immun. Wir erlauben uns eine Dekadenz. Und weißt du was? Das erinnert mich auf frappante Weise an diejenigen, die uns diesen Scheiß eingebrockt haben, diese gewissenlosen Investmentbanker.«

»Wer hat dir denn den Tag versaut?«, wollte der PM wissen.

»Keiner«, gab der JM zurück, »wir können doch nicht ernsthaft glauben, dass dies alles immer so weitergeht. Mittlerweile ist unser Konstrukt mit der Finanzwelt zu eng verzahnt, dass die kleinste Nachlässigkeit zur Explosion führen kann.«

»Was soll denn explodieren?«, fragte der PM regungslos.

»Mann, ich bewundere dich für deine Zuversicht, wir hätten alles im Griff. Überaus beruhigend. Doch wir werden sehr nervös, wenn Banken sich verabschieden oder pleitegehen oder wenn unser Geheimdienst unsere Journalisten verfolgt. Da macht sich etwas selbstständig, das wir absolut nicht im Griff haben.«

»Zugegeben, hier und da läuft schon mal etwas aus dem Ruder, ja. Aber Schwarzseherei nutzt keinem.« Der PM kratzte sich am Ohr, die Brille wackelte. Er sah den JM plötzlich skeptisch an. Die Souveränität des PM im Glauben, alles sei unter Kontrolle, bekam Risse. Er ahnte, was jetzt von seinem Freund kommen würde.

»Du nennst das Schwarzseherei?«, fragte der JM schockiert, »du müsstest am besten wissen, dass das Kartenhaus morgen zusammenklappen kann. Denk nur an all die Kanaillen, die wir einsetzen, wenn es um heikle Aufgaben geht. Mit denen sollten wir um Gottes Willen nicht in Verbindung gebracht werden. Diese Typen kennen sich in Grauzonen aus, weil sie in der Grauzone zu Hause sind. Wir nicht! Kippt nur ein Deal, beginnt die Ladung zu rutschen. Dann ist die Stunde der Unterwelt gekommen. Diese Kriminellen sind permanent gefährlich und haben keine Skrupel, sich ruckzuck um 180 Grad zu drehen und sich gegen uns zu stellen. Du weißt, dass ich dies niemals gutgeheißen habe, weil es mir zuwider ist.«

»Du siehst da eine unmittelbare Gefahr?«

»Du nicht?«, fragte der JM mit aufgerissenen Augen. Die Fassungslosigkeit verzerrte sein Gesicht. Wie lange hatte der PM seinen Freund schon nicht mehr lachen gesehen? Er erlebte ihn nur noch gestresst, verängstigt und eben fassungslos.

PM stand auf und schaltete den Fernseher ein. Den Ton stellte er bewusst laut ein. Dann ging er zurück zum Schreibtisch und bedeutete dem JM, ihm zum Fenster zu folgen.

»Okay«, gab der PM vor der Geräuschkulisse des dröhnenden Fernsehers zu, »ja, ähm ... es gibt da etwas, das mich auch besorgt. Der Geheimdienst. Er reißt Löcher ins System, durch die unsere bestens gehüteten Geheimnisse nach draußen schlüpfen. Du kennst dieses Pack. Die schrecken vor nichts zurück. Ich gebe zu, es ist nicht alles unter Kontrolle. Nicht immer kann ich das, was diese Knalltüten machen, als Terrorabwehr rechtfertigen.«

Der PM blickte sich verlegen um, bevor er fortfuhr. »Ich habe versucht herauszufinden, was die Sache mit der Journalistin sollte. Der Geheimdienst streitet ab, etwas damit zu tun zu haben. Doch aus anderen Quellen weiß ich, dass da etwas passiert sein muss. Also glaube ich ... habe ich Grund zur Annahme, dass der Geheimdienst meine Gespräche, auch die vertraulichen, abhört, und anschließend ... handelt.«

»Soll das heißen, dass wir hier nicht mehr frei reden können?«

»Vorerst«, sagte der PM und deute mit dem Kopf Richtung Fernseher. »Aber zunächst muss ich dem Geheimdienst auf den Zahn fühlen. Du kannst Dir sicher vorstellen, dass das nicht so einfach ist. Geheimnisse sind sein Handwerk. Und noch eins: Unser lieber Koalitionspartner, die Arbeiterpartei, denen ich das wohl oder übel auch mitteilen musste, will deshalb aus der Regierung auszuscheiden.«

Schließlich kam der Tag der Parlamentswahl, und der PM hatte das übliche mediale Brimborium bei den Wahlurnen hinter sich. Die ständigen Interviews mit vorgehaltenen Mikrofonen gingen ihm auf die Nerven. Ruhe brauchte er, er wollte weg von der wimmelnden Menschenmasse.

Bis zum Ergebnis der Wahl verzog er sich in sein Office hinter die Schnapptüre, nahm Platz in seinem ledernen Sessel, verschränkte die Hände hinter dem Kopf und versuchte, relaxed zu sein.

Die Nachmittagssonne schien ins Zimmer, und ihr Licht fiel auf die gegenüberliegende Wand mit den ihm verliehenen Auszeichnungen und Würdigungen. Sein Blick schwenkte von der rechten Seite zur linken wie der Lichtstrahl eines Leuchtturmes, ohne die gerahmten Ehrungen wahrzunehmen. In seinem Kopf herrschte unvermittelt eine glanzlose Leere. Als Mensch, und nicht als der PM, ließ er sich auf diese mentale Wüstenei ein, versank in ihr für ein paar Augenblicke und befreite sich von allen Alltagssorgen und Problemen, die über dem Rand des leeren Raumes verschwanden. Niemand bat ihn um dies oder das, keiner zerrte an ihm oder buhlte um Unterstützung. Das Pausieren, diese entkrampfende Expansion von Gelassenheit, wirkte hypnotisierend auf seine Psyche.

Aus der friedvollen Ödnis meldete sich ein Störenfried: Sein vertrauter, metaphysischer Begleiter der letzten Jahre. Schon baute sich aus dem Nichts Druck in seiner Brust auf, presste ihm die Lunge, nahm ihm den Atem, um dann – ihm kam es vor wie Stunden – schrittweise abzuebben. Es war das Präludium, das die Bühne für den sanften Stich freiräumte. Der PM ängstigte sich nicht, er kannte seinen Plagegeist gut genug. Der Stich stieg über die Jahre zu seinem persönlichen Mahner auf, der hinter ihm auf dem Triumphwagen stand: Memento Mori.

Nein, Angst hatte er nicht, aber er sorgte sich, dass sich womöglich die Intensität des Schmerzes verstärken könnte. Seine Ärzte fanden keine Erklärung für dieses Phänomen. Trotz gelöster Krawatte und aufgeknöpftem Hemdkragen hatte der PM Mühe, jene Konzentration aufzubauen, die es brauchte, um zu einer gleichmäßigen Atmung zu finden. Sein Dämon erwartete ihn längst. Eine Kollision war unausweichlich.

Der Premier schloss die Augen. In Bruchteilen einer Sekunde bildete sich in ihm das Bild eines eleganten Pelikans, dessen rhythmischer Flügelschlag den sperrigen Vogel spürbar mühelos aus dem Wasser in die Luft hob, und der fürs Erste geradlinig davonflog. Cremeweiß, mit eindrucksvollen Flügeln und einem aberwitzig geformten Schnabel, der am Bug den Luftstrom zu den Schwingen leitete. Der große Vogel zog schließlich eine langgezogene Schleife entlang dreier grüner, luftbewegter Eukalyptusbäume. Das grandiose, kontrastreiche Bild wirkte auf den PM wie eine warme Regenwalddusche.

Seine Hände ruhten auf den Lehnen des Sessels. Wäre es nach ihm gegangen, er hätte noch weitaus länger in dieser paradiesischen Ruhe verbringen können, doch der Stich verlor nach und nach an Wirkung, bis der Druck sich vollständig aufgelöst hatte und ihn paradoxerweise mit einem Gefühl des Glaubens an das Gute zurückließ.

PM erwachte. Noch ein wenig in Trance murmelte er vor sich hin, er verstünde nicht, was die Botschaft sei. Normalerweise konnte er sich immer einen Reim darauf machen, was es mit dem Stich auf sich hatte und wie er ihn deuten musste. Aber heute fehlte jede Erklärung. Warum jetzt, warum genau hier? Ein konkretes Problem schloss er aus, denn er war nur hier, um die Wahl abzuwarten. Momentan belastete ihn nichts. Warum dann der Stich? Was hatte das zu bedeuten?

Ich werde den Verdacht nicht los, sinnierte der PM, dass ich verstehen soll, dass drei Herzen in meiner Brust schlagen: eins für die Kirche, eins für die Politik und mein eigenes. Sind das zu viele?

Der Pelikan, grübelte er weiter, was soll er mir sagen? Er lebte in den beiden Elementen Wasser und Luft. Genau, ein drittes Herz ist sicher zu viel. Ich sollte eines davon aufgeben, dachte er.

Er konnte nicht sagen, wieso ihm gerade jetzt diese Gedanken kamen. Nie hatte er über drei Herzen nachgedacht. Er schob es auf die tägliche Belastung. Stünde ich vor der Entscheidung, welchem der drei ich entsagen müsste, wäre es die Politik, denn meinen Glauben und mich selbst kann ich nicht aufgeben.

Der Abend mündete in die Nacht. Die Kammerwahlen waren gelaufen. Als alter Hase, der so oft siegreich aus Wahlen hervorgegangen war, behielt der PM die Nerven, saß relaxt am Schreibtisch und dachte noch ein Weilchen an den Pelikan, was ihn noch ruhiger werden ließ. Er brauchte sich nicht zur Eile zu mahnen. Es konnte doch gar nicht anders sein, als dass seine Partei die Wahl gewonnen hatte, wie all die Jahre zuvor.

Er schloss die Augen, und seine Fantasie malte ein Bild von obligatorischen Tabellen, Sitzverteilungen und Szenarien, wer als Juniorpartner mit seiner Partei die Regierung stellen würde. Keine Frage, er würde im Amt bleiben. Er sah sich im Geiste wieder einmal zurück in die Medienarena steigen, umringt von belauernden Kameras und bettelnden Mikrofonen. Ganz der alte Stratege. Es schmeckte süß, den Staatsmann zu geben, sich brav bei den Wählern und Wählerinnen für ihr Vertrauen zu bedanken. Er sah sich gewollt diffuse Antworten geben, sich zögernd anstellen, wenn man ihn nach möglichen Bündnissen und Posten fragte. Er verspürte prickelnden Genuss, den Medienmachern das ein oder andere Szenario auszubreiten, an deren Ende stets eine seiner kryptischen Vorhersagen stand. Ohne schlechtes Gewissen rief er sich zum Orakel mit dem Bauchgefühl aus. Selbst mit geschlossenen Augen wusste er, was die Medien damit anfangen würden: Die Presseheinis müssten die Zukunft im Kaffeesatz lesen.

Doch es kam anders. Die Partei des PM war mit großen Verlusten abgerutscht, bildete aber im Endergebnis doch die stärkste Fraktion. Auf die Arbeiterpartei, die wegen des Lauschskandals schon vor den Wahlen die Koalition für beendet erklärt hatte, konnte PM nicht mehr zählen. Die Wahlen brachten somit kein Ergebnis für das Land, nur eines für PM: die Abwahl. So hatte der Geheimdienst ihn letztlich gestürzt.

Ein Außenseiter, die liberalen Demokraten, wurden mit der Bildung einer neuen Regierung beauftragt. Der PM war empört, man hatte ihn komplett übergangen, einfach zur Seite gestellt, nachdem er doch sein ganzes Leben für den Staat gegeben hatte. Das war also der Dank! In alle verfügbaren TV-Kameras sprach er trotzig seine Ankündigung, als Oppositionsführer zukünftig die Partei anzuführen, und – da horchten die Bürger auf – er strebe absolut kein Spitzenamt auf europäischer Bühne an. Im inneren Kreis der Partei sprach er von Verrat, von Undankbarkeit und irregeleiteten Nichtsnutzern.

Noch in der Nacht blickte er aus dem Fenster, sah kalten Rauch aufsteigen, der sich, er hätte es beschwören können, zu Pelikanflügeln formte.

Der PM war kein PM mehr, man nannte ihn jetzt Altpremierminister, APM. Ein anderer wurde Herr seines Büros. »C'est la vie«, attestiert er schicksalsgläubig.

Dann traf ihn ein fruchtbarer Gedanke: Mit dem Office verlor er auch seine Charlotte Pieper. Er wurde nun doch wehmütig. Sie würde ab jetzt den Neuen umsorgen! Ein herber Verlust.

Verlorene Wahlen sind öffentliche Misserfolge und somit die schlechtesten Zeitpunkte, um von der Bühne abzutreten und einen Rückzug ins Private und aus der Politik zu verkünden. Es sieht dann so aus, als ob man kneifen und darüber hinaus eingestehen würde, die Schlacht und damit den Krieg verloren zu haben. Er war quasi gezwungen, weiter Politik zu machen. Das dritte Herz musste weiterschlagen. Aber auf Oppositionspolitik hatte er keine Lust. Nicht in dieses Hamsterrad, dachte er. Es gab ja noch den Joker, den er im Ärmel hatte.

War alles im Leben nur Zufall? Nein, wusste der APM, hinter jedem Leben steht Gott, für jeden hat der lenkende Gott einen Plan. Er schickt Prüfungen und öffnet neue Wege. In nur wenigen Monaten sollte es bei der Europäischen Kommission einen neuen Präsidenten geben, da der scheidende Amtsinhaber nicht mehr zur Wiederwahl stand.

Der APM brachte sich ins Gespräch, wurde Kandidat und gewählt. »Auf zu neuen Taten. Das Innere des neuen Hamsterrades sieht für mich wie eine Karriereleiter aus«, motivierte er sich für sein neues Amt.

Aus dem APM wurde jetzt PEK, der neue Präsident der Europäischen Kommission! Es ist schwer zu beschreiben, was nach der Wahl alles in den internationalen Zeitungen zu lesen war. Das ganze Spektrum von Lob bis Skepsis, von Freude bis Beschimpfung, von Neid über Zuspruch, bis zur völligen Ablehnung.

Der PEK hatte im Großen und Ganzen kein Problem damit. Nur eines nervte ihn: Dass eine kleine Gruppe über die sozialen Medien den Gedanken verbreitete, er würde sein neues Amt dafür benutzen, nun erst recht seine schützende Hand über Mittland und dessen Justiz zu halten, um sein Land aus der Schusslinie zu nehmen.

Das mag für diese Unverbesserlichen so aussehen, dachte er, doch die Wahrheit ist, dass eine Krise sich auf die andere türmt: Griechenland, Syrien, Libyen, Schleuserbanden, Balkan-Terrorismus, der selbsternannte Islamische Staat, Herr Putin mit seinen Expansionsgelüsten. Glaubt da einer ernsthaft, ich könnte mich um die kleinen Probleme eines einzelnen Staates kümmern? Man war gewillt, ihm das zu glauben, denn die Krisen in Europa, im Orient und der Ukraine bildeten sein Tagesgeschäft und erforderten rund um die Uhr seinen Einsatz. Er wiegelte ab, denn solche Unverbesserlichen würden sowieso Politikern stets misstrauen.

Im Glauben, seine Krisen in Mittland ein für alle Mal hinter sich gelassen zu haben, konnte der PEK nicht widerstehen und es bereitete ihm diebische Freude, seinem Nachfolger in Mittland einen Nadelstich zu versetzen. Er warb ihm Frau Piper ab, die mit ihm nach Brüssel ging, um dort sein Büro zu leiten.

Bei Frau Pipers erster Begegnung mit ihrer neuen lichtdurchfluteten Dienststelle öffnete der PEK ihr höchstselbst die Tür und ließ ihr den Vortritt, sagte kein einziges Wort zu ihrem neuen Reich und gab ihr die Zeit, den Eindruck auf sich wirken zu lassen. Doch Frau Piper hatte keine

Zeit. Ihr Blick scannte den Raum ab. Sie ließ ihn unvermittelt stehen, ging mit zügigem Schritt, wie magnetisch angezogen, durch den Raum zu der Tür, die das Vorzimmer mit dem Büro des PEK verband. Erwartungsvoll, aber auch bangend, nahm sie die Klinke in die Hand, öffnete die Tür und schwang sie zurück ins Schloss, wo die Türe ruhend verblieb. Sie wiederholte den Vorgang zwei Mal.

Erst jetzt strahlte sie und sah den PEK an. Das intime Lächeln zwischen ihr und dem PEK flutete das Büro.

Der zerbrochene Spiegel
Mai 2012

Das Rad geschultert, stieg Jil Berg am späten Abend die Treppen zu ihrer Wohnung hoch, öffnete die Wohnungstür, ging durch den unbeleuchteten Flur in die Küche, schaltete das Licht ein und legte den Schlüsselbund wie gewohnt in die uralte Batavia-Tabakdose, die sie auf einem Flohmarkt gesehen und sofort gekauft hatte.

Der Wolf hatte eine Indoor-Garage in der Küche, ein an die Wand geschraubtes Spezialgestell aus Rohren und Flachstahl, auf dem er sich jetzt ausruhen konnte. Jil setzte Teewasser auf und ließ Tasche und Jacke gedankenlos auf den Flurboden gleiten. Um frische Luft hereinzulassen, öffnete sie das Küchenfenster, denn es roch seltsam, wie sie fand.

Hier machte sie es sich gemütlich, goss grünen Sencha-Tee auf und beschäftigte sich gleichzeitig mit der Einkaufsliste für ihr Candle-Light-Dinner mit Chili. Prüfend sah sie zum Regal mit den spärlichen Kochbüchern hinüber, die allesamt gut gemeinte Geschenke von Freunden waren. Immer wieder schweifte sie vom Thema Dinner ab und durchdachte den Fall Bank Moneta. Ihr Instinkt sagte, dass sie in einem ordentlichen Tempo und in Richtung des Kernes der Wahrheit vorankam.

Wovor haben all die Geheimniskrämer so viel Angst? Es ist naiv zu glauben, ihre dunklen Machenschaften kämen nicht ans Tageslicht. Was in aller Welt ist so ungeheuer wichtig, dass sie mich einschüchtern wollen, ja, sogar ausschalten? Oder ist es gar keine Angst, die sie antreibt, sondern sie handeln in der Überzeugung, sie täten das Richtige? Sie seien die Guten? Das Recht wäre auf ihrer Seite?

Hinter allen einzelnen Fragen, die sich wie Gewitterwolken in ihrem Kopf formten, spähte ihr Unterbewusstsein nach der nächsten Portion ansteigenden Angstgefühls. So sehr sie es für sich selbst herunterspielte, das Trauma vom Angriff auf sie war beileibe nicht überstanden, auch nicht nach zwei Jahren. Es ließ sich nicht wegsperren oder tilgen. Wenn sie Glück hatte, ließ es sich verdrängen, aber das schien durch ihren Job fast unmöglich. Je besser sie ihre Arbeit machte, umso mehr war sie in Gefahr.

Jil hob den Kopf und fokussierte gedankenversunken die nachtschwarze Fensterscheibe. Im selben Augenblick schaltete ihr Gehirn auf höchste Alarmbereitschaft. Das Schwarz des Viereckes rief bei ihr augenblicklich das Bild der schwarzen Lache Motoröl hervor und wie sie darin hilflos lag. Es war so lebendig, dass sie felsenfest davon überzeugt war, die Luft in der Küche rieche plötzlich nach Motoröl.

Sie tat etwas vermeintlich Dummes, sie schloss die Augen und überließ ihrem Kopf die Regie. Sogleich spulte ihr Gehirn die vielen schnellen zuckenden Sequenzen und Eindrücke vor ihrem inneren Auge ab. Sie erlebte noch einmal, wie sie pfeilschnell über die pechschwarze Öllache mitsamt dem Steppenwolf schnurstracks auf einen soliden Betonkübel zuraste. Puls und Atmung beschleunigten sich, und die feinen Härchen an Armen und Nacken stellten sich auf. Kalter Schweiß benetzte ihre Haut und leichtes Zittern stellte sich ein.

Umkehren, dachte sie, bloß umkehren. Sie durfte sich nicht in diesen Bildern verlieren. Aber wie? Wie sah die Gegenmaßnahme aus, die es ermöglichte, aus dem Film auszusteigen? Ahnungslos, welche Region ihres Unterbewusstseins sich eingeschaltet hatte, schoss ihr urplötzlich der Begriff *Antithese* in den Sinn. Immer wieder dieses Wort. Ihr Denken folgte nicht mehr rationalen Mustern. Sie steckte im Irrationalen. Gehirnströme sendeten, Synapsen empfingen, Impulse flossen. Es öffnete sich unwillentlich ihr Mund.

»Weiches grünes Moos ... weiches grünes Moos ... weiches grünes Moos«, wiederholte sie immer wieder, als wäre es eine Beschwörungsformel. Ihr war nicht bewusst, dass sie sprach und was sie sprach. Doch es wirkte, sie sah vor ihrem inneren Auge ein sanftes Wäldchen mit einem murmelnden Bach, der gesäumt war mit weichem grünem Moos, mit riesigen Teppichen von Moos. Unvorstellbar, aber die Sequenzen der Höllenfahrt schoben sich beiseite, sie verschwanden.

Jil öffnete die Augen und fand sich steif auf dem Stuhl sitzend, beide Hände fest um die heiße Tasse Sencha umschlossen, ihren linken Fuß hochgezogen auf die Sitzfläche. Kein Zittern mehr. Ihre Gedanken waren so komplett durcheinander, dass der diffuse Nebel in ihrem Kopf ihr ein klares Bild verwehrte. Sie brauchte dringend eine Pause.

Es war fast Mitternacht. Jil saß immer noch am Küchentisch. Es brauchte seine Zeit, bis sie sich wieder im Griff hatte und die Irrationalität abschütteln konnte. Normalität, sagte sie sich, was ich brauche, ist Normalität, ist Struktur. Also, was liegt für morgen an? Richtig, Linda Barlotte anrufen.

Der Drang, ihren Gedanken auch körperlich zu folgen, ließ Jil nach Lindas Telefonnummer suchen. Sie ging zum Flur, zog den Computer aus der Tasche und vernahm dabei ein Knirschen unter ihrem linken Schuh. Vorsichtig hob sie den Fuß. Wie kam die Scherbe ihres Spiegels dorthin? In ihrer Erinnerung war der runde Flurspiegel nicht zu Bruch gegangen. In unmittelbarer Nachbarschaft der Scherbe lagen weitere Spiegelstücke, die sie beim Hineingehen in ihre Wohnung übersehen haben musste.

Jil richtete sich auf. Sie erstarrte, fuhr zugleich erschrocken und entsetzt zurück.

Inständig bemühte sie sich, gefasst zu reagieren. Der runde Flurspiegel, an dem sie vor ein paar Minuten achtlos vorbei in die Küche gegangen war, war eingeschlagen. Um die Mitte des Flurs, dort, wo er hing, verteilten sich viele weitere Splitter.

In Angst und Schrecken versetzte sie eine Scherbe, die die Form eines kleinen, 15 Zentimeter langen Dolches hatte und deren breite Unterseite noch im Spiegelrahmen steckte. Auf der Spitze des Spiegeldolchs war eine abgehackte Hühnerkralle aufgespießt, grobschuppig, mit gelber Haut und braunen dunklen Zehen.

Jil starrte lange auf die Kralle. An der Mittelzehe hing ein keiner Zettel, ein unförmiges Stück weißes Papier, das man offensichtlich achtlos abgerissen hatte. Sie hatte eine Nachricht bekommen. Jil fühlte, wie ihr Plus sich rasant beschleunigte und ihre kleinen Härchen verrücktspielten.

Zögerlich setzte sie einen Fuß vor den anderen, bis sie lesen konnte, was dort in Großbuchstaben geschrieben stand: »STOP IT«. Das war alles; keine weitere Botschaft. Ihr Atem ging rasch, das Herz raste und das Blut pochte in ihrer Halsschlagader. Stumm und unbeweglich stand Jil im Flur, dann ging sie vorsichtig rückwärts, Schritt für Schritt, ohne ein Geräusch zu machen. Sie zog ihr Handy aus der Hosentasche und drückte die Schnellwahltaste fünf.

Freizeichen. Achilles nahm am anderen Ende ab.

»Hey!« Achilles schien erfreut, sie zu hören.

Jil atmete ins Mikrofon.

»Jil, was ist los? Alles okay?«

Jil kämpfte gegen ihren Schock und senkte das Handy, es lag fest umklammert in ihrer Hand, nicht am Ohr. Kamen aus dem dunklen Wohnzimmer Geräusche? Bewegte sich der kleine Lichtstrahl? Im selben Moment stieg ihr die Angst hoch. War es möglich, dass diejenigen, die die Hühnerkralle an den Spiegel gesteckt hatten, noch in der Wohnung waren? Sie blieb stocksteif stehen. Hand und Handy bewegten sich langsam zum Ohr.

»Sie sind wieder da!«, flüsterte sie. »Ich glaube, sie sind hier in meiner Wohnung! Komm her. Sofort! Schnell, bitte, so schnell du kannst!«

Jil schaltete das Handy aus, ohne auf Achilles' Antwort zu warten. Sollte tatsächlich jemand in der Wohnung sein, brauchte sie ihr Pfefferspray. Doch der lag in ihrem Schreibtisch in der Redaktion. Andere Waffen hatte sie nicht. Ihr Blick fiel auf die Scherbe, die noch im Spiegel steckte.

Jil bewegte sich rasch zum Spiegel zurück, zog die dolchartige Spiegelscherbe heraus, schüttelte die Kralle ab, umfasste das Ende der Scherbe mit dem rechten hochgezogenen Ärmel ihres Pullovers, der so halbwegs Schutz vor der scharfen Schneide bot und bewegte sich, den Dolch voraus, wieder langsam aus dem Flur heraus. Erstes Ziel war die helle Küche, wo sie sich sicher glaubte. Daran angrenzend lag das Wohnzimmer. Ein kleiner Rest des Küchenlichts fiel matt auf den Durchgang und erhellte die ersten Zentimeter des Wohnzimmers minimal. Umrisse von Möbeln verschwammen fast vollständig im Schwarz der hinteren Region des Zimmers. Die Spiegelscherbe in der rechten Hand suchte sie mit der linken nach dem Lichtschalter. Ihre Finger tasteten nach der Plastikumrahmung des Schalters.

Doch sie zögerte, das Licht einzuschalten. Wollte sie wirklich feststellen, ob jemand im Raum war? Könnte das den Einbrecher nicht sogar provozieren, sie anzugreifen?

Aus dem Nichts packte jemand ihre Hand, sodass diese wie in einem Schraubstock gefangen saß. Sie wusste nicht, wie ihr geschah, blitzschnell umfasste eine zweite Hand ihren Oberarm mit derselben Routine. Noch bevor sie schreien konnte, zerrten sie die Hände in das Innere des schwarzen Raums.

Jil hatte weder die Kraft noch die Geistesgegenwart, sich dagegen zu wehren. Urplötzlich und mit Wucht schleuderte sie der Angreifer in die Tiefe des stockfinsteren Wohnzimmers. Jil drehte eine Pirouette und schlug krachend gegen ein Sideboard.

Es schepperte seitwärts von ihr. Die versilberte Obstschale landete auf dem Fußboden. Jetzt nahm sie die Umrisse der Gestalt wahr, die sie weggeschleudert hatte. Sie stand im Schein des Küchenlichts. Die Kreatur kam in Zeitlupe, wie es Jil schien, auf sie zu, ohne Hast und gespenstig langsam. Der Weg rückwärts war ihr verbaut, keine Flucht möglich. Die Kommode und die hintere Wand des Zimmers engten ihren Bewegungsspielraum ein. Instinktiv ging sie in die Hocke, um im Dunkeln klein und unsichtbar zu werden. Der Umriss der Gestalt wurde größer, bis die Gestalt etwa einen Meter entfernt vor ihr stand.

Blitzschnell rückte die Gestalt nach vorn auf sie zu, sodass ihr keine Zeit für irgendeine überlegte Aktion blieb. Zwei große Hände fassten sie an den Armen, zogen sie hoch und stellten sie wieder auf die Beine. Jil schrie seltsamerweise nicht auf, sondern schien lethargisch die Rolle eines Beobachters einzunehmen, als säße sie vor dem Fernseher.

Fast schien es, als wolle der Angreifer ihr helfen, als ob es ihm leidtäte und es nicht seine Absicht gewesen wäre, sie zu verletzten. Die fremden Hände übten milden Druck auf ihre Schultern aus. Die Berührung fühlte sich in keiner Weise ruppig oder brutal an, eher behutsam und bedächtig. Der Angreifer stand jetzt genau vor ihr, und Jil konnte erkennen, dass der Mann – es war eindeutig ein Mann – schwarze Kleidung trug. Eine Art Kampfanzug aus einem speziellen Material, der nicht das kleinste Geräusch verursachte. Der Anzug lag am ganzen Körper hauteng an, wie ein Taucheranzug. Durch das wenige Licht schimmerte der Stoff.

Später versuchte sie sich zu erklären, wie es dazu kam, was nun folgte. Man stand sich nun direkt gegenüber. Sie folgte einem Impuls und schleuderte übergangslos ihren rechten Arm dem Schatten entgegen. Die Spiegelscherbe schnellte vor. Alles ging rasend schnell.

Die Scherbe schnitt über den linken Arm des Mannes, sie war sich sicher, da sie Widerstand spürte. Ob von Haut oder Stoff wusste sie nicht. Gleichzeitig lief ihr eine warme Flüssigkeit über das Handgelenk den Unterarm entlang. Jill war so voll mit Adrenalin, dass sie nicht wusste, ob sie sich selbst an der scharfen Kante des Dolches geschnitten oder den

Angreifer verletzt hatte. Keine Zeit für Überlegungen.

Jils Scherbe sauste auf und ab, in der Diagonalen und Gegendiagonalen. Sie fühlte erneut Widerstand an der Klinge. Die schwarze Gestalt sprang rückwärts zur Küche. Da konnte sie im restlichen Küchenlicht den Mann und alle seine Bewegungen deutlich erkennen. Da der Schattenmann in ihre Richtung ins Dunkel blicken musste, gab ihm das vermutlich keine gute Sicht. Jil blieb, wo sie war. Er sollte nicht sehen, was für eine klägliche Waffe sie hatte.

Keiner der beiden gab einen Laut von sich. Wartete er auf sie? Wägte er ab, wie gefährlich sie ihm werden konnte? Was für ein skurriler Moment!

Der Mann fasste sich an den linken Arm. Dann streckte er ihr die flache aufgestellte Hand entgegen, um ihr sagen, dass sie bleiben sollte, wo sie war. Plötzlich zog sich der Angreifer rückwärts in Richtung Wohnungstür zurück.

Der Ninja verschwand. Sie hörte, wie die Wohnungstür ins Schloss fiel.

Stille. Jil blieb zurück, ohne dass sie einen einzigen Schrei getan hatte. Die volle Konzentration auf ihre Abwehr hatte ihren Körper in die Lage versetzt, keine Schmerzen zu spüren. Doch langsam meldete sich der Schmerz in ihrem Oberschenkel, mit dem sie gegen das Sideboard gestoßen war. In ihren Handgelenken pulsierte ebenfalls ein leiser anschwellender Schmerz. Der Ninja hatte ihre Arme unnatürlich verdreht.

Jil lief in den Flur und verschloss die Türe zweifach und begab sich sofort zurück in die beleuchtete Küche. Hier stand sie, angelehnt an den Küchentisch, am ganzen Körper zitternd, und spürte den kalten Hauch auf ihrer Haut.

Es war paradox, aber sie hatte keine Todesangst. Nein, sie spürte eine aufsteigende Euphorie, eine triumphale Aufgekratztheit kroch in ihr hoch. Sie hatte den Angreifer in die Flucht geschlagen! Sie lebte! So taff sie sich in Gedanken auch gab, sie stand noch immer unter Strom.

Als sie die Hausklingel hörte, zuckte sie zusammen. Das eben noch standfeste Trugbild ihrer Robustheit fiel in tausend Stücke. Ihr Körper versteifte sich, in ihren Ohren rauschte es und sie war nicht imstande, sich einen Millimeter vom Fleck zu rühren. Stocksteif und zitternd lehnte sie weiter am Küchentisch. Kam der Angreifer etwa zurück? Sie hielt immer noch die blutige Scherbe in der Hand und konzentrierte sich auf jedes Geräusch.

Es hämmerte gegen die Haustüre. Jemand brüllte. Eine flache Hand schlug mehrmals gegen Holz. Die Klingel wurde abermals gedrückt. In Jils Kopf herrschte ein konfuses Chaos. Ihre Augen flatterten. Aus dem Dickicht ihrer Verwirrung flog ihr ein Bild zu wie ein Insekt, die Erkenntnis, dass der Angreifer niemals an die Türe klopfen oder sogar klingeln würde.

Sie schüttelte sich. Rief da jemand ihren Namen? Tatsächlich, so war es. Achilles war endlich da. Den Schlüssel herumzudrehen machte Mühe, denn irgendetwas in ihr weigerte sich, die Türe aufzuschließen. Als endlich die Türe aufging, stand Achilles vor ihr, und sein besorgter Blick suchte sie von oben bis unten ab. Gerade als er auf sie zukommen wollte, fiel sein Blick auf die Spiegelscherbe in ihrer Hand, von der Blut zu Boden tropfte. Mit aufgerissenen Augen starrte er die Scherbe an.

»Um Himmels willen, was ist passiert? Bist Du verletzt?« Achilles sah sie entsetzt an, stellte sich in die Tür und zog sie vorsichtig an sich heran, ohne mit der Scherbe in Berührung zu kommen. Dann schloss Achilles die Tür und beide gingen in die Küche.

Behutsam öffnete er Jils verkrampfte Hand, nahm die blutige Scherbe an sich und legte sie vorsichtig auf dem Boden ab. Da sah er die Teekanne, der ein wenig Dampf entwich. Er füllte die große Tasse und hielt sie Jil hin.

»Setz dich«, bat er sie.

Als sie zitternd seiner Bitte nachkam, setzte er sich neben sie und war weise genug, sie nicht mit Fragen zu bedrängen. Er wartete, bis sie von sich aus zu reden anfing. Er holte eine Decke und hüllte sie darin ein.

»Im Flur«, sagte Jil leise. Ihr Zittern ließ nach. »Im Flur. Die Botschaft.«

Achilles verstand sie nicht, und als Jil mit dem Finger in Richtung Flur zeigte, stand er auf und ging zum zerbrochenen Spiegel. Zwischen den Glasscherben fand er eine Hühnerkralle und einen Zettel.

»Stop it«, las er laut. Da blickte er ahnend zu Jil zurück. Die Schweine erhöhten also den Druck!

»Polizei?« Jil schaute Achilles fragend an. »Eine Anzeige?«

Nach kurzem Nachdenken schüttelte Achilles den Kopf. »Was ist, wenn die Polizei mit drinsteckt?«, sagte er mahnend. Er konnte sich gut ausmalen, dass man sofort Beweise auf Nimmerwiedersehen verschwinden ließe und den heutigen Angriff als Hirngespinst oder, was eher denkbar wäre, als hysterischen Anfall deklarieren würde.

Es brach ihm das Herz, Jil so eingeschüchtert und verängstig zu sehen. Wie zerbrechlich sie doch wirkte! Achilles ging zurück, nahm sie behutsam in seine Arme und spürte ihr Herz, wie es stampfte und kämpfte.

»Weißt du, was komisch war?« Ihr Kopf lag noch an seiner Brust, und sie sprach in den Raum hinein. »Nachdem der Mann mich in das hintere Wohnzimmer geschleudert hatte, kam er und half mir auf! Er fasste mich vorsichtig bei den Armen und half mir aufzustehen! Als ob er sich für die Attacke entschuldigen wollte. Als wäre es nicht seine Absicht gewesen, als täte es ihm leid. Der Mann hatte nicht vor, mir etwas anzutun. Er wollte wohl nur diese Warnung für mich hinterlassen und hat nicht damit gerechnet, dass ich ihn dabei überraschen würde. Er dachte wohl, dass ich diese Nacht gar nicht mehr nach Hause kommen würde.«

Jil drehte den Kopf und sah Achilles an. Er antwortete mit einem leichten und ruhigen Nicken. Allmählich beruhigte sie sich und erzählte ihm alles, was sich zugetragen hatte.

»Du bist meine Heldin, Jil«, sagte er, »aber das nächste Mal verlässt du sofort die Wohnung, wenn du einen Fremden bemerkst. Ich bin auf dem Weg zu dir wahnsinnig geworden vor Sorge um dich.«

»Bleibst du heute Nacht bei mir?«

»Natürlich.«

Vor dem Schlafengehen legte Achilles vorsichtig die Spiegelscherbe in einen Gefrierbeutel, und legte sie in den Gefrierschrank, damit das Täterblut sich in Kristalle verwandelte.

Ein ungewöhnlicher Fund
Juni 2012

Zwei Jahre, nachdem Atuqtuaq in Mittland den Airbus 300 zurück nach Kopenhagen bestiegen hatte, spielten Kinder unter der Brücke an der alten Pulvermühle. Sie wollten nach kleinen Äschen und Gründlingen angeln und warfen ihre Haken in den Fluss. Da, einer hatte angebissen. Nur den Fisch an Land zu holen, wollte nicht gelingen.

Ihre Väter zogen schließlich an den Angelhaken. Sie staunten nicht schlecht, was sie zutage förderten: ein überdimensionales Reiskorn. Keiner von ihnen konnte sich einen Reim auf diesen komischen Fang machen. Äußerlich sah das Ganze frisch aus. Ohne Zweifel handelte es sich um etwas, das durch Menschenhand bearbeitet worden war. Aus Angst vor Viren oder Bakterien und anderen ansteckenden Krankheiten ließen die Väter das lange Reiskorn unangetastet und holten, nach einer Phase der Unentschlossenheit, die Polizei.

Diese sperrte als Erstes das gesamte Areal und sorgten dafür, dass alle Kinder hinter die Absperrung in einen sicheren Abstand vom Fundort gebracht wurden. Ein Sprengstoffspezialist mit dicker Schutzkleidung und hermetisch verschlossenem Helm wurde herbeigebracht, der sich dem Objekt sehr vorsichtig näherte und es schlussendlich öffnete. Mit zwei Schnitten längs der Fellrichtung klappte der Spezialist das Ding auseinander. Auf das, was er zu sehen bekam, war er nicht vorbereitet. Der Anblick schlug ihm ohne Verzögerung auf den Magen. Für Derartiges war der Bombenexperte nicht ausgebildet. Schon war es zu spät, er übergab sich in seinen Helm.

Es gab Entwarnung, man beruhigte due Bevölkerung, es würde sich nicht um eine Bombe handeln. Daraufhin kletterte der Polizeichef zusammen mit ein paar anderen Beamten zum Fluss hinunter und besah sich die Wasserleiche. Die Unterwasserbalsamierung hatte Viggo Lasse Paulsen erstaunlich frisch gehalten, nun ja, er war recht bleich und blutleer, als wäre er von Dracula heimgesucht worden, doch er wies nur wenige Spuren der Verwesung auf. Er war schließlich nicht mit Sauerstoff in Berührung gekommen und zudem konserviert mit Salz und einer Erdpech-Bienenwachs-Mixtur. So präsentierte er sich in einem Zustand, den die Maskenbildner bei Horrorfilmen immer zu erreichen versuchen.

Die Todesursache war eindeutig. Bei dem durchtrennten Hals und dem ausgeweideten Köper gab es darüber keine zwei Meinungen. Die Frage nach dem Todeszeitpunkt zu stellen war illusorisch, schon gar nicht, sich auf Tag oder Stunde festzulegen. Aus forensischer Sicht ließ sich nur spekulieren. Man druckste herum und hob die Schultern.

Der Fund interessierte natürlich die Zeitungen und andere Medien. Es war ein richtiger Auflauf an Kameras an der Fundstelle. Journalisten interviewten den Brandmeister der Feuerwehr und den Sprengstoffspezialisten, sobald dieser sich erholt hatte. Den Bürgermeister bedrängte man mit Fragen, und der Polizeichef flüchtete vor den Mikrofonen, weil es nur Spekulatives zu sagen gab. TV und Printmedien berichteten eine Woche lang Abend für Abend. Die Identität des »Robbentoten« gab von Anfang keine Rätsel auf, steckte doch die Brieftasche mit allen Papieren, Geld und mehreren Kreditkarten immer noch im Jackett und damit in Viggo Lasses Magen. Man war jedoch gänzlich rat- und ideenlos über das Motiv der Tat, den Hergang und alles andere. Eine Blutanalyse kam nicht in Betracht, ganz einfach, weil kein Blut mehr in Viggo Lasse vorhanden war.

Nach vier Wochen, als man das Ereignis an der Pulvermühle schon wieder aus dem Gedächtnis hatte, kam der Tote wie ein Hurrikan in die Schlagzeilen zurück: »Robbentoter war ein Investmentbanker. Was wusste der Geheimdienst?«

Retten, was man kann
November 2014

Seine Exzellenz Giacomo de Molina-Nucia, apostolischer Nuntius des Heiligen Stuhls, stand am Geldautomaten mitten in der Vatikanstadt und zog Euroscheine aus dem kleinen Schlitz. Er fand es grenzenlos lächerlich, dass dieser Automat – und nur dieser – sich mit seinen Benutzern auf Latein verständigte. Aber so war es. Im Kaufhaus, das früher das alte Bahnhofsgebäude war, wollte er seinen geliebten schottischen Hendrick's Gin kaufen, sich anschließend in seine Kemenate zurückziehen und bei einem Schluck dieses göttlichen Wacholdergeistes den Tag ausklingen lassen.

Aber dazu kam es nicht. Auf seinem Weg über die Via Pio X auf Höhe des *Archivio Segreto* lief der Sekretär des Kardinals Toulan, Pater Jeremy O'Kelly, hinter ihm her, bis er ihn einholte.

»Eure Exzellenz, Gott zum Gruße, der Herr Kardinal schickt mich. Er bitte Sie um eine Unterredung. Es eilt, soll ich bestellen. Bitte kommen Sie umgehend.« Der Sekretär kratzbuckelte, was das Zeug hielt. De Molina-Nucia murrte nach innen, weil der müßige Ausklang seines Tages jetzt ins Wasser zu fallen drohte. Er ließ den Pater vor sich hergehen, denn er verspürte nicht die geringste Lust, sich mit ihm unterhalten. Diese gebieterische Einbestellung kam für ihn fast einem Affront gleich. Er stammte schließlich aus dem Hochadel Spaniens und dies galt es in jeder Weise zu berücksichtigen.

In der Cortile Sisto V, dem Sitz der IOR, der Vatikanbank, hielt der Pater ihm die Tür auf. De Molina-Nucia hatte gerade die Pforte passiert, da überholte ihn O'Kelly springenden Schrittes wie Fernandel im Film »Don Camillo und Pepone«, nur um mit einem »Mi dispiace! Permesso« ihm die nächste Türe zu öffnen.

De Molina-Nucia dachte, er würde lieber den ganzen Tag Weihwasser trinken, als einen solchen Schleimer um sich herum zu haben. Der rechte hohe Holztürflügel wurde von O'Kelly mit aller Kraft aufgehalten, und der Nuntius betrat das Konferenzzimmer der Vatikanbank. Die Türe fiel zurück ins Schloss, da schoss der Sekretär wieder an ihm vorbei auf den Konferenztisch zu, zog mit einem kratzenden Geräusch einen Stuhl vom Tisch weg, drehte ihn und machte mit der Hand eine Geste, dass Seine Exzellenz doch hier Platz nehmen wolle.

Sodann fragte er untertänigst, ob Tee oder Kaffee gewünscht würde. Ein hölzernes Ächzen wurde hörbar, was durch das Öffnen einer kleinen Türe, die sich unscheinbar in der Holztäfelung am Ende des Saales versteckte, verursacht wurde.

Kardinal Jean-Louis Toulan betrat den Raum. De Molina-Nucia kannte den Kardinal flüchtig. Das blasierte Gesicht, was ihn von oben herab betrachtete, passte zu dem Franzosen, fand er.

Kardinal Toulan begrüßte seinen Kollegen mit »Der Herr sei mit Dir«, worauf de Molina-Nucia nichts antwortete, weil er es affig fand, diese verstaubte Begrüßung zwischen Kollegen zu benutzen. Pater O'Kelly hatte seine Pflicht als Hausgeist erfüllt, und Kaffee und Tee standen vor den beiden Würdenträgern. Der Pater selbst war verschwunden.

»Mein lieber Giacomo«, begann der Kardinal, »zunächst muss ich Abbitte leisten, dich so unsanft hierher beordert zu haben. Aber die Umstände ...«. Der Nuntius sah das blässliche Gesicht des Kardinals näherkommen, als der sich vorbeugte und flüsterte, als hätten die Wände Ohren, »wir haben ein Problem!«

»Mein Gott, Toulan«, antwortete de Molina-Nucia absichtlich laut, weil es als bekannte Tatsache galt, dass es den Kardinal auf die Palme brachte, wenn man ihn mit seinem weltlichen Familiennamen ansprach, »... ein Problem, ein Problem! Wir haben hunderte von Problemen! Damit leben wir schon über zweitausend Jahre. Was ist denn so schlimm, dass dein Pater O'Kelly mich einsammeln musste?« Damit hatte er sein Missfallen über das Herbeizitieren überbracht.

»Etwa 980 Millionen US-Dollar unserer unrühmlichen Banco Ambrosiano, die sich bis heute auf Offshore-Konten dieser gestrandeten Bank Moneta in Mittland befinden!«, sagte der Kardinal sehr leise und wurde noch blasser.

»Was ist damit?«, wollte der Nuntius wissen. Vielleicht war er ein wenig zu harsch gewesen, aber diese Kerle sitzen den ganzen Tag hier im Vatikan herum und kommen nie an die frische Luft, dachte er, bei denen spukt es doch im Kopf.

»Die mittländische Justiz hat alle Transfers eingefroren! E-I-N-G-E-F-R-O-R-E-N!« Kardinal Toulan schlug bei jeder Silbe des Wortes mit der flachen Hand auf den Mahagonitisch. »Man sagte uns, es gäbe Probleme, mehr wissen wir nicht. Als einer der Aufsichtsräte der Vatikanbank bin ich unter anderem verantwortlich dafür, dass keine unangenehmen Neuigkeiten nach außen dringen. Der Heilige Vater hat bezüglich der Banco Ambrosiano hundert Prozent Aufklärung versprochen, und wir sind in der Tat dazu verdonnert, endlich Ruhe in diese Sache zu bringen.«

»Und was willst du von mir?«

»Als Nuntius des Heiligen Stuhls bist du in Mittland akkreditiert und hast Zugang zu Stellen, die uns helfen können, das Problem zu lösen. Die 980 Millionen US-Dollar müssen unbedingt wieder zurück in den Schoss der Mutter Kirche, zurück zu uns, in den Vatikan. Der Heilige Vater betraut dich hiermit mit dieser Mission.«

De Molina-Nucia begann sich innerlich zu empören, denn als Diplomat spürte er sofort, dass er hier vor den Karren gespannt werden sollte. Man brauchte einen, der auf zwischenstaatlichem Wege das Geld zurückholte und einen, dem man, wenn es schief ging, die Schuld in die Schuhe schieben konnte. Für Toulan war er beides in einer Person. Als Spanier kamen ihm Franzosen falsch und intrigant vor, was er jetzt wieder einmal bestätigt sah. Dass der Kardinal bereits den Heiligen Vater überredet hatte, passte zu der Heimtücke, denn jetzt ließ man ihm keine andere Wahl, als nach Mittland zu fahren und sich um das Problem zu kümmern.

»Verstehe«, sagte der Nuntius gereizt, »und wie stellen wir das an?«

»Gottes Wege sind unergründlich«, gab der Jean-Louis Toulan zurück, breitete die Arme aus, zugleich schaute er mit einem Augenaufschlag himmelwärts. Das sollte wohl heißen, dass das Gespräch zu Ende war.

Ohne den Kaffee angerührt zu haben, stand de Molina-Nucia auf und verabschiedete sich misslaunig mit einem »Adiós«. Wie aus dem Nichts kommend stand plötzlich Pater O'Kelly an der Tür und öffnete sie. Als er auf den Flur trat, überholte ihn O'Kelly wieder, und das Tür-Öffnen-Spiel begann von vorne, nur rückwärts, bis sich O'Kelly auf der Straße ehrerbietig verabschiedete und im Haus Cortile Sisto V verschwand. De Molina-Nucia brummte vor sich hin, er hatte jetzt schlechte Laune wegen dieses Auftrages und auch, weil er noch nicht wusste, wie er diesen so erledigen konnte, dass er zum Schluss nicht derjenige war, dem man die Schuld des Scheiterns zuschob. Er marschierte schnurstracks zum Supermarkt, kaufte sich die Flasche Hendrick's Gin, schloss anschließend sein Apartment auf und grübelte mit einem Glas in der Hand, wie er in Mittland das Geld loseisen konnte.

Mars und Amor
Sommer 2015

Paris im Frühling war und ist mit nichts zu vergleichen. Das berühmte Savoir-vivre der Stadt steckt jeden an, der sich Paris nähert, der in einer Brasserie, einem Bistro oder einem ver-steckten Café das Fluidum, das Kolorit der Stadt aufsaugt. Paris, die große Metropole, ist liebenswert, manchmal etwas verschroben und selbstverliebt, tagsüber ambitioniert, abends luftdurchlässig und in der Nacht agil und sexy. Eine Trumpf-karte der Wirtschaft, ein Diamant in der Krone des Staates, ein wohlgefälliger Platz des Lebens und der Lebensfreude.

Aber nicht so im Jahr 2015. Das Jahr gehörte mehr Mars als Amor. Der Schatten eines schwarzen Banners fiel auf die Stadt. ›Es gibt keinen Gott außer Gott‹, drohte der Schatten den Pariser Bürgern, denn er hasste ihre in aller Welt gefeierte freie Lebensart. Unter den Kriegern des schwarzen Schattens wuchsen Wut und Abscheu, wenn sie an das freisinnige und tolerante Paris dachten.

Die Krieger beschlossen zu handeln. Mit Lâ-ilâha-illâ-ʿallah-Rufen stürmten sie in die Büros von Charlie Hebdo, drangen ins Bataclan, in umliegende Restaurants und sogar auf den Vorplatz des *Stade de France*, denn ihre Bomben sollten Tod und Schrecken verbreiten. Wie passten die Massaker durch Maschinengewehre und Sprengstoffwesten zusammen mit dem Namen des Propheten?

Die Grand Dame Paris blutete durch ihr Kleid, das nicht nur die Farben der Grand Nation trug, sondern so viele Farbtöne auf sich vereinigte, dass sich daraus alle Flaggen der Welt hätten bilden lassen. Im Zentrum des schwarzen Banners des selbst ernannten Islamischen Staates sitzt ein weißer Punkt. Nun war das Weiß durch die Attentate befleckt und stand nicht mehr für Reinheit oder Unschuld. Es mutierte zu etwas Gefährlichem, wie zu weißem Phosphor, der harmlos im Meer, doch an Land explosiv ist, weil er sich in Verbindung mit Sauerstoff bis zu 1300 Grad selbst entzündet. Wer war jetzt zur Stelle, um den weißen Phosphor wieder ins Meer zu werfen, dort, wo er hingehörte?

Die Brasserie *La Rose de France* lag zugedeckt vom Halbdunkel der Platanen, die Stück für Stück die Sonnenstrahlen verschluckten. Der Place Dauphine galt als ein geeignetes Plätzchen, um sich aus dem Palais de Justice ins Freie zu flüchten und den Abend bei Moules Frites und einem vielversprechenden Sancerre von der Loire ausklingen zu lassen.

Heute herrschte im gesamten Gebäude des *Tribunal de Grand Instance* nur ein Gesprächsthema vor: Die Terroranschläge. Remy Van Rooy hielt es nicht mehr aus. Er musste nach draußen, er brauchte frische Luft, da die Nachricht vom menschenverachtenden Töten ihm einen tiefen Schrecken eingejagt hatte. Wie ein Spion, der hinter den geheimsten Türen zu verschwinden gewohnt war, lenkte er seine kundigen Schritte über die kürzeste Strecke im Gebäudelabyrinth des Justizpalastes, die ihn nach ein paar Minuten auf der Rue de Harley ins Freie treten ließ.

Eigentlich war es noch zu früh für ihn, aber die für den heutigen Tag angesetzte Verhandlung war vertagt worden. Der Grund war der Abzug der Sondereinheiten der Sicherheitspolizei, die täglich ihren Dienst im Palais de Justice verrichteten. Sie füllten die Kontingente der Gendarmerie auf, die nach den Anschlägen versuchten, in Paris die Normalität wieder-herzustellen.

Die Vertagung verschaffte ihm Zeit, um dem ganzen Irrsinn, der hier ablief, zu entkommen. Im *La Rose* wählte er einen Platz im Schatten, setzte sich und wartete auf Emile, der eigentlich Aziz hieß, und dessen Familie aus Tunis und Marseille stammte. Den Spitznamen Emile hatte er sich verdient, weil er mit seinem Spitzbart und der tränenförmigen Brille dem Schriftsteller Emile Zola verblüffend ähnlich sah.

»Bonjour Maître, Espresso, wie immer?« Emile stand in langer weißer Schürze und schwarzem Hemd gekleidet vor Van Rooy und balancierte das runde Tablett mit sauberen Aschenbechern und einem Wischtuch. Er wartete erst gar nicht die Antwort des Richters ab, sondern schob sofort neugierige Fragen hinterher. »Haben Sie im Palais Neuigkeiten über die

Anschläge? Gibt es was Neues? Hat man schon Verdächtige? Man ist ja seines Lebens nicht mehr sicher. Wo will man denn abends hingehen, ohne befürchten zu müssen, in die Luft zu fliegen? Es gab 25 Absagen gestern! Die Hälfte der Tische blieb leer. Ich fange an, mir große Sorgen zu machen.«

»Emile, bitte. Den ganzen Tag flattern Nachrichten im Palais herum wie aufgescheuchte Spatzen und weissagen das Erscheinen der apokalyptischen Reiter! Bitte, ich will nur hier sitzen, meinen Espresso trinken, womöglich etwas essen, aber vor allen Dingen will ich nicht über Terrorismus reden. Zu deiner ersten Frage: Ja, Espresso, und zwar einen doppelten. Zu den anderen: kein Kommentar.«

Remy Van Rooy knurrte und grummelte seine Sätze, um Emile klarzumachen, dass ihm nicht nach Reden war.

»Bon Maître, kommt sofort«, antwortete Emile und verschwand artistisch durch die Glastüren mit den langen lotrechten Messingstangen. Nach drei Minuten stand ein doppelter Espresso nebst einer grandiosen Crema vor Remy, dunkelgelborange und feinporig. Dazu servierte ihm Emile mit seinem charmantesten Lächeln ein Baba-au-Rhum im Miniformat mit einem Tupfer Zimtsahne als Trostpflaster. Beide lächelten.

Mit geschlossenen Augen, den Espressoduft in der Nase, saß der Richter und genoss endlich die Ruhe, in die er geflohen war. Seinen Schattenplatz hatte die Sonne schon halb aufgezehrt. Ein zweiter Stuhl schabte über den Boden und wurde an Remys Tisch gestellt. Er öffnete die Augen, enttäuscht, dass sein beschaulicher Moment sich just auflöste.

»Wusste ich's doch«, hörte er Luc Baggary triumphierend ausrufen, der jetzt Platz nahm. Emile kam schon an den Tisch und servierte Maître Baggary einen kleinen Roséwein aus La Motte von den Geschwistern Robert. Luc kam von der anderen Seite durch das *La Rose* und hatte die Bestellung vorher aufgegeben. Remy zog die Augenbrauen hoch, als er das Glas Rosé erblickte.

»Kaffee macht mich jetzt nervös, Remy. Mir schwirrt der Kopf von dem ganzen Gerede über Bomben im Namen Allahs. Wer von unseren geschätzten Kollegen kann denn überhaupt überblicken, worauf die IS-Kämpfer abzielen und was sie als Nächstes aushecken? Ich glaube, diese Radikalen wissen es selbst nicht. Zumindest nicht die, die sich in die Luft sprengen. Das sind doch nur die armen Würstchen der Strippenzieher, von den Imamen oder Kalifen oder wie die sich nennen. Das alles geht mir so auf den Sack, Remy! Ich will absolut nichts mit dem ganzen Scheiß zu tun haben. Blöd nur, dass wir in dieser sich verändernden Welt festsitzen! Verdammt noch mal, mich hat keiner gefragt, ob ich Veränderung will. Dich etwa?«

»Nein«, gab Remy akzentuiert zurück.

»Und jetzt? Was machen wir?« Luc Baggary war anzusehen, dass ihn das alles sehr beschäftigte. Er war kein Mann, der die Meinungen anderer nachplapperte, nur um zu gefallen. Er hatte immer seinen eigenen Kopf. Remy kannte ihn als extrovertiert. Luc war in der Lage, nächtelang zu diskutieren und damit manchem gehörig auf die Nerven zu gehen, aber solange Remy mit ihm in Freundschaft verbunden war, hatte er ihn nie re-signiert oder verängstigt gesehen. Doch jetzt schimmerte eine Beklommenheit, ein Schmelzen des Sicherheitspanzers durch, als ob Luc mehr und mehr erkennen würde, dass er in Wirklichkeit verwundbar war.

»Jetzt, mein lieber Luc, trinke ich Kaffee und du Rosé. Punkt und Ende.« Remy fasste Luc am Unterarm und sah Luc direkt in die Augen. Das Signal war angekommen. Sie prosteten sich zu. Das Thema Terroristen wurde zu den Akten gelegt. Fünf Minuten ohne ein Wort schauten sie auf den Quai de l'Horloge hinaus. Emile kam unaufgefordert mit einem weiteren Espresso, diesmal mit einem einfachen und einem neuen Glas Rosé. Den Baba-au-Rhum, der unangetastet auf dem Tisch stand, teilte Emile mit einem Messer in zwei Hälften und sagte leise, es solle doch gerecht in der Welt zugehen. Dann verschwand er wieder.

»Wieso bist du hier? Müsstest du nicht in deinem Schuhkarton sitzen und die leckeren gesunden Kräutertee-mischungen der Chou probieren?« Luc stichelte ihn. Als er betont und gestreckt »Chou« sagte, grinste er wie Jack Nicholson in *Shining*.

»Der Fall Bank Moneta«, antwortete Remy Van Rooy, ohne den Blick vom Quai de l'Horloge zu wenden. »Vor etwa acht Wochen habe ich doch mein Urteil gesprochen, dass es in dem Fall einen Prozess geben soll. Ich habe mich heute im Palais um das Prozedere gekümmert. Man hat mich um eine Empfehlung gebeten.«

»Empfehlung wofür?« Luc schien nicht zu verstehen.

»Eine Empfehlung dafür, welcher Staatsanwalt die Anklage vertreten soll. Ich habe deinen Namen genannt.« Remy Van Rooy schaute immer noch geradeaus auf das Ufer der Seine.

»Und, was haben die im Palais gesagt?«

»›Ja‹ haben sie gesagt. Es war ja kein weiterer Name im Spiel. Was sollte ich anderes sagen? Herzlichen Glückwunsch«, grinste Van Rooy.

Luc ließ einen leisen Pfiff hören. Er sollte jetzt dieser Bank Feuer unterm Hintern machen. Eine einmalige Chance für ihn und gut für die zukünftige Karriere. Alle Achtung, das war mal eine Neuigkeit. Sein Freund Remy spaziert mir nichts dir nichts ins Palais, und als er herauskommt, hat er den Vorsitz geregelt. Donnerwetter!

»Ich werde dich nicht küssen, Remy, auf keinen Fall. Aber Danke! Und du glaubst, ich kann das, die Anklage leiten?«

»Na, wer denn sonst? Mach dir nicht in die Hose! Du musst die Sache nur fest verschnüren und hier und da wasserdicht machen. Rede mit den Anwälten der Gruppe, aber täusche dich nicht, wenn du den Kleineren der drei siehst, diesen Fuget. Der hat was auf dem Kasten, ist Professor in Rechtswissenschaften in .... ach, wo auch immer ... das sind Kämpfer. Und Liv Boncoeur hat in Island beim Aufräumen der Sauerei dort mitgewirkt, hat Kontakte, von denen man so manches Beweismaterial einzusammeln kann. Luc, du wirst das blendend machen, keine Sorge.«

Der Espresso und das Glas Roséwein klirrten zusammen, und die Freunde tranken auf den neuen Vertreter der Anklage im Fall Bank Moneta.

Luc Baggary fuhr zurück in sein Office in der Rue de Italie, nahm nicht den Aufzug, sondern die Treppe, gleich zwei Stufen auf einmal, so aufgekratzt war er. Er war Ankläger in einem großen Fall, das würde ihm in der Behörde einiges Ansehen bringen. Das Erste, was er im Office machte, war, den Espressoautomaten anzuschalten.

Während die Maschine unüberhörbar ihr Startprogramm durchlief, ging er zu seinem Schreibtisch und sah einen ungewöhnlichen Umschlag dort liegen, der nicht mit der Hauspost gekommen sein konnte. Keine Anschrift, kein Absender. Ein gewöhnlicher DIN-A4-Umschlag, wie man ihn überall kaufen konnte.

Dass es eine Bombe war, schloss er aus, denn jeder, der in dieses Gebäude herein oder wieder herauswollte, musste mehrere Schleusen durchlaufen, in denen Personen, Taschen und Koffer durchleuchtet wurden. Es hätte mindestens einen Alarm gegeben, wenn hier Sprengstoff im Umschlag gewesen wäre. Luc Baggary öffnete ihn.

Es war der Moment, in dem Luc unmittelbar im Fall Bank Moneta ankommen sollte. Dieser Brief war durchaus eine Bombe, aber das Explosive steckte in den Worten dieser Nachricht. Wer auch immer Luc Baggary dieses Schriftstück zukommen ließ, zielte darauf ab, den Prozess, um die Bank Moneta nicht stattfinden zu lassen:

Sehr geehrter Herr Luc Baggary,

wir bieten Ihnen im Auftrag unseres Mandanten, der weder den Klägern noch der Partei der Angeklagten zuzuordnen ist, einen achtstelligen Geldbetrag als Gegenleistung dafür an, dass Sie den Fall Bank Moneta umgehend anhalten oder ihn so behindern, dass sich die Eröffnung des Prozesses auf unbestimmte Zeit verschiebt. Sollten Sie darüber hinaus in der Lage sein, den angesetzten Prozess gänzlich zu stoppen, sodass es in Zukunft zu keinem Tribunal kommt, wird Ihnen ein weiterer Geldbetrag in achtstelliger Höhe auf das Konto Ihrer Wahl in einem Land Ihrer Wahl transferiert werden. Es steht Ihnen frei, sich mit Ihrer Behörde zu beraten, wobei wir uns erlauben anzumerken, dass es in solch einem Fall zu unvorhergesehenen Vorfällen kommen kann. Gestatten Sie uns, in diesem Zusammenhang auf die bald stattfindenden Ereignisse in Mittland aufmerksam zu machen, über welche die Medien in Kürze berichten werden. Anhand dieser Ereignisse werden Sie erkennen, wozu wir in der Lage sind.

Da wir ständig in Ihrer Nähe sind und Sie und Ihre Familie beschützen, wird ein Vertreter unserer Organisation Sie in Kürze ansprechen und Sie um Ihre Antwort bitten.

Wir möchten es nicht versäumen, Ihnen herzlich zu der Position des Anklägers im Fall Bank Moneta zu gratulieren.

Mit freundlichen Grüßen
Die, die ein Auge auf Sie haben

Luc Baggary ließ den Drohbrief fassungslos und entgeistert in Zeitlupe sinken.

Odette Lambo war stinksauer und wie kein Zweiter in Mittland. »Diese Schwächlinge! Idioten! Solche Hohlköpfe«, wehklagte sie, als sie schwarz auf weiß vor sich hatte, dass nun eine Anklage gegen die Bank Moneta in Paris Wirklichkeit werden würde.

Sie saß im Fond ihres Dienstwagens und las die verstörende Nachricht auf ihrem Tablet bis zum Schluss. Doch was sie wirklich zum Kochen brachte, war, dass sie sich persönlich in diesem Strafprozess wegen Geldwäsche verantworten musste. Sie wurde angeklagt. Jetzt saß sie mit auf der Anklagebank!

»Bullshit, reiner Bullshit«, kreischte sie, »Geldwäsche, pah, so ein Schwachsinn. Diese blöden Froschfresser!« Wjatscheslaw, ihr Fahrer, zog den Kopf ein, hielt den Blick starr geradeaus und stellte das Radio aus, das eh nur leise vor sich hin gedudelt hatte. Odette ließ das Tablet sinken und schaute rechts aus dem Fenster. Die Szenerien in den Straßen, die zu beobachten waren, verschwammen vor ihren Augen. Ihr Blick hatte sich nach innen gekehrt, denn längst war sie dabei zu analysieren, was da auf sie zukam. Sie und Geldwäsche! Ja, sind die jetzt alle verrückt geworden? Das war der Super-GAU für sie. Alle, die sie fürchteten, alle, die sie hinter vorgehaltener Hand verfluchten, alle diese Kreaturen würden jetzt jubilieren. Ihre Reputation bekäme einen schweren Schlag.

Stopp, dachte sie. Ihr wurde übel, als ihr die Menschen der VOM-Gruppe einfielen. Die tanzten doch jetzt vor Freude auf den Tischen! Ihr Herzschlag verdoppelte sich, und ihr Blut schoss durch die Venen, schnell wie ein Kampfjet. In diesem Zustand ließ sich kein klarer Gedanke fassen. Erst mal runterkommen. Locker werden.

»Fahr mich zum Golf Club«, kommandierte sie brasch Wjatscheslaw, der keine weiteren Informationen benötigte, er kannte den Weg. Odette Lambo war selbstredend Mitglied des Golf Clubs inklusive eines eigenen Kabinetts, wo sie ihre Kleidung, Schuhe und das Golf-Bag aufbewahrte.

Fuchsteufelswild zog sie sich rasch um, schnappte sich ihren Big Bertha-Driver und nur ein Pitching Wedge-Eisen aus ihrem Bag und stiefelte, ohne nach links und rechts zu schauen, zur Driving Range.

Normalerweise tummelten sich hier die Golfspieler, um sich vor der Partie warmzuspielen. Heute war keine Menschenseele zu sehen. Sie schnappte sich zwei Körbchen voll mit Golfbällen. Ihre Wut musste raus.

Mit leicht zitternder Hand positionierte sie das weiße Bällchen auf das Gummi-Tee, doch der Ball sprang davon und rollte langsam außer Reichweite. Da schrie sie so ohrenbetäubend schrill und von Sinnen, dass sie meinte, der Ball würde von sich aus beschleunigen, um vor ihr das Weite zu suchen. Das Schreien brachte ihr eine Spur von Erleichterung. Jetzt wurde ihr warm. Erneut platzierte sie einen Golfball auf dem Tee.

»Du kommst mir gerade recht«, blaffte sie den Ball an und setze zum Schwung an. Ihr war völlig schnuppe, welches Bild sie abgab, ob ihre Bewegung stilistisch mustergültig war oder nicht. Für einen Golfer ist ein tadelloser Schwung der Heilige Gral, doch Odette war nicht hier, um Applaus zu erhalten. Sie war hier, um ihr Ventil aufzudrehen, um Dampf abzulassen.

Sie hämmerte den Ball weg, so fest es ihr möglich war. Dabei schrie sie jedes Mal ihre Wut heraus.

»Schon besser«, kommentierte sie ihr eigenes Treiben, als der Ball gegen einen Begrenzungszaun krachte. Den Nächsten traf sie wieder mit aller Wucht und verfluchte dabei die gesamte französische Justiz. »Ja, fahrt alle zur Hölle!«

Der Greenkeeper, der zur selben Zeit auf der Driving Range Dienst schob, verkroch sich schnellstens, als Odette Lambo ihm, zwar unabsichtlich aber doch gefährlich nah, die Golfbälle um die Ohren schoss. In ihrem Jähzorn zielte sie auf alles, was sich ihr anbot. Den nächsten und übernächsten Ball drosch sie kreuz und quer über das Fairway, traf mehrmals den Rasentraktor, dann, mit großem Knall, den Papierkorb. Ihre Geschosse zischten und surrten davon, begleitetet von ihren Flüchen und Drohungen gegen das Gericht und die Richter.

Der erste Eimer war leer. Danach war sie etwas gelassener, und der Druck in ihr fiel. Die Big Berta wechselte mit dem Pitching Wedge. Ball für Ball wurde jetzt auf ein imaginäres Ziel gechipt. Wucht und Schwung, wie beim Driver, waren hier völlig sinnlos. Dass kein Ball das Ziel traf, war ihr völlig wurscht.

»Ich mach euch alle fertig«, rief sie den Bällen hinter, »da müsst ihr schon früher aufstehen.« Jedem ihrer Schläge schickte sie eine Verwünschung voraus oder eine Verteufelung hinterher. Die kleinen weißen Dinger flogen durch die Luft, bis der zweite Eimer leer war.

Fast eine Stunde verbrachte sie auf der Driving Range, und sie verließ sie wesentlich entspannter. Am Ende ihres Wütens kam ihr eine Idee, ein Plan, welches probate Mittel sich gegen das Urteil dieser Stümper einsetzen ließ. »Die werden nicht weit kommen«, prophezeite sie sich selbst.

Wassilis Auftrag
Herbst 2015

Die Zeit verstrich in *Berck sur Mer,* und Wassili genoss jede Minute davon. Längst hatte er erkannt, dass es viele sinnlose Stunden waren, die er in St. Petersburg oder auf Island in der falschen Umarmung einer Subkultur verbracht hatte.

Wassili starrte länger als sonst auf das Handydisplay. Der Tag war also gekommen. Nun hatte er schließlich seinen Auftrag zu erfüllen.

Zusammen mit Mara frühstückte er reichlich und küsste sie zum Abschied, aber nicht gerade überschwänglich. Man versprach, sich hier, genau hier, in spätestens sieben Tagen wiederzusehen, und dann, so sagte Wassili mit einem Ernst in der Stimme, dass es ihm selbst bange wurde, wäre es an der Zeit, Pläne für ihre gemeinsame Zukunft zu schmieden.

Mara sah ihren Wassili überrascht an, und aus feuchten, großen Augen rannen zwei Tränen – vor Rührung oder vor Abschiedsschmerz, wer konnte das schon wissen? Im Morgengrauen stieg Wassili in den Dacia Duster und fuhr Richtung Mittland.

Am Ziel angekommen, begann er mit der Umsetzung der ihm gestellten Aufgabe. Als Erstes mietete er einen Pritschenwagen, Mercedes Sprinter-Klasse, aber mit abnehmbarer Plane. Die zwei großen Pakete aus dem Dacia lud er auf die Pritsche.

Wassili studierte die Wettervorhersagen, notierte die Bedingungen für Wind und Regen, für klare und bedeckte Nächte. Mit dem GPS-Meter ausgestattet, suchte er das Plateau du Saint-Esprit und die Route de Thionville auf. Alle Daten, die für den Auftrag unerlässlich waren, sammelte er innerhalb eines Tages ein. Höhen, Entfernungen, Zielpunkte und Querverweise speiste er in die Steuereinheiten beider Flying-Eye-Drohnen vom *Typ Cine Copter III* ein und notierte sie zur Sicherheit auf einer kleinen Karte. Gab es Probleme? Nein, er hatte es ja oft genug geübt. Mit einem Klick wurden beide Bedienungstableaus aneinander gehakt, zur Einheit verbunden. Das ging ihm so einfach von der Hand, als kupple er bei einer Modelleisenbahn den neuen Waggon an die Lok. Den Kippschalter auf ›Connect‹, und beide Drohnengehirne waren vereint, um denselben Kommandos zu dienen. Das grünes Licht meldete, sie waren ›startklar‹.

Doch Wassili fehlte noch das entscheidende Detail. Er befestigte die Drohnen unter der Plane auf der Pritsche, sodass sie nicht umherrutschen konnten. Er fuhr entlang der Autobahn nach Belgien. Ziel war ein großer IKEA Parkplatz. Dort stellte er den Kleinlaster unmittelbar vor dem Haupteingang ab. Der Zeitpunkt war abgesprochen. Wassili verschwand im Gebäude, ging zur Toilette und anschließend wieder zum Mercedes zurück. Es lief genauso ab, wie es geplant war. Ohne einen Blick in das Innere der Pritsche zu werfen, ging es wieder auf die Autobahn, aber diesmal zurück in Richtung Mittland. Als er den Sprinter vor seinem kleinen Hotel abgestellt hatte, schaute er zur Vorsicht nach, ob die Ware wie vereinbart zugeladen worden war. Okidoki, dachte er grinsend, als sein Blick auf die zwei kleinen Styroporbehälter fiel. Der Tag der letzten Vorstellung sollte morgen anbrechen.

Wassili ließ sich nicht ablenken. Der Plan, und jeder einzelne Schritt darin, war in seinen Kopf eingeritzt wie ein Liebesherz in eine Baumrinde. Sein Onkel Dimitri hielt ihn für ein Uhrwerk auf zwei Beinen, wenn es an die Ausführung von Plänen ging. Laut Vorhersage gäbe es freundliches Wetter, nachts wolkenlos und sternenklar, leichter Wind aus Südwest, Windstärke eins bis zwei.

Tags drauf war es so weit. Er kletterte auf die Pritsche, montierte an jede Drohne das, was er vom IKEA Parkplatz mitgebracht hatte: Je eine Kugel, die wie ein überdimensionierter Tennisball aussah, aber mit C4-Sprengstoff gefüllt war. Der Zünder war eingebaut und aktivierte sich automatisch, sobald die Hülle des Balls um nur 0,5 Millimeter eingedrückt wurde.

Wassili entfernte die Styroporverpackung und befestigte beide Sprengbälle nicht direkt am Haken der Drohne, sondern an einem

Zwischenstück, einem Mechanismus mit integriertem Empfänger mit eigener Frequenz. Diesen Abwurfmechanismus ließ er testweise auf- und wieder zuschnappen. Alles paletti. Den Sprinter parkte er in Startposition mit freier Sicht auf das Plateau du Saint-Esprit, doch in die Fahrtrichtung, in der er später verschwinden musste.

Dann hieß es warten. Der große Platz leerte sich bei fortgeschrittener Dunkelheit, in die Wassili dankbar eintauchte. Er schaute auf die Uhr, eine halbe Stunde vor Mitternacht, wartete weitere fünf Minuten, bevor er die Plane herunterzog. Er verstaute sie in einem dafür vorgesehen Fach hinter der Fahrerkabine und entfernte die Holzlatten aus dem jetzt nackten Gitterrohraufbau. Die Pritsche zeigte sich nun nach oben offen ohne Hindernis. Jetzt galt es, sich die verbundenen Steuereinheiten umzuschnallen. Vorsichtig befestigte er die beiden C4-Sprengbälle mit Zwischenstück an den beiden *Cine Copter III* und legte den Schalter um.

Die Drohnen erwachten mit einem sonderbaren Brummen. Je acht Propeller sorgten für eine Steigrate von 18 Metern pro Sekunde und konnten unbeschadet einer Windstärke von bis zu zwanzig Knoten widerstehen. Er drückte bei beiden Flying Eye auf Autopilot, schob die Drehzahl der Rotoren hoch und entließ die fliegenden Augen und die daran hängenden Sprengstoffkugeln aus der Pritsche. Das Geräusch klang eigenartig, aber nicht laut, ein höherfrequentes Wummern. Beide Drohnen gewannen an Höhe und flogen nach den vorprogrammierten Routen davon.

170 Meter stiegen sie hoch und schoben sich dann seitwärts, ihren einprogrammierten Koordinaten entlang, auf das Plateau du Saint-Esprit und der Markierung in der Route de Thionville zu. Drohne eins kam erwartungsgemäß schneller als Drohne zwei am Zielpunkt an, verharrte dort, bis die Zweite funkte, dass auch sie an ihrem Ziel war.

Diese Nachricht leuchtete parallel auf Wassilis Display auf. Mit der linken Hand drückte er den kleinen Sender und koppelte so die explosiven Ladungen von den Drohnen ab, die sich sofort wieder auf den Rückflug begaben und nur vierzig Sekunden später genau auf der Pritsche landeten.

Am Plateau du Saint-Esprit, unweit vom Justizgebäude, lag das schicke Restaurant L'Alex, ein angesagter abendlicher Treff, bevorzugt von vielen Juristen. Hier bestellte man so edle Gerichte wie die Cuisse de lapin sauce liégeoise oder das Filet de truite saumoneè, in Begleitung von Weinen der Extraklasse.

Der König Gast wurde umhegt und auf eine fast schon absurd überspannte Weise vornehm bedient. Gegen Mitternacht kam der Chef höchstpersönlich an die Tische seiner Gäste, um sich in deren Lobhudeleien zu baden. Anders als beim Plateau du Saint-Esprit war der Vorplatz des Gebäudes der ehemaligen Bank Moneta in der Route Thionville um diese Zeit menschenleer. Wer sollte sich auch hierher verirren? Nachts war es ein trostloser Ort: Keine Kneipe, keine Bar, weder Club noch Restaurant. Ein Industrieviertel, in dem tagsüber ein Imbisswagen die Fütterung der Angestellten der Dienstleistungsbranche übernahm. Aber abends? Die toteste Hose, die man sich vorstellen kann.

Um die Kurve der Rue du Saint-Esprit zum Plateau am Gerichtspalast, schob sich im gemächlichen Tempo eine vornehme schwarze Limousine. Ein großer Mercedes der SKlasse mit jeweils einer Standarte an beiden vorderen Kotflügeln. Die Gäste im L'Alex erkannten das Wappen auf dem Panier nicht, es war zu weit entfernt, sehr wohl aber die Farben darauf: Weiß und Gelb. Diese Limousine war zweifelsfrei im Auftrag des Vatikans unterwegs.

Nuntius des Heiligen Stuhls, Monsignore Giacomo de Molina-Nucia, saß im Fond und las Zeitung auf seinem Tablet. Seine Exzellenz kam von einem Treffen mit zwei gierig nimmersatten Investmentbankern, mit denen er eruieren wollte, wie sich die Summe von 980 Millionen US-Dollar, das Überbleibsel aus der Zeit der legendären Pleite der Banco Ambrosiano, wieder – wie es seine Exzellenz nannte – »geräuschlos« aktivieren ließen. Im Vatikan war dieser Skandal tabu, ein schwarzes Loch, über das man nie öffentlich sprach, aber dessen Auswirkungen Kardinal Jean-Louis Toulan größte Sorge bereitete.

Die Gründe, warum sich Monsignore de Molina-Nucia sputen musste, waren offensichtlich und nachvollziehbar. Das ganze schöne Geld, wusste der Nuntius, lag immer noch auf Offshore-Konten der insolventen Bank Moneta und der Rückfluss dieser enormen Summe war mit großen Problemen behaftet. Er verweigerte sich der Vorstellung, was los wäre, wenn die Presse davon Winde bekäme. Er sah die Schlagzeile vor sich: Der Vatikan im Offshore-Paradies. »Herr, erlöse uns aus der Verdammnis«, murmelte Molina-Nucia und bekreuzigte sich. Die ersten Gespräche darüber, wie dieser Kapitalrestbestand zurück unter die Fittiche Roms zu bringen sei, waren für de Molina-Nucia nicht sonderlich erfolgreich verlaufen. Hier, im Fond seines Dienstfahrzeuges, stieg sein Groll auf den Franzosenkardinal, der ihm diese missliebige Mission eingebrockt hatte.

Später sprach der Polizeisprecher von zwei simultan auftretenden Katastrophen. An zwei Orten, die etwa zehn Kilometer auseinanderlagen, fielen zwei weiße, große Bälle aus dem Himmel. Passanten gaben zu Protokoll, dass man an eine Werbeveranstaltung gedachte hatte, aber niemals an das, was stattdessen geschah.

Die Fallgeschwindigkeit beider Bälle war gleich. Die Explosion in der Route Thionville richtete gewaltigen Sachschaden an. Der Verbindungstrakt der Bank Moneta wurde einfach weggesprengt. Zurück blieben zwei verlorene einzelne Gebäudeteile ohne jede Fensterscheibe, die allesamt dem Druck nicht standhielten. Jeder Trakt schien einen abgerissenen Arm zu haben.

Genau dort, wo das Verbindungshaus vorher gestanden hatte, ragten die Strom- und Wasserleitungen aus dem Mauerwerk wie abgerissene Arterien. »Dem Himmel sei Dank,« äußerte sich der Polizeisprecher, »kamen Menschen nicht zu Schaden.«

Chauffeur Baldovino passierte gerade das Restaurant L'Alex gegenüber dem Justizpalast, als eine Explosion den Nuntius aus seinen Überlegungen zu den – seiner Auffassung nach – niveaulosen Verhandlungen mit diesen Kreaturen von Bankern riss. Unmittelbar darauf erfasste eine riesige Druckwelle das Fahrzeug, drehte es um neunzig Grad und drückte es durch das große Schaufenster in den Innenraum des L'Alex. Die Gäste hatte keine Zeit zu begreifen, was vor sich ging, so schnell und mächtig schob der Mercedes wie ein Schneepflug Tische und Stühle beiseite und beförderte so die Gäste zu den Wänden des Restaurants. Mit dem Auto kam auch die Druckwelle ins Innere und ließ Scheiben, Gläser und Flaschen zu Bruch gehen. Ein Ober trug just im selben Augenblick ein Tablett mit Kalbsbries in Sauternessauce, Rosenkohl und konfektioniertem Reis für vier Personen zu den Tischen, als ihn die Welle erfasste und die energische Wucht ihm das Tablett aus der Hand riss.

Alles passierte ungeheuer schnell. Verwirrung und Entsetzen standen dem Nuntius, seinem Fahrer, den Gästen und den Mitarbeitern ins Gesicht geschrieben. »Dominus custodit et excutit manus suas super me«, entfuhr es dem Kirchenmann. Bei jedem Wort über die schützende Hand des Herrn drehte seine Exzellenz den Rosenkranz, den er in der rechten Hand hielt, ein Steinchen weiter.

Auf dem Platz vor dem Justizgebäude fiel die gesamte Beleuchtung aus. Die Menschen im Restaurant gerieten in Panik, weil plötzlich draußen alles schwarz war. Im Moment, als sich der Mercedes nach der Detonation hereingeschoben hatte, blieb den schmausenden Gästen keine Zeit für ernsthafte Analysen. Ihre Urinstinkte meldeten sich, es wäre besser, so schnell wie möglich von hier zu verschwinden. Keiner der Anwesenden war so verletzt, dass er nicht hätte laufen können, was einem Wunder angesichts der Heftigkeit der Explosion und der Druckwelle gleichkam.

Auch jetzt stellten sie keine Überlegungen an, denn alle hätten sonst klar erkannt, dass dieser Mercedes ihnen das Leben gerettet hatte, weil der Wagen den größten Teil der Explosionsenergie auf sich gezogen und absorbiert hatte. Ein paar offene Wunden, ein paar blaue Flecke, das war alles. Psychisch sah das anders aus. Die Wucht der Zerstörung fraß sich in die Seelen der Menschen.

Die Gäste wurden an die Wände gedrückt, vor ihnen die Trümmer der Tische und Stühle, die vom Vatikanauto brachial aus der Mitte geschoben worden waren und eine Barriere zwischen ihnen und der Eingangstüre bildeten. Erst sah man Erschrockenheit in ihren Gesichtern, dann stieg Panik hoch, die allen suggerierte, sie seien bei einem möglichen weiteren Anschlag schutz- und hilflos. Wie Lemminge setzten sie sich alle gleichzeitig in Bewegung, sie kletterten über die Trümmer der Stühle und Tische, nahmen keine Rücksicht mehr auf Champagner oder Speisen und sprangen hektisch aus der völlig zerbrochenen Schaufensterscheibe ins Freie.

Passanten, die sich auf dem Platz befanden und die der Druckwelle entkommen waren, sahen, wie Menschen aus einem großen beleuchteten Viereck wie Krebse aus einer Kiste auf die Straße krochen und dann hastig in alle Richtungen davonliefen.

Kein glücklicher Dimitri
Herbst 2015

Gunnar Larssons Handy klingelte. Er schaute auf das Display, grinste und nahm das Gespräch an.

»Dimitri, alter Freund! Mein guter Freund Dimitri ruft zu so einer späten Stunde an. Dann muss es dringend sein. Wie kann ich dir helfen?«

»Ja, hier ist Dimitri«, brummte Schailikow. »Weißt du Bescheid? Hast du es gehört? In Zeitung, Television, Internet? Gestern habe ich dir, alter Freund, den Gefallen erwiesen, um den du mich gebeten hast. Du weißt schon, im Raum, hinter dem Spiegel. Zur Sache: Explosionen, gleich zwei Stück, mit C4 auf Bank und auf Platz Justitia. Bumm! Alles kaputt! Riesiges Loch in der Erde!«

»Fantastisch, mein Freund. Phänomenal, großartig gemacht, meinen Glückwunsch! Eine exzellente Nachricht, Dimitri. Wollen wir doch hoffen, dass die Verantwortlichen in Mittland und Paris es jetzt verstanden haben und die Finger davonlassen, uns in Schwierigkeiten zu bringen, nicht wahr? Solch eine Warnung kann man doch nicht missverstehen, oder meinst du nicht?«

Larsson freute sich diebisch, weil er wusste, wo das Manko in der Arbeit Dimitri Schailikows lag. »Richter und Staatsanwälte«, erklärte Larsson, »neigen von Natur aus nicht dazu, tiefer zu graben als nötig. Jetzt wissen sie, dass es für sie ungemütlich wird. Gute Arbeit, Dimitri, ich bin mehr als zufrieden.«

Es war die Nachricht, die er erhofft hatte. Jetzt konnte er damit beginnen, seine Leute auf die Justizbeamten beider Länder loszulassen, um ihnen ein Angebot zu machen, das sie nicht ablehnen konnten.

Einer der Ersten sollte Luc Baggary sein, der von ihm schon vor Monaten

Post bekommen hatte. Larsson stand im Flur seines Hauses vor einem kleinen Spiegel und konnte nicht widerstehen, den schlaftrunkenen Blick und das triefende, mafiöse Pathos eines Marlon Brando in *Der Pate* zu imitieren.

»Gunnar, die Zeitungen!« Dimitri hatte anscheinend noch etwas auf dem Herzen.

»Die Zeitungen? Was ist damit?«

»Was bilden sich die Menschen vom kleinen Staat ein? Kein Respekt, keine Achtung vor meiner Arbeit, verdammt noch mal! Dimitri macht Spitzenarbeit, und was macht diese Regierung? Die sagt, dass Dimitris Bombe vom eigenen Geheimdienst gelegt wurde! Frechheit! Das ist kriminell! Sowas ist unzulässig! Erkennen die nicht die Präzisionsarbeit von Dimitri? Impotenter Geheimdienst, pah ... niemals ist der in der Lage ... die sind doch alle un ... un ....«

»Du meinst unfähig?«

»Genau, unfähig! Dieser Möchtegern-Geheimdienst und solche Präzision? Pah, das kannst du vergessen! Völlig abwegig! Einfach nur lächerlich.« Dimitri schien vor Wut zu schäumen.

Gunnar Larsson genoss es, dass sein Freund so geladen war, weil er sich um seine Anerkennung betrogen fühlte. Dimitris Ärger verflog nicht.

»Was denkt sich der Geheimdienst, wer er ist? Nimmt mir meinen Erfolg, stiehlt, klaut! Das ist schändlich! Dimitri hat alles geplant, exakt und präzise ausgeführt, keine Spuren wurden hinterlassen, Gunnar, keine Einzige! Das ist Spitzenqualität, kein Stümperkram wie bei diesen Amateuren, blöder Mini-KGB in diesem Mini-Land!«

Gunnar wunderte sich, dass Dimitri nicht über das ihm zustehende Geld sprach. Er war offensichtlich in seiner Ehre tief verletzt. Es war aber auch zu blöd, dass es momentan in Mittland eine Kontroverse um den Geheimdienst gab. Da war es unmöglich, an etwas anderes zu denken, wenn eine Bombe hochging, oder gar zwei. Natürlich war Dimitri nicht beizubringen, dass der mittländische Geheimdienst in diesem Land ein Monopol auf Bomben hatte und ihn völlig außer Acht ließ.

»In der Tat, das sind ignorante Kreaturen in Mittland, mein Freund. Was glaubst du, warum ich mit denen diese ganzen Schwierigkeiten habe? Die sind unverbesserlich, am besten, du vergisst das alles so schnell wie möglich, mein Freund«, versuchte Gunnar Larsson Dimitri zu trösten.

»Dimitri, ich weiß zu schätzen, was du gemacht hast. Deine Qualität und dein Können sind doch über die Grenzen hinaus bekannt. Jeder, der sich darin auskennt, weiß das. Wer ein bisschen Grips hat, wird erkennen, was für ein Profi am Werk war. Es kann nur einen Michelangelo der Bombe geben und diese Ehre gehört nur dir.«

»Gunnar, mein guter, alter Freund!«, hörte Larsson Dimitri schon versöhnlicher sprechen, »mein Herz wird warm. Bester Freund. Trinke Wodka auf Wohl von Gunnar.«

»Na Sdorovje, mein lieber Freund!«, sagte Gunnar. »Dimitri, lass es dir heute einfach mal gut gehen und denke nicht an die Mittländer, okay? So, ich muss jetzt leider Schluss machen, ich wollte gleich zum Bridge ...«

»Ach, Gunnar, eins noch: Was ist mit meinem Geld?«

Gunnar Larsson rollte mit den Augen.

Als das Gespräch beendet war, dachte sich Larsson, dass die Verwechslung mit dem Geheimdienst das Beste war, was ihm hätte passieren können. Seine Absicht, dass alle Verfahren im Sand verlaufen sollten, wurde nun von diesem verblödeten Geheimdienst noch unterstützt.

Das war ein unerwartetes Geschenk Gottes, dachte Larsson. Die Bomben haben zweifelsfrei ihren Eindruck bei Richter und Staatsanwälten hinterlassen und falls sie wirklich glaubten, der Geheimdienst hätte die Finger im Spiel, würden sie sich aus Angst verkriechen. Aus Mittland, so mutmaßte er, hätte er also keine Anklagen oder auch journalistischen Nachstellungen zu erwarten. Die Chance, Licht in den Fall Bank Moneta zu bringen, war explodiert wie die Bomben selbst. Den Teil seines Plans konnte er abhaken. Was war mit Frankreich? Tja, mit der französischen Justiz sah es anders aus, aber auch mit ihr würde Gunnar noch fertig werden.

Gunnar Larsson war in Hochstimmung, als er sich wieder an den Spieltisch zu seinen Mitspielern setzte und seinen Kartensatz aufnahm. Dann legte er die zu einem Fächer geformten Karten wieder ab.

Was würde als Nächstes passieren? Die Bosse des Geheimdienstes würden alles abstreiten. Sie und ihr Dienst hätten mit den beiden Bomben nichts zu tun, aber auch nicht das Geringste. Je vehementer das Dementi, umso größer der Verdacht. Medien und Öffentlichkeit könnten sich bis zur Besessenheit steigern. Die Justiz musste die beiden Explosionen auf dem Plateau du Saint-Esprit und der Route Thionville untersuchen. Wenn keine Spuren gefunden würden, könnte es darauf hindeuten, dass nur der Geheimdienst so professionell vorgehen könnte. Ließe sich kein Attentäter präsentieren, würde die Justiz wieder einmal als unfähig gelten. Bestünde die Staatsanwaltschaft auf dem Geheimdienst als Beschuldigten, würde dies die interne Autoritäts- und Rechtsstaatlichkeitskrise noch mehr verschärfen. Egal, wie man es anpacken würde, Mittland wäre isoliert, stünde im Endeffekt als Idiotensystem da. Dieses Szenario konnte wiederum für die Regierung bedrohlich werden. Ob nun Köpfe rollten oder nicht, Mittland würde mit sich selbst arg beschäftigt sein und am Ende des Liedes würde man alles wieder unter den Teppich kehren. *The same old song*, schätzte Larsson.

Er war sich sicher, es würde erst gar keine Untersuchungen in Mittland geben oder die Richter würden jeden Strafantrag zurückweisen, schon um ihr eigenes Risiko zu mindern. Wenn er es schaffte, auch noch die französischen Richter und Anwälte einzuschüchtern, wäre er aus dem Schneider.

Im Stillen brachte er einen Toast auf den Geheimdienst des kleinen Staates aus, schwenkte dabei das Glas routiniert mit dem 1996er Château Margaux, ein Premier Grand Cru Classé für nur 1700 Euro je Flasche. Ein Schnäppchen.

Graue Gehilfen
Frühjahr 2016

Odette Lambo war spät dran. Ihre Assistentin hatte ihr mitgeteilt, dass an der Eingangstüre zur Rue Mercedes Nr. 202 drei Herren und eine Dame auf sie warteten. Die drei Herren hatten schwarzes, blondes und graues Haar. Das Haar der Dame hingegen leuchtete rot wie eine Feuerkoralle.

Schon bei früheren Treffen war ihr das Erscheinungsbild des Quartetts wohlwollend aufgefallen, weil es durch die einfarbige basaltgraue Eleganz der Anzüge und des Damenkostüms hervorstach. Allesamt Hingucker, alles Maßanfertigung, versteht sich. Jetzt standen sie vor noch verschlossener Türe, teils mit einer Hand in der Hosentasche bei geöffnetem Jackett, und mussten sich gedulden, bis sie darüber entschied, wann das Surren den Wartenden Einlass in das Innere des schmucklosen Mehrzweckbaus gewährte.

Assistentin Jule Gatterhill führte die Dame und die drei Herren in ein Besprechungszimmer, das ebenso so schmucklos und funktional war wie der Rest des Büros. Es roch auch auffallend neutral. Vier Tassen Filterkaffee wurden kredenzt, auf deren Untertasse der obligatorische hermetisch verpackte Keks lag, den niemand anrührte.

Ohne jede Entschuldigung oder gar den Anflug von Reue betrat Odette Lambo das Zimmer, in dem die vier Grauen längst auf sie warteten. Es folgte eine flache Begrüßung ohne Händedruck, sie erübrigte nur ein flüchtiges Kopfnicken für die Gäste. Die Dame und die Herren waren ihre Anwälte für das Tribunal de Grand Instance in Paris. Ein bedauerliches hinzunehmendes Reglement, von dem sie ausgeschlossen war, weil sie keine französische Anwaltszulassung besaß.

Sie benötigte diese geballte Kompetenz, denn je schneller und gründlicher sie den vermaledeiten Prozess, in dem man sie persönlich der Geldwäsche beschuldigte, zu einem totalen Sieg ummünzen konnte, desto besser.

Ihre Wahl fiel auf das Quartett, nicht weil es ein exorbitantes Honorar verlangte, sondern weil ihm ein Ruf wie Donnerhall vorrauseilte, wenn es darum ging, gewisse Löcher oder Lücken im Gesetz zu finden, durch die es sich schlüpfen ließ. Genau das brauchte Odette Lambo jetzt.

Der jüngere Herr mit schwarzem Haar kramte zwei Dokumente hervor und schob sie zu Madame Lambo über den Tisch. Es handelte sich um Kopien von Richtlinien der Europäischen Union, in denen stand, wie man mit Zuständigkeiten der internationalen Gerichte in Europa umzugehen hatte.

Die Dame mit dem Korallenhaar setzte ein paar erklärende Worte hinzu und der blonde Graue ergänzte ihre Ausführung mit Details. Ihr wurde das Loch präsentiert, das die Grauen intensiv gesucht hatten und auf das sie letztlich erfolgreich gestoßen waren: eine Nebengasse im Gesetzestext. Sie quantifizierten Höhe und Breite, bestimmten den Durchmesser, verglichen dann, ob es von Nutzen war oder nicht. Erfolgreich hatten sie das Loch aus jedem Blickwinkel geprüft, sogar von dessen Rückseite.

Der Schwarzgraue sprach sich für das Loch aus. Die Feuerkoralle brachte dennoch Bedenken bezüglich der anhaftenden rauen Ränder zum Ausdruck, die, so drückte sie sich aus, möglicherweise zu Verletzungen führen könnten. Doch der Blondgraue wischte die Bedenken vom Tisch, weil er das Loch so groß sah, dass die Ränder keine Rolle spielten. Es ging hin und her, bis Odette Lambo den Ältesten des grauen Quartetts, der sich bis dahin in Schweigen gehüllt hatte, um seine Meinung bat.

»Nun«, begann der ganz und gar Graue, »die Natur eines Loches ist die Abwesenheit von Materie. Wo keine Materie ist, haben Luft und Gase keine Hindernisse.«

Bei Odette Lambo wuchs die Kinnspitze in den Raum und sie kniff die Augen. Was faselte der da von natürlichen Löchern und Gasen und Abwesenheit? Ich habe doch nur eine ganz simple Frage gestellt, dachte sie.

Monsieur Ganzgrau saß ihr mit einer marmorartigen Präsenz gegenüber, die nicht den kleinsten Zweifel daran ließ, dass seine Äußerung selbst für sie einleuchtend sein musste. Urplötzlich fühlte sie sich unbehaglich in seiner Gegenwart.

Gewiss kannte man Odette Lambo als eine Person, die sich nie und nimmer einschüchtern oder gar herumkommandieren ließ. Sie war der Boss, was ganz gewiss auch in diesem Büro galt. Doch dieser Doppelgraue bewegte sich nicht, saß kerzengerade auf dem Stuhl wie ein Maharishi Yogi und lächelte sie selbstgefällig an, wobei es ihr ungemein schwerfiel einzuschätzen, ob dieser Yogi sie gutmütig oder mitleidig angrinste oder sie mit einem herablassenden Gehabe von innen heraus verlachte. Ein mulmiges, angefaultes Gefühl beschlich sie bei dem Kerl.

Es entstand ein Moment der Stille im Raum, die alles zuzudecken schien. Odette Lambos Rücken sendete plötzlich Signale. Sie spürte, wie sich ihre Muskelpartien auf eine Verkrampfung zubewegten. Ein klares Zeichen dafür, dass sie sich in ungesichertem Gelände bewegte. Bliebe Odette weiter unentschlossen, oder schlimmer noch, würden ihre Gesprächspartner ihre Verständnislosigkeit wittern, sie liefe Gefahr, als naiv und unwissend abgestempelt zu werden.

Mittland war klein, entsprechend hoch war die Wahrscheinlichkeit, dass sich Gerede über ihre Schwächen verbreiten konnte. Lambo schloss daher aus, weitere Fragen nach dem Loch zu stellen. Sie wäre sonst entblößt. Das sie seine Antwort nicht kapierte, musste sie den Grauen ja nicht auf die Nase binden. Bildlich sah sie vor sich, wie das Mitleidslächeln des Graugrauen auf sie herabrieselte wie die Staubwolke eines gesprengten Gebäudes. Andererseits würde es nicht besser werden, wenn sie unkommentiert ihr Plazet gäbe, einfach »okay« sagen würde, als könne sie dem Gesagten folgen.

Dem Obergrauen, der sie unablässig beäugte, traute sie zu, dass er auch diese Finte unverzüglich durchschauen würde. Damit gäbe sie das Signal, wie schnell sie einzuwickeln sei. Odette Lambo drückte den Rücken durch, legte die rechte Hand auf die Dokumente, sah dem Grauen streng in die Augen und sagte, sie wolle den Vorschlag prüfen. Ob Materie oder Gas oder Luft, das würde sich zeigen. Sie fand ihren Schachzug äußerst geschickt, hatte sie doch damit Zeit gewonnen, um diesen Materie-Loch-Gas-Quatsch noch einmal zu überdenken. Der graue Guru sah Odette Lambo unverändert lächelnd und durchdringend an. Worauf wartete er?

»Fein«, sagte sie mit fester Stimme und so bestimmend, wie sie es nur konnte, »Sie bekommen meine Antwort per E-Mail. Ich gehe davon aus, wenn ich den Auftrag an Sie erteile, dass ich Ihre Ausarbeitung samt

Strategie binnen vier Tagen auf meinen Schreibtisch habe.« Sie hatte genug von diesen Typen.

Man stand auf und der völlig Graue ging fast schwebend auf sie zu, nahm ihre rechte Hand in seine, legte die Linke darüber und umschloss Odettes Hand wie eine zum Abend hin sich schließende Wasserlilie.

Urplötzlich schien es ihr, als ströme nunmehr warme, glänzende Schokolade durch die Bahnen ihres Körpers. Energie strömte von innen nach außen, entlud sich und expandierte wie das Universum selbst. Die schmiegsamen samtweichen Hände des grauen Gurus wirkten wie zwei Waffeleisen und wärmten das Schokoladenblut von Odette, die sich angenehm an ihre indianischen Kimimala-Wakanda-Massagen erinnert fühlte. Der Guru lächelte dabei ein tief wissendes Lächeln, das obendrein unmissverständlich und entlarvend die Botschaft transportierte, dass sie sich vor ihm niemals verstecken könne.

Sie stand regungslos und hölzern da wie ein Grenzpfahl. Ihre Hand zwischen den seinen stierte sie auf sein Lächeln. Schwarzgrau, Blondgrau und die Feuerkoralle standen Spalier bei geöffneter Tür und ließen ihrem Meister den Vortritt, um dann hinter ihm aus dem Zimmer zu huschen.

Das graue Quartett war schon seit vier Minuten fort, und Odette Lambo stand immer noch an derselben Stelle. Zum ersten Mal seit mehreren Jahren, spürte sie, dass ihr Rücken in eine gerade, stolze und würdige Haltung zurückgekehrt war, dass er kapitulierte und nicht gegen sie arbeitete, sondern sich auf ihre Seite geschlagen hatte. Das Schokoladenblut schien von geheimer Rezeptur.

Genau vier Tage später lag ein Konzept mit sämtlichen Anlagen und Perspektiven, Tabellen und einer Liste aller wichtigen Präzedenzfälle auf ihrem Schreibtisch. Sie blätterte die Seiten um, las und stellte anerkennend fest, was für eine ausgezeichnete Arbeit dies war. Die letzte Seite zeigte die Honorarrechnung in einer Höhe, die ihrem Rücken einen kurzen Anlass zur Rebellion gab. Doch teilte man den Betrag durch vier – es waren ja vier Graue – ergäbe sich ein vertretbares Maß, so ihr Urteil. Aber was soll's, es war ja nicht ihr Geld, sondern das der Bank, und herrsche dort Ebbe in der Kasse, müsste eben der Steuerzahler einspringen.

Das Dokument ermöglichte Lambo, eine neue Attacke gegen die

VOM-Widersacher, gegen den Stachel in ihrem Fleisch, zu reiten. Das graue Quartett fand tatsächlich das Loch, durch das der Sturmangriff zu führen war. Nach deren Lesart erlaubten ihr zwei neue EU-Gesetze, den französischen Strafprozess in ihrem Sinne zu torpedieren. Das schmeckte nach honigduftendem Erfolg.

Sie war entzückt. Ein Traum. Sie lehnte sich in ihrem Bürosessel zurück, streckte die Beine aus und summte eine Melodie von Coldplay: *A Head Full Of Dreams.*

Das nächste Wochenende saß Odette zu Hause bei einem Glas Rosé-Champagner und zog ein Couvert aus ihrem Hermes-Depeche-Aktenkoffer. Ihr fiel sofort wieder der graue Maharishi Yogi mit den Heißwaffelhänden ein. Hatte dieser Yogi nicht gesagt, es würde sich alles fügen? Warum beschlich sie dann eine Ahnung, dass in den letzten Tagen ihr Glaube daran zerbröselte? Die irritierenden Vieldeutigkeiten seiner Sprüche klangen in ihren Ohren nach wie ein Alpenecho. Die Besorgnis wuchs, dass das Gegenteil von dem, was er gesagt hatte, in gleicher Weise möglich wäre.

Unversehens wärmten sich ihre Hände, sie vermutete Übertemperatur, aber keineswegs zu viel für Heizwaffelhände oder Schokoladenblut. Der Briefumschlag trug französische Stempel. Das ließ nichts Gutes erahnen. Seit einer Woche badete sie in wohltuender Stimmung. Seit Tagen genoss sie Entspannung pur, verschwendete weder Gedanken an den ausgekochten Richter Van Rooy, noch an die nervtötenden, starrsinnigen und unbelehrbaren VOM-People. Auf dem Weg ins Wochenende spielte das Radio passend Nicoles altes Trällerchanson *Ein bisschen Frieden.* Ach ja, der Brief. Fischblütig riss sie den Umschlag auf.

»Diese Bastarde, diese französischen Schneckenfresser«, spie sie aus, »ihr erdreistet euch, meinen Antrag mit Loch ohne Materie als irrelevant abzulehnen? Irrelevant?!« Sie las weiter und erfuhr von ihrem Fristversäumnis und dass ihrem Antrag daher nicht stattgegeben werden kann.

»Das ganze Geld für nichts?«, zischte sie. »Ihr könnt mir doch nicht alles in die Schuhe schieben! Das ist nicht fair!« Das gerade erst gefüllte Glas Champagner perlte verloren vor sich hin. Odette Lambo spürte für einen Moment einen Riss in ihrer Rüstung, durch den ihre Souveränität ausfloss.

So oft hatte sie sich am Ziel gewähnt. So sehr sie sich das Finale herbeisehnte, der Kampf verlängerte sich ständig. Dieser fuchsäugige Winkeladvokat von Richter will mich unbedingt an die Wand nageln, dachte sie. Okay, meinetwegen. Aber es wird unter Garantie jemand neben mir hängen! Ob Richterin oder Staatsanwalt oder beide, das ist mir scheißegal!

Später wusste Odette Lambo nicht mehr, ob sie laut gesprochen oder ob sich das alles nur in ihrem Kopf abgespielt hatte. Wie dem auch sei, als sie den Ablehnungsbescheid auf den Tisch knallte, ihr Handy und andere Utensilien in ihre Tasche pfefferte und entschlossen quer über ihr Grundstück auf die Straße rannte, wusste sie nicht, wohin sie gerade floh. Odette stand vor ihrem Haus, ohne jeden Plan, sie entwich kopflos ihrem eigenen Refugium. Hirn und Körper waren im Kriegsmodus.

»Ich sollte ruhig bleiben«, murmelte sie, »aber ich schaff's nicht. Verdammt noch mal!« Das Gros der Energie in ihrem Kopf zapfte ihr Ego ab, weil es sich verletzt und gedemütigt fühlte und weil dahinter ein Wort aufblitzte: Rufmord.

Wo war der Ort, der sie wieder zur Ruhe kommen ließ? Der Wellness-Tempel, dachte sie, dort gäbe es eine Chance. Was anderes fiel ihr nicht ein. Ein Taxi bog in die Straße ein, sie hielt es an, und zwanzig Minuten später machten sich kleine burmesische Hände in Rohseidehandschuhen an ihrem Rücken zu schaffen.

»Nein, nein«, motzte sie die beiden Masseurinnen an, »ich bin nicht in Stimmung für Regentropfen-Öle und Heublumenpackungen, verstehen Sie? Haben Sie denn nichts Stärkeres? Etwas zum Abreagieren. Ich lasse ihnen freie Hand, also, machen Sie schon, los jetzt!«

Die kleinere Burmesin sagte, es gäbe da eine andere Möglichkeit. Diese Massage sei besonders, aber ungefährlich, würde jedoch Überwindung kosten. Mit einer unbedachten Handbewegung stimmte Lambo zu, in der Hoffnung auf Erlösung.

Eine halbe Stunde später befand sich Odette Lambo mit ihrer Stinkwut in einem Kasten, der die Ausmaße und das Aussehen eines Sarges hatte. In völliger Nacktheit lag sie auf dem Bauch und wechselte zwischen herz-klopfender Bangigkeit und ihrem Zorn. Früher hätte sie sich so etwas nie getraut und jeden für verrückt erklärt, der sich freiwillig in eine solche Kiste gelegt hätte. Eine Garantie, dass ihr Verdruss dadurch verschwinden würde, gab es natürlich nicht, doch auf ihrer Wahrscheinlichkeitsskala stand dieser Versuch weit oben. Allein die Verrücktheit einer so wunderlichen Massage sperrte ihren Ärger schon in einen Zwinger aus grobem Maschendraht. Jetzt musste sie nur noch die Maschen enger werden lassen, um ihn zu bändigen. Tief durchatmen, sich beruhigen. Einatmen und ausatmen. Der Raum hatte eine leicht überhöhte Temperatur, etwa 26 Grad.

Dann schwenkte die Türe auf. Die zwei Burmesinnen betraten den Raum. Odette Lambo sah sie nicht, da sie mit Kopf nach unten in dem Sarg lag, aber sie konnte sie hören.

Je weniger ich sehe, umso besser für mich, beruhigte sie ihr Herzklopfen. Dann hielt sie den Atem an, verkrampfte stellenweise, als sie fühlte, dass die beiden Asiatinnen ihr etwas auf den Rücken legten.

Odette spürte warme, schuppige Haut und zarte, bedächtige Bewegungen. Eine Burmesin kam dicht an ihr Ohr und flüsterte, nun würden sie Jasmin, Brami und Sellja verwöhnen, noch junge, grüne Baumpythons aus ihrer Heimat. Schlangen! Odette war plötzlich zu keiner Regung fähig. Doch sie spürte, wie die drei Pythons allmählich über ihren Rücken glitten, sich träge über Po und Beine schlängelten. Ein noch nie gefühlter Reiz, der die im Kopf aufgebaute furchteinflößende Vorstellung mit der Wirklichkeit verglich, füllte sie aus. Jetzt spürte sie deutlich, dass drei Schlangen auf ihrem Rücken sich hin und her bewegten.

Sie kreuzten übereinander und nutzen die gesamte Fläche ihres neuen Areals. Ein Gefühl wie kein anderes bemächtigte sich ihrer. Adrenalin pur pumpte sich in Odettes Kreislauf. Die Schlangen nahmen diesen menschlichen Untergrund an, ihre Zungen zischelten heraus, um zu erkunden, was das war, auf dem sie hin und her glitten.

»Keine Sorge«, hörte sie die Burmesin sagen. »Alle Schlangen haben Maulkorb. Können nicht beißen. Zunge ungefährlich.«

Die Zunge kam wohl durch eine kleine Öffnung des Maulkorbs. Die Schlangen zischelten eifrig und betasteten Odettes Haut mit ihren trockenen, sanft peitschenden Zungen.

Odette Lambo hielt den Atem an, obwohl keine Gefahr für sie bestand. Es war ihr erster, unmittelbarer und enger Kontakt mit so großen Reptilien. Sie ermahnte sich, die Luft nicht mit einem einzigen Stoß zu entlassen, denn ihr Körper hätte dann Vibrationen ausgesendet. Wer weiß, wie die Schlangen darauf reagieren würden, dachte sie sich. Ganz sachte ließ

Odette die Luft aus ihren Lungen, ohne sich zu bewegen.

Die langen und schweren Körper schlängelten sich auf ihrer Haut, kreuzen über ihrem Po und glitten an ihren Oberschenkeln hinab und wieder hinauf. Das Frappierende war, dass alle Schlangen im selben vorsichtigen Kriechtempo auf Erkundungstour waren. Odette hatte das Gefühl, als ob die Tiere mit ihren kurvigen Bewegungen sanft und kaum vernehmbar ihre eigenen Hautschuppen abschmirgelten. Ein Reptilienpeeling.

Eine halbe Stunde lang massierten die Pythons ihren Körper, am Ende war es sonderbar angenehm, sanft und hinterließ zum Schluss ein einmaliges berauschendes Gefühl. Es war die richtige Entscheidung gewesen, dachte Odette.

Ihrer Wut ging die Luft aus, dank der phänomenalen Kriechtiere. Ihr wurde wohl mit den Schlangen auf ihrer Rückseite, dass ihr am Ende der Massage die Augen zufielen und sie sich völlig meditativ den Pythons hingab. Die anfängliche Bangigkeit wich einem beruhigenden Wohlgefühl.

Dann verließen die Schlangen zusammen mit ihren Herrinnen den Raum. Odette Lambo aber lag noch eine Weil tiefenentspannt in der Kiste und registrierte, wie sich ihre Angriffslust von Neuem regte. Sie hatte absolut keinen Grund, sich Sorgen zu machen, denn weiße Engel hörten auf ihr Kommando, die mit dem Pferdefuß buhlten um ihre Gunst – und nun hatte sie auch noch drei Pythonschlangen gebändigt. Sollte da die französische Justiz mit diesen lächerlichen Beschlüssen eine Bedrohung für sie darstellen? Doch eher nicht.

Pluralis Majestatis
Frühjahr 2016

Für Jil und Achilles, den zwei einander umkreisenden Planeten im Kosmos Mittland, entwickelte sich ihre vielschichtige Beziehung unbemerkt zum Schlendrian. Träge Phasen, in denen beide von unterschwelliger Angst vor dem Verlust ihrer junggesellligen Unabhängigkeit geplagt wurden, wechselten mit Perioden, in denen sie nicht voneinander lassen konnten. In ihrem Fall war ihre Annäherung die reinste Trödelei, ein Sich-Zeit-Geben und letztlich ein Zaudern vor der finalen Entscheidung. Das Zusammenwachsen entfaltete dabei ein kaum merkliches Tempo, sodass die Sorge berechtigt schien, beide könnten ihr Ziel verfehlen. Doch die Vorstellung von einem gemeinsamen Leben wuchs beständig und zielstrebig, aber langsam, wie ein Olivenbaum.

Achilles, der sich mittlerweile als selbstständiger Berater einen guten Ruf erworben hatte, nachdem er und das ISE getrennte Wege eingeschlagen hatten", fühlte sich freier als früher. Er nahm dies als wirklichen Vorteil, weil er keinen Regierungsmaulkorb mehr tragen musste. Darüber hinaus hatte er Glück, weil der Zufall ihn mit einem Verband von adligen Gutsherren in der Nähe von Düsseldorf zusammenbrachte. Man brauchte dort jemanden mit hellem Verstand, der sich der Durchsetzung ihre Konzepte auf nationalem Boden und in der EU in Brüssel annahm. Ein Job für Achilles wie ein handgeschneidertes Jackett, der ihm Unabhängigkeit und finanzielle Sicherheit verschaffte. Er war der Herr über seine Zeit.

»Hier ist Canal Deux Plus, ich bin Amelie Ducolumbiere und das sind die News des Tages ...«

Das Paar beeilte sich, rechtzeitig vor dem starken Unwetter unter das

Vordach der Brasserie Bugatti zu schlüpfen. Achilles hielt seine Oil-Tin-Cruiser-Gaucho-Jacke wie Batmans Flügelcape über den Kopf und ließ Jil darunter kriechen, als sei sie ein Küken, das den Schutz der Henne sucht. So rannten sie die Avenue Victor Hugo entlang, bis sie unter dem kleinen Tempeldach standen.

Die Nässe klopften sie aus ihrer Kleidung, bevor sie das trockene Innere der Brasserie betraten. Das Bugatti war trendy, wie es hieß, nichts Edles, doch für Leute aus der Nachbarschaft und für solche, die während der Mittagspause Lust auf *Tour-tiére de Chevreuil* und *Terrine du Lapin au Cognac* verspürten. Dafür war die Location berühmt, fast schon legendär. Marie-Louanne d'Albert, die Herrin dieser Köstlichkeiten, stellte sie mit viel Liebe in Handarbeit selbst her, was ungewöhnlich für einen Spross des Herzogs von Luynes war.

Ein Stammgast bemerkte, wer könne bessere und raffiniertere Wildpasteten zubereiten, als ein Nachkomme eines alten französischen Adelsgeschlechts, das über Jahrhunderte Wälder und Forste besaß, in denen sie Reh, Sau, Hirsch und Hase erlegten. Egal, ob dies ironisch oder ernst gemeint war, entscheidend war: Die Pasteten waren ein Gedicht. Ins *Bugatti* gingen dennoch die normalen Leute, royalen Glamour besaß das Restaurant eher nicht. Es war Marie-Louannes Zuhause, und sie mochte es, wenn die Menschen sie Malou nannten.

Canal Zwei Plus lief ständig. Malou stellte ein Tablett mit kleinen Hirschragout-Pasteten in die Vitrine und ließ die gläserne Türe einen Spalt auf, damit sie auskühlen konnte. Der Duft zog sofort durch die gesamte Brasserie.

»Ventidue Minuti.« Cesare Bugatti, ihr Mann, eröffnete das Spiel. Die beiden Eheleute wetteten stets gegeneinander, wie lange es brauchte, bis das letzte Stück Pastete an den Mann gebracht war. Die Gäste liebten das Spiel, denn sie bestimmten den Wetteinsatz. Mal bestraften sie Cesare, auf dem Tresen zu tanzen, ein anderes Mal zu singen, oder Malou hatte eine Geschichte vorzulesen. Das *Bugatti* verwöhnte seine Gäste nicht nur kulinarisch.

Jil und Achilles saßen mit nassen Hosenbeinen an einem typischen Bistrotisch in Sichtweite des laufenden Fernsehers, in den Händen Becher mit heißer Schokolade. Jil blies in die Tasse, als sie die Worte »Bank Moneta« hörte und mit einem Ruck ihren Kopf zum TV-Gerät drehte.

Ein Reporter stand mit dem Rücken zum Justizpalast in Paris, in dem, so der kahlköpfige Korrespondent, der Prozess gegen die Bank Moneta in Kürze stattfinden würde. Er nannte die schon bekannten Anklagepunkte: Bilanzfälschung, vorsätzlicher Betrug, Bildung einer kriminellen Vereinigung und Geldwäsche. Er rekapitulierte, was sein Sender über diesen Strafprozess vorliegen hatte und sprach von hochkarätigen Zeugen, namentlich der ehemalige Präsident der Zentralbank von Island, von dem man das genaue Bild illegaler Machenschaften des Mutterkonzerns der angeklagten mittländischen Bank, der Bank Island HF, zu erhalten hoffte.

Der Reporter zitierte einen der Anwälte der Verteidigung, der zwar zuversichtlich klang, jedoch äußerte, es würde beileibe nicht leicht werden. Es käme in weiten Teilen auch auf die Erfahrung des Richters an. Man wolle und werde in diesen großen, ja, wenn nicht sogar einen der größten Bankprozesse in Europa, für seine Mandanten kämpfen.

»Die sind im Arsch«, legte sich Jil fest, und es klang so verächtlich, dass Achilles sie irritiert ansah.

Sie strich ihm über die Wange. »Sorry, aber diese Bankster haben es verdient. Schließlich war die Bank Moneta der Grund, warum ich zweimal angegriffen worden bin.«

»Die Sache sitzt dir noch tief in den Knochen«, kommentierte Achilles mit Verständnis.

Jil hatte versucht, sich freizuschreiben. Um eine neutrale Position bloßer Berichterstattung ging es schon lange nicht mehr. Sie recherchierte, um Antworten zu finden. Sie war hinter der Wahrheit her wie ein kanadischer Fallensteller. Seit den Attacken auf sie war Schluss mit Objektivität. Alleine die vermehrten Verschleierungsversuche erschienen Jil zu unredlich, um unvoreingenommen bleiben zu können. Vom Chefredakteur kassierte sie einen Verweis, na ja, eher einen kollegialen Rüffel, sie solle es nicht übertreiben mit der Sympathie für die Opfer.

»Ich glaube, du hast recht«, sagte Achilles und nahm einen kleinen Schluck. »hier kommt etwas ins Rutschen. Verlieren Bank und Insolvenzverwalterin in Paris, sind alle Zivilprozesse in Mittland hinfällig. Zudem wirkt diese Klatsche politisch, und du wirst sehen, wie schnell dann die Regierung in den Chor einstimmt, sie hätte es ja immer schon gewusst, dass die Lambo schuld sei. Der arme Fabeau, der muss es ausbaden. Ja, die sind wirklich im Arsch.«

Jils Handy surrte. Es lag auf dem Tisch neben einer kleinen Kostprobe einer Terrine mit Forellenmousse. Jils Fingerspitze tippte auf den orangen Punkt.

»Ich bin froh, Sie im Warmen und Trockenen zu wissen, Frau Berg und Herr De Susa. Haben Sie die Nachrichten gehört? Bank Moneta vor Gericht in Paris. Wie wird es ausgehen, was denken Sie?« Ramon34 saß wieder akkurat, mit gekämmtem und gescheiteltem Haar, bekleidet mit einem zartrosa Oberhemd, und lachte fröhlich und verschmitzt wie ein indischer Tuk Tuk-Fahrer.

»Sag du mir, wie es ausgeht!« Jil kitzelte den digitalen Geist, denn wenn er so federnd daherkam, hatte er Neuigkeiten, die er unbedingt loswerden musste.

»Qui sait? Wer weiß? Aber ich habe andere Neuigkeiten.« Jil grinste süffisant.

Ramon34 holte tief Luft. Dann ließ er sich für fast eine halbe Stunde nicht stoppen und berichtete, dass soeben neuste Enthüllungen über Offshore-Netzwerke vom Rechercheverbund IJIC aus Washington ins Netz gestellt wurden, *Panama Papers* genannt. Jil sah im Geiste Luke Petty vor sich, wie er im Qualm seiner filterlosen Gitanes wie ein Bluthund hinter jeder Enthüllung her war. Luke hatte ihr vor Tagen eine Mail geschickt, in der es um die Offshore-Armada, wie Luke schrieb, von Gunnar Larsson und seinem Sohn Bjarni ging.

»Explosiv das Ganze«, sagte Ramon34. »Immer wieder taucht die Bank Moneta auf. Sie scheint das Gravitationszentrum zu sein, von dem aus Anlegergelder auf Offshore-Konten geschleust wurden. Wie es heißt, ohne das Einverständnis der Kunden. Die sollen davon nichts gewusst haben. Bloß, es gleicht einer Herkulesaufgabe, einem Richter diese komplexen Zusammenhänge verständlich zu machen.« Ramon34 mimte den Coolen, als ob er jeden Tag solch explosive Informationen ans Licht bringen würde.

»Ich hab's ja gesagt: Die sind komplett im Arsch. Aber so was von im Arsch«, sagte Jil und setzte hinzu, »siehst du, mein kleiner Dschinn, manchmal gewinnt doch die Maus und die Katze geht leer aus.«

Achilles kratzte sich im Nacken und warf ihr einen etwas skeptischen Blick zu. »Hoffentlich ist es so, aber noch ist nicht das letzte Wort gesprochen.«

Sie redeten einige Minuten weiter über diese Neuigkeit. Dann verabschiedete sich der Dschinn. Das Geld für die Schokoladen und das vortreffliche Forellenmousse landete auf der dafür vorgesehenen Untertasse.

Jil und Achilles traten hinaus auf die Avenue Victor Hugo. Es nieselte jetzt nur noch, doch die schiefergrauen, dicken Wolken verhießen nichts Gutes. Unter der aufgespannten, Wasser und Schlangen abweisenden Gaucho-Jacke marschierten beide zügig vorwärts und bogen in den Boulevard Jacques Brel ein. Auf der Höhe des Parc-aux-cerfs wurde Jil langsamer und bremste ab, bis sie letzten Endes stehen blieb.

»Kurze Pause«, keuchte sie, »wir können heute nicht so schnell.«

»Ich bin beeindruckt, du sprichst im Pluralis Majestatis. ›Wir können heute nicht so schnell‹«, äffte Achilles sie nach, »jetzt wird es echt royal.« Achilles bedachte sie mit einem schelmischen Lächeln und nahm spielerisch Haltung an.

Ihr war aber nicht zu scherzen zumute, eher war ihr flau im Magen, weil dies wohl der Moment war, vor dem sie schon lange Schiss hatte. Sie sah ihn mit gemischten Gefühlen an, überschwänglich und zugleich unsicher, besorgt. Sein Blick nahm irritierende Züge an, als sie ihn verlegen ansah. Wie viel Mühe es sie kostete, nichts zu sagen.

Achilles' Schelmengesicht fror endgültig ein. Jil sah ihm förmlich an, dass in seinem Kopf überfallartig ein heilloses Durcheinander herrschte, durch das sich eine Frage bohrte, die seine Augen merklich größer und ihn selbst demütiger werden ließ.

»Kein ... Pluralis Majestatis?«, fragte er vorsichtig. Während er noch den Kopf schüttelte, ahnte er, was er als Antwort erhalten würde. Jetzt schüttelte auch Jil den Kopf.

Der Moment war gekommen. *The Eagle has landed.* Da war er. Kopf oder Zahl. Schnick, schnack schnuck. Die Erkenntnis flog von ihr zu ihm.

»Nein?«, entfuhr es ihm. Benommen und ungläubig starrte er Jil an und erhielt als Antwort ein scheues Kopfnicken.

Jil durchlebte schrecklich stille fünf Sekunden. Wie wird er reagieren? Wird er sich freuen oder wird er sauer? Mein Gott, komm schon, mach was! Sag was! Achilles stand wie angewurzelt im Nieselregen, von seinem festen, schwarzen Haar tropfte es rundherum.

Endlich erlöste er sie und zeigte eine Reaktion. Er holte Luft und lächelte wie ein kleiner Junge unter dem Weihnachtsbaum. Aus krausem Unglauben wurde jubilierende Erregung.

»Schwanger«, verkündigte er, als wäre es die Formel, aus der Blei zu Gold wurde. Er schloss Jil in seine Arme und küsste sie leidenschaftlich, aber mit neuer Vorsicht. Die Hand ging zu ihrem Bauch, zärtlich streichelte er ihre Bauchdecke.

»Seit wann weißt du es schon?«, fragte er.

»Seit dreieinhalb Wochen.«

»Wir sind schwanger«, rief er überschwänglich.

Ihre leise Furcht, Achilles könnte sich gegen das Kind sperren, verflüchtige sich im Nu. Er freute sich mit ihr!

»Wir sind schwanger«, wiederholte er und grinste dabei wie Eddie Murphy.

»Sollten wir jetzt nicht heiraten?«, rutschte es ihr heraus. Mit einem mokanten Blick versuchte sie, ihre Frage nicht zu spießig wirken zu lassen. Doch ausgesprochen klang die Frage ganz naheliegend und fühlte sich richtig an.

»Du machst mir einen Antrag?« Achilles schien verblüfft. »Ist die Tradition nicht so, dass dies Sache des Mannes ist?«

»Dann los, mach es, sag es ... mach schon!«, witzelte sie.

Im rieselnden Regen sank der große Achilles vor ihr auf die Knie, das schwarze Haar von Regentropfen gesäumt wie eine Perlenmütze, und bat die Mutter seines Kindes um ein gemeinsames Leben. Jil strubbelte liebevoll seine Haare durcheinander, und alle Regenperlen flogen davon.

Gerührt war sie, und glücklich. Vor Hochstimmung wusste sie nicht, was sie als Nächstes tun sollte. Sie nahm sein Gesicht zwischen beide Hände, neigte sich herab und hauchte ihm ein »Ja« ins Ohr und küsste ihn mit aller Wärme und Herzlichkeit, die sie mitten im Regen aufbringen konnte.

Achilles erhob sich, schob Jil wie ein kleines, zerbrechliches Chinchilla unter die Jacke, und sie gingen mit dem Anlass entsprechendem Tempo davon – die ersten Schritte einer gemeinsamen Zukunft zu dritt.

Genau an der Stelle, an der sich eben beide das Versprechen gegeben hatten, blieben im nieselnden Regen zwei blasse, körperlose Wesen zurück: Ein Er und eine Sie, Junggesel-lengeister. Das Eheversprechen wirkte für die Singlewesen als Signal, sich von Jil und Achilles endgültig zu lösen. Es gab für sie keinen Platz mehr. Sie ließen das neue Paar ziehen, sie selbst blieben verwaist, jeder für sich, im Regen zurück.

Fabeau und Turbulenzen
Frühjahr 2016

In Lucien Fabeau gärte es. Er war mittlerweile einer der Dienstältesten des Landes in einer hohen Führungsposition. Ihm war es zu verdanken, dass das *Institut pour la Strategie et l'Execution* in der Rue du la Savoire zum Besten zählte, was das Land vorweisen konnte: Ein unverzichtbarer, wenn auch ein sehr diskreter Teil der Regierung. So sollte es wenigstens sein.

Aber in der letzten Zeit hatte er das Gefühl, dass vieles an ihm vorbeilief. Er bildete sich ein, der Regierungswechsel wäre schuld, dass man ihn nicht mehr wie früher einbeziehen würde. Ein Tiefschlag für sein Ego. Wie auffällig es doch war, dass die Einladungen zu den wichtigen Meetings nachließen und dass der Tagesbetrieb in seinem ISE aus popeligen Aufträgen bestand. Als würfe man einem Hund nur noch kleine Knochen zu. Jetzt mussten sie Protestnoten an die EU oder sonst wen formulieren. Als Krönung sollte sein Institut Strategien für Flüchtlingskontingente erarbeiten, obwohl Mittland fast so gut wie keine Flüchtlinge beherbergte. Mit einem Wort: Es wuchsen Frust und Langeweile. Sein Job begann ihn anzuöden. Fabeau steckte in der Krise.

Es war Dienstag am Vormittag, als Victoria Haargenau zu Fabeau ins Office kam. Sie näherte sich seinem Schreibtisch mit einem Earl Grey und einem besorgten Blick. Victoria stellte elegant das Tablett seitlich auf den Schreibtisch, tauchte zeremoniell das Tee-Ei in das temperierte Wasser und blieb stehen.

»Danke Victoria«, bedankte sich Fabeau flau. Die Leere in seinem Kopf fühlte sich an wie Gelatine. »Wenn ich Sie nicht hätte! Was für ein Duft, danke für den Tee! Sagen Sie, haben sie ein Truthahnsandwich für mich, Sie wissen schon, mit Kapern und diesem italienischen Fondamotta-Käse?«

»Nein, tut mir leid. Aber ich habe etwas anderes, das ihnen guttun wird, Lucien.« Victoria Haargenaus seismografisches Gespür für die Gemütslagen ihres Chefs hatte sie auf eine Idee gebracht. Sie zog einen Umschlag hinter ihrem Rücken hervor. »Eine Einladung zur Münchner Sicherheitskonferenz am Freitag. Aus den USA werden Vizepräsident Biden und Außenminister Kerry dort sein, der ukrainische Präsident Poroschenko, einige deutsche Minister und Sergei Lawrow, der russische Außenminister. Herr Ischinger lässt Sie herzlich grüßen und freut sich auf Ihren Besuch.«

Vicki Haargenau wedelte mit der schriftlichen Einladung vor seiner Nase hin und her.

»Aber das ist ja schon in drei Tagen«, stöhnte Fabeau, »Victoria, das geht nicht!« Lucien suhlte sich in seiner Niedergeschlagenheit. Eine Einladung auf eine so große Bühne empfand er momentan als kontraproduktiv.

Viktoria zeigte sich unbeeindruckt. »Jetzt kommen Sie schon, Lucien. Raus aus dem Sessel! Sie verfaulen mir hier noch. Sie brauchen frische Luft. Ich sehe doch, wie es an Ihnen nagt. Die Sicherheitskonferenz wird für Sie von Vorteil sein. Informationen und Kontakte, die Sie von dort mitnehmen, sind Ihr Vorsprung nicht nur hier am Institut, sondern auch bei der Regierung. Sie hatten schon immer die Nase eines Spürhundes, und Sie werden in München eine Menge zu schnuppern haben.«

»Glauben Sie?« Vicki nickte. Sie legte ihm das Schreiben auf den Tisch. Lucien überlegte. Ja, es wäre heilsam, aus dem Bau hier herauszukommen und andere Menschen zu treffen. Victoria hatte recht.

Am Freitag fand er sich in der ersten Maschine nach München wieder. Die Kabinentüren waren schon alle geschlossen und die Passagiere sortierten sich in die ihnen zugewiesenen Sitze. Lucien Fabeau hatte einen Fensterplatz ergattert.

Ein großer dünner Mann nahm neben ihm Platz. Er schaute kurz zu Fabeau und grüßte ihn nickend, aber wortlos. Fabeau musste feststellen, dass der Herr äußerst elegant gekleidet war. Das fiel selbst ihm auf. Der Mann verströmte eine Aura unerschütterlicher Souveränität.

Dann startete die Bordzeremonie: Notausgänge den Leuchtstreifen entlang, Sauerstoffmasken fallen automatisch bei Druckabfall heraus,

Kabinentüren werden mit zwei Hebeln geöffnet und klappen nach außen weg, alle elektronischen Geräte ausschalten, Nichtraucherflug, und wenn sie sich übergeben müssen, benutzen sie bitte den dafür vorgesehenen Beutel. Ja, Fabeau war heute in einer zynischen Stimmung.

Die Maschine hob pünktlich ab. Sie stieg hoch, die Wolken kamen näher und sie flog durch sie hindurch. Kurz vor Reiseflughöhe wurden die Passagiere vorgewarnt, es könne zu Turbulenzen kommen. Man las die Prophezeiung noch auf dem Display, da mutierte sie bereits zur Tatsache. Windböen griffen nach den Tragflächen und schüttelten die ganze Maschine so vehement, dass links und rechts Koffer und Kleidungsstücke aus den Gepäckfächern in den Gang fielen. Verdammt, dachte Fabeau, warum immer ich? Wann immer es ging vermied Fabeau Flugreisen, unter anderem wegen solcher Turbulenzen.

Mit jedem fallenden Koffer stieg seine Nervosität. Die linke Hand zog seinen Sicherheitsgurt noch enger. Dann fiel sein Blick auf seinen Nachbarn. Der saß, ohne eine Miene zu verziehen, auf seinem Sitzplatz, den Daily Express lesend vor sich. Fabeau konnte nicht umhin zu bewundern, wie der Gentleman sich mit jeder Amplitude kunstvoll auf und ab bewegte, als sei er ein aktives Teilchen der beschleunigten Luftmasse. Es sah zugleich bizarr und extravagant aus. Das braucht bestimmt jahrzehntelange Übung, ging es Lucien durch den Kopf.

Urplötzlich ruckte das Flugzeug erneut. Maschine, Personal und Passagiere fielen gefühlte Kilometer tief wie Steine zur Erde. Alles, was auf den Klapptabletts stand, flog senkrecht in die Luft. Die Sitzgurte hielten die Fluggäste fest. Lucien konnte mitansehen, wie sich im Servicebereich eine Stewardess akrobatisch Halt verschaffte, während sie gleichzeitig eine Thermoskanne davon abhielt, durch die Luft zu segeln und Schaden anzurichten. Der Mann neben ihm schien nicht das geringste Interesse an dem Chaos zu haben, das um ihn herum stattfand. Er vollzog federnde, biegsame Bewegungen, und es sah so aus, als ahne er jeden Reflex des Fliegers im Voraus.

Lucien hingegen saß, als sei er fest angeschraubt. Er hasste das zutiefst. Das Flugzeug sackte weiter durch das Luftloch, bis es endlich wieder Auftrieb auf die Flügel bekam. Menschen und Maschine sausten postwendend in die andere Richtung nach oben. Die Klapptabletts knallten in ihre Arretierung zurück. Dann stellte sich wieder ein Gleichmaß an

Ruhe und Kontinuität ein. Die Turbulenzen waren überwunden, und der Rest des Fluges sollte ohne Zwischenfälle verlaufen. Die Stewardess tupfte sich Feuchtigkeit von der Stirn, und aus den Lautsprechern hörte man den Kapitän, der allen an Board einen guten Morgen wünschte.

»Egal wo man sich hinbegibt, überall derselbe Scheiß, nichts als Turbulenzen«, fluchte Fabeau laut vor sich hin. Er war weiß im Gesicht, dazu noch übellaunig.

»Bitte, wie meinen?« Nun drehten sich Mann und Zeitung simultan zu Lucien Fabeau, wobei die Gazette langsam nach unten sank.

»Ich meinte, dass wir in der heutigen Zeit nirgendwo vor Turbulenzen sicher sind. Komplizierte Maschinen, noch kompliziertere Menschen ergeben eine komplizierte Welt. Ober haben Sie Ahnung von Flugzeugbau oder Elektronik?«

Lucien war zum einen auf sich selbst sauer, weil er erstens nicht die Klappe halten konnte, und zweitens brachte ihn die ganze Art und Weise, wie sein Mitflieger hier auftrat, auf die Palme. Die Selbstbeherrschung des Mannes, mit der er die Situation bewältigte, war ekelhaft anzusehen und ließ ihn selbst als Loser und Memme dastehen.

»Nein, Gott bewahre, ich bin kein Experte für Flugzeugbau, aber ich reise viel, und Turbulenzen sind mir nicht unbekannt. Die von Ihnen zitierten komplizierten Menschen kenne ich selbstverständlich auch, genauso wie die besagte komplizierte Welt«, antwortete der Mann sachlich und unaufgeregt. Der Ton, in dem er dies sagte, wirkte auf Lucien Fabeau eher beruhigend als zurechtweisend.

Die Stewardess kam und fragte, ob und wenn ja, welches Getränk es sein sollte. Der Nebenmann bestellte sich einen Whisky on the rocks. Ist es dafür nicht noch viel zu früh, fragte sich Fabeau. Er jedenfalls blieb seinem Prinzip treu, niemals Alkohol zu trinken, wenn er keinen Boden unter den Füßen hatte. Ein Earl Grey sollte es sein.

»Entschuldigen Sie, es war nicht so gemeint. Ich bin nur erschrocken, als die Kiste hier ohne Vorwarnung einen Kilometer in die Tiefe fiel.« Lucien nahm sich etwas zurück und wünschte sich mehr Gelassenheit.

Es kam ein Gespräch zwischen den beiden auf. Keine Vorschrift oder Tradition besagt, dass sich unter zwei Fremden, die für einige Zeit so dicht an dicht sitzen, eine Konversation ergeben muss. Doch es ist eine Gelegenheit für jedermann, hoch über den Wolken, praktisch im staatenlosen Raum, etwas von sich zu erzählen, wobei liebenswerte Flunkereien zur besseren Darstellung des eigenen Charakters mit der Flughöhe zunehmen.

Fabeau ließ verlauten, er arbeite in Mittland. Worauf sein Sitznachbar sich nach seiner Einschätzung zur neuen Regierung erkundigte, ob sie sich womöglich nicht halten könne. Lucien Fabeau fasste treuherzig Vertrauen zu dem Gentleman und beschloss, gegen seine Verschwiegenheitspflicht zu handeln. Der Mann fragte ja nur allgemein und speziell nach Luciens privater Meinung. Zudem war der Nachsatz, ob die neue Regierung sich womöglich nicht halten könne, ein aufschlussreicher Aspekt. Tief im Inneren spürte Lucien etwas hinaufsteigen, eine Spur des Gefühls von Entfesselung, ein kleines befreiendes Licht. Warum sollte er nicht auch einmal Ballast abwerfen dürfen, den er seit Jahren auf seinen Schultern spürte? Aber Vorsicht! Immer schön defensiv und nichts Konkretes, dachte er sich.

»Aha, ja, die Neuen. Ob sie sich halten werden, fragen Sie?« Fabeau kickte den Ball zurück.

»Ja, mir scheint, dass die alte Regierung, äh ... wie soll ich sagen, ›übermächtig‹ geworden war. Ich muss mich bei Ihnen und Ihrem Land entschuldigen, aber für mich gestaltete sich der Wechsel so, als ob man einen 2CV-Fahrer in ein hochmodernes Rallye-Auto gesetzt hätte und von ihm jetzt verlangt, er soll die Tour Dakar gewinnen. Der Vergleich hinkt, ich weiß, aber die Richtung stimmt.«

Das war eine überaus direkte Antwort und das Bild der Rallye Dakar fand Lucien Fabeau doch passend. Er versuchte, seine Regierung in Schutz zu nehmen. »In der Regel«, erklärte Lucien, »schließt man mit einer Regierung in den ersten hundert Tagen Frieden. Danach ist Kritik erlaubt. Das gilt ebenso für Mittland. Aber schauen Sie genau hin, erkennen Sie das alte Rad, wie es immer weiterläuft. Wer Reformen und Änderungen erwartet hatte, kommt nicht auf seine Kosten. Erklären Sie mir, warum sich am System nichts ändert, obwohl die Regierung wechselt? Der Unterschied zwischen der einen und der anderen Partei steht doch für etwas, oder nicht?« Lucien formulierte seine Gedanken, versuchte dabei, immer an der Oberfläche zu bleiben.

»Sie reden von dem *System*. Was meinen Sie damit? Welches System?« Das Gesicht seines Gegenübers verriet Probleme bei der Einordnung.

»Ich spreche von dem System, das unsere alte Regierung über Jahrzehnte aufgebaut und perfektioniert hat, und das heute, wie man in den Nachrichten hört, viele Politiker und Entscheidungsträger in heikle Wechselbeziehungen bringt. In anderen Ländern wird es so etwas sicher auch geben, aber Mittland ist ein winziges Land mit der Besonderheit, dass jeder jeden kennt und es zum Handwerk gehört, Probleme ohne Öffentlichkeit zu lösen. Es lebe der kleine Dienstweg. Aber Sie fragten nach der neuen Regierung. Meiner Meinung nach hat sie die Chance auf Reformen und wirkliche Änderungen bereits verpasst, weil sie früher als gedacht im alten Rad wie die Hamster mitlaufen. Und sie merken nicht, dass sie das alte Hamsterrad drehen. Um es anschaulich zu formulieren: Die neue Regierung hatte den Ball auf dem Elfmeterpunkt, weigerte sich aber, zu schießen. Der Ball liegt immer noch dort, aber ihnen fehlt Mut oder Weitblick oder beides.«

Hier oben, in zehntausend Metern Höhe, war es Lucien Fabeau plötzlich egal, ob es eine Geheimhaltungsklausel für ihn gab. Es drängte endlich raus aus ihm, und wer war als Zuhörer besser geeignet als ein völlig Fremder?

»Bemerkenswert, was Sie sagen. Ich glaube, Ihre Sichtweise umschreibt die Sache en bloc. Ihr Land hat, verstehen Sie mich bitte nicht falsch, indes ein Problem: Die unmittelbare Abhängigkeit von der Finanzindustrie. Wenn 75 Cent eines jeden Euro Ihres Haushaltsbudgets von Versicherungen, Investment- und Hedgefonds, sowie von Banken kommen, stellt sich doch die Frage, wer entscheidet da überhaupt? Wer macht die Regeln, und wer schützt wen?« Der gepflegt gekleidete Mann schien bestens informiert.

Lucien Fabeau war überrascht. Du weißt ja gut Bescheid, dachte er. Mal sehen, was du sonst noch weißt!

»Ach ja, Sie meinen sicher die Steuervermeidungsaffäre oder die Sache mit der Bank Moneta«, sagte Fabeau.

Der Mann hob bei »Bank Moneta« die Augenbrauen. Ah, da liegt also dein Interesse, schätzte Fabeau. Der Fall muffelte bereits aus allen Medien wie alter Munsterkäse. Der Engländer schien dies mitbekommen zu haben. Dass sein Gesprächspartner aus Großbritannien stammte, stand für Lucien Fabeau außer Frage. Die ganze Erscheinung, der lotrechte Rücken, die hochwertigen Stoffe von Anzug und Weste, selbst die Auswahl der Krawatte ließen nur ein Wort zu: Topgeschmack. Aber die schrulligen

Engländer hatten immer schon ein Defizit, wenn es um die EU ging. Na, dann will ich Mr. Smith einmal auf die Sprünge helfen, dachte Lucien.

»Ja, die Bank Moneta«, sagte Fabeau, »seit ungefähr sieben Jahren wirkt der Fall wie eine Brausetablette: Es sprudeln immer wieder Neuigkeiten ans Tageslicht. Wer hätte gedacht, dass eine tote Bank so viele Luftblasen erzeugt? Warum der Fall noch nicht abgeschlossen ist? Tja, das hat vermutlich mehrere Gründe. Da sind zum einen die Opfer der Bank, die sich bravourös wehren. Trotz aller Beweise hat unsere Justiz eine Untersuchung gescheut, als fürchte sie, damit die Pest ins Land zu holen. In Frankreich fehlt nicht viel, und man schließt die Ermittlungen ab. Wenn Sie mich fragen, wird es zu Verurteilungen kommen. Zum anderen ist da die unrühmliche Rolle unserer Zentralbank. Würde in Mittland der Fall untersucht, müsste die ihre Bücher öffnen, und das sähe gar nicht vorteilhaft für sie aus. Und zum Schluss ist da auch noch unsere Insolvenzverwalterin. Lassen Sie es mich so formulieren: Sie ist leider unsensibel, was die Opfer angeht, und sie übertreibt es mit ihren Aktionen. Ja, und die Strafanzeige gegen sie wegen Geldwäsche ist nicht vom Tisch. Also, meiner Meinung nach können wir von Glück sagen, dass die EU sich diese Sache bisher nicht näher angeschaut hat. Die EU würde den Ball in unser Tor versenken, und wir würden verlieren.«

Es kam die Durchsage, man solle sich wieder anschnallen, die Klapptabletts hochstellen, denn in ein paar Minuten würde man landen. Lucien und der Mann kamen der Aufforderung nach. Fabeau hoffte, die letzten Minuten mögen frei von Turbulenzen sein. Touchdown auf dem Franz-Josef-Strauß-Flughafen in München. Wie durch einen Herdentrieb ausgelöst, begann das übliche Herumkramen und Drängeln, als die Maschine zum Stillstand kam. Der englische Gentleman hatte fast nichts bei sich und ging schon, ohne Abschied zu nehmen, zum Ausgang. Fabeau fand das eine Spur unhöflich, war es doch zu einer angeregten Unterhaltung zwischen ihnen gekommen. Er angelte seine beiden Taschen aus dem Gepäckabteil und stieg aus. Überrascht stellte er fest, dass der Engländer auf ihn wartete.

»Verzeihen Sie, dass ich Sie so habe stehen lassen. Aber das Gedränge ist nicht mein Fall. Ich bin jedes Mal froh, wenn ich aus dem Jet wieder heraus bin. Lassen Sie mich Ihnen danken. Ihre Ansicht der Dinge in Ihrem Land hat einige Fragen, die ich diesbezüglich hatte, beantwortet.

Nochmals meinen Dank. Es wäre nur fair, wenn Sie einmal etwas über mich und meine Heimat Portugal wissen wollten. Bitte scheuen Sie sich nicht, mich persönlich zu kontaktieren.«

Damit überreichte der Portugiese Lucien Fabeau seine Karte und marschierte den Gang hinauf. Lucien stand verdutzt da, nicht zuletzt, weil er zwar gute Manieren erwartet hatte, aber kein solches Entgegenkommen. Er hatte kurz den Impuls, seinerseits seine Visitenkarte zu zücken, doch er zögerte intuitiv, als er resümierte, was er dem Fremden alles erzählt hatte. Besser er bliebe verdeckt, sodass man ihn nicht festnageln konnte. Hinzu kam, dass der Mann ja bereits außer Hörweite war.

Nun ja, dachte er, ein guter Typ, dieser ... . Bevor er losmarschierte, fiel sein Blick auf die Karte in seiner Hand. Jean-Melchior Vegas hieß der Gentleman. Komischer Name, fand Fabeau und sah dem Mann nach, wie der schnurstracks auf die Rolltreppe zum Ausgang stieg.

Dann drehte er die kleine Karte herum. Ein erschrockenes »Jesus! Mich trifft der Schlag« entwich ihm, und er biss sich auf die Lippe. Von wegen, *irgendein beliebiger* Fremder! Mannomann, dachte Fabeau, wie gut, dass ich ihm nicht meine Karte gegeben habe. Auf der Rückseite der kleinen Visitenkarte stand: Director of DG Financial Stability, Financial Services and Capital Markets of the European Union, Internal Markets, Head of Assistant of EU Commissioner Daniel Barriere.

Nun hatte Fabeau höchstselbst zur Verschärfung der Turbulenzen beigetragen.

Der Prozess
Mai 2017

Und du bist wirklich nicht sauer?«, fragte Jil unruhig.

»Hmm ...« Achilles schaute sie unentschlossen an. Einerseits gönnte er ihr von ganzem Herzen, wenn sie den Auftakt zum Bank-Moneta-Prozesses in Paris miterleben konnte, andererseits hatten sich einige Prioritäten in ihrer beider Leben gründlich verschoben. Ja, sogar radikal auf den Kopf gestellt.

Es war eineinhalb Jahre her, seit Jil im Boulevard Jacques Brel am Parc-aux-cerfs unter Achilles' Gaucho-Jacke gekrochen war und er umständlich entschlüsselt hatte, dass sie ein Kind erwartete. Dem Antrag folgte die Hochzeit, und der folgte die Geburt ihres kleinen Mädchens Marie-Yeoryi.

Als Familie verfolgten sie jetzt neue Ziele. Achilles sträubte sich innerlich gegen Paris, weil er die Terrorismus-Bedrohung ins Kalkül zog. Jil wollte aber den Prozess aus nächster Nähe mitverfolgen, und Achilles konnte es ihr zum Schluss nicht abschlagen. Letztlich hatte ein eingewickelter, mit quengelnden Blicken umgarnter Achilles vor ihrer Hartnäckigkeit kapituliert.

Der Deal war, dass Jil auf der Ile de France im Gerichtsgebäude blieb, während Achilles, für den es kein Problem war, die beruflichen Termine in Düsseldorf zu verschieben, sich um die kulturelle Bildung der kleinen Marie-Yeoryi kümmerte. Also fuhr die gesamte Familie De Susa ins Hotel Maison am *Bois de Boulogne* nahe dem Eiffelturm. Die Junior-Suite wartete mit einem funktionalen Nebenraum als Kinderzimmer für Marie-Yeoryi auf. Als Erstes trat Jil auf den kleinen Dachgarten hinaus und war überwältigt vom atemberaubenden Ausblick über die Dächer von Paris.

Jil machte sich auf den Weg, begleitet von Achilles, der sein Mädchen auf dem Arm trug, das sich immer noch müde an ihn schmiegte. Sie zog ihr das Mützchen gegen den aus dem Inneren der Metrostation pustenden Windstrom fester.

»Soll ich vielleicht doch …«, setzte Jil an.

»Wenn du nicht sofort diese Metro nimmst, dann gibt's Ärger. Wir kommen klar, mach du nur deinen Job. Los jetzt, geh nur!« Achilles hielt Marie-Yeoryis Ärmchen und zeigte mit ihm zur Metro.

Jil küsste beide zum Abschied. »Seid brav, ja?« Sie gab Achilles noch einen liebevollen Klapps auf den Po.

Der Auftakt
Mai 2017

Nur wenige Minuten später stieg Jil die Treppe der Metrostation Cité hoch ins Tageslicht und stand umgeben von Buchsbäumchen, duftendem Jasmin und mannhohen Olivenbäumen auf dem Marche aux Fleurs. Von dort fiel ihr das massive und imposante Gebäude des Palais de Justice sofort ins Auge. Die Fußgängerampel vor der Brasserie *Les Deux Palais* schaltete auf Rot.

Zwei Dinge fielen ihr auf: Erstens wurde der Gebäudekomplex weiträumig von sehr viel Polizei in Schutzwesten und Maschinengewehren gesichert, und zweitens sah sie über den Boulevard du Palais hinweg eine Schlange Wartender vor dem Eingang, den zwei bewaffnete Polizisten kontrollierten. Jil reihte sich ein und schob sich mit den anderen nur langsam voran. Hinter ihr wurde die Schlange sofort länger.

»Deinen Ausweis, Darling, hast du deinen Ausweis dabei?«, fragte einer der Wartenden hinter Jil.

»Selbstverständlich, was denkst du denn?«, antwortete die Angesprochene, offensichtlich die Frau des älteren Herren.

»Wo ist das Schreiben vom Gericht, mit dem wir passieren können?«, fragte die Frau mit nervöser Stimme. Das Ehepaar wirkte ungeduldig.

Die Stimme der Frau kam Jil bekannt vor. Sie blickte nach hinten und versuchte, sich zu erinnern, woher sie die Dame kennen könnte.

Als sich ihre Blicke trafen, machte die Frau eine weit ausholende Geste.

»Jil Berg! Ach was, entschuldigen Sie, Jil De Susa muss es ja jetzt heißen, richtig?«, platze es aus der Frau heraus.

Jil stand mit zusammengezogenen Augenbrauen da.

»Linda Barlotte«, sagte die Dame, »und das ist mein Mann Billy.«

Ein Lächeln entstand auf Jils Gesicht. Der Zufall hatte Linda und Billy Barlotte direkt hinter Jil in die Schlange eingereiht.

»Mrs. Barlotte, Mr. Barlotte, das gibt's ja nicht! Ich freue mich, Sie endlich persönlich kennenzulernen!«, sagte Jil. Sie schüttelte Linda und Billy Barlottes Hand. »Sehr erfreut!«, sagte Billy mit strahlendem Gesicht. Danach heimste Jil sich – etwas überrumpelt – eine Umarmung von Linda ein.

»Wir hatten ja bis jetzt nur telefonisch miteinander zu tun«, sagte Linda. »Aber ich kenne Ihr Gesicht von den Fotos im Internet. Herzlichen Glückwunsch noch einmal zu ihrem kleinen Mädchen! Haben Sie sie zu Hause gelassen?«

»Nein, Marie-Yeoryi und mein Mann sind auch in Paris. Achilles, mein Mann, wird sie wohl mit allem Erdenklichen verwöhnen, solange die Mutter nicht da ist.«

Linda Barlotte strahlte Jil warmherzig an. »Ach, wir sind ja so nervös!«

»Das kann ich gut verstehen«, sagte Jil. »Hoffen wir das Beste!«

»Bitte nehmen Sie mir die Umarmung nicht übel, Frau Berg, äh, verflixt, Frau De Susa natürlich. Sie kam von Herzen. Für mich sind Sie eine jahrelange Komplizin, wissen Sie?«

Jil lächelte etwas verlegen. »Gesichert wie Fort Knox«, sagte Jil und zeigte auf die bewaffneten Polizisten, »schnell kommen wir da nicht durch.«

»Wir müssen zuerst durch diese Schleuse«, informierte Billy, »dann durch eine zweite mit anschließendem Sicherheits-Check. Wie am Flughafen. Man will sichergehen, dass ich meinen Nagelschneider zu Hause gelassen habe.« Billy war anzusehen, dass ihm die Warterei auf die Nerven ging. Er schien sich zu beruhigen, als die drei den Gerichtssaal im ehrwürdigen Gebäude betraten.

»Sieh einer an!« Linda blieb an der Eingangstür stehen und ließ den Saal auf sich wirken. »Hier hängt noch der Hauch der Französischen Revolution wie Fledermäuse von der Decke. Schaut euch nur die Holzkassetten, die getäfelten Wände und diese massiven Holzbänke an!«

Jil ließ den Blick schweifen. Der Raum verströmte den Hauch der Geschichte, in der Tat. »Ich frage mich, wie ein solcher altehrwürdiger Saal zum Global Banking, Offshore- und Investmentbetrug passt. Angemessener wäre ein Wolkenkratzer mit Glasfassade.«

»Ich hab's gegoogelt«, merkte Billy an, »genau hier in diesem Raum wurde 1794 Georges Danton von seinen Revolutionsbrüdern zum Tode verurteilt. Kein gutes Omen.«

Ein Mann mit Glatze winkte Linda und Billy zu sich herüber. Er schien Sitzplätze für sie freigehalten zu haben, und zum Glück waren in der Reihe noch mehr Plätze frei.

»Das ist Jil Berg, jetzt Jil De Susa vom Jam Express«, stellte Linda sie vor.

»Stuart Malmedy«, sagte der Glatzköpfige mit Zwirbelbart. Herzlich lächelnd streckte er ihr die Hand entgegen. Jil schüttelte seine Hand.

»Robert McCallum«, stellte sich ein anderer Herr mit festem Händedruck vor.

Niemand in dieser kleinen Gruppe konnte seine innere Angespanntheit verbergen. Von dieser Seite erst sah Jil den Bildschirm im Public-Viewing-Format und die vielen TV-Kameras. Dann ertönte ein rostiges Hupsignal. Es ging los. Aus einem kleinen Raum hinter der Richterbank betraten drei Richter den Saal. Der Stuhl des Vorsitzenden gehörte Richter Gerald Dupanasse.

»Liv Boncoeur kennt Richter Dupanasse aus vergangenen Tagen«, teilte Linda im Flüsterton mit, »sie meinte, hinter ihren Rücken würden jüngere Kollegen sie beide in die Kategorie *Dinosaurier* einsortieren, was nicht respektlos gemeint sei. Sie ist froh über den Vorsitz von Dupanasse, weil sie seine ruhige, geduldige Art schätzt. Nie würde er es zulassen, dass Parteien versuchen, seinen Prozess aktiv in irgendeine Richtung zu lenken und damit Einfluss zu nehmen.«

Zu Beginn des ersten Tages legte man zunächst einige administrative Punkte fest. Zur Formalität eines Verfahrens gehört, dass die Anklagepunkte verlesen werden, jedoch nicht ausführlich und im Detail, wie sie aus den schon seit langem zwischen den Parteien ausgetauschten Schriftsätzen bekannt waren. Die Kurzversion trug nun der Staatsanwalt vor. Jil und Linda spitzten die Ohren.

»Hohes Gericht, Herr Vorsitzender«, trug Luc Baggary vor, »die Staatsanwaltschaft Frankreichs beschuldigt die hier anwesenden Beklagten folgender Straftaten, die sich aus unserem Strafgesetzbuch, dem *Code Penal*, wie auch aus den Vergehen gegen diverse EU-Richtlinien ergeben«, Baggary drehte den Kopf vom Richtertisch zur Anklagebank, »erstens, des vorsätzlichen und schweren Betruges laut Paragraf 313 Absatz 1. Zweitens des vorsätzlichen Verstoßes gegen die EU-Richtlinie 2000/12/EG ›Über die Aufnahme und Ausübung der Tätigkeiten von Kreditinstituten‹, hier geht es insbesondere um die Nichtexistenz von Lizenzen zum Handel mit Wertpapieren. Drittens des Betreibens eines illegalen Offshore-Rings. Viertens der Steuerhinterziehung nach Paragraf 1741. Fünftens der Geldwäsche nach Paragraf 324-1. Sechstens der Bildung einer kriminellen Vereinigung gegen den Staat Frankreich nach Paragraf 450-1. Die Staatsanwaltschaft wird zeigen, dass die Angeklagten in allen Punkten schuldig zu sprechen sind.«

»Konzentriert wie ein Parfum«, flüsterte Linda Jil ins Ohr, die noch ganz unter der Wucht der Anklage stand. Sie schaute hinüber zu Richter Dupanasse, der nun wieder ins Geschehen eingriff.

»Danke, Herr Staatsanwalt, die Anklagepunkte wurden zu Protokoll genommen.« Dupanasse kritzelte Notizen in seine Kladde, rückte sich sein Mikrofon zurecht und ließ eine kleine Bombe platzen.

»Dies ist kein Fall wie jeder andere«, erklärte der Richter, »das Maß an Komplexität und deren Verständnis ist hoch, und doch muss das Gericht jede Facette davon erfassen. Ich ordne hiermit drei weitere Prozesstage an, die wir aller Wahrscheinlichkeit benötigen werden, um ein Urteil nach dem hohen Anspruch des Gerichts fällen zu können.«

Kläger und Beklagte saßen räumlich getrennt, links die Kläger und rechts die Beklagten. 18 Anwälte der Verteidigung füllten die Reihen. Direkt vor ihnen mussten ihre Mandanten, die Beklagten, auf der Anklagebank Platz nehmen und hörten nun mit Bittermienen, dass sie weitere Tage hier auf harten, unbequemen Holzmöbel ausharren mussten.

Liv und Yocco Boncoeur, sowie Maxi Fuget, residierten in der vordersten Reihe in unmittelbarer Nachbarschaft zur Staatsanwaltschaft.

Jil schaute zur Richterbank und sah den Richter, der wie ein Buddha in der Mitte thronte und für jedermann spürbar universale Souveränität verströmte.

Linda schien zu bemerken, dass Jil den Richter betrachtete. »Eigentlich sollte Dupanasse schon im verdienten Ruhestand sein. Liv hat mir auch erzählt, er sei ein leidenschaftlicher Angler und er hätte einen Spleen: Er stellt sich die Beiträge von Anklage und Verteidigung in seinem Gerichtssaal als Angelmethoden vor. Sie verstehen ... hier Beutefische, da Raubfische«, flüsterte Linda und wiegte dabei den Kopf hin und her. »Vor einem Prozess zieht er sich gerne in die Natur zurück, um dann in den Großstadtdschungel zu ziehen und seines Amtes zu walten. Es wirkt. Sehen Sie ihn sich an. Nichts bringt ihn aus der Ruhe.«

»Da nun die Positionen amtshalber geklärt wurden«, verkündete der Richter mit sonorer Stimme, »fahren wir in der Hautsache ›VOM gegen die Bank Moneta‹ fort. Gibt es von der Staatsanwaltschaft und der Verteidigung Einwände?«

Die Anwälte der Verteidigung mussten sich daraufhin beraten und stellten bei Richter Dupanasse den Antrag auf eine kurze Auszeit. Der Richter gab sein Plazet. Da auf jeden der sechs Angeklagten drei persönliche Anwälte kamen, bildete sich plötzlich mitten im Gerichtssaal ein großer Fleck aus schwarzen Talaren, wie eine Schar Kormorane. Sie disputierten und disputierten, bis Gerald Dupanasse diese Rudelbildung zu viel wurde. Im selben Moment, als der Richter sich zum Mikrofon beugte, um die Versammlung aufzulösen, drehte sich aus dem Pulk der Sprecher der Verteidigung ihm zu und verkündete laut und deutlich: »Wir stellen den Antrag, Liv Boncoeur vom Verfahren auszuschließen.«

Linda mochte es kaum glauben, was sie soeben gehört hatte. Der Prozess hatte noch nicht einmal begonnen, da forderte die Gegenseite die Suspendierung von Liv Boncoeur!

»Hier geht es aber schnell zur Sache«, fand Jil und beobachtete den Sprecher, der versuchte, sich in der lärmenden Kulisse Gehör zu verschaffen.

»Das Gericht muss die Kollegin Boncoeur ausschließen«, erklärte der Verteidiger, »weil ihre Island-Aktivitäten 2010 zum SIC-Bericht sie als befangen erkennen lassen.«

Lautstarke Empörung hier, hartnäckiges Einfordern dort. Jil schwenkte den Kopf hin und her, so schnell und heftig entlud sich der Disput.

Der Verteidiger stand immer noch. »Maître Boncoeur ist unzweifelhaft voreingenommen. Sie hat damals rabiat den isländischen Mutterkonzern, die Banki Island HF, des Betruges beschuldigt, was uns heute an ihrer Neutralität gegenüber dem französischen Recht und diesem Prozess zweifeln lässt. Sie muss ausgeschlossen werden.«

Jil sah hinüber zu Liv Boncoeur, an der das Ganze abzuperlen schien. Der Vorsitzende Dupanasse dachte nicht daran, einen Tumult zuzulassen. Er ordnete Ruhe an und gab das Wort an die Anklägerin Boncoeur. Der Geräuschpegel im Saal nahm ab. Liv Boncoeur erhob sich.

»Herr Präsident, weder auf Island noch in Frankreich verpflichten die

Grundrechte Neutralität als oberstes Gebot, was schließlich praktisch nicht durchführbar ist, denn im Verhältnis Anwalt zum Mandanten ist der Anwalt dem Mandanten verpflichtet, nicht einer ungegenständlichen Neutralität«, gab Boncoeur zu Protokoll, »heute geht es um die Frage, ob die Taten der Bank Moneta das Strafgesetz dieses Landes, unseren *Code Penal,* verletzt haben. Ob Betrug, Geldwäsche oder Bilanzfälschung vorliegt oder nicht: Meine Ernennung durch das isländische Parlament 2009 als unabhängige Untersuchungsrichterin stellt heute absolut keinen Interessenskonflikt dar. Ich bin sicher, dass ich das Gericht und meine geschätzten Kollegen von der Verteidigung nicht daran erinnern muss, dass nach dem Gesetz jeder Mandant die freie Wahl seines Anwalts hat.«

Damit gab sich die Gegenseite nicht zufrieden und beharrte weiterhin auf Ausschluss. Ein so früher Rückzieher brächte einen Minuspunkt, sähe wie eine erste Schlappe aus.

Die Verteidiger trieben es also weiter, bis der Richter den Antrag der Verteidigung in aller Ruhe abwies. »Die freie Anwaltswahl ist ein hohes Gut und ein Bürgerrecht. Ein Antrag auf Befangenheit rechtfertigt sich nicht dadurch, dass ein französischer Anwalt in einem anderen Land der Sache des Rechts zur Geltung verhilft.« Das darauffolgende laute Krakeelen hielt Minuten an.

Die Anwälte der Verteidigung ließen nicht locker, und es folgte, wie Jil fand, ein seltenes Schauspiel: Alle 18 Anwälte der Verteidigung hielten ein kurzes Palaver ab, drehten dem Gericht den Rücken zu und verließen geschlossen den Gerichtssaal aus Protest gegen die Entscheidung, dass Liv Boncoeur das Bleiberecht zugesprochen worden war.

Richter Dupanasse zog überrascht die Brauen hoch. »Das ist ja ein starkes Stück«, kommentierte er ruhig gegenüber seinen Kollegen, »Missachtung des Gerichts«, schob er nach. Er zog das Mikrofon heran und sorgte zunächst für Ruhe im Saal.

»Protokollführer, schreiben Sie mit: Wir nehmen den geschlossenen Austritt der Verteidigung zur Kenntnis. Wir haben jetzt ... 11:51 Uhr. Wir ziehen die Mittagspause vor. Es geht weiter um 14:00 Uhr.« Die Sitzung war damit unterbrochen.

Als die Verhandlung pünktlich erneut anfing und die Verteidigung reumütig zurück in den Gerichtssaal kam, sahen sie links und rechts neben den Richtern jeweils eine neue Person sitzen.

»Geschätzte Kollegen, darf ich Ihnen die beiden *Batonniers* aus dem Vorstand der Anwaltskammer vorstellen? Sie werden ab jetzt über den formalen und geordneten Verlauf unserer Verhandlung wachen, den weiteren Verlauf dokumentieren und, gestatten Sie mir die Bemerkung, hoffentlich einen zweiten karnevalistischen Auszug, wie den von eben, zu verhindern wissen.«

»Meine Güte«, flüsterte Jil zu Linda, »ein echter Rosenkrieg, beide Seite schießen mit scharfer Munition. Das wird spannend.«

Entgegen Jils Erwartung verlief der erste Nachmittag des Prozesses ohne erneutes Spektakel. Die Verteidigung schien eingeschnappt, weil Liv Boncoeur bleiben durfte, und die Anklage war sich mit der Staatsanwaltschaft einig, dass dies zu Recht so entschieden worden war. Richter Dupanasse schloss die Sitzung für diesen Tag.

Im *Les Deux Magots* in Saint Germain reckte ein Grüppchen die Hälse und Gesichter den lang erwarteten Sonnenstrahlen zu. Ein *Château Palayson Grand Reserve* im Glas, summte Billy Barlotte gedankenverloren die Melodie von *La Vie en Rose*. Er prostete Liv, Yocco und Maxi Fuget zu, dabei blieb seine innere Unruhe nicht verborgen.

Das alles war eine Belastungsprobe für jeden. Ohne Zweifel, der Prozess war zugleich ersehnter Himmel und tiefste Hölle in ihrem Leben. Nur Liv Boncoeur genoss entspannt die Atmosphäre. Den ersten Prozesstag hatten sie ohne Blessuren überstanden, mehr noch, dass sich die Vorbehalte gegen Liv in Luft aufgelöst hatten, konnten sie als Plus verbuchen. Dasselbe galt für den dramatischen Auszug der gegnerischen Anwälte.

»Einfach so rauszumarschieren, als sei man auf einer Demo! Das war anmaßend«, meinte Fuget. »Was denkt die Verteidigung, damit zu bezwecken? Die haben sich nur selbst ins Knie geschossen. Der Richter wird diese Prozession garantiert nicht vergessen.«

Fuget hob sein Glas, machte seine Nase mit dem Bouquet bekannt und nahm einen Schluck *Palayson Grand Reserve*. Die Intensität, mit der er dieses Examen durchführte, ergab ein so einnehmendes Bild, dass die anderen ihn automatisch betrachten mussten. »Brillant, zum Niederknien«, war sein Fazit, »*so gehe hin und iss dein Brot mit Freuden, trink deinen Wein mit gutem Mut, denn dein Werk gefällt Gott.* Buch der Prediger 9,7. Auf den famosen Anfang!«

Die Zentralbank
Mai 2017

D ie Pechsträhne der Verteidigung riss auch beim nächsten Prozesstag nicht ab. Jil erfuhr von den anderen, dass Liv Boncoeur ihre kollegialen Kontakte zum isländischen Staatsanwalt ausgespielt hatte. Sie erinnerte sich, dass Liv zusammen mit dem isländischen Staatsanwalt im Jahr 2010 die Untersuchung zum SIC-Report geleitet hatte. Dass dieser Kontakt ein unschätzbarer Vorteil für die Anklage war, zeigte sich jetzt. Als Zeuge wurde ein Isländer aufgerufen.

»Wer ist das?«, fragte Jil die anderen, als ein hochgewachsener, dünner Mann in einem silberfarbenen Maßanzug zum Zeugenstand ging.

»Hab keinen blassen Schimmer«, gab McCallum zurück.

Linda beugte sich über die Vorderbank zu Maxi Fuget, verharrte kurz bei ihm und wandte sich wieder Jil und den anderen zu.

»Das ist der ehemalige Präsident der isländischen Zentralbank, Sven Thore Holt. Maxi meinte, mit ihm würde die erste Bombe platzen.«

Dem Publikum im Saal wurde ein aufschlussreiches Stück geboten, in dem die Verteidiger nicht müde wurden zu versuchen, den Zeugen zu brenzlichen Aussagen zu verleiten. Doch schon wieder hatten sie kein Glück. Der Expräsident breitete unwiderlegbare Details aus, erteilte allen im Saal eine Lehrstunde zu den komplexen Zusammenhängen zwischen Banken und Zentralbank und bewies eindeutig, dass die Bank Moneta, zusammen mit ihrer Mutter Banki Island HF, ihren Bankrott selbst verschuldet hatte. Das war ein Paukenschlag! Der Niedergang beider Banken war hausgemacht. »Die Schuld und die Verantwortung für alle daraus folgenden Konsequenzen liegt unwiderlegbar bei den zwei Banken«, legte sich der Expräsident fest.

»Ihre Aussage soll uns glauben machen«, erklärte einer der Verteidiger mit überdeutlicher Skepsis, »dass die Insolvenz der Bank Moneta nicht das Geringste mit dem erdrutschartigen Untergang von Lehman Brothers zu tun hat? Sie glauben also, dass die Auswirkungen der weltweiten Finanzkrise 2008 um Mittland und Island einen Bogen gemacht haben?« Der Verteidiger griff den Zeugen frontal an.

»Herr Anwalt, das hat absolut nichts mit Glauben zu tun. Ich weiß es! Ich werde mich wohl noch in meinem Beruf und in meiner Branche auskennen dürfen!«

Der Zeuge legte nach: »Sie müssen schon ihre Hausaufgaben machen, mein Herr. Der Grund der Krise um Lehman Brothers waren Sub-Prime-Loan-Derivate, entgegen ging es auf Island, in der sogenannten Geysirkrise, ausschließlich um fehlende Liquidität. Zwei völlig getrennte Paar Schuhe. Entschuldigen Sie, aber diesen Unterschied müssen Sie doch recherchiert haben, anderenfalls weiß ich nicht, ob Sie ihrem Mandanten helfen, wenn Sie schon ganz am Anfang mittels falscher Tatsachen die falschen Schlüsse ziehen.«

Jil hörte gespannt zu. Über mehrere Stunden bissen sich die Anwälte an diesem Mann die Zähne aus.

»Jetzt haben sie eine gehörige Portion Prügel bezogen«, machte sich Billy über die Anwälte lustig. Stuart Malmedys runder Kopf nickte zustimmend.

Jil fand bestätigt, was Billy sagte, denn beim nächsten Zeugen versagte sich die Verteidigung, weitere scheinheilige Fragen zu stellen, aus Furcht vor erneuter Brüskierung. »Unser Punkt«, jubelte Linda in nicht mehr ganz so lautem Flüsterton.

Salesmanager und ihre Regeln
Mai 2017

Am dritten Tag wurden der *CEO* der Bank Moneta, der *Senior Account Manager*, der *Senior Salesmanager* und der *Business Development Director* angehört. Jil war nicht überrascht, dass alle Manager vorgaben, nichts von den finanziellen Problemen, vom Betrug, von der Bilanzfälschung, den Ratingtricksereien und der Geldwäsche gewusst zu haben. Die Verantwortung schoben sie einzig und allein dem Mutterkonzern zu. In Mittland seien sie stets alle korrekt und legal ihrer Arbeit nachgegangen.

Robert Mac Callum kommentierte diesen Gedächtnisverlust überraschend laut: »Ahnungslos ist selten schuldlos.« Dafür bekam er aus den eigenen Reihen Zustimmung. Seine Mitstreiter nickten ihm zu.

Dann stand Yocco Boncoeur auf.

»Monsieur le Président, ich verweise auf die Beweisstücke 186 Strich 5 bis 8. Allesamt belegen, dass die Angeklagten sehr wohl über den Zustand ihres Mutterkonzerns und dessen illegale Transaktionen Bescheid wussten. Die Angeklagten haben die Verträge zu dem Equity-Release-Investment mit den Klägern selbst unterzeichnet, zu einer Zeit, da die Liquidität der Bank die Mindestanforderung der gesetzlich vorgeschriebenen Kapitalreserve von acht Prozent unterschritt. Das war kein Versehen, das war vorsätzlich. Noch wenige Tage vor dem endgültigen Aus haben sie die Anleihen ihrer eigenen Bank ihren Kunden, den Klägern, aufgenötigt und verkauft. Sie wussten genau, dass die Pleite vor der Tür stand, trotzdem gab es für sie keine Skrupel, die Kläger – ich kann es nicht anderes formulieren – vorsätzlich abzuzocken, weil es ihnen nur um ihren eigenen Bonus ging. Beweis 187 Strich 2 ist eine E-Mail, in der der Senior Salesmanager«, Yocco zeigte auf den Herrn auf der Anklagebank im schicken, dunkelblauen Anzug mit gegeltem, brünettem Haar, »zwei Tage, bevor die mittländische Justiz die Kontrolle über die Bank übernahm, dem Kläger Robert McCallum diese wertlosen Anleihen anbot. Derselbe Angeklagte rühmte sich erst heute Vormittag, dass er zwanzig Jahre Berufserfahrung als Investmentbanker hat. Er ist also ohne Frage ein Profi. Als solcher hatte er die Pflicht zu prüfen, ob die toxischen Anleihen des eigenen Unternehmens seinen Kunden ruinieren können. Heute hören wir von ihm, er wisse von nichts. Monsieur le Président, dieser Angeklagte handelt wie ein erfahrener Großwildjäger, der ein Breitmaulnashorn erschießt und anschließend behauptet, er wisse nichts davon, dass diese Spezies unter Artenschutz steht. Er, der Investmentbanker, steht jedenfalls hier im Gerichtssaal nicht unter Artenschutz.«

Beweis folgte auf Beweis, und die Verteidigung mühte sich redlich, verfügte jedoch über keinerlei handfeste Gegenbeweise. Sie hatte anscheinend nichts in der Hand. Es kann doch nicht sein, dachte Jil, dass die so schludrig vorbereitet sind! Die Verteidigung versteifte sich darauf, dass die Kläger unzweifelhaft verstanden hätten, was sie unterschrieben hatten.

Maxi Fuget übernahm und konterte: »Laut EU-Richtlinie 2004/39/EG sind Risikobewertungen von Investments mit allen anderen schriftlichen Dokumenten von Kunde und Verkäufer zu unterzeichnen. Beide erhalten je ein solches Exemplar. Ich fordere die Gegenseite auf, ihr Exemplar vorzulegen, auf dem der Kunde unterzeichnet hat. Ach, nein? Sie finden die Unterschrift nicht? Das ist in der Tat auch nicht möglich, weil Sie dieses Dokument dem Kläger weder gezeigt, noch jemals vorgelegt haben und es damit keine Unterschrift geben kann.« In der Verteidigungsmauer klafften Risse.

Schließlich wandte sich der Staatsanwalt Luc Baggary an einen angeklagten Salesmanager, den er für den Hauptverantwortlichen hielt. Ob es richtig sei, dass er persönlich in Cannes dem Ehepaar Barlotte, einen Tag, bevor die Bank unter staatliche Verwaltung gestellt worden war, versichert hatte, die Bank Moneta werde niemals insolvent gehen können, da fünfzig Millionen Euro Bargeld auf dem Konto der Bank lägen? Und, führte er weiter aus, ob es der Wahrheit entspräche, dass er danach den Klägern Barlotte in einer EMail ausdrücklich bestätigte, ihr Geld sei sicher?

»Ja, aber ... zu der Zeit ... es waren andere Umstände ...«, faselte der Manager, »man hatte keine andere Wahl gehabt.«

So wandelten sich Indizien zu Beweisen, und an diesem Tag füllte sich die Mappe mit bestätigtem Beweismaterial für die Gruppe. Die teuren Anwälte der Gegenseite konnten diesen Tatsachen nichts entgegensetzen. Die Last der Beweise nahm zu. Als dann noch dem Gericht eine Mail präsentiert wurde, in der eben jener Salesmanager bestätigte, was die Bank stets abstritt, schluckte die Verteidigung und hielt die Luft an. Sie mussten mit anhören, wie Maxi Fuget diese EMail laut vorlas, in der die definitive Zusage, dass das Investment aus sich selbst heraus den Kredit und die Zinsen zurückzahle, bestätigt wurde. »Jetzt würde Viggo Lasse Paulsen dumm aus der Wäsche schauen, wenn er anwesend wäre«, meinte Billy zu Linda und schien Genugtuung zu verspüren.

Das Versprechen einer Zusatzrente war damit ebenso bewiesen. Diese EMail war ein schweres Geschütz, das die Verteidigung ins Herz traf.

Liv Boncoeur sprach sich mit Staatsanwalt Baggary ab. Durch die vielen Klägerinterviews und die Bearbeitung jeder einzelnen Akte wurde deutlich, dass die Salesmanager der Bank Moneta gewusst haben, dass kriminelle Energie im Spiel war.

Liv breitete die Geschichte vom internen Memo aus: »Der Mutterkonzern versuchte es mit Baldrian«, begann sie, »was dieses vertrauliche Rundschreiben – das interne Memo – beweist.« Sie hielt das Schreiben in die Höhe. »Das hier, Herr Vorsitzender, ist ein Persilschein, eine Carte Blanche für jeden Investmentverkäufer der Bank Moneta, der beim Verkauf der giftigen Anleihen der Muttergesellschaft an die Equity-Release-Kunden so etwas wie Gewissensbisse bekommen hatte. Zudem ist es eine Aufforderung, wenn nicht sogar eine Anordnung des Vorstandes an den Salesmanager, moralische Bedenken beiseitezuschieben, das geltende Recht zu ignorieren und die Anleihen zu verkaufen. Die Bank betrieb damit einen Ablasshandel.

Wir haben eben gehört, dass die Salesmanager jahrelange Erfahrung haben und Profis sind. Folgerichtig erkannten sie auch ihre eigenen Risiken: Sie würden als Erste zur Verantwortung gezogen, ginge etwas schief. Ihr Kopf wäre es, der fiel, nicht der des Vorstandes oder des Aufsichtsrates. Ihre Zweifel an dem Produkt schien absolut nachvollziehbar. Nun, was war der Ablasshandel? Ganz einfach: Die Bank erteilte ihren Verkäufern Schuldfreiheit. Mehr noch. Die Bank garantierte gegenüber den Kunden, bei vorzeitigem Ausfall der eigenen Anleihe bei Fälligkeit des Darlehens auf genau den Betrag zu verzichten, der exakt der Summe der Anleihen entspräche. Das war ein Versprechen, das der Verkäufer dem Kunden im Namen der Bank geben könne.

Im Klartext: Die Investmentanleihen der Banki Island HF mussten nicht zurückgezahlt werden. Der Kunde wäre entschädigt. Abgesehen davon, dass nur der Staat Schuldfreiheit feststellen kann, handelt es sich hierbei um Nötigung sowie Anstiftung und Exekution von betrügerischen Manövern«, schloss Liv.

Es tauchte aber ein Problem auf. Die Korrespondenz zum internen Memo hatte einzig Viggo Lasse Paulsen geführt, der aus tragischem Grund verhindert war. Man hatte seine Leiche vor fünf Jahren in Mittland gefunden, zwei Jahre nachdem die Bank Moneta Insolvenz angemeldet hatte.

Das Memo konnte so nicht bestätigt werden. Eine Chance für die Verteidigung, den Beweis kategorisch abzulehnen. Richter Dupanasse erklärte nach hitziger Debatte das interne Memo schlussendlich als neutral und erst verwertbar, wenn im weiteren Verlauf sich die Beweislage hierzu erhärten sollte. Die Verteidigung legte lautstark Protest ein. Die zwei Aufseher der Anwaltskammer drehten ihre Köpfe wie Waldkäuze jedem Gezeter entgegen, bis abzusehen war, dass es zu keinem erneuten Auszug aus dem Gerichtssaal kommen würde.

Des Richters Liebe zum Angeln
Mai 2017

Knirschend und unaufhaltsam wie ein Alpengletscher schob sich der Prozess voran. Die angeklagten Manager nahmen wieder Platz auf den robusten und unbequem Holzbänken, die ihnen immer mehr wie der Limbus, der äußerste Kreis der Hölle, vorkommen mussten.

Der rostige Hupton erklang. Das Richtertrio betrat erneut den Gerichtssaal. Alle Augenpaare richteten sich auf Gerald Dupanasse, derjenige, der zum Schluss das Urteil zu sprechen hatte. In den Köpfen von Klägern und Beklagten zuckte und wimmelte es wie in einem übervollen Forellenteich bei Fütterung: Ließ sich vom Äußeren des Richters eine Tendenz zum Frei- oder Schuldspruch ablesen? War er in der Komplexität der Akte kompetent? Mehr Milde oder Härte? Dupanasse war alt, was Weisheit versprach, aber versteht er die Tiefe des Falles? Lässt er sich beeinflussen von Anwälten und Stimmungen? Er wirkt gelassen und souverän. Ein Zeichen von Erfahrung, das Gute vom Bösen klar trennen zu können? Was ist mit der Altersmilde? War sein Leitfaden nur das Gesetz oder mischte er auch seine große Erfahrung hinein? Die Antworten spielten genau genommen keine Rolle, sie waren einzig das subjektive Mittel, mit dem jeder das jeweils eigene Wunschurteil zu untermauern wünschte.

»Der Richter wird mir immer sympathischer«, sagte Jil, die wieder bei Linda, Billy und den anderen Platz genommen hatte.

Linda nickte. »Völlig entspannt ist er. Die Hände auf seinem stattlichen Bauch gefaltet, lässt er sich Zeit. Schau, wie unbeweglich sein Kopf ist, doch seine flinken Augen!«

»Er sieht aus wie ein Koalabär«, raunte Robert McCallum, der auf den weißen Haarkranz des Richters anspielte, der sich buschig um seinen

Kahlkopf legte. Ja doch, die Ähnlichkeit mit einem Koala und seinen pelzigen Ohren ließ sich herstellen.

In den vielen Jahren seiner Laufbahn hatte Gerald Dupanasse fast alles erlebt. Heute blickte er nachsichtig amüsiert zurück auf den Anfang, in denen er Anwälte und Zeugen mit der Prozessordnung gemaßregelt und als Jungspund gehofft hatte, so Autorität einzuheimsen. Dann liefen die Jahre mit ihm durch die Säle, und er sammelte Fertigkeit und Klugheit, die ihn heute nicht nur als einen alten Hasen auswiesen, sondern auch als einen schlauen Fuchs – und als weise Eule.

Seit dem Tod seiner Frau Mathilde vor vier Jahren hatte Dupanasse den Absprung gesucht, den Moment, um seine Laufbahn zu beenden. Wer weiß, dachte er, vielleicht ist der Fall Moneta mein letzter Fall.

Er saß bequem auf seinem Stuhl und rührte sich nicht. Man hätte von außen meinen können, er döse vor sich hin. Dupanasse erlaubte sich diese kleine List. So konnte er die Parteien haargenau beobachten. Um Wahrheit und Unwahrheit voneinander zu unterscheiden, um zumindest in die Nähe der Wahrheit zu kommen, hatte er den Spleen, seine Eindrücke für sich in die Anglersprache zu übersetzen, um sie so besser im Gedächtnis zu behalten. Als Mann von Fach erkannte er sofort, mit welchen Methoden Anklage und Verteidigung auf Fang gingen.

Beide warfen sie ihre Angeln unterschiedlich aus, weil sie nicht auf dasselbe aus waren. Er stellte fest, dass der Staatsanwalt mit einem Senkblei und kleinem Haken ans Werk ging, weil er die Wahrheit aus der Tiefe an Land zu ziehen gedachte. Dupanasse konnte der Methode viel abgewinnen, denn wer am Grund des Gewässers erfolgreich sein will, benötigt Geduld und eine gründliche Vorbereitung.

Sieh mal einer an, dachte er, die Verteidigung hantiert mit Metallblinkern. Soso. Die gaukeln den großen Raubfischen einen maroden Beutefisch vor, mit anderen Worten, sie arbeiten mit Täuschungsmanövern.

Im Laufe der Verhandlungen beobachtete er bei den Anklägern neue, außergewöhnliche Taktiken wie das Drop-Shot-Fischen, mit denen gleich mehrere wasserdichte Beweise aus großer Tiefe des Sees zutage gefördert wurden.

Zuletzt verblüffte es Dupanasse, dass die Verteidigung sich verdutzt und erstaunt gab, nachdem sie einen ganzen Köderfisch eingesetzt, aber nur dessen abgenagtes Skelett herausgezogen hatte. Ihren schuppigen Gegenbeweisen fehlte es an Fleisch an den Knochen.

Der Angler Dupanasse sah hinter jede Finte, wenn er sich die Beweisgründe und Erklärungen als Zander oder Forelle, als Karpfen oder Barsch vorstellte. Es gelang ihm, wovon viele träumten. Er verband sein geliebtes Hobby mit seinem geliebten Beruf auf eine wunderbare Weise: Er durfte im Gerichtssaal fischen.

Geisterstunde im Gericht
Mai 2017

Linda war sichtlich aufgeregt. »Heute, liebe Jil, erleben wir die Lambo höchstpersönlich. Sie hat uns ja nie die Hand gereicht, nie mit uns gesprochen. So nah wie heute bin ich ihr noch nie gekommen.«

Jil De Susa konnte fast schon körperlich spüren, wie die Gruppe dem Auftritt von Odette Lambo entgegenfieberte. Es lag eine große Spannung in der Luft. Nervosität war es nicht allein, was Linda und die anderen befiel, sondern es wuchs in allen ein hoher Grad an Aggression, der sich schwer zurückhalten ließ.

Von oben bis unten in Schwarz gekleidet, unaufdringlich und schmucklos wie in einem Büßerhemd, die Kapuze des von Armani geschneiderten Cilicium-Tuches im Stil einer Mönchskutte über den Kopf gezogen, ohne jede Applikation, an den Rändern gesäumt und mit gradlinigem Faltenwurf, so spukhaft präsentierte sich Odette Lambo vor der Richterbank.

Genau am Tag der Eröffnung des Pariser Prozesses suchten gruselige Träume Odette heim. Die Teufel, die sie ständig bedrängten, sie und kein anderer wäre für die Macht vorgesehen, ließen nicht locker. In den nächtlichen Fantasien ging sie im pechschwarzen Gewand im mittelalterlichen Wien umher, um die Pesttoten zu inspizieren. Zum dreispitzigen Hut auf dem Kopf gehörte eine schwarze Maske mit groteskem langem Schnabel. Sie folgte den Toten zur Sammelstelle außerhalb der Stadt und wartete bis Mitternacht.

Im Traum sah sie sich wie ein Totengräber Kalkstaub auf die sterblichen Reste streuen, um die Pestilenz zu bannen. Im Nu wehte der Wind ihn wieder von den toten Leibern fort. Ihre Dämonen überreichten ihr einen schwarz schimmernden Trunk voller mystischer Energie. Sie trank die Flüssigkeit, streckte sodann ihre Hände aus und befahl den reglosen Leibern aufzustehen. Aus dem Sammelgrab drang Ächzen und Stöhnen, und schon standen erste Zombies senkrecht vor ihr wie Soldaten. Auf sie folgten die nächsten, dann wieder die nächsten und so fort. Eine Armee von Wiedergängern stand vor ihr, zerschundene, mit Beulen über-säte seelenlose Kreaturen. Endlich eine Streitmacht, ihre Armee, ihre Geschöpfe. Sie, die Feldherrin der Untoten, wollte ihren ersten Befehl herausschreien, aber im Traum drang kein Laut aus ihrer Kehle. Sie schrie erneut und kräftiger, versuchte es weitere Male, aber immer tonlos.

So endete ihr Traum in allen Nächten. Völlig verstört wachte sie am folgenden Morgen auf und wusste den Traum erst zu deuten, als ihr die Teufel zu Hilfe kamen: Schwarz wie der Kolkrabe sollte sie sein, so hoch wie ein Habicht fliegen und so unerbittlich wie die Pest über die Menschen kommen. Das war die Botschaft. Aber wie übertrug sie das mittelalterliche Bild in das Hier und Jetzt? Es konnte nur heißen, dachte Odette Lambo, dass sie sich noch unerbittlicher den anderen entgegenstellen musste. Aber wer waren sie, die anderen? In ihrem Kopf setzte sich ein Bild der Zerstörung zusammen, das einen Namen trug: VOM. Ihre Mission stand deutlich vor ihr: Der Untergang dieser Gruppe.

Um ihren Plan umzusetzen, dachte Odette Lambo, wäre es klug, sich äußerlich eher schlicht und schmucklos als kämpferisch zu präsentieren. Ganz nebenbei würde sie den ersten Teil ihrer Prophezeiung umgesetzt haben. Die Augen mit tintenschwarzem Kajal umrandet, ihr blondes Haar unter einer pechschwarzen Echthaarperücke versteckt, das war Teil ihrer Verwandlung. Das schwarze Cilicium-Tuch bedeckte nur zur Hälfte einen enganliegenden, blauschwarzen Ganzkörperanzug, einem Taucheranzug ähnlich, an dessen Enden sie schwarze Spitzenhandschuhe und pech-schwarze Peeptoe-Boots trug. Ihr Auftritt war überspannt gespenstisch. In langsamen, monotonen Bewegungen segelte sie förmlich in den Saal, sodass man das Gefühl bekam, sie liefe nicht, sie schwebe. Oder als ob eine schwarze Statue auf Rädern hereingezogen würde. Alle hielten den Atem an.

Ihr äußerlicher Auftritt war kühl, ohne Regung und von einer schauder-vollen Stille im Saal begleitet. Doch innerlich focht Odette Lambo einen

Kampf aus. Eisern und widerspenstig bebte in ihr der Zorn, die gefährlich gereizte Erbitterung, dass man es gewagt hatte, sie vor den Kadi zu zerren, wo es doch de facto andersherum sein musste: Die Kläger gehörten auf die Anklagebank. Aber mir hört man ja nicht zu, versuchte sie sich zu beruhigen.

Zu diesem Zeitpunkt hatte Odette Lambo bereits eine große Portion ihres Realitätssinnes eingebüßt, da ihre rabenschwarzen Luzifer sie in den Stunden aufgesucht hatten, in denen sie schutzlos war. Klägliche Versuche nutzten nichts, um mit ihrer Furcht fertigzuwerden. Vereine die Macht auf dich, nötigte die Teufel, tue es, siehst du nicht, dass die Zeit gekommen ist? Seitdem sie im Park damit begonnen hatten, ließen sie nicht mehr locker. Es wäre kinderleicht, sie müsse sich nur einfach trauen, sie wäre doch der Teufel erste Wahl. Wenn sie zugreifen würde, stünden alle hinter ihr.

In ihrem Kopf änderten sich die Verschaltungen. Ihr Tagesgeschäft bekam Schlagseite und litt gehörig, weil ihr jede Neutralität, die zu ihren Pflichten zählte, davonflog wie ein aufgescheuchter Schwarm Heuschrecken. Sie rutschte immer mehr in ein Grauzonenabteil zwischen ihrer Realität und ihren Imaginationen. Die Außenwelt verlor sie zunehmend aus dem Blick und hielt sie für eine Täuschung. Beides präzise auseinanderzuhalten, gelang ihr nicht mehr.

Über Wochen quälte sie sich und fand doch keine Prozedur, wie sie wieder Herrin über ihre Identität und ihr eigenes Handeln werden konnte. Die Horde Beelzebuben rückte immer häufiger an, malträtierte ihren Rücken, sie setzten Insekten auf ihre Kopfhaut, schossen Krämpfe in ihre Muskeln.

Als sei sie vom Pech verfolgt, büßten ihre weißen Engel aus dem Apothekerschränkchen abrupt an Wirkung ein, auf die war kein Verlass mehr. Alle lassen mich im Stich, jammerte sie, als läge ein Fluch auf mir. Aber das dauerte nur zwei Minuten, bis sie sich wieder im Griff hatte. Statt Trübsal musste eine Lösung her. Also tauschte sie Kokain gegen Crystal Meth. Halleluja, die neuen Himmelsboten schlugen ein wie der Meteor auf Yukatan, der Killer der Dinosaurier.

In ihrer Einbildung öffneten sich die Tore zu unendlicher Energie mit Wohlfühlfaktor. In der wirklichen Welt aber reduzierte die neue Droge ihren Esstrieb und vor allem ihren Schlaf. Die Kristallengel stachelten ihre Reizbarkeit und Angriffslust an. Zu guter Letzt erreichten die Teufel ihr

Ziel. Den allgemeingültigen Grundriss in ihrem Kopf verlor sie allmählich. Das Wichtigste für einen Menschen, das mentale Fundament, sackte bei ihr ab.

Odette Lambo konnte ja nicht wissen, dass ihre durchtriebenen Geister schon lange ein unheilvolles Bündnis mit den Kristallengeln eingegangen waren. Beste Freunde eben. Es war die Zeit, da sie sich bereit fühlte und Unrast spürte, verbunden mit gleichzeitig anschwellender Euphorie. Ein letzter Schritt, und es wäre so weit, die Macht gehöre ihr. Sie glaubte fest an die falschen Machtgefühle und surrealen Inspirationen in ihrem Kopf, sah oft die Lösungen schon vor dem Problem und driftete immer weiter in das Reich der Ambivalenz.

Richter Dupanasse verfolgte, wie Odette Lambo hereinglitt und sich lautlos setzte. Er selbst blieb unbeweglich und verfolgte die Erscheinung nur mit den Augen. Spontan dachte er an *Belphégor,* den mehrteiligen Gruselkrimi aus den Sechzigern mit Juliette Gréco in der Hauptrolle, von dem er als Jugendlicher keinen Teil verpasst hatte. Die Lambo schwebte genauso wie die Gréco in den Raum, eingehüllt in phantomartige Kleidung. Er musste zugeben, es gruselte ihn tatsächlich ein wenig, als er sie sah und an die Spukgestalt aus dem Film dachte.

Die Erscheinung hatte etwas Flagellantisches an sich, etwas, was er in seinem Berufsleben noch nicht so erlebt hatte. Mal was Neues, dachte er, mal sehen, was jetzt kommt.

Unbeweglich erwartete Odette ihre Befragung mit äußerer stoischer Ruhe, aber mit innerer vulkanischer Erregung. Sie hatte sich vorgenommen, hundertprozentig konzentriert zu sein. Zu erwarten war ein Arsenal an dummen Fragen, doch sie musste auf der Hut sein, in keine Falle zu tappen.

Aus heiterem Himmel entstand vor ihren Augen das Konterfei des Untersuchungsrichters Remy Van Rooy aus Paris, dieses niederträchtigen, gerissenen Filous mit seiner hinterhältigen Art, was nur eine Warnung sein konnte, dass sie sehr, sehr vorsichtig sein musste. Direkte Fragen unmissverständlich beantworten, das ist es. Es ging ja auch um die Wirkung ihres Auftretens und damit um Glaubwürdigkeit.

Durch tiefes Atmen entkrampfte sich. Ihre Taktik war, kurze Antwortsätze zu geben. In Gedanken hatte sie dies bereits durchgespielt. Die Befragung begann.

Sie sähe kein Fehlverhalten? Nein.

Für sie war kein Betrug im Spiel? Ja. Sie

Ihrer Meinung nach ging alles legal zu? Absolut.

Sie habe nie Zweifel? Nein ... also ja.

Eine Untersuchung war für sie nie in Betracht gekommen?

Logisch. Nein ... oder ja. Oder doch nein.

Bei Odette Lambo stieg rapide der Druck.

Als Richter Dupanasse an sie die Frage richtete, wie sie persönlich damit umginge, dass sie sich jede Kommunikation mit den Klägern verbeten und dass sie damit zusätzlich mentale und materielle Schäden bei den Opfern in Kauf genommen hätte, platzte es doch aus ihr heraus.

»Diese Menschen«, begann sie, »haben den Kredit zurückzuzahlen, den sie bekommen haben. Diese Menschen müssen sich an die Regeln halten. Ich habe die Regeln vorgegeben, sie haben sie einzuhalten. So simpel ist das. Keiner darf sich drücken. Sie müssen und werden zahlen. Und ich werde die Schuldenbeträge eintreiben. Und wenn es das Letzte sein wird, was es für mich hier auf Erden zu tun gibt. Ich verspreche Ihnen, sie werden zahlen, sie werden es müssen. Müssen zahlen, zahlen, zahlen.«

Sie schrie die letzten Sätze in den Saal hinein. Die Insolvenzverwalterin klang hysterisch und nicht mehr bei Sinnen. Das Gesicht fahl und ausgemergelt – und fast schien es, als ob sie aufspringen und wie die Rachegöttin Megaira ihren Zorn gegen die Richterbank schleudern wollte.

Dann, aus heiterem Himmel, von einer Sekunde auf die andere, erstarrte sie in allen Körperteilen. Es sah so aus, als beruhige sie sich, als kühle sie ab wie ein glühendes Hufeisen im Wasserbottich. Im Saal konnte man es knistern hören, als die Hitze entwich. Irgendetwas oder irgendjemand in ihrem Kopf hatte sie zurückgepfiffen, sie solle sich beruhigen, es käme schon noch der Tag, an dem sie triumphieren würde – aber Gemach, dieser Tag wäre nicht heute. Das hier wäre doch nur eine alberne Veranstaltung, eine Burleske, eine Farce. Sie müsse Geduld aufbringen und Ruhe bewahren.

Ihre vulkanische Verwandlung wechselte im Nu zu einer Starrheit aus Granit. Danach saß Lambo kerzengerade auf der harten Zeugenbank mit starrem intensivem Blick auf Richter Dupanasse. Sie sendete ihm das

Signal, dass für sie diese lächerliche Befragung zu Ende sei. Da saß sie nun und fühlte sich unangreifbar, unverwundbar und unendlich überlegen – und dennoch war dies nur ihre imaginäre Wirklichkeit, in der sie herumsauste wie eine Labormaus.

Richter Dupanasse schaute über seine elliptischen Brillengläser zum Zeugenstand, hob eine Augenbraue und dachte mitleidig, es sei an der Zeit, eine Pause einzulegen, um die Gemüter zu beruhigen.

Der Prozess wurde für zwei Stunden unterbrochen. Als alle den Saal verließen, saß Odette Lambo noch auf ihrem Vernehmungsstuhl.

Linda, Billy, Stuart, Robert und Jil schlenderten, nachdem der Prozesstag zu Ende gegangen war, durch die Straßen.

»Das war unheimlich.« Jil strich sich über den Unterarm. Ihre Haut kribbelte immer noch.

Rob schleckte an einem Zitroneneis. »Die Lambo ist besessen davon, uns alle zu besiegen. Doch mit solchen Reden kommt sie nicht weit. Vielleicht war das alles nur Show?«

Linda schüttelte den Kopf. »Das glaube ich nicht. Die Show war nur allzu echt, und außerdem, wohin sollte ihr Auftritt denn führen? Der Richter hatte mehr Mitleid als Verständnis.«

»Vor Gericht und auf hoher See«, knurrte Billy, ohne dabei jemanden anzusehen, »sind alle in Gottes Hand. Nur schade, dass wir nicht dreißig Jahre jünger sind. Dann würde die Lambo sich an uns die Zähne ausbeißen.«

»Wenn wir hier gewinnen, wenn das Urteil *schuldig* für diese Bankster lautet, stelle ich mein Cello vor dem Gerichtsgebäude auf und spiele die Siegeshymne«, stellte Linda klar. Das hielten die anderen für eine prima Idee. Ein Siegeskonzert auf dem Place du Justice!

Gunnar Larsson und die Wahrheit
Mai 2017

Jil schaute sich um. Diese Alten unterschätzt man leicht, überlegte sie, als sie fast kameradschaftlich auf Linda, Billy, Robert und Stuart blickte, wie sie hier mit ihrer Unerschütterlichkeit saßen, die sich aus Jahrzehnten gelebter Moral speiste. Andererseits ließ sich eine anschwellende Zerrissenheit in ihnen mit Händen greifen, denn es wusste ja keiner von ihnen, ob ihr alter ethische Kompass nicht gerade in diesem Gerichtssaal den Dienst versagen würde. Gedanken wie interstellare Trabanten.

»Ihnen muss um uns nicht bange werden, Kindchen.« Jill drehte ihren Kopf Linda zu, deren Augen ihr verrieten, dass sie ertappt wurde. »Wir sind nicht die Schafe für die Wölfe, oh nein.« Linda rückte etwas näher heran, »wir, das alte Eisen, wir sind die violetten Disteln, in unserer Blütezeit wunderschön und doch haben wir dorniges Laub, bewehrte Stachel und pfahlige Wurzeln. So schnell weht der Wind uns nicht um. Vor Wölfen brauchen wir uns nicht zu fürchten, die fressen uns nicht. Wölfe sind doch keine Vegetarier.« Ein Credo als Betablocker.

»Wie viele der Mitstreiter sind denn heute hier?« Nach Jils Gefühl wuchs die Gruppe jeden Tag.

»Es werden an die vierzig sein, wenn nicht wieder der eine oder andere es vorgezogen hat zu sterben.« Stuart Malmedys nüchterne Antwort traf sie so erbarmungslos wie ein sibirischer Winter. Jil schaute ihn erschrocken an. »Sie machen Scherze!? Ist das der viel gepriesene britische Humor?«

Stuart stand vor ihr, wie ein Brückenpfeiler, massiv und unerschütterlich, aber er grinste.

»Makaber!«, bemerkte Jil.

»Mag sein. Dennoch ist es die Wahrheit.«

»Was haben wir heute?« Jil sah auf die Uhr.

Noch dreißig Minuten.

Man setzte sich.

Billy beobachtete die abebbende Unruhe im Saal. »Die bisherigen Aussagen der Manager liefen durcheinander. Sie haben einander widersprochen. Die machen mir keinen sattelfesten Eindruck.«

Linda nickte. »Ja, das stimmt, es läuft gut für uns. Liv erzählte mir, dass heute vermutlich Gunnar Larsson, der ehemalige Besitzer der isländischen Bank, an der Reihe ist. Unser Highlight des Tages, wenn nicht noch unerwartet Odette Lambo wieder auftaucht.« Dabei riss sie die Augen auf, »Ich bekomme jedes Mal Gänsehaut, wenn ich den Namen ausspreche.«

Noch zehn Minuten, bevor es losging.

»Wussten Sie eigentlich, Frau De Susa«, fragte Stuart, »dass in Mittland ein Richter eine Zivilklage der Opfer angehalten hat, um das Ergebnis dieses Pariser Prozesses abzuwarten?«

Jil schüttelte den Kopf. »Sie müssen entschuldigen, dass ich nicht mehr auf dem Laufenden bin, denn zwischenzeitlich habe ich für den Fortbestand der Menschheit gesorgt. Meine Prioritäten haben sich leicht verschoben. Als einen Gesinnungswandel der Justiz würde ich dies spontan aber nicht ansehen, wenn doch, kommt er zu spät, fürchte ich. Man steckt so oder so schon tief genug im Schlamassel.«

Noch eine Minute.

Jils Blick war gespannt auf die Mitte des Saales gerichtet. Sie beobachtete die hektisch umherlaufenden Anwälte in ihren flatternden, schwarzen Talaren.

»In Afrika«, meinte Linda bei dem Anblick vielsagend, »sagt man: Wo Elefanten kämpfen, leidet das Gras!«

Es ging los.

Die hintere Türe schwang auf. Richter Dupanasse mit seiner Entourage marschierte in den Saal. Vier Dolmetscher mühten sich, den Prozessverlauf ins Englische, Dänische und Isländische zu übersetzen und umgekehrt. Der Richter ordnete seine Akten und bat um Ruhe, während die

TV-Kameras pragmatisch surrten. Der neunte Prozesstag wurde eröffnet.

Jil schaute sich den Richter wieder genau an, und ihr gefiel seine – wie sie meinte erkennen zu können – gespielte Teilnahmslosigkeit. Er wirkte, als ob er auf die nächste Metro warten würde. Sie fand das cool, weil sein Bild ein entlarvendes Kontrastprogramm zu den gestylten Managern bot, deren Verhalten, Kleidung und Auftreten äußerst avanciert daherkam: Graue Anzüge mit Einstecktüchlein, goldene Manschettenknöpfe, auffällig große Uhren am Handgelenk, handgenähte Hemden und Krawatten, nicht immer treffsicher ausgesucht, und mit Vaseline gestylte Frisuren.

Jil wäre gewillt gewesen, das alles auf sich beruhen zu lassen, wäre da nicht dieses großspurige Lächeln, dieses überhebliche Grienen in den Gesichtern der Manager.

Sie zeigte auf die Reihe der Angeklagten.

»Sehen Sie das höhnische Grinsen?« fragte sie Rob, »Verlegenheit? Unsicherheit oder Zwiespalt?«

»Hochmut!«

»Wieso?«

»Ich kenne dieses Lächeln. Es ist unecht, es ist über Jahre antrainiert und perfektioniert. Diesen Typen fällt es unsagbar schwer, es zu unterlassen. Ihre Visitenkarte, verstehen Sie? Herrgott, ich bin auf dieses falsche Lächeln hereingefallen.« Roberts Augen flehten geradezu, dass er jede Strafe annehmen würde, könnte er dafür diesen Fehler rückgängig machen.

»Aber«, wollte Jil wissen, »warum das blöde Grinsen hier im Saal? Was nützt es denen, hier hochmütig zu sein?«

»Bei allem was recht ist, Jil, das sind Bangster, die da vor Ihnen sitzen. Betrüger! Extreme Narzissten! Die können nicht anders, als überzeugt von sich selbst zu sein. Schauen Sie nur genau hin! Hinter diesen Grimassen sticht eine grundtiefe Verachtung für das Gericht und die ganze Rechtsprechung durch. Schauen Sie nur hin.«

Jil zeigte auf einen Grauhaarigen mit Rollkragenpullover und Cordhose. »Und was ist mit dem?« Der Mann hing gerade sein dezent kariertes, erdfarbenes Jackett über die Stuhllehne.

»Das ist Larsson, Gunnar Larsson«, antwortete Rob, »der ist nicht so dumm wie die anderen. Der hat Erfahrung mit Strafgerichten. Er streut sich etwas Asche aufs Haupt, kleidet sich bürgerlich und kehrt sein Alter heraus. Taktische Kriegführung nenne ich das. Hoffentlich fällt das Gericht nicht darauf rein.«

Richter Dupanasse gab den Kamerateams weitere drei Minuten, dann mussten sie den Saal räumen.

Bei Linda setzte eine fiebrige Spannung ein. »Jetzt holen sie die Geschütze raus. Es wird ernst, Was meinen Sie, Jil? Florett oder Säbel?«

»Keines von beiden. Ich glaube, es ist Zeit für die dicke Bertha!«

Der Bereich der Anklage war vom Publikum aus gesehen links. Luc Baggary nahm Platz. Vor Liv und Yocco Boncoeur und Maxi Fuget türmten sich die Akten und Mappen, die die freie Sicht auf das Geschehen einschränkte. Maxi Fuget reckte den Hals, um freie Sicht zu erlangen. Der Längste war er ja nicht. Kurzerhand nahm er einen Stoß der Akten, die vor ihm lagen, drehte sich, beförderte sie auf seinen Stuhl und setzte sich darauf. So war das Problem gelöst.

»Er gibt den Beweisen in diesen Akten mehr Gewicht«, kommentierte Billy lachend.

Yocco hatte Luc Baggary darum gebeten, nicht so schnell alle Dokumente zu präsentieren.

»Lassen wir die anderen kommen und schauen wir, wohin die Reise geht und was sie so alles im Köcher haben«, meinte sie.

Fuget war sich dessen nicht bewusst, aber er brummte Wagners *Ritt der Walküren* vor sich hin, wobei seine Lippen Luft in ein unsichtbares Instrument stießen. Dann drehte er sich zu seinem französischen Amtsbruder Baggary. »Was halten Sie davon, wenn wir unsere geschätzten Kollegen dort drüben ein wenig in Sicherheit wiegen, so tun, als ob uns doch Zweifel an unseren eigenen Beweisen gekommen sind und wir unsicher bezüglich des weiteren Verlaufs wären?«, fragte er, »das macht die Sache doch etwas spannender. Was meinen Sie, Herr Kollege?«

Luc Baggary kniff die Augen zusammen, sah seinen Kollegen an und sagte feixend, »Soso, das ist aber nicht gerade kollegial ... doch andererseits sind wir auch nicht zum Kuscheln hier.«

»Die Anklage fährt fort mit der nächsten Beweislage«, verkündete Luc Baggary. Er stand auf. Sein Blick ging durch den Saal, einerseits um sich selbst zu sammeln, andererseits um sich der ganzen Aufmerksamkeit des

Auditoriums sicher zu sein. Für den Bruchteil einer Sekunde meinte er einen Mann, gekleidet wie ein Militär, gesehen zu haben, der eindeutig auf ihn zeigte. Sofort wurde ihm heiß, weil ihm der anonyme Drohbrief einfiel. Der Schreck fuhr ihm in die Knochen.

Augen zu und durch, dachte er. Als er prüfend noch einmal hinschaute, stand an der Stelle des Militärs nur ein alter Mann im grauschwarzen Mantel. Er musste sich wieder in den Griff bekommen und drehte den Kopf zu Richter Dupanasse, der ihn geduldig und verständnisvoll anschaute. Luc Baggary war nicht hier, um sich einschüchtern zu lassen, er war hier, um anzugreifen. Also legte er los.

Jetzt nahm der Fall Bank Moneta Fahrt auf wie ein Dreimastschoner vor dem Wind. Der Staatsanwalt ließ ein großes Flip-Chart hereinrollen. Sein Assistent schob es dorthin, wo der Richter Dupanasse einen freien Blick darauf hatte. Showtime, dachte sich Luc Baggary.

In großer Schrift las man die Hauptregeln der 2004 in Kraft gesetzten EU-Richtlinien MiFID, die die Stärkung des Anlegerschutzes und Transparenz bei Investmentprodukten in ganz Europa vorschrieben. Die mittländische Regierung, seinerzeit unter dem PM, ratifizierte sie 2007, somit galten sie als verbindlich.

Luc Baggary hatte vor, die angeklagten Manager einem Test zu unterziehen. Bei einem nach dem anderen erkundigte er sich, ob ihnen die MiFID-Regeln bekannt seien und welche Punkte sie als wichtig erachteten.

Vier der Manager wussten zu diesem Thema überhaupt nichts zu sagen. Einer sagte, er kenne die Vorschriften und das Wichtigste daran sei, dass man seinen Kunden über das Risiko einer jeden Investmentanlage informiere. Ob er genau das mit den Klägern getan hätte, wollte Baggary wissen.

»Das ist Standard. Jeder Kunde muss nach den drei Risikoklassen gefragt werden. Danach klassifizieren wir ihn intern als entweder risikoarm, durchschnittlich oder risikobereit«, antwortete der Manager.

Baggary zog die Augenbrauen zusammen und simulierte Unverständnis. »Habe ich richtig gehört? Die Umsetzung dieser wichtigen Verbraucherschutzrichtlinien wurde bei ihnen so gehandhabt, dass Sie den Kunden in eine Risikoklasse einteilten, als ginge es um Produktmerkmale? Sie haben eine EU-Richtlinie zu befolgen, und alles, was Ihnen dazu einfällt, ist, den Kunden einzusortieren in ein Fach für Möhren, Kartoffeln oder Tomaten?«

»Na ja, schon«, war die Antwort.

»Haben Sie persönlich die MiFID-Regeln je zu Gesicht bekommen oder sogar gelesen?«, wollte der Staatsanwalt wissen.

Der Manager schüttelte den Kopf. »Nein.«

»Danke, keine weiteren Fragen«, sagte Baggary.

Dann schlug der Assistent das erste Blatt des Flip-Charts um. Man blickte auf eine Vielzahl von Namen in rechteckigen Kästchen, alle miteinander durch Linien verbunden, die sich zu größeren Kreisen neu zusammenschlossen. Diese Gruppen verbanden sich mit dem Zentrum, in dem »Bank Moneta« geschrieben stand.

»Herr Vorsitzender«, fragte Baggary an Richter Dupanasse gewandt, »ist die Darstellung hinreichend lesbar für Sie? Unglücklicherweise waren wir in der Größe der Schrift limitiert, weil die unzähligen Offshore-Firmen nicht alle auf ein Blatt passten. Um das dahinterliegende illegale System zu verdeutlichen, mussten wir das Spinnennetz verkleinern. Doch die Basis der Konstruktion blieb uns erhalten: professionelle Geldwäsche. Einen Augenblick, mein Assistent kommt etwas näher mit dem Flip-Chart.«

Baggary gab ein Handzeichen, und der Assistent rückte das Gestell vor, wie es zwischen ihnen vorher abgesprochen worden war. Der Staatsanwalt war sich sicher, dass Richter Dupanasse wenig bis überhaupt keine Ahnung von Offshore-Firmen und deren Funktion hatte.

Indem er den Richter direkt ansprach und nicht den Angeklagten, verschaffte sich Baggary die Möglichkeit, Gerald Dupanasse Aufklärungsunterricht zukommen zu lassen. Er begann damit, wie und wer dieses Konstrukt erschaffen hatte und wie Milliarden von Euro über die Konten der Bank Moneta in die Welt der karibischen Steuersorglosigkeit transferiert worden waren und wozu.

Richter Dupanasse folgte den Ausführungen mit der für ihn typischen ruhigen Art. Einzig, als es darum ging, dass die Geldtransfers, mal als Kaufpreiszahlung belangloser Güter wie Klopapier oder Bleistifte, mal als Beratungskostenabrechnungen, zu Buche schlugen, hob er kurz die Augenbrauen.

»Ich frage mich«, er rückte das Mikrofon zurecht, »was das wohl für Beratungsleistungen sind, für die die Bank bereitwillig 153 Millionen Euro gezahlt hat? Ich kann mich an einen Betrugsfall erinnern, der mit dem

Disneyland hier in Paris zu tun hatte und wo ein Berater hohe Rechnungen stellte, die leider nicht das Papier wert waren, auf dem man sie druckte. Dort ging es, wenn ich mich recht entsinne, im Ganzen um vier Millionen Euro. Aber hier geht es um eine Summe von 153 Millionen Euro, überschlägig vierzig Mal Disneyland. Das muss ein großer Vergnügungspark gewesen sein.«

Luc Baggary machte einen zufriedenen Eindruck, denn sein Plan war aufgegangen.»Ich rufe Gunnar Larsson in den Zeugenstand«, sagte er laut.

»Herr Larsson«, begann der Staatsanwalt, »für Sie scheint unsere Grafik nicht aufregend genug zu sein. Sie zeigen so überhaupt kein Interesse. Woran mag das liegen? Haben Sie eine Erklärung?«

Seine Erfahrung mit Sitten und Gebräuchen in einem Strafgerichtssaal ließ Gunnar Larsson aufstehen. Ihm war bewusst, dass man in Frankreich nicht jedes Mal sich erheben musste, wenn man befragt wurde, aber er war bauernschlau genug, dies zu tun, weil er damit Respekt gegenüber der Autorität des Gerichts signalisieren wollte. Er fand, er könne die Punkte, die er damit zu gewinnen hoffte, auf seinem Konto bestens gebrauchen.

Der Richter schickte ein verschmitztes Grinsen zu ihm herunter. Larsson fluchte innerlich. Sein Manöver schien aufgeflogen und durchschaut.

»Herr Larsson«, hörte man Dupanasse sagen, »den heutigen und die kommenden Tage des Prozesses können Sie im Sitzen verbringen. Wir sind beide nicht mehr die Jüngsten, wir können derlei Annehmlichkeiten getrost annehmen.«

Der französische Staatsanwalt deutete auf das Flip-Chart und schaute den Dolmetscher fragend an. Dieser machte mit einem Nicken klar, dass er bereit war, Luc Baggarys Worte zu übersetzen.

»Herr Larsson, sind Ihnen die Zusammenhänge, die sich aus dieser Darstellung ergeben, bekannt oder gar vertraut?«

»Ich kenne das Schaubild nicht«, sagte Larsson, »und ich kann auch nicht erkennen, was das mit mir zu tun haben soll.« Larsson sprach bedächtig und gefasst. Kein Funken von Nervosität.

»Herr Präsident, ich bitte um Erlaubnis, an meine Kollegin Yocco Boncoeur von der Anklage übergeben zu dürfen.«

»Erlaubnis erteilt«, sagte Richter Dupanasse.

Yocco Boncoeur, kam langsam auf Larsson zu und sah ihm genau in die

Augen. Sie fixierte ihn gefühlte zwei Minuten.

»Nun denn«, rief sie laut aus, sodass jeder, der in der wirkungsvollen kleinen Kunstpause abgeschaltet hatte, wieder an Bord war. »Herr Larsson, was glauben Sie, hat diese Grafik mit Ihnen persönlich zu tun? Ich will Sie nicht länger auf die Folter spannen. Was sie hier sehen – und es ist bei Weitem nicht alles, was wir vorlegen können –, ist Ihr Eigentum. Ganz genau! Es sind schlicht Ihre eigenen Offshore-Firmen. Genau im Zentrum befindet sich Ihre Bank Moneta, deren größter Anteilseigner Sie persönlich sind. Zur Wahrheit gehört ebenso, dass Sie der Bank größter Schuldner sind. Ihre Kredite bei der Bank Moneta betragen hunderte Millionen Euro. Das ist kein erquickendes Gesprächsthema für eine Party, das ist klar. Wenn das alles also nichts mit Ihnen persönlich zu tun haben soll, stellt sich für mich eine Frage: Warum haben Sie Ihrem CEO Herrn Haukur Jonsson die Order erteilt, die Summe von 153 Millionen Euro auf eines Ihrer Offshore-Konten zu überweisen? Das war exakt einen Tag vor der Schließung ihrer Banki Island HF, der Mutter der Bank Moneta. Ich möchte Ihnen nicht vorgreifen, doch sollte Ihre Antwort sein, es gäbe dafür keine schriftlichen Beweise, und auf der Überweisung stehe nur die Unterschrift von Herrn Jonsson, seien Sie versichert, dass dies nicht der Wahrheit entspricht.«

»Ich verstehe überhaupt nicht, wovon Sie sprechen, Frau Anwältin. Ich soll Herrn Jonsson zu etwas bewegt haben? Ich kann mich an derlei Order nicht erinnern.« Larsons Antwort kam eloquent und gekonnt, ohne die geringsten Selbstzweifel. Sein Körper bewegte sich keinen Millimeter.

»Wie Sie wollen Herr Larsson. Wir kommen später darauf zurück. Gehen wir weiter. Ich frage Sie: Sind Sie weiter der Überzeugung, die Grafik hätte so gar nichts mit Ihnen und Ihren Firmen und Geschäften zu tun?«

Larsson wusste Bescheid über Yocco Boncoeur und ihre Mutter Liv, und man hatte ihn gewarnt vor deren Intellekt. Jetzt erfuhr er am eigenen Leib, wieso. Er schaute hinüber zu Liv Boncoeur und erhielt ein wissendes, leicht spöttisches Lächeln zurück. Er wandte sich an den Richter.

»Herr Vorsitzender, ich möchte, wenn Sie es mir gestatten, auf Liv Boncoeur und ihre Rolle 2009 auf Island zurückkommen. Die Details, die mir bekannt sind, weisen auf eine Befangenheit hin, die ...«

Gerald Dupanasses Kopf ruhte auf seiner Handfläche, bevor er sich nun unvermittelt kerzengerade aufrichtete. Plötzlich lag etwas in der Luft. Er nahm Larsson fest in den Blick und unterbrach den Angeklagten, indem er ein paar Mal auf das Mikrofon klopfte, was überall im Saal durch die Lautsprecher übertragen wurde.

»Glauben Sie, Herr Larsson, ich würde in meinem Gerichtssaal mit unerlaubten Mitteln hantieren oder solche zulassen?«

Larsson Gesichtszüge verrieten im Nu allen im Saal das Misslingen seiner schmutzigen Hinterlist.

»Sie dürfen getrost davon ausgehen«, setzte Dupanasse nach, »dass ich in meinen 43 Amtsjahren gelernt habe, welchen Lapsus man sich als Richter nicht erlauben darf, wenn das Urteil zum Schluss unanfechtbar sein soll. Auch in diesem Fall kann ich Ihnen garantieren, dass ich sämtliche Details, von denen Sie hier einige anführen wollen, geprüft und mit den Kollegen auf Island abgeglichen habe. Frau Anwältin Liv Boncoeur wird von diesem Gericht als vollwertig anerkannt, und jedweder Verdacht auf Befangenheit wird hiermit nochmals abgewiesen. Ich hoffe, dass dies für Sie klar und deutlich genug ist, Herr Larsson. Ihr kleiner Zirkus ist damit zu Ende. Bitte antworten Sie auf die Ihnen gestellten Fragen!«

Im Saal ging wahrnehmbares Kichern herum, und einige begannen zu klatschen. Mit beiden Händen forderte der Richter Ruhe und Ordnung ein. Ihm war anzusehen, dass Larssons hilfloser Winkelzug ihm sauer aufgestoßen war. Weiter ging es.

Larsson kam um eine Antwort auf Yoccos Frage nicht herum. »Wissen Sie, ich habe so viele Unternehmen, dass ich gar nicht ...«

Yocco fuhr den Angeklagten laut an. »Herr Larsson, bitte ersparen Sie uns Ihr Gezeter über ein mögliches lückenhaftes Gedächtnis. Sollen wir Ihnen die Eröffnungsurkunden aller Ihrer Firmen auf den Tisch legen, die wir uns aus den Handelsregistern besorgt haben?«

Jetzt habe ich ihn da, wo ich ihn haben will, dachte Yocco Boncoeur. Die Anwältin hob, für alle im Saal sichtbar, den linken Arm und gab ihrem Büroangestellten das verabredete Zeichen. Der schlaksige Gehilfe holte unter seinem Stuhl mit einem schabenden Geräusch einen großen Pappkarton hervor, bückte sich und wuchtete den Karton unter einem hörbaren Stöhnen in die Höhe.

Alsdann marschierte der Schlacks quer durch den Saal auf den Anwaltstisch zu und ließ die Box mit einem Knall auf den Tisch fallen.

Yocco hatte vorher darauf bestanden, die Oberseite der ersten Akte mit ein wenig Mehl zu bestäuben, was jetzt eine kinoreife Wirkung erzielte. Sie wedelte das herumwirbelnde Mehl, das alle anderen für Staub halten mussten, mit der Hand weg.

Gunnar Larsson fluchte leise vor sich hin, unhörbar für Richter Dupanasse, und seine Anwälte fragten ihn, ob sie den Inhalt des Kartons in Augenschein nehmen sollten.

»Auf gar keinen Fall«, herrschte er sie leise an. Er war im Geiste schon einen Schritt weiter als seine teuren, kopfschüttelnden Anwälte, die überhaupt nichts zu kapieren schienen. Das Öffnen dieser Schachtel förderte, da ging Larsson jede Wette ein, ganz andere Dinge zutage, giftige Dinge, sehr giftige. Ein zu hohes Risiko. Zum Schießpulver legte man doch kein Dynamit.

»Sie, Herr Larsson, und mittlerweile alle, die mit Ihnen hier in diesem Saal sind, können doch leicht erkennen, wer der Eigentümer der Offshore-Firmen und des gesamten Konstruktes ist.«

Yocco sah kurz zu Maxi Fuget zurück, der irgendeine Melodie zu summen schien und dabei rhythmisch mit einem Unterarm Kreise in der Luft zog. Da wandte Boncoeur sich wieder Larsson zu, als hätte ihr das leise und spielerische Trompeten von Fuget etwas Rückenwind gegeben.

»Sie, Herr Larsson, Sie sind es. Sie allein. Und folglich sind Sie höchstpersönlich dafür verantwortlich, dass Sie Geld verschoben haben, um es freundlich auszudrücken. Leugnen ist zwecklos, denn von Ihrem Handlanger Herrn Jonsson liegt eine notariell beglaubigte Bestätigung vor.«

Am Tisch der Staatsanwaltschaft wurde ein Dokument in die Höhe gehalten. Yocco ging hinüber und nahm es an sich, schwenkte das Papier wie die Aufforderung zur Kapitulation, nahm es wieder herunter und tippte mit ihrem Zeigefinger darauf.

»Beleidigen Sie bitte nicht das Gericht und unser aller Intelligenz. Hier geht es darum, die Wahrheit zu erkennen, und fangen Sie bitte nicht wieder damit an, Sie wüssten von nichts. Das ist auch Ihrer nicht würdig, wenn man auf die Beweislage schaut. Seien Sie ein guter Verlierer und kein Waschlappen. Entschuldigung, Herr Vorsitzender, verzeihen Sie mir den ›Waschlappen‹ – die Bemerkung nehme ich hiermit zurück. Herr

Larsson, sind es Ihre Firmen und ist es Ihre Offshore-Struktur mit der Bank Moneta als Mittelpunkt? Ja oder nein?«

»Ja.« Er sprach zu leise, fast nicht wahrnehmbar. Als Yocco anhob, ihn um eine laute Aussage zu bitten, kam Larsson ihr zuvor.

»Ja«, rief er laut hörbar für alle.

»Danke Herr Larsson, geht doch. War doch gar nicht so schwer. Wenn Sie dann bitte freundlicherweise auch noch bestätigen würden, dass Sie veranlasst hatten, die 153 Millionen aus ihrer Sicht zu retten und aus unserer Sicht zu *hinterziehen*?«

»Ach, verdammt, ja«, ächzte Larsson mit einer Mischung aus Wut und Verzweiflung, »das trifft zu.«

»Sie hatten das Equity-Release-Investment-Produkt für Ihr Unternehmen Bank Moneta bewilligt und waren darüber in Kenntnis gesetzt worden, welche Zielgruppe für dieses Investment ausgesucht wurde. Ist das korrekt?«

»Ja, man hatte mich informiert. Unser junger Mitarbeiter, wie hieß er noch ... Nielsen? Paulsen? Olafsson, ach, keine Ahnung, es fällt mir nicht ein ... jedenfalls, dieser Mitarbeiter hatte das Produkt einwandfrei aufgestellt, und ich habe es abgesegnet. Aber ich kann nicht erkennen, warum ich damit gegen irgendein Gesetz verstoßen haben soll.«

»Das will ich Ihnen gerne erklären, Herr Larsson. Durch einige Ihrer, sagen wir, gefährlichen Neuerwerbungen, haben Sie die Banki Island HF, wie auch die Tochter in Mittland, an den Rand des Ruins gebracht. Doch was soll's, Sie waren der größte Schuldner der Bank und zugleich ihr Boss. Wer hätte sich Ihnen in den Weg stellen sollen? Ihr Plan war simpel: Sie konnten oder wollten Ihre Schulden nicht zurückzahlen. Da kam Ihnen dieser Nielsen, Paulsen, Olafsson gerade zur rechten Zeit, und Sie ließen ihn das Equity-Release-Investment durchführen. Sie brauchten einen nützlichen Idioten, voilà. Wie praktisch für Sie. In Frankreich, Spanien und Portugal verscherbelten Sie die giftigen Anleihen Ihrer eigenen Bank an Rentner, eine Gruppe in der Bevölkerung, die am wenigsten Ahnung von Investmentprodukten hat. Leider lief diese Aktion aus dem Ruder. Anfangs war alles paletti, jede Woche landeten zig Millionen auf den Konten. Das Ganze war eine Gaunerei, eine Abzocke, ein absichtlicher Investmentschwindel. Ich behaupte sogar, es ist organisierter Betrug gewesen, ein Schneeballsystem. Alle, die hier auf der Anklagebank sitzen, sind tief darin verstrickt, und es wird Ihnen allen nichts, aber auch gar nichts nützen, sich herauszureden. Sie haben unschuldige Rentner betrogen und sie um ihr Vermögen geprellt. Sie alle haben sich daran bereichert. Die Beweise, die wir vorlegen werden, ließen sich hier mit Schubkarren hereinfahren, so viele haben wir ausfindig gemacht. Und Sie, Herr Larsson, stehen ganz oben auf der Liste. Sie sind der Kopf. Und waschen Sie bloß nicht Ihre Hände in Unschuld!«

Larssons innerliche Wut, die er kurz zuvor mit großer Mühe hatte beherrschen können, ging zum größten Teil in ein phlegmatisches Erschlaffen über. Er wollte lässig wirken, doch seine Schultern fielen resigniert nach unten.

»Ich wasche meine Hände mit Seife«, krächzte er mit belegter Stimme zurück. »Das sollte reichen! Lassen Sie mich in Ruhe, verdammt noch mal. Hacken Sie zur Abwechslung mal auf einem anderen herum!«

Er war mehr als angefressen und verspürte keine Lust, dieses Spiel weiter mitzumachen. Sein Gesicht zu wahren war alles, was ihm blieb. Er ließ seinen Anwalt den Antrag stellen, es für heute zu belassen, er sei erschöpft, und die Gesundheit ginge vor.

Richter Dupanasse saß schon eine Weile aufrecht und verfolgte hoch gespannt die Paraden und Angriffe seiner jungen Kollegin. Mannomann, dachte er, die nimmt nicht erst die Angelrute, die erlegt den Fisch mit dem bloßen Speer, ganz archaisch. Aber wenn man's kann, warum nicht? Klasse! Bei Richter Dupanasse siegte die Barmherzigkeit, und er entließ Gunnar Larsson aus der Befragung, nicht zuletzt, weil die Letzte seiner Bemerkungen offenbarte, dass der Angeklagte nichts mehr zu sagen hatte.

Luc Baggary übernahm wieder die Anklage, und in diesem Stil ging es weiter. Reihum nahm er sich jeden der Manager vor und ließ das Gericht Punkt für Punkt wissen, welche Details die Staatsanwaltschaft zu präsentieren wusste. Für jedes Vergehen nannte er das gesetzliche Strafmaß für den Fall, dass die Angeklagten den Versuch unternehmen sollten, an Freispruch zu denken.

Den Anwälten der Verteidigung blieb kein anderer Versuch übrig, als mit lautem Krakeelen, Empörung und Protest den Vortrag der Anklage torpedieren zu wollen. Ihre Einsprüche kamen größtenteils nicht durch.

Dem Publikum wurde heute eine Show geboten.

Am Ende des Prozesstages klopfte Richter Dupanasse mit dem Hammer auf den kleinen Holzblock, dass es knallte, und vertagte damit den Fall auf den morgigen Tag.

Luc war beeindruckt. »Frau Kollegin, ohne Flachs, sind tatsächlich die Eröffnungspapiere der Offshore-Firmen in dem Karton? Das war doch ein Bluff, oder?«

Yocco grinste süffisant und schloss die Box sorgfältig. »Wer weiß, wer weiß? Ich kann Ihnen sagen, was nicht in dem Karton ist: Samthandschuhe.«

Jil und Linda traten aus dem Gebäude. Beiden war ihre Verblüffung anzusehen. Nie hätten sie so viel Spannung bei den Verhören vermutet und dass sich alles so zuspitzen würde. Larsson war eingebrochen.

Jil konnte sich gar nicht beruhigen. »Was für eine Show«, sagte sie, »am besten fand ich den Richter, wie er Gunnar Larsson mit seiner ganzen Schläue von vierzig Amtsjahren hat ins Leere laufen lassen. Ich hatte anfangs Bedenken, weil er ja schon alt ist und dachte, er könne zum Establishment gehören und dem Motto folgen: Die eine Krähe hackt der anderen kein Auge aus.«

»Nein, Kindchen, auf keinen Fall«, sagte Linda, »das ist ein alter Fuchs. Der hat schon so ziemlich alles gesehen, was es gibt. Dem macht man nichts vor. Für uns ist das unbezahlbar, weil er genau zuhört und – denken Sie an den Staatsanwalt und das Flip-Chart – weil er die Komplexität durchdringt, weil er selbst im Bilde sein *will*, verstehen sie? Genau so jemanden haben wir uns gewünscht. Ich – jetzt bitte nicht lachen – habe in der Cathedral Sainte Barthelemy drei Kerzen angezündet, dass mein Wunsch in Erfüllung gehe. Hat geklappt. Drei Lichter für einen Richter! Voila.« Sie standen vor dem Portal des Palais de Justice und warteten auf ihre Anwältin, die Siegerin des Tages.

Ein schwarzhaariger Mann schlenderte auf dem Boulevard de Clichy entlang. Er merkte, dass einige junge Frauen ihn neugierig ansahen, doch als ihre Blicke auf die umgeschnallte Babytrage fiel, wanderte sie wieder in die Ferne.

Die kleine Marie-Yeoryi drückte sich fest an ihren Papa, um von dort alles Aufregende mit wachen Augen zu verfolgen. Achilles zog es nicht in den Gerichtssaal, daher verpasste er die Schlacht um die Bank Moneta. Er war nicht scharf auf die alten Geschichten, die ihn unnötigerweise an das ISE erinnerten.

Unterschwellig gab es einen weiteren Grund: Er wollte Jil nicht bei ihrer Arbeit zusehen, denn er glaubte, dass ihm das nicht gefallen würde. Er sah die Gefahr, dass sie von neuem Blut lecken könnte. Wo bliebe dann die kleine Familie? Alles wäre umzuorganisieren, und er selbst käme nicht ungeschoren davon. Nein, er wollte in kein Gerichtsgebäude, wenn es doch viel Interessanteres an der frischen Luft gab.

Marie-Yeoryi zeigte sich offen für die Mona Lisa, den Eiffelturm, den Arc de Triomphe und das Sacré-Coeur und Notre Dame, während die Mama die muffige Luft im Gerichtssaal einsog.

Man kann nie früh genug mit Kultur anfangen. Dass Achilles seiner Kleinen ein zweites Limoneneis kaufte, brauchte die Mutter des Kindes nicht zu erfahren.

Der letzte Tag des Billy Barlotte
Mai 2017

Im Gerichtsgebäude herrschte wieder Enge, wie in den Tagen zuvor. Reinigungskräfte hatten den strapazierten Parkettboden des Gerichtssaals in der Nacht geputzt und ihm eine Pflegekur aus Wachs- und Leinöl verpasst, die sich bis zu den Morgenstunden Zeit nahm, um in das Holz einzudringen. Mit der zunehmenden Wärme der vielen Menschen, löste sich der Leimöl-Wachs-Geruch wieder, stieg empor und mischte sich mit Parfüms und Rasierwasser.

Es herrschte Gedränge. Einige Personen standen an der hinteren Wand wie Beobachtungsposten. Dutzende Presseleute wuselten umher, und bei den acht TV-Sendern surrten die Kameras für einen letzten Test. An diesem vorvorletzten Tag sollten noch einige Personen befragt werden, um die Sachlage zu verdichten. Es ging um die wenigen kleinen Lücken der Anklage und die beängstigend großen Löcher der Verteidigung, die manche für so groß hielten, dass durch sie ein TGV hätte fahren können. Aus dem bisherigen Verlauf ließ sich rückschließen, dass man es allem Anschein nach mit einer kriminellen Gesamtlage der Bank Moneta zu tun hatte.

Wie an den vorangegangenen Tagen kamen Richter Dupanasse und seine Kollegen durch die hintere Türe und setzten sich auf ihre Plätze. Der Vorsitzende bat um Ruhe und räumte, wie jeden Tag, der Presse und den TV-Sendern die obligatorischen drei Minuten ein, nach denen sie den Saal verlassen mussten.

Heute eröffnete die Verteidigung. Sie bat Billy Barlotte in den Zeugenstand. Der Protest der Anklage, es sei nicht nötig, immer wieder dieselben Fragen an die Opfer zu richten, nur um gleichlautende Antworten zu erhalten, wurde gehört.

Luc Baggary wies zudem auf den Gesundheitszustand des fast Achtzig-jährigen hin. Dem Protest wurde nicht stattgegeben. Billy stand auf, ging um die kleine Barrikade, die das Gericht von den Zuschauern trennte, und setzte sich auf den Zeugenstuhl. Richter Dupanasse musterte den Zeugen bezüglich des letzten Einwands des Herrn Staatsanwaltes.

»Mr. Barlotte, ich möchte mich nur vergewissern«, begann Richter Dupanasse, »fühlen Sie sich gesundheitlich in der Lage, eine Einvernahme durchzustehen, und stimmen Sie der Befragung hiermit zu?«

»Jawohl, Herr Vorsitzender, ich stimme zu!«, sagte Billy kurz und knapp, ohne zu überlegen.

Man stellte Billy fürsorglich ein Glas Wasser hin. Er sah die Chance, nun endlich zum Kern der Sache beitragen zu können. Bevor es begann, schaute er zu Linda hinüber und erntete einen besorgten Blick.

Die Verteidigung hielt es wohl für klug, harmlos zu tun und von hinten-herum sich zu erkundigen, wie oft der Gerichtsvollzieher ihn und seine Frau zu Hause aufgesucht hätte.

»19-mal«, antwortete Billy wie aus der Pistole geschossen.

Ob er erkannt hätte, dass es sich dabei eine illegale Aktion gehandelt habe?

Im selben Moment erhob sich Luc Baggary und legte Einspruch ein mit der Begründung, Billy Barlotte sei weder Anwalt noch Richter oder Gerichtsvollzieher und somit nicht beim Empfang eines Dokuments in der Lage gewesen, illegale Handlungen zu identifizieren, insbesondere dann nicht, wenn es sich um ein geschlossenes Kuvert handelte.

Richter Dupanasse gab dem Einspruch statt. Die Verteidigung war erst einmal ausgebremst und gab zu Protokoll, man wolle fortfahren.

Im weiteren Verlauf gab Billy Auskunft und Antworten zu unterschied-lichen Punkten. Der stattgegebene Einspruch wirkte sich lähmend auf den Elan der Verteidiger aus, denn das wohlgewollte Kreuzverhör mündete in eine normale Befragung. Verwunderung las man auf Billy Gesicht, als die Gegenseite verlauten ließ, man wäre am Ende angelangt und hätte keine weiteren Fragen an den Kläger. Der stand sichtlich enttäuscht auf und schickte sich an, zurück auf seinen Platz im Zuschauerraum zu gehen.

»Bleiben Sie bitte einen Moment, Mr. Barlotte«, rief der Richter etwas lauter, weil er zugleich einer möglichen Schwerhörigkeit Billys vorbeugen wollte. Billy drehte sich um, zuckte mit den Schultern und nahm gespannt wieder auf dem Zeugenstuhl Platz.

»Hat die Staatsanwaltschaft weitere Fragen an Herrn Barlotte?«, fragte der Richter.

»Ja, Herr Vorsitzender, die haben wir.« Luc Baggary richtete seinen Blick auf Billy. »Mr. Barlotte, Sie wurden neunzehnmal vom Gerichtsvollzieher aufgesucht, der Ihnen dabei mehrfach Dokumente aushändigte. Gab es andere Aktionen in oder um Ihr Haus, die Sie als ungewöhnlich bezeichnen würden?«

»Ja«, gab Billy zurück und suchte den Blickkontakt mit Linda, »meine Frau Linda ist für die Facebook-Seite unserer Gruppe verantwortlich und nimmt diese Arbeit überaus genau und ist äußerst gewissenhaft in dem, was sie tut. Um es kurz zu machen: Die Facebook-Seite wurde sechsmal attackiert, das heißt, sie wurde manipuliert, sodass sie viermal vorübergehend gesperrt und zweimal partiell vom Netz genommen wurde. Als wir bei Facebook nachfragten, bekamen wir die Antwort, dass bestimmte Dienstleistungen nicht bezahlt worden wären, doch die Kopien unserer Bankbelege bewiesen das Gegenteil. Wir schickten sie zu Facebook, und anderentags waren wir wieder online. Ein anderes Mal wandelten sich urplötzlich wie von Geisterhand die ›Like-Buttons‹ in ›Dislikes‹ um. Ein Experte der Telekom bestätigte unseren Verdacht, dass ein Hacker in Lindas, meine Frau, Computer eingedrungen sei und mit gezielten Aktionen gegen uns begonnen hätte. Die Erklärung erschien uns logisch zu sein.«

»Gab es weitere Aktionen?«, fragte Luc Baggary.

»Spaßeshalber habe ich eine Liste solcher Attacken angelegt, und ich fürchte, die Zeit würde hier nicht ausreichen, über jede ausführlich zu berichten. Damit Sie eine Vorstellung unserer Drangsal bekommen: Im Herbst 2014 stellten wir eines Tages fest, dass weder das Haustelefon noch das Internet funktionierten. Alles war stillgelegt. Kein Signalton mehr. Völlige Stille. Mit dem Mobiltelefon haben wir bei der Telekom angerufen. Der Servicetechniker kam und stellte fest, dass bei dem Verteiler, der direkt an der Straße außerhalb unseres Grundstückes angebracht ist, die Verplombung abgerissen und nur ein einziges Kabel sauber durchtrennt wurde: Das war der Anschluss zu unserem Haus. Wir fuhren zur Polizei und erstatteten Anzeige. Das war kein Zufall, glauben Sie mir, das war ein gezielter Anschlag. Eine Einschüchterung, um unser Bemühen um Gerechtigkeit zunichtezumachen. Man frage sich, wem es nützt. Mir fällt niemand anders ein als die Insolvenzverwalterin Odette Lambo, der wir mit unseren Social-Media-Aktionen ein Dorn im Auge sind.«

»Danke, keine weiteren Fragen.« Luc Baggary sah zufrieden aus.

Plötzlich kam Tumult auf. In den Zuschauerreihen sprang eine Person so ruckartig auf, dass hinter ihr gleich zwei Stühle umkippten. Sie war offensichtlich nicht zufrieden mit dem, was soeben gesagt wurde. Erregung und Verachtung spiegelten sich auf dem Gesicht dieser Person, deren Kleidung an eine Uniform erinnerte, mit einer Kappe, unter der blondes mittellanges Haar herausragte. Mit dem gestreckten Zeigefinger ihrer rechten Hand fuchtelte sie in der Luft herum.

»Lüge! Infame Lüge!« Sie brüllte so laut, dass jeder im Saal ihr den Kopf zudrehte. »Und eine Unverschämtheit obendrein. Perfider Schwindel, böswillige Niedertracht. Sie und Ihre Frau lassen doch nichts unversucht, um meine Arbeit zu sabotieren. Glauben Sie ernsthaft, Sie können dem Gesetz davonlaufen, sich davonstehlen, ohne zu bezahlen? Ihre Webseite und Facebook-Accounts verbreiten nur Fake News und Missgunst! Ich kenne jeden Eintrag, den diese Menschen gemacht haben.«

Jetzt zeigte der Finger auf Billy Barlotte, der erschrocken zusammenfuhr.

»Ich kenne alle ihre Dreckslügen, die gesamte linke Propaganda dieser kommunistischen Zeckenbrut. Sie verdrehen so lange die Tatsachen, bis sie Ihnen passen! Einschüchterung? Manipulation? Misskredit? Pah, dass ich nicht lache! Wer macht denn mobil gegen alles und jeden, he? Wer veröffentlicht Verschwörungstheorien im Netz? Warten Sie, ich helfe Ihnen auf die Sprünge: Freimaurer, Geheimdienste und dunkle Mächte, na, dämmert's?«

Odette Lambos gestreckter Zeigefinger zuckte zwischen Billy und Linda hin und her. »Die da machen das! Die gehören eingesperrt! Denen muss man das Handwerk legen. Die sind doch an allem schuld! Es hätte doch nie so weit kommen müssen, aber sie wollten den Widerstand. Sie waren es, die die Klagen eingereicht haben, nicht ich. Ich war gezwungen, mich zur Wehr zu setzen. Das ist mein gutes Recht. Glauben Sie im Ernst, der Geheimdienst hätte Sie nicht auf dem Radar?«

Jetzt lachte die Lambo hysterisch, wobei ihr schäumender Speichel aus dem Mundwinkel lief. »Pah, naives Volk! Ihr Einfaltspinsel! Der mittländische Geheimdienst hat eure Telefone angezapft und bis zum Letzten mitgehört und Eure dämlichen E-Mails gelesen. Gehirnamputierte Bagage, ihr, ihr ... oder was? ... alles Dreckslügen ... linke Zeckenbrut ... geschieht euch recht!«

Odette Lambo, fahl und fleckig weiß im Gesicht, die blonden Haare wild abstehend, stand mit wirbelndem Zeigefinger in der Zuschauermenge, entschlossen zur Attacke. Die Menschen um sie herum traten erschrocken mehrere Schritte zurück, bis sie der Mittelpunkt eines leeren Kreises war. Wirr schaute sie auf die Menge. Speichelfäden klebten mittlerweile an ihrer Kleidung.

Heute war sie nicht mehr Belphégor, sondern hatte die schwarze Kluft durch ein olivfarbenes Kostüm im Military-Look von Jean-Paul Gaultier getauscht, in dem sie, mit Fantasieabzeichen und erfundenen Dienstgraden versehen, den Eindruck eines Sterne-Generals zu schinden hoffte. Als hätte ihr jemand ein Kommando zugerufen, marschierte sie rücksichtslos mit unbeirrbarer Dynamik zur ersten Reihe des Zuschauerbereiches und bedachte Billy Barlotte mit neuem, furiosem Bombardement. Der Hammer des Richters fuhr mehrmals heftig auf den Holzblock.

»Frau Lambo, bitte!«, rief Richter Dupanasse, »mäßigen Sie sich! Ihnen ist nicht das Wort erteilt worden. Als Anwältin sollten sie das wissen. Hiermit verwarne ich Sie und rufe Sie auf, sich zu setzen und den Verlauf der Verhandlung nicht zu stören. Anderenfalls muss ich Sie des Saals verweisen.«

Odette Lambo blickte außer sich vor Wut zum Richter. »Sie stecken doch mit denen unter einer Decke!«, geiferte sie den Richter an. »Das Ganze hier ist doch eine Farce. Wem kann man denn hier überhaupt glauben, wenn alle sich gegen uns verschwören? Das ist ein abgekartetes Spiel. Der da ...«, Odette Lambo zeigte wieder ekstatisch mit dem Zeigefinger auf Billy Barlotte, der zusammenzuckte, da ihm die Höllenfurie, so dachte er, höchstpersönlich im Nacken saß, »der da und seine bescheuerte Mischpoke, der komplette Lügenverein, das sind die Verbrecher, die sind schuld an, an ... äh, verursacht ... eingebrockt ... aufhängen soll man die ... äh, an ...«.

Odette Lambos Gehirn reagierte plötzlich mit heftigen fatalen Aussetzern, mit Crystal-Meth-Torpedos. Das Zeug hatte Regionen ihres Hirns fest im

Griff, schaltete Funktionen wie Sprechen, Denken und Fühlen ein und aus wie bei einem Kippschalter, es ließ die Synapsen flackern wie die Lichterkette eines Weihnachtsbaums. Sie war zusehends eingehüllt im Zugriff der Droge, dass die Frage nach Kontrolle ihrerseits völlig illusorisch war. Ihr Realitätssinn schrumpfte unter dem Einfluss von Cristal Meth auf die Größe einer Glasmurmel, die in ihrem Kopf auf freier Bahn in alle Richtungen kugeln konnte. Für sie stand fest in Stein gemeißelt, dass außer ihr niemand erkannte, dass hier schändliches Unrecht geschah. Statt darüber zu richten, strafte sie die Außenwelt mit Entzug von Anerkennung und urteilte sie persönlich ab als eine geistig Verwirrte. Unter der Oberfläche bohrte sich zudem eine dem Auge entzogene tranige Angst durch ihre Poren, sie könne ihr Werk nicht mehr vollenden. In ihrem Kopf interagierten Zünder und Propan in immer kürzeren Intervallen, bis dem Wahnsinn alle Türe offenstanden.

»Ich erteile Ihnen hiermit Saalverbot«, schritt Richter Dupanasse jetzt energisch ein, »und eine Geldbuße wegen Missachtung des Gerichts und Zeugenbeleidigung von dreitausend Euro. Adjutant, bitte führen Sie Frau Lambo aus meinem Gerichtssaal und nehmen Sie sie vorerst in Gewahrsam, da es nicht sicher ist, dass es nicht doch zu Handgreiflichkeiten kommt. Rufen Sie einen Amtsarzt hinzu. Frau Lambo muss sich einer Untersuchung ihres Geistes- und Gesundheitszustandes unterziehen. Dies ist hiermit angeordnet.«

Der Gerichtsdiener schritt auf Lambo zu. Die aber sprang, beide Hände erhoben, mit ausgefahrenen, gespreizten Fingern, die wie Greifer eines Roboters nach vorn auf Billy zielten, über die Stuhlreihen hinweg, entkam so ihrem Häscher und arbeitete sich vor in Richtung des Zeugenstuhls. Dabei kreischte Odette Lambo und schrie wirre Laute und Kommandos. Billy sah die Furie auf sich zukommen, spürte, wie ihm das Blut wegsackte, er registrierte kalten Schweiß und sein Geist folgte seinem Körper in einen Mix aus Schockzustand und Angststarre.

An Weglaufen war nicht zu denken, da seine Beine ihm nicht mehr gehorchten. Just in dem Moment, in dem Billy mit aufgerissenen Augen seine Hände zur Abwehr ausstreckte, setzte Odette Lambo an, sich auf ihn zu stürzen. Die blutroten Fingernägel schien sie ihm ins Gesicht rammen zu wollen. Sie setzte zum Sprung an, die Hände voraus. Odette Lambo hätte ihr Werk sicher vollendet, wenn der Gerichtsdiener, der sie keine Sekunde aus den Augen gelassen hatte, sie nicht mit einem beherzten Sprung an der Hüfte gepackt bekam und sie mit sich riss. Notgedrungen musste Odette die Richtung ändern und ihr Ziel aufgeben.

Die Lambo und der Adjutant knallten auf den Boden und lagen übereinander, doch der Saaldiener gewann schnell die Oberhand. Die Menge kreischte, und manche hielten sich erschreckt die Hände vor den Mund. Unbarmherzig drückte der Amtsdiener Odette Lambo sein Knie in den Rücken, fixierte sie so, entkoppelte die Handschellen von seinem Gürtel und ließ sie mit einem metallischen Ratschen um beide Handgelenke einrasten.

Gleich darauf zerrte er sie auf die Beine, um sie abzuführen. Die Zuschauer standen teilweise auf den Stühlen, applaudierten, pfiffen und johlten. Wirr und mit dem absonderlichen Blick einer Irren wurde die Insolvenzverwalterin in ihrem ramponierten Military-Look mit auf dem Rücken gefesselten Händen aus dem Saal geführt.

»Ich bitte Sie alle um Ruhe«, sagte anschließend der Richter ins Mikrofon, »der Prozess wird gleich fortgesetzt.«

Billy achtete nicht auf den Krawall, weil urplötzlich ein stechender Schmerz seine Brust und seinen linken Arm durchfuhr. Er legte krampfhaft die rechte Hand aufs Herz. Sein Gesicht rötete sich, und er bekam kaum Luft. Er röchelte, hustete und spuckte. Der Versuch aufzustehen misslang, weil es sich anfühlte, als ob Zementsäcke auf seiner Schulter lägen. Über Kopfhaut und Stirn rann kalter Schweiß, und wie aus dem Nichts jagte ein brennender Schmerz durch die linke Brusthälfte. Danach spürte er weder Beine noch Arme. Alles war taub.

Billy stemmte sich gegen den Verlust seiner Sinne und erschrak vor der Machtlosigkeit über seinen Körper. Bevor er etwas sagen konnte, kippte er vornüber. Seine Arme hingen kraftlos herab wie zwei tote Aale. Der Schwung des kippenden Oberkörpers trug zur instabilen Lage bei, die ihn veranlasste, seitwärts abzurollen und wie ein alter gerollter Teppich vom Zeugenstuhl zu kippen. Dann schlug er auf dem Boden auf.

Die Menge schrie kurz auf, dann war es im ganzen Saal mucksmäuschenstill. Regungslos lag Billy auf den alten geölten Eichendielen des Gerichtssaales. Das alles geschah in wenigen Sekunden, niemand hätte ihm zu Hilfe eilen können.

»Mein Gott, Billy«, schrie Linda und reagierte unbewusst und unmittelbar. Sie und Jil stiegen über die hölzerne Brüstung des Zuschauerabteils, Stuart und Rob folgten ihr nach. Linda kniete sich neben Billys Kopf, und aus ihrem Mund kamen Worte, die allen im Saal zu Herzen gingen. Billy schien sie anzuschauen, jedoch ohne Regung. »Ein Glas Wasser, bitte, ein Glas Wasser!« Linda kramte in ihrer Handtasche nach Billys Herzmedikamenten.

Jemand brüllte, man solle sofort einen Krankenwagen rufen. Jemand anders fragte, ob ein Arzt im Saal sei. Kein Arzt, aber eine OP-Schwester meldete sich. Sie prüfte den Puls und sah in beide Augen und legte Billy in eine stabile Seitenlage. Dann fiel sein Kopf willenlos zur linken Seite, als ob ein Führungsseil gerissen wäre. Die Schwester nahm nochmals den Puls, diesmal am Hals, beugte sich vor, um die Atmung zu kontrollieren, und sah hinüber zu Linda, die auf den bedauernden Blick der Frau und das energische Kopfschütteln mit Entsetzen reagierte. Billys Herz schlug nicht mehr.

Linda wusste es nicht anders, in ihrer Not drängte sie der Schwester die Medikamente auf; sie dachte, wenn Billy sie nähme, würde alles wieder gut. Doch die Schwester schob sanft Lindas Hand, die die Arznei fest umklammerte, zur Seite, drehte Billy auf den Rücken, massierte ihm die Brust und pumpte ihm Luft durch Nase und Lunge.

Mit schreckverzerrtem Gesicht verfolgte Linda die beiden Hände auf Billys Brustkasten, die periodische Stöße ausübten, um Billys Herz zu reanimieren. Sie hörte, wie die Krankenschwester *Highway to Hell* von ACDC summte, um sich so den Takt vorzugeben. Die Hände ließen nicht nach und massierten Billys Herz, um ihn wieder ins Leben zurückzuholen.

Linda, am Rande dieser Szenerie, die Hände vor dem Mund und wie gelähmt, stand am Kopf ihres Billy, der am Boden auf der Schwelle von Leben und Tod lag. Jil hielt sie fest in ihren Armen. Die OP-Schwester massierte vier oder fünf Minuten, ohne dass sich irgendein Zeichen der Besserung einstellte.

Dann flog die Saaltüre auf. Sanitäter und ein Arzt stürmten heran, scheuchten alle, die um Billy standen, weg, setzten Blutdruckmessgerät und Sauerstoff an, holten den tragbaren Defibrillator, den sie auf dreihundert Joule einstellten, tupften die Pads auf den Brustkorb, und in einem

Knall entlud sich der Elektroschock durch Billys Körper. Einmal, zweimal, ohne Erfolg.

Der Sanitäter bereitete gerade erneut eine höhere Ladung vor, aber der Arzt legte ihm die Hand auf den Arm. Ein toter Billy Barlotte lag im Gerichtssaal, genau an der Stelle, wo Hoffnung und Gerechtigkeit sich kreuzten.

Linda ließ sich von Liv Boncoeur zu den Sitzbänken führen. Sie begriff nicht, was geschehen war.

Linda schüttelte abermals den Kopf. »Das kann doch nicht sein«, murmelte sie, auf den Boden starrend.

Dann hob sie langsam den Kopf. »Sie hat ihn umgebracht, diese Lambo hat meinen Billy ermordet.«

Sie wiederholte ihren Satz immer lauter. Die Menschen, die im Saal um den Leichnam herumstanden, drehten die Köpfe in ihre Richtung.

»Sie hat meinen Billy umgebracht!«, kreischte Linda mit zitternder Stimme, bis Liv, gefolgt von Jil und Rob McCallum, sie behutsam aus dem Saal hinausbegleiteten. Stuart blieb zurück, um zu helfen.

Was würde jetzt mit Billy geschehen? Richter Dupanasse war längst vom Podest geklettert und betrachtete die sterbliche Hülle von Billy Barlotte. Die schrille Stimme von Odette Lambo und die hysterischen Tiraden der Frau hallten immer noch in seinem Kopf nach.

Das alles passte nicht zusammen. Das Bild eines unschuldigen Mannes, der jetzt leblos in seinem Gerichtssaal lag. Er fragte sich, ob die Attacke nicht zielbewusst inszeniert worden war und ob Odette Lambo ihre extremen Wutausbrüche nur vorgetäuscht hatte. Mittlerweile konnte er sich alles vorstellen, was im Zusammenhang mit dieser Frau stand. Er machte Platz, sodass die Sanitäter Billy auf die Bahre legen konnten.

Man trug den Leichnam hinaus. Gerald Dupanasse blieb mit durcheinanderwirbelnden Gedanken und seiner Fassungslosigkeit im Saal zurück, aus dem die Menschen hinter der Totenbahre ins Freie strömten. Es sah aus, als gäben sie Billy Barlottes das letzte Geleit.

Der Richter hatte einen Menschen vor seinen Augen sterben sehen, jemanden, der nur ein wenig älter war als er, ein Mann, der trotz des Alters für sein Recht aufgestanden war und gekämpft hatte. Er hatte seinem Gegner die Stirn geboten und sich der Boshaftigkeit seiner Peinigerin widersetzt, aber auch einer Obrigkeit, die ihm seine Rechte vorenthalten wollte.

Eine diskrete Bewunderung ergriff ihn vor so viel Courage und Rückgrat. Der Mann hatte Mumm, dachte er, aber das darf mich nicht im Urteil beeinflussen ... eigentlich nicht ... eigentlich.

Die Urteilsverkündung wurde um eine Woche verschoben, aus Respekt vor dem Verstorbenen, William, genannt Billy, Barlotte. Linda, Jil und Rob McCallum überquerten den Boulevard du Palais, der entlang des Gerichtsgebäudes die Île de la Cité durchtrennte. Bei der Brasserie Les Deux Palais waren Plätze frei geworden.

»Ich kann da nicht wieder hineingehen«, schluchzte Linda. Mit verquollenen Augen und in sich zusammengesackt, wimmerte Linda in einem fort.

»Was soll denn jetzt nur ohne Billy werden? Selbst wenn wir den Prozess gewinnen ... Billy ist nicht mehr da.«

Jil nahm ihre Hand und sagte ihr fürsorglich, sie würde sie ins Hotel begleiten. Linda müsse sich ausruhen und trauern.

Linda schreckte auf. »Billy hätte nicht gewollt, dass ich mich verkrieche, um zu trauern. Er hätte gewollt, dass ich mit der Gruppe und für die Gruppe weitermache. Jetzt erst recht!«

Jil De Susa kämpfte innerlich mit dem, was sie in der letzten Stunde miterleben musste. Wie ein Seiltänzer balancierte sie zwischen unaussprechlichem Schrecken und bedingungslosem Mitgefühl. Seltsam fand sie es, dass die Gefühlswelt, die sich in ihr breitmachte, nicht dieselbe war, wie die, nach den Attacken auf sie in Mittland. Es überfiel sie das Bedürfnis, die Stimmen von Achilles und ihrem Mädchen zu hören.

Sie war froh, als Rob McCallum vorschlug, sich um Linda zu kümmern.

Was für ein Tag! Sie hatten den Sieg vor Augen und gingen doch mit einem Toten in die Nacht.

Die berühmten pittoresken Zeitungskioske – ein Wahrzeichen der Metropole Paris – hielten den vorbeieilenden Menschen am nächsten Morgen die Schlagzeilen vom »Tod im Gerichtssaal« entgegen. »Tote Bank tötet Kläger im Gericht« war da zu lesen, aber auch: »Insolvenzverwalterin hetzt Kläger in den Tod«.

Dass die Zeitungen die Menschen darüber informierten, was sich am Vortag im Gerichtssaal zugetragen hatte, erschien plausibel. Schlagzeilen auf Seite eins, Kommentare und Berichterstattungen über mehrere Spalten.

Als Augenzeuge des Geschehens bekam Jil den schrillen Auftritt von Odette Lambo nicht mehr aus dem Kopf. Immer wenn sie die Augen schloss, kippte Billy abermals aus dem Zeugenstuhl zu Boden, und die OP-Schwester machte summend ihren ACDC-Reanimationsversuch. Eine groteske Szene!

Im Foyer von Lindas Hotel sprach sie ein Kollege der Zeitung *Le Monde* an. Er wollte wissen, ob sie zu dem Vorgang etwas sagen könne.

»Und ob ich etwas dazu sagen kann.« Sie war zu erregt, um sich zurückzuhalten. »Ich bin hier, weil ich seit fast zehn Jahren den Fall Bank Moneta verfolge, über ihn schreibe und veröffentliche. Ich bin Journalistin aus Mittland und mit den, sagen wir einmal, *Gepflogenheiten* unserer Politiker und der Justiz vertraut. Das, was hier passiert ist, war vorhersehbar, weil die Insolvenzverwalterin schon lange denjenigen, die sich zur Wehr gesetzt haben, ihre persönliche Vendetta erklärt hat. Seit fast zehn Jahren versucht Odette Lambo zusammen mit der zuständigen Richterin Anne-Katrin Tell und dem Generalstaatsanwalt Hubert Triebert, die VOM-Gruppe in die Knie zu zwingen. Ich habe selten so couragierte und für ihr Recht kämpfende Menschen getroffen. Wir reden hier von EU-Bürgern, die alle um die sechzig, siebzig, einige sogar über neunzig Jahre alt sind. Die Finanzindustrie sah in dieser Gruppe nichts anderes als die sprichwörtliche leichte Beute. Wir alle haben uns getäuscht. Wir alle haben den unbeugsamen Willen und die aufrechte Entschlossenheit dieser Gruppe stark unterschätzt. Sie sind Vorbilder für uns. Ich rate jedem, der sein Urteil bilden will, sehr genau hinzusehen. Billy Barlotte ist der 48. Tote in diesem Fall. Haben Sie es jemals erlebt, dass es, bevor ein Urteil gesprochen wird, tote Kläger gibt? Wie viele sollen noch sterben?«

Jil war freudig verblüfft, als der Le Monde Redakteur sie einlud, umgehend mit in die Redaktion seiner Zeitung am Boulevard Auguste Blanqui zu kommen. Natürlich willigte sie ein. Hier kam die Idee auf, dass Jil ihren eigenen Kommentar für die nächste Ausgabe schreiben sollte, denn sie wäre so nah am Geschehen wie keiner ihrer Kollegen in Paris.

»Du glaubst nicht, was hier gerade los ist!«, berichtete Jil Achilles übers Handy, »ich bin bei *Le Monde* und soll einen Kommentar zum Prozess schreiben.«

»Le Monde? Das ist ja ... großartig, aber wolltest du nicht Abstand von der Sache gewinnen?«

»Ja, ich weiß, aber es ist Le Monde, und ...«

»Schon klar. Dann dauert es wohl, bis du zurück ins Hotel kommst?«

Jill hatte ein unendlich schlechtes Gewissen, dass sie Achilles vor vollendete Tatsachen gestellt hatte. Auch hätte sie gerne ihre Tochter im Arm gehalten.

»Ich komme so bald wie möglich, okay?«

»Okay.« Marie-Yeoryis vergnügtes Quieken endete abrupt, als Achilles die Verbindung beendete.

In den nächsten Tagen sollte sich der Fall Bank Moneta über die Medienlandschaft ergießen wie das Hochwasser der Seine. Jetzt erst nahm die Öffentlichkeit, die in den letzten Jahren durch so viele andere Schreckenstäler gegangen war, die Brisanz dieses Falles wahr. Plötzlich gab es Interesse aus allen Richtungen.

Die Bank Moneta schälte sich vor der Öffentlichkeit wie eine Zwiebel, Lage um Lage fiel und entblößte neue Tatsachen. Immer mehr Aspekte setzen sich zusammen zu neuen Bildern. Es gab Fragen an Anwälte, an Richter und an Minister und Funktionäre aus Mittland. Man wollte dringend wissen, ob die Europäische Union nichts über den Fall gewusst oder ob sie betreten weggesehen hatte. Eine Debatte über Glaubwürdigkeit und Rechtsstaatlichkeit kam auf.

Man kam auf die Idee, der Fall trüge exemplarische Züge einer zerfallenden Demokratie. Der französische TV-Sender Canal Deux sprach schon das Wort von einer politischen Rechtsprechung, die die Demokratie gefährde. Manche Pressestimmen warfen die Frage auf, ob die Gesellschaft vor dem Anfang des Endes des Abendlandes stehe.

Viele Experten traten an und überzogen vom Frühstücksfernsehen bis zur Talkshow am späten Abend die Öffentlichkeit mit ihren Ansichten. Der Innenminister Frankreichs hielt es für nötig, im Nachrichtenmagazin Le Journal ein Interview zu geben. Zuerst kondolierte er Linda Barlotte zum Verlust ihres Ehemannes Billy. Von den Vorgängen der mittländischen

Justiz distanziere er sich und bekräftigte, dass Frankreich niemals derlei Zustände gutheißen oder dulden würde, denn über jedem Rathaus in der République Française lese man deren Losung: Liberté, Égalité, Fraternité.

Das Urteil
Juni 2017

Gerichtssaal Nummer zwölf, zweite Etage, Eingang Nord des Gerichtsgebäudes am Quai de l'Horologe. Ein Pulk aus Journalisten und Reporter der TV-Sender wartete davor wie ausgehungerte Wölfe auf die Kommentare und Statements zur Bank Moneta.

Liv Boncoeur stand mit Maxi Fuget vor einem Bündel aus bunten Mikrofonen und wurde mit Fragen überschwemmt. Beide hatte sich am gestrigen Abend zurechtgelegt, wie sie mit den Medien umgehen wollten, was zu sagen war und was nicht. Die eingeschalteten Mikrofone warteten begierig.

»Lassen Sie mich darauf hinweisen«, begann Liv routiniert, »dass parallel am selben Gerichtshof gegen die Insolvenzverwalterin Lambo ein zweiter Strafprozess stattfindet, bei dem es um Vorteilsnahme im Amt, Rechtsbeugung und Mithilfe zur Geldwäsche geht.«

Maxi Fuget hob die Hand. »Vor allem geht es aber hier um Billy Barlotte, der stellvertretend für über hundert andere Opfer genannt werden muss, weil er sich gegen Willkür und Einschüchterung jahrelang erfolgreich gewehrt und dafür letztlich mit dem Leben bezahlt hat. Ignoranz und Sturheit einer Amtsperson aus Mittland hatten seinen Tod zur Folge. Man muss Billy Barlotte gerecht werden.«

Liv Boncoeur übernahm wieder. »Worum geht es im Kern? Um Gerechtigkeit! Unsere Klienten kämpfen dafür, dass die Finanzindustrie ihrer Verantwortung nachkommt. Halten Sie sich alle vor Augen, dass das heute zu erwartende Urteil wegweisend für alle Bürger Europas sein wird. Die Menschen stehen im Zentrum der Demokratie, und sie besitzen verbriefte Rechte, die sie beanspruchen und verteidigen können.

Bürgerrechte müssen durchsetzbar sein und bleiben. Sie sind nicht käuflich und stehen nicht zum Vorteil von Global Playern zur Disposition. Die Schranken des Rechtsstaates sind nicht versetzbar!«

Die Statements waren in die Mikrofone und Kameras gesprochen, als beide Anwälte sich zum Gerichtssaal aufmachten. Für heute wurde es das Urteil erwartet.

Der Saal war übervoll, alle Bänke waren besetzt, viele standen um die zusätzlichen Stuhlreihen herum. Jil De Susa fand sich in der zweiten Reihe wieder. Sie schaute auf die Stelle, auf der vor ein paar Tagen Billy Barlottes lebloser Körper gelegen hatte und konnte dessen Tod immer noch nicht fassen. Es jagte ihr einen Schauer über den Rücken. Sie sah ihn noch deutlich vor sich.

Die Richter in ihren langen schwarzen Roben kamen herein. Der Sprecher forderte die Anwesenden zur Ruhe auf. Kameras und Mikrofone durften heute im Saal bleiben.

Richter Gerald Dupanasse hatte nach der Lambo-Hysterie und dem Todesfall in seinem Gerichtssaal eine kurze Auszeit genommen und war für das Wochenende nach Montperreux gefahren.

Am Lac Saint-Point gedachte Dupanasse zu entspannen und tat dies, indem er den silbernen, leichten Hechtspinner mit langer Spinnstange und einem Drilling nebst rotem Wollbüschel an die Angelschnur band. Damit wollte er auf Hecht gehen. Tatsächlich zupfte bald ein Raubfisch an der Schnur, und der Tanz zwischen Fisch und Angler ging los.

Durch den See, die Landschaft und die Stille wurde ihm stets aufs Neue bewusst, wie privilegiert er war. Eins mit der Natur und deren Geschöpfen zu sein, spürte er besonders in den Momenten, wo seine Schnur sich mit dem Fisch verband. Dann empfand er so etwas wie Kameradschaft mit der Kreatur. Innerlich breitete sich dann das Gefühl aus, Teil des großen Ganzen zu sein. Der Augenblick, in dem er mit sich selbst im Reinen war.

Auf der Rückfahrt kam ihm erstmals wieder seine Arbeit und der zu erwartende Medienrummel in den Sinn. Weder über die durchgeknallte Insolvenzverwalterin, noch über den Tod des Zeugen wollte er sprechen. Wenn er sich vor der Presse darauf einließe, hätte er keine ruhige Minute mehr. Außerdem war es nicht seine Sache, diese Vorfälle der Öffentlichkeit zu erklären. Das war der Job der Zeitungen und Fernsehsender.

Dupanasse und seine Richterkollegen hatten es sich nicht leichtgemacht. In Zeiten, in denen Medien von außen die Gerichte zu beeinflussen suchten, was im modernen Sprachgebrauch *Litigation Public Relations* hieß, mussten sie cool bleiben. Auch hier, im Fall Bank Moneta, schwärmten die Rechercheagenturen aus, die am Ende ihre Resultate nicht etwa zur Staatsanwaltschaft durchsteckten, nein, sie gaben sie den Medien. Die wiederum wurden so in die Lage versetzt, der öffentlichen Meinung noch vor Beginn eines Prozesses die angeblichen Wahrheiten in dieser Strafsache zu präsentieren.

Richter Dupanasse lehnte diese Art Beeinflussung kategorisch ab, er hielt sie für schändlich, weil das Kalkül darin lag, auf die Urteilsfindung von außen einzuwirken. Er bestand darauf: Die Unabhängigkeit der Justiz war nicht verhandelbar. Er nannte es den *Pontius-Pilatus-Versuch*, ein Urteil unter öffentlichem Druck. Völlig idiotisch und brandgefährlich war so etwas. Für ihn war die Litigation Public Relations der Bruder der Lynchjustiz.

Der Richter begab sich wieder auf seinen Stuhl, sammelte sich und legte die Hand auf das Urteil, das in der Kladde vor ihm verborgen war. Er hatte diesmal ungewöhnlich lange über diesen Fall nachgedacht und versucht, alle Fäden der verschiedenen Strömungen, die für ihn sichtbar waren, zu bündeln, um sie auf den Gesetzestext anzuwenden. Letztlich war er zu der Erkenntnis gelangt, dass es im Fall Bank Moneta zu keiner Vorverurteilung von außen gekommen sei, denn die Darbietung der Befragungen hatte ihre eigene Qualität und sprach für sich selbst.

Dupanasse nahm sich viel Zeit für die Begründung. Richter an einem Strafgericht zu sein, davon war Dupanasse zutiefst durchdrungen, verlangte nicht nur Neutralität, sondern besondere Gewissenhaftigkeit und Akkuratesse. Schließlich galt es, ein Urteil über Menschen zu sprechen und damit deren Leben entscheidend mitzuprägen, wenn nicht gar zu bestimmen. In diesem besonderen Fall sollte er nicht nur über Menschen richten, sondern über ein Unternehmen.

Ihm war bewusst, dass sein Urteil eine ganze Branche angehe, die unsichtbar mit auf der Anklagebank saß. Die Presse würde es als Stellvertreterurteil deuten, und Gerald Dupanasse, wenn er ehrlich war, hatte nichts dagegen. Ein simples »schuldig« oder »nicht schuldig« war hier nicht genug, umso mehr verlangte seine Begründung nach deutlicher Ausgewogenheit.

An einer Zuweisung direkter Schuld würde er nicht vorbeikommen, aber wie weit ging das Verschulden des Einzelnen, wie weit ging die Schuld des ganzen Systems? Wie zu erwarten gewesen war, hatten er und seine Richterkollegen eine lange und intensive Diskussion darüber geführt, bis man sich auf einen gemeinsamen Wortlaut des Urteils geeinigt hatte.

»Im Namen des Volkes der République Française ergeht folgendes Urteil.« Richter Dupanasse sprach laut und mit klarer, fester Stimme. Er las nicht vom Blatt ab, sondern verkündete frei die Entscheidung über die fünf Manager und die Bank. Vier erhielten das Urteil »schuldig« in allen Punkten und wurden zu Gefängnisstrafen von eineinhalb bis fünfeinhalb Jahre verurteilt. Hinzu kamen zusätzliche Geldstrafen von 95 000 Euro pro Manager. Einer kam mit Freiheitsstrafe zur Bewährung und mit einer Zahlung von 45 000 Euro davon, weil die Beweislage für mehr nicht ausreichte. Seine Schuld bestand darin, dass er von den kriminellen Machenschaften gewusst, den Versuch aber nicht unternommen hatte, sie zu verhindern, was man ihm als Beihilfe auslegte. Zudem hatte er von den hohen Bonusvergütungen profitiert. Das Gericht sah es somit als erwiesen an, dass der Angeklagte sich durch den Betrug bereichert hatte.

Im Saal stieg die Spannung, denn nun kam Gunnar Larsson an die Reihe, der Hauptaktionär und Hauptschuldner der Bank Moneta. Der Isländer saß unbeweglich auf der Anklagebank. Er trug wieder sein erdfarbenes Sakko und ein mittelblaues Leinenhemd mit dunkelgrüner Krawatte. Blass und ausgezehrt saß er da, als ob ihn eine Ahnung beschlich, dass er nicht mit heiler Haut davonkommen würde.

Erst jetzt bei der Urteilsverkündung stellte er sich der Tatsache, dass er auch verlieren könnte. Er spürte deutlich seinen pumpenden Puls, und sein Herz pochte schneller, als er den Richterspruch gegen die Manager vernahm. Er konnte sich ausrechnen, dass sein Urteil nicht weit davon entfernt liegen würde. Doch noch war nicht aller Tage Abend. Er war Isländer, und es war fraglich, ob er, sollte er schuldig gesprochen werden, sich der Justiz in Frankreich unterwerfen müsste. Seine teuren Anwälte trafen für diesen

Fall schon Vorsorge. Den Antrag auf Haftverschonung trugen sie vorsorglich in ihren Aktenkoffern. Da keine Verdunklungsgefahr bestünde und Larsson mit festem Wohnsitz und einem Arbeitsplatz ausgestattet war, schien dessen Bewilligung so sicher zu sein wie der morgige Tag.

Gut, der Punkt *fester Arbeitsplatz* konnte für Probleme sorgen, aber er zahlte seinen Anwälten mehr als genug, also sollten die sich darum kümmern und das regeln. Gunnar Larssons sonst so zur Schau getragene Gelassenheit, sein Das-machen-wir-schon-Gesicht zeigte den Beginn einer Petrifizierung, es wurde zu Stein, zu Fels, zu Granit, als er hörte, dass Richter Dupanasse ihn schuldig sprach und zu viereinhalb Jahren Gefängnis verurteilte mit einer Geldstrafe von 1 250 000 Euro. Das Gericht hielt es für erwiesen, dass er die Bilanzfälschungen und Marktmanipulationen selbst angeordnet, Kundengelder über sein Offshore-Netzwerk verteilt und die Kläger, die Opfer des Equity-Release-Investments, vorsätzlich geschädigt habe. Drei seiner vier Anwälte standen postwendend auf und verließen den Saal. Es war nicht schwer zu erraten, was der Tross jetzt zu tun gedachte. Sie gingen ganz sicher gleich ans Werk und schmiedeten Eingaben und Berufungsanträge, Anfragen an die isländische Botschaft, Rechtsbeihilfeersuche und so weiter. Das klare Ziel war, dass Gunnar Larsson das Gerichtsgebäude nach der Urteilsverkündung verlassen konnte und nicht in die Justizstrafanstalt einfuhr.

Ein wesentliches Element dieser Strategie war ein Scheck, auf dem einzig nur die Summe von 1 250 000 Euro eingetragen werden musste, denn Gunnar Larsson hatte ihn vorsorglich blanko unterzeichnet. Damit wäre schon ein Teil der Strafe getilgt, was aber nicht hieß, er käme nicht ins Gefängnis. Die Justiz setzte letztlich auf Reue und Resozialisierung und, dachte Larsson, mit 1 250 000 Euro wäre ein reuiger Anfang getan.

Es wurde noch einmal ernst, als Dupanasse das Urteil über die Notare verlas. In dem gesamten Prozess hatten sie eher eine Nebenrolle gespielt. Der Richter legte hier aus einem ganz anderen Grund viel strengere Maßstäbe an, denn für ihn – was er selbstredend nicht seinen Richterkollegen sagen konnte – waren diese Notare gleichzusetzen mit Verrätern. Und so verkündete er das Urteil über sie. Sie seien ihren Pflichten nicht nachgekommen, hätten ihre Mandanten nicht auf die Risiken hingewiesen, schlimmer noch, meinte Dupanasse, es sei unrechtmäßig, dass sich die Notare auf eine gemeinsame Sache mit der Bank Moneta eingelassen hätten und ihre Mandanten sehenden Auges in das Verderben haben laufen lassen, das sei eindeutig bewiesen. Das Motiv sei so alt wie die Welt: Geldgier. Er empfand Ekel und Abscheu, weil der Beruf des Notars seinem Berufsstand zugerechnet wurde und diese zwei Exemplare hier auf der Anklagebank die gesamte Innung beschmutzt hatten. Beide Notare wurden für schuldig im Sinne der Anklage gesprochen und erhielten sieben Monate Gefängnis ohne Bewährung sowie lebenslanges Berufsverbot.

Die Stimmung im Saal wurde immer lauter, Jubelrufe waren deutlich zu hören. Pfiffe schrillten. Jemand fing an, Applaus zu klatschen, und alle fielen ein. Jil schaute zu Linda hinüber, die mit geschlossenen Augen das Urteil in sich einzusaugen schien. Ihre Mimik verriet nichts, alle Informationen wurden von ihr verschluckt und innerlich sortiert und gebündelt. Dann sauste der Hammer auf das kleine Brett, dass es knallte. Richter Dupanasse verlangte Ruhe und Disziplin im Saal, anderenfalls würde er ihn räumen lassen. Da kehrte auf der Stelle wieder Ruhe ein.

»Ich habe die Pflicht, das Urteil gegen die Insolvenzverwalterin Odette Lambo zu sprechen. Die Angeklagte ist aus bekannten Gründen nicht anwesend. Am vorletzten Prozesstag wurde sie wegen eines Ausbruchs von Aggression und dem Versuch des tätlichen Angriffs auf einen Zeugen, der daraufhin verstarb, in die Obhut der psychiatrischen Abteilung des Justizkrankenhauses überstellt. Die Untersuchungen sind noch nicht abgeschlossen. Unser Strafgesetzbuch erlaubt ein Urteil in Abwesenheit des Angeklagten, wenn sein Geisteszustand so beschaffen ist, dass er das Urteil lesen und verstehen kann, um sein Recht auf Berufung auszuüben. Die jetzt zu verkündende Entscheidung gegen Odette Lambo wird erst dann aufgehoben, wenn ein psychologisches Gutachten vorliegt, das Frau Lambo eine Unzurechnungsfähigkeit attestiert. Weil es parallel ein zweites Strafverfahren gegen die Bank und die Insolvenzverwalterin gibt, hat das Gericht entschieden ... «, Dupanasse legte die zwei Akten nebeneinander, »dass beide Fälle zusammengelegt und zusammen abgeurteilt werden, weil Beklagte und Kläger identisch sind und sich ein Unterschied nur in der Betrachtung der zeitlichen Perioden zeigt. Daher ergeht das Urteil wie folgt: Odette Lambo ist schuldig des Amtsmissbrauchs, hier der Rechtsbeugung nach Paragraf 339, der Vorteilsnahme im Amt nach Paragraf 331, Paragraf 332, weiter ist sie überführt der Vollstreckung und Verfolgung Unschuldiger nach Paragraf 344, 345, zudem der üblen Nachrede nach Paragraf 186. Sie ist schuldig der Nötigung im Amt gemäß Paragraf 240 und der Geldwäsche gemäß Paragraf 241-1. Odette Lambo wird zu einer Gefängnisstrafe von fünf Jahren und acht Monaten ohne Bewährung verurteilt. Sie muss die finanziellen Aufwendungen der Opfer für deren Verteidigung, sowie eine Schadensersatzzahlung je Klägerpartei in Höhe von 80 000 Euro zahlen.«

Die rund vierzig VOM-Opfer, die im Saal anwesend waren, sprangen von ihren Stühlen und schrien wild durcheinander. Die Kameras der TV-Sender schwenkten vom Richtertisch hinüber zu der jubelnden Menge. In Großaufnahme fingen sie weinende Frauen ein, ein Kläger, allem Anschein nach ein Engländer, spreizte Zeige- und Mittelfinger zum Victory-Zeichen in der Manier eines Winston Churchill.

Kleine Gruppen schlossen sich zu einem Kreis zusammen, legten die Arme um den jeweils anderen, fingen an, *For He's a Jolly Good Fellow* zu singen. Jil erhob sich und sah Freude und Ausgelassenheit auf den Gesichtern. Linda stand neben ihr und sagte: »Hörst du das Krachen? Das Poltern? Das Lärmen? Das sind all die Steine, die uns jetzt von der Seele fallen. Sie liegen alle hier im Saal. Es sind so viele, man könnte damit ein neues Gerichtsgebäude bauen. Ach, Billy, könntest du das nur sehen.«

Aber das war nicht das Ende. Richter Dupanasse forderte abermals Ruhe, nachdem er der jubelnden Menge mit Verständnis begegnet und ihrer Euphorie und Freude ein wenig mehr Zeit einräumte, als es sonst üblich war. Es stand noch die Entscheidung für die Bank Moneta aus.

Schuldig in allen Punkten lautete das Urteil. Es sei ungewöhnlich, so Richter Dupanasse, dass in einer Strafsache ein Unternehmen angeklagt würde, aber das Gesetz schloss dies nicht aus. Die Kläger hätten Leid und Ungerechtigkeit erfahren müssen, manche waren erst seit acht Monaten Kunden der Bank, als ihnen die Anleihen des Mutterkonzerns verkauft worden waren. Die Investmentbanker hatten gewusst, dass dies nicht nur moralisch verwerflich, sondern auch rechtlich nicht zulässig war. Es handle sich nicht um Fahrlässigkeit, wie die Verteidigung es darzustellen versuchte, sondern das Handeln der Bank Moneta war einzig und allein von Profit und Boni bestimmt gewesen. Dass dabei die Kunden vorsätzlich geschädigt wurden und dass gegen das Gesetz gehandelt wurde, ist wissentlich in Kauf genommen worden.

»Der Vorsatz ist hier entscheidend«, verkündete Dupanasse der mucksmäuschenstillen Menge, »es geht um das Motiv. Entgegen meiner sonstigen Gepflogenheit, mich bei meinen Urteilen in den Grenzen des gesetzlichen Sachverhaltes zu bewegen, möchte ich heute eine Ausnahme machen, weil ich in diesem Fall eine umfassende Begründung für nötig halte.« Dupanasse machte eine längere Redepause, um seinem folgenden Kommentar mehr Gewicht zu geben.

»Moralisch ist nicht, dass ein Finanzinstitut anzuprangern, sondern alle, die damit gemeinsame Sache gemacht haben. Gier und Machtstreben treten als Beweggründe deutlich zutage und wurden skrupellos durchgesetzt gegen Anstand und Moral. Der Berufsstand, dem die Bürger ihr Erspartes anvertrauen, sollte diese Werte nicht vortäuschen, um damit eigene Profite zu maximieren.«

Die Zuhörer schienen überrascht und gebannt zugleich. Dem Vernehmen nach saß auf dem Richterstuhl jemand, dessen innerer Kompass in Rotation geraten war und der keinen Mut aufbringen musste, um seinen Mitmenschen den Spiegel vorzuhalten. Natürlich konnte man, das war Dupanasse völlig klar, anderer Meinung sein. Man hätte kritisieren können, dass die subjektive Meinung eines Richters nicht in den Gerichtssaal gehörte. Aber andererseits: Wahrheit bleibt eben Wahrheit, fand Dupanasse.

»Wenn Sie nicht mehr wissen, was Anstand ist«, sagte er, »fragen Sie ihre Großeltern, fragen Sie ältere Mitbürger oder Ihre betagten Nachbarn, und Sie werden erfahren, dass Anstand weder ein Deal, noch Mauschelei, noch ein großes Geschäft ist. Anstand steckt uns in den Knochen, er ist Teil unserer DNA. Anstand kommt ganz gewiss aus keinem Geldautomaten.«

Richter Dupanasse kam auf keinen Begriff, der der Skrupellosigkeit der Bank besser gerecht wurde. Er wollte den Menschen im Saal damit sagen, was der falsche Weg war. »Die Bank Moneta wird zu einer Geldstrafe von 2,5 Millionen Euro sowie einer Schadensersatzzahlung an jeden Kläger von 25 Prozent seines Kreditbetrages plus 7,5 Prozent Zinsen pro Jahr seit 2008 verurteilt. Weiter sind die Kredit- und Sicherungsverträge zwischen der Bank Moneta und den Klägern hiermit als null und nichtig erklärt, es gilt der Status quo vor der Unterzeichnung. Die an die Kunden ausgezahlten Beträge werden als Geldstrafen angerechnet und entfallen als Forderung von der Klägerseite. Das Urteil unterliegt der Rechtsprechung der République Française und stimmt mit den entsprechenden Richtlinien der Europäischen Union überein. Die Sitzung ist geschlossen.«

We are the Champions?
Juni 2017

Stuart Malmedy hatte alles so weit organisiert. Musikinstrumente hatte er ausgeliehen, die Notenblätter und -ständer, Stühle, Verstärker, Lautsprecherboxen ebenso. Er hatte zwei Tage zuvor im Quartier Les Halles zwei Straßenmusiker entdeckt und engagiert, eine Violine und eine Posaune. Die Presse war verständigt.

Linda sollte ihr Versprechen einhalten, und alles, was dazu benötigt wurde, hatte Stuart besorgt. Obwohl sie durch Billys Tod den heutigen kolossalen Triumph nicht wirklich genießen konnte, fiel bei ihr eine zehn-jährige alte Last ab.

Billy wartete in der Rechtsmedizin, da es Lindas Wunsch war, ihn nach dem Urteilsspruch nach Hause zu begleiten. Es war schließlich auch Billys Sieg. Der Saal jubelte, und bei allen Opfern fielen große Steine von den Herzen, wie Linda zuvor gemeint hatte. Die Aburteilung der Odette Lambo wirkte wie Genugtuung und Balsam zugleich. Keinem schien es in dieser Stunde der Mühe wert, sich darüber Gedanken zu machen, welche Konsequenzen es brächte, sollte ein Gutachten Odette Lambo Geistesgestörtheit attestieren. Das alles ließe sich später betrachten.

Stuart, Rob, Liv und Yocco Boncoeur und Maxi Fuget betraten als Erste den Vorplatz des Gerichtsgebäudes. Die in der Eile zusammengewürfelten Instrumente, die mehr zu einem Orchester als zu einer Rockband passten, warteten auf sie.

Linda hatte Tränen in den Augen. »Schade, dass Billy es nicht miterleben kann. Es hätte ihm so gut gefallen«, schluzte sie. Was würde als Nächstes kommen? Sie verdrängte diese Gedanken. Es galt, ein weiteres Versprechen zu erfüllen. Jeder nahm sein Instrument auf. Linda das Cello, Liv die

Querflöte, Rob hing sich die Gitarre um und legte seine Noten bereit. Die Violine und die Posaune standen etwas seitwärts, Stuart versuchte sich an einer Snare Drum und Yocco schaltete den Verstärker ein und probierte das Keyboard aus. Ihr Assistent legte sich den Rickenbaker Bass um. Die anderen Gewinner, die zuvor Opfer gewesen waren, stellten sich um die Musikanten und bildeten den Chor. Doch Musik und Gesang mussten noch ein paar Minuten warten.

Liv, Yocco und Maxi Fuget postierten sich zunächst stellvertretend für die gesamte Gruppe vor dem Ensemble und improvisierten eine Pressekonferenz. Sie erklärten die Gerechtigkeit zum Sieger, mahnten, dass Bürgerrechte keine Ware seien, mit denen man ein Geschäft machen könne, und ließen die Damen und Herren der Presse wissen, dass dies ein großartiger Tag für die Justiz in Europa sei.

Jil De Susa löste sich aus dem Pulk der Medienleute und ging auf Linda Barlotte zu, umarmte sie und sagte, Billy sähe jetzt von dort oben zu. Linda nickte ihr mit nassen Augen zu.

Die Menge an Zuschauern wuchs an. Es war Showtime. Keyboard, Bass und Snare Drum rollten das Thema aus: *We are the Champions* von Queen.

»Genau der passende Song«, meinte einer der Journalisten und nickte mit dem Beat.

Das Cello in Lindas Hand kam im zweiten Takt dazu und spielte die Leitmelodie sanft und seidig. Die Violine folgte, dann die Posaune und Gitarre, begleitet von zaghaften Rhythmusschlägen der Snare Drum. Zuerst gab es nur Instrumentales zu hören, so wie es eingeübt wurde, da jeder zum anderen Instrument sich einfühlen wollte. Anfangs wackelte der Sound, wurde aber immer fester und zuletzt klang es erstaunlich stabil. Der Chor versuchte redlich mitzuhalten: *»We are the champions, my friends. And we'll keep on fighting 'til the end.«*

Bald grölte die ganze Straße mit, die Presseleute und auch Fußgänger, die gar nicht wussten, worum es hier ging, stimmten mit ein. Der Song passte einfach perfekt zum heutigen Tag und zur inneren Haltung der Sieger.

Im dritten Stockwerk des Gerichtsgebäudes stand Richter Dupanasse am Fenster, die Gardine ein wenig zur Seite geschoben, und sah der Band und dem Chor zu. Er war zufrieden und in seinem Kopf kreiste ein Gedanke wie ein Steilwandfahrer auf dem Jahrmarkt, die er in seiner Jugend so bewundert hatte. Der Gedanke verfestigte sich, diesen fulminanten Prozess als Schlusspunkt seiner Laufbahn zu nehmen und es fühlte sich an, wie der Blick auf eine volle Reuse am Ende eines Tages am Lac Saint-Point. Sein rechter Fuß wippte im Takt, sein kleiner grauweißer Haarkranz nahm die Vibrationen auf und tanzte mit.

Die Band spielte und die Menschen applaudierten. Kameras hielten das Ereignis fest. Keine Stunde später verfolgten Zigtausende auf YouTube diese bedeutsame Siegesfeier. Liv Boncoeur stellte mit Behagen fest, es würde ein bombastisches Presseecho geben.

Linda Barlotte bat um Ruhe. »Lasst uns bitte für Billy sein Lieblingslied spielen: *With a little help from my friends.*« Die Posaune, der Bass und Yocco mit dem Keyboard breiteten das Thema aus, und alle anderen stiegen mehr oder minder notensicher ein. Die, die wussten, wem die Widmung galt, waren sichtlich gerührt. Manche Träne verließ den sicheren Hafen und rollte wie ein lichtfunkelnder Diamant über die Wange.

Dramatis Personae

Abraco, Fred , Prof.	Insolvenzverwalter
Alexejew, Wassili (der Ältere)	sowjetischer Gewichtheber
Alexejew, Wassili (der Jüngere)	russischer Mafioso im Dienst seines Onkels Dimitri Schailikow, Sohn von Wassili Alexejew, dem Älteren
Arni	Cousin von Bjarni Gunnarson
Atiqtalik	Inuit-Junge aus Grönland, Sohn von Atuqtuaq
Atuqtuaq	Inuit aus Grönland
Baggary, Luc	französischer Staatsanwalt
Barlotte, Billy	Kläger gegen die Bank Moneta
Barlotte, Linda	Klägerin gegen die Bank Moneta
Barriere, Daniel	EU-Kommissar
Berg, Jil	Journalistin, später Jil De Susa
Bernadottir, Linda	Mitarbeiterin der Banki Island HF
Black, Cilla	Sängerin
Boncoeur, Liv	französische Anwältin
Boncoeur, Yocco	französische Anwältin
Bugatti, Cesare	Besitzer des Restaurants Bugatti
Charolambakis, Marc	Investmentbanker
Chelnikov, Runar Thor	Barbetreiber, zuvor Fischer
d'Albert, Marie-Louanne	Pastenköchin im Bugatti, Frau von Cesare Bugatti
De Susa, Achilles »Chilli«	Analyst im Institut pour la Strategie et l'Execution (ISE)
De Susa, Marie-Yeoryi	Tochter von Achilles und Jil De Susa
Demain, Erwin	Chef der Bankenaufsicht in Mittland
Dupanasse, Gerald	französischer Richter
Dupont, Lou-Anne	Analystin im Institut pour la Strategie et l'Execution (ISE)

Dwight, Red	rennomierter Sänger alias Elton John
Emu-Barke, Frederic	Präsident des IWF
Fabeau, Lucien	Leiter des Institut pour la Strategie et l'Execution (ISE), eines mittländischen Think-Tanks, der die Regierung Mittlands berät
Fuget, Maxi	französischer Anwalt
Gatterhill, Jule	Assistentin von Odette Lambo
Gunnarson, Bjarni	Sohn von Gunnar Larsson
Haargenau, Victoria	Sekretärin von Lucien Fabeau
Hing, Nguyen Tuyen	charmanter und äußerst höflicher Restaurantbesitzer des Saigon
Jack	Präsident der Zentralbank von Island
Jim	Präsident Islands
JM	Justizminister Mittlands
Jo	Chef der Finanzaufsicht von Island
Jonsson, Haukur	CEO von Banki Island HF
Kristjansson	Besucher des Fluch des St. Pierre
Lacome, Jérôme	mittländischer Anwalt
Lambo, Odette	Insolvenzverwalterin
Larsson, Gunnar	isländischer Milliardär, ein superreicher Krimineller
MacLaughlin, Caroline	Mitarbeiterin der EU-Kommission
Magnus	Kapitän eines isländischen Fischkutters
Mallorey, Herb	Chef-Concierge
Mara	Freundin von Wassili, dem Jüngeren

Marchand, Ethan	Analyst im Institut pour la Strategie et l'Execution (ISE)
Marcinkus, Casimir	Erzbischof
Molina-Nucia, Giacomo de	vatikanischer Nuntius, Diplomat
Montfalcon, Jean-Balthasar de	französischer Staatsanwalt
Paulsen, Viggo Lasse	Deputy Executive Officer der Bank Moneta
Petrol, Raymond	Notar der Bank Moneta
Piper, Charlotte	Sekretärin des PM
PM	Premierminister Mittlands, später Präsident der Europäischen Kommission
Rickenbaker, Felix	Bruder Linda Barlottes
Rocetto, Philippa	Finanzbetrügerin
Rooy, Remy Van	französischer Richter
Schailikow, Dimitri	russischer Mafioso, Onkel von Wassili d.J.
Scherm, Franck	Chef der mittländischen Zentralbank
Sigrun	Tante von Bjarni Gunnarson
Tell, Ann-Katrin	Richterin in Mittland
Triebert, Hubert	Generalstaatsanwalt in Mittland
Tupolew, Andrej Nikolajewitsch	Flugzeugkonstrukteur, Vater von Maria Johanna Tupolewa
Tupolewa, Maria Johanna	Vorsitzende des Betriebsrats der Bank Moneta
Vegas, Jean-Melchior	Stellvertreter des EU-Kommissars Daniel Barriere
Weinheimer, Jerry	Investmentbanker
Woka	Freund Atuqtuaqs

Schlussbemerkung und Danksagung

In den Zeiten, in denen ich aufwuchs, griff der Stolz auf das geschaffene Wirtschaftswunder genauso um sich, wie die Absicht, die schreckliche Vergangenheit des Krieges aus dem Gedächtnis zu tilgen. Eine Untat war es, sich nicht nach dem Gesetz zu richten. Die Sehnsucht, nun, nach dem Krieg, als Bürger und Christ ein Vorbild zu sein, war überall spürbar. Betrüger und Kriminelle gab es natürlich auch, doch der Bann der Gesellschaft auf sie war enorm. Mit dem Wechsel von Generationen veränderte sich die Haltung zu denen da oben und uns hier unten. Die Mauer fiel, die Sowjetunion zerbrach. Die Zeit der Kleptomanen brach an, jener Spezies, die nichts erarbeiteten, sondern *sich Reichtum und Macht aneignen*. Oft mit Methoden, durch die sie souveräne Staaten um unvorstellbar viel Geld erpressten und sich diese als Komplizen zunutze machten. Einer von solchem Kaliber ist keine Bedrohung für ein Wirtschaftssystem in einer Demokratie. Doch ein ganzes Rudel davon setzt Korruption, Erpressung bis zu Mord als Mittel ein, um Macht durchzusetzen, ohne zur Rechenschaft gezogen zu werden. Und wer zahlt letztlich den Schaden? Wer sind die Schafe und wer die Wölfe?

Sollte sich jemand in den Romanfiguren wiedererkennen, so sei ihm gesagt, dass dies nicht sein kann. Der Roman ist und bleibt in Rahmen der Handlung Fiktion, jedoch mit einer wahren Begebenheit als Grundlage.

Ich habe vielen guten und ehrlichen Menschen zu danken, die mich motiviert und mir gut zugeredet haben, das Buch zu schreiben. Besonderer Dank gilt:

- Prof. Dr. Edgar Beckers, meinem alten Freund und Motivator,
- Tanja Rörsch & Mainwunder, für das professionelle Buchmarketing,
- Toto und Alba, meine Begleitung beim Pausenspaziergang,
- und nicht zuletzt dem Internet, mit allen Facetten der Recherchemöglichkeiten.